기묘한 이야기

어둠의 날

기묘한 이야기
어둠의 날

애덤 크리스토퍼 장편소설
공보경 옮김

STRANGER THINGS

DARKNESS ON THE EDGE OF TOWN

나무옆의자

언제나 샌드라를 위해,
그리고 시초가 되어준 오브리를 위해.

차례

• 일러두기
1. 본문에서 괄호 안의 설명은 모두 옮긴이주이다.
2. 원서에서 이탤릭체로 강조한 부분은 고딕체로 구분했다.

**인디애나주 호킨스 마을
호퍼의 오두막**

세제를 풀어 거품을 낸 뜨끈한 물에 두 팔을 담근 짐 호퍼는 싱크 대 앞에 서서 주방 창문 너머를 바라보았다. 주먹만 한 눈송이들이 떨어지고 있었다. 그는 얼굴에 퍼지려는 미소를 애써 눌렀다.

원래 그에게 크리스마스는 그리 좋은 날이 아니었다. 오랫동안 그 랬다. 새라 일 이후로 쭉. 이미 알고 있는 사실이라 그는 조용히 받아 들였다. 6년째, 아니 7년째 호킨스 마을에 돌아와 사는 동안 그의 마음속에는 비참함과 상실감이 점점 크게 자리 잡았으나 그는 운명이라 여기며 체념했다. 크리스마스 시즌이 다가오면 그런 감정은 한층 더 커지곤 했다.

체념. 아니, 정확히 말해 체념은 아니었다. 그 감정을 **기꺼이** 받아 들였다고 해야 맞을 것이다. 그는 감정에 스스로를 내던져 파묻혔다. 그러는 편이…… 쉽고, 편했다.

묘하게 안전하다는 느낌을 받기도 했다.

동시에 그러는 자신이 혐오스러웠다. 마음속에서 절망의 씨앗이 매년 거듭 자라나 만개하도록 내버려둔 자신이 싫었다. 스스로에게 품은 증오는 그를 어둠 속으로 한층 더 깊게 끌고 들어갔다. 그 모든 과정은 끝도 없이 되풀이됐다.

하지만 이제는 그렇게 살지 않았다. 적어도 지금은 아니었다.

올해만큼은 아니었다.

상황이 달라진 건 올해가 처음이었다. 인생이 달라질 정도의 변화 덕분이었다. 그는 그동안 자신이 얼마나 깊게 침잠했는지, 어떤 인간이 되고 말았는지 실감했다.

모든 게 그 아이 때문이었다. 제인. 입양한 그의 딸. 법적으로, 공식적으로 그의 가족이 된 아이.

제인 호퍼.

일레븐.

엘.

호퍼의 얼굴에 또다시 미소가 번졌다. 입꼬리가 절로 올라가는 미소였다. 이번에는 굳이 미소를 누르지 않았다.

엘을 데리고 있다고 해서 과거를 잊을 수 있는 건 아니었다. 어림도 없었다. 다만 새로운 책임감을 느꼈다. 어찌 됐든 다시 한 번 딸을 키우게 된 거니까. 또다시 살아가게 된 거니까. 과거는 사라지지 않았지만 당분간 마음속 뒤편에 재워놓을 수 있을 것이다.

끝없이 눈이 내렸다. 오두막 주변의 나무들은 저마다 높이 60센티미터에 달하는 눈에 파묻혀, 희고 부드러운 담요를 덮어쓴 모양새가 됐다. 라디오 방송은 폭풍이 오는 건 아니라고 했고 기상청도 폭풍경보를 내리지는 않았다. 다만 호퍼가 이른 오후에 들은 일기예보에 따르면 폭풍이 칠 가능성은 있다고 했다. 전국적으로 꽤 많은 눈이 쏟아질 것이라고도 했다. 그런데 할아버지에게 물려받은 이 낡은 오두막 주변의 몇 에이커에 불과한 땅에는 이미 눈이 내릴 만큼 내렸다. 외출할 일이 있다고 해도 가급적 자제하라고 일기예보관이 말했다. 실내에 머물고 체온을 유지해라. 이건 집에서 에그노그(브랜디나 럼주에 우유, 크림, 설탕, 거품 낸 달걀 따위를 섞어 만든 음료로, 서양에서 크리스마스에 마시는 식전주의 하나)나 마시라는 얘기다.

호퍼는 전혀 개의치 않았다.

하지만 엘은…….

"물이 차가워요."

상념에 잠겨 있던 호퍼는 눈을 깜박이며 현실로 돌아왔다. 어느새 엘이 싱크대 쪽으로 다가와 그의 곁에 서 있었다. 호퍼는 엘을 내려다보았다. 엘은 무척이나 집중해서, 그의 얼굴을 관심 있게 쳐다보고 있었다. 그가 설거지거리가 담긴 싱크대 앞에서, 물이 차가워질 때까지 한참을 멍하니 서 있자 걱정이 되는 모양이었다. 호퍼는 잦아드는 세제 거품 속에 담근 두 손을 들어올렸다. 손가락이 숫제 자두색이 됐다. 크리스마스 날 먹고 남은 음식을 또 먹느라 사용한 접시들은 싱크대 물에 담긴 채 전혀 줄어들 기미가 보이지 않았다.

"아무 문제 없는 거죠?"

호퍼는 또다시 엘을 내려다보았다. 엘은 문제없기를 바라는 듯, 두 눈을 크게 뜨고 그를 바라보았다. 호퍼의 입가에 다시 미소가 번졌다. 젠장, 어쩔 수 없이 자꾸 웃음이 났다.

"그럼, 문제없다마다."

그는 엘의 검은 고수머리를 손으로 흐트러뜨렸다. 세제 거품이 묻은 손으로 머리카락을 만지자 엘이 인상을 쓰며 뒷걸음질 쳤다. 호퍼는 웃으며 손을 거둬들이고 옆 카운터에 놓인 행주를 집어 들었다. 손의 물기를 닦으며 그는 거실 쪽을 고갯짓으로 가리켰다.

"마이크랑은 아직도 연락이 안 돼?"

엘은 한숨을 쉬었다. 호퍼는 뭐 그렇게까지 한숨을 쉬나 싶었다. 하지만 다시 생각해보니 엘에게는 모든 것이 여전히 새롭고, 하나하나가 도전일 것이다. 호퍼가 물끄러미 바라보는 동안 엘은 소파로 돌아가 새로 장만한 워키토키를 집어 들더니, 그 묵직한 직사각형의 물건을 가져와 호퍼에게 쓱 내밀었다. 마치 그가 허공에서 친구들을 불러내줄 수 있을 것처럼.

그들은 서로를 바라보았다. 잠시 후 엘은 워키토키를 성마르게 흔들어댔다.

"뭘 어떻게 해달라고?" 호퍼는 행주를 어깨에 걸치며 물었다. "작동이 안 돼?" 그는 워키토키를 받아 들고 이리저리 뒤집어보았다. "건전지를 갈아줘야 되는 거 아니냐?"

"아무도 대답을 안 해요."

엘은 어깨가 축 처진 채 또 한 번 한숨을 쉬었다.

"아, 그렇지. 이제 기억난다."

오늘 마이크와 더스틴, 루카스, 윌은 모두 저마다 친척들을 만나느라 분주할 것이다. 녀석들은 엘의 새 워키토키와 연락이 닿을 수 없는 상태였다. 엘은 워키토키를 도로 받아 들더니 버튼을 이것저것 누르는가 하면 음량 조절 부분을 껐다 켰다, 껐다 켰다 하기도 했다. 그럴 때마다 스피커에서 잡음이 짧게 튀어나왔다.

"조심해서 다뤄. 걔들한테 받은 멋진 선물이잖아."

그는 손수 고른 크리스마스 선물이 떠올라 움찔했다. 그가 엘에게 준 선물은 헝그리 헝그리 히포라는 장난감이었는데, 엘이 가지고 놀기에는 연령대가 너무 낮은 것임을 어제 엘이 선물의 포장지를 뜯자마자 깨달았다. 소년들이 돈을 모아 사준 워키토키에 비하면 형편없는 선물이었다.

아버지 노릇을 해본 지가 오래되어서일까. 새라가 좋아했던 장난감이라는 이유로 그는 아무 생각 없이 그 장난감을 골랐다.

하지만 엘은 새라가 아니었다.

다행히 엘은 워키토키에 온통 정신이 쏠려서 호퍼의 편찮은 심정을 알아채지 못했다. 싱크대로 돌아간 호퍼는 다시 온수를 틀고 받은 물을 한 손으로 휘저었다.

"어제는 즐거운 시간 보냈겠네." 그는 어깨 너머를 흘끗 돌아보며 물었다. "그렇지?"

말없이 고개를 끄덕인 엘은 워키토키 버튼을 딸깍거리던 손을 멈췄다.

"그래. 녀석들은 내일이면 다 집에 돌아와 있을 거야." 그는 싱크대 수도꼭지를 잠갔다. "오늘 밤 늦게 그걸로 신호를 보내면 연결될 수도 있어."

물이 채워진 싱크대를 내려다보며 그는 다시 설거지를 시작했다. 등 뒤에서 엘이 주방으로 타박타박 걸어오는 소리가 들렸다. 그는 옆으로 다가온 엘을 내려다보며 옆에 쌓인 그릇 더미에서 접시 하나를 집어 물에 담갔다.

"그래, 지루하겠지. 그래도 지루한 게 좋은 거야. 진짜로."

엘은 인상을 찌푸렸다.

"지루한 게 좋다고요?"

부모로서 현명한 조언을 해주려고 즉석에서 만들어낸 말이라, 그는 제대로 된 방향으로 대화를 이끌어가고자 잠시 뜸을 들였다.

"그래. 지루하다는 건 일단 안전하다는 거잖아. 그리고 지루할 땐 이런저런 생각을 떠올릴 수 있어. 생각이라는 건 좋은 거지. 아무리 많이 떠올려도 좋을 만큼."

"생각은 좋은 거죠."

의문이 섞이지 않은 투였다. 호퍼는 또다시 엘을 내려다보았다. 엘의 머릿속에서 맞물려 돌아가는 톱니가 보이는 듯했다.

"그럼. 생각은 질문으로 이어지거든. 질문도 좋은 거야."

그는 미간에 잡힌 주름을 딸에게 보이고 싶지 않아 창문으로 시선을 돌렸다.

'질문이 좋은 거라고?'

대체 무슨 헛소리냐? 남은 에그노그를 너무 많이 마셔서, 혹은 덜 마셔서 정신을 못 차리나.

엘은 조용히 주방을 나갔다. 잠시 후 호퍼는 텔레비전이 딸깍 켜지는 소리를 들었다. 뒤를 슬쩍 돌아보니 엘은 소파에 앉아 있었다. 텔레비전은 엘한테서 멀찌감치 떨어져 있는데 채널은 빠르게 연속해서 돌아갔다. 채널이 바뀔 때마다 다채로운 잡음이 뚝, 뚝 끊어지듯 흘러나왔다.

"날씨 때문이야. 미안하다. 당분간은 텔레비전이 제대로 나오지 않을 거야. 헝그리 헝그리 히포나 하나 더 사줄까?"

호퍼의 말에 엘은 침묵으로 대답을 대신했다. 호퍼가 다시 돌아보니 엘은 소파에 앉은 채로 고개를 돌려 '재미없거든요' 하는 표정으로 그를 쳐다보았다.

호퍼는 웃음을 터뜨렸다.

"그냥 한번 물어봤어. 가서 책이라도 읽든지."

설거지를 마친 호퍼는 싱크대 배수구 마개를 뽑았다. 그릇 씻은 물이 배수구로 흘러내려가는 동안 그는 손의 물기를 닦고 주방 창문을 바라보았다. 창문 유리에 반사된 풍경 속에 소파와 켜진 텔레비전 화면은 있는데 엘은 없었다.

'잘됐네.'

궂은 날씨야 어쩔 수 없지만, 이렇게 오두막에 틀어박혀 있는 것도 나쁘지만은 않았다. 크리스마스 즈음의 며칠 동안 그들은 정신없이 바빴다. 엘은 친구들과 시간을 보내느라, 호퍼는 조이스와 좀 더 함께 있을 기회를 만들어보느라. 조이스는 잘 버텨내고 있었고 호퍼와 함께 있는 시간을 즐거워하는 듯도 했다. 조나단도 마찬가지였다.

호퍼는 돌아서서 정사각형의 붉은색 테이블로 향했다. 주방 카운터 건너편 벽에 붙여놓은 그 테이블에는 개봉한 헝그리 헝그리 히포 상자가 놓여 있었다. 혼자서도 게임을 할 수 있을까 궁금해하며 테이블 앞에 놓인 의자를 뒤로 빼는데 제 방에 들어갔던 엘이 주방으로 돌아왔다. 그를 바라보는 엘의 눈빛이 너무 진지해서 호퍼는 한 손으로 의자 등받이를 짚은 채 그대로 멈춰 섰다.

"음, 아무 일도 없는 거지?"

엘은 인간의 귀에 들리지 않는 어떤 소리를 듣고 있는 개처럼 고개를 갸웃했다. 두 눈은 호퍼의 얼굴을 줄곧 바라보고 있었다.

"왜?"

"왜 경찰이 되셨어요?"

호퍼는 눈을 껌벅이다가 깊게 숨을 내쉬었다. 느닷없는 질문이었다.

'왜 그게 궁금한 걸까?'

"흠." 호퍼는 아직 물기가 남아 있는 손으로 머리카락을 쓸어 넘겼다. "흥미로운 질문이구나……."

"질문은 좋은 거라면서요."

"어, 그래. 그랬지. 좋은 거 맞아."

"그렇죠?"

호퍼는 싱긋 웃으며 의자 등받이에 팔꿈치를 대고 섰다.

"그래. 뭐, 좋은 질문이야……. 대답하기가 간단하지는 않을 것 같지만."

"저는 아저씨에 대해 아는 게 없어요. 아저씨는 저에 대해 알지만요."

호퍼는 고개를 끄덕였다.

"그건…… 그렇지. 맞아."

호퍼는 의자를 돌아 테이블 앞에 앉았다. 엘은 맞은편 의자를 끌어당겨 앉고는 팔꿈치를 무릎에 댄 채 몸을 앞으로 기울였다.

그는 잠시 생각한 후 입을 열었다.

"경찰이 엄청 되고 싶었던 건 아니고, 당시에 그냥 경찰이 되도 괜찮겠다 싶었어."

"어째서요?"

"아, 글쎄다." 등을 살짝 편 그는 면도하지 않은 턱을 한 손으로 문질렀다. "그게, 어떻게 살아야 할지 제대로 알질 못했거든. 막상 돌아오고 나서 보니까…….”

그는 다시 말끝을 흐렸다.

'아, 아니다. 아직은 아니야. 이 얘기는 나중에 하는 게 좋겠어.'

그는 괜히 손사래를 쳤다.

“뭐든 하긴 해야겠더라. 변화가 필요했어. 사람들을 돕고 싶은 마음도 있었고. 내가 가진 기술과 경험을 쓸 수 있겠다는 생각도 했지. 그래서 경찰이 된 거야.”

“그래서요?”

그는 눈썹을 찌푸렸다.

“그래서?

“변화가 생겼어요?”

“글쎄…….”

“사람들을 도왔나요?”

“뭐, 너를 돕긴 했지, 안 그러냐?”

엘은 미소를 지었다.

“전에 어디에 있었는데요?”

호퍼는 고개를 저었다.

“아직 넌 그 얘기를 들을 준비가 안 됐어.”

문득 가슴이 조여드는 기분이었다. 에그노그 술기운이 몸 안에 남아 있는 상태에서 아드레날린이 치솟자 어지럼증마저 느껴졌다.

이번에는 엘이 고개를 살랑살랑 저었다.

“질문은 좋은 거잖아요.”

엘의 말이 옳았다. 호퍼는 엘을 받아들였고 도움을 줬으며 위험으로부터 보호해왔다. 그들은 남들이 감히 상상조차 할 수 없는 난관

을 함께 헤쳐왔고 이제 법적으로 가족이 됐다……. 그런데도 엘에게
그는 여전히 과거를 알 수 없는 존재였다. 예전에 그가 고철 처리장
에서 엘과 소년들을 발견해 조이스의 집으로 데려온 날 밤, 엘이 그
에게 미지의 존재였던 것처럼.

엘은 턱을 내리고 고개를 비딱하게 기울이며 그를 올려다봤다. 이
어린 소녀는 대답을 요구하고 있었다.

"잘 들어, 꼬마. 어떤 얘기들은 네가 아직 들을 준비가 안 됐고, 어
떤 얘기들은 내가 아직 너한테 들려줄 준비가 안 됐어."

엘은 집중하느라 미간을 잔뜩 모았다. 호퍼는 엘의 머릿속에서
생각의 고리가 어디로 향하고 있는지 궁금해하며 그 모습을 흥미
롭게 바라보았다.

"베트남이요?"

마치 한 번도 발음한 적 없는 단어를 내뱉는 듯했다.

호퍼는 한쪽 눈썹을 치켜올렸다.

"베트남? 어디서 들었니?"

엘은 고개를 저었다.

"읽었어요."

"읽었다고?"

"상자에 적혀 있던데요. 마루 밑에 있던 상자요."

"마루 밑……." 호퍼는 피식 웃었다. "거기도 탐험을 했구나?"

엘은 고개를 끄덕였다.

"그래, 좋아. 네 말이 맞아. 난 베트남에 갔다가 돌아왔어. 여기서
아주 멀리 있는 나라야."

엘이 테이블 쪽으로 다가왔다.

"하지만…… 별로 좋은 생각이 아닌 것 같구나."

"뭐가요?"

"너한테 베트남 얘기를 들려주는 거."

"어째서요?"

호퍼의 입에서 한숨이 나왔다. 말끝이 또다시 질문으로 이어진 탓이었다.

어떤 대답을 해줘야 할까?

사실, 그는 베트남 얘기를 하고 싶지 않았다. 정신적 상처를 자극하거나 개인적으로 괴로운 얘기여서라기보다 이미 오래전의 일이기 때문이었다. 그래서인지 남이 겪은 얘기처럼 느껴졌다. 찬찬히 생각해본 적은 없지만 그는 머릿속에 그 시절을 따로 분류해놓고 있었다. 그랬다. 대부분의 참전 군인들처럼 그는 베트남에서 힘든 시간을 보냈고 이 나라로 돌아왔을 땐 완전히 다른 사람이 되어 있었다. 그러니 그 시절 얘기는 이제 그와는 무관했다. 당시의 그는 지금의 그와는 달랐으니까.

무엇보다 베트남 전쟁을 기점으로 그의 인생은 반으로 나뉘었다.

새라가 살아 있을 때와 그 후로.

그 외에 중요한 것은 없었다. 베트남도 마찬가지였다.

그런 점을 엘에게 어떻게 설명해야 좋을지 확신이 서지 않았다.

호퍼는 미소를 지으며 입을 열었다.

"왜냐하면 베트남 시절은 아주 오래전이거든. **정말** 굉장히 오래전이야. 지금의 나는 그때와는 완전히 달라졌어." 그는 테이블에 두 팔꿈치를 대고 몸을 앞으로 기울였다. "미안하다. 진심이야. 궁금해하는 거 이해해. 나에 대해 좀 더 알고 싶겠지. 난 이제 너의……."

그는 선뜻 말을 하지 못했다. 엘이 한쪽 눈썹을 치켜올리고 턱을 치켜들며 그의 대답을 기다렸다.

호퍼는 기분 좋게 한숨을 내쉬었다.

"난 이제 너의 아빠니까. 그래, 넌 나에 대해 모르는 게 많아. 베트남 시절을 포함해서. 언젠가, 네가 좀 더 나이가 들면 그 시절 얘기를 들려줄게."

엘은 미간을 찌푸렸다. 호퍼는 반박하지 말라는 뜻으로 한 손을 들어 보였다.

"내 말을 믿어주면 좋겠구나. 언젠가는 너도 그렇고 나도 준비가 되는 날이 올 거야. 그때까지 미뤄두기로 하자. 알았지, 꼬마야?"

입술을 오므리고 생각을 하던 엘은 마침내 고개를 끄덕였다.

"그래, 좋아. 거봐. 지루해지니까 질문할 거리도 생기잖아. 그래서 지루한 게 좋은 거라니까. 이제 다른 얘깃거리를 찾아보는 게 어때? 난 커피 좀 내려야겠다."

의자에서 일어나 주방으로 간 호퍼는 커피 머신을 켰다. 보관장에 처박혀 있던 오래된 물건들 중 하나인데 막상 써보니 놀랍게도 그럭저럭 기능을 했다. 커피 머신 수조에 물을 붓고 있는데 뒤에서 쿵 하는 소리가 들렸다.

붉은색 테이블 옆에 선 엘이 손에 묻은 먼지를 청바지에 툭툭 털고 있었다. 테이블 위에 큼직한 서류철 상자가 놓였고, 상자 측면에 적힌 단어가 보였다.

뉴욕

몇 년 만에 보는 상자였지만 호퍼는 그 안에 무엇이 담겼는지 잘 알고 있었다. 그는 테이블로 돌아가 상자를 앞으로 당기면서 엘을 흘끗 쳐다봤다.

"저기, 내가 아직은—"

"다른 얘깃거리를 찾아보자면서요." 엘은 상자를 가리키며 못을 박았다. "이게 다른 얘깃거리예요."

엘의 눈빛과 말투로 짐작건대 이번에는 절대 물러서지 않을 태세였다.

'그래. 뉴욕, 뉴욕이라.'

호퍼는 테이블 앞에 앉아 상자를 바라보았다. 베트남보다는 좀 더 지금에 가까운 시절의 물건이 담긴 상자였다.

엘은 이 얘기를 들을 준비가 됐을까?

호퍼 자신은 어떤가?

엘이 테이블 맞은편에 가 앉자 호퍼는 상자 뚜껑을 열었다. 상자 안에는 서류철과 서류들이 어지럽게 담겼고, 맨 위에는 빨간색 고무 밴드 두 개로 묶인 두툼한 마닐라 서류철 하나가 얹혀 있었다.

'아.'

그는 손을 뻗어 고무 밴드를 벗겨내고 마닐라 서류철의 커버를 열었다. 커다란 흑백 사진 한 장이 그를 마주했다. 침대에 누운 시신을 찍은 사진으로, 흰 셔츠가 피에 젖어 검게 물들어 있었다.

호퍼는 서류철을 덮고 상자 뚜껑을 닫았다. 그는 의자 등받이에 기대앉아 엘을 똑바로 쳐다보았다.

"좋은 생각이 아닌 것 같구나."

"뉴욕 얘기 해주세요."

"저기, 엘—"

그 순간 서류철 상자 뚜껑이 저 혼자 열렸다. 호퍼는 눈을 껌벅이다가 엘을 쳐다보았다. 엘은 절대 물러서지 않겠다는 듯 단호한 표정이었다.

호퍼는 목을 한 바퀴 돌리며 항복했다.

"그래, 알았다. 뉴욕 얘기를 그렇게 듣고 싶다니 들려줘야지."

그는 상자를 가까이 당겨 이번에는 마닐라 서류철을 놓아둔 채 그 아래에 있는 물건을 끄집어냈다. 비닐에 넣어 봉한 큼직한 흰색 카드로, 모서리에는 세부 사항이 기록된 종이 한 장이 스테이플러로 고정되어 있었다.

호퍼는 별 특색이 없어 보이는 그 카드를 가만히 바라보다가 뒤집었다. 세부 사항이 적힌 종이가 카드 뒤로 넘어갔다. 카드 뒷면에는 검은색 잉크로 굵직하게 그린 상징이 담겨 있었다. 속이 비어 있고 꼭짓점이 다섯 개인 별 그림이었다.

"그게 뭐예요?"

호퍼는 고개를 들었다. 엘이 일어서서 허리를 굽혀 상자를 들여다보고 있었다. 호퍼는 상자를 옆으로 밀어 치우고 카드를 들어 보이며 껄껄 웃었다.

"뭐긴, 시시한 게임을 할 때 쓰는 카드지."

웃음은 이내 그의 목구멍 안에서 잦아들었다. 그는 다시 한 번 카드에 그려진 상징을 바라보며 입을 열었다.

"그런데 이 게임을 네가 꽤 잘할 것 같다는 생각이 드네."

의자에 앉아 호퍼를 바라보는 엘의 눈빛이 반짝였다.

"게임이요?"

"좀 이따가 해보자."

호퍼는 카드를 앞에 내려놓고, 서류철 상자를 들어 자신이 앉은 의자 옆 바닥에 내려놓았다. 상자 맨 위에 놓인 마닐라 서류철은 여전히 건드리지 않은 채 또 다른 서류 더미를 끄집어냈다. 서류 더미 맨 위에 'NYPD(뉴욕시 경찰청) 수사과장'이 써준 추천서가 놓여 있었다.

호퍼는 추천서의 날짜를 들여다보았다. '1977년 7월 20일 수요일.'

그는 깊게 숨을 들이마신 후 엘을 바라보았다.

"호킨스 마을 경찰서장이 되기 전, 나는 뉴욕시 경찰이었어. 강력팀 형사였지."

엘은 처음 들어보는 단어인 '강력팀'을 입 모양으로 따라했다.

"아, 그래. 강력팀은 살인 사건을 다루는 부서야."

엘의 눈이 휘둥그레졌다.

호퍼는 판도라의 상자를 열어버린 건 아닐까 싶어 한숨부터 나왔다.

"어쨌든, 1977년 여름에 아주 이상한 일이 일어났어……."

1장
생일 파티

복도는 온통 희었다. 벽도 바닥도 천장도. 가구들까지도. 희고 희고 또 희어서 살짝 어지럼증마저 느껴질 정도였다. 이러다간 도심에서 설맹(눈이 많이 쌓인 곳에서, 눈에 반사된 햇빛의 자외선이 눈을 자극해 일어나는 염증)에라도 걸리지 않을까 싶었다. 집 안이 얼마나 흰지 상상해보시길.

바닥부터 천장까지, 방마다, 층마다 희디희었다. 밖에서 봤을 땐 적갈색 사암으로 지은 평범한 브루클린의 가정집인데, 안에 들어와서 보니 설치 미술 작품이나 다름없었다. 호퍼는 한 방울이라도 흘리면 큰일 나겠다 싶어, 레드 와인이 담긴 잔의 볼 부분을 손으로 꼭 쥐었다.

이런 집에는 부자들이나 살 수 있겠다는 생각도 들었다. 이 정도로 하얗게 유지하려면 청소부를 일개 부대는 고용해야 될 테니까. 자기

26

가 앤디 워홀인 줄 아는 부자들. 앤디 워홀이나 앤디 워홀의 집 실내 장식을 맡아 한 사람과 친구 사이인 부자들.

이 집에는 아이들도 있었다. 둘. 쌍둥이. 그 아이들은 지금 집 뒤편의 널찍한 주방에서 합동 생일 파티를 하는 중이었다. 주방은 높은 벽에 둘러싸인 초록빛 무성한 정원으로 이어졌다. 정원은 줄지어 선 연립 주택들 사이에 숨겨진, 도저히 있을 법하지 않은 오아시스였다. 뉴욕시 전체를 건조지대로 만들어놓은 지독한 여름 열기에서 살아남은 푸르른 초목이 정원에 가득했다. 간소한 복도 저편에서 파티 소음이 들려왔다. 호퍼는 잘못 고른 음료를 손에 든 채 잠시 복도에서 마음을 달랬다.

와인 잔을 들어 올려 내용물을 들여다보았다. 애들 생일 파티에서 레드 와인이라니.

그랬다. 팔머 가족은 그런 부류였다.

호퍼는 한숨과 함께 와인을 한 모금 마셨다. 7월 4일을 이런 식으로 보낼 생각은 없었지만, 누굴 원망할 일도 아니었다. 서른 명이나 되는 아이들, 새라의 초등학교 반 친구들 전체가 팔머 가족이 고용한 파티 전문가들 덕분에 이 집 정원에서 즐거운 시간을 보내고 있었다. 아이들은 출장 연회 서비스 직원이 제공하는 음식을 마음껏 먹고 마셨다. 물론 단것도 실컷 먹겠지. 이런 일을 해주고 출장 연회 서비스 직원이 받는 돈은 호퍼의 한 달 급료보다 훨씬 많을 것이다.

파티를 즐기고 있는 건 아이들뿐만이 아니었다. 호퍼를 제외한 부모들은 복도의 수많은 하얀 문들 중 하나를 지나면 있는 하얀 홀에 모여서, 그들을 위해 준비된 쇼를 즐기고 있을 터였다. 듣기로는 무슨 마술 공연이라고 했다. 다이앤은 호퍼를 설득해, 한쪽 팔을 거의 끌다시피 하며…… 마술 공연인지 나발인지를 같이 보고 싶어 했다.

별로였다. 이렇게 복도에 나와 혼자 있는 편이 나았다. 무한한 흰색의 복도에서. 와인과 함께.

주방 쪽에서 왁자한 웃음이 터져 나왔고, 동시에 주방 반대편 끝에서 환호성이 들려왔다. 호퍼는 어느 쪽에 반응해야 할지 고민하며 이쪽저쪽을 번갈아 쳐다보았다. 문득, 파티의 흥을 깨는 짓이나 하고 있는 것 같아 자책하며 고개를 절레절레 흔들었다. 그는 부모들이 모여 있는 곳으로 발걸음을 옮겼다. 복도 끝에 있는 홀의 문을 열면서, 어쩌면 중앙에 하얀 그랜드 피아노가 놓인 하얀 방이지 않을까, 생각했다. 피아노 건반을 두드리는 존 레넌과 그 앞에서 피아노에 기대어 서 있는 요코 오노가 있을 법한 방.

막상 문을 열고 보니 이 집에 있는 여러 개의 응접실 중 하나일 뿐이었다. 벽은 이 집의 다른 공간들처럼 희었지만, 아마도 원목일 듯한 화려한 책장이 따뜻한 갈색이라서 전체적으로 덜 삭막했다.

그는 등 뒤로 문을 닫고 근처에 서 있는 다른 부모들에게 목례를 하며 예의를 차렸다. 서 있는 이들은 대부분 아버지들이었다. 응접실의 대부분을 차지하고 있는 커다란 원형 테이블에는 어머니들과 이모들, 고모들이 앉아 있었다. 그들의 시선은 문 맞은편 테이블의 '상석'에 앉은 여자에게 온통 쏠려 있었다. 머리에 붉은 무늬 스카프를 쓴 젊은 여자로, 그 여자 앞에는 망할 크리스털 공 하나가 놓여 있었다.

호퍼는 어금니를 꽉 깨물며, 손목시계를 확인하고 싶은 충동을 꾹 억눌렀다. 그는 이 자리가 편치 않았다. 그는 아이들의 생일 파티에 초대를 받고도 한껏 차려입지 않고 온 유일한 사람인 듯했다. 다른 아버지들은 대부분 다양한 흙 색깔의 옷깃 넓은 스포츠 재킷을 입었고 어울리는 색감의 넥타이를 맸다.

'아, 그래. 모델 티 재킷과 넥타이라. 갈색이기만 하면 다 되는 거였네.'

붉은 격자무늬 셔츠와 청바지를 입은 자신은 이 자리에 안 어울리는 듯했다. 그래도 몸은 편했다. 이런 날씨에 폴리에스테르 재킷이라니, 현명한 결정은 아닐 것이다. 주변에 서 있는 남자들도 그걸 미리 알았으면 좋았을 것을. 몇몇은 이미 더위로 얼굴이 벌게지고 땀으로 번들거리는 상태였다.

호퍼는 와인을 마시면서 잔 뒤로 싱긋 웃음을 감췄다. 눈길을 돌려 방 한가운데 펼쳐진 풍경을 바라보았다. 다이앤과 함께 앉아 있는 여자들은 대부분 길게 늘어진 면 원피스 차림이라서 남자들보다는 숨이 덜 막혀 보였다. 그녀들은 크리스털 공을 들여다보며 미래를 읽는 척하는 점쟁이의 말을 경청하느라 몸을 앞으로 기울이고 있었다. 점쟁이 앞에 앉은 여자는…… 톰의 엄마 신디 아닌가?

그러다 생각의 흐름을 놓쳤다. 문득 와인이나 한 잔 더 마시고 싶어졌다.

점쟁이는 계속 무어라 웅얼거렸다. 점쟁이라면 으레 나이대가 어느 정도여야 한다고 생각해둔 바는 없지만, 그녀는 호퍼의 예상보다 젊었다. 보통 저런 건 할머니들이 하지 않나? 뭐, 중요하진 않았다. 어차피 다 쇼일 뿐이니까.

긴장 풀자, 쇼를 즐기자, 머저리처럼 굴지 말자, 호퍼는 속으로 되뇌었다.

박수갈채가 쏟아지는 바람에 그는 상념에서 깨어났다. 방 안을 둘러보니 테이블에 모여 앉은 여자들이 자기네끼리 자리를 옮겨 앉고 있었다. 점쟁이 앞에 다음 상담자가 앉은 모양이었다.

상담자는 다이앤이었다. 앞에 있는 점쟁이가 하는 말을 듣고 다이앤은 웃음을 터뜨리며 어깨 너머를 흘끗 돌아보았다. 호퍼가 보이자 다이앤은 눈을 빛내며 가까이 오라고 손짓했다.

옆에 선 다른 아버지들에게 수줍게 눈짓을 하면서 호퍼는 앞으로 걸어가 다이앤의 의자 뒤에 섰다. 아내가 한 손을 내밀자 그는 그 손을 꼭 잡았다. 다이앤은 다시 고개를 들어 미소 띤 얼굴로 그를 올려다보았다.

그도 마주 미소 지었다.

"나는 뭐 하러 불러? 여기 계신 마담 미스틱(신비 부인)께서 당신 미래를 봐주시는데."

그 말에 점쟁이가 웃었다. 점쟁이는 스카프를 뒤로 살짝 젖히고 호퍼를 올려다보며 말했다.

"과거, 현재, 미래, 모든 방향과 모든 길을 내게 열어주소서!"

그러고는 크리스털 공 위에 두 손을 올리고 흔들었다.

다이앤은 빙그레 웃으며 깊게 숨을 들이마셨다. 그녀는 허리를 곧게 펴고 눈을 감은 뒤 코를 통해 천천히 숨을 내쉬며 말했다.

"좋아요. 말씀하세요."

방 안에 모인 사람들이 환호성을 질렀다. 점쟁이는 웃음이 나오려는 걸 꾹 참고 목을 한 바퀴 돌리고는 크리스털 공을 집중해서 들여다보았다. 두 손바닥을 크리스털 공 양옆의 테이블 표면에 바짝 붙인 자세였다.

점쟁이는 아무 말도 하지 않았다. 호퍼는 점쟁이가 집중하면서 눈을 가늘게 뜨고 양 미간을 모으는 모습을 지켜보았다. 남자들 몇몇이 흥미를 잃었는지 뒤쪽에서 웅성거렸다.

그때.

"내가 본 것은…… 아!"

점쟁이가 크리스털 공 뒤로 움찔 물러났다. 호퍼는 아내의 어깨에 손을 얹은 채였고, 아내는 여전히 그의 손을 잡고 있었다.

눈을 감은 점쟁이는 고통스러운 듯 인상을 썼다. 호퍼는 자신의 손을 잡은 다이앤의 손에 힘이 들어가는 것을 느꼈다. 그도 슬쩍 불안해졌다. 이건 쇼일 뿐이고 진짜일 리 없는데 어느덧 방 안 공기가 바뀌었다. 재미 삼아 떠들던 가벼운 분위기가 순식간에 무거워졌다.

호퍼는 헛기침을 했다.

점쟁이가 눈을 뜨더니 크리스털 공을 들여다보며 고개를 갸웃했다.

"내가…… 본 건…….." 점쟁이는 고개를 좌우로 흔들며 두 눈을 다시 질끈 감았다. "어둠…… 이에요. 구름이…… 아니, 구름이 아니라 파도 같은데, 이리저리…… 사방으로…… 퍼져나가요."

다이앤은 앉은 자리에서 자세를 바꾸며 호퍼를 올려다보았다.

"그리고…… 빛이 보여요……." 점쟁이는 레몬이라도 씹은 것처럼 인상을 썼다. "아니…… 빛이 아니라…… 빈 공간이에요. 텅 빈 공간. 어둠, 파도 같은 구름이 그 위로…… 시커멓게…… 몰려들어요……."

점쟁이는 숨을 몰아쉬었다. 다이앤은 놀라 움찔했고 방 안에 있던 이들 중 절반 정도도 같은 반응이었다.

호퍼는 고개를 저었다.

"저기요, 장난은 이만하면……."

점쟁이는 다시 고개를 젓고 젓고 또 저었다.

"어둠이요. 어둠 외에는 아무것도 없어요. 거대한 구름과 검은 뱀이……."

호퍼가 말을 잘랐다.

"그만하면 된 것 같습니다."

"어둠이 오고 있어요. 끝없는 밤. 새벽 없는 낮. 낮에는—"

"**그만**하라니까요!"

호퍼는 손바닥으로 테이블을 내리쳤다.

점쟁이가 눈을 뜨면서 숨을 훅 들이마셨다. 몇 번 눈을 깜박거리다 주변 사람들을 돌아보는데, 마치 깊은 잠에서 깨어난 듯 놀란 표정이었다.

방 안에 모인 사람들이 일제히 떠들기 시작했다. 여자들은 이런 놀이에 참여한 게 겸연쩍은지 서둘러 자리에서 일어났고 남편들은 뒤에서 자기네끼리 구시렁댔다. 다이앤이 일어서자 호퍼는 아내의 어깨를 팔로 감쌌다.

"괜찮아?"

다이앤은 이마를 손으로 문지르며 고개를 끄덕였다.

"응, 괜찮아."

그녀는 고개를 돌리고 힘없이 미소 지었다.

호퍼는 점쟁이를 돌아보며 말했다.

"대체 뭐 하는 짓인지 모르겠지만, 여긴 애들 생일 파티를 하는 곳이잖습니까. 사람들을 겁주고 싶으면 할로윈 때 하든가요."

호퍼를 올려다보는 점쟁이의 얼굴은 여전히 멍했다. 게다가 그의 말을 알아들으려 무진 애를 쓰는 듯 두 눈을 가늘게 떴다. 주변에 있던 다른 부모들은 방에서 나가고 있었다. 호퍼도 돌아서서 그들 뒤를 따라갔다.

"괜찮아요?"

다이앤이 물었다. 호퍼는 그 말에 고개를 돌렸으나, 호퍼가 아니라 점쟁이에게 한 말이었다. 점쟁이는 관자놀이를 손으로 문지르고 있었다.

"아, 예. 아까는 미안했어요. 정말로. 내가 어떻게 됐었나 봐. 잘 모르겠어요."

"난 알겠던데요."

호퍼는 이렇게 말하며 다이앤의 어깨를 당겨 테이블이 아닌 문 쪽으로 향하게 했다. 방에서 나가기 직전에 호퍼는 뒤를 돌아보았다. 테이블 앞에 앉은 점쟁이가 별안간 전보다 훨씬 젊어진 듯 보였다. 머리에 쓴 커다란 붉은 스카프와 크리스털 공도 우스꽝스러웠다.

"이 일에 대해 수전과 빌에게도 얘길 해야겠어."

호퍼의 말에 다이앤은 고개를 저으며 말렸다.

"짐, 그만해."

코로 뜨거운 숨을 내뿜은 호퍼는 인상을 쓰며 방을 나갔다. 아내와 함께 복도로 나간 호퍼는 딸 새라가 어떤 아이와 함께 그들에게 달려오는 모습을 보고서야 비로소 화를 가라앉혔다. 새라는 한 손에 빨간 줄무늬가 들어간 하얀 종이를, 다른 손에는 측면에 사각형 구멍이 숭숭 뚫린 갈색 판지 상자를 들고 있었다. 상자 윗면을 접어 만든 튼튼한 손잡이를 손가락 관절이 하얗게 되도록 손에 꼭 쥔 모습이었다.

호퍼는 무릎을 굽히고 여섯 살짜리 딸 새라를 안아 올리며 물었다.

"꼬맹아. 그건 뭐야?"

"생일 케이크요! 그리고 애완 돌이요! 다들 하나씩 갖고 있어요. 내 애완 돌 이름은 몰리예요."

새라는 한번 보라며 상자를 그에게 내밀었다. 호퍼는 애완 돌이 담긴 상자를 기울이며 천천히 대답했다.

"그렇구나. 몰리도 생일 케이크를 먹고 싶어 할까?"

"바보 같은 소리 말아요, 아빠. 몰리는 레모네이드만 마신다고요."

"그렇구나." 호퍼는 놀랍다는 듯 입을 'O' 모양으로 벌리고 두 눈썹을 치뜨며 다이앤을 돌아보았다. "그럼 우리가 먹을 케이크 분량이 늘어나겠네!"

다이앤은 웃으며 그의 팔꿈치를 잡아당겼다.

"그만 가자."

줄지어 앞문으로 걸어가는 다른 부모들과 아이들 뒤를 따라 다이앤도 그리로 발길을 돌렸다. 현관 로비에는 아이들을 즐겁게 해준 파티 전문가 두 명이 독립기념일의 샘 아저씨(Uncle Sam, 보통 흰 머리에 턱수염이 있고 미국의 국기를 연상시키는 복장을 한 나이 든 남자로 표현된다. 약자가 미합중국을 뜻하는 U.S.여서 미국의 상징으로 여겨진다) 복장을 하고 그들을 기다리고 있었다. 그들은 짧은 막대에 붙인 작은 성조기를 아이들에게 하나씩 나눠주었다. 막대 끄트머리에는 종이로 된 작은 사탕 봉지가 하나씩 묶여 있었다. 새라는 제 아빠에게 애완 돌 상자를 떠밀듯 맡기면서, 사탕 봉지를 받으려고 손을 뻗었다.

"이럴 땐 뭐라고 말하라고 했지, 새라?"

다이앤이 물었다.

"고맙습니다, 광대 아저씨!"

그들 셋은 함께 계단을 내려가 인도로 향했다. 다른 파티 참석자들은 길가에 빼곡히 주차된 차량들 사이로 제각각 흩어졌다.

호퍼 가족은 집이 멀지 않아 굳이 차를 탈 필요가 없었다. 거리를 따라 몇 걸음 걷자마자 새라는 아빠에게 잡힌 손을 빼내려 버둥거렸다. 호퍼가 손을 놓아주자 새라는 남은 에너지를 마저 발산하며 신나게 깡충거렸다. 그들 셋은 몇 블록 떨어진 아파트를 향해 걸어갔다.

다이앤은 호퍼의 팔짱을 끼고 그의 어깨에 머리를 기대며 천천히 발을 옮겼다.

"멋진 파티였어."

"그러게. 대단한 파티이긴 하더라. 내 급료로는 배상도 못할 것 같은 엄청 비싼 카펫에 와인을 쏟을까 봐 마음 졸이다가, 예언가 나부랭이에게 대재앙 같은 예언이나 들었으니." 호퍼는 애완 돌이 담긴 상자를 들어 올리며 말을 이었다. "아, 게다가 예상도 못 했는데 가족까지 늘었어. 그래, 멋진 파티였네. 내년까지 어떻게 기다려야 하나."

웃으며 호퍼를 슬쩍 밀친 다이앤은 방금 전까지 머리를 기대고 있던 그의 어깨를 장난스레 손으로 쳤다.

"아, 뭐야. 그렇게 나쁘진 않았잖아. 리사는 그냥……."

다이앤은 적당한 설명을 떠올리려 애쓰느라 두 손을 허공에 대고 휘저었다.

"리사?"

"리사 사지슨. 점쟁이 말이야. 그쪽도 애들 부모 중 하난데, 부업으로 마술을 해."

"점치는 게 마술이라고?"

"그게, 점치는 건 엄밀히 말하면 마술은 아니야. 리사는 원래 자물쇠와 사슬을 이용하는 탈출 곡예를 하는데 솜씨가 대단해. 재니스 맥간이 쇼에서 마술사를 돕는 지원자로 나서서 수갑을 찬 적이 있거든. 그때 리사가 열쇠가 없어졌다고 말하는 바람에 재니스는 심장마비가 올 뻔했어!"

그 말에 호퍼는 미소를 지었다.

"이번에는 점을 왜 그렇게 쳤대? 리사 사지슨이라는 그 여자, 뭐에 홀리기라도 한 건가?"

다이앤은 어깨를 으쓱했다.

"잠깐 넋이 나갔나 보지 뭐."

호퍼는 나지막하게 휘파람을 불며 말했다.

"대단하셔."

"그러니까 대단한 파티였지."

"맞아. 새라의 반 친구들 전체가 부모랑 같이 참석했는데도, 파티 도우미가 손님보다 더 많은 것 같더라. 게다가 어른들을 위한 쇼까지 준비했잖아? 이런데도 수전과 빌이 허세를 부린 게 아니라고 말할 수 있는 건가."

"글쎄. 당신은 별로였던 모양이지만 난 즐거웠어."

"나도 꼭 별로였다고는 말 안 했는데."

"재미없었잖아. 당신 표정 다 봤어."

"아까 말했듯이, 레드 와인을 쏟아서 소동이 날까 봐 겁이 나긴 했지."

"그러니까 말이야."

"그렇다니까!"

"제임스 호퍼." 다이앤은 다시 한 번 남편의 팔에 팔짱을 끼었다. "당신, 그 집에 있는 내내 긴장한 것 같더라. 긴장을 풀고 좀 더 즐기는 방법을 배울 필요가 있겠어."

호퍼는 입을 열고 무어라 말을 하려다가 말았다. 그는 어깨를 으쓱 올린 채 말했다.

"난 그냥……."

"그냥 뭐?"

"그 집 말이야. 그 집 사람들도 그렇고. 팔머 씨네가 괜찮은 가족이라는 건 인정할게. 하지만…… 우리와는 사는 게 다르더라. 오늘 손님으로 온 다른 가족들과도 다르고. 팔머 씨네가 햄프턴스(뉴욕 인근 롱아일랜드 섬에 있는 부유한 별장촌)에 있는 집이 아니라 여기서 파티를 연 것도 손님들이 차를 타고 올 기름 값이 없을까 봐 배려한 것 같더구만."

다이앤은 헛웃음을 웃었다.

"설마."

"그렇다니까." 호퍼는 그제야 어깨를 내리며 말을 이었다. "물론 아닐 수도 있겠지. 아니라고 해도 오늘 파티가 열린 그 집을 봐. 평범한 사람들은 그런 집에 살지 않아. 돈도 엄청 많은 사람들 같던데 왜 쌍둥이들을 공립학교에 보내지?"

"저기요, 그 공립학교가 꽤 괜찮은 학교거든요. 괜찮은 학교가 아니었으면 나도 거기서 애들을 가르치지 않을 거고, 새라도 그 학교에 보내지 않았을 거야."

"그래, 알아. 하지만 그 사람들은 수십 군데나 되는 고급 사립학교 중 하나를 골라 애들을 보낼 수도 있었어. 당신은 그럴 여유가 되면 안 그러겠어? 새라가 다니는 학교가 괜찮은 학교이긴 하지만, 뉴욕시의 공립학교 시스템 자체가 좀 그렇잖아."

"뉴욕시의 공립학교 시스템이 잘 작동한다고 생각 안 했으면 내가 그 시스템에 내 피와 땀, 눈물을 쏟고 있진 않겠지. 안 그래?" 다이앤은 호퍼를 올려다보았다. "예전과 다른 삶을 살아보려고 노력하는 건 당신뿐만이 아니야, 짐. 난 단지 옆에서 당신을 응원해주려고 이 도시까지 오진 않았어. 가끔 당신은 그 사실을 상기할 필요가 있어."

호퍼는 고개를 끄덕이며 아내를 옆으로 끌어당기고 함께 걸어갔다. 그랬다. 뉴욕시는 문제가 많지만 새라가 다니는 학교는 **괜찮은 학교**였다. 현재 뉴욕시의 교육 시스템을 생각하면, 다이앤이 그 학교에서 선생으로 일하게 된 것도 다행이었다. 다이앤이 다른 학교 얘기를 들려준 적이 있는데, 어떤 선생들은 멋대로 수업 땡땡이를 친다고 했다. 열두 살밖에 안 되는 어린애들이 저희끼리 와인 병을 돌려가며 마시는데도 교실 앞쪽에 앉은 선생은 나무랄 생각도 못 한다고 했다. 괜히 권위를 세우려 나서봤자, 폭력 사태까지 가지는 않더라도 학생들에게 무시당하기 때문이었다. 물론 다 극단적인 사례이긴 했지만 뉴욕시 전체가 극단적인 사례처럼 느껴질 때도 있었다. 인프라와 공공 서비스가 붕괴되어 사실상 파산한 상태나 다름없는 도시이니 말이다.

1977년 뉴욕시는 그런 곳이었다.

그렇다고 뉴욕으로 오기로 한 결정을 후회하지는 않았다. 전혀. 호퍼 입장에서는 적기에 적절한 결정을 내린 것이었다. 베트남에서 인디애나주 호킨스 마을로 돌아가니, 마치 평행 우주 속으로 발을 내딛은 기분이었다. 베트남의 전장에서 그는 피와 땀을 쏟았다. 한 번씩 제정신이 돌아오면 도저히 끝날 것 같지 않고, 명분도 이해되지 않는 전쟁에 대한 회의가 몰려오기도 했다. 그러다 호킨스라는 미국의 작은 마을로 돌아와 보니, 아무것도 달라진 게 없는 평화로운 일상이 계속되고 있었다. 그는 마치 시간의 순환 고리 속으로 빨려 들어간 느낌을 받았다.

그 마을이 언젠가 변하긴 할지, 변할 가능성은 있는지 의심스러웠다.

그런 생각이 들자 초조해지기 시작했고 굳이 그런 기분을 숨기려하지도 않았다. 1969년에 다이앤이 마을로 오자 그의 시선은 자연히 그녀에게 쏠렸다. 둘 사이에 로맨스가 꽃피고 1971년에는 딸 새라가 태어났다. 그때부터 그는 마음이 다소 안정되었다.

하지만 그것도 한동안이었다. 인디애나주 호킨스 마을은 여전히 변함이 없었다. 가정이 안정되면서 행복감을 느끼기는 했지만, 호퍼는…… 그 이상을 원했다. 무언가 더 큰 것.

더 큰 곳.

이를테면 뉴욕시 같은 곳.

사실대로 말하자면 다이앤을 설득하는 데 꽤 시간이 걸렸다. 그로 인해 호퍼는 가끔 죄책감을 느끼기도 했다. 다이앤은 최대한 호퍼를 지지해주었고 호퍼가 원하는 대로 살도록 배려해줬지만, 호킨스 마을을 떠나 뉴욕으로 이사를 가는 건 여러 가지 면에서 쉽지 않은 결정이었다. 호퍼에겐 졸음이 올 정도로 작고 따분한 마을이었지만 그들은 그곳에서 가정을 꾸렸고 가족을 만들었다. 안전하고 편안한 곳이었다. 게다가 베트남에서의 기억이 빠르게 옅어져가고 있던 덕분에 살기도 한결…… 수월해졌다.

어쩌면 그게 문제였는지도 모른다. 안전하고 편안하고 수월해졌다는 것. 호퍼는 자신이 원하는 바는 다른 것임을 곧 깨달았다. 베트남에 두 번 다녀온 경험으로 인해 그는 변하고 말았다. 전에 살던 마을로 돌아왔지만 따분한 망각 속으로 빠져드는 기분을 느낄 뿐이었다.

그는 일찌감치 징후를 보았고, 다이앤도 마찬가지였다. 차라리 다행이었다. 그는 다이앤에게 내심 기댔다. 다이앤의 도움이 없었다면…… 어떻게 됐을지 상상하기도 싫었다. 베트남전에 참전했다가 돌아온 후 정상적으로 살 수 없었던 사람들이 어떤 신세가 됐는지 그는 똑똑히 보았다.

변화가 필요했다. 그래서 그들은 뉴욕으로 이사해 삶에 변화를 주기로 결정했다. 거대한 도시, 온갖 골칫거리가 가득한 도시, 도움을 필요로 하는 도시 뉴욕으로.

호퍼는 할 수 있다고 믿었다. 그 무렵 지구상의 지옥이라 불리기 시작한 이 도시에 불의 세례를 주는 것이 쉽지 않은 일임은 실제로 와서 겪어보기 전에도 이미 알고 있었다.

하지만…… 그는 그 일을 원했다. 그 일이 **필요했다**.

마침내 1972년 봄에 다이앤이 승낙했다. 아직 젊고 인생에 새로운 길을 만들어갈 힘이 있을 때 한번 다르게 살아봐야 한다, 가족 모두에게 좋은 일이다, 라는 호퍼의 주장에 수긍한 것이다.

그동안 쌓아온 경력이 호퍼에게 꽤 도움이 됐다. 퇴역한 후 그는 호킨스 마을 경찰서에서 경찰로 일했다. 3년 반 동안 탈 없이 업무를 수행하면서 몇 차례 표창도 받았고 군복무 경력도 있어 그는 안 그래도 인력이 부족한 뉴욕시 경찰청에 빠르게 발탁됐다. 처음에는 순찰 업무를 주로 했는데 특별한 경력을 갖고 있다 보니 그를 필요로 하는 부서로 곧장 배치됐다. 몇 달 동안 틀에 박힌 일을 하면서 뉴욕시와 뉴욕시 경찰청에 관해 익혀나간 후에는 배지와 책상도 받았다. 시간 가는 줄 모르고 일에 몰두하니 당연히 눈에 띌 수밖에 없었다. 그러다 예산이 줄고 인원 감축 바람이 불면서 그는 강력팀으로 옮겨가게 됐다.

그때만큼 기분 좋았던 때가 없었다.

사실, 호퍼 가족은 가진 게 많지 않았다. 그래서 더욱 쓸데없이 부를 과시하는 팔머 가족에게 부아가 나기도 했다. 하지만…… 호퍼 가족은 행복했다. 그들은 브루클린 자치구에 위치한, 그럭저럭 나쁘지 않은 아파트에서 살고 있었다. 다이앤은 더 좋을 수도, 더 나쁠 수도 있지만 딱 중간쯤 되는 수준의 초등학교에 일자리를 얻었다. 새라는 똑똑한 아이라 이제 겨우 1학년이긴 해도 꽤 잘 해나가고 있었다. 새라가 다이앤과 한 학교에 있는 것도 마음이 놓였다. 다이앤이 학교에서 엄마로서 손을 잡아주진 못하겠지만…… 딸을 늘 지켜볼 수 있는 것만으로도 걱정을 떨칠 수 있었다.

바로 그런 곳이 뉴욕이었다.

갑자기 다리를 확 잡아당기는 느낌에 호퍼는 상념에서 깨어났다. 아래를 내려다보니 새라가 온 힘을 다해 그의 무릎을 당기고 있었다. 그들이 사는 아파트 건물이 불과 몇 집 건너에 있었다.

"어서 가요, **어서!** 케이크를 더 먹을 시간이란 말이에요, 아**빠!**"

"그래, 우리 꼬마 숙녀가 당연히 이 시간에 해야 할 일이겠지. 당을 과다복용 하는 거."

호퍼는 웃으며 딸을 안아 올렸다. 다이앤이 앞서 걸어가 공동 현관의 자물쇠를 열었다. 뒤따라 건물로 들어가려던 호퍼는 다이앤이 멈춰 서는 바람에 그녀의 등에 부딪혔다.

"왜 그래?"

다이앤이 남편을 돌아보며 물었다.

"저거 전화벨 소리 맞지?"

호퍼는 귀를 기울였다. 다이앤의 말대로 저 위쪽 어딘가에서 전화벨이 울리고 있었다. 2층에 있는 그들의 집에서 흘러나오는 소리 같았다.

"애 받아봐." 호퍼는 몸을 돌려 새라를 다이앤에게 넘겼다. "가서 받아볼게. 중요한 전화일 수도 있어."

그는 다이앤의 품에 딸을 안겨준 뒤 한 번에 두 칸씩 계단을 뛰어 올라갔다.

"여보세요?"

"호퍼. 연락하기 참 어렵네요."

여자 목소리였다. 굵은 데다 흡연가의 목소리답게 거친 그 소리의 주인이 누군지 호퍼는 단박에 알았다.

"연락이 안 닿길 바랐는데 이렇게 됐네, 델가도. 독립기념일이라 오늘 내 임무는 새라를 데리고 생일파티에 가는 게 전부였는데 말이야."

"그러게요. 이제 다른 종류의 파티로 초대해드리죠."

호퍼는 맥박이 빨라졌다. 6주째 그의 파트너로 일하고 있는 로사리오 델가도 형사가 비번인 그에게 굳이 연락한 걸 보면 충분히 그럴 만한 이유가 있을 터였다. 냉장고 바로 옆 벽에 설치된 전화기 옆에 서서 전화를 받으며 그는 그 이유를 짐작할 수 있었다. 등 뒤에서 다이앤과 새라가 아파트로 들어오는 소리가 들렸다. 새라와 함께 주방으로 들어온 다이앤은 무슨 일이냐는 눈빛으로 호퍼를 쳐다봤다. 호퍼는 다이앤과 눈이 마주치자 고개를 살짝 끄덕여 보였다. 수화기 너머에서 델가도가 말했다.

"제임스 호퍼 형사를 조종하는 통제 본부장님이 지금 입장하셨나 보네요."

그는 전화기 송화구를 바짝 당겨 통화를 계속했다.

"미안. 또 사건이 터졌어?"

"최대한 빨리 오셔야겠어요."

호퍼는 고개를 끄덕였다.

"알았어. 주소 불러줘."

그는 펜과 종이를 찾느라 주변을 두리번거렸다. 다이앤이 카운터에서 식료품 구매 목록을 작성할 때 쓰는 작은 메모지를 찾아 펜과 함께 그에게 내밀었다. 호퍼는 입 모양으로 고맙다고 말한 뒤 돌아서서 메모지를 전화기 옆 벽에 갖다 붙였다. 델가도가 주소를 부르자 그는 메모지에 받아 적었다.

"적었어. 바로 갈게."

"레드 카펫 깔아놓고 기다리죠."

전화가 딸깍 끊겼다.

호퍼는 수화기를 벽전화기에 갖다 걸었다. 다이앤의 두 손이 그의 어깨 위에 놓였다. 그는 손을 뻗어 아내의 손을 잡으며 돌아섰다.

43

"저기—"

다이앤은 고개를 끄덕이며 말했다.

"가봐."

"그래. 미안."

다이앤은 미소를 지었다.

"사과하지 마. 일 때문인데 절대 미안해하지 마."

"나중에 보상할게."

"당연하지."

아내의 품에서 벗어나 현관문으로 향한 그는 문을 열고 손잡이를 잡은 채 뒤를 돌아보았다.

"이따 전화해서 어디 있는지 알려줄게."

그는 주방의 작은 식탁 앞에 앉아 케이크를 먹고 있는 새라를 건너다보았다.

"이봐, 꼬마야, 아빠 먹을 것도 조금은 남겨놔!"

새라는 빨간색과 파란색 아이싱을 얼굴에 묻힌 채 고개를 들고 미소 지었다.

다이앤은 호퍼의 뺨에 입을 맞췄다.

"조심해서 잘 다녀와."

호퍼는 아내의 입술에 입을 맞췄다.

"그럴게."

그는 등 뒤로 문을 닫고 집을 나섰다.

2장
세 번째 희생자

1977년 7월 4일
뉴욕시 브루클린

"엉망이네, 엉망이야."

호퍼는 방금 그 말을 한 제복 차림의 경찰을 흘끗 쳐다보았다. 아파트 상태가 그렇다는 건지 범죄의 양상이 그렇다는 건지 알 수 없었다. 복도를 따라 조심스레 발걸음을 옮기면서 그는 어쩌면 둘 다일 수도 있겠다고 생각했다. 아무것도 건드리지 않기 위해, 일개 부대 규모로 사건 장소를 가득 메운 경찰들에게 방해가 되지 않기 위해 두 손을 모아 쥐었다. 그리고 모든 범죄 현장에서 그랬듯이 주변을 둘러보며 머릿속에 장면들을 담았다. 물론 가능한 한 모든 각도에서 사진을 찍을 것이고, 누군가 이곳 도면을 그릴 것이며, 또 다른 누군가는 모든 것의 길이를 재고 흥미로워 보이는 모든 항목에 노란색 작은 깃발을 꽂아 표시할 것이다. 하지만 현장에서 직접 눈으로 보고 그 장소와 배치, 환경에 대한 느낌을 얻으면서 보내는 시간을 이길 수 있는 것은 없었다. 그렇게 이 방과 저 방, 이 물건과 저 물건의 관계성을 느껴봐야 했다.

방금 전 경찰의 말대로 현장은 엉망이었다. 복도에는 쓰레기가 그득 담긴 봉지들이 줄지어 놓였는데 한동안 누구도 건드리지 않은 듯 보였다. 사건이 벌어진 장소로 이동하면서 흘끗 들여다본 인접한 다른 방들도 상태가 비슷했다. 집 전체가 쓰레기로 가득했다. 장기간의 혹서에 문을 닫아놓은 탓에 뜨끈한 공기에서 퀴퀴한 냄새가 나기는 했지만, 그 외에 다른 냄새는 없었다.

그러나 사건 현장으로 가까이 갈수록 악취가 뚜렷해졌다. 정육점 대형 도마에서 풍기는 죽음의 냄새, 특유의 썩은 내가 이내 코를 찔렀다. 집 안의 열기를 감안할 때 냄새가 더 지독하지 않은 것이 놀라웠다.

"호퍼 형사님, 드디어 오셨군요."

호퍼는 고개를 돌려 파트너를 바라보았다. 그의 파트너인 로사리오 델가도 형사는 그가 방금 지나온 문들 중 한 곳 앞에서 두 손으로 엉덩이를 짚은 채 서 있었다. 나팔형 청바지에 폭이 15센티미터나 되는 갈색 허리띠를 둘렀고, 연청색 폴로셔츠는 단추를 최대한 풀어 내린 차림이었다. 줄에 매달아 목에 건 금색 형사 배지가 셔츠 맨 아래 단추에 연신 톡 톡 부딪쳤다. 그걸 본 호퍼는 자신의 배지가 생각나 뒷주머니에서 배지를 꺼내 허리띠 앞쪽에 끼웠다. 그런 그를 보며 델가도는 올리브색 얼굴에 히죽 미소를 지었다.

"셔츠 멋지네요. 말 안 해도 알겠어요. 정장을 입고 가야 하는 파티에 그런 벌목꾼 같은 차림으로 참석하셨겠죠."

호퍼는 자신의 모습을 내려다보았다. 기본 청바지에 붉은색 체크무늬 셔츠, 중간 정도 굽 높이의 첼시 부츠. 델가도의 말 때문에 그는 자신의 옷차림을 괜히 의식하게 됐다.

"뭐, 내가 체크무늬를 좋아하거든."

"모든 여자들을 성질나게 만드는 게 바로 그런 부분이죠."

그는 델가도의 옷을 가리키며 말했다.

"드레스 코드 얘기가 나왔으니 말인데……."

델가도는 어깨를 으쓱하며 받아쳤다.

"호출을 받았을 때 저는 스튜디오 54(맨해튼에 위치한 디스코 클럽)로 가는 길이었어요."

"정말?"

"아뇨. 날씨가 덥잖아요. 제가 거기 가서 뭘 하겠어요? 이쪽으로 와 보세요."

델가도는 복도를 걸어갔고 호퍼는 그 뒤를 따랐다.

제복 입은 경찰 두 명이 복도 끝의 쌍여닫이문 앞을 지키고 있었다. 델가도가 먼저 그 문으로 들어가고 호퍼가 바로 뒤따라 들어갔다.

호퍼는 방 안을 쭉 둘러봤다. 방 한가운데 펼쳐진 공포 쇼를 바로 대면할 자신이 없어서가 아니라, 방 안의 모든 것을 눈에 담기 위해서였다. 방. 장식. 규모. 관계성.

그리고 **사건 현장**.

사건이 일어난 곳은 침실이었다. 갈색 줄무늬가 들어간 벽지는 오래되어 보이지도, 새로 바른 것 같지도 않았다. 초록색 줄무늬 커튼이 설치된 직사각형 창문으로 햇살이 적당히 들어왔다. 바닥에는 파란색과 빨간색의 자잘한 꽃무늬 카펫이 깔려 있었다. 갈색 목재로 된 서랍장은 벽지와 어울리지 않았고, 그 위에 동그란 면도 거울이 놓여 있었다. 의자는 없고 싱글 침대 하나가 있었다. 침대에서 자고 일어나 이부자리를 대충 놓아두는 편인 듯, 특별히 신경 쓰거나 세심하게 정리한 흔적은 보이지 않았다. 침실에는 쓰레기가 비교적 없는 편이었다. 말 그대로 '비교적' 그렇다는 말이다.

그제야 비로소 호퍼는 침대에 누운 그것에 관심을 쏟았다. 이 형편없는 아파트를 범죄 현장으로 만든 대상.

바로 최근 희생자의 시신이었다.

델가도가 침대를 가리키며 말했다.

"역시, 똑같네요, 똑같아. 희생자는 삼십대 후반의 체격 좋은 남성이에요. 혈액 대부분이 몸 밖으로 나와 있긴 하지만요."

호퍼가 시신 쪽으로 다가가자 델가도는 뒤로 물러서며 자리를 내주었다. 얼굴을 위로 하고 침대에 누운 희생자는 신경 써서 옷을 갖춰 입은 모습이었다. 파란색 예복용 바지, 소매를 접어 올린 흰 셔츠. 침대 밖으로 튀어 나와 있는 두 발에는 검은 양말과 광택 나는 검은 구두가 신겨져 있었다. 머리는 베개 바로 아래 놓였다. 두툼한 갈색 천으로 된 침대보는 희생자의 몸 주변에서 혈액을 빨아들여 거무죽죽하게 변해 있었다.

남자의 가슴 부위는 엉망이었다. 찢겨진 흰 셔츠 안쪽으로 가슴에 시커멓게 그어진 익숙한 패턴이 눈에 띄었다.

호퍼는 심호흡을 하며 한쪽 팔로 다른 쪽 팔꿈치를 감싸고는 턱을 쓰다듬었다. 잠시 후 그는 고개를 절레절레 흔들며 말했다.

"다른 사건들과 똑같군."

"그러게요. 똑같아요. 다섯 번 찔렸고, 그 상처들을 칼로 그어서 이어놨어요……."

"오각별이야. 꼭짓점이 다섯 개인 별." 호퍼는 델가도를 흘끗 쳐다보며 물었다. "다른 요소도 똑같아?"

델가도는 고개를 끄덕였다.

"예. 강제 침입 흔적도, 몸싸움을 한 흔적도 없어요. 이상한 소음을 들었거나 미심쩍은 무언가를 봤다는 이웃도 없고요."

호퍼는 다시 한 번 방을 둘러본 뒤 창가로 가서 부분적으로 드리워진 커튼 사이로 바깥을 조심스럽게 내다보았다.

"시신은 누가 발견했지?"

"건물 관리인이요. 누가 지독한 냄새가 난다고 불평을 해서 직접 들어와봤대요."

"진술서 받았어?"

"예. 관리인은 꽤 협조적이에요."

호퍼는 고개를 끄덕이며 창가로 시선을 돌렸다. 바깥은 평범해 보이는 브루클린 거리였다. 자동차들이 도로가의 연석을 따라 주차돼 있었다. 차 한 대가 털털거리는 엔진 소음을 내며 길을 따라 유유히 달려갔다. 흰색 조끼에 검은색 페도라를 쓴 나이 지긋한 남자가 한쪽 방향으로 지나갔고, 어린 소녀의 손을 잡은 젊은 여자가 반대편 방향으로 걸어갔다. 여자와 소녀는 살살 부는 산들바람에 돛처럼 펄럭이는 하이넥 꽃무늬 드레스를 입었다.

여느 거리와 다르지 않았다.

호퍼가 다이앤과 새라와 함께 살고 있는 거리도 이런 분위기였다. 물론 호퍼의 가족이 사는 아파트는 여기보다 한두 등급 정도 높다고 할 수 있지만 큰 차이는 없었다. 이 집은 사적인 공간이 침해당했다. 여기 살던 사람은 자기 집에서 살해당했다. 누구에게든, 어디서 살든 관계없이 일어날 수 있는 일이었다.

호퍼는 이 침대에 누워 있는 남자와 모르는 사이지만, 인연이 닿았다면 서로 만났을 수도 있었다.

이런 식으로 살해당한 사람이 다이앤일 수도 있지 않을까?

호퍼는 그 생각을 얼른 머릿속에서 몰아냈다. 경찰이 되면 모든 사람들이 사건을 개인적으로 받아들이지 말라고 조언한다. 모든 교과서와 안내서, 훈련 프로그램이 사건과 어느 정도 거리를 두는 방법을 익히라고 말한다. 안 그랬다간 정신이 갈가리 찢기고 마니까. 경찰은 그렇게 살아야 하는 직업 중 하나다. 정말 그랬다. 호퍼는 그 점을 잘 알고 있었다.

하지만 이 일을 개인적으로 받아들이지 않는다면…… 굳이 이 일을 해야 할 이유가 없지 않을까?

사건에 완전히 사로잡히기 전에 사건을 지배하는 것이 요령, 아니 해답이었다.

호퍼는 거리를 내려다보았다. 이 집 밖의 세상은 평소처럼 흘러가고 있었다. 집 안에서는 완전히 다른 이야기가 펼쳐졌지만. 호퍼는 숨을 들이마시고 머리를 식힌 후 다시 일을 시작했다.

델가도가 뒤에서 말했다.

"그러니까, 사건을 기록하는 입장에서 보자면 이건 세 번째 희생자인 거죠. 범죄 현장의 모습도, 살해 방법도 똑같아요. 모든 게 동일해요."

호퍼는 눈을 감고 손가락으로 턱을 짚었다.

"시신에 그게 남겨져 있었는지는 굳이 안 물어봐도 되겠군."

"예. 맞아요."

호퍼는 고개를 돌려 델가도를 바라보았다. 델가도는 증거물 보관용 비닐을 그에게 내밀었다. 그는 그것을 가만히 쳐다보다가 손에 받아 들고 이리저리 살펴보았다.

투명한 비닐 안에 카드 한 장이 들어 있었다. 직사각형의 카드는 일반적인 카드에 비해 두 배쯤 컸다. 한쪽 면은 흰색이고 아무런 표시가 없었다.

호퍼는 그것을 뒤집어 보았다. 카드 뒷면에 무엇이 있을지는 이미 짐작했다. 확인해보니 예상대로였다.

카드에는 짧고 구불구불한 물결선 세 개가 세로로 나란히 그려져 있었다. 굵은 붓에 진한 검은색 잉크를 묻혀 손으로 깔끔하게 그린 그림이었다. 이전 사건 현장에서 발견된 카드들에 그려진 상징과는 달랐지만, 같은 카드 세트의 일부로 보였다.

"수집품에 하나가 추가된 거죠." 델가도는 숨 막히는 방 안에서 조금이라도 더위를 식혀보려는 듯, 목 뒤로 손을 넣어 검은 곱슬머리를 위로 들어올렸다. "이제 전문가들에게 맡기세요. 이러다 더위 먹겠어요."

호퍼는 고개를 끄덕이며 카드를 델가도에게 도로 내주었다. 델가도는 카드를 받아 문간에 서 있는 과학수사팀 팀원에게 건넨 후 방에서 나갔다. 호퍼는 잠시 그 자리에 서서 시신과 현장을 한 번 더 살펴보았다.

그는 숨을 죽이며 생각했다.

세 명의 희생자. 살인범은 가슴을 다섯 군데 찌르고 그 부위들을 칼로 그어 별 모양을 새겨놓았다.

세 명의 희생자. 동일한 범죄 수법. 이 정도면 확실하다고 봐야 했다.

마치 의식을 치르듯 희생자들을 처리하는 연쇄 살인범이 브루클린에 나타난 것이다.

호퍼는 숨을 천천히 내쉬며 사건 현장을 떠났다.

뉴욕시는 이미 범죄로 넘쳐나는 도시인데 그것으로는 모자란 모양이었다.

1984년 12월 26일

인디애나주 호킨스 마을
호퍼의 오두막

"세 번째요?"

호퍼는 커피 머그를 내려다보았다. 머그는 이미 비어 있었다. 얘기는 이제 시작인데 커피 한 잔을 이미 다 마셔버렸다. 커피 마시는 속도를 조절해야겠다고 생각했다.

테이블 맞은편에 앉은 엘은 머릿속이 혼란스러운지 입술 한쪽을 비딱하게 내리며 고개를 저었다. 호퍼는 의자에서 일어나 주방에 있는 커피포트 앞으로 갔다.

그는 커피를 따르며 말했다.

"그래, 세 번째였어. 우린 거의 두 달 동안 그 사건에 매달리던 중이었지. 동일한 살인 사건이 두 번 일어나면 패턴이 형성되고 우린 같은 범인을 찾는 쪽으로 가닥을 잡아. 그런데 세 번째로 같은 살인 사건이 벌어지면 범인은 시리얼 킬러인 게 확실하다고 봐야 돼."

눈을 가늘게 뜨며 집중해서 듣고 있던 엘이 자신 없는 투로 물었다.

"아침 식사 때 먹는…… 시리얼 같은 거예요?"

호퍼는 의자에 앉았다.

"아, 아니야. 그 시리얼이 아니고 '연쇄'라는 뜻이야. 그러니까 시리얼 킬러는…… 음, 많은 이들의 목숨을 연쇄적으로 빼앗은 살인범을 뜻해."

"아빠처럼요?"

'아빠?'

그는 곧 그 의미를 깨달았다. 엘이 말한 '아빠'란 브레너, 닥터 브레너였다. 실험실에서 엘을 키운 괴물 같은 놈.

'아, 제길.'

"아니, 그거랑은 달라. 같지 않아. 좀…… 복잡하긴 하지만. 어쨌든……."

그는 커피를 좀 더 마시며 생각했다. 정말 이 얘기를 하는 게 맞는 걸까? 별로 좋지 않은 생각인 듯했다. 엘은 여러모로 신체 나이보다 정신적으로 어리다고 봐야 했다. 그런 엘에게 그는 지금 1970년대의 뉴욕, 연쇄 살인범과 대적했던 시절에 대한 얘기를 들려주고 있었다.

정도가 지나쳤다. 그는 한숨을 쉬며 손으로 얼굴을 문질렀다.

"이 얘기를 계속하는 게 좋은지 모르겠구나……."

엘은 허리를 펴고 앉았다.

"멈추지 마세요."

호퍼는 또다시 한숨을 푹 쉬었다.

"정말 듣고 싶어? 왜냐하면……."

"그래서 어떻게 됐는데요?"

"내년에 밤마다 악몽을 꾸게 하기 싫어서 그래. 알겠니?"

엘은 평소처럼 호퍼를 뚫어져라 쳐다봤다. 둘 사이의 침묵이 길어졌다. 마침내 엘이 입을 열었다.

"처음부터 얘기해주세요."

"처음부터? 얘기가 엄청 긴데. 처음 두 살인 사건은 양상이 같았어. 아까도 말했듯이 이상한 일들이 일어나기 시작한 건 세 번째 살인 사건부터야."

엘은 테이블을 내려다보았다. 호퍼는 머그 너머로 엘의 눈치를 살폈다. 엘이 아무 말도 하지 않자 호퍼는 머그를 아래로 내렸다.

"어떻게 할까?"

"시작, 중간, 끝." 엘은 테이블에서 시선을 떼지 않고 말했다. "이 야기는 그렇게 이루어지잖아요. 시작, 중간, 끝으로요."

"그렇지."

그제야 엘은 호퍼를 올려다보았다.

"델가도 형사님 얘기부터 해주세요."

"델가도? 그 얘기라면 해줄 수 있지."

호퍼는 커피를 조금씩 마시며 처음부터 얘기를 시작했다.

3장
소니와 셰어

1977년 5월 17일
뉴욕시 브루클린

브루클린 자치구 65구역 경찰서의 형사들이 모여 있는 불펜은 원래도 아침 여덟 시에 벌통처럼 쉴 새 없이 바쁜 분위기는 아니었다. 하지만 호퍼는 지금 같은 무기력한 분위기를 빌어먹을 더위 탓이라 여겼다. 아직 여름이 본격적으로 시작되지도 않았는데 뉴욕은 벌써부터 서서히 산 채로 구워지고 있었다. 날씨가 계속 이렇다면 차라리 책상을 빼서 업무용 승강기에 싣고 옥상으로 나가 일하는 편이 나을 듯싶었다. 불펜에서 공기를 움직이게 하는 유일한 장치는 스탠드형 선풍기 세 대뿐이었다. 맥기건 경사가 오랫동안 방치된 물품 보관장에서 발굴한 것들인데 그나마도 임무태만이었다. 에어컨은 당연히 작동하지 않았다. 에어컨이 작동한 게 언제인지 호퍼는 기억도 나지 않았다. 뉴욕시 경찰청에 배정된 예산이 확 깎인 상황이라, 70년대가 다 가기 전에 에어컨이 수리되리라는 기대는 할 수도 없었다.

증거물 A, 맞은편 책상. 65구역을 담당하는 여섯 명의 강력팀 형사들, 아니, 이제는 다섯 명의 강력팀 형사들이 쓰는 여느 물건들과 마찬가지로 그 책상도 금속제였다. 한때는 이것저것 물건들을 많이 담아두던 책상이었지만 지금은 책상 위는 물론이고 서랍 속도 텅 비어 사건 기록부 하나 놓여 있지 않았다. 수 주일 전 마지막 부서별 정리 해고 바람이 65구역 경찰서에 모질게 불어 닥쳐, 형사 한 명을 도태시키고 호퍼를 파트너 없는 상태로 만들어놓았다. 그 후 맞은편 책상은 줄곧 저런 상태였다.

어떤 면에서 호퍼는 효율적 관리의 필요성을 이해는 했다. 뉴욕시는 돈이 모자란데 연방 정부는 도움을 주지 않으니 뉴욕시 입장에서는 예산을 깎는 수밖에 없을 것이다. 옳은 일도 아니고, 몸에서 지방을 지나치게 덜어내다 보면 언젠가 피를 보게 될 수도 있지만, 그래도 이해할 만한 일이었다.

또한 자신이 억세게 운이 좋다는 것도 이해했다. 1977년 전반기, 즉 올해 들어 현재까지 뉴욕시에서는 6백 건에 가까운 살인 사건이 발생했다. 하지만 뉴욕시 5개 자치구마다 살인 사건 발생률이 달랐다. 65구역 경찰서는 브루클린 내에서도 비교적 조용한 동네를 관리하는 편이어서, 강력팀에 남은 다섯 명의 형사들은 한 번에 세 건 이하로 사건 조사를 진행하고 있었다. 사실 그것도 많았지만 호퍼는 더 많을 수도 있다는 생각을 하며, 비록 파트너 없이 혼자지만 일이 있는 것에 감사했다. 보비 라보냐 팀장도 안타까운 사람이었다. 바다코끼리처럼 풍성하게 기른 콧수염에 25년의 업무 경력을 갖춘 체격 좋은 이탈리아인 라보냐는 여느 노거장처럼 형사들에게 솜씨 좋게 사건을 배분했다. 그런 그가 요즘엔 거의 사무실에 틀어박혀 시간을 보냈다. 사무살 안을 담배 연기로 가득 채우며, 윗사람들에게 전화로 자원과 돈, 인력을 더 충원해달라고 읍소하는 게 일이었다. 뉴욕시 강력팀 형사로 사는 게 녹록지 않았지만, 적어도 종일 책상 앞에 앉아 서류나 만지면서 달을 향해 울부짖지 않아도 되니 호퍼는 다행이라 생각했다.

"어이, 어제 있었던 일 들었어?"

사건 서류철을 들여다보던 호퍼는 사이먼즈 형사의 목소리를 듣고 책상에서 발을 내렸다. 사이먼즈는 김이 모락모락 나는 커피 머그를 한 손에 들고 다른 손에는《뉴욕타임스》조간신문을 들고 휴게실 쪽에서 오고 있었다. 그는 호퍼에게 신문을 건네주고 맞은편 빈 책상에 엉덩이를 걸치고 섰다. 그러고는 배가 편해지도록 연청색 제복 바지를 위로 휙 끌어올렸다. 호퍼는 신문에서 잠깐 눈을 떼고 사이먼즈를 쳐다보았다. 사이먼즈는 셔츠 목깃 아래로 손가락을 넣어 짧고 폭이 넓은 넥타이를 당겨 살짝 풀었다. 몸에 걸친 제복과 넥타이 색깔이 잘 어울렸다.

"천연 섬유로 된 옷이라도 입지 그래, 사이먼즈?"

그 말에 사이먼즈는 콧방귀를 뀌며 커피를 한 모금 마셨다.

"이게 스타일이라는 거야, 제임스 호퍼. 여기서 자네 같은 시골 아저씨한테 패션에 대한 조언을 듣고 있다니. 아무래도 담당 정신과 의사를 바꿔야겠어."

호퍼는 재미있어하며 고개를 흔들다가 다시 신문으로 시선을 돌렸다. 전면 중앙에 부서진 헬리콥터 사진이 실려 있었다.

"매디슨 대로에 그게 떨어졌다는 거 아냐. 그때 우리 마누라가 매디슨 대로에 있었어. 제기랄."

사이먼즈는 커피를 좀 더 마시고는 고개를 절레절레 저었다.

호퍼는 제목을 읽어보았다.

'팬암 빌딩에서 헬기 날개가 떨어져 다섯 명 사망.'

어제 저녁 긴급 뉴스에서 이 소식을 듣긴 했다. 신문에는 어제 오후 다섯시 삼십분경 뉴욕 에어웨이즈 헬리콥터가 공회전을 하다 고장이 나 헬기장에 쓰러지면서 사고가 발생했다는 내용과 더 상세한 사진이 실려 있었다. 헬리콥터 날개가 잘리면서 옥상에 있던 네 명이 목숨을 잃었고, 건물 아래로 떨어진 날개가 유리창에 부딪쳤다가 매디슨 대로로 추락하면서 행인 한 명도 사망했다.

"맙소사, 재클린은 괜찮아?"

"괜찮아. 천만다행이지. 그래도 눈앞에서 사고를 목격해 충격이 이만저만이 아니야. 오늘 일하러 가지 말고 쉬라고 했는데 차라리 일을 하면서 잊어버리는 게 낫겠다고 하더라고." 사이먼즈는 또다시 고개를 가로저으며 덧붙였다. "그러는 거 자체가 정상이 아니잖아." 그러고는 머그로 신문을 가리켰다. "언제 내 명줄이 끊어질지는 아무도 몰라. 진짜 모르는 거야."

호퍼는 고개를 끄덕였다. 턱 아래쪽 근육이 당겼다. 사이먼즈의 말대로, 어느 날 명줄이 끊어지면 그대로 끝인 것이다. 경찰로서, 참전 군인 출신으로서, 호퍼는 누구보다도 그 사실을 잘 알았다. 하지만 깊게 생각해본 적은 없었다. 생각할 수도 없었다. 그런 생각을 하다 보면 곧 사방의 벽이 숨 막히게 다가오는 압박감을 느꼈다. 호퍼는 자신처럼 베트남 전쟁에 참전했다 돌아온 사람들이 그런 고통을 겪는 것을 숱하게 봐왔다.

저쪽 방에서 들리는 쾅 소리에 호퍼는 상념에서 깨어나 사이먼즈에게 신문을 돌려주었다. 사이먼즈는 책상에서 엉덩이를 떼고 불펜을 둘러보았다. 호퍼도 의자에 앉은 채 몸을 돌려 사이먼즈의 시선을 좇았다. 사이먼즈의 시선은 팀장 사무실의 커다란 내창을 향해 있었다.

문을 부서져라 닫은 라보냐 팀장이 사무실 안에서 앞뒤로 서성이고 있었다. 아침 여덟시, 그날 치른 첫 번째 싸움에서 패배한 모양이었다. 호퍼가 지켜보는 동안 팀장은 사무실 안에서 서성대면서 전화기를 목 밑에 끼운 채로 다음 담배에 불을 붙이려 애썼다. 그 와중에 성질에 못 이겨 두 손을 휘젓자 사무실 안에 자욱한 담배 연기가 크게 소용돌이쳐 호퍼의 눈에도 보일 지경이었다. 호퍼는 팀장의 입모양을 지켜보았다. 상부에서 내려온 최근의 어떤 명령에 대해 욕을 퍼붓고 있는 듯했다. 팀장 사무실의 커다란 내창은 놀라울 정도로 효과적인 방음벽 구실을 하고 있어 사무실 안의 팀장은 마치 무언극을 하는 듯 보였다.

그리고 그 일이 일어났다. 라보냐는 규칙을 중시하는 사람이었다. 묵직한 양모 재킷을 의자 등받이에 걸쳐놓기는 했지만 이 더위에도 제복을 갖춰 입었다. 그런 그가 손가락 사이에 담배를 끼우고 수화기에 귀를 댄 채 고개를 저으면서, 넥타이를 풀고 빳빳한 흰 셔츠 목깃의 단추를 풀고 있었다.

좋은 징조가 아니었다.

사이먼즈는 슬그머니 자기 자리로 돌아갔고 호퍼도 하던 일로 주의를 돌렸다. 하지만 호퍼가 사건 서류철을 다시 펼치자마자 팀장 사무실에서 또다시 쾅 소리가 들려왔다. 라보냐는 사무실을 나와 불펜을 성큼성큼 가로질렀다. 문틀에서 놓여난 사무실 문은 라보냐의 등 뒤에서 앞뒤로 흔들거리고 있었다. 승강기 로비로 이어지는 정문을 지나간 라보냐는 더 이상 보이지 않았다. 불펜의 다른 형사들도 하던 일로 돌아갔다. 아침마다 벌어지는 재밋거리는 공식적으로 끝났다. 아직까지 서 있는 팬 세 명이 웅성거리는 가운데, 경찰들은 나지막한 속삭임과 함께 일을 재개했다.

호퍼는 의자에 앉은 채 천천히 몸을 돌렸다. 65구역에서 1년째 일을 해오고 있었지만 그는 아직 맥기건 경사의 근무조에 속한 다른 네 형사와 죽이 잘 맞지는 않았다. 사이먼즈와 해리스는 굳이 무리해서 부르자면 직장 친구라고 할 정도는 됐지만, 마니와 헌트는 남자다운 척 으스대는 작자들이라 기꺼이 거리를 두고 지내는 중이었다. 여기 일을 시작하기 전부터 쉽지 않으리라는 예상은 하고 있었다. 호퍼는 시골 출신으로, 이 부서에 새로 합류했다. 언제든 싸움판에 끼어들어, 남들이 평생 고향이라 불러온 이 도시를 범죄에서 구해낼 마음의 준비가 된 중서부 촌놈이었다. 이곳 사람들에게 인디애나주 호킨스 마을은 까마득한 깡촌이나 다름없었다. 그래서 호퍼가 강력팀에 신속하게 배치된 것에 대해서도 탐탁지 않아 하는 분위기였다. 아마 일종의 편애를 받았다고 여기는 모양이었다. 대체 누구한테 편애를 받았는지 호퍼는 도통 알 수가 없었지만, 어쨌든 그들은 호퍼의 빠른 승진에 대해 속으로 조금씩은 분한 마음을 갖고 있었다.

시간이 지나면서 사이먼즈도 그렇고, 정도가 좀 덜하기는 했지만 해리스도 호퍼에 대한 태도가 누그러졌다. 하지만 호퍼는 애초에 크게 마음에 담아두지 않았다. 그는 일을 하러 여기 왔을 뿐이고…… 어쩌면 그들의 생각이 맞을 수도 있었다. 그는 나름의 사명을 갖고 이 도시에 왔다. 다만 이 도시를 구하겠다는 거창한 사명은 아니었다. 영웅이 될 생각도 없었다. 이 도시에는 영웅이 필요하지 않았다. 이 도시에 필요한 건 경찰, 자기 할 일을 제대로 하는 좋은 경찰이었다.

호퍼 같은 경찰.

라보냐 팀장이 여느 팀장들과 마찬가지로 호퍼의 편에 서주기는 했으나 호퍼는 규칙에 얽매여 살아야 했고 동료 집단, 즉 다른 형사들로부터 받는 사회적 압력도 만만치 않았다. 신참인 호퍼는 자신에게 배정된 파트너를 군말 없이 받아들였다. 그런데 얼마 지나지 않아 다른 형사들이 조 스태퍼드를 신참인 자신에게 떠넘긴 것임을 알게 됐다. 스태퍼드는 형사로서의 경력이 말기에 다다른 늙다리였다. 책상 앞에서 좀처럼 엉덩이를 떼지 않으려 했고, 그러면서 서류 작업 처리도 제대로 하지 않았다. 호퍼는 스태퍼드가 책상 위에 꾸준히 쌓이는 사건 서류철들은 나 몰라라 하고 뉴욕 양키스 박스 스코어(각 선수의 실적을 상세히 기록한 시합 결과표)나 눈 빠지게 들여다보고 있는 꼴을 본 게 한두 번이 아니었다. 스태퍼드는 두 차례에 걸친 인원 감축에서 살아남았지만 마침내 차례가 왔고, 뉴욕시 경찰청은 크림색 평상복 차림의 스태퍼드를 조기 퇴직시켰다.

정문이 벌컥 열리고 라보냐 팀장이 다시 불펜에 나타났다. 필터까지 타들어간 담배를 손에 쥐고 이마의 땀을 문질러 닦으며 그 큰 덩치로 다시 팀장 사무실로 돌아갔다. 사무실 문짝이 또 한 번 문틀에서 덜컥대며 열렸다 닫혔다. 팀장이 오늘 계속 저런 식이면 이 구역에서 수리가 필요한 물품은 에어컨뿐만이 아니게 될 터였다.

호퍼는 제일 가까이에 있는 통로 건너편 책상을 흘끗 건너다봤다. 해리스 형사가 한 손으로 낡은 야구공을 위로 던져 올렸다 잡았다 하면서 서류에 무어라 끼적거리고 있었다.

"해리스, 팀장님 왜 저러는지 알아?"

해리스는 서류에서 눈도 떼지 않고 어깨를 으쓱했다.

"내가 어떻게 알겠냐, 호퍼."

호퍼는 의자를 돌려 사건 서류를 다시 들여다보았다. 잠시 후 뒤쪽 책상에서 휘파람 소리가 들려와 고개를 들었다. 불펜에 다시금 정적이 깔렸다. 누군가 호퍼의 맞은편에 놓인 빈 책상에 커다란 판지 상자를 털썩 내려놓았다.

"휘파람 부는 그 입 좀 닥쳐줄래요."

신참으로 보이는 여자가 말했다. 그녀는 빈 책상 옆에서 엉덩이에 손을 얹고 서 있었다. 진청색 나팔바지, 앞쪽에 프릴이 달린 흰 셔츠. 그 위에 몸에 바짝 붙는 조끼를 입고 있었다. 나이는 삼십대 정도로 보였고 곱슬한 티가 확연한 흑발이 어깨까지 내려왔다. 그녀는 한쪽 눈썹을 살짝 치켜올리고 인상을 찌푸리며 호퍼를 쳐다보았다.

호퍼가 주변을 돌아보니 불펜의 다른 형사들이 조용히 그들을 지켜보고 있었다. 일부 형사들은 빙긋 웃었고 저 끝의 헌트와 마니는 자기네끼리 무어라 속삭거렸다. 헌트와 마니는 똑같이 연회색 정장 바지에 알록달록한 셔츠를 입고 명치까지 단추를 풀어헤친 차림이었다. 헌트의 말에 마니는 바짝 볶은 금발의 파마머리를 대걸레처럼 흔들어가며 애써 소리를 죽인 채 배를 잡고 웃었다.

호퍼는 그들을 무시하고 신참에게 시선을 돌렸다.

"아……."

그녀는 턱을 치켜들며 물었다.

"호퍼 형사님인가요?"

호퍼는 잠시 책상으로 시선을 내렸다. 별 의미 없는 몸짓이었지만 굳이 다른 대답이 필요하지 않을 것 같아서였다.

"뭐죠, 본인 이름을 확인하려고 배지라도 찾고 계세요?"

호퍼는 눈을 껌벅이면서 다시 그녀를 쳐다봤다.

"맞아. 내가 짐 호퍼인데. 아…… 그쪽은?"

여자는 찡그린 인상을 풀고 억지로 미소를 지으며 손을 내밀었다. 호퍼는 그 손을 잡았다. 여자의 아귀힘이 어찌나 센지 손가락이 으스러지는 듯했다.

"새로 온 파트너 로사리오 델가도 형사입니다."

"새…… **파트너?**"

델가도는 손을 빼고 빈 책상 앞으로 가 섰다. 그러고는 판지 상자를 앞으로 끌어당겨 그 안을 들여다보며 이것저것 물건들을 꺼내놓기 시작했다. 스테이플러. 서류 몇 장. 한쪽 면에 깃발 그림이 그려져 있고 그 아래 스페인어로 무어라 적힌 머그, 그리고 그 머그에 잔뜩 담긴 펜들.

호퍼는 볼펜을 쓱 둘러보았다. 다른 형사들의 입가에서 웃음이 걸렸다. 해리스는 눈을 가늘게 뜨고 야구공을 한 손에 꽉 쥔 채 호퍼와 델가도를 지켜보고 있었다.

호퍼는 델가도를 돌아보았다.

"방금, 새 **파트너**라고 했나?"

델가도는 눈을 들지 않고 짐을 계속 풀었다.

"청각 테스트에서 10점 만점에 10점을 받으셨을 텐데요, 선배님. 경찰 아카데미에서 졸업장도 받으셨을 테고요."

호퍼는 델가도를 가만히 쳐다보았다. 다른 형사들이 가까이 다가왔다. 단짝인 마니와 헌트는 볼펜 한가운데 박혀 있는 지지 기둥을 가운데 두고 양옆에서 팔짱을 낀 채 기둥에 기대섰다. 둘은 델가도를 위아래로 훑어보며 다시 실실 쪼개고 있었다. 호퍼와 시선을 마주친 마니가 양 눈썹을 치켜올렸다.

호퍼는 본 척도 않고 다시 앉은 채로 몸을 돌리며 말했다.

"좋아, 잘 들어. 델가도 양—"

"델가도 형사라고 불러주십시오, 호퍼 선배님."

델가도는 판지 상자에 담긴 개인 소지품을 전부 꺼내고 상자를 책상 옆 바닥에 내려놓았다. 그녀는 엉덩이에 손을 얹은 채 꼿꼿이 서서 가지런한 앞머리 아래에 박힌 눈으로 호퍼를 바라보았다.

"경찰로서의 대단한 추리력을 발휘해 제가 여자라는 걸 추론해냈다는 말은 하지 마세요. 축하합니다. 답을 맞혔으니 어쨌든 칭찬은 해드려야겠네요."

호퍼가 말을 하려고 입을 뻐끔거리는데 라보냐 팀장이 다가왔다. 라보냐는 땀을 흘리며 그들의 책상 옆에 와 서더니 나무줄기 같은 두 팔이 드러나도록 소매를 걷어 올렸다. 입에 문 담배의 끄트머리가 그의 숨결을 따라 맥박처럼 빨갛게 타올랐다 사그라졌다.

"둘이 벌써 만났군. 델가도 형사는 퀸스 자치구 117구역에서 근무하다가 우리 구역으로 왔어. 강력팀에 새로 합류한 형사이자 자네의 새 파트너야. 별 문제 없으면 그 사실을 명심해둬. 듣고 싶지 않으니까 질문이 있어도 하지 마." 라보냐는 접어 올린 소매를 팔꿈치 바로 아래에서 정돈하며 물었다. "알았지?"

호퍼는 앉은 자리에서 허리를 펴고 대답했다.

"알겠습니다, 팀장님. 그런데 저……."

델가도가 싱긋 웃었다.

"호퍼 선배는 새 파트너가 여자라는 말을 하고 싶은 겁니다."

라보냐는 무겁게 한숨을 내쉬며 이미 그득하게 꽁초가 쌓인 호퍼의 책상 위 재떨이에 물고 있던 담배를 비벼 껐다. 그러고는 모든 근무조를 향해 일장 연설을 했다.

"다들 잘 들어. 경찰국장님이 진두지휘하는 새로운 계획이 자랑스럽게도 우리 부서에서 시행된다. 이번 달부터는 여성 형사들도 강력팀에 배치된다. 델가도 형사는 5개 자치구 내의 각 지역에 배정된 첫 여형사 아홉 명 중 하나다. 델가도 형사는 여러분과 똑같은 의무를 수행하고, 똑같이 사건을 조사하며, 여러분처럼 내 골치를 썩일 것이다. 얼마 전에 부서를 떠난 스태퍼드 형사 대신에 우리 부서에 배치됐으니 다들 그렇게 알면 돼." 라보냐는 호퍼를 손가락으로 가리키며 덧붙였다. "오랫동안 새 파트너를 기다려온 자네에겐 잘된 일이지. 즐거운 크리스마스 보내게."

그 말에 마니가 짧게 웃음을 터뜨리자 라보냐는 그를 노려보았다.

"무슨 문제 있나, 마니 형사?"

마니는 껌을 씹으며 입으로 딱! 소리를 냈다.

"우리한테 커피를 타줄 사람이 필요하긴 하죠."

그 말에 헌트가 또다시 기분 나쁘게 낄낄거렸다.

"계속 웃어, 헌트 형사. 이 도시는 경찰들을 필요로 해. 그것도 좋은 경찰 말이야. 그런 형사들을 구해서 사건을 해결하고, 칠판에서 사건 항목을 지울 수만 있다면 토성의 고리에서 온 형사라도 대환영이야. 자, 다들 일이나 해."

라보냐가 사무실로 돌아가자 형사들도 천천히 자기 자리로 돌아갔다. 해리스만이 통로 옆 자리에 가만히 서서 델가도를 쳐다보고 있었다. 델가도가 빤히 마주 보자 해리스는 마지못해 야구공을 책상에 내려놓고 머그를 들고는 커피를 가지러 갔다.

"다정한 사람들이네요." 델가도는 의자를 뒤로 빼고 새 책상 앞에 앉았다. "브루클린의 더러운 암흑가가 우리를 두려워하면서 덜덜 떨겠어요."

호퍼가 미소를 지었다.

"우린 뉴욕시 최고의 경찰이지."

델가도는 고개를 저었다.

"맙소사." 그녀는 서류 몇 장을 집어 들고 정리하더니 책상 서랍 안에 펜을 한 줌 던져 넣고 호퍼를 쳐다보았다. "얘기나 들어볼까요, 파트너?"

호퍼가 한쪽 눈썹을 치켜올렸다.

"얘기?"

"그래요, 선배님 얘기요. 별자리랑 좋아하는 색깔 같은 건 건너뛰시고요. 그런 건 안 궁금하니까." 델가도는 재떨이를 눈여겨보며 물었다. "담배 피우세요?"

"안 피우는 사람도 있나?"

"저는 안 피워요. 아버지는 담배를 피우지 않는 사람을 믿지 말라고 하셨지만요. 그건 됐고요, 선배님은 여기 사람들이랑 좀 달라 보이네요. 말투도 그렇고요."

"그럴 거야. 난 인디애나주 중서부 출신이거든."

"애도를 표합니다."

호퍼는 의자 등받이에 기대어 델가도를 쳐다보았다.

그녀는 어깨를 으쓱하며 물었다.

"왜요?"

호퍼는 그녀의 책상 위에 놓인 머그를 손으로 가리켰다.

"쿠바 국기네?"

"지리도 잘 아시네요. 인디애나주 교육위원회가 일을 잘하나 보네."

"쿠바 출신이야?"

"아뇨, 퀸스 자치구 출신이요."

"아."

"부모님이 쿠바 출신이에요. 쿠바를 탈출해 마이애미로 건너오셨다가 제가 태어나기 전에 뉴욕으로 도망치셨죠."

"이건 무슨 뜻이지?"

델가도가 고개를 갸웃했다.

"뭐가 무슨 뜻이에요?"

호퍼는 몸을 앞으로 기울였다. 그 바람에 의자가 뒤로 밀리면서 엉거주춤하게 서게 된 그는 펜으로 델가도의 머그 측면을 톡톡 쳤다. 머그의 쿠바 국기 아래에 스페인어로 어떤 문구가 적혀 있었다.

"이거."

델가도는 미소를 지었다.

"스페인어를 못하시는군요. 'Eres la mejor mamá del mundo'라고 적혀 있어요."

"그건 아는데……."

"당신은 세계 최고의 엄마입니다, 라는 뜻이에요."

호퍼는 빙그레 웃으며 물었다.

"아이가 있어?"

"아뇨. 그냥 이 컵을 좋아해요. 선배님은요?"

"딸 하나야. 이름은 새라고, 나이는 여섯 살."

"뉴욕시에서 6년을 살았다면 꽤 힘들었겠네요."

호퍼는 어깨를 으쓱했다.

"우린 그럭저럭 잘 살고 있어."

"어디 출신이라고 하셨죠?"

"인디애나주 호킨스 마을."

"인디애나주 호킨스 마을에도 경찰이 있어요?"

"있지. 전기와 수돗물도 있는데."

"선배님은 뭘 좀 배운 분이신가 봐요. 대도시의 현란하고 화려한 매력에 이끌려 여기로 오셨나요, 아니면 죽고 싶어 환장해서 오셨나요?"

호퍼는 웃음을 터뜨렸다.

"둘 다 아니야. 알맞은 시기에 알맞게 움직인 게 다야."

델가도가 몸을 앞으로 기울였다.

"뉴욕시로 이사 올 알맞은 시기라는 게 있단 말이에요? 호킨스 마을에서 경찰 노릇을 하는 건—"

"**호킨스.**"

"그래요 호킨스. 거기서 경찰 노릇을 하는 건 여기서 경찰로 사는 거랑은 완전히 다를 텐데요." 델가도는 손톱으로 책상을 톡톡 내리치며 덧붙였다. "이해가 안 되네요."

"맞아. 다르지. 변화가 필요했어. 경찰이 되기 전에는 군에 있었어. 고등학교를 졸업하고 입대해서 4년 동안 전국 각지에서 복무했지. 그러다 어느 날 보니까 내가 지구 반대편의 밀림에 가 있더군."

델가도는 이 사이로 쓰읍 하고 숨을 들이마셨다.

"그런 막장 같은 곳에 자원해서 갔다고요? 샘 아저씨 같은 부류는 아닌가 봐요."

"그렇지. 인디애나주에서 벗어날 좋은 기회라고 생각했어. 처음에는 좋았어. 재미도 있었고." 호퍼는 입술을 혀로 핥았다. "62년에서 68년 사이에 두 번 베트남에서 복무했어. 청동성 훈장을 받고 인디애나주 호킨스로 돌아왔는데 할 일이 없어서 무료하더라고."

"그래서 경찰이 됐다고요?"

호퍼는 두 손을 펼치며 굳은 얼굴에 미소를 지었다.

"그리고 여기로 옮겨왔지. 자네는 어때?"

델가도가 소리 내어 웃었다.

"아, 별거 없어요. 뉴욕시 경찰청에 합류했고 분위기에 맞춰 적당히 일했죠. 그리고 형사가 돼서 여기로 왔네요."

호퍼는 한쪽 눈썹을 치켜올렸다.

"줄곧 강력팀에서 일하고 싶었나?"

"그럼요. 강력팀에 들어가는 건 형사에게 최고의 영광이잖아요. 미리 말해두지만 저는 절대 포기하지 않아요. 멋진 70년대에 오신 걸 환영합니다, 선배님. 사건 서류철이나 하나 줘보세요. 여기 계신 광대 같은 형사님들이 우주의 어떤 불가사의를 풀려 애쓰고 계신지 보고 싶네요."

호퍼는 웃으며 책상에 쌓인 사건 서류철 한 무더기를 건네주었다. 새 파트너는 맨 위의 폴더를 펼치고 곧장 읽기 시작했다. 그녀는 책상 앞에 앉아 고개를 살짝 숙인 채로 연필을 집어 들더니 서류에 연필을 대고 한 줄 한 줄 정독했다.

만난 지 오 분밖에 안 된 새 파트너지만 호퍼는 이미 그녀에 대해 어느 정도 파악했다. 똑똑하고 행동이 빠르며…… 이 일을 할 자세가 돼 있는 사람이었다.

그때, 그날 아침 두 번째로 라보냐 팀장의 거대한 몸집이 그들의 책상에 그림자를 드리웠다. 두 사람은 고개를 들었다.

"좋아, 잘 적응했군. 자네들은 소니와 셰어(1964년 결성해 명성을 얻은 미국의 팝 음악 혼성 듀오)처럼 서로를 지켜주는 좋은 팀이 될 거야. 잘됐어. 기분이 좋구만."

호퍼는 한쪽 눈썹을 올리며 델가도와 눈빛을 주고받았다. 델가도는 미소를 지었다. 호퍼가 물었다.

"지시하실 사항이라도 있으십니까, 팀장님?"

"자네들이 해결하길 바라는 사건이 있지."

라보냐는 이렇게 말하며 새 사건 서류철을 델가도의 책상에 툭 던졌다.

델가도는 서류철을 앞으로 끌어당겨 열었다. 호퍼도 몸을 기울이며 들여다보았다. 맨 위에는 큼직한 사건 현장 사진이 있었다. 흑백 사진인데 추상적인 형태들을 연속으로 찍어놓은 듯했다. 가만히 보니 사람의 몸이었다.

호퍼가 나지막하게 물었다.

"맙소사. 이게 뭡니까?"

"늘 보던 거잖아. 사람이 살해됐어. 누가 한 짓인지 알아내는 게 자네들이 할 일이야."

델가도는 서류철을 들여다보며 고개를 절레절레 흔들었다.

"괴상하고 엿같은 사건 같은데요."

호퍼는 델가도와 라보냐를 차례로 쳐다보며 눈을 크게 뜨고 대답을 기다렸다.

"괴상한 사건인 건 맞아. 검시관이 현장에 나가 있어. 오 분 전부터 자네 둘이 오길 기다리고 있을 거야."

호퍼는 일어서서 의자 등받이에 걸쳐둔 재킷을 집어 들었다. 서류를 마저 들여다보느라 좀 더 천천히 일어선 델가도는 서류철을 덮어 파트너에게 건네주었다.

"준비됐어?"

호퍼가 물었다.

"저야 늘 준비돼 있죠."

호퍼는 서류철을 받아 들고 델가도에게 고개를 끄덕였다. 그들은 첫 사건을 함께 수사하기 위해 경찰서를 나섰다.

1984년 12월 26일

인디애나주 호킨스 마을
호퍼의 오두막

질문이 들어올 분위기라 호퍼는 얘기를 멈추고 의자 등받이에 등을 기댔다. 두 손으로 감싸 쥔 커피 머그를 가슴께에 갖다 댔다.

"그러니까……."

엘이 말을 하다 말았다.

호퍼는 한쪽 눈썹을 올렸다.

"그러니까?"

엘은 고개를 갸웃하며 코를 찡그렸다.

"다른 형사들이 그 여자 형사를 싫어했어요?"

"델가도를?"

"다들 그분을 쳐다봤잖아요. 심술궂게요……. 그분은 화가 났을 거예요."

'아, 맙소사.'

"그게 말이다."

호퍼는 말을 하려다가 말았다. 어떻게 설명해야 할까? 그는 목을 지질 듯 뜨거운 커피를 한 모금 마시고 뜨끈한 입김을 뿜었다. 솔직하게 말하기로 했다. "그게, 그들은 델가도가 여자이고 히스패닉이라서 좋아하지 않았어."

"히스패닉?"

엘은 호퍼의 발음을 최대한 모방하며 그 단어를 천천히 말했다.

"스페인 핏줄인 사람을 뜻해. 사실, 그들은 델가도를 두려워했어."

엘은 고개를 살랑살랑 흔들었다.

"두려워했다고요?"

"델가도의 능력을 두려워한 거지. 델가도가 자기네보다 일을 더 잘할까 봐. 그게 싫었던 거야. 그들은 델가도에게 위협을 느꼈어. 겁을 먹은 거야. 당시만 해도 완전히 새로운 상황이었거든. 그동안 그들은 강력팀이 남자들만의 영역이라고 생각했는데 어느 날 갑자기 여자가 팀에 들어온 거잖아. 게다가 델가도는 강력팀 형사로서 자세가 잡혀 있었고, 다른 형사들에게 밀릴 것 같지 않은 분위기였어. 그래서 그들은 델가도가 자기네 세계를 침범했다고 생각한 거지. 그들은 델가도가 다른 곳에 속한 존재라고, 그곳에 머물러야 되는 여자일 뿐이라고 여겼어. 그 전까지 뉴욕시 경찰청 강력팀 형사 중에 여자는 한 명도 없었거든. 델가도는 강력팀원으로 일하는 단순한 권리를 쟁취하기 위해 싸워야 했어. 형사들 중 일부는 그런 델가도를 마땅찮아했지."

엘은 인상을 찌푸렸다.

"그러는 건 옳지 않아요."

"옳지 않지."

"그분은 형사잖아요."

"맞아."

"아저씨처럼요."

"그래. 나처럼."

"아저씨는 그분이 강력팀에 있는 걸 원했어요?"

"나? 음, 나도 놀라기는 했어. 하지만 나는 남들보다 열린 마음으로 살고 싶었어. 네 말대로 델가도는 나처럼 강력팀 형사였잖아. 나는 파트너가 필요했고, 파트너가 들어왔으니 같이 일을 하면 되는 거였지. 오래전 얘기라는 걸 잊지 마. 그때는 지금이랑은 분위기가 달랐어."

"분위기가 고쳐졌나요?"

"아, 그게……."

"고쳐졌어요?"

호퍼는 고개를 저었다. 필요한 대화이긴 했지만, 이런 대화를 시작한 게 벌써 후회가 됐다.

"아니, 고쳐지지…… 않았어. 전보다 나아지기는 했지만. 어느 정도는."

엘은 고개를 끄덕였다.

"저 같아도 화가 났을 것 같아요."

호퍼는 빙그레 웃었다.

"그랬겠지. 하지만 델가도는 그런 상황을 어떻게 다뤄야 하는지 알고 있었어. 상황에 짓눌리지도 않았고." 그는 웃으며 말을 이었다.

"델가도는 거친 경찰이었거든. 그건 확실해. 알고 보니 델가도는 다른 형사들보다 역량이 **뛰어났어**. 나보다도."

엘이 미소를 지었다.

"그 사건이 시작점이었던 거네요."

호퍼의 입가에서 미소가 옅어졌다. 그는 두 팔을 테이블에 올리고 몸을 앞으로 기울였다.

"그래, 그 사건이 시작점이었어. 팀장은 델가도가 출근한 첫날에 우리한테 그 사건을 던져준 거야."

엘은 고개를 끄덕였다.

"괴상한 사건을요."

엘은 중요하고 공식적인 단어라도 되는 듯 천천히 발음했다. 호퍼는 다시 미소 지었다. 델가도는 '괴상하고 엿같은 사건'이라고 했지만 그는 엘에게 얘기를 들려주면서 '괴상한 사건'이라고만 말했다. 엘이 그런 표현까지 정확하게 알 필요는 없을 테니까. 호퍼의 얘기에는 살인, 폭력, 위험이 뒤범벅되어 있었다. 그는 최대한 그런 요소들을 완화해서 표현하고 싶었다. 그는 욕설에 거리낌이 없는 편이었지만, 엘에게 얘기를 들려줄 때는 가급적 순화된 표현을 쓰려 애썼다.

호퍼는 커피를 마신 뒤 1977년 7월 4일의 얘기를 시작했다.

4장
경찰의 하루

1977년 7월 4일
뉴욕시 브루클린

자정이 가까운 시각, 호퍼는 아파트 현관문 자물쇠에 열쇠를 넣고 돌렸다. 아내나 딸을 깨우고 싶지 않아 조용히 현관문을 열고 안으로 들어갔다.

막상 들어가 보니 거실에 불이 켜져 있어, 아내를 깨울 걱정은 할 필요 없을 듯했다. 등 뒤로 현관문을 딸깍 닫고 나니, 앨런 오데이의 절제된 펑키 재즈 〈비밀 천사(Undercover Angel)〉가 흐르는 가운데 종이 넘기는 소리와 부드럽지만 분명한 탁! 소리가 들려왔다. 다이앤이 암소 모양 도자기 컵받침에 커피 머그를 내려놓는 소리였다. 작년에 그들이 주 북부로 여행을 가서 기념품으로 사 온 컵받침이었다.

호퍼는 주방 카운터에 열쇠를 올려두고 거실로 들어갔다. 다이앤이 하던 일을 멈추고 고개를 들었다.

"왔네."

호퍼는 테이블을 빙 돌아가 다이앤의 정수리에 입을 맞췄다.

"미안. 조용히 들어오려고 했는데."

"아, 그런 걱정은 하지 마. 이제 거의 다 끝마쳤어."

호퍼는 종이 더미가 잔뜩 놓인 테이블을 돌아보았다. 테이블 중앙에는 큼직한 달력 종이 한 장이 놓였는데, 다이앤이 깔끔한 필체로 쓴 글씨가 가득했다. 다이앤의 팔꿈치 옆에는 커다란 공책이 펼쳐져 있었다. 그는 아내가 정확히 뭘 하는지 알 수 없었지만 수업 계획을 짜는 중임은 눈치로 알았다.

"잘되고 있어?"

다이앤은 공책 사이에 펜을 내려놓고 뒤로 기대어 앉았다.

"꽤 잘되고 있어." 다이앤은 달력 종이를 손으로 가리켰다. "내년도 수업 일정을 다시 짜는 중이야. 이 일정대로 하면 효과가 있을 거야." 그러더니 웃으며 덧붙였다. "교감이 보면 발작을 일으키겠지만."

호퍼는 싱긋 웃었다. 교감인 데릭 오스터먼은 다이앤 같은 상상력이 없는 탓에 그녀가 어떤 아이디어를 내도 탐탁잖아하는 고루한 꼰대였다. 다이앤이 퇴근하고 집에 돌아오면 흔히 꺼내놓는 대화 주제이기도 했다.

"언젠가 당신도 교감이 되면 타 지역에서 온 건방진 신입 교사와 이런 문제로 씨름하게 될 수도 있어."

호퍼의 말에 다이앤은 웃으며 자리에서 일어섰다. 그녀는 거실장에 놓인 턴테이블로 다가가 바늘을 받침대로 옮겨두고 돌아와 남편을 포옹했다. 그대로 몇 초 정도 호퍼를 안고 있던 그녀가 뒤로 약간 물러서며 물었다.

"술 마셨어?"

"딱 한 잔. 힘든 저녁이었거든. 새라는 별일 없지?"

다이앤은 미소 지었다.

"오후 내내 애완 돌 몰리를 가지고 놀았어. 덕분에 난 좀 쉬었지. 늦게까지 안 자게 뒀다가 텔레비전으로 불꽃놀이도 같이 봤어. 오늘 파티에도 가고 케이크도 실컷 먹어서 피곤한지 떼쓰지 않고 바로 잠자리에 들었어."

"책은—"

다이앤이 고개를 끄덕였다.

"5장 끝까지 읽어줬어. 얼마나 들었는지 모르겠어. 고개를 들고 보니까 어느새 잠들었더라. 그것도 모르고 계속 읽어줬지 뭐야."

호퍼는 미소 지었다.

"음, 그거 참 좋은 책이네."

잠시 후 그의 입가에서 웃음기가 걷히고 한숨이 흘러나왔다. 그는 아내의 팔을 품에서 가만히 놓고 주방으로 들어갔다. 냉장고를 열고 조명등에 비친 맨 위 칸의 맥주 캔을 바라보았다. 여섯 개들이 팩에서 마지막으로 남은 맥주였다. 마음을 바꾼 그는 냉장고 문을 닫고 찬장 상부장을 열어 그 안의 작은 공간을 둘러보았다.

뒤에서 다이앤이 팔짱을 낀 채 입을 찡그리고 서서 물었다.

"오늘 저녁에도 힘들었다 이거지?"

"맞아." 호퍼는 여전히 찬장 안을 훑어보며 대답했다. 쭉 다 둘러본 그는 인상을 쓰며 고개를 절레절레 흔들었다. "내일도 근무야."

"즐거운 독립기념일이네."

다이앤은 슬리퍼를 신은 발로 하부장을 툭 쳤다. 호퍼는 잠시 망설이다가 허리를 굽히고 하부장 문을 연 뒤 그 안에 들어 있는 반쯤 맛이 간 스카치위스키 병을 꺼냈다.

다이앤은 스카치위스키를 잔에 그득 붓는 그를 지켜보았다.

"허구한 날 저녁마다 힘들었다고 하네. 낮에도 그렇고."

호퍼는 잠시 생각에 잠겼다가 다이앤을 바라보며 스카치위스키를 입에 털어 넣었다. 입 안에 술을 머금고 기분 좋게 살을 지지는 그 느낌을 즐긴 뒤 삼켰다. 불처럼 뜨거운 기운이 가슴속에서 확 퍼져나 갔다.

'아, 그래. 바로 이런 느낌이 필요했어.'

호퍼는 잔을 다시 채우며 입을 열었다.

"있잖아, 여보. 뉴욕은 거친 도시라서 뉴욕 경찰로 사는 게 쉽지가 않네."

그는 술병의 뚜껑을 닫은 뒤 잔을 비웠다. 뒤로 돌아 카운터에 기대선 채 다이앤을 마주 보았다. 다이앤은 단단히 팔짱을 낀 채로 남편을 바라보았다.

그는 어깨를 축 늘어뜨렸다.

"미안해. 정말 미안해."

잔을 내려놓고 카운터에서 몸을 뗀 그는 한 손을 내밀며 아내에게 다가갔다. 다이앤은 처음엔 거부하다가 남편에게 손을 맡겼다.

다이앤은 고개를 절레절레 흔들며 다가가 두 팔로 그의 어깨를 잡고 그의 가슴에 머리를 기댔다. 호퍼는 두 팔로 아내를 감싸 안았다.

"괜찮아. 당신은 이 직업을 원했고 최선을 다하고 있잖아. 그런 걸로 사과할 필요 없어."

호퍼는 다이앤의 정수리에 뺨을 대고 말했다.

"이 일이 쉽단 얘길 아무도 안 하더라니."

다이앤이 조그맣게 웃었다.

"우린 도전을 원했잖아. 이게 우리가 마주하게 된 도전인가 보지."

"그러게." 호퍼는 크게 숨을 내쉬었다. "호킨스 마을로 돌아가고 싶다는 생각 안 들어?"

다이앤은 뒤로 약간 물러나 남편을 올려다보며 미간을 찌푸렸다.

"농담이지, 제임스 호퍼?"

그는 미소를 지었다.

"음, 내 말뜻 알잖아. 우리가 여기로 온 게 옳은 결정이었을까? 뉴욕으로 온 게 말이야. 주변이 온통 무너지는 느낌이야."

"우리가 어지간해서는 만족을 못 하는 사람들일 수도 있어. 하지만 난 당신을 믿어."

"그래, 나도 당신을 믿어."

"내 말 잘 들어. 내가 당신을 믿는다는 건, 당신이 하고 싶어 하는 일을 믿는다는 뜻이야." 다이앤은 고개를 가로저으며 말을 이었다. "우린 어차피 호킨스 마을에서 계속 살 수 없었어. 나도 알고 당신도 아는 사실이잖아. 당신이 온갖 일을 겪고 난 후라서 더 그래. 당신은 사람들을 돕는 일을 하고 싶어 했어. 호킨스 마을 경찰서도 당신을 필요로 하긴 했지만 당신은 좀 더 큰 것을 원했지. 바로 당신이 한 말이야. 그때도 그렇고 지금도 난 당신을 믿어. 그리고 이제 나도 좀 더 큰 것을 원하게 됐어. 여긴 우리 둘에게 괜찮은 곳이야. 우린 옳은 결정을 했고 제대로 **해나가고** 있어."

호퍼는 아내를 끌어안았다. 다이앤의 말대로였다. 바로 그가 정확히 그렇게 말했었다. 돌이켜 생각해보면 꽤 진부한 표현이기도 했다. 어쩌면 필요 이상으로 과장해서 한 말일 수도 있었다.

호퍼는 아내를 안고 이번에는 좀 더 깊게 입을 맞췄다. 아내의 온기가 그의 격자무늬 셔츠 안으로 흘러드는 듯했다. 아내의 목을 쓰다듬는 그의 두 손에 그녀의 빠른 맥박이 느껴졌다.

그랬다, 오늘은 힘든 하루였다. 그리고 그는 지금 이것, 바로 이것을 원했다. 술보다 더 간절히, 여기로 온 게 옳은 결정이었는지를 또다시 고민하는 것보다 더 간곡히 원했다. 그들이 이 도시로 건너와 산 지 어언 5년째였다. 이곳이 그렇게 나쁜 곳이었다면, 그들이 애초에 잘못된 결정을 한 것이었다면 왜 아직까지 여기서 살고 있겠는가?

다이앤은 포옹을 풀고 호퍼를 올려다보며 미소 지었다. 호퍼도 아내의 눈을 깊숙이 들여다보며 미소 지었다.

"내가 요즘 당신한테 사랑한다고 말했나?"

다이앤은 인상을 찌푸렸다.

"으음, 어디 보자. 생각해보니까 몇 번 말하긴 했네." 그녀는 웃으며 덧붙였다. "침대로 가자."

다이앤이 돌아섰고 호퍼는 그녀의 손을 잡고 따라갔다. 그들은 주방을 떠나 침실로 향했다.

5장
정부 요원들의 급습

1977년 7월 5일
뉴욕시 브루클린

한참 사건 조사에 여념이 없던 호퍼는 델가도가 온 것을 어렴풋이 인지하고 있다가 그녀가 묵직한 가방을 책상에 내려놓는 소리에 고개를 들었다. 델가도는 초록색 블라우스의 위쪽 단추 세 개를 푼 차림으로 책상 앞에 서서 마닐라 서류철로 부채질을 시작한 참이었다. 아침 여덟시도 안 됐는데 바깥 기온은 이미 섭씨 32도에 가까웠고 실내 온도는 바깥보다 5도쯤 높은 듯했다.

"일찍 왔네요."

"이 더위에 잠을 잘 수 있겠어?"

"전 쿠바 출신이라 이 정도는 아무것도 아니에요."

"퀸스 출신이잖아. 퀸스 출신에게도 이 정도는 심한 더위지."

델가도는 웃으며 서류철을 내려놓고 머그를 집어 들었다.

"커피 드실래요?"

"그것도 참 웃기는 농담이네."

델가도는 한쪽 손으로 엉덩이를 짚었다.

"첫째, 제가 점심 식사 전에는 농담을 하지 않는다는 걸 선배도 이젠 아실 때가 됐을 텐데요. 둘째, 선배는 커피를 마시기보다 혈관에 주입해야 할 것 같은 몰골이에요. 셋째, 날씨가 더우니까—"

"강력팀 형사로서 자네의 자부심과 권리를 증명하기 위해 스스로를 고문하고 싶다고?"

델가도는 한쪽 눈썹을 치켜올렸고, 한쪽 입꼬리도 덩달아 올라갔다.

"선배는 멍청이 중에 상멍청인 거, 아시죠?"

호퍼는 의자 등받이에 등을 기댔다.

"몇 번 그런 소리를 듣긴 했지."

그가 미소를 짓자 잠시 후 델가도는 한숨을 쉬며 고개를 저었다.

파트너로 지낸 지 6주째에 접어들면서 그들 사이에는 암묵적인 일상의 틀이 잡혀갔다. 호퍼는 그 틀이 마음에 들었다. 그는 오랫동안 자신이 무엇을 그리워했는지 모르고 살았다. 예전 파트너였던 스태퍼드와는 죽이 맞지 않았다. 스태퍼드는 한때 좋은 경찰이었는지 몰라도 이미 한창때가 지난 사람이었다. 그 한창때라는 것도 폴 리비어(미국 독립혁명이 발발한 1775년 4월 18일 새벽, 지금의 찰스타운, 서머빌, 메드퍼드, 알링턴을 말을 타고 달리며 영국군의 침공 소식을 전한 미국의 독립운동가)가 영국군이 오고 있다고 경고하려 말을 타고 달린 시기쯤일 것이다.

스태퍼드에 비하면 로사리오 델가도는 **제대로 된** 파트너였다. 헌신적이고 유능하며 목숨까지 믿고 맡길 수 있는 파트너.

"날씨가 더우니까…… 그래서 뭐?"

"그러니까 더운 날씨에 뜨끈한 음료를 마시면 오히려 열이 식는다는 거죠."

호퍼는 인상을 찌푸렸다.

"그건 아닌 것 같은데."

"인디애나주 교육의 표본이신 선배의 말씀도 물론 일리가 있겠죠. 저는 퀸스 출신이지만 쿠바와 커피에 관해서라면 조금은 알거든요."

호퍼가 일어서자 델가도는 손사래를 쳤다.

"그냥 앉아 계세요. 망할 커피는 제가 갖다 드릴게요. 커피 정도 갖다 드려도 저는 여전히 강력팀 형사니까 걱정 마시고요. 선배는 조금 전까지 생각에 깊게 빠져 계시던데, 선배의 뇌세포가 다시 그 정도로 활성화되려면 시간이 꽤 걸릴걸요."

호퍼가 머그를 건네자 델가도는 말없이 그의 머그를 받아 들고 커피실로 향했다. 호퍼는 델가도의 뒷모습을 잠시 바라보다가 자리에 앉아 책상 앞에 펼쳐놓은 서류철을 다시 들여다보았다.

사건 현장의 사진들이었다. 흑백으로 뽑은 커다란 사진 세 장이 그의 책상 한가운데에 나란히 놓여 있었다. 그 주변에 놓인 좀 더 작은 사진들은 똑같은 현장을 다른 각도에서 찍은 것이었다. 그 아래쪽에는 각 현장과 관련된 증거물 보관용 비닐 세 개를 늘어놓았다.

사건 현장 세 곳, 증거물 보관용 비닐 세 개.

증거물 보관용 비닐에는 직사각형의 흰색 카드가 각각 한 장씩 담겨 있었다. 카드의 한쪽 면에는 아무 표시가 없고 다른 쪽 면에는 검은색으로 각기 다른 상징이 그려져 있었다.

첫 번째 희생자: 조너선 슈네처. 백인. 남성. 22세. 속이 빈 동그라미 그림.

두 번째 희생자: 샘 배럿. 백인. 남성. 50세. 십자 그림.

그리고 어제 발견된 세 번째 희생자: 제이콥 휠러. 백인. 남성. 30세. 물결선 세 개가 나란히 그려진 그림.

호퍼는 목을 이리저리 돌려 근육을 풀어준 뒤 책상에 놓인 카드들과 사진들을 이리저리 움직여 배치해보며 문제 해결을 위해 머리를 굴리기 시작했다.

한 가지는 확실했다. 라보냐 팀장은 그와 델가도에게 첫 사건을 맡기면서 괴상한 사건이라고 했는데 정말 그랬다. 델가도가 강력팀 형사로 온 첫날 맡은 사건. 종교 의식의 일환으로 보이던 살인 사건은 두 번째, 세 번째 사건으로 이어졌다.

호퍼와 델가도가 최대한 파봤지만 희생자들 사이에 연관성은 보이지 않았다. 다들 평범한 시민이었다. 뉴욕시의 기준에서 '평범'하다는 것이지만. 희생자들의 유일한 공통점이라면 가족이나 파트너가 없다는 점이었다. 적어도 형사들이 알아본 바로는 그랬다.

그것도 그렇고 살해된 방식도 동일했다. 부검 결과 세 명 모두 길이가 10에서 15센티미터쯤 되는 칼에 찔렸는데, 범인은 일정한 패턴을 그리기 위해 다섯 군데를 고의적으로 찌른 것으로 보였다. 한 군데를 찌르는 것만으로도 희생자의 목숨을 빼앗기에 충분했을 텐데 다섯 군데나 찌른 것은 확실히 지나쳤지만, 비교적 절제한 것으로도 해석할 수 있었다. 뉴욕시에서 경찰로 근무하면서 호퍼는 서른 군데, 오십 군데, 심지어 백 군데를 찔린 희생자들도 보았다. 그들을 공격한 범인들은 마약에 취했거나 악에 받쳤거나 정신질환이 있거나 이런 요인들을 모두 복합적으로 갖고 있는 자들이었다.

그런데 이번 희생자들의 상처는 정확한 목적을 갖고 찌른 것이었다. 상처들이 꼭짓점이 다섯 개인 역오각형의 별 모양을 보여주는 위치에 세심하게 자리하고 있기 때문만은 아니었다.

"커피요." 델가도가 호퍼의 책상 가장자리에 머그를 내려놓았다. "맛은 보장할 수 없지만 뜨겁다는 건 보장할 수 있어요." 델가도는 책상을 빙 돌아 호퍼 옆으로 와서 커피를 마시며 사진들을 내려다보았다. "진짜 특이하지 않아요?"

호퍼는 턱을 문지르며 머그로 손을 뻗었다.

"맞아."

"사건 관련 정보가 아직 언론에 새어 나가지는 않았죠?"

호퍼는 고개를 끄덕였다.

"음, 그러니 특이하다는 거예요."

델가도의 말이 맞았다. 작년 여름, 뉴욕시 브롱크스 자치구에 사는 십대 청소년 도나 로리아와 조디 발렌티는 조디의 차에 앉아 있다가 총에 맞았다. 조디는 살아남았지만 도나는 그렇지 못했다. 그 후 다섯 명이 더 살해당했는데 제일 최근 사건이 일어난 지 불과 2주도 되지 않았다. 살인자는 뉴욕시 경찰청장에게 편지를 보냈고 몇 주 전에는 일간지 《데일리 뉴스》에도 편지를 보냈는데, 두 편지 모두에 기이한 필명으로 서명을 해놓았다.

호퍼는 자신도 모르게 해리스의 책상으로 시선이 갔다. 해리스는 자리를 비웠지만 그가 손수 만든 안내판이 그의 낡은 스미스 코로나 타자기 옆에 놓여 있었다. 그 안내판은 이 도시에 도사린 악을 어쩔 수 없이 섬뜩하게 상기시켰다.

샘의 아들이 마지막으로 공격한 지 9일째

첫 살인 사건이 발생한 후 뉴욕은 연쇄 살인범에게 집착하다시피했다. 샘의 아들이라는 별명이 붙은 연쇄 살인범이 수 주일 아니 수개월 동안 언론을 장악했다. 적어도 언론이 뉴욕시의 여전한 재정문제나 혼란 상태 같은, 시장 자리를 놓고 경쟁 중인 이들의 주요 화두를 다루지 않을 동안에는 그랬다. 4개월도 채 남지 않은 뉴욕 시장 선거가 아직까지는 뉴욕 시민들에게 가장 중요한 화젯거리였다.

그런데 샘의 아들을 체포하는 일이 요원한 상태에서 또 다른 연쇄 살인범이 나타난 것이다. 첫 번째 희생자가 발견된 직후 호퍼와 델가도는 동일한 결론을 내렸다. 당분간이라도 이 사건은 비공개로 다뤄야 한다는 것. 라보냐 팀장도 기꺼이 동의하는 바였다. 샘의 아들로도 충분했다. 두 번째 연쇄 살인범까지 저녁 여섯 시 뉴스에 등장한다면 대중이 어떻게 반응할지 불을 보듯 뻔했다.

호퍼가 말했다.

"모방범 같지는 않아. 우리가 쫓는 자는 샘의 아들한테서 영감을 받지 않았어. 정부 관계자들에게 연락을 하려는 시도도 하지 않았고." 호퍼는 사진들을 내려다보며 덧붙였다. "의식을 치르듯 살인을 한 것도 샘의 아들과는 달라."

"그렇기는 하죠."

델가도는 자기 자리로 돌아가 앉아 커피를 마셨다.

"그러니까 내 말은 자기선전이라든지 관심을 받는 게 목적인 것 같지는 않단 얘기야. 목숨을 빼앗으려고 한 짓이 맞는지도 의심스러워."

델가도가 인상을 썼다.

"선배 뇌에 커피가 너무 뜨거웠나요? 칼로 누군가를 죽였으면 목숨을 빼앗으려고 한 짓인 거죠. 단순 강도질을 하려고 한 짓 같지는 않잖아요."

"그게 아니라, 끝까지 들어봐. 강도 사건이 아니라 살인 사건인 건 맞아. 그런데 범인의 동기가 살인 같지 않다는 얘기야."

"무슨 말인지 모르겠네요."

호퍼는 범죄 현장 사진 한 장을 집어서 델가도에게 건넸다.

"이걸 봐. 의식을 치르는 듯한 제의적 살인이고, 희생자는 특정한 방식으로 살해됐어. 각 사건 현장에는 상징이 남겨져 있었지. 그 외에는 범인이 손을 댄 흔적이 없어. 놈은 살인이라는 행위 자체에 의미를 둔 거야. 이 살인자가 관심을 받기 위해 살인을 저지른 게 아니라면? 놈은 샘의 아들에 대한 신문 기사를 읽지 않았고 자기가 샘의 아들보다 더 잘할 수 있다는 생각도 안 했겠지. 놈은 자기만의 목적을 따르고 있어. 관심과 자기선전과는 무관한 행동이야."

델가도는 사진을 내려놓고 의자 등받이에 기댄 채 호퍼를 바라보았다. 책상 모서리에 두 발을 올리자 부츠의 사각 굽이 호퍼를 향했다.

"범인이 남긴 카드들이 우리 보라고 놓아둔 게 아니라고요? 우리한테 메시지를 주려는 의도가 아니란 거예요?"

호퍼는 고개를 끄덕였다.

"그래, 아니야. 자상의 패턴, 피부를 벤 형식, 카드는 모두 의미 있지만, 범인이 우리에게 메시지를 전하려고 남겨놓지는 않았어."

"그럼 뭐죠? 멋진 이론이긴 한데 우리 수사에는 별로 도움이 안 되겠는데요. 범인이 우리에게 메시지를 전하려는 의도가 아니라고 치죠. 그럼 범인은 빌어먹을 정신병 환자겠네요. 제가 모르는 게 있으면 말해주세요."

호퍼는 한숨을 쉬었다. 그는 증거물 보관용 비닐에 담긴 카드들을 바라보았다. 그중 어제 발견한 카드에 시선이 머물렀다. 물결선 세 개가 그려진 카드.

"이건 살인자에게 어떤 의미가 있을 거야. 그게 뭔지 알아낸다면 이유도 알 수 있겠지."

"범인이 누구인지도 밝힐 수 있겠죠. 그런데 이 카드만으로는 뭘 알아내기 힘들어요, 선배. 지문도 없고요. 이런 흰색 카드는 아무 데서나 살 수 있어요. 다만 아크릴 잉크를 파는 곳은 비교적 적긴 하죠. 뉴욕시의 화방을 전부 조사해보면 몇 군데로 추려낼 수도 있을 거예요."

그때 라보냐 팀장이 사무실에서 나왔다. 호퍼는 팀장을 곁눈으로 보다가 뭔가 심상치 않은 느낌에 그쪽으로 고개를 돌렸다. 라보냐는 한 손으로 문손잡이를 잡고 사무실 문간에 서서 눈을 좌우로 굴리며 볼펜을 훑어보고 있었다.

"팀장님이 왜 저러시죠? 더위라도 드셨나?"

델가도가 물었다.

라보냐는 두툼한 손가락으로 호퍼를 가리키며 불렀다.

"호퍼!"

그러고는 문을 열어둔 채 사무실로 들어가 자기 책상으로 가 앉았다.

"왜 안 좋은 느낌이 드는 걸까?"

호퍼는 중얼거리며 일어나 팀장 사무실로 갔다. 그가 문 앞에 서자 팀장이 곧장 손짓을 해 안으로 불러들였다.

"문 닫아."

라보냐는 깍지 낀 두 손을 무릎에 얹은 채, 책상에 놓인 사건 기록부만 뚫어져라 내려다보았다.

호퍼는 팀장의 기분이 어떤지 몰라 그 자리에 가만히 서 있었다.

"앉아."

라보냐는 여전히 시선을 들지 않은 채 지시했다.

호퍼는 팀장의 책상 맞은편에 놓인 의자 두 개 중 하나 뒤에 가서 섰다. 보송보송한 파란 천으로 된 의자 등받이에 올린 두 손이 땀에 젖어 끈적였다.

"앉아서 들어야 되는 얘기입니까?"

호퍼의 물음에 라보냐가 고개를 들었다.

"스무고개 할 시간 없어, 호퍼. 앉든지 서 있든지 알아서 해. 어제도 그렇고 내일도 마찬가지지만, 특히 오늘은 다른 데 신경 쓸 겨를이 없어."

호퍼는 아랫입술을 꾹 깨물며 앞으로 돌아가 의자에 앉았다.

"사건에 관한 소식인가요? 델가도와 저는—"

라보냐는 눈을 감고 커다란 머리를 좌우로 흔들었다.

"아, 알겠습니다, 사실 저는—"

"자네는 '저는'이라는 말을 참 많이 해, 호퍼."

"그게 그러니까 제가…… 제 말은……"

라보냐가 한 손을 들어 올렸다.

"사건에 대한 소식은 없어, 호퍼. 앞으로도 없을 거야."

호퍼는 눈을 껌벅였다. 숨을 들이마신 뒤 속에 머금은 채로 팀장 사무실 안을 둘러보았다. 무언가 놓친 게 있는 걸까? 아니면 사건의 돌파구라도 찾았나? 새로운 정보가 들어왔나? 새로운 증거? 세 번째 사건 현장에서 뭔가를 찾은 걸까? 누군가를 체포했을까? 자백을 받았나?

백 가지는 되는 온갖 의문이 머릿속을 맴돌았다. 호퍼는 천천히 숨을 내쉬며 자세를 고쳐 앉았다. 문득 땀에 젖어 등허리에 들러붙은 셔츠가 신경 쓰였다.

머릿속에 가장 뻔한 의문이 떠올랐다.

"왜죠?"

"이제 그 사건은 잊어, 호퍼. 카드 살인 사건은 우리 손을 떠났어."

호퍼는 다시 앉은 자세를 바꾸며 물었다.

"무슨 일입니까? 새로운 정보라도 들어왔나요? 누가 운 좋게 찾은 겁니까?"

라보냐는 대답하지 않았다. 그는 호퍼를 쳐다보면서 다시 천천히 고개를 왼쪽에서 오른쪽으로 두 번 가로저었다.

호퍼가 무어라 말을 하려는데 사무실 문이 노크도 없이 열렸다. 호퍼는 델가도가 온 줄 알고 의자에 앉은 채 몸을 돌렸다. 델가도는 후배지만, 이번 사건은 그녀가 맡은 사건이기도 했다.

그런데 문을 연 사람은 군복 차림의 여성 장교였다. 장교가 열린 문을 손으로 잡고 있는 동안 진청색 정장을 입은 남자가 사무실로 신속하게 들어왔다. 장교가 라보냐를 향해 한쪽 눈썹을 치켜올렸지만 라보냐는 한숨을 쉬면서 장교에게 나가 있으라는 뜻으로 손을 휘저었다. 사무실 밖으로 나간 장교는 문을 당겨 닫았다.

진청색 정장을 입은 남자는 라보냐의 책상에 서류 가방을 올려놓더니, 옆에서 두 경찰이 지켜보고 있든 말든 아랑곳 않고 가방의 회전식 번호 자물쇠를 엄지로 돌리기 시작했다.

호퍼는 입을 벌린 채 그 남자를 쳐다보다가 라보냐를 돌아보았다. 라보냐는 호퍼와 눈이 마주치자 과장될 정도로 천천히 고개를 가로 저었다.

호퍼는 남자가 서류 가방을 열려고 법석을 떠는 꼴을 지켜보았다. 남자는 모든 면에서 평균치에 가까워 보였다. 몸은 군살이 없는 편이었고 얼굴만으로는 나이를 가늠하기 힘들었다. 대략 마흔 살에서 쉰 살 사이로 보이기는 했다. 면도를 깔끔하게 했고, 아주 짧게 자른 흑발에 화장수를 발라 가운데 가르마를 탔다. 수리 기하학처럼 가지런하고 촘촘한 빗으로 빗어 내린 흔적이 역력했다. 집중해서 회전식 번호 자물쇠를 맞추느라 입술은 하얀 선에 가깝게 꾹 다물었다. 폭이 좁고 가장자리에 각이 잡힌 상의와 일자바지는 1977년이 아니라 1967년에 유행했을 법한 조합이었다.

호퍼는 전에도 이런 타입의 남자를 본 적이 있었다. 변호사 아니면 지방 검사 사무실이나 주정부에서 나온 관료 나부랭이였다. 이 남자도 실제로 사람이 일을 하는 공간인지 의심스러울 만큼 사무실을 티끌 하나 없이 깔끔하게 해놓는 부류일 듯했다. 남자의 책상 위에 나란히 놓인 샤프와 볼펜, 그 옆에 놓인 수정액이 머릿속에 그려졌다. 아마 보고서를 사실대로 정확하게, 오타나 흠결 하나 없이 작성하려 온 힘을 다하는, 자동화 기계 같은 작자일 것이다. 사무직원, 그것도 전문 사무직원처럼 살면서 그걸 자랑스러워하는 자. 뉴욕시 경찰들의 삶을 더 힘들게 만드는 것을 유일한 목표로 삼고 있는 자.

호퍼는 벌써부터 남자가 마음에 들지 않았고 남자는 한마디도 하지 않았다. 호퍼는 서류 가방을 향해 고갯짓을 하며 말했다.

"도와드려요? 1, 1, 1로 해봤어요?"

그때 서류 가방의 자물쇠가 딱! 소리를 내며 열렸다. 그 소리가 마치 총성처럼 사무실 안에 울려 퍼졌다. 남자는 꽤나 만족스러운 표정으로 허리를 쭉 펴고는 딱딱한 미소를 지었다. 지금 여기서 기분이 좋은 건 그 남자뿐이었다. 남자는 라보냐 팀장과 호퍼에게 차례로 짧게 고개를 끄덕여 보인 후 말했다.

"여러분."

호퍼가 물었다.

"아, 실례지만 대체 누구십니까?"

남자가 딱딱한 미소를 지은 채 호퍼를 돌아보았다. 파란 눈과 그 눈 색깔에 어울리는 진청색 정장. 남자의 윗입술에 살짝 땀이 맺혀 있었다.

아, 땀이 나는 걸 보니 인간은 맞나 보네.

라보냐는 헛기침을 하며 남자를 소개했다.

"갤럽 특수요원이야. 자네 사건을 본인 부서로 이관하는 작업을 감독하려고 우리 서에 왔어."

이마에 깊게 주름을 잡으며 조롱하듯 고개를 끄덕인 호퍼는 갤럽 요원을 쳐다보며 말했다.

"아, 그런가요. 그렇군요. 좋습니다. 좋아요. 대체 무슨 부서로 이관하는 겁니까, 갤럽 특수요원님?"

갤럽의 입가에 어린 미소가 더욱 딱딱하게 굳어졌다. 그렇게까지 굳은 미소를 짓는 게 가능한 일인지 호퍼는 처음 알았다.

"그 정보는 반드시 알아야 되는 사람에게만 공개됩니다, 경관."

호퍼도 마찬가지로 딱딱한 미소를 지어 보이며 받아쳤다.

"형사인데요."

"미안합니다." 갤럽은 라보냐를 돌아보며 덧붙였다. "경찰서라는 곳이 워낙 드나드는 사람이 많아서 말이죠."

그러고는 더 무슨 얘기가 필요하겠냐는 듯 어깨를 으쓱했다.

호퍼는 몸에 열이 확 올랐다. 사무실 안의 축축한 열기 때문만은 아니었다. 팔걸이를 잡고 몸을 일으킨 호퍼는 갤럽에게 한 걸음 다가갔다. 호퍼가 갤럽보다 머리 하나 정도 키가 컸다.

"이봐요. 당신이 누군지, 대체 무슨 권리로 남의 구역에, 그것도 우리 대장의 사무실에 들어왔는지 모르겠지만 지금 살얼음을 밟고 서 있다는 것만은 명심하쇼."

갤럽은 눈을 들어 호퍼를 쳐다보았다. 미소가 얼굴에 박제라도 된 듯했다. 호퍼는 갤럽의 관자놀이에서 펄떡이는 맥박을 눈여겨보며 말했다.

"우리는 이 사건에 6주째 매달려왔습니다. 수사에 진전이 있었고 잘해나갈 능력도 있어요. 그러니 미안하지만, **특수요원 씨**, 나는 멋진 정장을 차려입은 정부 요원이 쳐들어와서 사건을 **빼앗아가는** 꼴을 가만히 지켜보진 못하겠습니다."

갤럽은 혀로 입술을 핥았다. 호퍼는 그자를 계속 내려다봤지만 별 효과는 없었다. 갤럽은 전혀 겁먹지 않은 듯했다. 호퍼가 하는 말을 듣고도 표정이 차분했으며 흔들림이 없었다.

마침내 갤럽이 말했다.

"어떤 부분을 우려하는지 압니다, 형사. 하지만 이제 이 사건은 더이상 그쪽 소관이 아니에요." 갤럽은 책상 앞에 앉아 미동도 않는 라보냐를 흘끗 쳐다보며 말을 이었다. "뿐만 아니라 뉴욕시 경찰청 소속의 어떤 경찰도 이 사건에 신경 쓸 필요 없습니다. 이제부터 우리가 이 사건을 맡습니다." 그는 잠시 말을 멈추고 호퍼를 돌아보았다. "당신이 맡은 사건 목록이 적힌 칠판에서도 이 사건을 지우세요." 그러고는 다시 라보냐를 보며 말했다. "칠판에 담당 형사와 사건을 쭉 적어놓는 건 괜찮은 아이디어네요. 나도 이 아이디어를 빌리고 싶군요. 우리 사무실에서도 유용하게 쓸 수 있겠어요."

그 말에 호퍼가 물었다.

"그러니까 어느 기관의 사무실인데요?"

"그건 말할 수 없습니다, 호퍼 씨—"

"호퍼 **형사**라니까요."

"미안합니다, 호퍼 형사." 갤럽은 라보냐를 보면서 덧붙였다. "직책을 잘 못 외워서. 경찰 조직은 너무……" 그는 두 손을 휘저으며 말을 맺었다. "복잡해요."

호퍼는 한숨을 쉬며 팀장을 돌아보았다. 그는 팔꿈치에 힘을 주며 책상 너머로 몸을 기울였다.

"팀장님, 대체 이게 무슨 일입니까? 뭐 이런 말도 안 되는 일이 있어요."

라보냐도 한숨을 쉬며 손으로 얼굴을 문질렀다. 그는 잠시 생각을 하다가 목깃의 넥타이를 풀었고, 제복 셔츠의 윗단추까지 풀었다. 라보냐의 행동을 보고 호퍼는 슬쩍 미소를 지으며 뒤로 물러나 팔짱을 끼고 섰다.

'자, 간다.'

라보냐가 입을 열었다.

"갤럽 특수요원님, 여기 왜 오셨는지 잘 압니다. 내 상관들은 요원님이 오면 최대한 협조하라고 지시하셨고, 나는 기꺼이 협조하는 중이에요. 하지만 요원님이 우리에게 조금만 더 정보를 준다면 우리도 당신을 위해 좀 더 신속하게 협조할 수 있을 겁니다."

갤럽은 고개를 끄덕였다.

"그렇겠죠."

갤럽은 서류 가방을 열었다. 호퍼는 가방 안을 얼른 들여다봤지만 갈색 마닐라 서류철밖에 보이지 않았다. 갤럽은 그 서류철을 꺼내 호퍼에게 건넸다. 호퍼는 서류철을 받아 아무것도 적혀 있지 않은 표지를 내려다봤다. 갤럽은 의자에 앉더니 옆의 의자를 손으로 가리키며 말했다.

"앉으세요."

호퍼는 또다시 한숨을 쉬며 의자에 앉아 서류철을 펼쳤다.

그 안에는 모서리에 스테이플러가 찍힌 종이 몇 장이 들어 있었다. 맨 위를 보니 특정한 양식으로 된 서류인 듯했다. 오른쪽 상단에는 한 남자의 얼굴이 담긴 사진이 복사되어 있었는데 복사 품질이 조악해서 호퍼는 몇 초 후에야 그 아래 적힌 이름을 읽어냈다.

바로 세 번째 희생자인 제이콥 휠러였다. 서류에는 제이콥과 휠러 사이에 중간 이름의 이니셜인 'T'가 추가돼 있었다. 서류에 적힌 주소는 사건 현장의 주소였다. 나머지 내용은 공식적인 서비스 기록처럼 보였는데 절반 가까이 굵고 검은 줄이 죽죽 그어져 있었다. 그 아래 종이도 넘겨봤지만 마찬가지였다. 읽을 수 있는 문장은 몇 줄뿐이고 그 정도로는 문맥을 파악할 수 없었다. 알아볼 만한 것은 또 다른 주소뿐이었다.

갤럽 특수요원은 두 손을 무릎에 단정히 얹고 다리를 꼬며 말했다.

"여러분의 세 번째 희생자는 제이콥 휠러죠."

호퍼가 대꾸했다.

"압니다."

"그쪽이 모르는 게 있는데, 제이콥 휠러는 우리 쪽 사람입니다. 제이콥 휠러 특수요원이에요. 그는 임무 수행 중에 사망한 것이라 우리 부서는 크게 우려하고 있습니다. 우리로서는 가장 철저하게 수사를 진행해야 할 필요가 있죠. 그러기 위해 우리가 직접 사건 수사를 맡으려는 겁니다."

호퍼는 고개를 저었다.

"그래도 이건 아니죠. 연방 법기관을 위해 일하는 분이니 아실 테지만, 형식에 맞춰 우리 쪽에 요청서를 보냈어야 되는 겁니다. 그쪽에서 정중하게 요청을 하면 우리도 상응해서 협조를 하는 거고요. 이렇게 다짜고짜 쳐들어와서 우리에게 하던 일을 멈추라고 하니 어이가 없네요. 당신이 누구를 위해 일하든 상관없습니다. 이런 식으로 하면 안 되는 거예요."

갤럽은 조금 더 굳어진 표정으로 미소 지었다. 그는 호퍼와 라보냐를 차례로 돌아보았다.

"여기 형사들은 전부 이렇게 예민하고 호전적입니까?"

그러자 라보냐가 대답했다.

"좋은 형사들은 그렇습니다."

갤럽은 다리를 바꿔 꼬면서 방향을 돌려 호퍼 쪽을 바라보았다.

"사실, 나는 여기로 쳐들어와 그쪽한테서 사건을 빼앗아갈 수 있는 완전한 권한을 갖고 있습니다. 뉴욕시 경찰청 측에 해당 사건과 관련된, 그리고 그 이상의 모든 서류철과 자료를 넘기라고 명령할 수 있는 합법적인 권력도 갖고 있죠. 뉴욕시 경찰청이 해당 사건에서 손을 떼게 만들 수 있는 권한도 있습니다. 또한, 적절하다고 판단 되다면, 이 일을 방해하는 사람을 공무집행방해죄로 기소할 수도 있습니다." 그는 한쪽 손을 들어 셔츠 소맷동 가장자리와 나란하게 커프스단추의 방향을 조정하고는 다시 호퍼를 쳐다보며 물었다. "이제 이해가 됩니까, 호퍼 형사?"

호퍼는 손가락으로 머리카락을 쓸어 넘겼다. 팀장을 돌아봤지만 라보냐는 또다시 고개를 저었다.

"나도 어쩔 수 없어, 호퍼. 수사과장님이 내린 지시야. 내가 전화를 받았을 때는 갤럽 특수요원과 그 수하들이 이미 우리 서로 오는 중이었어." 라보냐는 의자 등받이에 기댄 채 두 손을 펼쳐 보였다. "우리가 할 수 있는 건 없어. 이 사건은 우리 손을 떠났어."

호퍼가 인상을 찌푸리며 말했다.

"수하들이요?"

사무실 문이 열리고 델가도가 성큼성큼 들어왔다. 델가도는 세 남자를 쓱 돌아본 뒤 라보냐 팀장을 똑바로 쳐다보며 물었다.

"이게 어떻게 된 겁니까, 팀장님? 저자들이 우리 자료를 다 가져가고 있어요."

호퍼는 벌떡 일어나 불펜 쪽으로 나 있는 내창으로 몸을 돌렸다. 검은 양복을 입은 두 요원이 마주 놓인 호퍼와 델가도의 책상에서 사건 관련 자료들을 모아 커다란 서류철 상자에 담고 있었다. 또 한 요원은 맥기건 경사와 일방적인 대화를 하는 중이었다. 맥기건이 고래고래 소리치고 그 요원은 한 마디도 하지 않는 대화였다.

"이 사람들이 장난하나."

호퍼는 중얼거리며 팀장 사무실을 나섰고 델가도가 뒤따랐다. 호퍼가 그의 책상 앞에 서자 맥기건의 고함을 듣고 있던 요원이 호퍼를 쳐다보았다. 맥기건도 말을 멈추고 호퍼를 돌아보았다.

"호퍼, 이게 어떻게 된 거야? 이 멍청이들은 입을 딱 붙이고 말을 안 해. 팀장님이랑 같이 있는 저놈은 또 누구야?"

그때 라보냐와 갤럽 특수요원이 그들에게 다가왔다. 그들 뒤에는 약이 바짝 오른 델가도가 팔짱을 낀 채 서 있었다.

"그만해, 맥기건 경사."

팀장의 말에 갤럽은 미소를 지었고, 호퍼는 당장 그자의 면상에서 미소를 지워버리고 싶은 충동을 애써 다스려야 했다.

갤럽은 라보냐를 곁눈질하며 이죽거렸다.

"이분도 좋은 형사들 중 한 명인가 봅니다, 팀장님?"

라보냐는 대꾸하지 않고 맥기건과 요원 사이를 가로 막고 섰다. 주변에서 다른 형사들이 이쪽을 주목하고 있었다. 팀장은 맥기건 옆으로 돌아가 다른 형사들에게 목청을 높였다.

"우리가 할 수 있는 건 없어. 이 사람들이 할 일 하고 나가게 놔두는 게 최선이야. 그동안 각자 맡은 업무를 계속하도록."

형사들이 웅성거리며 자기 자리로 돌아갔다. 하지만 호퍼가 보기에, 일을 재개한 것으로 보이는 형사는 거의 없었다. 델가도는 자기 책상 앞으로 걸어가 커피 머그를 들어 치웠다. 책상 위의 자료를 상자에 쓸어 담는 요원이 그 머그마저 가져가기 전에 치워버린 것이다.

"사건 서류철이나 골라 담든지, 멍청하기는."

델가도가 중얼거렸다.

라보냐는 호퍼의 팔을 토닥였다.

"가서 커피나 한잔 하고 오 분쯤 있다가 돌아와. 그때쯤엔 다 끝나 있을 거야."

"그러고는 뭘 하라고요? 저들이 우리를 사건에서 몰아냈는데요."

"내가 뭘 어떻게 하길 바라나, 호퍼? 빔 시장한테 전화해서 부탁이라도 해? 시장은 바빠서 우리 일에 신경도 못 써. 우리도 마찬가지고. 자네 이름이 적힌 다른 사건들이 칠판에 있는데 그건 잊은 거야?" 라보냐는 한숨을 푹 쉬며 말을 이었다. "이게 최선일 수도 있어. 카드 살인 사건은 우리 서가 맡아 진행하기엔 덩어리가 너무 큰지도 몰라. 어차피 진행하다가 안 돼서 내가 연방 기관에 개입을 요청할 수도 있는 사안이었어."

라보냐는 이 말을 하고는 자기 사무실로 돌아가 등 뒤로 문을 닫았다.

호퍼는 고개를 돌려 연방 요원들이 사건 자료를 상자에 담는 모습을 바라보았다. 그들은 천천히 꼼꼼하게 작업을 진행하고 있었다. 서류철을 자기네 상자에 담기 전에 일일이 확인하는 모습이었다. 델가도의 커피 머그는 물론이거니와 카드 살인 사건과 관계없는 다른 자료는 담아가지 않기 위해서인 듯했다. 그 옆에서는 갤럽 특수요원이 한 손에 서류 가방을 들고 맥기건을 상대했던 요원과 얘기 중이었다.

호퍼는 돌아서서 커피실로 향했다. 델가도 옆을 지나가는데 그녀가 그의 팔꿈치를 툭 쳤다. 호퍼가 쳐다보자 델가도는 그가 가던 방향으로 고갯짓을 하더니, 머그를 손에 든 채 그를 앞질러 커피실로 걸어갔다.

커피실로 들어간 호퍼는 등 뒤로 문을 닫았고 먼저 들어온 델가도는 복도 너머 불펜이 건너다보이는 커피실 내창 앞에 가 섰다. 커피실 한쪽 구석에 놓인 14인치 흑백텔레비전이 소리를 죽인 채 화면을 내보내고 있었다. 호퍼가 음량을 높이자 배우 비키 로렌스가 카네이션 분유를 광고하며 제품의 장점에 대해 극찬하는 소리가 흘러나왔다. 시끄러웠지만 덕분에 커피실에서 나누는 대화 소리는 밖에 들리지 않을 것이다. 호퍼는 델가도를 돌아보았다.

"괜찮아, 델가도?"

"기분이 진짜 거지 같네요."

호퍼는 고개를 끄덕였다.

"그렇지."

델가도는 고개를 돌려 호퍼를 쳐다보며 말했다.

"저한테 좋은 생각이 있어요."

6장
공격 계획

1977년 7월 5일
뉴욕시 브루클린

"세상의 모든 소식을 전하는 WINS 뉴스입니다. 이십이 분만 저희에게 주시면 여러분에게 세상만사를 보여드리겠습니다!"

65구역 경찰서 공용차 운전석에 앉은 호퍼는 1010 WINS 뉴스의 시작을 알리는 쨍쨍거리는 실로폰 소리가 차 안 가득 퍼지자 라디오 음량을 줄였다. 차는 큼직한 흰색 폰티악 카탈리나였다. 새것이었을 때는 상태가 좋았을 테지만, 지금은 완충장치가 닳아빠져서 폭풍우 치는 바다에 떠 있는 보트처럼 거칠게 흔들거렸다. 이게 다 예산 절감 정책으로 인해 경찰서에 배분되는 예산이 점점 줄어드는 탓이었다.

호퍼처럼 키가 큰 사람에게는 그나마 이 차가 비교적 편안했다. 운전석에 앉아 최대한 뒤로 기댄 채 지하 주차장에서 한 시간 가까이 기다리고 있자니 등받이가 이만큼 뒤로 젖혀지는 게 다행이다 싶었다.

"안녕하십니까, 오후 일곱시 현재 기온은 섭씨 24도를 가리키고 있습니다. WINS 뉴스 스탠 Z. 번스입니다. 새로 들어온 소식을 전해드리겠습니다. 빔 시장은 시와 노동조합 간의 대화 재개를 촉구하면서 노동조합 측이 양보를 해야 한다고……."

65구역의 지하 주차장은 두 개 층을 차지하고 있는데, 폰티악은 지하 2층 뒤쪽에 주차돼 있었다. 주차장 조명등의 각도 덕분에 줄곧 어둠 속에 묻히는 자리였다. 호퍼가 오버하는 것일 수도 있었지만, 이 구역 경찰들이 공용차를 정기적으로 사용하고 있기 때문에 그들의 눈에 띄지 않을수록 좋았다. 나중에 혹시 일이 잘못되더라도, 갤럽 특수요원이 카드 살인 사건을 빼앗아간 날 저녁에 호퍼와 델가도를 주차장에서 봤다는 증언을 다른 경찰이 어쩔 수 없이 하게 되는 상황을 방지하기 위해서이기도 했다.

적어도…… 그의 생각은 그랬다.

라디오에서 말한 바깥 기온을 참고하자면, 주차장은 지상의 도로에 비해 그나마 시원한 편이었다. 호퍼는 차창을 내려두었는데, 쾌적한 실내 온도를 유지하기 위해서이기도 했지만 주차장에서 일어나는 모든 일을 보고 들어야 하기 때문이었다.

그는 델가도가 어서 내려오기를 바랐다. 다이앤에게 오늘 늦을 거라는 전화를 하지는 않았다. 늦게까지 일하는 게 워낙 흔한 일이라 다이앤도 별로 걱정하지 않을 테지만, 오늘 호퍼는 일부러 아내에게 연락하지 않았다.

몇 분 뒤 델가도가 지하 1층 주차장과 연결되는 주요 경사로를 따라 걸어 내려왔다. 지하 2층으로 내려온 델가도는 주차된 차들을 둘러보았다. 호퍼는 시동 열쇠를 돌리고 헤드라이트 불빛을 한 번 번 쩍였다. 델가도는 호퍼가 있는 쪽으로 걸어와 조수석에 올라탔다.

"미친 짓 같아요."

"신중한 처신이라고 부르자고."

"편집증이겠죠."

델가도는 고개를 돌려 라디오를 내려다보더니 인상을 쓰며 다이 얼을 돌려 꺼버렸다.

호퍼가 히죽 웃었다.

"스탠 Z. 번스를 싫어하나 봐?"

"제가 멜로 92 채널을 좋아해서요. 이따가 보자고 말하긴 했지만, 이렇게 첩보 영화 찍듯이 만나자고 한 건 아니었거든요."

호퍼는 웃음기를 거두고 델가도 쪽으로 몸을 기울였다.

"나는 자네 편이지만 이 시점에서 우린 신중하게 행동해야 할 필 요가 있어. 일단 여기를 나서면, 모 아니면 도야. 이기지 못하면 지 는 것이고, 지면 당연히 끝이 좋지 않겠지. 그러니 조심해야 돼."

델가도는 호퍼를 쳐다보았다. 델가도는 노련한 경찰이지만 강력 팀 형사로는 초짜였다. 그래도 더 큰 대의를 위해서라면 규정에 목 매지 않는 융통성은 있었다.

그래서 그들은 이렇게 상관의 명령을 어기고 공용차 안에 숨어 있 는 것이었다.

사건을 쉽게 포기할 수 없었다.

아까 커피실에서 호퍼는 델가도가 설명하는 계획에 귀를 기울였 다. 처음에는 과연 계획대로 될까 싶었지만, 델가도가 사건에 강한 집념을 보인 데다 말투에도 결의가 담겨 있어서 그도 두려움을 떨쳐냈다.

무엇보다 델가도가 옳기 때문이었다. 델가도는 그들이 어떻게 이 일을 하게 됐으며 어떻게 이 도시를 지켜야 하는지를 얘기했다. 여기는 그들이 사는 지역이고 이곳 사람들은 그들에게 치안을 의지하고 있으니 이렇게 쉽게 사건을 내줄 수는 없었다. 그들은 지키기로 맹세한 사람들을 위해 의무를 다해야 했다. 갤럽인지 나발인지 하는 놈이 마음대로 사건을 빼앗아가게 둘 수는 없었다.

호퍼는 델가도의 생각에 동의했다. 잠자코 귀를 기울였고 델가도의 말을 받아들였다. 정신 나간 아이디어였지만 나쁘지는 않았다. 그들은 그대로 실행하기로 결정했다.

그리고 몇 분 뒤 그들은 커피실을 나와 불펜으로 돌아갔다…….

호퍼는 계획대로 갤럽에게 싸움을 걸었다. 갤럽 앞으로 다가가 냅다 고함을 쳐댔다.

호퍼가 마구 화를 내자 기대했던 효과가 나타났다. 다른 요원들과 형사들이 그들 주변을 에워쌌고, 라보냐 팀장이 싸움을 말리러 사무실에서 부리나케 나왔다. 그들 뒤에 있던 델가도는 슬그머니 라보냐의 사무실로 들어갔다가 몇 분 뒤에 나왔다. 델가도가 고갯짓으로 신호를 하자 호퍼는 이제 그만하겠다는 듯 물러섰다.

라보냐는 사무실로 돌아가기 전 호퍼에게 잔소리를 늘어놓았다. 호퍼는 나름 진심을 담아 사과했고 65구역의 삶은 평소대로 흘러갔다. 호퍼는 다른 사건 조사를 시작했고 델가도와는 교대 근무가 끝날 때까지 말을 섞지 않았다. 그것도 계획의 일부였다. 호퍼가 함부로 화를 내면서 후배 파트너에게 좋지 않은 본보기를 보였으니, 서로 어색해하며 말을 섞지 않는 것이 남들 눈에도 타당해 보였을 것이다. 호퍼와 델가도는 남은 근무 시간 동안 복도에서 짧게 스쳐 지나갈 때를 제외하고는 서로에게 거리를 두었다. 그렇게 호퍼는 파트너에게 시간과 공간의 여유를 주었고, 나중에 이렇게 주차장에서 몰래 만나게 된 것이다.

"아무튼, 늦어서 미안해요. 마무리할 일이 있어서요. 미션은 완수했어요."

델가도는 가방을 열고 제이콥 휠러에 관한 내용이 담긴 얇은 서류를 꺼냈다. 라보냐 팀장의 책상 위 서류철에 들어 있어야 할 서류였다.

"미리 말씀드리자면 저는 이미 내용을 봤어요."

호퍼는 서류를 받아 맨 앞장을 넘겼다. 검은색 줄이 죽죽 그어진 뒷장에서 주소 하나가 보였다. 두 번째 주소였다.

"다이크먼가(街). 건물명과 아파트 호수는 있는데 교차로명이나 우편번호는 없군."

호퍼의 말에 델가도는 고개를 끄덕이며 조수석 사물함을 열었다. 그 안에서 스프링 제본이 된 지저분한 지도책을 꺼냈다. 인상을 쓰면서 색인 페이지를 들여다보던 델가도는 도저히 안 되겠는지 손을 뻗어 올려 차의 실내등을 켰다. 드디어 글씨가 보이자 델가도는 빽빽하게 적힌 거리 이름들을 손가락으로 훑어 내려가다가 다이크먼가를 찾아냈고, 해당 페이지를 펼쳐 주소지 위치도 찾아냈다.

"다이크먼가는 하나뿐이니 여기가 맞을 거예요." 델가도가 페이지를 손으로 툭툭 치자 호퍼는 지도책을 받아 들고 눈을 가늘게 뜨며 들여다보았다. "이제 어쩌실 생각이세요? 가서 확인하시게요?"

"어. 그래야지." 호퍼는 델가도를 쳐다보며 물었다. "자네 정말 이 일을 해도 괜찮겠어? 지금이라도 빠지면 나중에 일이 터졌을 때 아무것도 모른다고 할 수 있어."

델가도는 고개를 저었다.

"애초에 괜찮다고 생각하지 않았다면 이런 곡예 같은 작전을 제안하지도 않았겠죠. 특수요원인지 뭔지가 제 일을 건드린 게 마음에 안 들어요. 첫 사건을 배당받자마자 이렇게 허무하게 뺏기려고 악착같이 강력팀 형사가 된 게 아니거든요."

"발각되면 어떻게 될지는 알고 있지?" 호퍼는 파트너의 행동 계획에 동조했지만 선배로서 그들이 처하게 될 현실을 다시금 일깨워줄 의무감을 느꼈다. 델가도가 귀담아 듣든 아니든 꼭 해줘야 할 말이었다. "이 일을 망치게 되면 자네는 강력팀을 떠나야 될 수도 있어. 지금부터 우리가 하게 될 일에 많은 게 걸려 있으니까—"

델가도가 손을 들어 그의 말을 막았다.

"알고 있어요. 그래도 해야 하는 일이니 해야죠." 델가도는 몸을 더 돌려 호퍼를 똑바로 쳐다보며 물었다. "그래서 선배는 같이 하실 거예요?"

호퍼는 싱긋 웃었다.

"그래, 할 거야."

"그럼 됐어요. 이제 다이크먼가에 가서 확인을 해보자고요."

"저기, 자네는 그 아파트로 다시 가봐."

델가도가 혼란스러워하며 인상을 찌푸렸다.

"사건이 일어난 아파트요?"

"어. 거기 들어가서 현장을 한 번 더 살펴봐. 우리가 놓친 게 있는지 확인이 필요해. 이제 우리는 희생자에 대해 좀 더 알게 됐으니까 현장을 털어보면 뭐든 나올 수도 있어."

"알았어요. 이따가 여기서 다시 만날까요?"

시간을 확인한 호퍼는 움찔했다.

"아니. 집에 가봐야 돼." 그는 델가도를 보며 말했다. "자네도 집으로 가. 내일 만나서 얘기하자고."

"알았어요." 델가도는 차문을 딸깍 열었다. "즐거운 사냥 하세요, 선배." 델가도는 차에서 내려 문을 닫고 주차장 경사로를 지나 위층으로 올라갔다.

호퍼는 델가도가 위층으로 올라갈 때까지 몇 분 더 기다리다가 차에 시동을 걸고 다이크먼가의 미지의 아파트로 출발했다.

7장
비밀의 집

1977년 7월 5일
뉴욕시 브루클린

호퍼는 다이크먼가에서 두 블록 떨어진 곳에 공용차를 세웠다. 조수석 뒤에서 경찰용 손전등을 꺼내 들고 목적지까지 걸어서 이동했다. 그 아파트에서 무엇을 찾게 될지는 알 수 없었지만 긍정적으로 생각하자고 마음을 다잡았다. 이 사건에서는 알 수 없는 악취가 풍겼다. 물론 공식적으로는 그가 진행하면 안 되는 사건이었다. 하지만 옳은 일을 하고 있다고 수차례 되뇌는 동안 가슴속 깊은 곳에서 아드레날린이 조금씩 솟구쳤다.

옳은 일 맞지 않나?

다이크먼가는 식품 잡화점과 주류 판매점, 가구점, 미용실 등 꽤 많은 상점들이 들어찬 상가와 주택가가 어깨를 맞댄 복합 구역이었다. 이 지역에서 제일 잘나가는 구역은 아니지만, 이 도시의 상태를 기준으로 놓고 보면 나트륨 램프의 노란 불빛에 물든 거리를 걸으며 편안함을 느낄 수 있는 정도는 되었다. 늦은 시간이지만 식품 잡화점과 주류 판매점에 손님들이 꽤 있어서 혼자 고적하게 다니지 않아도 되었다.

제이콥 휠러의 수수께끼 같은 아파트는 승강기 없는 건물의 2층이었다. 건물 정문은 열려 있었다. 짧은 계단을 올라가자 바닥에 리놀륨이 깔리고 황동 벽등이 두 개씩 설치된 널찍한 복도가 나왔다. 벽등의 절반은 불이 꺼진 상태였다. 호퍼는 낡고 반질반질한 리놀륨 위를 발을 끌며 걸어갔다.

문 호수를 차례로 확인한 그는 복도 끄트머리에서 문제의 아파트를 찾아냈다. 복도 끝에는 큰 창문이 나 있었고 그 너머로 격자무늬 철판으로 된 비상계단이 보였다.

창문 옆에 서서 복도를 돌아보았다. 여전히 그는 혼자였다. 창문 유리가 얇아서 바깥 거리의 차량 소음을 별로 막아주지는 못했다. 복도를 공유한 다른 아파트에서 요란하고 또렷한 텔레비전 소음이 왕왕 흘러나왔다.

그래도 발음까지 또렷이 들리는 수준은 아니었다. 호퍼가 복도를 돌아보는 동안 가까운 아파트 안의 누군가가 텔레비전 음량을 높였고 드라마 매시(M*A*S*H, 한국전쟁 당시 늪지대를 배경으로 미 육군 이동외과병원 소속 병사들의 애환을 그린 1970년도 드라마)의 주제가가 돌연 크게 울려 퍼졌다.

텔레비전에서 누가 지옥 같은 이웃집 거실로 갈 것인지를 놓고 호크아이와 포터 대령이 토론을 벌이는 동안, 호퍼는 재킷 안주머니에서 깨끗한 체크무늬 손수건을 꺼내 아파트 현관문의 손잡이를 감싸고 돌렸다. 차가운 금속 위에서 그의 손이 미끄러졌고 손잡이는 꿈

쩍도 하지 않았다.

예상대로 문은 잠겨 있었다.

뒤를 한번 흘끗 돌아본 그는 다른 주머니에서 얇은 가죽 지갑을 꺼내 그 안에서 자물쇠 여는 도구를 빼냈다. 지갑 가장자리를 이로 물고 쭈그리고 앉아 자물쇠를 따기 시작했다.

삼십 초 후 그는 아파트로 들어갔다. 이번에도 손잡이를 손수건으로 감싸 신중하게 문을 닫았다. 규정에 어긋난 짓을 하고 있는 만큼 이 아파트에 지문을 남겨서는 안 되었다.

뒤춤에 찔러 넣어둔 큼직한 손전등을 꺼내 켜고 불빛을 아래로 가게 비추었다. 아파트에 무단으로 들어와 있는 것을 바깥 거리에 있는 누군가에게 보이지 않도록 조심해야 했다.

잠시 후에야 그는 손전등 불빛이 보여주는 아파트 안의 풍경을 받아들일 수 있었다. 이곳에서 무엇을 보게 될지 모르는 채로 들어오긴 했지만 이건 전혀 예상하지 못한 풍경이었다.

아파트 안은 비어 있었다. 적어도 그가 서 있는 이 공간은 그랬다. 여기는 현관문에서 바로 이어지는 작은 거실이었다. 왼쪽에는 항공기 내 주방처럼 생긴 작은 주방이 있었다. 손전등으로 주변을 비춰보니 왼쪽으로 문이 하나 있고 정면에는 창문이 있으며 오른쪽에는 아무 장식이 없는 벽이 있었다. 그 벽은 이 아파트 건물의 외벽 안쪽 면이었다.

거실은 휑한 정도가 아니라 아예 아무것도 없었다. 바닥도 깔개 하나 없는 맨 마룻장이었다. 빈 벽에는 벽지 잔여물이 몇 군데 더덕더덕 붙어 있었는데, 너덜너덜한 가장자리를 보니 수십 년간 켜켜이 쌓인 세월이 엿보였다. 천장 한가운데 붙어 있는 회반죽으로 된 장미 장식은 도시의 이쪽 지역이 지금보다 훨씬 잘나가던 시절의 유물이었다. 그 장미에 걸린 굵게 꼰 철선이 알전구로 이어졌다. 아파트에 아무도 없고 맞은편 창문에 커튼까지 드리워져 있는 상태라, 호퍼는 손수건으로 감싼 손으로 전등 스위치를 찾아 켰다. 알전구는 저항하듯 위잉 소리를 내다가 불이 들어왔다. 호퍼는 손전등을 끄고 허리춤에 도로 집어넣었다.

목재로 된 마룻장을 잘못 밟으면 공명판처럼 작용하는 것을 알기에 천천히 걸음을 옮겼다. 거실을 한 바퀴 돌아봤지만 얻을 만한 정보는 전혀 없었다. 텅 빈 거실은 마치 버려진 듯했다. 수년째 아무도 살지 않은 것 같았다.

정말 그럴까?

호퍼는 가만히 서서 생각을 해봤다. 아무도 살지 않는 채로 문을 잠가놓은 아파트라면 안에 먼지가 쌓여 있어야 마땅했다. 건물 외벽에 접한 데다 회반죽 장식이 바스라지고 있는 낡은 아파트이니 더더욱 먼지가 쌓여 있어야 했다. 하지만 거실은 깔끔했다. 엄밀히 말해 깨끗하진 않았지만 그렇다고 더럽지도 않았다. 수년째 먼지가 쌓였더라도 누군가 이 안에서 지냈다면 먼지가 날리면서 자연스럽게 치워졌을 것이다.

그리고 그 누군가는 제이콥 휠러일 공산이 컸다.

휠러는 이 아파트를 무슨 용도로 썼을까? 마룻장 밑에 무언가를 감춰둔 거라면 모를까 거실에는 아무것도 없었다. 호퍼는 거실에서 몇 번 왔다 갔다 해봤지만 마룻장은 쇠처럼 단단했다. 백 년 전쯤에 마룻장을 설치하고 한 번도 건드리지 않은 것처럼. 주방으로 가서 손수건으로 덮은 손으로 찬장문을 열고 안을 살펴보았다. 전부 비어 있었다. 주방 한쪽 구석에 놓인 냉장고는 1950년대 중반에 나온 제품인 듯했는데 전원이 꺼져 있고 속도 비어 있었다.

관심이 갈 만한 것을 발견하지 못한 호퍼는 이 아파트에 하나뿐인 문으로 향했다. 문은 쉽게 열렸고 짧은 복도가 나왔다. 복도를 끼고 왼쪽의 열린 문은 욕실로, 오른쪽의 닫힌 문은 침실로 이어지는 구조였다. 호퍼는 손전등을 꺼내 욕실 안을 비추었다. 샤워실 없이 욕조와 변기만 있었다. 위쪽 벽에 보관장이 있고 문에는 거울이 붙어 있었다. 거울에 손전등 불빛이 비쳐 반사되자 호퍼는 눈을 껌벅였다. 더 볼 게 없어서 침실이나 들여다보기로 마음먹었다.

빙고.

침실은 침대나 다른 가구는 없었지만 비어 있지 않았다. 방 한가운데에 야전 침대가 있었고 그 위에 담요와 시트, 베개가 대충 얹혀 있었다. 야전 침대 옆에 놓인 접이식 나무 테이블 위에는 침실보다는 사무실에 더 어울릴 듯한 사무용 스탠드가 놓여 있었다. 그리고 스탠드 옆에는 스티븐 킹이 쓴 『샤이닝(The Shining)』이라는 두툼한 하드커버 소설이 있었다. 호퍼는 아직 읽어보지 않은 소설이었다.

그는 한 바퀴 빙 돌며 작은 침실을 손전등으로 비추었다.

그리고 그것을 보았다.

침실 문이 있는 벽의 굽도리널(방 안 벽의 밑 부분에 대는 좁은 널빤지)을 따라 똑같이 생긴 서류함들이 줄지어 놓여 있었다. 두꺼운 검은색 판지로 된 서류함의 측면에는 흰색 표지가 붙었고, 표지에는 굵은 펠트펜으로 길쭉하고 깔끔하게 쓴 숫자들이 적혀 있었다. 숫자 밑에는 인쇄기로 찍은 라벨이 큼직하게 붙어 있었다.

미국 국방부
유출 금지

호퍼는 뒤로 한 걸음 물러나 서류함들을 손전등으로 쭉 비췄다. 서류함은 총 열다섯 개였다. 호퍼는 가만히 서서 깊은 생각에 잠겼다.

뭔가 대단히 이상한 일이 벌어지고 있었다. 그는 그 자리에서 돌아서서 야전 침대에 손전등을 비췄다.

휠러 특수요원은 여기서 대체 뭘 한 걸까?

이 너절한 아파트를 작전 기지로 사용하고 있었던 것은 분명했다. 하지만 이렇듯 연방 정부 소속 서류함을 잔뜩 갖고 있었던 이유와 경위는 불분명했다. 갤럽도 이 서류함에 대해 알고 있을까? 갤럽은 이 아파트에 대해 알고 있었다. 그런데도 '유출 금지'라 적힌 서류함들은 여전히 여기 있는 것이다.

호퍼는 고개를 절레절레 흔들며 서류함을 향해 돌아섰다. 그 안에 무엇이 담겼는지 알아내야 했다. 그는 바닥에 주저앉아 첫 번째 상자를 향해 손을 뻗었다.

그때 소리가 들렸다. 희미하지만 분명한 삐꺽 소리. 조금 전 그가 거실을 가로지를 때 바닥에서 났던 것과 같은 소리였다.

누군가 이 아파트에 들어왔다.

호퍼는 움직임을 멈췄다. 갤럽의 수하들 중 하나일 수도 있었다. 이 아파트는 그들의 감시하에 있을 테니 어쩌면 당연한 일일 것이다. 그들이 이곳에 서류함들을 일부러 놓아둔 거라면…….

미끼다.

호퍼는 그들이 놓은 덫으로 곧장 들어온 셈이었다.

호퍼는 자리에서 일어나 손전등을 끈 뒤, 침실 문 바로 옆의 벽에 몸을 붙이고 섰다. 연방 요원에게 체포당하는 건 상상도 해보지 않았다. 귀를 바짝 세우고 소리를 들어보았다. 다행히 거실에 들어온 건 한 명뿐인 듯했다.

어쩌면, 잘하면, 여기서 빠져나갈 수 있을지도 몰랐다.

그는 호흡을 고르며 마음을 가라앉히고 거실 쪽에서 들려오는 소리에 집중했다. 일 분쯤 지나자 그의 인내심은 바닥이 났다. 침입자가 침실 밖 짧은 복도까지 왔는지 삐걱대는 발소리가 한층 커지고 있었다. 곧 침실 문손잡이가 천천히 돌아가기 시작했다.

호퍼는 그 기회를 잡기로 했다. 벽에서 등을 떼고 문 앞으로 가 서서 문손잡이를 마주 잡았다. 문손잡이가 돌아간 순간 문을 확 잡아당겨 열었다.

침입자는 침실 안으로, 호퍼의 품으로 끌려 들어왔다. 호퍼는 그대로 침입자를 옆으로 거세게 밀쳐내 퇴로를 확보했다. 검은 스키 마스크를 쓴 침입자의 모습이 얼핏 보였다. 호퍼의 두 손이 놈의 가죽 재킷에 미끄러졌다.

연방 요원 같아 보이지는 않았다.

호퍼가 잠시 망설인 틈을 타 침입자는 벌떡 일어나 놀라울 정도로 강한 힘으로 호퍼를 밀쳐냈다. 호퍼는 휘청하다가 바닥에 쓰러졌고 침입자는 그대로 달아났다.

"개자식."

호퍼는 숨을 몰아쉬며 일어나 거실로 달려 나갔다. 아파트 현관문이 쾅 닫혔지만 현관문 밖 복도를 부리나케 달려가는 놈의 묵직한 발소리는 여전히 들려오고 있었다.

호퍼는 다시 한 번 욕을 내뱉으며 현관문을 열고 나갔다. 그대로 지체하지 않고 복도를 따라 놈을 쫓았다. 침입자의 모습은 보이지 않았지만 계단을 달려 내려가는 발소리는 아직 들렸다.

호퍼는 그 뒤를 따라 뛰었다. 계단통으로 달려가 계단을 두 칸씩 밟고 내려갔다. 그러다 첫 번째 층계참에서 균형을 잃는 바람에 휘청하면서 두 손을 앞으로 뻗어 겨우 벽을 짚었다. 그 반동으로 뒤로 물러났다가 곧장 계단을 마저 내려갔다.

호퍼가 로비로 내려섰을 때 건물의 정문이 앞뒤로 흔들거리고 있었다. 그는 곧장 정문을 나섰고 놈이 어느 방향으로 갔을지 가늠하느라 거리에서 잠시 멈춰 섰다.

판단은 어렵지 않았다. 인도는 비어 있지 않았고, 놈은 모퉁이의 식품 잡화점 앞에 모여 선 시끌벅적한 젊은 남자들을 밀치고 달려간 듯했다. 셔츠를 벗어 허리춤에 느슨하게 묶고 웃통을 드러낸 젊은 남자 네 명의 짙은 색 피부가 땀에 젖어 번들거렸다. 그들은 빠르게 사라진 놈을 향해 환호성을 지르며 맥주 캔을 허공에 던져 올렸다.

호퍼가 그 뒤를 따라 젊은이들 사이를 쏜살같이 지나가자 그들이 이번엔 호퍼에게 박수를 쳐주었다. 저 앞에서 놈은 길을 가로지른 뒤 다음 모퉁이를 향해 뛰고 있었다. 호퍼는 놈을 잡아야 했다. 안 그랬다간 교차로가 미로처럼 얽혀 있는 이 낯선 거리에서 길을 잃고 말 터였다.

부드러운 바닥을 댄 로퍼로 거리를 탁, 탁 밟으며 호퍼는 계속해서 놈을 쫓아 달렸다. 도로를 건너가는데 뒤춤에 넣어둔 손전등이 등을 찔러댔다. 다음 길의 모퉁이에 다다랐을 무렵, 처음에 치솟은 아드레날린이 점점 사그라지고 옆구리가 결리면서 힘이 빠지기 시작했다. 아까 첫 번째 층계참에서 오른쪽 무릎을 벽에 찧었는데, 지금 눈앞이 번쩍일 정도로 그 무릎이 시큰거려 더 이상 이 속도로 뛸 수 없을 듯했다.

호퍼는 숨을 고르며 모퉁이를 돌아갔다. 놈은 올림픽 단거리 종목에 출전한 육상선수처럼 두 팔을 힘차게 휘저으며 도로 한가운데를 계속 달려갔다. 몇 안 되는 행인들이 모두 걸음을 멈추고 고개를 돌려 그들을 쳐다보았다.

호퍼는 놈의 뒤를 계속 쫓았지만 한 발 뗄 때마다 둘 사이의 거리는 점점 벌어졌다. 결국 호퍼는 뜀박질을 멈췄다. 계속 달렸다간 몸이 망가질 것 같아 어쩔 수 없었다. 그는 길 한가운데에 멈춰 서서 두 손으로 무릎을 짚고 숨을 크게 들이마시며 허리를 굽혔다. 뒤에서 날카로운 경적 소리가 들려왔다. 반쯤 몸을 돌리자 자동차 헤드라이트 한 쌍이 그를 마주 보았다. 호퍼는 밝은 빛에 눈을 껌벅거렸다. 빛 때문에 모습이 보이지 않는 운전자가 다시 한 번 그를 향해 경적을 울렸다. 호퍼는 알았다는 뜻으로 손을 흔들어 보이며 도로에서 인도로 올라섰다. 운전자는 호퍼의 옆을 지나면서 열린 창문 너머로 화려한 욕을 쏟아냈다. 후미등이 저만치 멀어지자 호퍼는 침입자가 도망친 거리를 바라보았다.

놈은 이미 사라지고 없었다. 소리쳐봤자 소용없었다. 놈이 검은색 스키 마스크를 쓰고 검은색 가죽 재킷을 입었다는 것 말고는 인상착의도 확보하지 못했다. 게다가 호퍼는 오늘 그 아파트에 있어서는 안 되었다. 갤럽 같은 작자에게 이 상황을 설명하고 싶지도 않았다.

하지만 호퍼의 판단은 옳았다. 그 아파트는 중요한 의미가 있는 곳이었다.

호퍼는 왔던 길을 천천히 되짚어 갔다. 다이크먼가로 돌아가는 내내 옆구리가 결렸다.

침입자는 누구였을까? 연방 요원은 아닌 것 같았지만 확신할 수는 없었다. 놈의 옷차림과 행동, 도망친 상황을 생각해보면 틀림없이 뭔가 있다는 느낌이 들었다.

그놈이 휠러를 죽였을까? 휠러가 브루클린 연쇄 살인범과 맞붙어 싸웠던 건가? 놈은 왜 그 아파트에 있었을까? 호퍼가 아파트에 들어가는 걸 보고 따라 들어왔을까, 아니면 순전히 우연히 그 아파트에서 맞닥뜨린 걸까? 침입자가 호퍼 때문에 그 아파트에 들어온 게 아니라면 다른 이유가 있었을 것이다.

혹시 서류들 때문에?

호퍼는 아파트 건물이 시야에 들어오자 조금씩 뛰기 시작했다. 식품 잡화점 앞에 있던 젊은이들은 다른 곳으로 갔는지 거리에는 아무도 없었다.

호퍼는 아파트 건물로 들어가 다시 계단을 올라갔다. 아파트 문은 여전히 열려 있었다. 그는 문 앞에 서서 잠시 소리를 들어보았다. 집 안에서 무슨 소리가 나는지 확인해보려니 이웃집의 텔레비전 소리가 너무 컸다. 텔레비전에서 흘러나오는 웃음소리가 복도에 크게 울려댔다. 그는 눈을 감고 집중해보려다가 포기했다. 복도에 서서 그가 추론해낸 것은 드라마 〈매시〉가 드디어 끝났다는 것뿐이었다.

'내가 밖에 나갔다가 얼마 만에 다시 들어왔지?'

그는 아파트로 들어갔다. 거실의 알전구는 여전히 켜져 있었고 침실에서도 불빛이 흘러나오고 있었다. 침실 쪽으로 다가간 그는 사무용 스탠드가 켜져 있는 것을 확인했다.

뒤를 돌아보았다.

"제기랄!"

서류들이 사라졌다. 서류함 열다섯 개가 전부.

없어져버렸다.

눈앞의 광경이 믿기지 않아 방 안을 휘이 둘러보았다. 그렇게 한 바퀴 돌아보면 어떤 진실이 드러나기라도 할 것처럼. 좁아터진 욕실로 곧장 들어갔지만 삼 초 만에 그곳에는 아무것도 없다는 사실을 눈으로 확인할 수 있었다.

침실로 돌아와 야전 침대에 털썩 주저앉았다. 둘둘 말리는 매트리스는 얄팍했고, 조잡한 접이식 금속 프레임은 그의 체중을 견디느라 끼이익 소리를 냈다.

서류함들이 가지런히 쌓여 있던 벽을 멍하니 바라보았다. 나갔다 온 지 몇 분이 지났을까? 손목시계를 확인한 그는 저녁 열시가 다 된 걸 보고 깜짝 놀랐다. 침입자를 쫓아 달려 나갔다가 천천히 아파트로 다시 돌아오기까지 삼십 분이 넘게 걸린 것이다. 그 정도면 누군가, 한 명이 아니고 여럿이 이 아파트로 들어와 서류함들을 싹 들어내기에 충분한 시간이었다.

뻐근해진 목을 문지르며 오른쪽 다리를 뻗어 뒤꿈치로 바닥을 짚었다. 머릿속으로 방금 전에 있었던 일을 곱씹으며 시큰거리는 무릎을 손으로 문질렀다.

그때 그것이 눈에 들어왔다. 호퍼의 체중으로 침대가 약간 밀리면서 매트리스 밑에 있던 그것의 가장자리가 살짝 튀어나온 것이다. 호퍼는 무릎을 90도로 굽히고 매트리스 아래로 손을 집어넣어 그 아래 끼워진 공책을 끄집어냈다.

스프링으로 제본한 공책은 대부분의 페이지가 뜯겨 나갔고, 남은 페이지는 모두 비어 있었다. 호퍼는 얼마 안 되는 페이지를 휘릭휘릭 넘겨보고는 한숨을 쉬며 테이블 위에 던져두었다. 그는 얼굴을 문지르며 있는 힘껏 악을 쓰고 싶은 충동을 애써 억눌렀다.

눈을 뜨고 다시 한 번 공책을 돌아보았다.

그런데 가만히 보니 맨 위 페이지가 비어 있지 않았다. 사무용 스탠드 불빛의 각도 때문인지, 스탠드 아랫부분에 비스듬히 놓인 공책의 각도 때문인지, 우연찮게 비밀이 드러난 것이다.

호퍼는 스탠드를 손으로 잡아 돌렸다. 불빛이 눈에 확 들어오는 바람에 눈을 껌벅이다가, 공책을 집어 들고 그 페이지를 전구 아래에 갖다 댔다. 최대한 잘 보이는 각도를 찾아 이리저리 공책을 움직여 보았다.

글씨를 눌러쓴 자국이 분명했다. 누군가, 아마도 휠러가 이 앞 페이지에 쓴 글씨가 이 페이지에 희미하게 새겨진 듯했다. 호퍼는 무어라 적혔는지 알아내려 눈을 가늘게 뜨고 이리저리 살펴봤지만 글씨가 작아서 알아볼 수가 없었다. 쓰인 모양새만 봐서는 어떤 목록인 듯했다.

단어 하나는 확실히 보였다. 크고 굵은 글씨로 쓴 그 단어는 뒷장에서 도드라졌고 거기에 동그라미를 여러 번 둘러친 흔적이 보였다.

호퍼는 인상을 쓰며 두 손으로 공책을 쥐고 앞뒷면을 자세히 살펴보았다. 혹시 다른 페이지에도 글씨가 눌린 흔적이 남아 있을까 싶어, 맨 끝 페이지까지 한 장 한 장 들추며 불빛 아래서 확인했다. 하지만 글자 흔적이 남은 건 이 페이지가 유일했다.

호퍼는 공책을 주머니에 넣었다. 머릿속에 단어 하나가 울려 퍼졌다.

바이퍼스.

8장
목록

1977년 7월 5일
뉴욕시 브루클린

델가도는 양손을 허리춤에 얹고 서서 제이콥 휠러의 다른 아파트를 둘러보았다. 특수요원 제이콥 휠러가 불행하게 삶을 끝맺은 바로 그 아파트였다. 도착해서 보니 아파트에는 여전히 경찰 테이프가 둘러쳐져 있었고, 복도에는 제복 경찰이 자리를 지키고 앉아 바짝 접은 신문의 스포츠 면을 들여다보고 있었다. 그 옆 바닥에 놓인 트랜지스터라디오에서 스티비 원더의 〈듀크 경(Sir Duke)〉이 요란하게 흘러나왔다. 델가도는 규칙을 어겼다며 제복 경찰을 질책한 후―정확히 어떤 규칙을 어겼는지 인용할 수는 없지만 그 경찰도 분명 잘 모를 것이다―자신이 대신 지키고 있을 테니 가서 커피나 마시고 오라고 지루함에 절어 있는 그에게 명령했다. 그는 한숨을 쉬면서 신문을 델가도의 손에 쥐여주고 그 자리를 떠났다. 신문의 야구 점수판을 들여다보는 것 말고는 딱히 할 일이 없을 거라는 의미이기도 했다. 델가도는 경찰이 복도 저쪽으로 걸어가는 것을 지켜보다가 무릎을 굽히고 라디오를 껐다.

"미안하게 됐네요, 스티비."

델가도는 라디오를 집어 들고 아파트 안으로 들어가 그것을 신문과 함께 주방 카운터에 올려놓고 일을 시작했다.

꽤 한참 동안 아파트 안을 구석구석 살펴봤지만 건질 만한 게 없었다. 가장자리가 들쭉날쭉한 큼직한 사각형의 카펫을 포함해 침실에 있던 물건들을 전부 분석을 위해 과학수사연구소로 실어간 탓에 침실은 썰렁했고 침대도 사라진 상태였다. 카펫이 깔려 있던 자리에는 누더기나 다름없는 밑깔개만 남았다. 아파트 전체에 쌓여 있던 쓰레기들도 전부 수거해 갔으니 지금쯤 과학수사연구소에 봉지째로 놓인 채 누군가 꼼꼼히 살펴봐주길 기다리고 있을 것이다.

어쩌면 과학수사연구소에서는 자신보다는 운 좋게 단서를 찾아낼 수 있을지도 모른다고 델가도는 생각했다.

침실에는 벽장과 서랍장이 있었다. 델가도는 그곳을 전부 뒤졌지만 특이한 것도, 숨겨진 것도 찾아내지 못했다. 재킷이나 바지 주머니도 다 확인해봤지만 아무것도 없었고, 양말 속이나 속옷 안쪽 접힌 부분에도 숨겨진 물건은 전혀 없었다.

거실도 깨끗하게 비워져 있었다. 쓰레기를 전부 들어내서인지 지금은 공간이 그리 비좁아 보이지 않았다. 거실에는 낡은 라운지 스위트 소파와 끈적끈적한 커피 테이블만 남아 있었다. 델가도는 소파에 놓인 쿠션들을 전부 뒤집어보고 눌러봤지만 아무것도 없었다.

주방에서는 그나마 운이 좋았다. 경찰들이나 갤럽의 수하들이 주방을 전부 뒤졌는지, 주방 카운터 위에 냄비와 팬, 그릇들이 잔뜩 올려져 있었다. 찬장문은 전부 열려 있었고, 안에는 아무것도 없었다. 큰 기대 없이 주방 안을 둘러보다 나가려는데, 냉장고 근처 뒷벽에서 코르크판 가장자리가 튀어 나와 있는 것이 보였다. 앞에 냄비들이 쌓여 있어 대부분이 시야에서 가려져 있기는 했다.

경찰들이나 갤럽의 수하들이 설마 이걸 못 본 건가?

델가도는 냄비를 하나씩 치우고 팔을 뻗어 코르크판을 끄집어냈다. 코르크판에는 종이 십여 장이 압정으로 꽂혀 있었다. 대부분 영수증이었는데 그중 큼직한 종이 한 장이 델가도의 시선을 잡아끌었다. 압정을 떼고 종이를 손에 들었다. 거기에는 퀸스, 브루클린, 맨해튼에 걸쳐 총 다섯 개의 주소가 적혀 있었다. 종이를 뒤집어봤지만 뒷면에는 적힌 게 없었다.

종이를 옆에 놓아두고 코르크판에서 영수증을 전부 떼기 시작했다. 그것들을 조사해보면 단서를 찾을 수 있을지 몰랐다.

"어이, 거기 뭡니까?"

델가도는 고개를 돌렸다. 덩치 큰 남자가 주방 문간에 서 있었다. 머리가 벗어지기 시작한 중년 남자로, 땀으로 번들거리는 정수리 주변에 갈색 곱슬머리가 고리처럼 돋아나 있었다. 남자는 알이 사각형인 안경을 썼고 운동복 바지에 흰색 민소매 티셔츠 차림이었다.

델가도는 목에 건 배지를 들어 보여주었다. 남자는 안경을 살짝 앞으로 들면서 몸을 숙여가며 집중해서 배지를 들여다보았다. 그러고는 고개를 끄덕이며 물러섰다.

"아, 죄송합니다, 경관님. 경찰이 다시 올 줄 몰랐어요. 아까 이 집 앞에 경찰이 한 명 있었는데, 밖으로 나가길래 경찰들이 여기서 일을 다 봤나 했죠."

그가 헛기침을 했고, 그 순간 그의 등 뒤에서 쿵 소리가 들렸다.

델가도가 한쪽 눈썹을 치켜올리자 남자는 또다시 헛기침을 하면서 다리 뒤에 숨겨놓았던 야구 방망이를 수줍게 앞으로 꺼냈다. 그는 어깨를 으쓱하며 말했다.

"그게, 경찰인 줄 몰라서요. 저를 나쁘게 보시는 건 아니죠? 그렇죠? 그러시는 건 아니죠? 이런 동네에서는 미리 조심을 해야 되거든요." 그는 고개를 끄덕거리며 말을 이었다. "미리 조심하는 차원에서 들고 온 겁니다…… **선생님.**"

그는 생각 끝에 호칭을 덧붙이고는 바닥으로 시선을 떨어뜨렸다. 즉석에서 들고 온 무기를 뒤에 숨겨놓고 있다가 들킨 게 영 겸연쩍은 모양이었다.

"델가도 형사입니다." 델가도는 눈을 가늘게 뜨고 남자를 바라보았다. 그러고 보니 전에 이 아파트에 왔을 때 본 남자였다. "여기 관리인이시죠?"

"아, 예. 그렇습니다." 남자는 손을 내밀었다. "리처드슨입니다. 토니요. 토니 리처드슨."

델가도는 남자의 손을 흘끗 쳐다보았다. 땀에 흠뻑 젖은 손이었다. 그도 그 점을 인식했는지 손을 아래로 내려 운동복 바지에 손바닥을 문질러 닦았다.

"죄송합니다." 그는 초조하게 웃으며 말을 이었다. "제 꼴이 엉망이죠? 이게 다 망할 더위 때문이에요. 건물 전체에 에어컨이 나간 데다 빨래할 짬도 없었어요. 그래서 이 꼴로 있는 겁니다."

그는 다시 바닥을 내려다보았다. 델가도는 웃음이 났다.

"나도 마찬가지예요. 2주째 경찰서 복장 규정을 어기고 있어요. 이 더위에 내가 뭘 입든 누가 지적질을 하면 엿이나 먹으라고 해야죠."

그제야 토니가 고개를 들고 안심한 표정으로 미소를 지었다. 아마 예전에 뉴욕시 경찰과 맞닥뜨리면서 그다지 우호적이지 못한 경험을 한 듯했다.

"솔직히 말하면, 이런 일이 생겨서…… 흥분이 된다고 할까요?"

델가도는 인상을 찌푸렸다.

"흥분이 된다고요?"

"예. 제가 관리하는 아파트가 범죄 현장이 됐잖습니까. 그것도 살인 사건이요. 진짜 샘의 아들이 저지른 짓일지도 모르죠. 이 근방에서는 사실 별다른 일이 일어나지 않는 편이라서 이렇게 소동이 나니까, 저는 좀 흥분이 되네요."

델가도의 미간 주름이 깊어졌다. 리처드슨은 델가도의 표정을 보더니 두 눈이 천천히 휘둥그레졌다. 그는 또다시 헛기침을 하며 바닥에 대고 중얼거렸다.

"그러니까 제 말은, 도움을 드리게 돼서 기쁘다는 뜻입니다. 이 도시를 안전하게 지키는 게 시민으로서 제 의무이기도 하잖습니까."

"예, 뭐."

델가도는 코르크판으로 돌아서서 영수증을 마저 떼기 시작했다.

"성가시게 해서 죄송합니다." 관리인 리처드슨은 한 손에 야구 방망이를 들고 앞뒤로 조금씩 흔들며 말을 이었다. "그래도 여기서 일하는 제 입장도 이해해주셨으면 합니다." 그는 야구 방망이로 아파트를 빙 둘러 가리키며 사무적인 말투로 덧붙였다. "여기도 제가 책임지고 관리해야 하거든요. 잘 살피면서 누가 드나드는지도 알아야 하고요. 경찰들이 이미 이 집 곳곳을 밟고 다니긴 했지만요. 이 집을 잘 돌보는 게 제 일이니까 누가 드나드는지 확인한다고 해서 기분 나빠하지는 마셨으면 합니다."

"알겠어요. 부탁 하나만 들어주시면 야구 방망이에 대해서는 그냥 넘어가도록 하죠."

"아, 예. 죄송합니다. 선생님." 리처드슨은 야구 방망이를 들어 주방 카운터 위에 얌전히 올려놓고 버려진 신문을 집어 들었다. "제가 뭘 해드리면 될까요?"

그는 신문을 든 손으로 부채질을 하면서 다른 손으로 작은 라디오의 스위치를 켰다.

"…… 셀마 휴스턴의 〈날 이렇게 버리지 말아요(Don't Leave Me This Way)〉였습니다. 4월에 빌보드 정상에 올랐던 이 곡은 올 여름 내내 디스코장을 달구고 있는데…….''

리처드슨이 허리를 굽히고 라디오 다이얼을 돌리고 있는데 델가도가 라디오를 딸깍 껐다.

"꺼도 되죠?"

그러자 리처드슨은 두 손을 들어 올리며 주절거렸다.

"아, 죄송합니다. 스포츠 관련 소식이나 좀 들어볼까 해서요."

그는 신문을 집어 들고 들여다보더니, 이내 조금 전에 하던 생각의 고리를 이어갔다.

"형사님도 다른 경찰들 같은 줄 알았어요. 현장을 다시 샅샅이 살피는 거 말입니다."

"다른 경찰들이요?"

리처드슨은 접힌 신문을 다른 쪽 손등으로 툭 치며 대답했다.

"아, 이런, 맙소사. 3 대 1? 뉴욕 메츠는 필라델피아 필리스에 몇

번째 지는 거죠? 진짜. 미치겠네." 그는 고개를 들고 덧붙였다. "아,
기분 나쁘게 듣지 마세요, 선생님."

델가도는 한쪽 눈썹을 치켜올렸다.

"여기 경찰들이 또 왔었나요? 아니면 또 누가 왔었어요?"

"아뇨, 경찰은 아닌 것 같고, 몇 명 오긴 했어요. 어딘지 모르게 수
상쩍어 보이는 사람들이었는데, 생긴 게 마음에 안 들더라고요."

델가도는 조용히 생각에 잠겼다. 리처드슨이 말하는 사람들이란
갤럽의 수하들일 것이다. 그들을 '수상쩍다'고 표현하는 게 좀 이상
하긴 했지만. 델가도는 리처드슨을 돌아보며 물었다.

"정장을 입은 남자들이었나요?"

리처드슨은 엄지로 큼직한 안경을 밀어 올렸다.

"정장이요?"

"여기 왔었다는 사람들 말이에요."

"아, 예. 그런데 정장을 입지는 않았는데요. 그들은 뭐, 그냥……
남자들이었어요."

그는 어깨를 으쓱했다.

"좀 더 자세히 말해주세요."

"아, 그게, 그러니까, 어디 보자." 리처드슨은 다시 안경을 밀어올
리고 신문을 주방 카운터에 내려놓았다. "세 명이었어요. 그들이 건
물에 들어오는 걸 못 봤는데 쾅 소리가 들리더라고요. 제가 1층에 있
었거든요. 관리인 아파트가 바로 이 집 아래에 있어요, 선생님. 어쨌
든 그때가…… 오후였을 거예요. 저녁이었나? 아무튼 그렇게 늦은
시간은 아니었어요. 요란한 소리가 들리더라고요. 이 집 문을 때려
부술 작정인지 쾅, 쾅, 쾅 소리가 엄청 크게 났어요. 그러면서 그들

은 제이콥을 불러댔는데, 당연히 안에서는 대답 소리가 안 들렸죠."

델가도는 고개를 가로저었다.

"잠시만요, 그게 언제였죠?"

"아, 이틀 전인가? 아니, 사흘 전이었던 것 같기도 하고. 지난주였나. 어쨌든 이렇게 경찰들이 들이닥치기 전이었어요. 그 사람들은 제이콥을 부르면서 문을 쾅, 쾅, 쾅 두들겨댔죠. 대체 무슨 소린가 싶어서 위층으로 올라가봤어요. 그 사람들한테 꺼지라고 할 참이었죠. 이웃집 사람들도 소란스러운 걸 싫어하거든요. 그러니 그런 일이 생기면 누가 나설까요? 바로 저죠. 타임스 광장의 망할 스트립쇼처럼, 제가 사무실 밖으로 나가서 일을 처리하는 거죠." 리처드슨은 안경을 벗고 코를 쓱 문지른 후 다시 안경을 썼다. "아무튼 제가 그들에게 가서 남의 집 문 그만 두들기고 계단으로 내려가라고, 그만 꺼지라고 했어요."

그는 델가도가 졸지 않고 듣고 있는지 확인하려는 듯 뜸을 들였다.

델가도는 한쪽 눈썹을 치켜올린 게 다였다. 리처드슨은 바라던 신호를 받았다 생각했는지 얘기를 계속했다.

"그랬더니 그들은 문 두드리는 걸 멈추고 저를 쳐다보더라고요. 만일의 사태에 대비해 가서 야구 방망이를 가져와야겠다 싶었죠. 그런데 문을 두들기던 놈이 가만히 서서 미소를 짓더니, 놀랍게도 죄송하다고 말하는 거예요. 그렇게 착한 불량배들은 처음 봤다니까요."

"불량배들이요?"

"아, 그게, 어쩌면 불량배들은 아닐 수도 있어요. 그러니까 애들이니까요. 아주 어린 애들은 아니고 나이는 좀 있었어요. 선생님보단 나이가 있고 저보다는 어린 것들이요. 무모한 짓을 하면서 사는 녀석들 말입니다. 재킷을 입고 돌아다니는 것들이죠. 이 날씨에 쪄죽으려고 그런 재킷을 입고 다니는 건지."

"어떤 종류의 재킷이었죠?"

"그게, 초록색이에요. 음, 일종의 카키색이라고나 할까요? 카키 맞을 거예요. 군인들이 입는 재킷 같은 거죠. 정식 제복은 아니지만요. 하긴 요즘은 나팔 청바지를 다들 제복처럼 입고 다니니까요. 그 놈들도 그런 것일 수 있겠죠. 제가 어떻게 알겠습니까?"

델가도는 관리인의 횡설수설 속에서 필요한 정보를 골라내려 애쓰며 눈을 가늘게 떴다.

"그다음은 어떻게 됐나요?"

"아, 예, 그들은 제이콥을 찾으러 왔다고 했어요. 저는 그 사람 집에 없다고 했죠. 그리고 그 순간 알아챘어요."

"뭘요?"

"아, 바로 그거요. **냄새.** 옆집 14호에 사는 아주머니가 그 전날 불평을 했거든요. 뭐, 늘 불평을 하는 아주머니이긴 하지만. 그런데 올라와 보니까 진짜 냄새가 나는 거예요. 처음에는 군복 재킷을 입은 세 놈한테서 풍기는 냄새인 줄 알았는데, 그들이 가고 난 후에도 계속 냄새가 나더라고요. 그래서 이 집 문을 두드렸죠. 왜 그랬는지 모르겠어요. 그동안 제이콥이 2층 창문을 통해 몰래 집으로 들어온 게 아니라면 집에 있을 리도 없는데. 그래서 그냥 돌아왔어요. 그랬더니 이틀 뒤엔가 14호실 아주머니가 또 제 사무실로 머리를 들이밀고는 냄새가 난다면서 불평을 하는 거예요. 제가 직접 확인할 때까지 사람을 가만히 내버려둘 것 같지 않아서 결국 마스터키를 집어 들고 이 집으로 들어왔죠. 그 후에는…… 어떻게 됐는지 아실 테고요."

델가도는 고개를 끄덕였다. 리처드슨의 진술서를 이미 몇 번 읽었는데 이웃집에서 냄새에 대한 항의가 있었다는 얘기로 시작됐고 그게 전부였다. 지금 그가 들려준 나머지 얘기는 처음 듣는 것이었다.

"진술서에 꽤 많은 사실을 빠뜨리셨네요, 토니."

그 말에 리처드슨은 방어하듯 두 손을 들어 올렸다.

"아, 저기요. 제가 뭘 어떻게 할 수 있었겠어요? 경찰들은 내 얘기에 관심도 없다고요. 시체를 어떻게 찾았는지 말고는 저한테 다른 건 물어보지도 않았어요. 그러니까……." 그가 별안간 야구 방망이를 집어 들었다. 델가도는 순간 긴장했지만, 그는 야구 방망이를 델가도 쪽으로 으스대듯 들어 올린 게 전부였다. "내 몸은 내가 돌봐야 할 때가 있는 거예요. 경찰들은 이 집 문 앞에 달랑 한 명만 남겨놓고 떠나버렸어요. 이 집에서 무슨 일이 있었냐고 물어도 경찰들이 얘기나 해준 줄 아세요? 입을 딱 붙이고 말을 안 해요. 그러니 제가 어쩌겠어요? 저는 이 아파트 관리인으로서 책임과 의무가 있어요. 제가 알아서 이 집을 지켜볼 수밖에요."

델가도는 고개를 끄덕였다. 리처드슨의 말에 일리가 있었다. 제복 입은 경찰들은 신속하게 이 집에 배치됐다가 신속하게 빠졌을 것이다. 사건 현장에 대한 모든 책임은 강력팀에 떠넘긴 채로. 아는 것도 없고 자기네 부서 담당도 아니니, 당연히 리처드슨에게도 아무 말할 수 없었을 것이다. 그리고 델가도와 호퍼의 손에 들어왔던 사건은 갤럽이 수하들과 함께 들이닥쳐 빼앗아갔다. 리처드슨은 그야말로 어둠 속에 혼자 남겨진 것이나 다름없었다.

델가도가 말했다.

"오늘 정말 큰 도움이 됐습니다. 진심이에요."

리처드슨은 싱긋 웃으며 안경을 올려 썼다.

"아, 언제든지요. 저는 바로 아래층에서 살아요. 언제든 오시면 기꺼이 돕겠습니다. 선생님 같은 경찰들이 더 많으면 좋을 텐데. 무슨 뜻인지 아시죠?"

델가도는 안타깝게도 그의 말뜻을 정확히 알고 있었다. 델가도는 코르크판에 붙어 있던 종이들을 한데 모아 손에 쥐고 정리했다. 그중 폭이 좁고 기다란 카드가 눈에 띄어 살펴보았다. 어느새 옆으로 다가온 리처드슨이 안경을 위로 올리며 그 카드를 같이 읽었다.

"프랭크 시나트라의 공연 티켓이잖아요!"

그가 바짝 붙어 서는 바람에 델가도는 미간을 찌푸리며 옆으로 약간 물러났다. 리처드슨은 델가도가 손에 든 카드를 손으로 톡 쳤다.

"포레스트 힐스 경기장. 7월 16일이요."

그는 입술을 오므리고 가락 없이 숨을 내뿜었다. 휘파람을 부는 시늉을 한 듯했다.

"어휴. 프랭크 시나트라 공연 티켓을 얻을 수만 있다면 무슨 짓이든 할 텐데. 이건 정말 굉장한 콘서트거든요. 엄청난 콘서트예요. 아, 진짜라니까요."

리처드슨은 델가도를 바라보며 안경을 올려 썼다. 델가도는 네모난 안경 너머로 큼직하게 확대된 채 껌벅이는 그의 눈을 바라보았다.

리처드슨은 어깨를 으쓱하더니 티켓을 다시 손으로 톡 쳤다.

"어차피 이 집 주인은 못 가잖아요? 휠러 씨 말입니다. 죽은 사람이 콘서트에 간단 얘기 들어보셨어요?"

델가도의 얼굴에 미소가 번졌다.

"못 들어봤죠."

델가도는 한쪽 뺨 안쪽에 혀를 넣고 생각에 잠긴 표정을 지었다.

리처드슨은 고개를 끄덕였다.

"내 말이요. 그렇다니까요!"

델가도는 아랫입술을 꾹 깨물며 웃음을 참았다.

"티켓을 주방 카운터에 놓고 나가도 될 것 같네요. 티켓이 없어지더라도 누구한테든 책임을 물을 수 없을 테고요."

리처드슨은 눈을 가늘게 뜨고 델가도의 말뜻을 곱씹다가 빙긋 웃으며 고개를 끄덕였다. 델가도는 티켓을 카운터 위에 올려놓았다. 리처드슨의 시선은 그 티켓에 고정되다시피 했다. 델가도는 코르크 판에 붙어 있던 나머지 종이쪽지들을 마저 모아 정리했다. 주소들이 적힌 제일 큰 종이를 들어 방향을 바로 하고 맨 위에 올려놓았다.

"잠깐만요. 그거 레이드 앤 앤드루 아닌가요?"

"예?"

리처드슨이 주소 목록이 적힌 종이를 집어 들고 펼쳤다. 그는 안경을 위로 올린 뒤 손가락으로 목록을 짚으며 말했다.

"여기요. 레이드 앤 앤드루가. 이건 65번 레이드가를 말하는 건데. 여기는 아, 딕슨네예요. 딕슨의 권투장."

델가도는 그의 손에서 종이를 받아 들었다.

"권투 클럽이요?"

"예. 뭐, 단순한 권투 클럽이 아니기는 하죠. 그러니까 그게, 권투 클럽이 맞긴 한데 거길 빌려서 이런저런 걸 할 수가 있거든요. 모임 같은 것도 열고요. 빌 W.〔알코올중독자 갱생회(AA) 창립자〕의 친구들이 거기서 모이기도 하죠."

델가도는 리처드슨의 완곡한 표현을 눈치껏 알아들었다.

"알코올중독자 갱생회요?"

리처드슨은 또다시 두 손을 들어 올렸다.

"저기요, 저는 아니고요. 제 사촌이 거기 다녀요. 거기에 사촌을 데려다주고 있어요. 뭐, 6개월쯤 됐습니다."

"딕슨네요?"

"예, 선생님. 사촌이 꽤 효과를 보고 있어요."

델가도는 리처드슨에게 목록을 다시 내밀었다.

"나머지 주소도 아는 곳인지 보세요."

리처드슨은 종이를 받아 들고 코앞에 가까이 댔다. 다른 손으로는 안경을 밀어 올리면서 눈의 초점을 맞추기 위해 종이를 앞뒤로 움직였다.

"아뇨. 다른 주소는 모르는 곳이에요." 그는 델가도에게 종이를 돌려주었다. "거기도 알코올중독자 갱생회 장소 아닐까요?" 그는 어깨를 으쓱하며 말을 이었다. "한 모임에 계속 나갈 필요는 없거든요. 그런 모임에서는 익명으로 얘기를 나누니까 그런 게 좋아서 참석하는 사람들도 있어요. 물론 자주 참석해서 사람들과 아는 사이가 되면 계속 익명으로 있기 어려워지지만요. 어떤 사람들은 알코올중독자 갱생회에서 계속 익명의 존재로 남고 싶어서 이 모임, 저 모임 옮겨 다니기도 해요. 상관없죠 뭐. 모임에 참석하기만 하면 되는 거니까."

"얼마나 자주 가시죠?"

"사촌이랑요? 일주일에 한 번요. 딕슨네는 여기서 지하철로 두 정거장 떨어진 곳에 있어요. 따뜻하고 편안한 분위기예요. 딕슨은 큰 섬으로 건너가 모임을 갖는 것도 좋아해요. 큰 섬은 바로 맨해튼을 뜻하죠."

"그 모임에서 제이콥 휠러를 보신 적 있나요?"

리처드슨은 손가락으로 머리카락을 쓸어 올리는 동작을 취했으나 정수리에 머리가 없어 손가락이 허공을 훑었다.

"아뇨. 없어요. 한 번도 못 봤어요. 제이콥도 그 모임에 다니는지 전혀 몰랐어요. 사실, 제이콥하고는 거의 얘기를 나눈 적도 없어요. 그 사람이 여기서 산 지 몇 개월 안 되기도 했고요. 제이콥이 딕슨네 모임에 다녔다고 해도 저는 본 적이 없어요."

"일주일에 여러 번 모임이 열리나요?"

"알코올중독자 갱생회요? 그렇죠. 우리는 늘 화요일 모임에 참석해요. 금요일 모임도 있다고 들었어요. 제이콥은 금요일 모임에 나가는 사람이었나 보죠. 아니면 거기서 권투만 했을 수도 있고요."

리처드슨은 마치 대단한 단서라도 발견한 줄 아는지 눈을 크게 뜨고 델가도를 바라보았다. 델가도는 그에게 미소를 지어 보였다.

"그 부분에 대해서는 잘 모르시는군요. 어쨌든 도움 감사합니다. 콘서트 잘 다녀오시고요."

리처드슨은 손을 올려 경례하는 시늉을 했다.

"예. 감사합니다. 언제든 도움이 필요하시면 뭐든 돕겠습니다."

델가도는 아파트 현관문을 나섰다. 제복 경찰은 아직 자리로 돌아와 있지 않았다. 과연 돌아오기는 할 것인지도 알 수 없었다.

"현관문은 제가 잠글게요." 델가도가 복도로 나서자 리처드슨이 말했다. "저기요." 그는 어깨 너머로 슬쩍 물었다. "이 일이 언제쯤 말끔하게 정리되는지 혹시 아세요? 아파트를 수리해서 임대 매물로 내놓아야 하거든요. 무슨 뜻인지 아시죠?"

"정리할 사람에게 여기로 전화 드리라고 지시해놓겠습니다. 오래 걸리지는 않을 거예요."

"예. 그래야죠!"

델가도는 이미 복도 저만치 걸어가고 있었다.

9장
정보 제공자

1977년 7월 6일
뉴욕시 브루클린

다음 날 아침 호퍼가 65구역 경찰서에 도착했을 때 델가도는 책상 앞에 앉아 커피를 홀짝이고 있었다. 호퍼가 고갯짓으로 인사를 하자 델가도는 즉시 일어나 그에게 커피실로 이어지는 복도로 나오라고 손짓했다. 하지만 은밀히 만나 정보를 교환하려던 그들의 계획은 라보냐 팀장이 호퍼에게 사무실로 들어오라고 하는 바람에 틀어지고 말았다.

호퍼는 한숨을 쉬며 말했다.

"저기 갔다 와서."

델가도는 고개를 끄덕이고는 도로 책상 앞에 앉았다. 호퍼는 불펜을 가로질러 팀장에게 다가갔다. 라보냐 팀장은 사무실 문간에 비딱하게 서서 호퍼가 다가오는 모습을 바라보았다. 그는 호퍼에게 의자에 앉으라고 손짓한 뒤 문을 닫았다.

"오늘도 더럽게 덥네요."

라보냐는 책상 앞으로 돌아가면서 끄응 소리를 냈다.

"주말에는 섭씨 38도를 찍을 거라고 하던데."

"에어컨 고친단 소린 없어요?"

"에어컨이 수리되기를 기다리느니 내 형사들 중 하나를 달에 착륙시키는 게 더 빠르겠지." 라보냐는 이렇게 말하며 책상 앞으로 배를 바짝 붙이고 앉았다. 호퍼는 그게 무슨 뜻인지 알고 있었다. 이제 수다 그만 떨고 일 얘기를 하자는 뜻이었다. "자네한테 새 사건을 배당해야겠어."

호퍼는 한숨을 쉬었다.

"살인자들도 이런 더위에는 좀 쉬어줘야 하지 않나요."

라보냐는 고개를 저었다. 그는 검지로 콧수염 아래쪽을 문지르며 호퍼를 바라보았다.

"살인 사건은 아니야. 우리가 데리고 있는 남자가 하나 있는데, 그가 정보를 제공할 테니 신변 보호를 해달라고 요청했어."

호퍼는 인상을 썼다.

"무엇으로부터 신변을 보호해요?"

"그걸 알아내는 게 자네 일이야, 호퍼."

호퍼는 고개를 저었다.

"글쎄요. 저는 범죄수사팀이 아니라 강력팀이라서—"

"내가 지금 어떤 부서에 소속된 사람에게 명령하고 있는지는 잘 알고 있어, 호퍼 형사." 라보냐는 목청을 높였다. "내가 사건을 배당하면 자네는 맡아서 진행하면 되는 거야. 알겠어? 아직까지 눈치를 못 챘나본데 자원이 모자라는 건 우리 팀뿐만이 아니야. 우리 구역 경찰서 전체가 인력과 자금이 모자라. 그러니 가끔은 이렇게 다른 부서를 지원해주라는 요청을 할 수도 있어. 자네가 경험의 폭을 넓힐 수 있는 기회이기도 하니까 나한테 고마워해."

호퍼는 한숨을 쉬며 머리카락을 쓸어 넘겼다. 그리고 손으로 허벅지를 탁 치며 말했다.

"예, 팀장님. 죄송합니다." 그는 손으로 얼굴을 문질렀다. "한번 털어보겠습니다."

라보냐는 환하게 미소 지었다. 호퍼는 그 미소를 보며 마음이 좋지만은 않았다.

"내가 이래서 자네를 좋아한다니까."

호퍼는 다시 인상을 썼다.

"팀장님, 그게 무슨 말씀인지?"

"내가 지시를 하면 자네는 군소리를 많이 안 하고 따라주니 하는 말이야."

호퍼는 턱 안쪽의 근육이 확 당겨지는 기분이었다.

'그 점에 관해서라면 그렇겠죠, 팀장님⋯⋯.'

호퍼는 엄지로 어깨 뒤를 가리키며 물었다.

"델가도와 함께 진행할까요?"

"델가도에게 어떤 일을 맡길지는 내가 걱정할 테니 자네는 신경 끄고 맡은 일이나 해. 아래층에서 사람들이 자네를 기다리고 있어."

"알겠습니다, 팀장님."

호퍼는 의자에서 일어나 경례를 하는 시늉을 했다. 팀장의 시선은 이미 책상 위에 놓인 서류에 가 있었다.

"무슨 일이에요?"

호퍼가 자리로 돌아오자 델가도가 물었다.

"아, 못 들었어? 내가 더 이상 강력팀에서 일하지 않게 됐다잖아."

커피를 마시던 델가도는 사레가 들릴 뻔했다.

"뭐라고요?"

호퍼는 한 손을 들어 올렸다.

"진정해. 임시로 손을 빌려주는 것뿐이니까. 범죄수사팀으로 파견 근무를 하러 가는 거야. 그쪽에서 누굴 데리고 있는데, 그 사람이 정보 교환을 내세우면서 신변 보호를 요청했대. 마약에 전 범죄자 나부랭이겠지 뭐."

델가도는 이 사이를 혀로 훑었다.

"팀장님이 우리를 떼어놓으려고 그렇게 하신 걸까요?"

델가도의 말도 일리가 있었다.

"어쩌면."

호퍼는 팀장 사무실을 흘끗 쳐다보았다.

"우리가 그 사건을 파고 있는 걸 팀장이 아는 것 같아?"

델가도도 호퍼의 시선을 따라 팀장 사무실 쪽을 살폈다.

"그것까진 모르겠어요. 얘기 좀 해요."

호퍼는 일어서며 고개를 끄덕였다.

"그래, 그래야지. 따라와. 아래층으로 내려가기 전에 커피 한잔 해야겠어."

그들이 커피실로 들어갔을 때 맥기건 경사가 막 커피실을 나서고 있었다. 안에는 아무도 없었다. 호퍼와 델가도는 좋은 아침이라며 맥기건에게 인사를 건넸고 그가 자리로 돌아가 복도 쪽으로 등을 보이며 책상에 앉을 때까지 조용히 기다렸다. 이윽고 호퍼는 커피실 문을 닫고 커피 머신 쪽으로 걸어갔다.

호퍼는 커피포트에 담긴 커피를 델가도가 내민 머그에 채워주었다.

"다이크먼가에서 뭐 좀 찾았어요?"

그는 자신의 머그에 커피를 따르며 대답했다.

"흥미로운 걸 찾기는 했어."

커피를 한 모금 마신 그는 뜨거운 온도와 쓴 맛에 움찔했다. 그는 텅 빈 아파트, 정부 소유임을 나타내는 표지가 붙은 서류함들, 침입자를 쫓아갔지만 놓친 일, 그 후 사라진 서류함들에 이르기까지 어젯밤에 겪은 모험에 대해 파트너에게 들려주었다.

델가도는 그가 풀어놓는 정보를 흡수하면서 천천히 고개를 끄덕였다. 델가도의 시선은 호퍼와 지금 지켜보고 있는 커피실 문을 오갔다.

"그럴 줄 알았어요. 뭔가 수상한 냄새가 난다니까요."

호퍼도 고개를 끄덕이며 커피를 마셨다.

"수상한 냄새가 나는 건 맞아. 그리고 이거." 그는 셔츠 가슴 주머니에 손을 넣어 다이크먼가의 아파트에서 찾은 공책 맨 위 페이지를 꺼냈다. "아래층에 내려가볼 테니까 이걸로 뭐든 알아내봐."

델가도는 종이를 받아 폴로셔츠 안쪽에 집어넣었다.

"사건 현장에서는 뭐가 있었어?"

델가도는 고개를 끄덕이면서, 힐러를 찾으러 왔다던 세 남자에 대해, 코르크판에 있던 주소 목록에 대해 말해주었다. 호퍼는 귀를 기울이며 커피에 대고 인상을 찌푸렸다.

"그들이 군복 재킷을 입고 있었다고?"

델가도는 어깨를 으쓱했다.

"관리인은 그렇게 말했어요. 그런 재킷은 불용 군수품을 파는 데서 얼마든지 살 수 있는 거라 유용한 정보인지는 모르겠어요. 왜요?"

"나도 그런 재킷이 있어. 퇴역할 때 가지고 나왔지."

델가도는 한쪽 눈썹을 치켜올렸다.

"그들이 참전 군인일 수도 있다는 뜻이에요?"

"딕슨네가 알코올중독자 갱생회 장소로 쓰였다고 관리인이 말했다며?"

"예."

"그럼 다른 용도로도 쓰일 수 있었다는 거잖아. 이를테면 참전 군인 지원 모임이라든가."

"그런 것도 있어요?"

호퍼는 고개를 끄덕였다.

"있지. 베트남에서 돌아온 많은 군인들이 도움을 필요로 하니까."

"하긴 그렇겠네요. 저는 딕슨네를 더 파보고, 다른 주소지에 대해서도 확인을 해볼게요. 어떤 모임들이 열렸는지도 알아보고요. 아래층으로 내려가보세요."

호퍼는 손목시계를 들여다보며 고개를 끄덕였다. 그때 커피실 문이 열렸고 해리스가 문 앞에 서 있었다. 해리스는 두 사람을 보고 우뚝 멈춰 서서는 싱긋 웃었다.

"아이고, 우리 두 연인께서 밀회 중이신가 봐?"

호퍼는 한숨을 쉬며 떠났고, 해리스는 호퍼의 파트너가 죽일 듯이 노려보는 시선에 풀이 죽어버렸다.

호퍼가 아래층으로 내려갔을 때쯤 경찰들은 문제의 남자를 조사실에 데려다 놓았다. 호퍼는 조사실 구석에서 팔짱을 낀 채 서 있는 제복 경찰에게 고개를 끄덕여 인사하며 안으로 들어갔다. 제복 경찰은 벽에서 몸을 떼고 고개를 절레절레 흔들며 말했다.

"잘해봐요."

그러고는 모자 끝에 손을 대고 인사한 후, 다용도 벨트에 양손 엄지를 꽂고 느긋하게 조사실을 나갔다.

호퍼는 문을 닫았다. 배 속이 무겁게 가라앉는 기분이었다. 여기서 시간 낭비나 하겠구나 싶었다. 커피와 건네받은 서류를 테이블에 올려놓고 면회 대상인 남자를 바라보았다.

젊은 남자였다. 겉으로 봐서는 아직 십대 청소년인 듯했다. 버튼 업 야구 셔츠 위에 얇은 가죽 조끼를 입었고, 긴 소매를 팔꿈치까지 걷어 올렸다. 그는 테이블 앞에 앉아 두 팔을 앞으로 교차한 채 그 위에 머리를 얹고 엎드려 있었다. 얼굴은 조사실 문을 외면하고 있었는데 그 상태로 잠이 든 것 같기도 했다. 머리카락은 깔끔하고 둥그런 아프로 헤어스타일(1970년대에 유행했던 흑인들의 둥근 곱슬머리 모양)이었다.

정보 제공자가 이런 태도를 보이는 것은 그다지 새롭지도 않았다. 이 소년은 아직 실질적인 정보를 제공하지 않았으니, 정보 제공자로 취급해야 할지도 망설여졌다. 호퍼는 사람들이 구류 중에 보이는 온갖 다양한 반응을 이미 다 본 터였다. 이번 경우에 정보 제공자는 술에 취했는지 마약에 절었는지 몰라도 곯아떨어진 상태였다. 맞은편에 앉은 호퍼는 소년한테서 풍기는 달달한 냄새를 맡고, 마약일 가능성이 있다고 판단했다.

호퍼는 커피를 마시며 손목시계를 들여다본 후 한숨을 푹 쉬며 손가락 관절로 테이블을 두드렸다. 정보 제공자는 화들짝 놀라 몸을 일으키고는 입술을 혀로 핥으며 껌벅이는 눈으로 호퍼를 쳐다보았다.

호퍼는 굳은 표정으로 말했다.

"잠을 방해해서 미안하게 됐다. 체크인을 하기 전에 프런트에 모닝콜이라도 요청하지 그랬어?"

소년은 계속해서 혀로 입술을 핥았고 혼란스러운 표정으로 호퍼를 쳐다보면서 이마에 주름을 지었다.

"뭐라고요?"

그가 마침내 입을 열었다.

호퍼는 콧방귀를 뀌며 펜을 집어 들었다.

"됐고." 호퍼는 서류철을 열고 작성하다 만 양식에 펜을 갖다 대며 말했다. "음, 이름이 워싱턴 리로이라고."

"아뇨, 아닌데요, 아니에요."

소년은 호퍼가 갖고 있는 양식에 대고 손을 휘저었다. 호퍼가 고개를 들자 소년이 호퍼를 뚫어져라 쳐다보았다. 눈에 핏발이 서 있었는데, 손전등이 없어 호퍼는 그의 동공 상태를 확인할 수가 없었다. 아마 틀림없이 동공이 확장돼 있을 터였다.

"워싱턴 리로이가 아니라 리로이 워싱턴이란 말이군. **리로이**. 이름이 거꾸로 적혔다 이거네." 호퍼는 휘파람을 불면서 의자 등받이에 기댔다. "리로이 워싱턴."

"그런데 누구세요?"

호퍼는 양식에서 시선을 떼지 않았다. 그는 셔츠 윗주머니에 손을 넣어 명함을 꺼내 소년에게 건넸다. 소년은 그것을 받아 가까이 들여다보았다.

"제임스 호퍼 형사⋯⋯." 리로이는 고개를 들었다. "강력팀이요?"

호퍼는 그 질문을 무시하고 테이블 너머를 바라보며 말했다.

"정보를 제공하겠다고 했다면서."

그 말에 리로이의 표정이 밝아졌다.

"정보, 예! 그래요. 맞아요."

하지만 호퍼를 쳐다보는 눈은 초점이 맞지 않았다.

호퍼는 어깨를 으쓱했다.

"좋아. 어디 들어나 보자."

리로이는 고개를 끄덕이며 입술을 혀로 핥더니, 손바닥을 아래로 해서 두 손을 테이블에 올려놓았다. 들쭉날쭉하고 지저분한 손톱이 호퍼의 눈에 띄었다. 손목에는 팔찌 여러 개를 찼는데 왼 손목에는 색깔 있는 머리끈을 꼬아서 만든 팔찌를, 오른 손목에는 호퍼의 허리띠 한가운데에 박힌 것보다 큰 은색 버클이 달린 널찍한 가죽 끈 팔찌를 찼다.

"자, 잘 들으세요." 리로이는 갈라진 손톱으로 테이블을 톡톡 치며 말을 이었다. "거대한 무언가가 오고 있어요. 진짜 **거대한** 거라고요." 그는 뒤로 기대어 앉아 어떤 형상을 만들듯 두 손을 허공으로 뻗어 올렸다. "거대한 존재예요. 그분은 이미 오래전부터 그걸 계획해 오셨어요. 아마 수개월, 어쩌면 수년 전일 수도 있어요."

리로이는 고개를 절레절레 흔들면서 팔꿈치를 테이블에 대고 몸을 앞으로 기울였다. 그는 호퍼를 가만히 쳐다보면서 손가락으로 자신의 관자놀이를 툭 쳤다.

"세인트가 누군지 모르실 거예요. 모르시겠죠. 그분은 이미 여기를 장악하고 계세요. 전부 다요."

호퍼는 리로이를 쳐다보면서 입술을 오므렸다.

"그래. 거대한 무언가가 오고 있다 이거지?"

리로이는 고개를 끄덕이면서 뒤로 무겁게 몸을 기댔다.

호퍼는 잠시 그를 쳐다보다가 콧방귀를 뀌었다.

"우리는 그 이상의 정보가 필요해. 신변 보호를 받고 싶으면, 위험에 처하게 된 명확한 사유를 말해줘야 돼."

리로이는 인상을 찌푸렸다.

"명확한 사유요?"

"그래. 명확한 사유. 이름, 장소, 날짜, 시간 같은 구체적인 사항. 신변 보호를 원한다면 그렇게 해줄 수 있지만, 우리가 행동에 나설 수 있도록 구체적인 뭔가를 내놔야 가능한 거야. 범죄를 방지하거나 범죄자를 체포하는 데 필요한 정보 같은 거. 아무나 지나가다가 경찰서에 들어와서 신변 보호를 해달라고 한다고 다 해줄 수 있는 게 아니야."

리로이는 고개를 저으며 다시 테이블을 손으로 톡톡 쳤다.

"그래서 **말했잖아요**. 조금 전에. 이름도 알려줬고요. 세인트라고. 그가 모든 **일**을 계획했다니까요."

호퍼는 한숨을 쉬었다.

"무슨 계획인데, 리로이?"

리로이는 듣고 있지 않은 듯했다. 그는 눈을 감고 천장을 향해 고개를 젖혔다.

무슨 약인지 모르지만 취해 있는 듯했다. 호퍼가 또다시 한숨을 쉬며 일어서려는데 리로이가 다시 입을 열었다.

"그게 오고 있어요. 어둠이, 밤이, 검은 뱀이." 리로이는 눈을 감은 채 얼굴을 찡그렸다. "지금 그분이 오고 계십니다. 바로 지금. 불의 왕좌가 준비되고 뱀이 왕좌를 차지할 것이며 그분은 불과 권능으로 모두를 다스리실 것입니다. 그분의 어둠의 망토가 도시를 휩쓸 것입니다."

그래, 약에 단단히 취했구나. 딱 보니 알 수 있었다. 약에 취해 맛이 가서 곧 세상의 종말이 올 거라고 주절대는 이런 놈들을 일일이 상대할 만큼 뉴욕시 경찰은 한가하지 않았다. 호퍼는 서류철을 펼쳐 들고 해당 칸에 서명이 잘 되어 있는지 재차 확인했다. 제복 경찰에게 리로이를 거리로 내보내라고 말하려는데 리로이가 별안간 의자에 앉은 채 몸을 홱 움직였다. 그는 눈을 뜨고 껌벅이면서 주머니를 뒤지기 시작했다.

"잠깐만요. 구체적인 뭔가를 보여달라고 하셨죠. 있습니다. 있어요."

리로이는 가죽 조끼 안주머니에서 무언가를 꺼냈다.

그것을 본 호퍼의 심장이 철렁했다. 그는 도로 의자에 앉아 리로이 워싱턴이 테이블에 올려놓은 물건에 시선을 붙박았다.

일반적인 트럼프 카드보다 큰 하얀 카드였다. 앞면에 진한 아크릴 잉크를 사용해 손으로 깔끔하게 그린 상징이 보였다. 속이 빈 오각형 별이었다. 전에 본 것과는 다른 상징이었지만 호퍼가 이미 잘 알고 있는 카드 세트의 일부임은 분명한 듯했다.

호퍼는 한참 동안 시간 가는 줄 모르고 그 카드를 바라보았다. 리로이가 무어라 말을 했지만, 호퍼는 귓속 아우성 때문에 듣지 못했다.

그때 리로이가 과호흡 증상을 보이면서 숨을 크게 들이마시는 바람에 호퍼는 무아지경 같은 상념에서 깨어났다.

"이 카드 어디서 났어?"

이번에는 리로이가 듣고 있지 않았다. 그는 눈을 감고 숨을 몰아쉬며 중얼거렸다.

"어둠의 날이 오리라…… 그날은 밤일 것이며 밤은 뱀처럼 검고 그분을 위한 왕좌가 마련되어 있으리라…… 라고 세인트가…… 세인트가 말했어요."

리로이는 다시 호흡을 가라앉히고 의자에 늘어져 앉더니 눈을 감고 턱을 가슴께에 붙인 채로 웃기 시작했다.

"어이."

호퍼가 불렀지만 리로이는 대답하지 않았다.

호퍼는 손으로 테이블을 내리쳤다.

"이봐!"

리로이는 몸을 홱 움직이더니 깊은 잠에 들었다가 깨어난 듯 눈을 껌벅였다. 그 눈으로 호퍼를 쳐다보았다.

"이 카드 어디서 났어?"

호퍼는 목청을 높였다. 그의 목소리가 좁은 조사실 벽에 부딪치며 울려 퍼졌다.

리로이는 호퍼의 감정 상태가 달라진 것을 알아채지 못한 듯, 가만히 앉아 입맛을 다셨다. 그는 조사실을 둘러본 뒤 호퍼와 다시 눈을 맞추며 물었다.

"담배 있어요? 목이 타는 것 같아요. 뭐든, 뭐든 피워야겠는데."

리로이는 손등으로 입을 문질렀다.

호퍼는 참을 수가 없어 앞으로 몸을 기울여 리로이의 손목을 잡았다. 호퍼가 팔을 잡아당기자 리로이는 놀라 소리를 꽥 질렀다.

"정보가 있다고 했잖아. 듣고 싶으니 말해. 그 정보가 이 카드와 관계가 있어? 이 카드 어디서 온 건지 알아? 누가 이 카드를 만들었는지 알아? 살인 사건에 대해 아는 게 있으면 말해. **지금 당장** 말하라고."

리로이는 호퍼에게 잡힌 손을 뒤로 빼려고 버둥거렸다. 호퍼는 그의 손을 놓아주었다. 리로이는 의자에 도로 앉으며 말했다.

"모든 게 계획의 일부라고 그가 말했어요. 모든 게 계획의 일부라고."

"누가? 무슨 계획?"

"세인트가요."

"세인트가 누군데? 리로이, 세인트가 누구야?"

"세인트존이요. 그는 우리 모두를 구원하고, 왕좌를 마련하고, 그분의 도착을 준비하려고 오셨어요."

"뭐라고? 도착?" 호퍼는 손으로 얼굴을 문질렀다. "누가 도착한다는 건데?"

"아뇨. 저는 그분의 이름을 말 못 해요. 말할 수가 없어요."

호퍼는 벌떡 일어나 테이블로 몸을 기울였다. 관자놀이에서 맥박이 펄떡였다.

"대체 무슨 소리를 하는 거야, 리로이? 누가 도착을 해?"

리로이는 호퍼를 올려다보았다. 고개를 가로젓는 리로이의 눈에 눈물이 맺혔다. 리로이는 적당한 표현을 찾으려는 것인지 입술을 움직거렸다. 그러다 속삭이듯 말했다.

"사탄이요. 사탄이 오고 있어요. 뉴욕은 그분의 왕좌가 될 거예요."

10장

카드

호퍼는 화장실 칸에 앉아 무릎에 팔꿈치를 올렸다. 이십 분째 그러고 앉아 얼굴을 손으로 문지르고 있는 참이었다. 딱히 누굴 피해 숨어 있는 게 아니라 혼자 생각할 곳이 필요했고, 경찰서 뒤쪽 구석에 위치한 이 낡은 화장실은 건물 내에서 이용자 수가 제일 적은 편이었다.

화장실 칸의 텅 빈 하얀 문을 멍하니 쳐다보고 있는데, 셔츠 가슴 주머니에 넣어둔 카드가 납처럼 무겁게 느껴졌다.

그는 리로이의 말에 흔들린 자신을 자책했다. 그랬다. 갑자기 등장한 카드가 놀랍기는 했지만 경찰답게 침착했어야 했다. 하지만 성질을 못 이겨 흥분하고 말았다. 자신도 잘 아는 성격상의 단점이었다.

그래도 카드를 입수한 건 좋은 소식이었다.

어쩌면 그 카드가 단서일 수도 있었다.

리로이 워싱턴은 무언가 알고 있기는 했다. 그 일에 연루돼 있을 수도 있었다. 정보를 제공할 테니 신변 보호를 해달라고 경찰서를 찾아온 걸 보면, 직접 살인을 한 것 같지는 않았다. 혼란스러운 상태라 카드에 관해 다른 말은 하지 않았지만 리로이는 무언가를 알고 있었고, 그 정보 때문에 위험에 처한 듯했다.

어쩌면 살인자에게 목숨을 위협당하는 상황일 수도 있었다.

리로이가 한 말들은 무엇일까? 사탄이 불길과 암흑에 휩싸인 뉴욕으로 올 거라고? 타임스 광장의 길모퉁이마다 있는 무수한 미친놈들이 떠드는 말과 크게 다르지 않았다. '세상의 종말이 가까워졌다'는 말. 그렇다. 여기는 뉴욕이다. 여기 사는 누군가에겐 늘 세상이 끝장나고 있었다.

화장실 문이 벌컥 열리는 소리가 들렸다. 호퍼는 상념에서 깨어나 고개를 들었다. 누군가 옆 칸으로 들어와 요란하게 문을 닫았다.

화장실 칸에서 나간 호퍼는 세면대 위 거울에 비친 자신의 모습을 한참 바라보았다. 몰골이 엉망이었다. 머릿속도 엉망이었다. 안팎으로 좋지 않았다. 잠이 모자란 상태에서 커피를 너무 많이 마셨다. 팀장의 명령을 어기고 몰래 사건을 수사 중인 상황도 생각보다 큰 스트레스로 다가왔다.

그는 정신을 바짝 차리자고 속으로 말하며 화장실을 나가 위층으로 올라갔다.

강력팀 불펜으로 돌아온 호퍼는 서류 보관실 문간에 서 있는 델가도를 보았다. 파트너를 보니 머릿속을 뒤덮은 구름이 별안간 완전히 걷히는 것 같고 기분이 나아졌다. 델가도를 보며 그가 혼자가 아니라는 사실을 상기했기 때문이었다.

호퍼가 자리로 돌아가는데 델가도가 다가와 그를 커피실로 이끌었다.

"오래도 걸리셨네요. 말씀드릴 게 있어요."

커피실에는 아무도 없었다. 안으로 들어간 델가도는 문을 닫고 텔레비전 음량을 높였다. 그리고 커피실 중앙에 놓인 커다란 테이블로 걸어가 호퍼에게 받은 종이를 꺼내놓았다. 호퍼가 공책에서 뜯어낸 바로 그 종이였다.

"세상을 떠난 제이콥 휠러가 글씨를 꾹꾹 눌러 쓰는 습관이 있었던 게 우리한테는 참 다행이었어요." 델가도는 연필로 연하게 줄을 잔뜩 그어놓은 부분을 손으로 가리켰다. "단순한 방법을 썼어요. 학교 다닐 때 이런 거 많이 해봤잖아요."

눌린 부분의 글씨가 뚜렷하게 드러나 있었다. 네모난 칸 안에 굵은 글씨로 적혀 있는 '바이퍼스'라는 단어, 그리고 나머지는 목록인 듯했다. 호퍼는 그 목록을 소리 내어 읽어 내려갔다.

"새비지 슬리츠. 킬러 킹스. 브롱크스 45. 이스트 빌리지 리전. 풀턴 퓨리스. 머시 네이션." 그는 델가도를 쳐다보았다. "전부 갱단 이름인데."

델가도가 고개를 끄덕였다.

"맞아요. 그런데 그냥 갱단들이 아니에요. 확인을 해봤더니 이 목록에 있는 갱단들은 뉴욕시 5개 자치구에서 활동하는 자들이에요. 바이퍼스를 제외한 나머지 갱들은 뉴욕시 경찰청과 연방 정부도 잘 알고 있어요. 게다가 이들에게는 한 가지 공통점이 있어요."

호퍼는 생각에 잠긴 채 턱을 손으로 문질렀다.

"무슨 공통점?"

델가도는 종이를 손으로 툭툭 쳤다.

"다 사라졌어요. 없어져버렸다고요. 이 갱들은 우리가 아는 한 더 이상 존재하지 않아요. 세상에서 지워진 것처럼. 해체된 건지, 이곳을 떠났는지는 알 수가 없어요."

"바이퍼스를 제외하고?"

"바이퍼스를 제외하고요. 이건 한 번도 들어본 적 없는 이름이에요. 우리뿐만 아니라 아무도 못 들어본 갱단이에요." 델가도는 어깨를 으쓱했다. "**갱단**일 거라는 것도 추측일 뿐이고요."

"이름은 맞아떨어져. 새로운 갱단일 가능성이 있어. 갱들은 늘 이합집산을 하지."

"그런데요, 선배. 이건 무슨 뜻일까요?"

호퍼가 시선을 들자 델가도가 계속해서 말했다.

"세 번째 희생자인 제이콥 휠러는 연방 요원이고 비밀 은신처에서 살았어요. 이 새로운 갱단을 비롯한 여러 갱단의 목록을 갖고 있었고요. 휠러가 임무 중에 살해당했으니 갤럽 특수요원이 우리 서에 나타나 우리 손에서 사건을 빼앗아간 거겠죠. 앞뒤가 맞아요. 무슨 일이 벌어지고 있는 중인지 우리한테 말해주고 싶지 않겠죠. 하지만 그들이 무슨 일을 하고 있는지 알아내는 데 고도의 지능이 필요한 것도 아니에요."

"제이콥 휠러는 연방 갱 전담반의 일원이었겠지."

"맞아요. 그들은 FBI(연방수사국) 아니면 ATF(법무부 산하 알코올·담배·총기·폭발물국) 소속일 거예요. 어쩌면 둘 다일 수도 있고요. 그렇다면 여러 가지로 말이 돼요. 갤럽 특수요원은 제 몸을 보호하는 것 말고도 지켜야 할 게 꽤 많겠죠."

호퍼는 고개를 끄덕였다.

"갤럽이 전담반을 이끌고 있다면 뉴욕시 곳곳에 요원들을 배치해 뒀겠지. 여러 갱단에도 잠입근무 형태로 요원들을 심어뒀을 거야. 전담반 활동은 수개월, 어쩌면 수년 동안 계속돼왔을 수도 있어." 호퍼는 종이를 손으로 가리켰다. "이 갱들이 어디로 갔는지 알겠네. 갤럽의 수하들이 갱단 내부로 잠입해 해체 작업을 했겠지."

"그렇겠죠. 잠복 요원 중 한 명이 살해당하고 뉴욕시 경찰이 개입하자 갤럽 입장에서는 일이 꼬였다고 생각했을 거예요. 그래서 갤럽이 우리 서에 찾아와 사건을 가져갔겠죠. 자기 요원들을 보호해야하니 자기네 부서에서 수사를 진행하기로 한 거죠. 그 사람 입장에서도 선택의 여지가 없었을 거예요."

호퍼는 고개를 끄덕였다. 단서들이 하나씩 맞춰지는 것도 같았다. 그는 셔츠 주머니에서 상징이 그려진 카드를 꺼내 델가도에게 보여주었다. 델가도의 눈이 휘둥그레졌다.

"어디서 났어요?"

호퍼는 카드를 테이블 위에 툭 던졌다.

"신변 보호를 요청한 소년이 있어서 면담을 하러 갔는데 걔가 줬어. 세상의 종말에 관해 온갖 헛소리를 늘어놓으면서—"

"그 사람이 뭐랬는데요?"

호퍼는 고개를 저었다.

"거의 제정신이 아니더라고. 걔가 이 카드를 갖고 있었어. 우리가 흥미를 가질 만한 정보를 자기가 갖고 있는데 이게 그 증거라더군."

"어떤 정보인데요?"

"그건 말을 안 했어. 걔가 약에서 좀 깨면 얘기하기가 낫겠지. 카드 살인 사건과는 확실히 연관이 있어 보여." 호퍼는 카드를 손으로 가리키며 말을 이었다. "그 사건에 갱이 연루돼 있어. 그 애 이름은 리로이 워싱턴인데, 자기는 갱 소속이 아니래. 그런데 내가 보기엔 갱 단원일 것 같아. 이 바이퍼스라는 조직의 일원일 수도 있겠지."

델가도는 관자놀이를 손으로 문질렀다.

"제의적 살인이 갱들이 선호하는 스타일은 아니잖아요."

호퍼는 어깨를 으쓱했다.

"그렇지. 하지만 우연 같지가 않아. 제이콥 휠러가 그 증거야. 리로이 워싱턴도 마찬가지고."

"지금 그 소년은 어디 있어요?"

"감방에 도로 넣어놨어. 기를 좀 죽여놔야 포기하고 정보를 내놓을 것 같아서." 호퍼는 델가도를 쳐다보며 물었다. "무슨 뜻인지 알지?"

델가도는 한숨을 쉬었다.

"어차피 우리 손을 떠났어요."

호퍼는 고개를 끄덕였다. 델가도의 말대로 이 사건은 이미 그들의 손을 떠났다. 그들은 예상보다 훨씬 규모가 큰 사건 한복판으로 걸어 들어간 것이다. 연방 기관의 작전을 방해했다가는 자칫 수많은 요원들의 목숨을 위험에 빠뜨릴 수도 있었다.

"그래도 우리가 시간 낭비를 한 건 아니야. 우리가 모은 정보를 팀장님에게 주고 팀장님을 통해 갤럽과 연방 요원들에게 전달하도록 하자고. 운이 좋으면 그들은 우리가 관여한 걸 눈감아 줄 수도 있어."

델가도는 말없이 고개를 끄덕였다. 그들은 테이블 앞에 조용히 앉아 있었다. 텔레비전 스피커가 끝없이 재잘거렸다. 음량을 높여놨더니 싸구려 플라스틱 케이스가 진동을 했다. 뉴스 프로그램에서 시장 후보인 에드 코치가 최근 범죄에 관해 열정적으로 쏟아낸 연설을 재방송으로 내보내고 있었다. 델가도는 호퍼를 쳐다보며 인상을 찌푸렸다.

"왜?"

"꼴이 엉망이에요."

호퍼는 힘없이 웃었다.

"내가 모르는 걸 얘기해봐."

델가도는 고개를 저었다.

"집으로 가세요, 선배. 이른 오후부터 좀 쉬면서 다이앤과 시간을 보내시라고요. 다이앤이랑 영화관에라도 가시든지요. 팀장님한테는 잘 말해놓을게요. 우리가 모은 정보는 내일 팀장님에게 전해도 되겠어요. 선배가 면담한 정보 제공자는 내일이나 돼야 누구를 만나 제대로 얘기할 상태가 될 테니 내일까지 미뤄놔도 돼요."

호퍼는 한참 동안 델가도를 가만히 쳐다보다가 한숨을 푹 쉬었다.

"알았어. 고마워."

"고맙긴요, 선배. 언제든 말만 하세요."

1984년 12월 26일

인디애나주 호킨스 마을
호퍼의 오두막

바깥에는 눈이 내리고 땅거미가 깔렸다. 호퍼는 주방에서 분주했다. 한참 얘기를 풀어놨더니 그도 엘도 휴식이 필요했다. 호퍼가 얘기를 중단하자 엘은 반발했지만 좋아하는 간식을 주겠다고 하니 눈을 반짝였다. 참고로, 좋아하는 음식이 아니라 간식이었다.

에고스(냉동 와플)를 먹을 시간이었다.

"검은…… 뱀."

호퍼는 어깨 너머를 흘끗 돌아보았다. 두 다리를 쭉 뻗으며 거실로 간 엘은 바닥에 책상 다리로 앉아 호퍼를 쳐다보고 있었다.

"그게 무슨 뜻이에요?"

호퍼는 조리한 에고스를 담은 접시와 커피를 새로 채운 머그를 들고 테이블로 돌아왔다. 엘도 일어서서 테이블 앞으로 왔다.

"누가 그 얘길 했지?"

호퍼는 와플이 담긴 큰 접시를 테이블 중앙에 놓고 작은 접시를 가지러 주방으로 다시 갔다. 돌아와서 보니 엘은 벌써 와플을 먹고 있었다. 호퍼는 작은 접시를 엘의 손 아래에 슬며시 놓아주었다.

"질문은 좋은 거라면서요."

엘은 입안 가득 와플을 넣고 말했다.

"이봐, 아가씨, 식사 예절을 지켜야지." 호퍼는 뜨끈한 와플 하나를 자신의 접시로 옮겨 담았다. "그리고 질문은 좋은 거 맞아. 인내심도 좋은 것이고."

"리로이가 말했잖아요." 엘은 인상을 쓰며 덧붙였다. "리사도요."

호퍼는 포크를 들고 테이블 너머 엘을 바라보았다.

"그 얘기를 지금 하고 싶어?"

엘은 호퍼를 쳐다보면서 대답 대신 눈을 살짝 가늘게 떴다.

호퍼는 포크를 내려놓았다.

"그래, 좋아. 둘이 그 말을 했어. 사실, 면담 때 리로이가 그 말을 한 순간 알아챘어. 하지만 갱 전담반에 대해 알아내고 나니 리로이가 한 말이 별로 중요하게 생각이 안 되더라. 생일 파티 때 리사가 했던 말과 면담 때 리로이가 한 말을 델가도에게 들려줬는데, 델가도는 그게 노래 가사 아니면 텔레비전 같은 데서 흘러나온 말일 수 있다고 했어. 처음으로 어떤 새로운 단어를 듣게 되면 사방에서 갑자기 그 단어가 들리는 것처럼 느껴질 수 있다는 거지."

엘은 와플을 씹으며 호퍼를 계속 쳐다보기만 했다. 호퍼는 한숨이 나왔다.

'그래, 내가 예를 잘못 들었구나.'

"어쨌든." 호퍼는 앞에 놓인 뜨끈한 와플로 시선을 돌렸다. "그래,

난 그걸 알아챘어. 하지만 우린 나중에야 그 두 가지를 통합해서 생각하게 됐지."

엘은 씹기를 멈추고 와플을 꿀꺽 삼키고는 입을 딱 벌렸다.

호퍼는 미간을 찌푸렸다.

"왜?"

"나중에야?"

"그게……."

"뱀이라는 건 그 기다란 동물을 뜻하는 거죠?"

호퍼는 고개를 끄덕였다.

"바이퍼(viper, '독사'라는 뜻)도 그렇고요."

"그렇지."

"뱀이랑…… 바이퍼랑…… 같은 걸 뜻하잖아요!"

엘은 눈을 크게 뜨고 두 손을 휘저었다.

호퍼는 한쪽 눈썹을 치켜올렸다.

엘은 깊은 낭패감을 담아 한숨을 쉬었다.

"그들은 전부 엮여 있네요."

"누가?"

"리로이, 리사, 바이퍼…… 세 번째 남자요."

"세 번째 남자? 세 번째 희생자인 제이콥 휠러 특수요원 말이구나."

엘은 힘차게 고개를 끄덕였다.

호퍼는 와플을 한 입 더 먹고 커피를 마셨다. 손을 뻗어 테이블 옆에 놓인 뚜껑 없는 통에서 냅킨을 한 장 뽑아 손을 닦았다.

엘은 꽤 흥분한 표정이었다. 엘이 그의 얘기를 알아들은 걸까? 오

160

래전에 일어났던 그 일을 제대로 이해하기는 한 건가? 어려운 질문이었고 호퍼는 답을 찾을 수 없을 듯했다. 엘은 똑똑한 아이이니 분명 능력 있는 여성으로 자라날 것이다. 그것만은 분명했다.

하지만 닥터 브레너가 엘을 키운 양육 환경이—그것을 과연 양육이라 할 수 있을지 모르겠지만—아무래도 문제일 수 있었다. 어떤 면에서 엘은 나이보다 성숙했지만 어떤 면에서는 또래보다 미숙한 편이었다.

게다가 호퍼는 그런 쪽으로는 별로 경험이 없었다.

"그래, 제이콥 휠러."

호퍼는 그 이름을 강조하듯 한 번 더 입에 올렸다. 과연 그렇게 해야 할 만큼 중요한 이름인지는 알 수 없었지만. 그러나 얘기의 어떤 부분도 경시해서는 안 되었다. 이건 판타지도, 잠자리에서 들려주는 동화도 아니니까.

호퍼가 아는 한, 이 얘기는 진실이었다.

"인내심을 갖고 찬찬히 듣다 보면 알게 될 거야."

엘은 인상을 쓰며 눈을 가늘게 떴지만, 곧 세 번째 와플을 먹기 시작했다.

두 사람은 몇 분 동안 말없이 그렇게 먹기만 했다.

"이상해요."

"뭐가?"

"팀장님도……" 엘은 고개를 들며 덧붙였다. "…… 카드에 대해 알고 있었잖아요."

호퍼는 미소를 지으며 포크로 엘을 가리켰다.

"잘했어, 꼬마. 세세한 부분까지 주의 깊게 잘 들었구나. 그래, 팀장님은 카드에 대해 알고 있었어. 아마 리로이는 우리 서에 들어오자마자 그 카드를 흔들고 다녔겠지. 그쪽 부서 경찰이 카드 얘기를 하면서 협조를 요청하니까 팀장님은 카드 살인 사건을 조사했던 나를 불러 그 부서를 지원해주라며 보내셨어. 팀장님은 나를 그리로 보내는 이유를 따로 설명해주지 않았는데, 본인이 그 일에 관여해서는 안 되기 때문이었을 거야. 우리 못지않게 팀장님도 카드 살인 사건을 빼앗기는 게 싫었을 텐데 직책 때문에 아무 말도 못했어. 팀장님은 델가도와 내가 갱 전담반에 대해 알아내기 전까지는 그 조직에 대해 모르고 있었어. 무슨 일이 있었는지에 대해서는 나중에 아는 대로 상세히 설명해주셨지만."

엘은 만족한 표정으로 고개를 끄덕이며 계속해서 와플을 먹었다. 그러다 질문을 던졌다.

"아저씨는 위험한 일을 하죠?"

호퍼는 인상을 찌푸렸다.

"그렇다고 할 수 있지."

"사람들이…… 살인하는 걸 막으시잖아요."

"사람들이 살인을 저지르기 전에 막는 건 어려워. 보통은 살인이 벌어지고 난 후에 누가 범인인지를 알아내는 게 내 일이지." 호퍼는 어깨를 으쓱했다. "범인을 늘 찾을 수 있는 것도 아니야. 카드 살인 사건은 특별한 경우였어. 연쇄 살인범의 경우에는 제지를 당하기 전까지 살인을 계속할 가능성이 높아. 그러니 그런 경우에는 범인이 또다시 살인을 저지르지 않도록 막으려고 애를 쓰게 돼. 하지만 그런 일은 드물어. 대다수의 형사들은 그런 사건을 평생 한 번도 접하지 못해."

"아저씨는 나쁜 사람들을 찾아내잖아요."

"그렇지."

"나쁜 사람들은 아저씨에게 상처를 입히고요."

엘은 더 자세한 설명을 기대하듯 호퍼를 바라보았다.

호퍼는 여기서 더 길게 설명을 할 수 있을 것 같지 않았다. 엘의 질문은 단순했지만 그에 대한 대답은…… 복잡할 수밖에 없었다. 호퍼는 한숨을 푹 쉬었다.

"그래. 경찰이 되면 나쁜 사람들을 상대하고 위험한 상황에도 **빠**지게 돼. 원래 그런 일이니까. 하지만 그게 전부는 아니야. 나는 사람들을 도와. 너도 알잖아. 내가 **너도** 도왔으니까."

그는 문득 떠오르는 바가 있어 멈칫했다……. 엘이 처음으로 그의 인생에 대해, 그의 직업에 대해 깊게 생각한 것 아닌가?

더 중요한 것은 이 두 가지 사항이 어떻게 엘과 연관이 됐는지였다. 데모고르곤(마인드 플레이어가 조종하는 괴생명체)과 마인드 플레이어(마음을 갈기갈기 찢는 괴물. 다른 존재에 기생해 육신을 조종할 수 있다)를 상대했던 과거가 문제가 아니었다. 지금, 그리고 앞으로 엘과 함께할 미래에도 호퍼의 직업과 인생은 엘에게 영향을 미치게 될 터였다.

'우리가 함께할 미래.'

호퍼는 눈물이 나오려는 걸 참느라 눈을 껌벅이면서 입양한 딸 엘을 바라보았다. 엘의 인생은 불과 최근까지만 해도 온통 공포와 고통으로 가득했었다.

엘은 접시 옆에 놓인 빈 컵을 들어 호퍼에게 내밀었다. 호퍼는 미소를 지으며 말없이 컵을 받아 들고 일어나 주방으로 갔다. 잠시 후 그는 쿨에이드가 그득 담긴 컵을 들고 테이블로 돌아왔다.

엘은 한 모금 마시고 컵을 내려놓았다.

"위험한 일인 거네요……."

호퍼는 양 눈썹을 치켜올렸다. 그는 엘이 논리의 조각들을 천천히 모아 어떻게 다음 질문으로 이어갈지 가만히 지켜보았다. 여느 또래 소녀들에게는 별것 아닌 단순한 개념을, 엘은 전혀 배운 바 없지만 그런 것들을 하나씩 깨우쳐가는 엘이 그는 그저 대견했다. 호퍼는 이미 숱하게 해온 욕설을 또다시 속으로 브레너에게 퍼부었다. 그래도…… 엘은 잘 적응해가고 있었다. 호퍼의 눈에는 그게 보였다. 그는 나름 최선을 다해 엘을 가르치고 있기는 했지만, 엘이 현실 세계에 잘 적응하면 세상을 지금보다 깊게 이해할 수 있으리라 믿었다.

하지만 그런 걱정은 나중에 해도 될 것이다. 지금 엘은 적절한 표현을 찾느라 힘이 드는지 찡그린 얼굴이었다. 엘이 고개를 흔들면서 입을 열었다.

"경찰이 되고 싶어 하셨는데……."

엘은 그 문제를 다른 각도에서 보려 애쓰고 있었다.

문득 호퍼는 이해가 됐다. 이건 단어 게임과 비슷했다. 두 개의 진술문을 하나로 연결시켜 제3의 논리적 결론을 얻어내는 게임. 호퍼는 미소를 지으며 편안히 뒤로 기대앉았다.

"경찰이 되는 건 위험한 일인데 나는 경찰이 되고 싶었어. 왜 나는 그런 위험한 일을 하고 싶었을까?"

그러자 엘은 고개를 끄덕이며 표정을 풀었다. 얼굴에 담겼던 혼란, 아니 **낭패감**은 한순간에 사라졌다. 음료수를 한 모금 더 마시며 대답을 기다리는 엘의 태도는 한층 차분하고 침착해져 있었다. 물론 엘을 당황하게 만든 건 위험 그 자체가 아니었다. 위험에 대한 엘의 이런 반응은 성장 환경 때문이기도 하고, 스스로를 지킬 수 있는…… 능력 때문이기도 했다.

하지만 지금 이 얘기를 통해 엘은 사람들이 때로는 자발적으로 스스로를 위험한 환경에 처하게 만들기도 한다는 것을 이해하기 시작했다.

'엘은 배우고 있어. 하나씩 배워나가고 있어.'

"그래, 내 직업은 위험할 수도 있어. 하지만 내가 경찰이라는 직업을 선택한 건 그게 위험한 일이기 때문만은 아니야. 나는 사람들을 돕고, 보호하고 싶어서 경찰이 됐어. 세상에는 나쁜 사람들도 있지만 좋은 사람들도 있거든. 좋은 사람들은 진심으로 원하면 좋은 일을 할 수가 있어. 그러다 약간 위험한 상황에 놓이더라도 말이야. 내가 경찰이 되고 싶었던 건 그래서였어. 위험을 다룰 수 있는 경험과 능력을 갖고 있는 만큼, 좋은 일을 많이 하면서 살고 싶어서."

엘은 잠시 그의 눈을 가만히 들여다보았다. 그러고는 고개를 끄덕이며 음료를 마저 마셨다.

"그리고 이건 꼭 기억해둬. 이 얘기는 좋게 끝나. 내가 여기 있잖아, 그렇지? 난 무사했던 거야. 그러니 **너도** 괜찮지? 얘기를 계속하길 바라니?"

엘은 미소를 지으며 고개를 끄덕이고는 빈 접시를 앞으로 쓱 밀었다.

호퍼는 웃으며 말했다.

"금방 올게."

11장
반항아

1977년 7월 6일
뉴욕시 브루클린

"아까 그 큰 우주선 같은 게 하늘에서 내려올 때 어땠는지 알아? 영화관 벽이 흔들리더라니까!"

두 손을 들어 크게 V 자 모양을 만든 호퍼는 우주선의 움직임을 본 떠, 테이블 맞은편에 앉은 아내를 향해 머리부터 내리꽂는 시늉을 했다.

"부아아아아아아아앙푸우우우우우우우!"

남편이 삼십 분 전에 보고 나온 영화의 한 장면을 재현하자 다이앤은 눈물이 날 정도로 웃었다. 호퍼는 의자에 바로 앉아 어깨를 굽히고는 두 손을 모아 입가에 대고 그가 낼 수 있는 가장 과장된 소리를 씨익씨익 내며 메아리 효과까지 주었다.

"짐!"

숨도 못 쉬고 웃던 다이앤은 남편을 향해 손을 흔들며 작은 식당 안을 얼른 둘러보았다. 그들 쪽을 쳐다보는 사람은 없었다. 호퍼는 두 손을 내리고 손가락으로 권총 모양을 만들어 쏘기 시작했다.

"퓨웅 퓨웅, 퓽 퓽!"

다이앤은 겨우 숨을 다시 쉬면서 말했다.

"미안한데, 지금 내 남편 나이가 **몇**이더라? 서른다섯 살인지 열세 살인지 모르겠는데?"

호퍼는 영화 흉내를 그만두고 웃음을 터뜨렸다. 그들이 마주 앉은 테이블 위에는 큼직한 구식 그릇에 담긴 커다란 에그 크림이 놓여 있었다. 그 그릇은 유리 식기라기보다는 꽃병에 가까워 보였다. 호퍼는 입에 빨대를 물고 앞으로 몸을 기울였다. 다이앤도 똑같이 하면서 초콜릿 혼합 음료를 쪽 빨아먹었다. 그러고는 빨대를 입에서 놓고 남편의 코에 가볍게 입을 맞췄다.

"당신이 재미있게 봐서 나도 좋아." 다이앤은 등받이에 기대어 편안하게 앉으며 말을 이었다. "당신 생각엔 아까 그 영화에서 루크와 레아가……."

호퍼는 에그 크림을 먹다 사래가 들릴 뻔했다.

"그 둘이 뭘?"

"알면서." 다이앤은 웃으며 덧붙였다. "둘이 섹스를 했을까, 안 했을까."

호퍼는 싱긋 웃었다.

"당신 인생 최고의 영화에서 제일 인상 깊게 본 장면이 그거였어? 그래놓고 **나**를 십대 소년이라고 놀려?"

"**내** 인생 최고의 영화?"

"음, 그만 인정해. 꽤 괜찮은 영화였잖아."

다이앤은 뺨에 묻은 눈물을 닦았다.

"그래, 좋아. 인정할게. 꽤 괜찮은 영화였어." 다이앤은 빨대를 찾아 입에 물고 에그 크림을 더 마셨다. "새라도 봤으면 좋아했을 거야. 나중에 데려와서 같이 보자."

호퍼는 테이블에 양 팔꿈치를 기대며 앞으로 몸을 기울였다.

"새라는 〈애니〉를 더 좋아하지 않을까?"

"얼마 전에 시작한 새 뮤지컬 말이지…… 어느 극장이더라?"

"앨빈 극장일 거야. 52번가인가 그 근처에 있어."

다이앤은 어깨를 으쓱했다.

"그래. 그런데 신문에서 티켓 가격을 봤어."

호퍼는 움찔했다.

"많이 비싸?"

"다음에 같이 영화를 보러 오는 게 재정적으로 좀 더 책임 있는 결정일 거야."

호퍼는 고개를 끄덕였다.

"그래, 여긴 뉴욕이니 재정적으로 책임 있는 결정을 하면서 살아야지. 엄마 아빠가 그렇게 결정하면 확정인 거야." 그는 뒤로 기대앉으며 미소 지었다. "됐지?"

다이앤은 고개를 절레절레 흔들었다.

"되긴 뭐가 돼?"

"영화가 엄청 괜찮아서 한 번 더 보고 싶어 했잖아. 사랑하는 우리 딸을 핑계 삼아서 보라고."

다이앤은 짐짓 화가 난 척 외쳤다.

"이의 있습니다!"

호퍼는 에그 크림을 쭈욱 들이켜며 말했다.

"몰랐나 본데. 난 변호사가 아니라 경찰이야. 그런 속임수는 나한테 안 통한다고."

"그래요, 형사님. 어렵고 중요한 질문을 회피하는 데는 아주 선수시네요."

호퍼는 빨대로 음료를 저었다.

"무슨 질문?"

"루크와 레아. 둘이 했을까, 안 했을까?"

"아. 안 했을 거 같아."

"안 했다고?"

"여자들은 늘 반항적인 남자를 좋아하거든."

"아, 그러세요, 반항아 씨?"

"그럼. 그 영화에서 반항적인 남자는 '한 솔로'지. 무조건이야."

다이앤은 어깨를 으쓱하면서 호퍼한테서 음료 컵을 당겼다. 컵을 기울이고 빨대로 남은 음료를 이리저리 저었다. 잠시 집중을 하다가 고개를 든 다이앤은 호퍼가 자신을 바라보고 있는 걸 알고 물었다.

"왜?"

호퍼의 입가가 쓱 올라갔다.

"사랑해, 다이앤 호퍼."

다이앤은 팔꿈치를 테이블에 대고 앞으로 몸을 기울였다.

"나도 사랑해, 반항아 씨. 지금 당신 행복해 보이네."

미소 짓던 호퍼의 얼굴이 굳었다. 다이앤은 그가 혼란스러워하자 팔을 뻗어 그의 손을 잡았다.

"자기야! 긴장 풀어! 행복해 보인다고. 그게 다야. 지난 수 주일에 비하면 지금 훨씬 편안해 보여서 한 말이야. 그게 단순히 영화를 보고 에그 크림을 마셔서는 아니겠지."

호퍼는 생각을 해보았다. 정말로…… 그는 전보다 편안해졌고, 심지어 행복하기까지 했다.

다이앤의 말이 옳았다. (그녀는 언제나 옳았다.)

다이앤이 고개를 갸웃했다.

"왜, 뭔데 그래? 직장에서 무슨 일 있었어?"

호퍼는 테이블에 두 팔을 느슨하게 겹쳐 올렸다.

"그게, 일이 있기는 했어." 그는 목소리를 낮추며 덧붙였다. "당신도 알잖아…… 그, 다수 살인 말이야."

다이앤이 앞으로 몸을 기울였다.

"그 사건에서 돌파구라도 찾았어?"

"아니, 그런 건 아니야. 사실 이제 우리 사건도 아니야. 뺏겼거든."

"뭐? 그래서 기분이 좋은 거야?"

다이앤은 미간에 깊게 주름을 잡으며 뒤로 기대어 앉았다.

"아, 아니야. 오해하지 마. 우린 그 사건을 해결하고 싶었어. 그런데 연방 요원들이 와서 빼앗아간 거야. 알고 보니 그 사건은 갱단과 연관되어 있었고 연방 기관은 갱단과 관련해 특별 전담반을 운영하고 있었더라고. 그래서 뉴욕 경찰의 개입 없이 자기네끼리 사건을 해결하려고 우리한테서 사건을 가져간 거야."

"그렇구나." 다이앤은 고개를 끄덕였다. "그래서 당신 기분은 어때?"

호퍼는 한숨을 크게 내쉬었다.

"그게, 나는…… 물론 우리는 범인을 잡고 싶었어. 하지만 우리가 다룰 수 있는 덩어리가 아닌 거야. 나도 감당 못 할 만큼 큰 사건인 거지. 차라리 연방 요원들이 가져간 게 잘됐다 싶기도 해……."

호퍼는 말을 멈추고 생각에 잠겼다.

다이앤이 고개를 옆으로 살짝 기울이며 물었다.

"그래서……?"

"그래서 뭐, 잘된 거지. 속이 후련해. 힘든 사건이었거든. 그 사건을 해결하고 싶은 마음이 들다가도 더 이상 관여하지 않게 돼서 잘됐다는 생각도 들고. 델가도와 호퍼 형사가 해결해야 할 사건은 잔뜩 있으니까."

그는 미소를 지었다.

"이제 어쩔 생각이야?"

호퍼는 의자에서 일어서며 대답했다.

"가서 감자튀김이나 받아 와야지. 금방 올게."

다이앤이 에그 크림이 남아 있는 컵에 대고 웃는 동안 호퍼는 카운터로 향했다.

저녁인데도 낮의 열기가 식지 않았다. 호퍼는 다이앤을 위해 식당 문을 잡아주었다. 재킷을 입고 나온 게 후회가 됐다. 다이앤이 가방 지퍼를 잠그고 기다리는 동안 호퍼는 재킷을 벗어 한쪽 어깨에 걸쳤다. 그때 커다란 카드 한 장이 재킷에서 떨어져 가로등 불빛에 하얗게 빛났다.

다이앤이 허리를 굽혀 카드를 집어 들었다.

"이게 뭐야?"

"아! 원래 내가 갖고 있으면 안 되는 거야." 그는 손을 내밀었다.

"내일 출근하자마자 서에 제출해야 돼."

다이앤은 카드를 곧장 돌려주지 않고 가만히 들고 바라보았다.

"이거 제너 카드(1930년대에 듀크 대학교의 칼 제너 박사가 텔레파시 같은 ESP 현상 즉, 초감각현상을 실험하기 위해 만든 카드. ESP카드라고도 불린다. 카드는 별, 동그라미, 사각형, 십자, 물결선, 총 다섯 가지다. 제너 카드 한 벌은 다섯 종류의 카드가 다섯 장씩, 모두 스물다섯 장으로 이루어져 있다)네."

호퍼는 손을 뻗은 채 눈을 껌벅였다.

"무슨 카드?"

다이앤은 그에게 카드를 돌려주었다.

"제너 카드."

호퍼는 카드를 받아 다시 들여다보았다. 이미 수 시간도 더 들여다본 카드지만 새삼 처음 보는 것처럼 손에 들고 이리저리 살폈다.

"이게 무슨 카드인지 안다고?"

다이앤은 어깨를 으쓱했다.

"딱히 잘 아는 건 아니야. 초능력 테스트 같은 데 사용되는 카드라는 정도만 알지." 다이앤은 카드를 손으로 가리켰다. "이 카드는 세트로 구성돼 있어."

호퍼는 혀로 입술을 핥으며 아내에게 한 걸음 다가갔다. 다이앤은 걱정스러운 표정으로 그를 올려다보았다.

"짐? 왜 그래?"

그는 나지막하게 설명했다.

"연방 요원들이 사건을 가져가기 전에, 우리가 조사 중이던 세 건의 제의적 살인 현장마다 이런 카드가 한 장씩 남겨져 있었어. 전부 아크릴 잉크로 각기 다른 상징을 그린 수제 카드야. 살인자에게 의미가 있는 카드인 건 분명한데, 살인자가 어떤 메시지를 보내려고 하는지 도통 알 수가 없어."

다이앤은 잠시 턱을 이리저리 움직이며 생각하다가 말했다.

"이게 무슨 카드인지 모른다는 말이지?"

호퍼는 고개를 끄덕였다.

"몰라. 이 카드 때문에 우린 수 주일 동안 쩔쩔맸어. 이게 무슨 카드인지 당신은 어떻게 알아?"

"리사 사지슨 기억하지? 일요일 생일 파티 때 봤잖아."

"점쟁이 여자. 어떻게 잊겠어."

다이앤은 헛웃음을 웃었다.

"그래. 리사가 쇼의 일환으로 그런 카드를 사용하는 모양이야. 지난 일요일엔 쓰지 않았지만, 자기 일에 대해 들려주면서 세트로 된 그런 카드를 사용한다고 했어." 다이앤은 잠시 생각하더니 덧붙였다. "그때 리사가 제너 카드라고 말했던 것 같아. 내가 잘못 들은 게 아니라면 맞을 거야."

호퍼는 인상을 구겼다.

"그러니까 그게 점을 칠 때 쓰는 타로 카드 비슷한 거야?"

"나는 잘 몰라." 다이앤은 어깨를 으쓱했다. "난 정말 그쪽으로는 아는 게 없어. 리사가 초능력 실험에 대해 언급하긴 했지만 그냥 떠벌리는 말이구나 했어. 원래 리사가 하는 쇼가 단순한 연출 기법이 아니라 실제 과학과 마술을 섞어서 쓰는 식이거든."

호퍼는 믿기지가 않아 고개를 절레절레 흔들었다.

"짐?"

그는 한숨을 쉬며 카드를 셔츠 주머니에 도로 집어넣었다. 그는 다이앤의 손을 잡고 지하철 방향으로 함께 걸어갔다.

"카드의 의미를 알아내려고 우리가 얼마나 머리를 쥐어뜯었는데, 애들 생일 파티 때 본 정신 나간 마술사가 답을 가지고 있다니."

그가 걸음을 멈추자 다이앤도 함께 멈춰 섰다. 다이앤은 한쪽 눈썹을 치켜올리며 그를 바라보았다.

호퍼가 물었다.

"부탁 하나만 해도 돼?"

"뭔데? 당연히 해도 되지."

"당신 생각엔 리사가 제너 카드에 대해 좀 더 자세히 말해줄 수 있을 것 같아? 그 카드의 의미라든가?"

"아, 그럴 거야. 그런데 당신은 더 이상 그 사건을 수사하지 않는다며?"

호퍼는 고개를 끄덕였다.

"그렇기는 한데, 이 카드는 우리 서로 들어온 정보 제공자가 내놓은 거라서. 그가 갱단과 어떤 연관이 있는 것 같아 내일 연방 요원들에게 인계할 건데, 그때 유용한 정보를 같이 전해주면 그들에게 도움이 될 것 같아서 그래. 그 여자 전화번호 갖고 있어? 학부모들 중 한 명이라고 했잖아."

"응, 있어. 내일 아침에 전화해볼게."

호퍼는 살짝 인상을 썼다.

"혹시…… 오늘 저녁에 전화해줄 수 있어?"

"시간이 많이 늦었잖아, 짐."

"중요한 게 아니었으면 이렇게 부탁도 안 했을 거야."

다이앤은 한숨을 쉬었다.

"알았어. 해볼게."

얼마 후 그들은 집에 도착했고 집은 조용했다. 새라는 깊이 잠들어 있었다. 새라를 돌봐준 레이철은 별일 없었다고 말했고, 호퍼는 지갑에서 현금을 꺼내 수고비로 주었다. 십대 소녀인 레이철은 금액을 확인해보고는 눈을 빛냈다.

"고맙습니다, 호퍼 씨!"

레이철은 그들 부부에게 잘 자라고 손을 흔들며 집을 떠났다. 레이철이 문 밖으로 나가자마자 호퍼는 곧장 주방으로 가 전화기 옆에 서서 아내를 기다렸다.

"인내심을 좀 가져요, 형사 아저씨."

그는 미소를 지었다.

"미안."

다이앤은 주방 카운터에 가방을 올려놓고 그 안에서 가죽으로 된 얇은 주소록을 꺼냈다. 페이지를 훌훌 넘기다가 냉장고 옆 벽에 설치된 전화기로 다가갔다. 그녀는 목 아래쪽에 수화기를 끼우고 주소록에 적힌 번호를 읽으며 다이얼을 돌렸다. 그러고는 호퍼를 돌아보았다. 두 사람은 조용히 그 자리에 서서 기다렸다.

영원처럼 긴 시간이 흘러갔다. 다이앤이 고개를 저으며 수화기를 거치대에 걸려는데, 호퍼의 귀에 딸그닥 소리와 함께 누군가 수화기를 드는 희미하고 나직한 소리가 들려왔다.

다이앤이 고개를 숙이며 말했다.

"안녕하세요, 리사? 다이앤이에요…… 아, 예. 아니, 별일 없어요. 늦은 시간에 전화해서 미안해요…… 그래요."

다이앤이 웃자 호퍼는 긴장을 풀었다. 그는 주방 카운터에 등을 기대고 팔짱을 낀 채 기다렸다.

다이앤은 리사에게 남편이 뭘 물어보고 싶어 한다고 설명했다. 생일 파티 때 있었던 일과는 무관하다고 리사를 안심시킨 후 그녀는 호퍼에게 수화기를 넘겼다.

"받아요, 두목님."

다이앤은 호퍼의 뺨에 입을 맞추고 다른 방으로 건너갔다.

카운터 쪽으로 돌아선 호퍼는 팔꿈치를 카운터에 대고 수화기의 꼬인 선을 손가락으로 풀며 말했다.

"사지슨 씨? 안녕하세요, 제임스입니다. 저기, 대화에 응해줘서 고맙습니다." 그는 이마를 손으로 문지르며 말을 이었다. "그리고, 아, 음, 일요일에 있었던 일에 대해서는 진심으로 사과드립니다. 몇 가지 좀 물어볼 게 있습니다."

1984년 12월 26일

인디애나주 호킨스 마을
호퍼의 오두막

"뭐냐? 맛을 볼 거야 말 거야?"

"에그 크림이라면서 달걀은 어디 있어요?"

호퍼는 고개를 저었다.

"달걀은 안 들어가."

"크림도 없어요?"

"없어."

엘은 주방 카운터에 놓인 높은 유리컵을 다시 바라보았다. 맞은편에는 호퍼가 서 있었다. 호퍼는 알맞은 컵을 찾을 수 없어서 대충 그컵에 담기는 했지만, 그가 방금 만든 에그 크림이 그리 맛없어 보이지는 않았다. 적당한 연갈색 액체였고, 그 위에 예쁘게 거품까지 얹었다.

엘은 한쪽 눈을 감고 다른 쪽 눈으로 에그 크림이 담긴 컵을 바라보았다. 호퍼와 그가 만든 괴상하고 구식인 혼합 음료를 못 믿겠다는 표정이었다.

"우유랑, 초콜릿 시럽이 들어갔네요……."

"초콜릿 시럽을 듬뿍 넣었지."

"탄산수도 넣었어요?"

엘은 낯선 단어를 천천히 발음하며 코를 찡그렸다.

호퍼는 고개를 끄덕였다.

"맞아. 거품이 보글보글하는 물." 호퍼는 카운터에 대고 몸을 앞으로 기울였다. 엘과 최대한 눈높이를 맞추기 위해 두 팔을 모으고 그 위에 턱을 받쳤다. "마셔볼래? 에그 크림 만들어달라며."

엘은 감았던 눈을 뜨고는 고개를 이리저리 갸웃거렸다.

"왜 이름이 '에그 크림'이에요?"

"음, 그건, 얘기가 좀 긴데……."

"이름이 안 맞잖아요."

호퍼는 허리를 펴고 섰다.

"장난하냐? 얼마나 맛있는데. 봐봐."

호퍼는 유리컵을 들고 그 옆 카운터에 놓인 빨대 두 개 중 하나를 집어 들었다. 크림이 얹힌 음료의 윗부분에 빨대를 꽂아 넣고 깊게 한 모금 들이마셨다.

"으으으으으으음!" 그는 컵을 앞으로 쭉 뻗으면서 마치 품질 좋은 빈티지 와인을 바라보듯 감탄의 눈길로 음료를 바라보았다. "내가 이 말은 꼭 해야겠다, 꼬마야. 이건 맛이 꽤 좋아. 브루클린의 고전적인 음료라고 할 수 있지. 너도 반하게 될걸."

그는 컵을 카운터에 올려놓았다. 엘은 허리를 숙이며 거품이 얹힌 음료를 들여다보았다.

"어서. 맛을 봐."

엘은 아무 말이 없었다. 호퍼는 다른 빨대를 꽂은 뒤 엘에게 컵을 내밀었다.

엘은 앉아 있던 스툴에서 폴짝 내려갔다.

"안 마실래요."

그러고는 테이블로 돌아갔다.

"뭐, 그러든지."

호퍼는 컵을 들고 엘의 뒤를 따라갔다.

"나나 더 마셔야지."

12장
새와 새장, 고양이와 가방

1977년 7월 7일
뉴욕시 브루클린

호퍼는 한 가지 생각만 골똘히 하며 경찰서 볼펜을 조용히 가로질렀다.

'커피.'

어제는 늦게야 잠자리에 들었다. 리사 사지슨과는 오래 통화를 하지 못했다. 리사가 방금 집에 왔고 아침 일찍 할 일이 있다고 해서 통화를 짧게 끝내야 했다. 호퍼는 염두에 뒀던 몇 가지 질문들을 다음날 리사의 집에 찾아가 하기로 하고 전화를 끊었다. 그 후 잠자리에 들어서도 그는 몇 시간이나 잠을 이루지 못했다. 옆에서 다이앤은 남편이 최근에 있었던 일들을 수차례 곱씹으며 불면의 밤을 보내는 줄도 모르고 다행히 잘 자주었다.

호퍼는 한 가지 방법을 생각해냈다. 본인이 즐겁게 실행할 수 있고, 단순하며 복잡할 게 없는 방법이었다. 즉, 리로이 워싱턴과 다시 대화하는 것이었다. 전날부터 마음에 담고 있던 꺼림칙한 부분을 털어낼 수 있을 테니, 이번에는 좀 더 일관성 있게 리로이를 대해보자는 기대도 있었다. 제너 카드의 특징에 관해 리사에게 정보를 얻으면 라보냐 팀장에게 모두 전달할 생각이었다. 라보냐는 어쩌면 본인이 계획한 일임을 케케묵은 방식으로 그럴듯하게 부인하느라 짐짓 화를 내는 척할 수도 있었다. 라보냐는 틀림없이 리로이가 카드를 갖고 있다는 사실을 이미 알고 있었을 것이다. 호퍼를 리로이에게 보내 면담을 하게 한 것이 순전히 우연일 리 없었다.

호퍼는 재킷을 벗어 의자 등받이에 걸쳐놓고 셔츠 소매의 단추를 풀어 소매를 걷어 올리며 커피실로 향했다. 이른 아침이어서인지 크게 덥지 않아 다행이었다. 어느 친절한 이가 고맙게도 커피포트에 커피를 한가득 준비해두었다. 커피포트 옆에 놓인 상자 안에는 도넛도 두 개 남아 있었다.

'야간 근무조와 그 시각에 일한 모든 이들에게 신의 축복이 있기를.'

호퍼는 머그에 커피를 따랐다. 커피에서 탄 맛과 기름 맛이 났지만 지금 그의 몸은 카페인을 들이라 하고 있었다. 그는 입에서 커피 맛을 씻어내려는 듯, 도넛을 집어 들고 한 입 베어 물었다. 자리로 돌아가면서는 해리스 형사와 맥기건 경사에게 습관처럼 고개를 끄덕여 아침 인사를 건넸다. 그가 먹고 있는 도넛을 본 두 사람의 눈이 빛났다.

호퍼는 동료들보다 조금 일찍 도착해서, 해리스와 맥기건이 도넛을 두고 벌일 사투에 끼지 않아도 되어 다행이라 생각하며 자리에 가 앉았다.

시간을 확인한 호퍼는 도넛을 마저 먹고 손에 묻은 설탕을 바지에 쓱쓱 문질러 닦은 뒤 수화기를 집어 들었다. 아래층 내근 경사가 곧장 전화를 받는 바람에 호퍼는 대답하기 전 입에 머금고 있던 커피에 목이 막힐 뻔했다.

"아, 죄송합니다! 좋은 아침입니다, 경사님. 6층의 짐 호퍼 형사입니다. 예, 그럼요. 어제 제가 면담했던 리로이 워싱턴 말입니다. 그와 다시 얘기하고 싶은데 조사실로 보내주실 수 있을까 해서요."

내근 경사의 다음 말은 커피보다 더 세게 호퍼의 잠기운을 달아나게 만들었다. 호퍼는 잠이 깨다 못해 자리에서 벌떡 일어나, 바이스(기계공작에서 공작물을 끼워 고정하는 기구)처럼 송화구를 움켜잡았다.

"풀어줬다니, 그게 무슨 말입니까?"

호퍼는 내근 경사의 말을 들으며 눈을 질끈 감았고 전화기를 잡고 있지 않은 손으로 이마를 문질렀다. 경사의 말이 끝나자 호퍼는 눈을 감은 채 고개를 가로저었다.

"예, 음, 감사합니다. 큰 도움이 됐습니다."

호퍼는 수화기를 세차게 내려놓았다. 마침 해리스가 손에 도넛과 커피를 들고 커피실로 이어지는 통로에서 불펜으로 들어오던 참이었다. 맥기건 경사는 그 뒤에서 커피만 손에 들고 퉁한 표정으로 따라 들어오고 있었다.

해리스는 도넛을 든 손으로 호퍼를 가리키며 말했다.

"이봐, 아침 여덟시도 안 됐는데 수화기를 그렇게 쾅쾅 내려놓으면 힘든 하루를 보내게 된다는 말이 있어. 그런 속설이 있다고."

호퍼는 쓰러지듯 자리에 앉았다.

"그래, 안 그래도 힘들어 죽겠어."

해리스는 도넛을 한 입 베어 물고 커피를 마셨다. 그는 그 상태로 우물거리며 입을 열었다.

"무슨 일인데 그래?"

호퍼는 인상을 찡그렸다.

"어제 서에 들어왔던 어린 녀석 있잖아? 정보를 제공하겠다고 했던 십대 갱 단원."

"그래. 신변 보호를 해달라고 했지. 그자가 쓸 만한 정보를 제공했어?"

호퍼는 낙담한 얼굴로 고개를 저었다.

"오늘 그걸 알아보려고 했는데, 어떤 멍청이가 오늘 아침에 그를 풀어줬대."

해리스가 욕을 하며 외쳤다.

"뭐가 어째?"

호퍼는 대답이 그 위에 있다는 듯 책상을 손으로 가리켰다.

"어제 그쪽 경찰들한테 그를 가둬두라고 말했는데, 제복 경찰이 그의 상태를 보더니 다른 부랑자들과 함께 주정뱅이 유치장에 던져 뒀나 봐. 그리고 새벽 다섯시에 주정뱅이 유치장을 비웠대."

"허어. 신변 보호를 참 희한하게 하는구만."

"내 말이."

"내려가서 그 자식들한테 한마디 할까? 내근 경사라면 내가 잘 알아. 나한테 한두 번 빚을 진 적도 있어."

호퍼는 고개를 저었다.

"아니야. 말이라도 고마워." 호퍼는 자리에서 일어섰다. "이 일에 대해 팀장님과 얘기를 해야겠어."

라보냐 팀장은 별로 도움이 되지 않았다. 다만 그는 이제 막 일터에 도착했음에도 불구하고, 미리 말도 없이 성난 걸음으로 사무실로 들이닥친 호퍼를 좋게 받아주었다. 호퍼뿐 아니라 라보냐에게도 리로이 워싱턴을 아무렇게나 풀어준 것은 놀랍고 실망스러운 일이었을 것이다. 호퍼가 팀장 사무실을 나서기 전에 라보냐는 아래층의 누군가에게 전화를 걸어 고함을 쳐댔다.

호퍼가 자리로 돌아오자마자 전화벨이 울리기 시작했다. 아직 델가도의 모습이 보이지 않아 호퍼는 그녀의 전화이겠거니 하고 얼른 가서 받았다.

"강력팀 호퍼입니다."

전화기에서 마치 머나먼 대양의 파도 소리 같은 소음이 들리다가 가라앉았다. 이어서 빠르고 얕은 숨소리가 들려왔고 또다시 괴이한 소음이 들렸다가 사라졌다. 호퍼는 상대방이 까칠한 수염을 송화구에 갖다 댄 채 조금씩 움직이고 있음을 알아챘다.

미친놈들이 이렇게 한 번씩 경찰서에 전화를 하는 터라, 호퍼는 자리에 앉아 숨소리를 잠시 듣고 있다가 수화기를 내려놓으려는데 상대방이 입을 열었다.

"호퍼 형사님? 저예요. 저라고요."

거의 속삭이는 듯한 목소리였다.

호퍼는 눈을 껌벅였다. 불펜을 둘러보니 이쪽을 쳐다보고 있는 사람은 아무도 없었다. 그럼에도 호퍼는 의자를 빙글 돌려 벽을 쳐다보며 송화구에 대고 말했다.

"리로이?"

상대방이 크게 숨을 내쉬었다. 리로이는 안도한 기색이 완연한 목소리로 다음 말을 이어갔다.

"아, 형사님! 형사님이 받아서 진짜 다행이에요."

호퍼는 눈을 감았다.

"지금 어디야? 내근 경사 얘기로는 새벽에 내보냈다고 하던데."

"내보냈다고요? 우와. 그 사람들은 내 엉덩이를 움켜잡고 거리에 내던지듯 했다고요!"

호퍼는 한숨을 쉬며 손으로 이마를 문질렀다.

"그래, 알겠고. 우선―"

"형사님, 절 좀 도와주셔야겠어요. 부탁입니다. 도움이 필요해요. 정말이에요."

버스럭버스럭 소리가 다시 들렸다. 리로이가 공중전화 부스에 옹크리고 앉아 송화구를 입에 바짝 붙이고 좌우를 연신 살피며 그와 통화가 되기를 기다리는 모습이 호퍼의 머릿속에 그려졌다. 그래도 목소리가 전보다 좋아져 있었다. 좀 더 또렷하고 제정신인 목소리, 나직하지만 맑은 목소리였다.

"어디야?"

호퍼가 물었다.

"제발요. 제발!"

리로이는 호퍼의 말을 듣고 있지 않은 듯 제 말만 되풀이했다. 그때 호퍼는 리로이의 목소리에서 또 다른 감정을 읽어냈다.

두려움이었다.

"저기요. 세인트존이 일을 꾸미고 있어요. 엄청 거대한 거예요. 해일처럼 이 도시를 휩쓸어버릴 거라고요. 진지하게 하는 말이에요. 세인트존은 정말 그러고도 남아요. 위험한 존재예요. 악마와 세상의 종말에 관한 온갖 생각을 머릿속에 담고 있는 자라고요. 믿기지 않으시겠지만, 저도 믿기지가 않지만 **그는** 정말 그래요. 진짜 그렇다고요. 저는 도망칠 거예요. 그래서 형사님의 도움이 필요해요. 저 혼자서는 못 하니까. 그에게는…… 접근조차 불가능해요. 그는 엄청난 힘을 갖고 있어요. 마치…… 마치…….”

호퍼는 눈을 가늘게 뜨며 리로이의 목소리에 집중했다.

“마치 뭔데? 리로이?”

리로이는 송화구에 대고 깊은 한숨을 쉬었다.

“마치, 모르겠어요. 그게 좀 이상한데, 그는 어떤 힘을 갖고 있어요. **진짜** 힘이요. 마치 머릿속을 들여다보는 것처럼, 내가 미처 깨닫기도 전에 내가 뭘 하려고 하는지를 아는 것처럼요. 그는 위험한 존재라고 했잖아요. 내 말 믿어주셔야 돼요. 그리고 절 도와주셔야 돼요. 도망칠 방법이 필요해요. 그것도 빨리요.”

“그래. 알았어. 도와줄게. 지금 어디에 있는지 말해. 데리러 갈 테니까.”

“저희 누나도요.”

“누나?”

“네. 누나요. 누나도 그 안에 있어요. 세인트존이 제 누나한테 손톱을 깊게 박아 넣고 있어요. 제가 누나를 빼낼 거니까 도와주세요. 우리 모두에게, 이 도시 전체에 거지 같은 일이 생기기 전에 해야 돼요.”

“알았어. 리로이―”

“제 말 들으신 거 맞아요, 형사님? 제대로 들으셨냐고요? 이건 진짜 엄청 안 좋은 상황이에요.”

“리로이!”

버럭 소리친 호퍼는 얼른 주변을 둘러보았다. 근처에 서서 회의를 하고 있던 맥기건과 마니가 그를 흘끗 쳐다봤다. 호퍼는 그들과 눈을 마주치지 않고 송화구를 입에 가까이 가져다 댔다. 전화선 너머에서는 겁에 질린 소년의 거친 숨소리가 들려왔다.

"어디 있는지 말해. 지금 당장 데리러 갈 테니. 만나서 얘기하자. 세인트존도 그렇고 누나에 대해서도 만나서 자세히 설명해. 알았지? 나한테 전부 털어놔. 같이 계획을 세워보자. 알았어?"

저쪽에서는 바들바들 떨리는 공포에 찬 숨소리와 리로이가 해변 쪽을 연신 살피면서 면도 안 한 턱을 송화구에 비벼대는 소리만 들려왔다.

"리로이, 내 말 듣고 있어?"

"네. 듣고 있어요. 데리러 와주세요. 최대한 빨리요. 서둘러주세요."

마침내 리로이는 그가 있는 곳의 주소를 알려주었고 전화를 바로 끊었다. 호퍼는 의자를 돌리며 수화기를 내려놓고 메모지에 리로이와 만나기로 한 장소를 적었다. 그 종이를 찢어 챙긴 뒤, 델가도에게 전하기 위해 한 장을 더 썼다. 그는 의자에서 일어나 두 번째 쪽지를 커피 머그 밑에 놓아두고 의자에 걸쳐둔 재킷을 챙긴 뒤 문으로 달려갔다.

13장
공격

리로이가 데리러 와달라고 말한 장소는 선셋 공원 쪽이었다. 조선 소와 창고들이 위치한 동네여서 생각하고 싶지도 않을 만큼 범죄율 이 높은 곳이었다. 호퍼는 사무실을 나와 경찰서 주차장으로 내려가 면서 권총 차는 견대를 네다섯 차례나 점검하고 권총이 제대로 있는 지 확인했다. 그리고 지금 가려는 동네에 타고 가면 아무리 눈에 안 띄고 싶어도 도저히 그럴 수가 없는 카탈리나 운전석에 올랐다. 만 나기로 한 장소에 가까워지자 그는 포장재 창고 근처에 차를 세웠 다. 노동자들로 붐비는 곳이라 혹시 누가 그의 차를 훔치려고 하면 그들이 말이라도 해줄 것 같아서였다. 약속 장소까지는 큰길을 따라 걸어서 이동했다.

리로이가 알려준 주소는 교차로였다. 가까이 가면서 보니 그곳은 널찍한 철도 차량 기지 옆이었다. 철도 차량 기지는 거대한 고고학

유적지처럼 도로보다 약간 아래로 꺼져 있었다. 그 공간은 놀라울 정도로 탁 트여 있어서 오히려 마음이 놓였다. 만약 거기서 무슨 일이 생긴다면 적어도 문제를 감지할 수는 있을 것 같았다.

철도 차량 기지는 활기로 부산했다. 유개 화차와 일반 화차, 엔진이 모두 작동 중이었다. 대부분 철커덕 쿵 소리를 내며 철로 교차로에서 천천히 움직이고 있었다. 너저분하고 기름때 묻은 푸른색과 갈색의 재킷과 오버올 작업복에 딱딱한 작업모를 쓴 노동자들이 그 주변과 사이를 돌아다녔다. 호퍼가 도로에서 봤을 때는 이용 가능한 모든 표면이 그래피티로 뒤덮여 있었다. 기지에서 움직이고 있거나 멈춰 있는 기차와 객차, 컨테이너, 차량의 측면과 지붕까지 온통 그래피티였다. 좌우로 뻗어나간 다수의 철로들은 양옆에서 터널로 사라졌다. 서비스 조명의 노르스름한 불빛이 터널 안을 희미하게 비추고 있었다.

호퍼가 생각하기에 철도 차량 기지는 숨기에 최적의 장소였다. 노동자들이 많기는 했지만 가만히 서 있는 거대한 기계와 장비들이 많아서 몸을 숨기기에 좋았다. 가까이 가면서 보니 왼쪽 터널 입구에서 움직임이 보였다. 기관차 한 대가 널찍한 공간으로 이동 중이었고, 이곳 노동자들만큼이나 행색이 지저분한 세 사람이 터널로 급히 달려 들어가고 있었다. 그중 자루 하나를 함께 질질 끌고 가는 두 사람은 노숙자일 가능성이 높았다. 여기는 사람이 살기에 위험한 곳이지만, 터널의 어둠 속에 숨어 사는 이들은 저들뿐만이 아닐 터였다.

지금까지 리로이 워싱턴은 보이지 않았다.

호퍼는 길 앞을 살폈다. 그다음 모퉁이에는 담배와 성인 잡지를 파는 매점이 있고 그 옆에는 철도 차량 기지 노동자들만 상대하는 듯한 점심 판매대가 있었다. 둘 다 안에 손님을 들이지는 않고 부스만 있는 시설이었다. 카운터 뒤에 선 주인들은 손을 뻗으면 닿는 거리에 무기 한두 개쯤은 갖고 있을 것이다. 모퉁이 매점 앞에는 공중전화 부스가 있었다. 그 블록의 나머지 부분에는 별 특징 없는 평평하고 길쭉한 산업용 건물들이 들어차 있었다. 그 건물들도 벽마다 그래피티가 빼곡했다. 처음 그렸을 때는 다채롭고 재미있는 그림이었겠지만 지금은 칙칙하게 색이 바랜 회색과 갈색 바다일 뿐이었다.

호퍼는 조금 더 기다렸다. 리로이는 보이지 않았다. 주변을 둘러보며 방향을 파악한 호퍼는 철도 차량 기지를 한 바퀴 둘러보기로 결정했다.

한 바퀴를 쭉 돌고 나니 십오 분 정도 소요됐다. 천천히 눈을 크게 뜨고 중간 중간 멈춰 서서 다양한 각도에서 철도 차량 기지를 내려다보았다. 리로이가 그곳 어디쯤에 숨어 있을지 모르는 일이었다. 호퍼 주변의 콘크리트 구조물들이 아침 햇살에 달궈지긴 했지만 아직 정오는 아니었다. 그는 시작점으로 되돌아가며 매점과 점심 판매대를 다시 한 번 바라보았다. 양쪽 모두에 사람들이 모여 있었지만 그중 리로이는 없었다. 지금까지 모습을 보이지 않는다면 약속 장소에 안 나온 거라고 봐야 했다.

주머니에 손을 넣자 마지막 담배가 손끝에 닿았다. 그는 한숨을 쉬며 주변을 한 번 더 둘러보고는 돌아서서 길을 가로질러 매점으로 향했다. 카운터 뒤에 선 남자한테서 담배 한 갑을 사고 잔돈을 기다리는 동안 잡지 받침대를 내려다보았다. 토끼 머리 모양의 커다란 풍선을 껴안은 비키니 차림 모델의 사진 옆에 놓인 《타임》지를 보고 호퍼는 어이가 없었다. 잡지 표지에 '여름이 온다'는 제목이 굵고 큰 글씨로 자랑스럽게 박혀 있었다.

"굳이 이런 제목을 달지 않아도 다 알지 않나?"

매점 주인이 기름때에 전 달러 지폐 몇 장을 건네자 호퍼는 그 잡지를 가리키며 말했다. 매점 주인은 수다 떨 기분이 아닌지 살짝 인상을 쓰는 것으로 거래를 끝냈다.

호퍼는 고맙다고 말하며 연석으로 돌아와 새 담배를 주머니에 넣고 이전 담뱃갑에서 마지막 남은 담배를 꺼냈다. 지포 라이터를 손에 들고 공중전화 부스로 걸어갔다. 별안간 불어온 거센 바람에 여름의 열기가 느껴졌다. 호퍼는 공중전화 부스 뒤로 가서 손으로 바람을 막으며 담배에 불을 붙였다. 가만히 서서 폐 안 가득 담배 연기를 들이마셨다.

이만하면 충분히 기다렸다. 그는 약속 장소에 왔고, 리로이는 오지 않았다. 어쩌면 리로이는 겁이 나서 도망쳐버린 것일 수도 있었다. 아니면 벗어나려고 했던 바로 그 바이퍼스라는 갱단에 붙잡힌 걸까?

혹은 그가 했던 모든 말이 일종의 농담일 수도 있으려나? 악마를 숭배하는 거리의 갱단? 사탄을 뉴욕시로 불러오려 한다는 세인트존이라는 남자? 제너 카드는 별도로 치더라도 리로이의 얘기는 터무니없는 헛소리 같지 않았나?

호퍼는 담배를 즐기며 앞으로 어떻게 할지를 생각했다. 델가도가 그의 쪽지를 읽고 리사 사지슨을 만나 제너 카드에 대한 얘기를 듣고 왔다면 리로이의 정보가 없더라도 그들은 팀장에게 전달할 만큼의 정보는 모은 셈이었다.

경찰서까지는 한참을 가야 했다. 델가도가 리사 사지슨을 만나고 돌아와 보고할 사항이 있는지 확인해보기 위해 그는 경찰서에 전화를 하기로 했다. 어쩌면 그동안 리로이가 접선 장소와 시간을 변경하려고 경찰서로 다시 전화했을지 모른다는 생각도 불현듯 들었다. 리로이는 갱단으로부터 도망치고 있으니 그럴 가능성도 있었다.

그때 도로 저 아래쪽에서 요란한 엔진 소음이 들려왔다. 호퍼는 그 방향으로 시선을 옮겼다. 네모난 배달 트럭의 은색 측면에 햇빛이 반사되고 있었다. 트럭은 저 앞 교차로를 힘차게 달려왔다. 미국 우체국 서비스(USPS)의 배달 트럭이었다. 호퍼는 이 동네에서 서둘러 배달을 끝내려는 우체국 직원들이 이해가 됐다.

전화를 하려고 공중전화 부스 안쪽으로 돌아 들어간 호퍼는 어느 불량한 것들이 그 안의 전화기를 뜯어갔다는 사실만 확인했다. 공중전화 부스 안에 남은 것은 측면에 잔뜩 그려진 그래피티, 바닥에 널린 담배꽁초와 오래된 신문뿐이었다. 호퍼는 담배를 한 모금 길게 빨았다. 뒤에서 트럭 소음이 점점 크게 들려왔다. 기어를 바꾸는 소리에 이어 끼이익 하는 타이어 소음이 들리고, 뜨거운 디젤 배기가스 냄새와 고무 탄내가 담배 냄새 너머로 훅 다가왔다.

호퍼가 고개를 돌리자 매점 바로 앞, 각을 맞춰 연석을 타고 오른 우체국 트럭이 보였다. 전체적으로 각이 진 은색 트럭 측면에는 파란 독수리와 빨간 줄로 이루어진 USPS의 로고가 선명하게 박혀 있었다. 엔진을 끄지 않은 채 직원 다섯 명이 트럭에서 뛰어내렸다. 그들을 지켜보던 호퍼는 뒤로 주춤주춤 물러서다가 발이 꼬이면서 휘청했다. 입에 물고 있던 담배가 떨어지고 빈 담뱃갑이 손에서 떨어졌다.

호퍼도 덩치가 작은 편이 아니었지만 그에게 달려오는 다섯 명은 미식축구 선수 같은 체격이었다. 그들은 운동복을 특이한 조합으로 입고 있었다. 회색 조깅 바지, 파란색 트레이닝 재킷과 빨간색 트레이닝 재킷, 잘 발달된 상체 근육에 착 달라붙는 노란색 티셔츠. 하지만 호퍼의 심장에 두려움의 단검을 꽂아 넣은 것은 바로 스키 마스크였다. 검고 매끈하며 특색 없는 스키 마스크에는 코와 입을 위한 구멍은 나 있지 않았다. 다섯 쌍의 눈이 동그란 눈구멍을 통해 그를 노려보았다.

호퍼는 곧장 몸을 돌렸지만 별안간 공기가 숨 막히게 답답해지고 인도가 미끄러워졌다. 그는 어깨에 와 닿는 손을 느꼈지만 그 정도는 괜찮았다. 고개를 숙이고 팔을 틀면서 첫 공격자가 재킷을 당겨 벗겨내게 두었다. 오히려 도망치기가 용이해졌다. 그러나 도망치는 각도가 잘못되는 바람에 호퍼는 몸이 앞으로 확 기울었다. 균형을 잃고 앞으로 넘어진 그는 손가락으로 인도를 짚으면서, 마치 출발점에 선 단거리주자처럼 달려 나갔다.

하지만 그 자리에서 시간을 너무 지체하고 말았다. 그는 균형을 잡으려고 왼팔을 휘둘렀지만 이내 팔꿈치 아래쪽을 붙잡혀 뒤로 끌려갔다. 갑작스레 방향이 틀어지면서 어깨 관절이 빠질 뻔했다. 이를 악물고 몸을 돌린 호퍼는 그의 팔을 잡은 손을 닻으로 삼아 다른 쪽 주먹을 공격자에게 크게 휘둘렀다. 주먹이 그자의 가슴 오른쪽 측면을 쳤는데 호퍼는 마치 나무를 친 듯한 느낌이었다. 손가락 관절이 옆으로 미끄러지고, 방향이 지나치게 틀어진 손목에서 통증이 확 올라왔다. 몸을 바로 세우려 안간힘을 썼지만 오히려 복부가 노출되는 바람에 다른 공격자의 망치 같은 주먹에 강타당하고 말았다. 크리스마스 햄처럼 거대한 주먹에 맞은 호퍼는 폐에서 공기가 확 빠져나가는 걸 느꼈다. 그는 목구멍에 차오른 뜨끈하고 신맛이 나는 담즙을 뱉어냈다. 저 아래 철도 차량 기지에서 전선을 건드려 감전이라도 당한 것처럼, 복부에서 시작된 통증이 순식간에 온몸으로 퍼져나갔다.

힘이 빠진 호퍼는 앞으로 푹 쓰러졌다. 그는 한 번, 두 번, 세 번 발길질을 했지만 그렇게 들어 올린 다리마저 공격자들에 의해 붙잡혔다. 이번에는 목 뒤쪽을 강타당해 눈앞에서 검은 별이 번쩍였다. 남자들에게 끌려가 은색 트럭 짐칸에 실리면서 호퍼가 마지막으로 본 것은 모퉁이 매점 카운터 뒤에 서 있는 남자였다. 그 남자는 팔짱을 낀 채 인상을 쓰고 재미있어하는 표정으로 그들을 쳐다보고 있었고, 방금 목격한 일에 대해 어떤 조치를 취할 생각은 전혀 없어 보였다.

14장
리사 사지슨의 비밀스러운 과거

1977년 7월 7일
뉴욕시 브루클린

　리사 사지슨이 편하게 있으라고 해 델가도는 거실 한가운데 서서 집 안의 장식을 쭉 둘러보았다.

　"고맙습니다." 델가도는 이렇게 말하며 책장 앞으로 걸음을 옮겼다. 이 작은 아파트의 모든 벽에는 빈틈없이 책장들이 세워져 있었다. "성가시게 해서 죄송해요. 오래 걸리지 않을 거예요."

　델가도는 책장의 대부분을 차지한, 거의 똑같이 생긴 가죽 장정 책들의 책등을 읽느라 고개를 옆으로 기울였다. 1973년부터 1976년에 출간된『미국 정신의학 및 법률 학회 저널』1~4권이 책장 한 칸을 꽉 채웠다.

　잠자리에서 가볍게 읽을 만한 책인 걸까.

　아파트 저쪽 어딘가에서 웃음소리가 메아리처럼 울려 퍼졌다.

　"아니에요. 사과해야 할 사람은 저예요!" 리사가 소리쳤다. "방금

집에 돌아왔어요. 앞서 일이 계획보다 지체되는 바람에. 다음 약속
이 있어서 서두른다고 왔는데 이렇게 됐네요."

델가도는 그대로 서서 책장 바로 위 칸을 올려다보았다. 그곳에는
책등이 똑같이 생긴 책 대신에 교재처럼 보이는 책들이 빈틈없이 들
어차 있었다. 『현대정신의학: 제5판』, 『임상심리학의 원리』, 『사례 분
석의 실습 평가: 제2권』, 『인간 정신의 내면』. 델가도는 그 책장 칸을
손가락으로 훑으며 십여 권의 책들을 헤아려보았다. 아파트 전체를
둘러봐도 책장에 꽂힌 책들은 비슷한 종류였고, 대부분 학술 저널과
교재였다. 방 저쪽 끝의 커다란 퇴창 앞에 놓인 소파 쪽 책장을 돌아
보았다. 무겁고 진지한 책들만 보다가 아서 C. 클라크, 어슐러 K. 르
귄의 소설들이 보이자 안도감이 느껴졌다. 그 책들 앞에는 수갑과
동그랗게 말아놓은 다채로운 색깔의 깃털 목도리가 놓여 있었다. 리
사가 마술을 할 때 쓰는 도구인 모양이었다.

델가도는 퇴창 앞으로 걸어가 유리창을 통해 흘러드는 햇살을 만
끽했다.

"아까도 말했듯이 오래 걸리지 않도록 하겠습니다."

"기꺼이 돕고 싶어요!"

리사가 거실 문으로 들어왔다. 아까 델가도를 집으로 맞아들일 때
입고 있던 마술사의 실크해트와 타이츠를 벗고 노란색과 빨간색 꽃
무늬 원피스에 무릎까지 올라오는 갈색 가죽 부츠를 신은 모습이었
다. 손가락에 큼직한 금색 무드 반지 같은 것을 끼우고 있던 리사는
델가도가 자신을 위아래로 훑어보자 또다시 웃음을 터뜨렸다.

"완전 다른 사람 같죠. 어망 같은 마술사 복장으로 형사님과 대화
를 하면 아무래도 이상하잖아요." 저쪽으로 걸어간 리사는 퇴창 왼

편의 안락의자에 앉으며 다리 밑으로 원피스를 훑어 구김이 가지 않게 했다. "앉으세요."

델가도는 미소를 지으며 집주인의 말에 따랐다. 델가도는 자리에 앉아 책장을 다시 쳐다보며 말했다.

"제가 예상했던 풍경과는 많이 다르네요."

리사는 웃으며 대답했다.

"파트너인 그분이 뭐라고 말씀하셨는지 모르겠지만, 요즘은 점을 치고 환상 쇼를 보여주는 일을 많이 하진 않거든요."

델가도는 고개를 옆으로 살짝 기울였다.

"모자에서 토끼를 꺼내는 일을 하지 않는다면 정확히 어떤 일을 하세요?" 델가도는 책장을 손으로 가리켰다. "우리 동네에 있는 뉴욕 공립 도서관 지점보다 책이 더 많은 것 같아서요."

"믿으실지 모르겠지만, 사실 저는 자격이 충분하고 합법적으로도 등록된 임상 심리학자예요."

리사는 의자에 앉은 채로 몸을 돌려 등 뒤의 책장으로 손을 뻗더니 가죽으로 장정된 책을 한 권 꺼내 델가도에게 건넸다.

델가도는 뭘 보라는 건지 알 수 없었지만 일단 책을 받았다. 검고 단단한 가죽으로 감싸인 책의 등과 앞표지에는 제목이 은색으로 돋을새김되어 있었다.

"『재적응 심리학의 사회학적 과제: 사회학적 재통합의 패턴—역사적 메타 분석과 실용적 방법론』. 박사 학위 논문. 매사추세츠주 미스카토닉 대학교 심리학과 리사 사지슨." 델가도는 표지를 읽은 후 리사를 쳐다보았다. "심리학 박사세요?"

"1974년에 미스카토닉 대학교에서 임상 및 범죄심리학 전공으로 철학 박사 학위를 받았어요."

델가도는 고개를 끄덕이며 논문을 펼쳐 보았다. 줄 간격이 넓은데도 페이지마다 글자가 빽빽했고 차트와 그래프도 들어 있었다.

"저는 9학년 때 골드 수영 자격증을 받았어요." 델가도는 논문을 닫고 리사에게 돌려주었다. "범죄심리학과 거리의 마술은 간극이 꽤 큰데요."

델가도는 리사가 커피 테이블에 놓아둔 실크해트를 손으로 가리켰다.

리사는 어깨를 으쓱했다.

"아무래도 그렇죠. 사람은 자신이 하고 싶은 일이 뭔지 안다고 생각하고 그 일을 하기 위해 많은 시간을 보내며 살아요. 하지만 결국……."

델가도는 한쪽 눈썹을 올렸다.

"결국?"

리사는 미소를 지었다.

"결국 거기 도착해서 보면 예상했던 것과는 다르다는 걸 알게 되죠."

"학자로서의 삶이 재미없었나 봐요?"

"안타깝게도 그랬어요. 공부를 하면서 참 오랜 시간을 보냈죠. 이 논문을 완성했을 때쯤에는……." 리사는 논문을 들어 보이며 덧붙였다. "세상으로 나가고 싶었어요."

"어떤 계기로 뉴욕으로 오신 건가요?"

"일 때문에요. 룩우드 연구소라는 곳이었는데, 출소를 앞둔 연방 죄수들을 위한 교화원이었어요. 최고 보안 등급의 교도소에 있는 흉

악범들이 아니라, 형을 거의 다 살고 곧 석방될 죄수들을 대상으로 한 시설이었어요. 믿어지세요? 연방교도국 소속의 누군가가 이 사람들을 그냥 사회에 내던질 게 아니라 사회로 복귀시키기 전에 교화를 해야겠다는 생각을, 사회에 잘 통합될 수 있도록 필요한 도움을 줘야겠다는 생각을 했다는 게요. 아무런 도움도 주지 않고 무작정 사회로 내보내면 어떻게 될까요? 그 사람들은 뭘 하면서 살아갈까요? 애초에 그들을 감옥에 가게 만들었던 일을 다시 하게 될 공산이 크겠죠. 그들에게 필요한 도움을 제공하고, 정상적인 삶을 살아가는 방법을 가르치고, 남들과 더불어 살 수 있도록 교육을 시킨다면 재범률은 그만큼 떨어지게 되겠죠."

리사는 말끝에 손가락을 딱! 소리 나게 튕겼다.

델가도는 고개를 끄덕였다.

"일리가 있네요."

"그렇죠? 저도 그렇게 생각했어요. 바로 그 주제로 박사 논문을 쓰기도 했고요! 연방 정부는 룩우드 연구소를 세우면서 제 논문을 참고했고, 저한테 일자리를 제안했어요."

"우와." 델가도는 멈칫하며 미간을 찌푸렸다. "그런데 지금은 거기서 일을 안 하신다는 거잖아요?"

리사는 고개를 끄덕였다.

"그렇죠. 룩우드 연구소는 1년 전에 문을 닫았어요. 그건…… 제 탓일 수도 있어요. 끝이 뻔히 보이더라고요."

"무슨 일이 있었어요? 어째서 그 시설은 문을 닫은 건가요?"

리사는 소리 내어 웃었다.

"여긴 뉴욕시잖아요. 이유가 뭐일 것 같으세요? 돈 때문이죠! 연구소 일은 진행이 잘 되질 않았어요. 처음에 그쪽에서 저를 고용할 때는 진행 중인 프로그램에 합류하는 거라고 했거든요. 그런데 막상 출근해서 보니 아무것도 없더라고요. 진지하게 정말 아무것도 없었어요. 제가 모든 것을 준비하고 진행해야 되는 상황이었어요."

"맙소사!"

리사는 고개를 절레절레 흔들었다.

"오해는 마세요. 저는 그 일을 정말 잘해내고 싶었어요. 좋은 팀원들과도 함께했고요. 하지만 곧 제가 제일 필요로 하는 것이 없다는 사실을 깨달았어요. 자금 말이죠. 룩우드 연구소 같은 시설을 세우고 실질적으로 **역할을 하게** 만들려면 시간과 돈이 필수예요." 리사는 어깨를 으쓱하며 말을 이었다. "그들이 뭘 기대했는지 모르겠어요. 저는 아등바등 시험 프로그램을 만들고 작동시켰지만 그들이 저를 고용하면서 기대한 성과는 낼 수 없다는 걸 곧 깨달았어요. 그래서 그만두게 됐어요."

"그만…… 두셨다고요?"

리사는 손을 흔들며 대답했다.

"그 시설에서 나와버렸어요. 적어도 그 무렵 이 도시에 무슨 일이 일어나고 있었는지를 깨달은 거죠. 지금도 마찬가지고요. 룩우드는 훌륭한 아이디어였지만 자금 부족으로 제대로 된 역할을 할 수 없었어요. 거기 더 있어봤자 시간 낭비였죠. 거기서 시간을 죽이고 있느니, 차라리 밖으로 나와 도시에서 사람들을 돕는 일을 하는 게 낫겠다고 생각했어요."

델가도는 살짝 미소를 지었다.

"마술사로 활동하면서요?"

리사는 웃었다.

"거리의 마술사 겸 교화 상담가로요!" 리사는 앞으로 손을 뻗어 실크해트를 집어 들었다. 마치 공연을 하듯 침착하게 손에서 팔꿈치로 실크해트를 튕겨 가볍게 머리에 썼다. "이건 부업이에요. 대학 시절에 마술사의 제자로 아르바이트를 한 적이 있는데, 꽤 재미있더라고요. 그 돈으로 공과금도 냈고, 햄버거를 뒤집는 것보다는 이 일이 더 재미있기도 했어요. 막상 해보니까 사람들은 제대로 된 마술을 참 좋아하더라고요. 이걸 보여드릴게요."

리사는 소파 옆 바닥으로 팔을 뻗어 잡지 한 권을 집어 들었다. 잡지는 안쪽의 특정한 페이지가 위로 올라오게 접혀 있었는데 델가도는 소파에 가려 보지 못했었다. 리사는 잡지를 방향을 바꿔 들고 델가도에게 건네주었다.

"위아래, 좌우로 중간쯤에 있어요."

잡지를 받아 든 델가도는 자잘한 글씨로 된 안내 광고를 소리 내어 읽었다.

"마술. 마술사…… 모든 행사에 참여 가능…… 합리적인 가격. 리사."

그 아래 전화번호도 기재되어 있었다. 델가도는 페이지를 휘릭휘릭 넘기다가 표지를 봤다. 《뉴욕》이라는 잡지였다. 표지에는 정장을 입은 중년 남자가 마찬가지로 정장을 입은 세 중년 남자의 머리에 샴페인을 붓는 사진이 실려 있었다. 그들 중 두 사람은 위로 주먹을 치켜들었고 가운데 남자는 금색 자동차 모형이 위에 붙은 커다란 나무 트로피를 손에 들었다. 그래서 네 남자의 표정이 그토록 환한 모양이었다.

멜가도는 고개를 흔들며 잡지를 리사에게 돌려주었다.

리사가 말했다.

"어쨌든 룩우드가 문을 닫고 나서 저는 제대로 일을 해보기로 마음먹었어요."

"이를테면?"

리사는 잡지를 둘둘 말아 뒤집어놓은 실크해트 안에 집어넣었다.

"아까도 말했듯이 교화 상담이죠. 룩우드에서 제가 하고 싶었던 게 그런 일이기도 했으니까요. 룩우드를 나와서 혼자 일을 시작해보려다가 저와 같은 목표를 가진 자선 단체를 알게 됐어요. 그 단체에 제가 서비스를 제공하고 싶다고 제안했죠. 그쪽에서 해준 준비는 저한테는 완벽했어요. 딱 기본급밖에 못 받는다는 함정이 있지만요. 그러니 누가 저를 고용하느냐에 따라, 저는 여전히 실크해트를 쓰거나 크리스털 공 위에 손을 올리고 흔들면서 마술을 해야 한답니다!"

"룩우드에서 문제가 됐던 게 자금 부족 아니었나요?"

"그랬죠. 하지만 룩우드는 자선 단체와는 달랐어요. 거대한 연방 정부 조직의 톱니라는 점 때문이었죠. 물론 룩우드는 잠재력이 있었지만 최소한의 성과라도 내려면 균형이 안 맞을 정도로 큰 자금이 투입돼야 했어요. 중앙 정부 시스템이 그런 식으로 돌아가는 모양이에요. 그런데 자선 단체는 사람도 적고 자원도 적지만 도시 하나를 대상으로는 충분히 일할 수가 있어요. 연방 정부에 비하면 물론 범위나 목표가 작지만, 자선 단체에서 일하다 보면 우리가 정말 뭔가를 하고 있다…… 이 사람들을 위해 필요한 일을 하고 있다는 느낌이 들어요." 리사는 도로 안락의자에 와 앉았다. "지금까지는 괜찮네요. 우린 좋은 결과도 냈고, 사회를 바꾸고 있다는 기분도 들고요. 규모는 작지만 더 효율적이에요. 특정한 대상을 목표로 놓고 활동을 하니까 가능한 거겠죠."

델가도는 어느새 고개를 끄덕이고 있었다.

리사는 몸을 뒤로 뻗어 벽에 걸린 시계를 확인했다.

"음, 죄송한데, 이제 슬슬 서둘러야겠어요."

델가도는 고개를 끄덕이며 가방을 열고 두툼한 마닐라 서류철을 꺼냈다. 서류철을 무릎에 올리고 안쪽을 열어 큼직한 사진 여러 장을 꺼냈다. 윤기가 도는 흑백사진들에는 델가도와 그녀의 파트너가 최근까지 조사를 진행했던 세 건의 살인 현장에서 발견된 괴상한 카드의 이미지가 담겨 있었다. 각각의 카드 옆에 줄자를 놓고 함께 찍어 실제 카드의 크기를 알 수 있게 해놓았다.

"이 카드들의 용도가 뭔지 알려주실 수 있을까요? 제너 카드라고 불린다던데요."

델가도는 테이블 위에 사진들을 늘어놓았다. 속이 빈 동그라미, 십자, 세 줄로 된 물결선.

리사는 고개를 끄덕이고 동그라미 카드 사진을 집어 들었다.

"그래요." 리사는 손에 든 사진 너머로 다른 두 장의 사진도 차례로 내려다보았다. "음, 카드 세 장을 갖고 계시네요. 이건 다섯 개가 한 세트인데."

델가도는 고개를 끄덕이며 가방 안에 든 수첩을 꺼냈다.

"한 장 더 있어요. 오각형의 별이 그려진 카드요."

리사는 손에 든 동그라미 카드 사진을 좀 더 유심히 들여다보았다.

"이거 손으로 직접 그린 건가요?"

"그런 것 같아요. 전부 수제예요. 같은 사람이 직접 만든 것 같은

데 지문은 전혀 안 남아 있어요. 뭔가 이유가 있어서 사건 현장에 남겨둔 거로 보여요. 아직 더 알아내야하겠지만요. 그 부분에 대해 도움을 주셨으면 합니다."

리사는 한쪽 눈썹을 치켜올렸다.

"이 카드들이 사건 현장에 남겨져 있었다고 하셨죠? 어떤 종류의 사건이죠?"

"그건 말씀드리기가 곤란해요." 델가도는 사진들을 손으로 가리키며 수첩을 펼쳤다. "다만 카드에 관해서는 도움을 주시면 좋겠어요. 정말 큰 도움이 될 겁니다."

리사는 뒤로 기대어 앉았다.

"음, 그렇군요. 제너 카드는 지금이나…… 예전이나…… 투시력 실험에 사용돼요."

수첩에 메모를 하던 델가도는 펜을 멈췄다.

"투시력이요?"

리사는 고개를 끄덕였다.

"그게, 무슨…… 텔레파시 같은 건가요? 독심술?"

"음, 과학계에서는 그걸 일반적으로 '초감각적 지각능력'이라고 부르죠."

델가도는 펜을 내려놓았다.

"**과학계**요? 진지하게 하는 말씀이시죠?"

"그럼요. 이미 오래전부터, 적어도 40년 전쯤부터 과학계에서 논의돼왔어요. 이런 카드는 칼 제너라는 심리학자가 1930년대에 만든 거예요. 다섯 종류의 상징이 각각 다섯 개씩 있는 스물다섯 장이 한 벌인 카드들을 섞은 다음에 실험대상자에게 각 카드의 뒷면을 보여주는 거죠. 실험대상자는 카드의 앞면에 어떤 상징이 있는지 알아맞히는 거고요.”

델가도는 다시 수첩에 필기했다.

“그게 전부인가요?”

리사는 어깨를 으쓱했다.

“단순해야 하거든요. 하지만 너무 단순해서 문제죠. 제너 박사는 초감각 효과가 있었음을 주장하는 논문을 발표했지만 다른 사람들이 재현할 수 없는 실험이었어요. 혼란 변수들도 많았고요. 예를 들면 카드들을 잘못 섞으면 실험대상자가 추측하기 쉽다든지, 실험대상자가 검사자의 눈동자에 비친 카드의 상징을 볼 수 있다든지 하는 거죠. 그런 문제점들을 없애자 초감각 효과도 사라져버렸어요.”

델가도는 카드들을 흘끗 쳐다보며 물었다.

“그런데도 이런 카드가 아직도 있네요. 사람들이 지금도 사용하나봐요?”

“아, 그럼요. 초심리학에서—”

“초…… 심리학이요?”

델가도는 수첩에서 눈을 들고 물었다.

리사는 고개를 끄덕였다.

“초심리학. 과학의 정상적인 범위를 벗어난 심리학이죠.”

“텔레파시 같은 걸 연구하나요?”

“그렇죠. 요지는, 그런 현상이 실제로 존재하든 아니든 관계없이, 일부 심리학자들은 사람들이 그런 현상에 대해 나타내는 반응을 연구하는 것을 그 현상 자체만큼이나 중요하게 생각한다는 거예요.”

리사는 들고 있던 사진을 뒤집어 델가도에게 이미지를 보여주며 덧붙였다. "그런데 제너 카드라. 몇몇 사람들은 여전히 이런 카드를 사용해요."

"당신도 사용한 적 있나요? 대학에서?"

리사는 고개를 저었다.

"아뇨. 범죄심리학은 초자연적 현상이 아니라 **비정상적인 현상**에 대한 연구라서요. 다만 그때도 저희 학과의 몇몇 대학원생들은 조그만 초심리학 동아리를 운영하기도 했어요. 순전히 재미로 하는 거였죠. 장비도 그 카드가 전부였고요. 저도 한 번씩 가서 그 친구들을 도와주기도 했어요. 우리는 종종 제너 카드 실험을 하기도 했는데 진지하게 한 적은 없었어요."

"알겠습니다." 메모를 마친 델가도는 펜 끝으로 사진들을 다시 한번 가리키며 물었다. " 그럼 이건 제너 실험 말고는 다른 데서 쓸 일이 없는 카드라는 거죠? 카드에 그려진 상징이 특별히 지칭하는 것도 없고요?"

"예, 없어요. 그냥 그려진 대로예요. 쉽게 인식할 수 있도록 최대한 단순한 상징을 그린 거니까요. 다른 사람의 머릿속을 읽으려고 할 때 핵심을 잡아낼 수 있도록 말이죠."

델가도는 고개를 끄덕였다.

"다섯 가지 상징이 있다고 하셨잖아요?"

"맞아요. 이 사진에 있는 세 가지와 아까 말씀하신 별, 그리고 다섯 번째 상징은 정사각형이에요. 잠시만요."

리사는 안락의자에서 일어나 델가도 맞은편의 책장으로 갔다. 책장 맨 아래 칸에서 미스카토닉 대학교의 문장이 그려진 서류함을 꺼내 커피 테이블에 올려놓았다. 리사는 서류함 뚜껑을 열고 그 안에 담긴 서류 더미를 뒤지더니 고무 밴드 두 개로 묶어놓은 작은 카드 한 벌을 찾아냈다.

리사는 고무 밴드를 벗기고 카드를 이리저리 펼쳤다.

"내가 이걸 갖고 있을 줄 알았어요. 동그라미, 별, 십자, 물결선 그리고…… 여기 있네요." 리사는 그중 한 장을 꺼내 델가도에게 주었다. "정사각형이에요."

델가도는 카드를 받았다. 트럼프 카드보다 컸고 모서리를 둥글게 처리했으며 빳빳하고 윤기 있는 종이로 제작된 카드였다. 앞면에는 검은색으로 정사각형이 그려져 있었다. 뒤집어서 뒷면을 보니 하단에 깨알만 한 글씨로 제작회사와 그 회사의 위치가 적혀 있었다. 오하이오주 신시내티시.

델가도는 카드를 들어 올리며 물었다.

"판매용으로 제작되는 카드네요?"

리사는 서류함 뚜껑을 닫아 책장 아래 칸에 도로 가져다두었다.

"아, 그럼요. 아까도 말했듯이 제너 카드는 아직도 사용되고 있어요. 뉴욕시에 있는 몇몇 매장에 가면 살 수 있어요. 그런데 저한테 보여주신 건 직접 만든 카드던데요."

"예. 뉴욕에서 이런 종류의 카드와 아크릴 잉크까지 파는 가게는 두어 군데도 안 돼요."

리사는 또다시 시간을 확인했다.

"그렇군요. 죄송하지만 저는 이만……."

델가도는 고개를 끄덕인 후 수첩과 펜을 가방에 챙겨 넣었다. 그리고 리사의 카드를 들어 보이며 물었다.

"가져가도 될까요?"

"그러세요! 3년 동안 저 상자 안에 들어 있던 거예요. 이제 와서 제가 제너 카드 실험을 시작할 일도 없고요."

"고맙습니다." 델가도는 일어서며 덧붙였다. "정보를 주신 것도 감사해요."

"제가 해드린 얘기가 무슨 도움이 될까요?"

델가도는 미간을 찡그렸다.

"그야 모르죠. 그래도 여기 와서 전보다 많은 걸 알게 됐으니 성과를 얻었다고 봐야겠죠." 델가도는 잠시 생각하다가 물었다. "어디로 간다고 하셨죠? 가는 길에 태워다 드릴게요. 제가 오래 붙잡아뒀잖아요."

"어머, 그래주시면 좋죠!"

리사는 먼저 현관문 쪽으로 걸어갔다. 델가도가 현관문을 나오자 리사는 문을 잠갔다. 그리고 행선지의 주소를 알려주며 먼저 복도를 걸어갔다.

델가도는 문 앞에 가만히 서서 방금 리사에게 들은 주소를 생각했다.

복도 저쪽에서 리사가 걸음을 멈추고 돌아섰다.

"괜찮아요?"

"아, 예. 그럼요. 문제없어요."

리사는 미소를 지으며 다시 돌아섰다. 델가도는 그 뒤를 따라 가면서 그 주소를 거듭 거듭 곱씹었다.

드퓌 18번가. 오래된 감리 교회. 리사가 주최하는 상담회를 비롯해 온갖 종류의 지역 단체 모임과 소소한 행사들이 열리는 곳.

그곳은 사망한 제이콥 휠러 특수요원이 작성한 주소 목록 중 두 번째에 해당하는 곳이기도 했다.

1984년 12월 26일

인디애나주 호킨스 마을
호퍼의 오두막

"델가도 형사가 카드를 받았어요?"

엘의 질문에 호퍼는 얘기를 하다가 멈췄다.

"아, 그런데 **그** 카드들 중 하나를 받은 게 아니야. 카드 세트 중에 우리가 안 가지고 있던 상징이 그려진 제너 카드를 리사가 델가도에게 준 거였어."

엘은 양손으로 곱슬머리를 움켜잡았다.

"델가도 형사님이 다음 차례겠네요."

"뭐라고? 아니야!" 호퍼는 엘을 진정시키려고 두 손을 앞으로 뻗었다. "델가도가 받은 카드는 희생자들이 받은 것과는 달랐어. 그런 식으로 중간 과정을 뛰어넘고 결론을 내려버리면 안 돼. 내 얘긴 아직 안 끝났어."

엘은 호흡이 느려지면서 머리카락을 잡고 있던 손을 놓고 팔을 테이블로 내렸다.

"델가도 형사님은 무사해요?"

호퍼는 웃음을 터뜨렸다.

"뭐냐, 내가 백주대낮에 납치를 당했는데 넌 카드를 받은 델가도가 걱정이 된 거야?"

"아저씨는 여기 있잖아요. 무사하고요. 델가도 형사도 무사해요?"

"무사했어. 믿어도 돼."

"지금도 무사해요?"

"물론이지." 호퍼는 미소를 머금은 채 손으로 턱을 문질렀다. "아직까지 목숨이 잘 붙어 있고 워싱턴 D.C.에서 꽤 잘 살고 있어."

"워싱턴이요?"

"그래. 델가도는 경찰로도 훌륭했지만 연방 요원으로도 일을 잘했어. 이 사건이 마무리되고 1년쯤 후에 갤럽이 델가도에게 연방 요원 자리를 제안했어. 우리 경찰서에서 그만하면 꽤 빨리 빠져나간 셈이야. 아직도 그곳에서 일하고 있어. 갤럽과 델가도 둘 다. 한동안 델가도와 연락을 못 했지만 크리스마스카드는 계속 받고 있단다."

엘은 고개를 가로저으며 눈을 가늘게 뜨고 호퍼를 쳐다보았다. 질문을 하고 싶은지 입술을 달싹였지만 무엇을 물어야 할지 모르겠는 듯 소리를 내지는 않았다.

호퍼는 웃으며 말했다.

"널 보면 델가도가 떠올라. 약간 특이한 방식으로."

엘은 숨을 폭 내쉬고는…… 살짝 미소를 지었다.

"어쨌든 갤럽 특수요원 얘기가 나왔으니, 그다음에 어떻게 됐는지 들려줄게."

15장
제안

**1977년 7월 7일
뉴욕시 브루클린**

이동 거리는 짧았지만 편안함과는 거리가 멀었다. 그들은 호퍼를 트럭 뒤쪽 짐칸에 집어넣고 두 손을 결박한 후 묵직한 연베이지색 삼베 자루를 머리에 씌웠다. 삼베에 닿은 피부가 가렵고 따끔거렸다. 두 손이 등 뒤로 묶여 있으니 몸을 지탱하고 앉아 있을 수가 없었다. 게다가 그를 잡아넣고 트럭 짐칸에 함께 올라탄 남자들은 트럭이 속도를 내면서 호퍼가 짐칸에서 이리저리 굴러다니는 모습을 보며 즐기는 듯했다. 트럭이 모퉁이를 돌 때마다 호퍼는 짐칸 측면으로 미끄러져 가 부딪쳤고 급정거를 할 때마다 몸이 앞으로 쏠렸으며 운전자가 브레이크를 밟을 때마다 뒷문에 부딪쳤다.

오래됐지만 효과적인 기술로, 호퍼는 뉴욕시 경찰들이 이 기술을 사용하는 걸 본 적이 있었다. 직접 손을 대지 않고 손쉽게 죄수를 괴롭힐 때 쓰는 방법이었다…….

그리고 트럭에서 내린 지…… 한 시간쯤 됐을까? 어쩌면 더 오래일까? 지금 호퍼는 차가운 시멘트 바닥에 앉아 있었다. 그의 세상은 여전히 퀴퀴한 냄새가 나는 삼베 자루 안이었다. 그는 소리치는 것도 포기했다. 이 방 안에 그는 혼자였고 계속 악을 써봤자 애먼 목청만 찢어질 판이었다.

힘이라도 아껴두기로 했다. 그는 가만히 앉아 자신이 처한 상황에 대해 생각했다. 다리에 감각이 사라지지 않도록 한 번씩 자세도 바꿔주었다. 놈들은 결국 다시 올 테니 인내심을 갖고 기다려야 했다.

기다릴 자신은 있었다.

그 생각을 하자마자 누군가 방 안으로 들어왔다. 묵직한 금속성의 철커덕 소리와 함께 문이 열리고 발소리가 방 안에 울려 퍼졌다. 호퍼는 신중하게 귀를 기울였다. 여기는 산업 시설이나 창고, 어쩌면 철도 차량 기지 부근일 수도 있었다.

그리고 옥신각신하는 소리가 들렸다. 누군가 무슨 말을 하려고 하다가 주먹에 맞아 입이 붙어버린 듯했다. 주먹을 맞은 이가 헉 하고 숨을 내뱉었고, 잠시 후 그 소리를 낸 이는 호퍼의 몸에 부딪쳤다. 그 바람에 호퍼는 모로 쓰러졌다. 누군지 몰라도 또 다른 포로를 잡아다 이 방에 던져 넣은 모양이었다.

호퍼가 옆으로 몸을 돌리는데 묵직한 문이 쾅 닫히는 소리가 났다. 또 다른 포로가 재빨리 발을 뻗으며 몸을 세우다가 옆에 있는 호퍼를 걸어찼다.

"이봐!"

그자는 잠시 움직임을 멈췄다. 호퍼는 그자가 몸을 굴려 일어서는 소리를 들었다. 호퍼는 그자가 묶인 손을 풀어내는 소리를 듣고 움찔하며 일어나 앉았다.

다음 순간 호퍼의 머리에서 삼베 자루가 벗겨졌다.

삼베 자루에서 떨어진 먼지가 얼굴 주변에 부옇게 일어나 호퍼는 기침을 콜록거리며 눈을 껌벅였다.

"저들이 형사님까지 잡아왔네요."

리로이 워싱턴이 호퍼를 내려다보며 서 있었다. 리로이는 어느새 손의 결박을 풀고 미소를 짓고 있었다. 그의 아랫입술에 방금 흘린 새빨간 피가 묻어 있었다.

호퍼는 그를 쳐다보며 물었다.

"리로이? 이게 대체 어떻게 된 거야?" 앉은 채로 몸을 돌린 호퍼는 묶인 손목을 리로이에게 보였다. "결박을 풀어줘. 같이 이 빌어먹을 곳에서 빠져나가자."

"무슨 일이 일어나고 있는지 저는 모르겠어요." 리로이는 무릎을 굽히고 앉아 호퍼의 결박을 풀기 시작했다. "여기가 어디인지도 모르겠고. 저들이 누군지도 모르겠어요. 제가 아는 거라고는 형사님을 기다리고 있었다는 것뿐이에요. 그리고 형사님을 아까 거기서 봤어요. 해변 쪽에 수상한 움직임이 없는지 확인하느라 계속 보고 있었거든요. 뭔가 이상하다 싶었는데 그들이 형사님을 잡아가더라고요. 제가 어떻게 할 수 있는 게 없었어요. 그리고……."

호퍼의 두 손이 드디어 풀려났다. 리로이는 손에 누런 삼베 밧줄을 든 채 뒤로 물러섰다. 호퍼는 손목을 문지르며 일어나 리로이를 쳐다보았다.

"그리고?"

리로이의 얼굴에 미소가 잠깐 스치고 지나갔다. 그는 밧줄을 만지

작거리다가 옆으로 던져놓았다.

"그들은 형사님뿐만 아니라 저도 지켜본 것 같아요. 돌아서자마자 퍽! 하고 당했어요. 그들이 저한테 달려들었고, 여기 이렇게 형사님이랑 같이 있게 됐네요."

호퍼는 고개를 끄덕였다. 리로이가 거짓말을 하고 있을 수도 있었다. 저들과 함께 짜고 치는 속임수일지도 모를 일이었다. 하지만 어쩐지 이 젊은 갱 단원이 진실을 말하고 있다는 본능적인 느낌이 가시지 않았다. 통화를 할 때 리로이의 목소리가 어떻게 들렸는지도 기억났다. 그의 목소리에는 원초적이고 긴박한 두려움이 깃들어 있었다.

호퍼는 손목을 계속 문지르며 방 안을 왔다 갔다 서성이기 시작했다. 여기가 어디인지 알 만한 단서를 찾아내고자 주변을 둘러보았다.

결론을 내기까지 많은 추론이 필요하진 않았다. 정사각형인 이 방은 가로세로 6미터로 좁은 편이었다. 초록색 문은 묵직해 보였고, 수평과 수직 쇠막대들로 이루어진 산업용 잠금 장치가 설치돼 있었다. 잠금 장치는 필요 이상으로 복잡해 보였다. 천장에는 기다란 형광등이 달려 있었다.

이 방의 정체를 알려준 결정적인 단서는 자루들이었다. 샌드백처럼 생긴 길쭉한 삼베 자루들이 뒤쪽 벽에 쌓여 있었다. 대부분 내용물이 가득 찼고, 큼직한 금속 고리에 끼워진 누런 삼베 밧줄로 윗부분이 묶여 있었다. 방을 한 바퀴 돌아본 호퍼는 문 옆에 있는 금속재 공급 장치 안에 접어놓은 빈 삼베 자루들이 쌓여 있는 것을 보았다. 그 안에 든 자루들은 전부 생김이 같았고, 호퍼를 여기로 데려온 트력의 측면에 있던 것과 똑같은 파란 독수리와 빨간 줄 로고가 찍혀 있었다.

그때 문의 쇠막대 잠금 장치가 움직이기 시작했다. 몸에 딱 달라 붙는 정장을 입은 건장한 남자 두 명이 열린 문으로 들어오자 호퍼와 리로이는 뒤로 물러섰다. 지금 그들은 스키 마스크와 운동복을 착용하고 있지 않았지만, 호퍼는 그들이 모퉁이 매점 앞에서 한바탕 맞붙었던 자들임을 알아보았다.

우편 행낭에 등을 기댄 호퍼는 옆에 선 리로이가 바짝 긴장하는 것을 느꼈다. 옆을 흘끗 돌아보니 리로이는 초조해하며 덜덜 떨고 있었다.

두 덩치가 옆으로 물러서더니 두 손을 얌전히 앞으로 모으고 섰다. 잠시 후 또 다른 남자가 방으로 들어왔다. 파란 정장을 입은 그 남자는 덩치들에 비하면 무척 왜소해 보였다.

갤럽 특수요원이 포로들에게 예의 그 미소를 지어 보이자 호퍼는 온몸의 근육이 긴장하는 것을 느꼈다.

"호퍼 형사, 워싱턴 군, 당신들이 우리 쪽에 합류하게 돼서 기쁘군."

"저 개자식—"

호퍼는 도저히 참을 수가 없었다. 주먹을 부르쥔 그는 순간적으로 분노에 사로잡혀 입에서 침을 튀기며 갤럽에게 달려들었다. 하지만 정장 입은 덩치가 호퍼의 팔을 붙잡아 뒤로 질질 끌고 갔다. 호프는 쓸데없는 짓인 줄 알면서도 최대한 세게 몸부림을 쳤다. 덩치의 힘이 어찌나 좋은지 떡갈나무와 씨름하는 듯했다. 덩치는 호퍼를 우편 행낭들이 쌓여 있는 곳으로 밀어붙이더니, 포로가 아직 못 깨달았을

216

경우에 대비해 언제든 제압할 수 있도록 옆으로 다가와 섰다.

호퍼는 숨을 가다듬으며 손등으로 입을 문질렀다. 적의 힘이 어느 정도인지는 확실히 시험했다.

"당신이 정부 기관 소속이라고 했을 때 우체국 소속인 줄은 생각도 못 했네. 그때 소속이 어디인지 말을 안 한 것도 놀라운 게 아니었어."

갤럽은 좀 더 크게 미소 지었으나 이내 다시 원래 얼굴로 돌아가 어깨를 으쓱했다.

"내가 어디 소속인지는 보안 절차상 인가된 이들에게만 알려줄 수 있어. 권한을 가진 이들이 시설을 이용하게 해달라고 요청했을 때 우체국에서 선뜻 응한 것이 놀랍긴 했지만."

몸을 일으킨 호퍼는 곁눈으로 리로이를 보며 말했다.

"그러니까 저 인간이 우체국 소속은 아니라는 거네."

리로이는 두려움으로 휘둥그레진 눈으로 호퍼를 쳐다보았다. 호퍼는 미간을 찌푸렸지만 본능적으로 두려워하는 리로이의 반응을 보니, 리로이 역시 자신과 마찬가지로 포로이며 그가 한 얘기도 사실임을 확인할 수 있었다. 호퍼 다음으로 리로이도 납치되어 왔다는 것은 연방 요원들이 그들의 만남에 대해 알고 있었다는 뜻이었다. 즉, 그들은 경찰서에 있는 호퍼의 전화기를 도청한 것이었다. 아마 델가도의 전화기도 도청했을 것이다. 연방 요원들이 경찰서에 와서 사건 파일을 챙기며 그렇게 시간을 오래 끈 데는 다 이유가 있었다.

호퍼는 갤럽을 돌아보았다.

"좋아요, 특수요원. 잘 들어요." 호퍼는 그 남자의 직책을 모욕하듯 내뱉었다. "나는 뉴욕시 경찰청 65구역 경찰서 소속 형사입니다. 지금 당신은 아주 곤란한 입장인 것만 알아둬요. 당신은 경찰관과……" 호퍼는 엄지로 어깨 너머 리로이를 가리키며 말을 이었다. "우리 보호하에 있는 증인을 납치했습니다. 당신이 대체 무슨 종류의 권한을 가지고 있는지 모르겠지만 선택할 수 있게 해드리죠. 당장 우리 둘을 풀어주든가 아니면 이 사태에 대해 경찰국장과 수사과장에게 해명해야 할 겁니다. 알아들었습니까?"

우편물 저장실 안에 침묵이 흘렀다. 갤럽의 두 수하는 호퍼를 쳐다보기만 할 뿐 움직이거나 소리를 내지 않았다. 뒤쪽 우편 행낭 가까이에 있는 리로이의 불안한 숨소리가 호퍼의 귀에 들려왔다. 앞에 선 갤럽 특수요원은 시선을 아래로 내리고 셔츠 소맷동을 만지작거리더니 옷깃을 펴고 천장을 휘이 둘러보았다.

"맙소사, 여기 정말 덥지 않아? 우편물은 에어컨이 필요 없나 보군."

호퍼가 갤럽에게 한 걸음 다가가자 조금 전 호퍼에게 손을 댔던 덩치가 나서서 두툼한 손바닥으로 호퍼의 가슴을 뒤로 밀어붙였다. 호퍼는 저항하려 했지만 그자의 힘은 어마어마했다.

"내 말 알아들었냐고 물었습니다."

호퍼의 말에 갤럽은 다시 짜증스럽다는 미소를 지으며 호퍼를 쳐다보았다. 그 상태로 몇 초가 지나갔다. 호퍼는 얼굴이 달아오르고 등허리로 땀이 흘렀다.

갤럽은 마치 전기충격이라도 받은 것처럼 고개를 홱 움직이며 입을 열었다.

"아, 미안. 얘기 다 끝났나, 아니면 거친 뉴욕 경찰로서 할 말이 더 남았어?"

호퍼는 또다시 분노가 치솟았지만 그의 가슴을 밀어붙이고 있는 손에 더 세게 저항하는 건 불가능했다. 이번에는 덩치의 팔이 약간 움직인 것도 같았다.

"그쪽 말이 맞아. 그래."

호퍼는 고개를 저었다.

"뭐가 맞는다는 겁니까?"

"내가 어떤 권한을 갖고 있는지 당신은 모른다는 거." 갤럽은 호퍼와 리로이를 차례로 쳐다보았다. "좋아. 자, 여러분, 이제 다들 진정한 것 같으니 일 얘기를 해보자고. 일단, 우리 사이에 오해가 좀 있는 것 같군, 형사. 일전에 내가 그쪽과 그쪽 상관을 방문했었는데…… 그게 언제였더라? 월요일이었나?" 갤럽은 정장을 입은 덩치들을 흘끗 쳐다보며 말을 이었다. "이번 주는 참 힘들었어. 어쨌든 내가 경찰서를 방문했을 때 당신한테 이제 카드 살인 사건에서 손 떼라고, 이제부터 그 사건은 연방 기관이 관할하게 되며 내가 직접 통제한다고 분명히 말한 것으로 아는데."

호퍼는 갤럽의 가차 없는 시선에도 움찔하지 않았다. 갤럽은 그에게 한 걸음 다가와 팔짱을 끼었다.

"뉴욕 경찰들은 자기네가 무슨 특별한 종족이라도 되는 줄 아나 봐. 어쩌면 그럴 수도 있겠지. 어지간한 배짱과 결단력으로는 이런 빈민가를 이렇게 돌아다니지 못할 테니까. 그건 좋아. 본인 구역에 연쇄 살인범이 있다고 하는데도 아랑곳 않는 거니까. 내가 틀렸으면 말해, 형사. 사실 이번 사건은 그야말로 최악의 살인 사건 아닌가? 마약 거래가 틀어져서 발생한 사건도 아니고, 갱단들 사이의 세력 다툼도 아니고, 급습도 없고, 무장 강도가 사람을 죽인 것도 아니야.

219

그저 미치광이가 돌아다니면서 사람을 죽이고 있는 거지. 그런데도 당신은 사건을 계속 파고 있어. 그것도 대중의 눈을 줄곧 피해서. 지금 이 도시의 관심은 소위 '샘의 아들'이라고 불리는 연쇄 살인범에게 온통 쏠려 있긴 하지만." 갤럽은 나지막하게 휘파람을 불며 덧붙였다. "한 도시에서 **두 명**의 연쇄 살인범이 활동 중이라니." 그는 어깨를 으쓱했다. "나는 버몬트주 출신이야. 사람보다 나무가 많은 곳이라서, 나는 고향을 참 좋아해."

"잘됐네요."

호퍼가 이죽거렸다.

"당신도 좋아할 만한 곳이야. 내 고향은 인디애나주 호킨스 마을과 비슷하거든." 갤럽은 손가락으로 입술을 톡톡 쳤다. "아, 아니구나, 싫어할 수도 있겠네. 그곳이 인디애나주 호킨스 마을과 비슷해서. 그런 작은 마을에서의 삶은 당신한테 맞지 않을 테니까, 그렇지? 베트남에서 돌아온 후에 당신은 인생에서 무언가 결여된 느낌을 받았지? 어느 부대에서 복무했나? 두 번 참전했다고 하던데? 전장에서 돌아온 후 경찰에 자원했더군. 나이가 좀 많기는 했지만 그래도 이 나라에 이바지하고 싶은 마음이 컸던 모양이야." 갤럽은 고개를 옆으로 살짝 기울였다. "재미있네. 특별히…… 애국심이 강한 부류로는 보이지 않는데. 애국적으로 사는 게 본인한테 쉬운 일이라서, 아니면 단순히 성조기에 꽂혀서?" 그는 혀를 찼다. "그건 아닌가 보군."

"내 뒷조사를 잘도 했군."

호퍼는 나지막하게 말했다.

갤럽은 그렇다는 듯 고개를 살짝 끄덕였다.

"나는 철저하게 일하는 걸 선호해. 이렇게 옛 시절에 대해 떠드는 것도 좋아하지만 당면한 문제에 대해서 논하는 게 우선이겠지."

호퍼는 한숨을 쉬며 갤럽의 수하가 뻗은 손을 피해 뒤로 한 걸음 물러섰다. 덩치는 그제야 손을 내리고 바로 섰다.

물론 호퍼가 잘못을 하기는 했다. 그도 알고 있었다. 그는 델가도와 함께 카드 살인 사건을 계속해서 팠다. 파트너인 델가도는 휠러에 관한 내용이 담긴 서류를 훔쳤고 호퍼는 휠러의 두 번째 주소지인 아파트에 들어갔다. 리로이가 이 일에 연루된 것이 우연인지 아닌지 모르겠지만, 호퍼와 델가도는 그만 포기하고 그동안 알아낸 모든 정보를 연방 요원들에게 넘기기로 결정한 터였다. 그게 옳은 결정이라고 생각했다. 너무 늦게 그런 결정을 내린 것인지 모르겠지만.

호퍼가 입을 열었다.

"저기요. 우리는 이 사건을 계속 파보려고 했습니다. 그래요, 당신 말이 맞습니다. 우리 동네에서 일어난 일이니까, 우리가 보호하기로 맹세한 사람들을 지켜야 하니까 그랬습니다. 우리는 선을 넘었습니다. 하지만 더는 안 하기로 결정했고, 그동안 알아낸 자료를 당신들한테 모두 넘기려고 했어요. 당신네 전담반에 유용하게 쓰일 만한 정보를 찾아냈거든."

호퍼는 숨을 죽였다. 갤럽은 분노를 유발하는 차분한 미소를 지으며 호퍼를 찬찬히 바라보았다. 호퍼는 다시 한 걸음 앞으로 나섰다. 이번에는 덩치가 움직이지 않았고, 다만 고개를 돌려 호퍼를 쳐다보기만 했다. 호퍼가 계속해서 말했다.

"이봐요. 우리는 서로에게 **도움**을 줄 수 있습니다. 휠러 요원이 죽음을 당하기 전, 나와 내 파트너는 이 사건을 수 주일째 수사 중이었

221

습니다. 휠러가 당신네 사람이었다는 것도 알고, 이번 사건이 당신네 갱 전담반 일과 얽혀 있다는 것도 압니다. 그래서 상황이 바뀐 거죠. 이해합니다. 하지만 내가 도울 수 있어요. 당신들은 뉴욕 경찰을 우습게 알지만 나는 내 일을 꽤 잘하는 편이고 내 파트너도 마찬가지예요. 그러니 우리가 도울 수 있게 해주면 좋겠습니다."

호퍼는 입술을 혀로 핥으며 눈썹을 치켜올리고 갤럽을 쳐다보았다. 어쩌면 이 요원을 납득시킬 수 있을지 몰랐다. 어쩌면, 어쩌면…….

"그러지."

갤럽의 말에 호퍼는 눈을 껌벅였다.

"뭐라고요?"

"내가 왜 당신을 여기로 데려왔겠나? 그래, 나를 돕도록 해, 호퍼 형사. 워싱턴 군도 마찬가지고. 두 사람 모두 나를 돕게 될 거야."

갤럽은 잠시 뜸을 들이다가 덧붙였다.

"그리고 이 문제에 있어서 당신들은 선택권이 없어."

호퍼는 리로이를 돌아보았다. 리로이는 그들이 대화를 나누는 모습을 놀란 토끼눈을 하고 쳐다보고 있었다.

호퍼는 다시 갤럽에게 시선을 주며 물었다.

"무슨 소리를 하는 겁니까?"

갤럽의 얼굴에서 순식간에 미소가 걷혔다. 호퍼는 이자의 미소도 싫었지만 딱딱하게 굳은 표정은 더 보기가 싫었다.

"명확하게 말하지. 당신은 내 일을 도와야 돼. 그러지 않으면 다이앤과 새라를 비롯해 어느 누구도 다시는 만나지 못하게 될 거야."

16장
잃어버린 오후

1977년 7월 7일
뉴욕시 브루클린

델가도 형사는 수화기를 내려놓고 손목시계로 시간을 확인했다. 호퍼의 위치를 파악하려고 애를 썼지만 지금까지 아무런 단서도 없었다. 일을 해야 하는데 호퍼를 찾느라 신경이 분산되는 느낌이었다. 델가도는 파트너에게 지금까지 알아낸 정보에 대해 털어놓고 의견을 구하고 싶었지만, 본인도 형사인 만큼 자신이 맡은 부분의 조사는 알아서 해낼 수 있었다. 라보냐 팀장의 의심을 사지 않고 혼자서 말이다.

다행히 라보냐는 높은 사람들을 만나느라 거의 종일 밖에 나가 있었다. 덕분에 델가도는 배정받은 다른 사건들을 제쳐두고, 새로 얻은 단서를 그나마 자유롭게 쫓을 수 있었다.

리사 사지슨을 통해 얻은 새로운 단서들. 우연인지 몰라도 리사는 사망한 제이콥 휠러 특수요원의 목록에 적힌 주소지 중 한 곳에서 자선 교화 모임을 하고 있었다.

표면상으로는 딱히 의심스러울 게 없어 보였다. 델가도는 리사와 함께 그 낡은 감리 교회 건물에 들어가 건물 로비에 있는 **빽빽한** 게시판을 훑어보았다. 리사의 모임은 그곳에서 열리는 수많은 모임 중 하나였다. 그 건물의 홀은 교회뿐 아니라 온갖 단체들이 번갈아가며 사용하고 있었다.

델가도는 홀의 문에 난 창문을 통해 리사를 잠시 지켜보았다. 리사는 홀 앞쪽에 서 있었고 딱딱한 의자에 앉은 남자 십여 명이 리사를 마주하고 앉아 있었다. 무슨 수업 같기도 해서, 델가도는 그런 식으로 모임이 진행되나 보다 했다.

델가도는 뇌가 알아서 온갖 정보들을 정리하도록 내버려두고, 멍하니 운전을 하며 경찰서로 돌아왔다. 그녀의 머릿속에는 평범하기도 하고 기이하기도 한 온갖 추측과 생각들이 맴돌았고, 잠재의식 또한 그 문제를 골똘히 고민했다. 어떤 문제에 지나칠 정도로 골몰하다 보면 그 생각과 조사의 비중이 점점 커지면서 머릿속을 지배하게 되고, 선입견이 생겨나 뇌는 그 선입견에 맞춰 추측과 증거를 모아들이게 되어 있었다.

형사로서는 위험한 습관이었다.

그러니 문제 해결을 위해서는 오히려 잠시라도 사건에 대한 생각을 머릿속에서 놓아주어야 했다. 다른 사건들을 조사하다 보면, 운 좋게 이 사건에 대해 좀 더 이성적인 생각을 할 수 있을지도 몰랐다.

하지만 경찰서로 돌아오고 나서도 델가도는 온통 리사 사지슨에 대한 생각뿐이었다. 뭔가 있는 것 같은 느낌이었다. 분명 **뭔가**가 있었다.

퍽이나. 뭔가가 있다고? 있기는 개뿔이. 순전히 우연일 수도 있지 않을까? 델가도는 오후 내내 휠러의 아파트에서 가져온 목록을 쳐다 보면서, 호퍼가 지금쯤 어디에 있을지 생각했다.

라보냐 팀장이 경찰서로 돌아왔다. 불펜 끄트머리에 있는 팀장 사무실 문이 문틀에서 떨어져나갈 듯 세차게 열렸고, 팀장이 안으로 들어가 또다시 부서져라 문을 닫았다. 내창 너머로 팀장이 재킷을 벗고 넥타이를 끄르는 모습이 보였다. 그는 사무실 한가운데 서서 고개를 절레절레 흔들고는 불펜을 흘끗 내다보다가 주머니를 뒤졌 다. 담배를 찾는 모양이었다.

델가도는 나쁜 짓을 저지르다 들킨 것처럼 그 자리에서 몸이 굳었 다. 라보냐 팀장이 그녀의 책상 위에 무엇이 있는지 알 리 없는데도, 델가도는 건드리면 안 되는 사건을 다시 건드린 일이 발각됐다는 느 낌이 들었다. 그때 라보냐가 눈살을 찌푸리면서 내창의 블라인드를 확 닫았다.

'아, 젠장.'

델가도는 휠러의 목록을 서류철 밑으로 쓱 밀어 넣고 다른 사건 관 련 자료로 눈길을 돌렸다. 하지만 머릿속에는 계속 그 이름이 맴돌 았다.

리사 사지슨.

17장
작전

호퍼는 테이블 끝에서 잠시 멈췄다가 회의실을 또다시 서성이기 시작했다. 미국 우체국 서비스 사무실 건물의 깊숙한 곳에 위치한 이 회의실에서 그는 다섯 번째 왔다 갔다 하는 중이었다. 테이블 앞에는 갤럽 특수요원과 리로이 워싱턴이 앉아 있었다. 테이블 위에는 커피가 반쯤 담긴 은색 병, 그리고 몇 시간쯤 전에 그들 셋이 다 마시고 비운 또 다른 은색 병이 놓여 있었다.

갤럽은 서성이는 호퍼를 바라보며 물었다.

"이제 그만하면 되지 않았나, 형사?"

호퍼는 걸음을 멈추고 두 손으로 머리카락을 쓸어 넘겼다. 그는 갤럽을 돌아보며 물었다.

"그만하면 됐다고요? 지금 그걸 질문이라고 한 겁니까?"

"그래. 본인이 얼마나 위중한 상황에 처해 있는지 당신이 빨리 깨

226

달을수록 우리가 일을 빨리 시작할 수 있으니 말이야."

호퍼는 고개를 절레절레 흔들었다.

"이건 미친 짓이야."

"아니, 그렇지 않아. 알 텐데. 그래도 다시 한 번 설명해주지. 이번에는 메모라도 해. 당신이 협조하지 않으면 내가 당신과 당신 친구들, 가족들에게 무슨 짓을 할 수 있는지 듣고도 바로 이해를 못 하는 것 같으니까."

"이건 미친 짓이야."

호퍼는 다시 서성이기 시작했다.

"당신이 협조하지 않으면 나는 그들의 삶뿐만 아니라 당신의 삶도 파괴할 수 있어. 그렇게 되더라도 그건 내 잘못이 아니라 당신 잘못이야. 나는 당신한테 전적으로 선택할 수 있는 기회를 줬으니까."

호퍼는 방 한가운데서 걸음을 멈추고 눈을 질끈 감았다. 눈꺼풀 안쪽에서 붉은 그림자가 춤을 추었다.

백만 킬로미터쯤 떨어진 곳에서 말하는 듯 갤럽의 목소리가 아득하게 들려왔다.

"나를 위해 잠입근무를 해주든가 아니면 사라지든가 선택해. 다이앤은 직장을 잃을 것이고, 국세청의 조사를 받게 될 거야. 아파트도 잃게 되겠지. 델가도 형사도 마찬가지 신세가 될 테고. 그건 시작에 불과하지만."

"헛소리 말아요." 호퍼는 눈을 떴다. "당신은 그런 짓 못 합니다. 그런 짓을 할 수 있는 사람은 아무도 없어요."

갤럽은 리로이를 쳐다보며 말했다.

"내가 여기서 뭔가를 잘못하고 있는 건가, 리로이?" 그는 호퍼를 가리키며 계속 물었다. "네 형사 친구는 더 이상 영어를 못하게 됐어? 내 요원들한테 머리를 너무 세게 맞아서?" 갤럽은 다시 호퍼를 돌아보았다. "한 번만 더 말하도록 하지. 나는 당신을 구덩이에 처박아 그 안에서 썩게 할 거야. 당신이 아는 모든 사람들은 삶이 고달파지다 못해 당신과 함께 그 구덩이에 처박히길 바라는 지경이 되겠지. 이제 똑바로 이해가 되나, 형사?"

호퍼는 테이블에 두 손을 올리고 갤럽 쪽으로 몸을 기울였다.

"당신은 **그런 짓** 못 해!"

갤럽은 고개를 저었다.

"나는 내가 원하는 대로 정확히 할 수 있는 힘이 있어. 선택은 전적으로 당신 몫이야."

호퍼와 갤럽은 서로를 노려보았다. 호퍼는 몇 초 동안 그러고 있다가 한숨을 쉬며 다시 방 안을 서성였다.

리로이는 방의 이쪽 끝에서 저쪽 끝으로 오가는 호퍼를 눈으로 쫓으며 말했다.

"호퍼 형사님, 제 말 좀 들으세요. 이번 기회에 누나를 빼내고 세인트존을 막을 수 있다면, 이게 우리가 가진 유일한 계획 아닐까 싶은데요. 앉아서 이 사람 말 좀 들어보지 그래요?"

호퍼는 한숨을 쉬며 눈을 감고 화를 가라앉히려 애썼다. 다시 눈을 뜬 호퍼는 의자로 돌아와 무겁게 자리에 앉았다. 그는 갤럽을 쳐다보며 물었다.

"내가 하겠다고 하면요?"

갤럽은 깍지 낀 두 손을 테이블에 올렸다.

"협조하겠다는 건가?"

"아니, 질문을 하는 겁니다. 세인트존은 어쩔 겁니까? 우리가 그를 어떻게 막죠? 우리는 그자가 무슨 계획을 세웠는지도 모르잖아요? 악마를 소환하니 어쩌니 하는 얘기는 제외하더라도."

"음, 우리는 워싱턴 군이 말한 악마 숭배가 보다 실질적이고 훨씬 악질적인 중범죄를 가리기 위한 연막이라고 생각하고 있어. 나는 그 부분에 대해 당신이 더 자세히 알아내주었으면 해. 내가 이번 작전을 제안하는 이유이기도 하고."

뒤로 기대어 앉은 호퍼는 이 상황이 믿기지 않아 고개를 가로저었다.

갤럽은 깍지 낀 손가락을 풀고 다시 시선을 셔츠 소맷동으로 돌리고는 단추의 방향을 나란히 조정했다.

"우리 전담반은 한동안 바이퍼스를 지켜봤어, 형사. 바이퍼스는 새로 나타난 갱이야. 뉴욕은 갱들이 잔뜩 있지만 우리 측 정보에 따르면 바이퍼스는 기존의 갱들과는 다르더군. 스스로를 세인트존이라고 칭하는 그들의 두목은 새로운 조직원들뿐만 아니라 군수품까지 모으고 있는 것으로 파악됐어. 새로운 조직원들은 아마 다른 갱단에서 데려온 자들이겠지. 세인트존은 다른 갱 두목들이 하지 못했던 일을 해냈어. 여러 분파와 갱들을 통합해서 그의 통제하에 하나의 조직으로 만드는 것. 갱들을 통합한다는 건 그들이 가진 자원들을 한데 모은다는 뜻이야. 그러니 지금쯤 상당한 자금과 무기를 쌓아뒀겠지. 그런데 그자는 다른 데서도 새 조직원들을 들이고 있어. 특별한 능력을 가진 사람들을 찾아서 핵심 그룹을 만들고 있는 거야. 그게 정확히 어떤 능력인지는 아직 파악이 안 됐지만. 그자가 그 사람들한테서 원하는 게 무엇인지도 아직 우린 모르고 있어. 다만 그자는 꽤 거창한 계획을 세우고 있는 거로 보여. 이 도시와 이 도시에 사는 사람들에게 대단히 큰 위협이 될 만한 계획이겠지."

그 말에 리로이는 의자에 앉은 채로 몸을 앞뒤로 흔들어가며 고개를 끄덕였다.

"뭔가 큰 게 오고 있다고, 제가 그때 말했잖아요. 지금도 말하고 있고요. 세상이 미쳐 돌아갈 거예요. 뱀의 날, 그날이 온다고요."

호퍼는 리로이를 흘끗 쳐다본 후 갤럽에게 시선을 돌렸다.

"그날이 언제인지 우린 모른다는 게 문제죠. 악마 숭배니 악마 소환이니 하는 말도 그렇고요. 그게 다 연막이라는 겁니까?"

갤럽은 입술을 오므리며 말했다.

"뉴욕 갱들이 얼마나…… 다양한지 당신도 나만큼이나 잘 알 거야. 갱들마다 자기네 고유의 일과 정체성을 갖고 있어. 세인트존이라는 자가 누구인지는 몰라도 특정 인물을 숭배하는 식의 정체성을 구축하고 있다고 봐야겠지. 아마 그런 식으로 다른 갱들을 자기네쪽으로 쉽게 끌어들이고 있는 거로 보여. 종말을 설파하는 카리스마 있는 지도자. 자기네 갱은 악마를 소환할 뿐 아니라 다가오는 대재앙의 시기에 악마를 숭배하는 조직이라는 거지. 그 지도자가 연달아 제의적 살인을 지시해서 본인의 말에 설득력을 더하고 있다면? 순전히 상상일 뿐이지만, 이런 도시에서 사람들은 그런 사이비 종교 집단에 끌리기 쉬워. 그 집단의 교리를 믿든 안 믿든, 당신이 상상하는 것보다 훨씬 쉽게 끌려 들어가."

호퍼는 손으로 얼굴을 쓰다듬다가 테이블로 내리며 말했다.

"이미 꽤 많은 정보를 확보한 것 같네요."

"여기 있는 워싱턴 군이 큰 도움을 줬어. 게다가 당신도 추측했다시피 우리는 다른 정보원들을 통해서도 정보를 얻고 있어. 휠러 요원도 그런 정보원 중 한 명이었고."

"정보원이 붙잡혀서 죽음을 당한 거군요."

호퍼의 말에 갤럽은 말없이 고개를 끄덕였다.

호퍼는 다시 고개를 가로저었다.

"그런데 대체 왜 나를 필요로 하는 겁니까? 당신네 수사를 방해한 혐의로 감옥에 처넣지 않는 이유가 뭐예요? 정보원들도 두고 있고 이미 확보한 정보도 있으니 습격해서 세인트존과 그의 갱을 잡아들이면 되잖아요?"

갤럽은 고개를 가로저었다.

"위험을 무릅쓰고 무모한 조치를 취할 수는 없어. 이 일을 시작하게 되면 어떤 식으로 끝낼지도 미리 생각해둬야 해. 세인트존이 무슨 계획을 세우고 있는지부터 알아낼 필요가 있어. 세부적인 사항들, 계획, 시기, 날짜, 사람들에 대한 정보가 필요해. 그 조직의 모든 것에 대한 정보가 필요하다는 뜻이야. 지금 습격을 하면 바이퍼스들에게 타격을 줄 수는 있겠지만 세인트존을 자극해 계획을 우발적으로 앞당기게 만들 수도 있어. 그건 너무 위험하지. 최대한 **빠른** 시일 내에 구체적인 정보를 확보해서 조치에 들어가야 돼. **그래서** 우린 당신이 필요한 거야."

"왜 **나**입니까?"

"당신은 강력팀 형사일 뿐 아니라 훈장을 받은 참전 군인 출신이기도 하니까. 실전 경험도 있고 능력도 있으니까. 당신이라면 극단적인 상황에서도 자제력을 발휘하면서 일을 진행할 수 있을 거라고 봤어. 과거를 보면 현재를 알 수 있는 법이지. 그리고……."

갤럽은 미소를 지었다. 호퍼는 그자의 표정이 정말이지 마음에 들지 않았다.

"그리고?"

"당신은 도움을 **주고 싶어** 하잖아."

호퍼는 그를 바라보았다. 호퍼는 원했던 것보다, 그의 권리가 닿는 수준보다 훨씬 깊이 이 일에 엮이고 말았다.

하지만.

갤럽의 말이 맞았다. 도움을 주고 싶었다. 카드 살인범을 막고 싶었다. 놈을 잡아 법의 심판을 받게 하고 싶었다.

무엇보다 이웃을, 이 도시를 지키고 싶었다.

가족을 지키고 싶었다.

갤럽 특수요원은 그런 호퍼의 마음을 훤히 들여다보는 듯했다. 호퍼는 그런 점 때문에 갤럽을 증오했지만, 그의 제안을 거부할 수 없었다. 갤럽의 위협이 진심인지는 알 수 없었지만, 그자의 직책이 무엇인지도 알 수 없었지만, 대단히 강력한 힘을 쥐고 있는 것만은 분명해 보였다. 호퍼는 위험 부담을 지고 싶은 마음은 없었다. 그런 상황은 내키지 않았고 특히 그는 갤럽 같은 부류를 좋아하지 않았다.

하지만, 갤럽의 위협이 **없더라도**…… 그는 이 일을 해야만 했다.

반드시.

호퍼는 옆에 앉은 리로이를 돌아보았다. 리로이는 손가락으로 테이블을 또독또독 두드리며 무릎을 달달 흔들어대고 있었다.

"누나를 빼내야 해요. 세인트존은 나쁜 놈이에요. 저는 누나를 꼭 빼낼 거예요. **저도** 빠져나오고요."

호퍼는 리로이를 한참 바라보다가 갤럽에게 시선을 돌렸다. 갤럽

232

은 이번에도 미소를 짓고 있었는데, 처음으로 가식이 아닌 진심이 담긴 표정으로 보였다.

"우린 모두 같은 목표를 위해 일하는 거야, 호퍼 형사."

호퍼는 대꾸하지 않았다.

"자, 이제 선택해. 거절할 수도 있어. 그럼 당신은 사라지고 당신 가족의 삶은 지옥으로 떨어지는 거야." 갤럽은 마치 그게 아무것도 아니라는 듯, 이 거창한 계획에 약간 불편함을 가져올 뿐이라는 듯 손을 흔들며 말을 이었다. "어차피 우린 당신 없이도 이 일을 완수할 것이고, 모든 문제는 해결될 거야."

갤럽은 테이블 너머로 몸을 기울이며 계속해서 말했다.

"어쩌면 그렇게 되지 않을 수도 있겠지. 세인트존과 바이퍼스가 이 싸움에서 이길 수도 있어. 벨제붑(마왕 루시퍼와 동일시되기도 하는 대악마. 지옥 왕국의 최고 군주라고도 불리며, 지옥의 지배권을 예수에게서 넘겨받았다고 한다)이 엠파이어스테이트 빌딩 꼭대기에 왕좌를 만들고 불타오르는 세상을 지배할 수도 있을 테고. 아니면 좀 더 현실적이고 더 지독한 어떤 일이 일어날 수도 있겠지."

갤럽을 바라보던 호퍼는 리로이에게 눈길을 돌렸다. 리로이는 천천히 깊게 숨을 들이마시며 콧구멍을 벌름거렸다.

"다시 한 번 묻지. 나를 도와 이 도시를 구해볼 텐가 말 텐가?"

호퍼는 한쪽 뺨 안쪽을 혀로 찔렀다. 가슴속에서 심장이 벌떡거렸다.

결국 호퍼는 고개를 끄덕였다. 딱 한 번.

"좋아. 첫 단계는 당신을 사라지게 만드는 거야, 형사."

18장
사라진 제임스 호퍼 형사

1977년 7월 8일
뉴욕시 브루클린

호퍼는 모퉁이에 대놓은 공용차에 앉아 열린 차창으로 불어 들어
오는 미약한 바람을 즐기는 중이었다. 그는 눈앞에 도열한 적갈색
사암 건물들을 지켜보면서 딱히 신중을 기할 필요도, 계기판 밑으로
구부정하게 몸을 수그릴 필요도 없었다.

그의 아파트는 블록 한가운데 위치해 있었다. 차 안에서 공동 현관
의 계단과 건물을 드나드는 사람이 한눈에 내다보였다.

지금은 드나드는 사람이 아무도 없었다. 이 아파트 건물에는 세 가
구가 살고 있었다. 1층에 사는 쉐퍼 부인은 출근해 집에 없었고, 3층
에 사는 밴 새븐 가족은 이틀째 집을 비웠다. 호퍼 가족의 집인 2층
아파트도 비어 있는 상태였다.

손목시계를 보니, 오전 아홉시가 넘었다. 다이앤과 새라 둘 다 학
교에 가 있을 시간이었다. 호퍼는 갤럽, 리로이와 함께 밤새 회의를

하고 여기 온 것이었다. 과연 그걸 회의라고 불러도 될지 모르겠지만. 갤럽 특수요원은 계획을 세세하게 설명한 후, 호퍼가 쏟아내는 질문들을 얄미울 정도로 한결같이 침착한 자세로 대답해주었다. 또한 갤럽은 호퍼를 위해 사람을 시켜 다이앤에게 전화를 걸게 해, 호퍼가 당분간 경찰서에 출근하지 않을 것이며 외부에서 중요한 일을 수행하게 되어 집에도 못 갈 것이라고 설명하게 했다. 호퍼는 경찰로 일하면서 밤새 집에 못 들어간 적이 잦지는 않았지만 그렇다고 강력팀 형사로서 있을 수 없는 일도 아니었다. 그래도 사람을 시켜 그의 가족에게 전화를 걸어 그런 말을 하게 한 갤럽에게 화가 치밀었다.

호퍼는 깊게 숨을 들이마셨다. 가족들을 생각하면 자꾸만 감정이 끓어올랐다.

그는 자신이 옳은 일을 하고 있음을 잘 알고 있었다. 갤럽 특수요원도 온갖 위협과 비밀스러운 방법, 검은 정장 차림의 덩치들을 동원했고, 그 밖의 가능한 모든 수단을 끌어다 쓰면서까지 자신이 맡은 일을 해내려고 안간힘을 쓰고 있었다. 그리고 이제 바이퍼스를 일거에 소탕하고 그들의 두목인 세인트존이 꾸민 계획을 막을 수 있는 기회가 왔다.

카드 살인 사건을 해결하는 것은 이 도시에 정의를 구현하는 일이었다.

샘 배럿과 조너선 슈네처과 제이콥 휠러를 위한 정의 구현이기도 했다.

문득 그것만으로는 충분치 않다는 생각이 들었다. 아내와 딸이 해를 입는다면 아무리 정의 구현을 위한 일이라고 해도 받아들일 수 없을 것이다. 갤럽 특수요원이 그에게 선택할 기회를 줬다고 하지만, 어느 쪽을 선택해도 고통과 두려움, 불확실성이 뒤따르기는 마찬가지였다. 갤럽을 돕지 않기로 한다면 영원한 고통에 시달리겠지만, 갤럽을 돕기로 한다면 다행히 단기간에 그칠 수도 있을 터였다.

제임스 호퍼 형사는 사라져야 했다. 그 기간이 얼마나 될지는 그도 알 수 없었다. 그는 말 그대로 평범한 삶을 벗어나 위험 속으로 뛰어들 예정이었다. 아내와 딸에게 돌아갈 수 있을지는 여러 가능한 결과 중 하나에 불과했다.

그는 손바닥 끝으로 운전대를 내리치며 정신 차리자고 스스로를 타일렀다. 그는 이 일을 해낼 수 있었다. 자신을 잘 다스릴 자신도 있었다. 갤럽이 그를 원한 이유도 그래서일 것이다.

이번에도 호퍼는 자신의 군 시절 기록을 갤럽이 어디까지 봤을지 궁금했다. 그 기록 중 일부는 기밀로 처리되어 있었다. 그 내용은 다이앤조차 알지 못했다. 하지만 갤럽이 그의 능력과 전문성을 상당히 신뢰하고 있는 이유는 그 기록을 봤기 때문이 아닐까 싶기도 했다.

갤럽은 그가 베트남에서 무슨 일을 했는지 알고 있을까?

호퍼는 잡생각을 떨치려 애썼다. 집중해야 했다.

하지만 뜻대로 되지 않았다. 가족에 대한 생각이 자꾸만 머릿속을 헤집어놓았다. 동시에 그의 뇌 일부는 그의 행동을 합리화하기 시작했다. 다이앤이 알면 속상해하고 걱정할 것이다. 틀림없이 그럴 것이다. 하지만 이 일이 끝나고 나면 이해해줄 것이다. 새라는 제 엄마가 불안해하니 덩달아서 마음이 상하겠지만, 다행히 아직 어려서 상황 자체를 이해하지 못할 것이다. 나중에 커서는 지금 일을 기억조차 못 할 공산이 크다. 나중에 가족들은 새라의 아버지이자 뉴욕시 경찰서의 강력팀 형사인 제임스 호퍼가 며칠 동안 사라졌다가 나타난 과정에 관해, 이 도시에서 가장 위험한 갱단 중 하나를 뿌리 뽑고 뉴욕시를 재앙으로부터 구해냈으며 그 과정에서 연쇄 살인 사건을 해결한 일에 관해 수년 동안 이야기꽃을 피울 수 있을 것이다.

그렇다. 그 정도면 **꽤 대단한** 얘깃거리가 될 것이다. 계획대로 되기만 한다면.

그들이 세운 계획은 다음과 같았다.

리로이 워싱턴은 아직 바이퍼스의 일원이었다. 세인트존의 핵심 그룹에 속하지는 않지만 바이퍼스의 활동에 가까이 접근할 수 있는 위치였다. 그는 바이퍼스의 불가사의한 두목으로부터 갱단의 위상을 높일 수 있도록 세심하게 신경 써서 새로운 입회자를 고르라는 임무를 부여받은 신입 조직원 모집자였다.

호퍼 같은 사람들이 바로 그 대상일 것이다. 세인트존이 찾고 있는 신입 조직원이 어떤 부류든 간에 호퍼는 그 조건에 잘 맞아떨어질 터였다. 리로이의 말에 따르면 호퍼는 훈장을 받은 참전 군인이니 폭력성에 관한 한 실적을 증명받은 것이나 다름없다고 했다. 특이한 관점이지만 사실이기는 했다. 리로이는 호퍼가 경찰 출신이라 오히려 흥미를 끌 것이며 세인트존이 좋아할 거라고도 말했다.

그래서 호퍼는 이제부터 **전직** 경찰이 될 예정이었다. 단순히 사라지는 게 전부가 아니었다.

도망자 신세가 되어야 했다.

우체국 창고에서 호퍼는 이미 뉴욕시 경찰서에서 발급받은 스미스 앤 웨슨 모델 10 권총을 내놓았다. 오래됐지만 믿을 만한 무기인데 호퍼가 내놓자마자 박물관 큐레이터처럼 흰 면장갑을 낀 갤럽의 덩치 큰 수하 중 한 명이 바로 그 총을 집어 들고 창고에서 나갔다.

그것을 시작으로 호퍼는 실종될 예정이었다. 갤럽의 수하들이 꾸며 놓은 범죄 현장에 놓인 그 권총은 호퍼를 범인으로 몰아갈 것이다. 호퍼는 사라지고, 그의 이름은 경찰서 칠판에 사건 번호와 함께 적히게 될 터였다.

공식적으로 도망자 신세가 된 호퍼는 리로이와 함께 바이퍼스를 찾아갈 계획이었다. 범죄자가 된 부패하고 폭력적인 경찰 호퍼는 세 인트존에게 전문 기술을 제공할 것이다. 조직의 일원이 된 후 해야 할 일은 단순했다. 세인트존의 큰 계획이 무엇인지 알아내 막는 것. 갱단 안에 들어가면 호퍼와 리로이는 자력으로 살아남아야 했다. 이 제 그만 갱단에서 빠져나가야겠다 싶으면 갤럽의 갱 전담팀에 연락 하면 되지만, 그랬다간 연방 기관이 행동에 나서게 되어 그간의 작 전이 끝장나는 결과를 낳게 된다. 만약 그런 일이 생기면 갱단에서 빠져나오기 전에 충분한 정보를 모아둬야 한다고 갤럽은 누누이 강 조했다.

갤럽이 두 사람을 풀어준 뒤 리로이와 호퍼는 각자 행동에 나섰다. 리로이는 바이퍼스에 연락해 새로운 조직원을 찾았다고 알리기로 했고, 호퍼는 개인적인 볼일을 보기로 했다. 갤럽은 호퍼에게 기존 의 직장, 친구들, 가족들로부터 깔끔하게 떨어져 나오는 게 좋다고 조언하면서도 그의 행동에 강하게 반대하지는 않았다. 호퍼가 믿어 달라고 설득하자 갤럽은 마지못해 수긍했다.

호퍼와 리로이는 그날 밤 다시 만나, 작전을 실행하기로 했다.

그동안 호퍼는 두 가지 볼일을 봤다.

해변 쪽에 아무도 없는 걸 확인한 호퍼는 공용차에서 내려 그의 집 으로 향했다. 공동 현관의 계단까지 빠르게 이동해 계단을 올라가 곧장 건물 안으로 들어갔다. 거리에 아무도 없는데도 온 동네가 그의 움직임을 쳐다보고 있는 것 같은 기분이었다.

집으로 들어간 호퍼는 부부 침실로 향했다. 샤워를 하고 한잠 자고 싶었다. 그러고 나서 옷을 갈아입을 계획이었다. 바보 같은 생각일 수도 있지만 체크무늬 셔츠와 바지를 입고 다녔더니 남들 눈에 너무 잘 띄는 것 같았다.

좋은 경찰에서 썩은 경찰로 변하려면, 갱 단원 수준까지는 아니더라도 옷차림을 달리해야 될 듯했다. 맡은 역할을 잘 수행해야 하니, 가능한 한 모든 도움을 받을 생각이었다.

침대 이불 위에 벌렁 드러누운 호퍼는 알람을 맞춰놓고 그대로 곯아떨어졌다.

1972년 6월 4일

뉴욕시 브루클린

"애플 그린색이라고?"

호퍼는 페인트가 떨어지지 않도록 페인트 롤러를 비스듬히 들고 뒤로 물러섰다. 지난 한 시간 동안 침실 벽에 칠해놓은 결과물을 감상하느라 고개를 옆으로 기울인 채였다. 그는 꽤 잘 칠해놓았다. 벽에 페인트칠을 하는 건 그가 인생에서 직면해온 가장 어려운 일은 아니었지만 그래도 제대로 하고 싶었다. 무엇보다 호퍼와 다이앤은 전문가를 고용하기보다 직접 아파트를 꾸미기로 합의했다. 호킨스 마을을 떠나 뉴욕으로 이사 오는 것은 계획하기는 쉬웠지만 막상 실행에 옮기려니 쉽지만은 않았다. 특히 그들의 은행 계좌가 제일 큰 타격을 받았다. 호퍼는 5월 초에 이사를 오자마자 바로 다음 날부터 일을 시작했으므로 거의 한 달 근무를 꽉 채운 터라, 그들 부부는 호퍼의 첫 급료를 무척 기대하고 있었다.

호퍼는 벽의 페인트가 마르는 것을 지켜보면서, 돈을 더 쓰더라도 좀 더 품질 좋은 페인트를 살걸 그랬나 싶었다.

"어때, 잘돼가고 있어?"

다이앤이 묻자 호퍼는 뒤를 돌아보았다. 14개월 된 딸은 제 엄마의 어깨에 기대어 깊이 잠들어 있었다. 다이앤은 문 옆에 깔아둔 방수포를 조심스럽게 피해 방 한가운데에 서 있는 남편 곁으로 다가왔다. 호퍼는 새라의 뺨에 가만히 뽀뽀를 해주었고 아내에게는 입술에 키스했다. 그리고 롤러로 벽을 가리키며 말했다.

"페인트 통에는 애플 그린색이라고 적혀 있었잖아."

다애인은 고개를 끄덕였다. 호퍼는 곁눈으로 아내를 쳐다보며 말했다.

"이 시무룩한 색깔이 페인트칠의 달인인 내 솜씨를 잘 드러낸 거라고 봐야 할지 모르겠네. 애플 그린이라는데, 대체 무슨 종류의 사과가 이런 색이지?"

다이앤은 소리 내어 웃으며 호퍼에게 가까이 왔다. 다이앤이 한 팔로 그의 허리를 감싸 안으려 하자 호퍼는 롤러를 얼른 위로 들어 올렸고 다이앤은 멈칫했다.

"잠깐만."

호퍼는 벽 앞 바닥에 놓인 페인트 트레이에 롤러를 넣어두고 일어서서 아내와 딸을 돌아보았다. 다이앤이 한 손을 들어 호퍼를 가리키자 그는 그자리에 굳은 듯이 섰다.

"아, 짐!"

"왜?"

다이앤은 고개를 흔들며 그의 가슴팍을 손으로 가리켰다. 호퍼는 작년 공연 때 산 노란색 짐 크로스 티셔츠를 내려다보았다. 포크송 가수의 미소 짓는 얼굴에 초록색 페인트가 튀어 있었다.

"아, 젠장."

다이앤은 뻗었던 손을 거둬들이며 얼른 입을 막았다. 어깨에 기대어 자고 있던 새라가 뒤척이자 다이앤은 본능적으로 몸을 좌우로 흔들며 딸을 편안하게 달래주었다.

호퍼는 눈을 가늘게 뜨고 다이앤을 보며 물었다.

"웃는 거지?"

다이앤은 손을 내렸다. 그녀의 입은 환하게 웃고 있었다.

"아, 짐. 당신이 사랑하는 티셔츠잖아."

호퍼는 한숨을 쉬었다.

"사랑했던 티셔츠지." 그는 웃음을 참느라 들썩이는 아내의 어깨를 바라보며 덧붙였다. "우리 중 한 명은 이 상황을 재미있어하니 다행이네."

하지만 그도 결국 웃음을 참지 못했다. 잠시 후 가슴속에서 보글보글 올라온 웃음이 그의 입에서 터져 나왔다. 두 사람의 웃음소리에 깨어난 새라가 제 엄마의 어깨에 몸을 비볐다.

호퍼는 다이앤의 곁으로 다가갔고 그들은 나란히 서서 새라를 가운데 두고 서로를 팔로 껴안았다. 딸이 하품을 하며 주변을 둘러보는 동안 두 사람은 호퍼의 페인트칠을 다시 한 번 감상하고 있었다.

"뭐, 변화를 원한다고 당신이 말했잖아. 새로운 도시, 새로운 시작. 당신이 그렇게 말했지?"

"아, 그래. 새로운 도시, 새로운 시작, 그리고 이 회사의 페인트는 절대 사지 말라는 새로운 교훈. 이 페인트를 만든 놈이 대체 누구야?"

그는 한 옆에 놓아둔 페인트 통을 확인하려고 고개를 돌렸다.

다이앤은 미소를 지으며 고개를 돌려 호퍼에게 입을 맞췄다.

"내 눈에는 멋져 보이는데 왜. 우린 초록색을 원했는데 초록색이 니 됐지 뭐."

호퍼는 싱긋 웃었다.

"그렇긴 하지."

그는 새라를 내려다보았다. 새라는 또 하품을 했지만 잠이 완전히 깬 것 같았다.

"안녕, 귀요미. 네 생각엔 어때? 벽 색깔 마음에 드니? 아빠가 잘 칠한 것 같아?"

그는 다이앤이 안고 있던 새라를 들어 올려 옆구리에 앉히고 벽으로 가까이 다가갔다. 그는 새라의 손을 부드럽게 잡고 살짝 몸을 흔들어주면서 고갯짓으로 벽을 가리켰다.

"이것 봐. 뉴욕시의 사과는 이런 색깔이래."

방 한가운데에서 다이앤이 웃음을 터뜨렸다. 호퍼는 그 자리에서 몸을 돌려 아내를 바라보았다. 새라를 고쳐 안는데, 새라가 중심을 잡느라 자그마한 손으로 그의 얼굴을 잡았다.

작고…… **촉촉한** 손.

"이런."

내려다보니 새라는 그의 티셔츠에 묻어 있던 페인트를 손에 묻힌 상태였다. 새라는 그의 가슴에서 얼굴로 페인트를 옮기느라 여념이 없었고, 제 얼굴에도 묻혀대고 있었다.

새라는 깔깔 웃으며 말했다.

"사과!"

다이앤은 고개를 설레설레하며 옆으로 다가와 새라를 호퍼의 품에서 조심스럽게 들어냈다.

"자, 이제 아빠 일하시게 두자. 아빠는 할 일이 엄청 많거든." 다이앤은 남편을 흘끗 쳐다보며 덧붙였다. "달인이 일할 땐 방해하면 안 된다는 걸 우린 다 알고 있잖아."

호퍼는 웃으며 손을 흔들어 아내를 내보냈다. 다이앤과 새라는 침실 문 밖으로 나가 사라졌다. 호퍼는 가슴팍을 내려다보면서 티셔츠 가장자리를 당겨보았다. 혹시라도 원래대로 복구할 수 있을까 했는데 상태를 보니 아무래도 어려울 듯했다.

그는 한숨을 푹 쉬며 롤러를 집어 들고 페인트칠을 마저 해나갔다.

19장
커피와 사색

1977년 7월 8일
뉴욕시 브루클린

두 시간 후 호퍼는 알람시계 소리에 잠이 깼다. 일어나 앉기는 했지만 잠을 자기 전보다 상태가 더 안 좋아진 기분이었다. 방금 전 꾸었던 꿈의 내용이 당황스러울 정도로 기억에 또렷하게 남아 있었다. 아파트를 새로 꾸미던 날…… **몇 년 전**이었더라? 기억나지 않았다. 침실 벽은 지금도 여전히 초록색이었다. 페인트가 마르자 다행히 색이 좀 옅어지긴 했다.

호퍼는 알람시계를 끄고 샤워를 하러 갔다.

삼십 분 후 그는 거울 속 자신의 모습을 한 번 더 훑어보았다. 멀쩡한 바지와 셔츠, 타이는 착용할 수 없었다. 지금은 없지만 나중에 정원이 생기면 정원 일을 할 때 쓰려고 보관해둔 낡은 청바지와 서랍장 안쪽에서 찾아낸 페인트투성이 짐 크로스 티셔츠를 꺼내 입었다. 묘한 기시감이 느껴졌다. 그 위에 가죽 항공 재킷을 걸쳤다. 발에는 낡

아빠진 군화를 신었다. 언젠가 정원 있는 집에서 살게 되면 쓰려고 보관해둔 또 다른 유물이었다. 카키색 군복 재킷을 찾아 입을까 생각해봤지만 오버일 것 같아 그만두었다. 일이 분 정도 다이앤의 불가사의한 헤어 제품들을 뒤적거리다가 기름진 제품을 찾아 머리에 발라 올백으로 넘겼다.

나름 꾸미고 나니 기분이 그럭저럭 좋아진 호퍼는 벽장으로 다시 돌아가 뒷벽에 붙여놓은 비밀 널빤지를 떼어냈다. 그 안쪽 좁은 공간에 비닐로 싼 묵직한 물건이 들어 있었다. 그 물건을 손바닥에 쥐고 비닐을 벗기자 콜트 M1911 반자동 권총이 모습을 드러냈다. 베트남 전쟁에 두 번 참전하는 동안 그의 곁을 지켜준 무기였다. 장전된 총알들을 확인한 그는 권총을 손에 들고 거울에 비친 자신의 모습을 바라보았다. 그만하면 됐다 싶어 권총을 청바지 뒤쪽 허리춤에 찔러 넣고 항공 재킷의 고무 밴드로 된 밑단을 끌어 내렸다. 항공 재킷이 권총을 보이지 않게 덮어주는지 확인해보니, 잘 가려주고 있었다.

지금까지는 괜찮았다.

호퍼는 널빤지를 제자리에 놓고 그 앞에 구두걸이를 놓아 가렸다. 낡은 바지와 셔츠를 그 앞에 세심하게 걸쳐놓고 벽장 안의 다른 옷가지들을 잘 배치해 널빤지가 눈에 띄지 않게 해놓았다. 침실을 쭉 둘러보았다. 그가 들어왔을 때와 달라지지 않은 모습이었다.

다이앤의 화장대 위에 놓인 사진 액자도 마찬가지였다. 호퍼는 그 앞에 서서 액자로 손을 뻗으려다가 멈칫했다. 그러다 그대로 손을 뻗어 액자를 집어 들었다. 액자는 가운데 경첩이 있어 반으로 접었다 폈다 할 수 있었다. 한쪽에는 호퍼와 다이앤의 사진이 있었다. 짙은 색 정장을 입은 호퍼와 사파이어처럼 푸른 드레스를 입은 다이앤. 결혼을 하고 두 시간쯤 후에 어느 식물원의 바위에 앉아 찍은 사진이었다.

호퍼는 그 사진을 바라보다가 그 옆의 사진으로 눈길을 돌렸다. 엄마, 아빠, 딸. 이렇게 셋이서 찍은 가족사진이었다. 그들 셋의 환하게 빛나는 눈동자가 호퍼를 마주 보았다. 꼿꼿한 자세로 앉아 있는 그들의 모습을 보니 호퍼는 그날 가족사진을 찍으러 갔다가 사진관에서 그러고 앉아 있느라 등이 아팠던 기억이 떠올랐다.

호퍼는 웃으며 액자를 화장대에 도로 내려놓았다. 아까와 똑같은 위치에 잘 맞춰놓은 뒤 뒤로 물러섰다. 뒷무릎이 침대 가장자리에 닿을 때까지 물러서면서도 사진에서 눈을 뗄 수가 없었다.

애써 눈길을 돌린 호퍼는 올백으로 넘긴 머리카락을 손으로 쓸어넘기며 침실을 나섰다.

해야 할 일이 한 가지 더 있었다.

주방으로 들어간 그는 냉장고 옆에 있는 전화기를 붙잡고 다이얼을 돌렸다. 상대방이 곧장 전화를 받았다.

"강력팀 델가도입니다."

"나야." 호퍼는 파트너가 눈으로 볼 수 있기라도 한 것처럼 한 손을 전화기 옆으로 들어 올리며 나지막하게 말했다. "다른 말은 하지 말고 듣기만 해, 알았지?"

델가도가 송화구에 대고 내쉬는 숨소리가 들려왔다. 호퍼는 기다리고 있다가 재차 물었다.

"알았지?"

"아무 말도 하지 말라면서요."

델가도가 소곤거렸다.

호퍼의 얼굴에 어쩔 수 없이 미소가 번졌다.

"그래. 잘 들어. 일단 만나자." 그는 손목을 들어 시간을 확인했다. "한 시간 후 워싱턴가와 스털링가 모퉁이에 있는 톰스 식당에서."

"예. 알았어요. 가깝지는 않네요."

호퍼는 고개를 끄덕였다.

"지금 바로 출발하는 게 좋을 거야."

호퍼는 이렇게 말하고 전화를 끊었다.

델가도에게 전화를 하는 것이 상황을 위태롭게 만들 수도 있었지만 호퍼로서는 선택의 여지가 없었다.

비록 도주 중이긴 해도 델가도에게 맡겨야 할 일이 있었다.

톰스 식당은 1930년대부터 브루클린 자치구 프로스펙트 하이츠에 붙박이로 있어왔다. 호퍼가 생각하기에 그 식당은 오랜 세월을 거치면서도 크게 변함이 없었다. 겉으로 봐서는 별다른 특징이 없는 땅딸막하고 네모난 건물 1층에 위치한 식당일 뿐이었다. 안에 들어가면 오래된 기름 냄새와 담배 냄새가 풍기긴 했지만, 커피 맛이 기막히게 좋았고 커피가 담겨 나오는 머그도 깨끗했다. 호퍼는 제일 구석 자리에 앉아 커피를 마시며 먼지 낀 창문 너머로 거리를 내다보았다. 카운터 앞에 앉은 다른 손님들의 잡담, 뒤쪽 라디오에서 흘러나오는 음악 소리가 어우러져 기분 좋은 소리의 벽을 만들어주었다.

호퍼가 식당에 오고 나서 이십 분쯤 후에 델가도가 도착했다. 마침 식당 안에는 빌 콘티의 〈지금 날아갈 거야(Gonna Fly Now)〉(영화 〈록키〉의 주제곡)의 트럼펫 가락이 흘러나오고 있었다. 식당으로 들어온 델가도는 목을 길게 빼고 부스와 테이블을 쓱 둘러보았다. 호퍼가 눈을 들어 고갯짓을 하자 델가도는 곧장 부스로 들어와 앉더니 옆에 가방을 내려놓았다.

"난 이 영화 싫던데."

델가도는 마음에 안 드는 음악이 흘러나오는 방향을 흘끗 쳐다보며 눈살을 찌푸렸다. 그녀는 카운터에 있는 서빙 직원과 눈을 맞추고는 돌아앉아 맞은편 호퍼 쪽으로 몸을 기울이며 물었다.

"대체 어떻게 된 거예요, 선배?"

그때 서빙하는 여직원이 그들 쪽으로 다가오자 델가도는 곧장 허리를 곧게 펴고 미소를 지었다. 서빙 직원은 머리카락도 노랗고 유니폼도 노란색이었다.

"주문하시겠어요?"

서빙 직원은 껌을 쫙, 쫙 씹으며 물었다. 껌을 씹을 때마다 입이 어찌나 크게 벌어지는지 호퍼는 커피 향 너머로 스피어민트 껌 냄새까지 맡을 수 있을 지경이었다.

"커피 주세요."

델가도가 대답하자 서빙 직원은 고개를 끄덕이고는 카운터로 돌아갔다.

델가도는 어서 대답해보라는 눈빛으로 호퍼를 쳐다보았다. 호퍼는 아직 대답할 수 없다는 뜻으로 손가락 하나를 살짝 세워 보이고는 서빙 직원의 걸음을 좇았다. 서빙 직원은 커피포트와 새 머그를 들고 그들 자리로 돌아와 델가도 앞에 머그를 내려놓고 커피를 부었다. 그리고 마침 비어 있는 호퍼의 머그도 리필해주었다.

"고마워요."

호퍼가 미소를 지으며 말했지만 서빙 직원은 마주 미소 짓지 않고 곧장 돌아서서 가버렸다.

델가도가 다시 입을 열었다.

"이제 말해봐요. 왜 여기로 오라고 했어요? 아, 대체 무슨 일이에요, 선배? 대체 왜 여기서 첩보 영화를 찍고 있는지 말 안 해줄 거예요? 어제부터 어디 가 있었어요? 제가 두 번이나 팀장님 속을 뒤집었는데, 선배가 없으니까 팀장님 기분이 좋아지질 않는다고요."

"전부 설명해줄게."

호퍼는 테이블에 머그를 내려놓고 두 손으로 머그를 감싸듯 잡았다. 오늘도 이 도시는 여전히 더웠지만 어째서인지 호퍼는 몸에 오한을 느꼈다.

"내 얘기를 끝까지 들어줬으면 해. 다 듣고 나서 질문을 하면 좋겠어. 알았지?"

델가도는 어깨를 으쓱했다.

"알았다는 뜻으로 생각할게. 그리고 나를 믿어줘야 돼. 알겠지?"

델가도는 고개를 설레설레 흔들었다.

"헛소리 그만하고 어서 말해요, 선배. 제가 선배를 믿는 거 알잖아요. 그런 건 요청할 필요도 없어요."

"그래."

"왜 이렇게 흥분한 상태예요? 그 꼴은 또 뭐고요?"

호퍼는 가슴팍을 내려다보았다. 페인트가 묻은 짐 크로스의 얼굴이 테이블 너머를 쳐다보고 있었다.

"갤럽 특수요원을 위해 일하게 됐어."

델가도는 커피를 마시다가 한쪽 눈썹을 치켜올렸다. 호퍼는 그 표정을 보며 물었다.

"뭐야, 왜 아무 말이 없어?"

델가도는 고개를 저었다.

"할 말이야 많죠. 그런데 선배가 얘기 끝까지 듣고 질문하라면서요."

호퍼는 깊게 숨을 내쉬었다.

"그랬지. 그래. 우리 경찰서에 찾아와 신변 보호를 요청한 소년 있잖아……."

"예. 리로이 워싱턴이요. 캄캄한 새벽에 경찰서 밖으로 내보낸 거로 아는데요."

호퍼는 고개를 저었다.

"갤럽이 지금 리로이도 데리고 있어. 사실 지금 우린 이 일을 함께 수행하고 있는 중이야. 그리고 당분간 우린 사라질 거고 곧 소문이…… 나에 대한 소문이 들리기 시작할 거야." 호퍼는 델가도를 진정시키려는 듯 그녀 쪽으로 한 손을 뻗으며 말을 이었다. "그러니까 무슨 얘기가 들리든 그건 사실이 아니라 위장이야. 갤럽은 나와 리로이가 임무를 시작할 수 있도록 준비를 해놨어. 다만, 경찰서 내에서 무슨 일이 일어나고, 사람들이 뭐라고 떠들기 시작하면 자네한테도 영향이 가겠지. 내 파트너니까. 사람들은 그 일에 대해 자네가 알고 있을 거라고, 내가 어디 있는지도 알 거라고 생각할 거야. 당분간은 알고도 모르는 척해줘. 그리고 다른 형사들과 의견을 함께하는 척해. 나는 범죄자 입장이 될 테니까. 일이 터지면 우리 서 사람들은 분노할 거야. 그래도 이 일이 잘되기 위해서는 자네의 도움이 필요해."

호퍼는 말을 멈췄고 그들은 잠시 조용히 커피를 마셨다. 두 사람 모두 시선을 다른 곳으로 돌리지 않았다. 델가도는 커피를 마시는 중간 중간에 기분이 좋지 않은지 입술을 비딱하게 찡그렸다.

호퍼가 다시 입을 열었다.

"내가 다시 서에 복귀하면 상황이 바로잡힐 거야. 어쨌든 나에 대한 소문이 돌더라도 위장에 불과하니까 걱정할 필요 없어. 일을 마치고 나면 나는 복귀할 거고 우리에게 그간 씌워진 의심도 사라질 거니까."

델가도는 남은 커피를 마저 마셨다. 호퍼는 델가도가 커피를 다 마실 때까지 기다렸다가 말했다.

"자, 질문해."

델가도는 고개를 끄덕였다.

"이 집 커피 맛은 타맥처럼 쓴데 어째서 저는 리필을 원하는 걸가요?"

머그를 들고 부스의 벤치 좌석에서 몸을 반쯤 일으킨 델가도는 껌을 씹는 서빙 직원에게 눈빛을 보냈다. 잠시 후 서빙 직원이 와서 델가도의 머그에 다시 커피를 채워주었다. 델가도는 뜨거운 커피를 한 모금 마셨다. 그리고 입 밖으로 뜨끈한 수증기를 뿜어내며 숨을 후 내쉬었다.

"좋아요. 왜 리로이죠? 제가 아니라?"

"리로이는 나를 조직으로 침투시키는 역할이야. 그리고 내가 사라진 동안 자네가 해줬으면 하는 일이 따로 있어."

델가도는 고개를 갸웃했다.

"침투요? 바이퍼스에 잠입하는 거죠?"

호퍼는 말없이 커피를 마셨다.

델가도는 고개를 돌려 창밖을 살피며 물었다.

"젠장, 선배. 얼마나 오래 사라져 있을 건데요?"

"나도 몰라. 이틀쯤 되겠지. 내 희망사항이지만. 얼마나 걸릴지는 모르겠어. 일단 침투에 성공하면 그 안에 있어야 돼. 일을 마칠 때까지는 못 빠져나와."

델가도는 계속해서 창밖을 주시하며 말했다.

"강력팀 형사로서 새 파트너를 찾는 것 말고 제가 해줬으면 하는 일이 대체 뭔데요?"

호퍼는 입술을 오므리며 생각에 잠겼다. 호퍼가 얼른 대답하지 않자 델가도는 고개를 돌려 그를 쳐다보았다. 그의 표정을 살피던 델가도는 고개를 끄덕였다.

"다이앤이군요."

호퍼는 고개를 끄덕이며 말했다.

"새라도."

"새라도요. 두 사람을 잘 지켜보고 있을게요."

호퍼는 한숨을 쉬며 커피 머그를 내려다보았다.

"두 사람은 앞으로 벌어질 일 때문에 힘들어지겠지. 새라는 다행히 어려서 상황을 이해하지 못하거나 나중에 기억을 못 하겠지만 문제는 다이앤이야."

호퍼는 눈 안쪽이 뜨거워지면서 가슴이 답답해졌다. 심장이 미친 듯이 방망이질 쳤다.

"선배?"

그는 목을 한 바퀴 돌리며 눈을 감았다. 화장대 위에 놓여 있던 가족사진이 눈앞에 어른거렸다. 그들 셋이서 얼굴이 아플 때까지 미소 짓던 그 사진이. 마침내 호퍼는 눈을 뜨며 말했다.

"다이앤은 자네와 마찬가지로 나에 대한 나쁜 얘기를 듣게 될 거야. 그때 자네가 다이앤 곁에 있어줘. 다이앤과 새라를 돌봐줘. 무슨 말인지 알지?"

델가도는 고개를 끄덕였다.

"걱정하지 마요, 파트너. 저만 믿어요. 제가 잘 지켜줄게요."

호퍼는 한숨을 쉬었다. 이상하게도 한결 부담감이 덜어진 기분이었다.

"고마워, 로사리오."

"아, 이런. 상황이 정말 심각한가 보네요." 델가도는 살짝 웃음 지었다. "선배가 저를 성 대신 이름으로 부르는 걸 보니, 우리가 정말 곤란한 지경에 처했나 봐요."

호퍼는 미소를 지으며 커피를 마셨다.

"선배가 비밀 요원 활동을 시작하기 전에, 제가 미친 동네에 가서 겪은 모험에 대해 말할게요."

호퍼는 두 손을 펼쳤다.

"어떤 정보든 유용할 테니 얘기해줘."

"제가 제이콥 휠러의 아파트에서 찾은 주소 목록 기억하시죠?"

"기억하지. 그중 하나가 알코올중독자 갱생회가 열리는 장소였잖아."

"맞아요. 그리고 또 다른 주소는 교화 모임 장소인데, 자선 단체에서 운영하는 지역 봉사 활동 모임이에요. 일주일에 두 번씩 상담사가 찾아와서 최근에 석방된 전과자들에게 상담을 해주고 있어요. 전과자들이 일반 시민으로서의 삶에 복귀할 수 있도록 돕는 거죠. 규모가 크지는 않고 알코올중독자 갱생회 정도 되는 지원 모임이에요.

상담사의 지도하에 서로를 돕는 거죠."

호퍼는 미간에 주름을 잡았다.

"그런데……?"

"그 상담사가 바로 리사 사지슨이에요."

호퍼는 커피를 입으로 반쯤 가져가다 말고 손을 멈췄다. 그는 커피를 테이블에 내려놓고 델가도의 얘기를 경청했다. 델가도는 리사의 아파트에서 제너 카드에 대해, 리사가 과거에 했던 일과 지금 하고 있는 일에 대해 들었다고 했다.

가만히 듣고 있던 호퍼가 수염이 까끌까끌하게 자라 올라온 턱을 손으로 문지르며 물었다.

"다른 주소지들은?"

델가도는 손가락을 하나씩 펴며 설명했다.

"교회 강당이 두 곳, 권투장 한 곳, 지역 문화 회관 한 곳이에요. 전부 다양한 모임과 동아리 활동에 사용되고 있어요. 알코올중독자 갱생회, 베트남 참전 군인 지원 모임, 만성 질환자 지원 모임, 실업자를 대상으로 하는 야간 수업 등등이요. 온갖 단체들이 있더라고요. 리사의 모임도 그중 하나일 뿐이지만……."

"제너 카드와 연결 지으면……."

델가도는 고개를 끄덕였다.

"연결고리가 있어요, 선배. 어딘가 연결되어 있다는 느낌이 들어요."

호퍼는 이 사이로 쓰읍 하고 숨을 들이마셨다.

"그래, 우리가—" 그는 잠시 말을 멈췄다가 이어갔다. "리사를 찾아가서 다시 얘기를 나눠봐. 리사가 지역 봉사 단체에서 무슨 일을 하는지, 희생자들이나 다른 지원 모임에 대해 아는 게 있는지도 알아 보고."

델가도가 한쪽 눈썹을 치켜올렸다.

"그러니까…… 우리는 **계속** 그 사건을 수사하는 건가요?"

그 말에 호퍼는 어깨를 으쓱했다.

"상황이 바뀌었어. 나는 갤럽을 돕고, 자네는 나를 돕는 거야."

델가도는 커피를 마저 마셨다.

"맡겨만 주세요."

"고마워." 호퍼의 커피가 식어가고 있었다. 손목시계를 확인한 그가 말했다. "좋아. 시간이 다 됐어. 자네 먼저 나가. 나는 시간 차를 두고 나갈게."

델가도가 일어서며 말했다.

"행운을 빌어요, 선배. 몸조심하고요."

호퍼는 미소를 지었다. 그는 식당을 나서는 델가도의 뒷모습을 지켜보았다. 이후 창문 너머로 델가도가 길을 건너는 모습이 보였고 이내 그녀는 시야에서 사라졌다.

호퍼는 조금 더 시간을 끌었다. 노란 옷을 입은 서빙 직원이 커피 포트를 들고 다가왔다.

"리필해드릴까요, 손님?"

호퍼는 고개를 저었다.

"아뇨."

서빙 직원이 돌아서자 호퍼는 마음을 바꿨다.

"잠깐만요. 커피를 더 마셔야겠어요. 혹시 애플파이가 있습니까?"

"있죠."

"잘됐네요. 새로 내린 커피랑 애플파이 주세요. 애플파이는 두 조각으로 나눠 주시고요."

"뜨겁게 해드릴까요?"

"그래주세요."

"크림도 얹을까요?"

"물론이죠."

서빙 직원은 한쪽 눈썹을 위로 올리더니 카운터로 물러가 호퍼가 주문한 음식을 준비했다. 사소하고 단순한 일상이지만 호퍼는 최대한 즐기기로 했다.

이것이 마지막 식사가 아니길 바랄 뿐이었다.

20장
마사

호퍼는 리로이가 운전하는 고색창연한 스테이션왜건의 앞쪽 벤치 시트에 앉아 있었다. 그들은 맨해튼의 번호가 붙은 거리들을 지나 북쪽으로, 사우스 브롱크스 어딘가에 있는 바이퍼스의 둥지를 향해 나아가고 있었다. 차창을 내리자 고맙게도 바람이 불어 들어와 차 안의 열기를 식혀주고, 차 안의 직물에 배어 있는 마리화나 냄새도 쓸어가주었다. 스테이션왜건이라기보다는 영구차에 가까울 정도로 큰 차였다. 상태가 좋았으면 매의 눈을 가진 수집가에게 꽤 가치 있는 물건으로 보였을 것이다.

다만 '상태'가 좋을 때의 얘기였다. 이 차는 한마디로 상태가 엉망이었다. 벤치 시트의 뻣뻣해진 가죽은 온통 갈라져 그 사이로 누런 스펀지가 튀어나와 있었다. 천장의 패널은 어디로 갔는지 없었고, 계기판의 다이얼들이 제대로 작동하는지조차 의심스러웠다. 외부는 어느 시점에 도장이 벗겨져 그 아래 금속이 드러나자 스프레이 페인트를 겹겹이 뿌려 그래피티를 그려놓았고, 색 바랜 꼬리표에는 큼직한 녹이 어우러져 전체적으로 여느 뉴욕시 지하철의 열차 차량 같은 분위기를 물씬 풍겼다. 주기적으로 뿜어대는 시커먼 배기가스와 리로이가 오른발로 힘을 가할 때마다 엔진이 당장 숨이 끊어질 듯 토해내는 갈갈갈 소리를 고려하면, 이 차가 굴러간다는 것 자체가 기적이었다.

호퍼는 차를 어디서 가져왔냐고 굳이 묻지 않았다. 당장 걱정해야 할 더 큰 문제들이 눈앞에 있었다. 그는 약속 장소인 모퉁이에서 기다리고 있다가 리로이가 차를 몰고 나타나자 아무것도 묻지 않고 곧장 차에 올라탔다.

리로이는 겨드랑이를 창문 프레임에 걸치고 왼팔을 차창 밖으로 내놓은 채 차를 운전했다. 차의 기어 변속기는 운전대 옆에 붙어 있었다. 리로이는 기어를 바꾸기 위해 운전대에서 손을 놓을 때도 그때마다 차가 왼쪽으로 기우는 걸 숫제 즐기는지 차창 밖으로 내놓은 팔을 거둬들이지 않았다.

호퍼는 아무 말도 하지 않았다. 차에는 안전벨트가 없었다. 그는 차가 방향 전환을 할 때마다 리로이의 무릎으로 몸이 쏠리지 않으려면 문짝 위에 붙은 끈을 붙잡고 있어야 한다는 것을 재빨리 알아챘다.

그들은 브루클린에서 출발해 북쪽으로 달려 퀸스로 진입했다. 이어서 서쪽으로 방향을 돌려 맨해튼으로 향했고 다시 북쪽으로 나아갔다. 도로의 차들이 점점 많아지다가 브롱크스로 들어서면서부터는 한산해졌다. 그리고 새로운 풍경이 펼쳐졌다. 미드타운 맨해튼,

고층 건물들의 집합체, 노란 택시들로 영원히 막혀 있는 도로들. 늘 보아온 풍경이고 아마 앞으로도 그럴 것이다. 저녁이 깊어질수록 거리는 더욱 부산스럽겠지. 이 지역 사람들과 관광객들과 노동자들이 모여들 테니까.

거대한 광고판이 건물 전면과 교차로 주변에 펼쳐져 있었다. 대부분 윈스턴 담배나 세일럼 담배, 여섯 가지 브랜드의 위스키를 광고하고 있었다. 새로 나온 제임스 본드 영화인 〈007 나를 사랑한 스파이(The Spy Who Loved Me)〉의 광고판도 보였다.

호퍼는 그 영화 제목을 보고 웃음이 났다. 호퍼가 웃자 리로이는 의아해하는 표정으로 쳐다봤다. 호퍼는 별일 아니라는 뜻으로 손사래를 치고는 창밖으로 지나가는 도시의 풍경을 계속해서 바라보았다.

미드타운은 과연 도심다웠다. 경기 침체라든지 금융 위기 같은, 지역 뉴스들이 이번 주 내내 외쳐온 현상들도 이곳과는 별 상관이 없어 보였다.

42번가를 지나자 분위기가 달라졌다. 확연히. 타임스 광장을 타락의 구덩이로 생각해온 호퍼는 암처럼 썩은 부위가 남쪽까지 퍼져 있는 것을 보고 놀랐다. 옷을 입지 않고 무대에 오르거나, 영화에 나오거나, 번들거리는 화려한 잡지에 등장할 것 같은 여자들이 한 집 건너 한 집 꼴로 쾌락을 약속했다. 미니스커트에 허벅지까지 올라오는 부츠를 신고 어깨를 털로 장식한 여자들이 문간이나 연석에서 서성였다. 몸에 착 붙는 폴리에스터 재질의 옷을 입은 남자들은 여자들보다 덜 노출된 장소에 서 있었다. 호퍼와 리로이가 탄 차가 지나가면서 바닥에 버려진 신문지를 앞바퀴로 끌어 올려, 어제 뉴스와 범죄 통계를 몇 블록 떨어진 곳으로 날려 보냈다.

타임스 광장을 지나자 건물들의 높이가 점차 낮아지기 시작했다. 맨해튼 섬은 얼어붙은 대양처럼 굴곡이 졌고 그들이 탄 스테이션왜건은 콘크리트 파도를 타고 요트처럼 대양을 나아갔다. 거리를 지나는 차량들의 수가 점차 줄고 인도를 오가는 행인들의 수가 늘어났다. 신문을 손에 들고 길모퉁이와 거리의 계단, 어느 건물 앞 계단에 모여 있는 이들도 있었다. 수많은 사람들이 땀을 흘리고 욕을 배설하고 떠들어댔다. 아이들은 무지갯빛 물을 폭포처럼 아치형으로 쏟아내는 소화전 밑에서 춤을 추었고 좀 더 나이가 많은 이들은 가구도 없고 진열장 유리도 남아 있지 않은 가구점 밖에 모여 서서 떠들고 있었다. 연석에 도열한 차들은 잠이 들었다. 그 옆에서 함께 자고 있는 사람들이 호퍼의 눈에 띄었다. 기진맥진해 건물 옆에, 거리에 쓰러져 잠든 도시 사람들을 뒤로한 채 스테이션왜건은 맨해튼 섬을 달려갔다.

리로이는 좌회전해서 허드슨강으로 향했고, 이어서 다시 북쪽으로 방향을 돌렸다. 호퍼는 리로이 너머로 보이는 허드슨강과 오래된 웨스트사이드 고가도로의 거대한 상부구조를 눈에 담았다. 시의 재정 형편이 좋지 않아 해체조차 할 수 없고, 그렇다고 시설을 개선해 다시 통행에 쓰이도록 만들 수도 없어 신화에 나오는 거대 괴물처럼 방치할 수밖에 없는, 맨해튼 서쪽에 길게 자리 잡은 이 고가도로는 도시의 실패를 여실히 보여주는 녹슨 기념비였다. 1973년 겨울, 썩어가던 이 고가도로는 도로 수리를 위해 아스팔트를 싣고 가던 덤프트럭의 무게를 못 이겨 일부가 그 아래 14번가로 무너져 내렸다. 그로 인해 도로는 영원히 폐쇄됐다. 고가도로의 나머지 부분이 마저 무너지지 않은 게 놀라울 정도였다. 하지만 이 고가도로가 4년이 지나도록 폐쇄된 채 방치된 것은 그다지 놀라운 일이 아니었다.

스테이션왜건은 동쪽으로 가다가 다시 북쪽으로 나아갔다. 리로 이는 머릿속에 존재하는 경로를 따라 운전을 하는 듯했다. 호퍼는 뒤로 기대어 앉아 폐허로 무너져가는 도시의 풍경을 바라보았다.

동쪽 어딘가에 화재가 났는지, 시커먼 연기가 정체된 여름 공기 속에서 거의 수직으로 솟구치고 있었다. 옆길에는 버려진 차들, 버려진 사람들, 버려진 삶들이 보였다. 사람들이 웃고 고함치는 소리가 들렸다. 아이들은 인도에서 헛소리를 지껄이며 놀았고, 그들을 제지할 경찰이 없다는 것을 잘 아는 이곳 사람들은 지폐 뭉치를 주고받으며 편안하게 모종의 거래를 했다. 늙은 남녀들은 쓰레기 같은 물건들이 담긴 카트를 밀고 다녔고, 젊은 남녀들은 길모퉁이에서 쓰레기 같은 약물을 자신들 정맥에 밀어 넣었다. 굳이 어둑한 거리나 폐건물에 숨지 않고 대놓고 길거리에서 약을 하는 모습이었다.

할렘(뉴욕시 맨해튼 섬의 동북부에 있는 흑인 거주 구역) 어딘가에서 스테이션왜건은 신호등에 걸려 차를 세웠다. 호퍼가 앉은 조수석 옆으로 경찰차 한 대가 나란히 섰다. 호퍼는 옆을 돌아보고 싶은 충동을 애써 눌렀다. 옆에서 그를 쳐다보는 경찰들의 시선이 느껴졌지만 그는 가만히 앉아 전방의 신호등 불빛만 바라보았다. 신호등이 바뀌었지만 경찰차는 움직이지 않았다. 리로이가 액셀을 밟자 스테이션왜건은 휘청하며 앞으로 나아갔다. 몇 초 후 호퍼가 백미러로 보니 그제야 경찰차는 기어를 바꾸고 우회전을 하고 있었다.

호퍼는 허리를 좀 더 펴고 앉아 목을 이리저리 돌렸다. 옆에 앉은 리로이가 혀를 차더니 입을 열었다.

"이 일을 할 준비가 돼 있는 거 맞죠?"

호퍼는 리로이를 돌아보았다. 리로이의 시선은 도로를 보고 있었고 왼손은 여전히 차창 밖으로 내놓은 채였다. 그는 다시 한 번 운전대를 손에서 놓고 기어를 바꾸면서 좌회전을 했다.

호퍼는 고개를 돌려 전방의 도로를 바라보았다.

'그래, 난 괜찮아.'

그는 한 번, 그리고 또 한 번 이렇게 되뇌며 스스로를 다독인 후 소리 내어 말했다.

리로이는 대꾸 없이 이 사이로 쓰읍 하고 숨을 들이마셨다. 호퍼는 그를 흘끗 돌아보았다. 리로이는 고개를 조금씩 흔들고 있었다. 목을 움직일 때마다 아프로 스타일의 머리가 좌우로 조금씩 깐닥거렸다.

"**너야말로** 괜찮아, 리로이?"

리로이는 인상만 쓰고 대답은 하지 않았다.

"말해야 돼. 난 괜찮으니까 너만 괜찮은 상태면 돼. 우리가 가고 있는 곳에 대해 너는 알지만 난 몰라. 그러니 네 상태가 괜찮아야겠지. 안 그러면 순식간에 상황이 틀어지고 말 테니까."

리로이의 얼굴에 잡힌 주름이 더욱 깊어졌다.

"리로이?"

차가 속도를 줄이기 시작했다. 리로이는 전방을 턱 끝으로 가리키더니 콧구멍을 벌름거리고 입술을 혀로 핥으며 인상을 썼다.

"마중을 나왔네요."

호퍼는 앞을 보았다. 땅거미가 짙어져 가로등이 켜지고 있었다. 어느새 그들은 맨해튼 섬의 끝에 와 있었다. 여기가 정확히 어디인지는 몰랐지만 더 나아갈 곳은 없는 것 같았다. 오가는 차도 별로 없었다. 사실상, 지금 이 도로에는 그들이 탄 차밖에 없었다.

그리고 도로 앞을 가로막은 사람들이 있었다.

겨우 네 명이지만, 호퍼에겐 그 넷도 너무 많은 숫자였다. 그들은 도로 한가운데를 가로 막고 서 있었다. 흑인 남자 둘, 백인 남자 하나, 그리고 흑인 여자 하나였다. 흑인 여자는 나머지 일행보다 좀 더 앞쪽에 서 있었다. 몸에 비해 지나치게 큰 흰색 야구 재킷의 주머니에 두 손을 깊숙이 찔러 넣은 그녀는 재킷 안에 빨간색 비키니 탑을 받쳐 입고, 허벅지가 착 붙고 종아리로 갈수록 넓어지는 흰색 진으로 맵시를 냈다. 여자 뒤 남자들은 잡지에 실릴 사진 촬영이라도 하는 듯 어깨를 기울인 채 구부정한 자세로 서 있었다. 그들은 셔츠 없이 민소매 가죽 재킷만 걸쳐 맨가슴이 드러났고 머리에 두건을 두른 모습이었다.

여자는 미소를 짓고 있었지만 남자들의 표정은 굳어 있었다.

리로이는 그들 앞에 스테이션왜건을 세웠다. 여자는 차를 향해 걸어와 손가락 관절로 차 후드를 똑똑 두드렸다. 그리고 운전석 차창 쪽으로 돌아 왔다. 리로이는 이 차를 운전하고 처음으로 팔을 차 안으로 들였다. 여자는 열린 차창 아래쪽에 팔꿈치를 대고 차 안으로 몸을 기울였다.

리로이가 여자에게 말했다.

"어, 응, 왔네. 잘 지내고 있지, 마사?"

옆에 앉은 호퍼는 자세를 약간 바꾸며 리로이를 쳐다보았다. 리로이의 태도가 바뀌었다. 초조해하지는 않았지만 다른 사람들을 만나니 새로이, 다른 종류의 에너지가 생기는 모양이었다.

마사는 껌을 씹으며 리로이에게 미소를 지었다. 호퍼보다는 어리고 리로이보다는 나이가 있어 보였다. 이십대 후반 정도. 여자가 서 있는 자세에서 호퍼는 한 가지를 즉시 읽어냈다.

권위였다.

마사는 나른한 눈빛으로 호퍼를 쳐다보고는 다시 리로이에게 시선을 맞췄다.

"어디 갔다 왔니, 동생아? 걱정했잖아."

하지만 목소리에 걱정한 기색 같은 건 담겨 있지 않았다.

'동생이라니.'

호퍼는 긴장하기 시작했다. 그는 자신이 무엇을 기대했는지 알 수 없었지만, 적어도 리로이의 누나를 여기서 보게 될 줄은 몰랐다. 그동안 리로이가 한 말, 갱단에서 누나를 빼내고 싶다고 한 바람을 들으며 호퍼는 리로이의 누나—마사—가 리로이만큼이나 겁먹은 상태일 것이라 생각했다.

그런데 차 옆에 서 있는 이 여자는 전혀 겁먹은 모습이 아니었다.

리로이는 두 손으로 운전대를 톡톡 쳤다.

"어, 그냥 근처에 있었어, 근처에."

리로이는 싱긋 웃었지만 너무 애쓰는 모습이라 호퍼는 기분이 좋지 않았다. 마사도 어색한 기운을 감지했나 싶었지만 티를 내지는 않았다. 그녀는 조용히 고개를 끄덕이고 껌을 씹으며 호퍼에게 빙긋 웃어 보였다.

"아무 문제 없는 거지, 리로이?"

마사의 물음에 리로이는 또다시 운전대를 손으로 톡톡 치면서 곧장 고개를 끄덕였다.

"아, 그럼, 마사. 당연하지, 물어볼 것도 없어. 아, 이쪽은 내가 세인트님에게 말씀드린 사람이야. 호퍼. 호퍼 형, 이쪽은 우리 누나 마사예요."

마사는 껌 씹기를 잠시 멈추고 말했다.

"그래, 알았어."

마사가 허리를 펴고 자기네 일행에게 손을 흔들었다. 그러자 조각 상처럼 서 있던 세 남자—셋 다 리로이와 비슷한 나이였고 소년에 가까웠다—가 다가와 차 뒷좌석에 우르르 올라탔다. 마사는 차 앞으로 빙 돌아서 조수석으로 들어왔다. 원래 그 자리에 앉아 있던 호퍼를 엉덩이로 밀어내면서. 마사의 껌 씹는 소리가 호퍼의 귀에 요란하게 들려왔다. 호퍼는 리로이 쪽으로 옮겨가 앉았다. 마사는 호퍼에게 씨익 웃어 보이고는 앞으로 몸을 기울여 리로이에게 고개를 끄덕였다.

"네가 돌아온단 얘기를 듣고 우리가 마중을 나와야겠다 생각했어. 같이 이동하려고."

리로이는 차에 기어를 넣고 운전대를 고쳐 잡았다.

"웨스트 207번가와 데커가 사이로 가."

누나의 지시에 리로이는 멈칫했다.

"뭐?"

마사는 뒤로 기대어 앉아 호퍼의 어깨에 손을 얹었다. 마치 자신은 고등학교 치어리더이고 호퍼는 운동선수인 양 그의 곁에 바짝 붙어 앉았다.

"집에 가기 전에 우리가 해야 할 일이 좀 있거든. 여기 있는 새 친구가 어떤 사람인지도 알아봐야 되고 말이야. 좀 돌아가도 상관없죠, 신입 아저씨?"

호퍼는 마사 쪽으로 고개를 돌렸다. 마사가 바짝 붙어 앉아 있어서 서로 코가 닿을 뻔했다.

"상관없어. 그리고 내 이름은 호퍼야."

마사가 싱긋 웃자 뒤에 앉은 세 소년이 왁자하게 웃음을 터뜨렸다. 그중 한 명은 앞좌석 벤치의 윗부분, 즉 호퍼의 머리 바로 옆쪽을 손으로 두들겨대며 말했다.

"아, 그래. 어서 가보자. 출발!"

마사가 소리 내어 웃자 그들 셋은 환호성을 올렸다.

호퍼는 리로이를 쳐다보았다.

리로이가 고개를 끄덕이며 호퍼에게 말했다.

"아, 난 괜찮아요, 형. 괜찮고말고요."

그는 기어를 바꾸고 우회하기로 한 곳을 향해 차를 몰았다.

21장
크고 작은 범죄

마사가 일러준 대로 리로이는 전면에 큼직한 유리가 있고 그 앞에 묵직한 금속 쇠막대가 격자로 붙어 있는 어느 가게 앞에 스테이션왜건을 세웠다. 뒷좌석에 앉은 세 녀석은 차가 그 가게 앞으로 다가가는 동안만은 조용히 입을 닫았다. 호퍼는 그나마 다행이라 여겼다. 여기까지 오는 동안 그 셋은 마치 학교를 파하고 나온 십대들처럼 환호하고 고함을 지르고 시끌벅적하게 웃어댔다. 어찌나 요란한지 호퍼는 귀가 얼얼할 지경이었다. 리로이는 운전에 집중하느라 침묵했고 그의 누나는 호퍼의 옆에 몸을 바짝 붙이느라 여념이 없었다. 앞좌석 가운데 끼어 앉은 호퍼는 이 '우회로'에서 무슨 일이 일어날지, 이들이 그에게 어떤 시험을 하려는 것인지 생각해보았다. 어떤 선택을 할지도 궁리해봤지만 아직 답을 낼 수 없었다.

마사는 뒷좌석의 소년들과 몇 마디 주고받았을 뿐 아직까지 호퍼를 그들에게 소개하지는 않았다. 몇 분 뒤 앞유리에 오렌지색의 자그마한 불빛이 반사되었고, 역겨울 정도로 달달한 연기가 차 안을 채우기 시작했다. 강력한 마리화나 냄새였다. 뒷좌석의 소년들은 돌아가며 마리화나를 피운 뒤 마사에게 마리화나를 건넸다. 마사는 깊이 한 모금 빨고 호퍼에게 건네주었다.

호퍼도 함께했다. 이들 사이로 섞여 들어가려면 필요한 짓은 뭐든 해야 했다. 그러기 위해 마리화나를 피우는 것쯤은 문제가 되지 않았다. 그는 연기를 폐 깊숙이 들이마신 것 같은 인상을 주기 위해 입안에 불쾌한 연기를 최대한 오래 머금었다가 마사에게 마리화나를 넘겼다.

마사는 마리화나를 받으며 말했다.

"내 동생은 좀 더 침착해질 필요가 없나 보네?"

마사를 돌아본 호퍼는 그제야 리로이에게 마리화나를 건네주지 않았음을 깨달았다. 리로이가 그를 두둔하려 얼른 나섰다.

"아니, 난 됐어, 마사. 난 안 해도 돼."

그들은 가게 앞에 세워둔 스테이션왜건에 계속 앉아 있었다. 저녁이라 가게 문은 닫았지만 가게 뒤쪽 어딘가에서 희미한 불빛이 비치고 있는 걸 보면 직원들이 뒷정리를 위해 아직 남아 있는 모양이었다.

호퍼는 목을 길게 빼고 차창 밖을 내다보았다. 그 가게는 전자제품 판매점으로 규모가 상당히 커 보였다. 큼직한 판유리와 쇠막대 너머 진열장에는 온갖 고급스러운 기기들이 진열돼 있었다. 큼직한 검은색 스피커 장치들, 앞쪽에 묵직한 그릴이 설치돼 있거나 매끄럽고 윤기 나는 검은색 뿔이 붙은 제품들. 크고 작은 콘솔들, 버튼과 슬라이더·다이얼·측정기 등으로 뒤덮인 탁자처럼 생긴 장치들. 오픈 릴식 테이프 플레이어 같은 좀 더 익숙한 생김의 물건들, 8트랙 카트리지가 들어가는 것으로 보이는 제품들. 거대한 은색 판 위에 줄지어 놓인 턴테이블들.

이곳은 시청각 기기 판매점이지만 일반인들이 거실에 놓고 쓰는 제품을 파는 게 아니었다. 산업용, 즉 전문가용 스튜디오 장비를 파는 곳이었다. 진열된 제품에 가격표가 붙어 있지 않은 것은 가격이 얼마인지 안다고 해도 일반 고객은 굳이 살 필요가 없는 물건들이기 때문이었다.

뒷좌석에 앉은 소년들 중 한 명이 손뼉을 치며 말했다.

"어서 가자, 어서 가자, 어서 **가자**!"

그들은 우르르 뒷좌석에서 내렸다. 리로이도 운전석 문을 열고 내렸다. 호퍼도 운전대를 붙잡고 따라 내리려는데, 마사의 시선이 줄곧 그의 뒤를 쫓았다. 심지어 마사는 그의 이두박근을 손으로 잡기까지 했다. 마사의 손길에 호퍼는 옆을 돌아보았다.

"이 일을 계속 할 수 있게 도와주는 게 있어요."

마사는 이렇게 말하며 야구 재킷 주머니에서 자그마한 파란색 비닐봉지를 꺼냈다. 비닐을 열고 그 안에 담긴 다채로운 색깔의 알약들 중 하얀색 알약을 빨간 매니큐어를 바른 긴 손톱 끝으로 집어 올렸다.

호퍼가 지켜보는 동안 마사는 미소를 지으며 그 알약을 건넸다. 호퍼는 주저 없이 알약을 입에 넣고 혀 밑으로 감췄다. 여기서 주저하거나 미심쩍게 굴 여유 따윈 없었다. 지금은 절대 그래선 안 되었다.

마사가 입꼬리를 올리며 짓궂게 웃었다. 마사가 조수석 문을 열고 내리자 호퍼는 운전석 쪽으로 내리면서 입안을 빠르게 손으로 훑어냈다. 손가락 사이로 빠진 알약이 부서져 내렸다. 입안을 혀로 핥아 보니 분필 같은 뒷맛이 느껴졌다. 분위기상 거절할 수 없었던 약이 소량으로도 효과를 나타내지 않기를 바랄 뿐이었다.

먼저 내린 세 녀석이 가게 앞에서 뒤꿈치를 들썩이며 초조하게 서 있었다. 그들은 낮은 목소리로 빠르게 저희끼리 수군거렸다. 리로이 는 한 옆에서 팔짱을 낀 채 가게 진열장에 기대서 있었다.

녀석들 중 한 명이 함성을 지르며 권투 연습을 시작하자 나머지 둘 이 손뼉을 치며 웃어댔다.

가게 안의 조명이 꺼졌다. 소년들은 떠들기를 멈추고 일시에 가게 로 시선을 돌렸다. 가게 안에 있는 누군가가 그들이 가게 앞에 서 있 는 것을 알아챈 걸까.

그때 마사가 스테이션왜건의 뒤쪽에서 돌아 나왔다. 가느다란 팔 아래 작은 망치를 들고 있었다. 소년들 중 하나가 마사를 향해 휘파 람을 불었다. 마사는 가게 정문으로 걸어가 머뭇거림 없이 곧장 망 치를 휘둘렀다.

정문의 손잡이와 자물쇠가 일격에 일그러지면서 나무 문 안쪽으 로 더 깊숙이 박혔다. 마사가 몇 번 더 망치질을 하자 손잡이 부분이 문짝에서 떨어져 나왔다. 자물쇠는 부서진 채 문틀에 붙어 있었지만 세 소년은 어렵지 않게 문을 밀어 열고 안으로 달려 들어갔다.

리로이는 마사 뒤를 따랐고 호퍼는 리로이 다음으로 가게로 들어 갔다.

가게는 꽤 규모가 컸지만 물건들이 잘 정리돼 있었다. 탑처럼 높이 쌓인 앰프들과 PA 음향 시스템 스피커들 사이의 진열대에 전문가용 으로 보이는 음향 기기들이 잔뜩 도열해 있었다. 소년들은 가게 뒤쪽으로 달려가면서 높게 쌓인 스피커들과 믹싱 데스크들을 바닥으로 쓰러뜨리거나 저만치 밀쳐냈다. 가게의 주요 전등이 켜지자 호퍼는 소년들이 가게 뒤쪽으로 가면서 쓸데없이 부숴놓은 물건들을 훤히 볼 수 있었다.

호퍼는 시야가 별안간 흐려져 멈칫했다. 잠시 동안 소년들은 여섯 명이 되어 달려갔고 이내 한 명도 보이지 않았다. 호퍼가 눈을 감았다 뜬 순간 산탄총을 든 백인 노인이 무어라 악을 써댔다.

산탄총의 총성에 호퍼는 감각을 되찾았고 시야도 안정됐다. 노인이 천장에 대고 경고 사격을 하는 바람에 천장의 회반죽 장식이 호퍼의 주변으로 우수수 떨어졌다. 분위기에 맞추느라 어쩔 수 없이 피운 마리화나에 약 기운이 더해지면서 호퍼는 동작이 지나치게 느려졌다. 두 가지 효과가 섞여 나타나기 시작한 것이다. 머리가 어찔어찔하고, 맥주를 잔뜩 마신 것처럼 머릿속이 울려댔지만 술을 마셨을 때와는 달리 눈앞이 흐려지지는 않았다.

비명 소리에 호퍼는 다시 현실로 돌아왔다. 눈을 껌벅이며 노인을 바라보았다. 어느새 산탄총은 바닥에 떨어져 있었고 그 옆에는 노인이 흘린 피가 흥건하게 고여 있었다. 호퍼의 주먹에는 더 많은 피가 묻어 있었다. 그는 노인의 목을 움켜잡고 가게 뒷벽에 밀어붙여 숨통을 조이고 있었다. 호퍼에게 붙잡혀 몸이 끌려 올라간 노인은 발끝으로 겨우 서 있었다.

호퍼는 눈을 껌벅이며 머리를 흔들었다. 언제 이 노인과 싸워 산탄총을 떨어뜨리게 만들었는지 기억나지 않았다. 노인을 때린 기억도, 노인을 벽으로 밀어붙인 기억도 없었다. 세상이 옆으로 쭈욱 미끄러지기 시작했다. 노인은 훌쩍이며 눈물을 흘렸다. 노인을 벽으로 더 세게 밀어붙이던 호퍼는 뺨 안쪽을 이로 물었다.

별것 아닌 통증이 전기 충격처럼 그의 머리를 맑게 해주었다. 호퍼는 고개를 돌려 뒤에서 벌어진 소동을 눈에 담았다.

리로이와 세 소년이 가게 밖으로 편하게 들고 나가기 위해 장비들을 한곳에 쌓고 있었다. 앰프, 턴테이블, 케이블 상자, 레코드 상자, 작은 냉장고만 한 크기의 스피커 캐비닛.

다른 곳에서도 소리가 들렸다. 호퍼는 뒤로 돌아 소리가 나는 곳을 바라보았다. 뒤쪽의 작은 사무실과 이어지는 문이 열려 있었다. 문 안에서 마사가 서류 더미를 이리저리 밀치면서, 사무실 공간의 대부분을 차지할 만큼 커다란 책상의 서랍을 하나씩 뒤지는 모습이 보였다. 그녀는 마침내 찾고 있던 물건을 찾아냈다. 큼직한 철제 금고였다. 마사는 금고를 들어 흔들었다. 그 안에서 지폐와 동전 소리임이 분명한 소리가 들렸다. 호퍼가 지켜보는 동안 마사는 금고 앞쪽의 자물쇠를 열려고 이리저리 만지작대다 포기하더니, 금고를 들고 사무실을 나왔다. 카운터 뒤에 선 마사는 허리를 굽혀 가게 주인인 듯한 노인이 떨어뜨린 산탄총을 집어 들고 가게 밖으로 나갔다.

노인은 호퍼의 손아귀 힘에 숨이 막혀 끄윽끄윽 소리를 냈다. 호퍼는 고개를 돌려 노인을 바라보았다. 노인의 눈에 눈물이 차올랐고 코에서는 선명한 붉은색 피가 흘렀다. 그 붉은색이 호퍼의 눈앞에서 춤을 추었다.

그들이 잠시 눈을 마주 보고 있는데 누군가 호퍼를 불렀다.

"미안합니다."

호퍼는 노인에게 속삭이면서 멱살을 풀어주고 뒤로 물러섰다. 노인은 피에 젖은 카펫 위로 무너지듯 쓰러졌다. 노인은 뒤쪽 사무실

273

로 기어가려다 얼마 못 가 포기하고 그 자리에 눕고 말았다. 노인은 흐느낌으로 몸을 들썩이며 숨을 몰아쉬었다.

"미안합니다."

호퍼는 한 번 더 사과했다.

그리고 티셔츠에 손을 문질러 닦은 뒤 가게에서 달려 나갔다.

1984년 12월 26일

**인디애나주 호킨스 마을
호퍼의 오두막**

호퍼는 의자에서 일어섰다. 기지개를 켜는 척하며 테이블 앞을 떠나 거실을 한 바퀴 돌았다. 사실, 잠깐의 휴식 시간이 반갑기도 했다. 바이퍼스 갱 단원들의 강요에 못 이겨 가게에서 강도짓을 했던 일은 그리 좋은 기억이 아니었다. 엘에게 얘기를 들려주면서 세부적인 사항은 대체로 생략했지만 몇 가지 불쾌한 사실들은 이야기의 흐름상 도저히 생략이 불가능했다. 엘은 그 부분에 대한 질문을 할 것이고 그는 감당해야만 했다. 텔레비전 앞으로 가서 선 호퍼는 깍지 낀 두 손을 뒷머리에 대고 빨간 테이블에 등을 기댔다. 테이블 앞에 앉은 엘이 말했다.

"괜찮아요."

호퍼는 두 팔을 내리고 뒤를 돌아보았다.

"뭐라고?

엘은 의자에 앉은 채 몸을 돌렸다.

"아저씨 잘못이 아니잖아요."

호퍼는 미간을 찌푸리며 고개를 저었다. 엘이 계속해서 말했다.

"그들이 아저씨한테 강요했잖아요……." 엘은 몸을 돌려 두 손을 의자에 얹은 채 호퍼를 바라보았다. "아빠도 저한테…… 가끔 강요했어요……."

호퍼는 테이블로 돌아와 앉았다. 엘도 바로 앉았지만 테이블을 향해 눈을 내리깔았다.

"가끔 뭘 강요했는데?"

"뭘 하라고 했는데, 그럴 때면…… 저는 저 같지가 않았어요. 저는…… 그 사람들처럼 보고 있었거든요."

"어떤 사람들?"

"거울 뒤에 있는 사람들이요."

호퍼는 심장이 철렁했다. 손을 뻗어 엘의 머리카락을 헝클어트리는데, 열이 오르면서 목이 메고 눈 밑이 촉촉이 젖었다.

"그다음엔 어떻게 됐어요?"

엘이 물었다.

호퍼는 잠시 엘을 바라보았다. 이 얘기를 더 해도 될지 확신이 서지 않았다. 엘은 방금 들은 호퍼의 어두운 과거에 대한 얘기에도 전혀 동요하지 않는 듯, 기대에 찬 눈빛으로 그를 바라보았다.

호퍼는 얼굴을 문질렀다.

"음, 그다음엔 바이퍼스 단원들과 그들의 지도자를 만났지."

그 말에 엘은 두 눈이 휘둥그레졌다.

"세인트존을 만났어요?"

"만났지."

"좋아요." 엘은 다시 편안해진 표정으로 말했다. "준비됐으니까 애기해주세요."

22장
독사의 둥지

1977년 7월 8일
뉴욕시 사우스 브롱크스

북쪽으로 향하는 나머지 여정은 그 전보다 더 요란했다. 스테이션 왜건 뒷좌석에 앉은 소년들은 아드레날린이 솟구쳐, 그들이 방금 해낸 일에 대해 목청 높여 빠르게 떠들어댔다. 길거리 은어가 섞인 그들의 대화는 낯선 데다 너무 빨라서 호퍼는 무슨 말인지 잘 이해할 수가 없었다. 게다가 눈앞이 어지럽고 오한이 느껴졌다. 머리를 조금만 움직여도 세상이 그의 몸과 다른 속도로 움직이는 기분을 느낄 수 있었다.

호퍼는 눈을 감았다. 엉덩이 밑의 갈라진 가죽 시트, 그의 몸에 밀착된 마사의 엉덩이, 짐을 잔뜩 실은 스테이션왜건을 운전하느라 페달을 밟는 리로이의 다리가 차례로 느껴졌다. 그들이 어떻게 그 많은 물건들을 차에 다 실었는지 호퍼로서는 알 도리가 없었다. 스테이션왜건은 호퍼만큼이나 기운이 소진되어 잔뜩 지친 듯한 소리를 냈다. 다 죽어가는 듯 갈갈대던 모터 소리는 깊고 공허한 그르릉 소리로 바뀌었다. 제너럴 모터스의 자동차 공학으로 탄생한 이 차가 수명이 다 되었음을 예고하는 소리였다.

"어이, 정신 차려요. 정신 차리라고요."

리로이의 목소리에 호퍼는 눈을 번쩍 뜨고는 운전 중인 그를 쳐다보았다. 리로이는 차의 속도를 줄이면서 운전대 잡은 손의 손가락을 세워 전방을 가리켰다.

몇 분 전에 그들은 브롱크스 자치구로 들어왔고, 지금은 어느 골목으로 들어가는 중이었다. 편편하고 높은 벽이 삼면을 둘러싼 막다른 골목이었다. 그 끝에는 널찍한 건물 벽에 큼지막한 쌍여닫이문이 설치되어 있었다. 스테이션왜건의 헤드라이트 불빛이 그 문을 비추며 위로 올라가자 한쪽에서 조금 더 작고 평범한 크기의 문이 열리고 남자 둘이 문 밖으로 나왔다. 둘 중 앞서 나온 남자가 스테이션왜건을 향해 손을 흔들었고, 곧 둘이 함께 쌍여닫이문으로 이동했다. 그들은 문의 묵직한 레버를 작동시킨 뒤 쌍여닫이문의 문짝을 하나씩 안으로 밀어 열었다. 충분한 공간이 확보되자 리로이는 그리로 차를 운전해 들어갔다.

문 안쪽은 창고였다. 동굴처럼 깊숙한 공간은 온갖 물건들로 채워져 있었다. 스테이션왜건 옆으로 컨테이너들이 보였다. 2층으로 쌓인 컨테이너들 주변에는 좀 더 작은 크기의 포장용 상자들이 놓여 있었다. 그중에는 열려 있는 것도 있고, 두꺼운 방수포로 덮여 있는 상자도 있었다. 안으로 더 들어가자 각지고 골격이 뚜렷한 모토크로스 (Motocross, 오토바이를 타고 하는 크로스컨트리 경주)용 오토바이들이 벽을 따라 줄지어 세워져 있었다. 일반 차량들도 있고 그 옆에는 큼직한 평상형 트럭도 있었다. 트럭 뒤의 짐칸은 방수포로 덮여 있었는데 무언가 커다랗고 각진 물건이 실린 듯했다.

리로이는 줄 끝에 차를 세웠다. 그들 바로 앞, 창고의 모퉁이에는 사교의 장이 마련되어 벌써부터 흥청대고 있었다. 기름통 네 개가 불꽃을 날름거렸고 그 주변에는 가구들이 놓여 있었다. 소파와 의자 중 일부는 아직 비닐로 싸여 있었고 테이블과 빈백 소파, 접의자, 캠프용 의자, 주지사의 대저택에서나 볼 법한 고급스러운 식탁 의자 등이 보였다.

스테이션왜건이 멈춰 서자마자 사람들이 몰려들어 문과 트렁크를 열고 물건들을 내리기 시작했다. 뒷좌석에 앉아 있던 세 소년은 차에서 훌쩍 뛰어내려 그들과 서로 등을 탁, 탁 치고 웃으며 인사를 나눴다.

앞좌석에는 마사와 호퍼, 리로이가 나란히 앉아 있었다. 마침내 리로이가 시동을 껐다.

"집에 왔네. 우리 집에 오신 걸 환영합니다. 어서 오세요."

리로이는 이렇게 말하며 마사를 건너다보았다. 중간에 앉은 호퍼는 두 사람을 번갈아 쳐다보았고, 마사는 먼저 차에서 내렸다.

리로이가 천천히 긴 숨을 토해내며 호퍼에게 나지막하게 물었다.

"괜찮아요?"

"나중에 물어봐."

호퍼는 차에서 내렸다.

그가 차에서 나오자마자 창고 안에 있던 사람들이 동작을 멈추고 그를 쳐다보았다. 모든 이들의 시선이 호퍼에게 쏠렸고 불꽃이 타닥타닥 튀는 소리 외에 어떤 말소리도 들리지 않았다. 호퍼는 주변을 둘러보면서 사람들의 차가운 시선을 견뎠다. 마사가 준 약과 마리화나 때문인지 별안간 여기서 자신이 너무 튄다는 기분이 들었다. 예전처럼 경찰 제복을 입고 가슴 주머니에 빛나는 경찰 배지를 자랑스럽게 달고서 바이퍼스 갱단의 한가운데로 걸어 들어온 느낌이었다.

옆으로 다가온 리로이가 호퍼의 목에 한 팔을 감으며 말했다.

"어이, 이제부터 이 형을 모두에게 소개할게!"

그가 웃으며 큰 소리로 말하자 다들 약간은 긴장을 푸는 듯했다. 스테이션왜건에서 훔친 물건들을 내리는 작업도 다시 시작됐다. 그러면서도 사람들은 여전히 미심쩍은지 서로를 곁눈질하는 모습이었다. 호퍼는 마사가 차 뒤에 실은 금고를 꺼내 팔에 끼고 창고 저쪽으로 성큼성큼 걸어가는 모습을 바라보았다. 그곳에는 사무실들이 층층이 위치해 있었고 외벽에 금속으로 된 계단이 설치돼 있었다. 사무실에는 조명등이 켜진 상태였다. 호퍼의 시선은 계단을 따라 위로 올라갔고 마침내 한 남자를 보았다.

남자는 맨 꼭대기 층인 4층 사무실의 내창 앞에 서 있었다. 사무실 안에 조명이 환하게 켜져 있어서 남자는 검은 윤곽으로만 보였다.

세인트존일까?

별안간 현기증이 파도처럼 호퍼의 온몸을 휩쓸었다. 호퍼는 눈을 감고 바닥을 내려다보았다.

"형, 괜찮아?"

리로이의 목소리에 호퍼는 눈을 껌벅이며 시선을 들었다. 몇몇 갱단원들이 호퍼 주변을 서성이며 그를 주시하고 있었다. 남자와 여자, 흑인, 백인, 히스패닉, 아시아계 등 다양했다. 제일 어린 단원은 너무 어려서 십대 초반으로밖에 보이지 않았다. 제일 나이 많은 단원은 오래되다 못해 세상에서 잊힌 동화에 나오는 쌍둥이처럼 긴 턱수염을 기른 반백의 두 백인 남자였다. 호퍼를 쳐다보는 표정들이 모두 굳어 있었다.

예상대로 다들 마사의 세 동료들처럼 소매 없는 가죽 재킷 차림이었다. 주변을 둘러본 호퍼는 훔쳐온 시청각 장비들을 옮기고 있는 남자들의 재킷 등짝을 처음으로 주목했다. 거기엔 붉은 뱀 문양의 상징이 새겨져 있었다. 하지만 재킷의 문양을 제외하면 아직 예전에 소속됐던 갱단의 색깔을 유지하고 싶어 하는 분위기였다.

"자, 이쪽은 스모커, 쿠키, 베티, 리즈, 재키 오."

리로이는 갱 단원을 차례로 가리키며 소개해주었다. 호퍼는 고개를 끄덕여 인사했고, 그중 마주 인사를 한 사람은 스모커라는 단원이 유일했다. 스모커는 깔끔하게 면도를 한 젊은 남자로, 영화배우 파라 포셋처럼 긴 갈색 머리를 늘어뜨린 모습이었다. 지퍼가 달린 연청색 원피스형 점프수트를 입고 그 위에 바이퍼스 재킷을 걸친 스모커는 지저분한 브롱크스 창고보다 스튜디오 54에서 밤을 즐기는 게 더 어울려 보였다.

그 옆에 선 흑인 여자 셋은 같은 박자로 껌을 씹으며 호퍼를 위아래로 훑어보았다. 세 명 모두 흰 티셔츠에 똑같이 생긴 청오버올 작업복을 입었는데, 바지 길이가 무거운 군화의 발목 높이에 딱 맞춰져 있었다. 서로 어깨를 붙이고 선 그들은 차림이 똑같았고, 머리카락을 하나로 모아 뒤로 묶은 고무 밴드 색깔만 달랐다. 베티는 빨간색, 리즈는 파란색, 재키 오는 하얀색이었다.

호퍼는 입술을 오므리며 그들을 쳐다보았다. 재키 오가 호퍼를 마주 보면서 껌으로 풍선을 불었다가 터뜨렸다. 그 옆에 선 쿠키는 혼자만 튀는 느낌이었다. 그는 몸에 붙는 검정색 진에 검은 티셔츠를 입었고 머리카락까지 검은색으로 염색해서 창백한 피부와 극명한 대조를 이루었다. 길고 부드럽게 자른 단발머리가 특히 눈에 띄었는데, 앞머리를 눈높이에 정확히 맞춰 뱅 스타일로 잘랐다. 그래서 호퍼는 쿠키가 지금 자신을 보고 있는지 확실히 알 수 없었다.

리로이는 호퍼를 데리고 그 옆으로 가 또 다른 이들과 인사시켰다.

"이쪽은 브라보, 시티, 루벤."

긴 금발의 여성인 브라보는 '스리스 컴퍼니(Three's Company, 1977년 3월 15일부터 1984년 9월 18일까지 ABC에서 방영된 시트콤)'라는 문구가 적힌 몸에 착 붙는 티셔츠를 청반바지 안에 넣어 입고 양손의 엄지를 굵은 벨트 버클 안쪽에 찔러 넣은 채 서 있었다. 보안관의 별 모양 배지 형태를 본뜬 벨트 버클은 술 달린 스웨이드 가죽 카우보이 부츠와 꽤 잘 어울렸다.

시티는 피골이 상접한 가슴팍을 그대로 내놓은 십대 소년이었다. 갈비뼈가 심하게 도드라졌고, 굽슬굽슬한 머리카락은 브라보의 머리만큼이나 길었다. 목구멍 안쪽으로 한 번씩 따악 소리를 냈는데 호퍼는 그게 웃음소리임을 나중에야 알았다. 시티는 그렇게 웃으며 루벤을 쿡쿡 찔러댔다. 시티보다 키가 30센티미터 이상 큰 루벤은 피부색만큼이나 검고 곱슬진 턱수염 안쪽에 표정을 숨긴 채 팔짱을 끼고 서서 호퍼를 바라보았다.

루벤은 줄무늬가 있고 42라는 번호가 적힌 뉴욕 메츠 야구팀 티셔츠에 청바지를 입었는데, 이곳에 모인 이들 중에 그나마 평범한 차림이었다.

'요즘은 평범한 게 뭔지 모르겠어.'

"리로이 워싱턴이 본인 소개하는 건 또 잊어버렸나 보네."

그 목소리에 리로이가 뒤로 돌아섰다. 몸집이 건장한 흑인 남자가 기름에 전 수건으로 손을 닦으며 다가왔다. 땀으로 번들거리는 맨가슴에 평범한 재킷을 걸쳤고 한쪽 어깨에 묵직한 장갑 한 벌을 얹은 모습이었다. 방금 전까지 기계를 손보다 왔는지 얼굴에 검댕과 기름이 묻어 있었다.

"내 친구, 친구, **친구. 이 자식!**"

리로이의 말과 함께 두 남자는 서로 손을 잡고 끌어당겨 가슴을 부딪치는 포옹을 했다. 몸집 큰 흑인은 수건을 쥔 손으로 자신보다 훨씬 작은 리로이의 등을 툭 쳤다.

"너 너무 오래 떠나 있었어, 리로이. 너무 오래. 사람들이 걱정했어. 말들도 많았고."

리로이는 뒤로 물러서며 고개를 좌우로 흔들었다.

"아니야. 우린 괜찮아. 괜찮고말고."

그러자 몸집 큰 흑인은 미소를 거두고 정색을 했다.

"아니, 리로이. 사람들이 말이 많았다니까. 무슨 뜻인지 알지? **온갖 말이 다 나왔어.**"

리로이는 혀로 입술을 핥으며 어깨를 으쓱했다.

"글쎄, 뭐라고 해야 할까. 사실, 나만의 시간과 공간이 필요했어. 그게 전부야. 여기가 유치원도 아니잖아. 무슨 뜻인지 알지? 사람은 한 번씩 맑은 공기를 마시고 싶어질 때가 있어. 이해되지?"

흑인은 리로이를 쳐다보다가 이내 환하게 미소 지었다.

"그래, 이해돼, 친구. 물론이야. 네가 사냥을 잘 해왔단 얘기 들었어." 흑인은 호퍼를 돌아보며 물었다. "이 사람이 신입이야?"

"어, 맞어." 리로이는 호퍼의 목에 또다시 팔을 둘렀다. "이쪽은 호퍼 형. 좋은 사람이야. 참 좋은 사람." 그리고 호퍼에게 물었다. "좋은 사람 맞죠?"

"아, 그럼. 좋은 사람이지."

흑인은 호퍼를 위아래로 훑어보다가 입으로 씹고 있던 무언가를 시멘트 바닥에 탁 뱉었다. 리로이는 호퍼의 가슴을 툭 치며 흑인을 소개했다.

"이쪽은 내 둘도 없는 친구 링컨."

호퍼는 고개를 끄덕이며 인사했고 링컨은 손을 내밀었다. 호퍼가 그 손을 잡자 링컨은 그의 팔뚝을 잡았다. 호퍼의 팔꿈치 안쪽을 잡는 손아귀 힘이 대단했다. 링컨이 그를 자기 쪽으로 끌어당기자 호퍼는 일순간 긴장했지만, 곧 링컨이 아까 리로이와 나눈 환영 인사를 그와도 하려는 것임을 알아챘다.

링컨이 호퍼의 어깨에 턱을 걸쳐놓자 호퍼의 귀에 뜨끈한 입김이 와 닿았다.

링컨이 나지막하게 말했다.

"당신, 진심이어야 될 거야."

호퍼는 뒤로 물러섰고, 링컨은 그를 가만히 쳐다보았다.

"뭐야, 이게 환영 파티야?" 리로이는 링컨의 팔을 치며 말했다. "이거 진심 실망인데. 어이, 축하를 하려면 제대로 해야지."

링컨은 한쪽 눈썹을 치켜올리고는 빙긋 웃으며 고개를 절레절레 흔들었다. 링컨이 돌아서서 불타는 기름통 주변에 둥글게 놓아둔 소파 쪽으로 걸어가자 리로이는 그 뒤를 따라갔다.

호퍼는 그 자리에 서서 주변을 둘러보았다. 나머지들은 하던 일을 계속하러 돌아갔다. 스테이션왜건에서 내린 물건들은 다른 크고 작은 상자들과 함께 창고 한 옆에 차곡차곡 쌓였다.

호퍼는 사무실들이 있는 쪽을 돌아보았다. 마사는 어디로 갔는지 보이지 않았다. 꼭대기 층 사무실을 올려다보니 아까 내창 앞에 서 있던 남자도 사라졌다.

"어이, 술이라도 마실래?"

호퍼는 고개를 돌렸다. 불 옆에서 윤곽으로만 보이는 링컨이 술병을 내밀고 있었다.

호퍼는 숨을 들이마시며 그리로 걸어갔다.

호퍼는 이 정도는 견딜 수 있었고, 그렇게 알고 있었다. 하지만 상황이 점점 우스워졌다. 그가 앉아 있는 지저분한 리클라이너 옆에는 이미 빈 맥주병 세 개가 놓였고, 그는 반쯤 남은 네 번째 맥주병을 무릎 사이에 끼운 채 한참을 들고 있었다. 맥주는 미지근했지만 부족하지는 않았다. 저쪽 벽에 맥주 상자들이 잔뜩 쌓여 있었다. 기름통의 열기는 생각보다 강하지 않았다. 창고 공간이 워낙 넓다 보니 그들 머리 위로 올라간 열기가 사방으로 퍼져나갔기 때문이었다. 호퍼는 천장을 올려다보았다. 녹슨 버팀대와 대들보가 지붕을 지탱해주고 있었는데 그중 일부가 이음쇠에서 떨어져 마치 부러진 나뭇가지처럼 중간쯤에 붙어 있었다.

다른 사람들도 기름통 주변에 둘러놓은 잡다한 소파에 앉아 함께 술을 마시는 중이었다. 그들은 맥주에서 시작해 벌써 한참 전에 다른 술로 넘어갔다. 위스키, 보드카, 그 밖의 호퍼가 이름도 모르는 술들을 나눠 마셨다. 마리화나 몇 대에 불을 붙여 돌리기도 했다. 호

286

퍼는 마리화나를 피우지 않고 요령껏 다른 사람에게 돌리기만 했다.

놀랍게도 이 갱 단원들은 그에게 별로 관심이 없어 보였다. 호퍼는 그 자리에 앉아 눈과 귀로 그들을 살피면서, 무슨 말인지 대부분 이해를 못 해도 남들이 웃을 때 따라 웃고 고개를 끄덕였다. 신입이자 갱단 한가운데로 들어온 이방인이니 쿨하게 행동해야 할 필요가 있었다. 그는 초대받은 손님이긴 했지만, 바이퍼스 단원들의 환대는 순식간에 싸늘해질 수 있었다. 이들이 그를 마음에 안 들어 한다든가, 자기네와 다르다고 느낀다든가, 그가 리로이가 말한 것 외에 다른 이유로 여기에 왔다고 느낀다면 충분히 그리 될 수 있었다.

또한 호퍼는 줄곧 감시당하고 있었다. 그는 맞은편에 앉은 링컨의 시선이 자신에게 지나칠 정도로 오래 머무는 것을 느꼈다. 아마 신입인 호퍼를 관찰한 결과를 나중에 세인트존에게 가서 전할 것이다.

그때 마사가 돌아오자 일부 단원들이 환호성을 질렀다. 마사는 미소를 짓다가 웃음을 터뜨리면서 곧장 호퍼 쪽으로 걸어왔다. 호퍼는 마사가 그의 의자 팔걸이에 걸터앉자 깜짝 놀랐다. 단원들은 늑대처럼 휘파람을 불고 웃음을 터뜨렸다.

마사는 다른 이들을 돌아본 후 호퍼를 내려다보았다. 그의 손에서 맥주병을 받아 들고 길게 들이켠 그녀는 일어서서 그에게 손을 내밀었다.

"따라와."

호퍼는 다른 이들을 쓱 둘러본 후 마사의 손을 잡고 일어섰다. 또다시 한바탕 휘파람을 불어댔다. 호퍼는 어깨 너머로 리로이와 눈을 마주쳤다. 리로이는 굳은 표정으로 고개를 살짝 가로젓고는 데킬라처럼 보이는 술병을 입에 대고 꿀꺽꿀꺽 마셨다. 링컨은 조용히 그들의 모습을 지켜보았다.

호퍼는 마사의 손에 이끌려 그곳을 떠나 사무실 쪽으로 향했다.

"아, 어디로 가는 거야?"

"세인트가 당신을 만나고 싶어 해."

호퍼는 우뚝 멈춰 섰다. 그의 손을 놓고 계속 걸어간 마사는 계단을 올라가기 전에 고개를 돌려 그를 흘끗 쳐다보았다.

호퍼는 뒤를 돌아보았다. 다른 단원들은 자기네끼리 저녁 시간을 즐기고 있었다.

호퍼는 몸을 돌려 위를 쳐다보았다. 맨 꼭대기 층 내창에 아까 본 남자의 윤곽이 다시 나타났다.

세인트존. 바이퍼스 갱단의 두목.

호퍼는 별안간 정신이 들고 머리가 맑아지는 기분이었다. 아울러 두려움도 밀려왔다. 호퍼는 마사의 뒤를 따라갔다.

23장
전우

1977년 7월 8일
뉴욕시 사우스 브롱크스

낡은 창고의 경영 구역은 호퍼가 예상한 것보다 훨씬 큰 사무실과 복도로 이루어져 있었다. 애초에 이 건물이 어떤 종류의 산업을 위해 사용됐는지는 알 수 없었다. 호퍼가 지나온 대부분의 사무실들은 원래 있던 물건들을 치우고, 거의 창고로 쓰이고 있었다. 앞장서서 가는 마사의 뒤를 따라가며 호퍼는 열린 문마다 안쪽을 흘끔흘끔 살폈는데, 똑같이 생기고 아무 표시도 없는 포장용 상자들이 그 안에 쌓여 있었다.

"경찰이라고?"

호퍼는 마사에게 눈을 돌렸다. 마사는 앞서 걸어가면서 어깨 너머로 한 번씩 그를 돌아보았다.

"경찰이었지."

마사는 호퍼를 훑어보고는 다시 앞으로 고개를 돌렸다.

"그게 다야? 더 알고 싶지 않아?"

"뭐, 더 알아야 돼?"

호퍼는 대답하지 않았다. 그는 아직 마사에 대해 알아낸 바가 없었고, 마사는 그에게 과거를 직접적으로 물어본 첫 바이퍼스 단원이기도 했다. 하지만 그의 과거를 염두에 두고 있는 유일한 단원은 아니었다.

두목인 세인트존도 거기에 포함될 것이다.

마사는 그를 데리고 사무동의 꼭대기 층으로 올라가 사무실로 들어갔다. 널찍한 공간이었다. 벽 두 개에 걸친 넓은 창문이 있어서 관리자가 그 아래 창고를 두루 내다볼 수 있게 되어 있었다. 방 한가운데는 기다란 회의용 테이블이 있었다. 대체 여기서 무슨 회의를 하는지 호퍼는 짐작도 할 수 없었다. 창문 쪽에는 테이블과 어울리는 디자인으로 된 큼직한 책상이 하나 놓여 있었다. 책상 앞의 문 두 개는 닫혀 있었다. 다른 쪽 벽에는 폭이 좁은 서류 보관함들이 있었고 그 옆에는 계획표나 청사진, 건축 도면 같은 좀 더 큰 서류들을 보관하는 용도로 보이는 큼직한 서랍장이 보였다.

무엇보다 호퍼의 시선을 잡아 끈 존재는 창문 앞에 서 있는 남자였다. 남자는 호퍼에게 등을 보인 채 창문 너머 그의 영역을 내려다보고 있었다. 허벅지 중간쯤까지 오는 길이의 보라색 가운을 입고 허리에 끈을 묶은 모습이 마치 무술 사범 같았다.

"바이퍼스에 온 걸 환영하네."

남자는 이렇게 말하며 돌아섰다.

호퍼보다 나이가 많아 보였다. 머리카락은 바짝 짧게 깎았고 턱 끈처럼 보이는 턱수염을 길렀다. 코는 예전에 한 번 부러진 듯했고 거울 같은 조종사용 선글라스를 착용했다. 남자가 가까이 다가오자 호퍼는 은색 렌즈에 비치는 자신의 모습이 점점 커지는 것을 볼 수 있었다. 가운 안에 입은 검은색 실크 셔츠는 거의 명치까지 단추를 풀어놓았고 목깃은 위로 세웠다. 목에 건 은색 사슬 목걸이 끝에 달린 자그마한 사각형의 장식 두 개가 그의 맨가슴에 닿아 있었다.

인식표 한 쌍이었다. 호퍼도 같은 것을 갖고 있었다. 그의 집 침대 옆 탁자의 서랍장 안에 넣어두었지만.

세인트존이 다시 입을 열기 전에 호퍼는 고개를 끄덕이면서 인식표를 가리키며 물었다.

"어느 부대였습니까?"

세인트존이 멈칫했다. 그러자 뒤에 선 마사가 자세를 바꾸는 소리가 들렸다.

호퍼가 계속해서 말했다.

"저는 제1보병대 소속이었습니다. 두 차례 참전했고요." 호퍼는 고개를 가로로 흔들며 덧붙였다. "거기서 볼 꼴 못 볼 꼴 다 봤죠. 제 할 일을 했더니 별처럼 생긴 훈장 하나 달아주고 살기 좋은 미국으로 돌려보내더군요."

세인트존은 큼직하고 눈부시게 하얀 치아를 드러내며 미소 지었다. 그가 손을 내밀었고 호퍼는 그 손을 잡았다. 세인트존은 손아귀 힘이 좋았는데 호퍼도 그에 못지않았다.

"101 공수부대."

호퍼는 싱긋 웃었다.

"울부짖는 독수리 부대군요."

"내 인생 최고의 시기였지." 세인트존은 고개를 옆으로 기울이며 물었다. "훈장을 받았다고?"

"청동성 훈장을 받았죠."

세인트존은 조용히 고개를 끄덕였다.

"부럽군. 나는 특수 임무를 지원하는 일을 했어. 누구보다도 오래 전장에 있었지만 별 모양이든 무슨 모양이든 훈장 같은 걸 받을 자격 조건이 되질 않았어."

"저도 훈장을 요구한 건 아닙니다. 의무를 다한 것뿐이지."

그러자 세인트존의 미소 짓던 입이 굳어졌다.

"아, 우리는 누구나 각자의 의무를 다하고 있을 뿐이기는 해, 그렇지?"

그들은 잠시 눈을 마주 보았다. 호퍼는 그자의 선글라스에 비친 자신의 눈밖에는 보이지 않았다. 잠시 후 세인트존은 돌아서서 커다란 테이블 앞으로 갔다. 호퍼가 곁눈질로 보니 껌을 씹으며 지루한 표정으로 문 옆에 서 있던 마사도 테이블 쪽으로 걸음을 옮겼다. 테이블 위에는 커다란 뉴욕 지도와 어떤 청사진이 펼쳐져 있었다. 하지만 호퍼가 제대로 보기도 전에 세인트존이 그것들을 전부 모아 반으로 접고, 또 한 번 반으로 접었다.

"리로이한테 듣기로 그…… 뉴욕 경찰로 일하면서 성가신 문제에 휘말렸다고?"

세인트존은 자료들 가장자리를 나란히 맞추며 호퍼를 흘끗 쳐다보았다.

호퍼는 어깨를 으쓱했다.

"처리할 수 없는 문제는 아니었어요."

세인트존은 고개를 끄덕였다.

"그래. 그건 자네가 알아서 할 일이지. 내 문제도 아니고. 그런 문제를 여기로 끌어들였다간 그다지 환영받는 분위기는 아니게 될 거야." 그는 자료들을 이리저리 뒤적거리다가 고개를 들었다. 거울 렌즈가 호퍼를 똑바로 쳐다보았다. "오늘 바이퍼스들은 자네를 환영해 줬지. 안 그래?"

"아, 맞습니다. 잘 대해주더군요. 신나게."

세인트존의 입가에 잠깐 미소가 어렸다. 그는 큼직한 서류 보관함 쪽으로 돌아서더니 가운 밑에서 열쇠 꾸러미를 꺼냈다. 서랍장 자물쇠를 열고 서랍을 당겨 연 다음 그 안에 자료들을 집어넣었다. 다시 서랍을 밀어 넣고 잠근 뒤 주머니에 열쇠 꾸러미를 집어넣었다.

"바이퍼스는 깡패, 도둑 들로 이루어진 평범한 갱단이 아니야." 세인트존은 서류 보관함에 두 손을 짚은 채 등을 보이며 섰다. "사실 나는 '갱'이라는 명칭도 마음에 안 들어." 세인트존이 돌아서자 호퍼는 또다시 그의 선글라스 렌즈에 비치는 자신의 모습을 마주해야 했다. "우린 **조직**이야. 신도들이라고 불러도 좋아. 내 영혼을 바칠 수 있는 조직이거든. 이해가 되나, 호퍼? 무슨 말인지 알겠어?"

호퍼는 혀로 입술을 핥았다.

"저, 제가 여기 온 건 몸담을 곳이 필요해서입니다. 지옥 구덩이 같은 곳에서 돌아왔는데, 거기서 아무 일도 없었던 것처럼 평범한 삶을 살아야 했어요. 그래요, 오래전 얘기기는 하죠. 저는 제 의무를 다한 것뿐이기는 합니다. 맡은 일을, 그것도 잘해냈더니 그들은 이제 그만 고향으로 가라고 고맙다고 훈장을 하나 걸어주더군요. 서랍 안쪽에 처박아두고 다시는 꺼내볼 일 없는 훈장일 뿐이지만요."

호퍼는 세인트존에게 한 걸음 다가가 거울 같은 선글라스 렌즈에 비친 자신의 모습을 마주 보았다. 까칠하게 돋아난 수염, 눈 밑의 처진 살가죽, 시청각 장비 판매점에서 폭력을 휘두르느라 셔츠에 튄 피가 보였다.

호퍼는 혈관에 아드레날린이 솟구치는 것을 느꼈다. 말에 힘을 주고 정신을 바짝 가다듬었다.

"예, 저는 제 할 일을 한 겁니다. 다들 그렇듯이요. 그런데 여기로 돌아오니 어떻게 살아야 될지 잘 모르겠더군요. 납득할 만한 이유가 있어서 참전을 했던 건데, 지금은 모르겠습니다. 내가 원래 삶으로 돌아온 건가? 이런 삶으로? 한 전장에서 다른 전장으로, 이 밀림에서 저 밀림으로 자리를 옮긴 것에 불과하지 않나. 딱히 해야 할 일도, 따라야 할 명령도, 지켜야 할 조국도 없는 삶이었죠. 그래서 어디든 소속될 만한 곳이 필요했습니다. 무언가를 위해 싸울 만한 곳이요. 뉴욕 경찰로 살아봤지만 거기서는 소속감을 느낄 수 없었습니다. 그래서 여기로 온 겁니다." 호퍼는 세인트존의 목에 걸린 인식표를 내려다보았다. 그자는 가슴을 들썩이며 숨을 식식대고 있었다. "두목도 그런 이유로 여기 있는 거 아닙니까?"

호퍼는 눈을 들어 거울 렌즈를 똑바로 쳐다보았다. 세인트존은 아무 말도 하지 않았고 마사는 껌만 씹어댔다.

이윽고 세인트존이 호퍼의 어깨에 한 손을 얹었다.

"걱정 말게, 형제. 자네는 딱 맞는 곳으로 잘 찾아왔어. 여기서 자네 자신뿐 아니라 우리 모두와 이 도시, 이 지구의 지옥을 구원할 수 있을 거야."

세인트존은 고개를 끄덕이면서 테이블 앞으로 돌아갔다. 그는 팔꿈치에 힘을 주며 테이블을 두 손으로 짚었다. 테이블은 비어 있었고 계획서도 모두 치워진 상태였지만 호퍼는 바이퍼스 갱단 두목의 렌즈 안 시선을 따라가고 있었다. 마치 그자의 조직이 관여하고 있는 불가사의한 계획이 눈앞에 펼쳐지기라도 한 것처럼.

"그 시간이 오고 있어, 호퍼. 우리의 시간이야."

"뱀의 날이요?"

세인트존은 고개를 살짝 숙이고 낄낄 웃었다.

"리로이가 두서없이 아무렇게나 얘기를 해줬나 보네."

호퍼는 고개를 흔들며 물었다.

"저를 받아주시는 겁니까?"

세인트존은 고개를 들어 호퍼를 바라보면서 고개를 이쪽저쪽으로 갸웃거렸다.

"해야 할 일이 많아. 이 도시를 멋지게 해방시키기 전에 이 도시한테서 받아내야 할 게 많거든."

호퍼는 거울 선글라스에 비친 자기 자신과 눈을 맞추었다. '멋지게 해방을 시켜?' 세인트존의 말뜻을 이해할 수는 없었지만 한 가지만은 분명했다. 이자는 미쳤다.

아니, 섣불리 판단내리지 말자. 그건 불공평한 일이다. 좀 더 깊게 파봐야 한다. 아까도 베트남 전쟁에 관한 뿌리 깊은 감정을 들췄더니 효과가 있었다. 덕분에 호퍼는 세인트존의 정신 상태를 빠르게 들여다볼 수 있었다.

이자는 미치지 않았다.

상처를 입은 것이다. 이런 경우를 숱하게 보아왔다. 전쟁은 호퍼를 비롯해 사람들에게 상처를 남겼다. 호퍼가 세인트존과 다른 점은, 방금 전 한 말과 달리, 고향으로 돌아와 삶의 목표를 다시 찾았다는 점이었다. 호퍼는 이 나라로 돌아왔고, 다르게 살아보고 싶은 바람을 가졌으며, 그 바람을 이뤄낼 길을 찾아냈다.

세인트존은 다른 길을 택했다. 그들의 삶은 어디에서부터 다른 길로 흘러갔을까? 그들이 베트남 참전이라는 같은 길을 걷다가 이토록 다른 장소에 이르게 된 것은 어느 순간 내린 한 번의 단순한 결정 때문이었을까?

테이블을 짚은 손을 떼고 몸을 일으킨 세인트존은 마사에게 고개를 끄덕였다.

"아래층으로 데리고 가. 리로이, 링컨의 팀에 합류시켜." 그는 호퍼를 흘끗 쳐다보며 덧붙였다. "우리가 자네한테 맡길 일이 꽤 많을 거야."

세인트존은 방을 가로질러 가 다시 큰 창 앞에 서서는 아까처럼 두 손을 뒤로 모아 뒷짐을 지고 창고를 내려다보았다.

호퍼는 마사를 쳐다보았다. 마사는 껌 씹기를 멈췄는데, 그래서인지 처음으로…… 사람이 달라 보였다. 겁을 먹거나 초조해하는 것은 아니지만, 아까 보았던 권위, 오만함이 사라진 모습이었다. 전보다 작고 어려 보였다.

경찰서에서 리로이가 그랬던 것처럼.

"내 지시를 따르도록 해, 호퍼. 바이퍼스를 잘 섬기고. 그러면 불타는 왕좌 곁에 자네 자리도 마련돼 있을 거야."

호퍼는 갱 두목의 등을 바라보았다. 문득 커다란 창문을 통해 세인트존이 등 뒤의 상황을 모두 볼 수 있음을 알아챘다.

호퍼는 아무 말도 하지 않았다. 그때 마사가 문 쪽으로 걸어가는 소리가 들렸다.

마사가 말했다.

"따라와. 술이나 마시게."

24장
비상 브리핑

1977년 7월 9일
뉴욕시 브루클린

드디어, 때가 되었다.

델가도는 65구역 경찰서 주요 브리핑실의 중간 자리에 앉았다. 늘 앉던 자리였다. 동료 형사들이 속속 안으로 들어와 의자에 착석하고 있었다. 오늘은 토요일이고 델가도는 교대 근무를 하는 날이었다. 하지만 몇 분 후 라보냐 팀장은 모든 경찰들의 주말 일정을 취소하게 만들 것이다. 형사들이 자리에 다 앉고도 더 많은 인원이 계속 브리핑실로 들어왔다. 코넬리 경사의 야간 근무조 사람들은 자리가 없어 브리핑실 뒤쪽과 주변에 둘러서야 했다.

올 것이 왔다.

델가도는 파트너가 저지른 일에 대해 들을 마음의 준비를 했다. 의자에 앉은 채 고개를 돌린 델가도는 해리스와 눈이 마주쳤다. 그녀가 브리핑실에 왜 이렇게 경찰들이 많이 들어오는지 이유를 모르겠다는 몸짓을 해 보였다. 해리스는 커피 머그에 코를 묻으며 중얼거렸다.

"드디어 샘의 아들이라도 체포한 건가."

라보냐 팀장이 들어오자 웅성거림이 잦아들었다. 브리핑실 앞쪽에 강연대가 있지만 평소 라보냐는 보다 세부적인 브리핑을 맥기건 경사에게 맡기는 편이라 쓰는 일이 거의 없었다. 하지만 오늘 아침에는 달랐다. 강연대 앞으로 걸어간 라보냐는 그 위에 서류철을 내려놓고, 강연대 양옆을 두 손으로 잡았다. 그는 고개를 들어 브리핑실 안에 모인 이들을 한번 쳐다보고는 다시 서류철로 시선을 내렸다.

"오늘 새벽 두시, 우리 구역 경찰들이 사우스 슬로프에서 발생한 총격 살인 사건 현장에 출동했다. 현장에서 희생자 두 명이 발견됐는데, 둘 다 이 구역에서 형사들에게 협조하던 정보원이었다. 현장을 수색한 결과 경찰서에서 지급된 것으로 확인된 무기가 발견됐다. 과학수사연구소에서 즉시 탄도 분석을 진행했고, 두 희생자를 죽이는데 사용된 무기임을 확인했다."

델가도는 얼굴이 달아오르기 시작했다. 라보냐가 범죄 현장에 관해 상세한 설명을 이어가는 동안 델가도는 꼼짝도 않고 앉아서 라보냐만 쳐다보았다. 자칫 잘못 반응했다가는 이 게임을 무용지물로 만들 수 있었다.

그래도, 아, 정말 기분이 **더러웠다.**

라보냐는 사건 요약본을 읽다 말고 브리핑실 안을 쓱 둘러보았다. 델가도는 겨우 고개를 약간 움직여 해리스 쪽을 쳐다보았다. 두 자리 건너에 앉은 해리스는 고개를 절레절레 흔들고 있었다. 다른 경찰들도 서로 쳐다보며 눈짓을 주고받았다.

라보냐는 헛기침으로 좌중의 시선을 다시 모았다.

"제임스 호퍼 형사 앞으로 등록된 무기였다."

그 말에 다 같이 헉, 하고 숨을 토해내는 소리가 들렸다. 경찰들이 질문을 쏟아내자 라보냐는 다시 고개를 들었다. 라보냐가 한 손을 들어 보이자 다들 입을 다물었다.

"호퍼 형사는 교대 근무를 해야 함에도 불구하고 이십사 시간 넘게 출근을 하지 않고 있다. 도주 중이기 때문이겠지. 이제 제임스 호퍼는 이중 살인 사건을 저지른 주요 용의자다. 추후 공지가 있을 때까지 모두의 휴가는 취소된다. 맥기건 경사와 코넬리 경사가 상세한 내용을 추가로 설명하도록."

라보냐는 무슨 말을 더 하려다가 그만두고 한숨을 푹 쉬고는 손으로 콧잔등을 문질렀다.

"좋지 않은 상황인 거 알고 있다. 정말 안 좋은 상황이기는 하지. 하지만 아직 어떻게 된 일인지 모르니까, 나중에 결과가 어떻게 나오든, 우리는 할 수 있는 일을 하면서 이 사건을 해결하는 데 최선을 다할 수밖에 없다. 우리는 이 도시를 지켜야 할 의무가 있다. 여러분 모두 그 의무를 충실히 수행해주리라 믿는다. 알겠나?"

알았다고 웅성웅성 대답하는 소리들이 들렸다. 델가도는 대답하지 않고 해리스 쪽을 돌아보았다. 해리스뿐만 아니라 다른 형사들도 델가도를 쳐다보고 있었다.

라보냐가 말했다.

"이상이다. 맥기건 경사, 나머지 사항 진행해."

벽에 기대서 있던 맥기건이 앞으로 나서자 라보냐는 그 옆을 지나가면서 그의 어깨를 손으로 툭 쳤다. 라보냐가 브리핑실을 나간 후 맥기건 경사가 설명을 시작했다.

"자, 다들 똑바로 잘 들으세요. 이 사태가 해결될 때까지 우리 중 아무도 휴가 못 갑니다."

형사들과 제복 경찰들이 추가로 비상 브리핑을 듣는 동안 델가도는 수첩을 펴고 경사의 핵심 전달 사항을 열심히 받아 적었다. 고개를 숙인 채 시선을 수첩 종이에 붙박은 그녀는 파트너가 자신이 지금 무슨 짓을 저지른 건지 똑똑히 알기를 바랐다.

25장
비밀 메시지

1977년 7월 9일
뉴욕시 브루클린

델가도는 투시 거울 너머로 다이앤을 지켜보면서 머릿속으로 가능한 선택지를 이리저리 궁리했다. 건너편 방에서 다이앤은 면회 테이블 앞에 팔짱을 끼고 앉아 굳은 표정으로 이 거울을 쳐다보고 있었다. 거울 너머가 보일 리 없는데도 델가도는 마음이 한없이 불편했다.

남편의 부재에 관해 다이앤에게 질문을 하는 것은 표준 절차였다. 델가도는 어떻게 된 상황인지 알고 있었지만 그의 '부재'를 '실종'으로 여기고 싶지 않았다.

어쨌든 다이앤을 이렇듯 조사실에 붙잡아두는 것은 표준 절차가 아니었다.

다이앤은 용의자도, 목격자도 아니었다. 경찰들은 다이앤을 여기로 데려오기 위해 집으로 차를 보냈다. 다이앤은 위층에 사는 밴 새븐 가족에게 새라를 잠깐 봐달라고 맡긴 뒤 그 차를 타고 65구역 경찰서로 와, 곧장 라보냐 팀장의 사무실로 들어갔다. 그리고 라보냐는 다이앤에게 남편에 관한 일을 알렸다.

델가도는 볼펜에서 팀장 사무실 쪽을 지켜보았다. 적어도 라보냐가 사무실 내창의 블라인드를 닫아버릴 때까지는 그랬다. 두 사람이 사무실에서 얘기를 나누는 동안 델가도는 맥기건 경사에게 가서 다이앤의 진술을 자신이 받게 해달라고 요청했다. 맥기건은 기꺼이 그 부탁을 들어주었다. 비상 브리핑이 끝나자마자 델가도는 모두의 주목을 받았다. 델가도가 속한 주간조는 물론이고 야간조의 경찰들까지 델가도에게 위로의 말을 건넸다. 마치 델가도의 부모가 돌아가셨다는 소식이라도 들은 것처럼. 델가도는 잠자코 들어 넘기면서, 문득 자신의 반응에 극도로 신경을 쓰는 사람은 자신뿐임을 깨달았다. 다른 이들의 눈에 호퍼는 인디애나주 출신의 촌뜨기 주제에 감당도 못할 일에 휘말려 폭력적인 결과를 내고 만 부패한 경찰에 불과했다.

호퍼에 대한 서 내의 평판이 나빠지는 속도를 보자니 델가도는 놀랍지도 않았다. 다들 호퍼가 원래 그런 놈이라고 믿는 듯했다. 서 내의 베테랑 형사들 눈에 호퍼는 아직까지도 외부인에 불과했던 모양이었다.

만약 갤럽 특수요원이 호퍼가 아닌 자신을 잠입 수사에 투입했다면, 이 사람들의 반응이 어떠했을지 델가도는 생각도 하기 싫었다.

다이앤이 팀장 사무실에서 나오자마자 델가도는 다이앤을 데리고 조사실로 향했다. 다이앤은 델가도를 보자 반가워했다. 그녀는 라보냐 팀장에게 남편에 대한 소식을 듣고 당황했을 텐데도 애써 침착을 유지했다.

조사실로 들어가 의자에 앉은 다이앤은 분노한 표정이었다.

'역시.'

델가도는 속으로 생각했다. 역시 다이앤은 남편이 무고한 이에게 총을 쏜 것은 고사하고 이중 살인에 연루됐다고도 믿지 않았다. 델가도는 어디까지가 위장인지 판단이 서지 않았다. 시체 보관소에서 차갑게 식어가고 있는 시체 두 구도 위장일까? 갤럽 요원이 거기까지 준비를 해둔 건가? 아니면 호퍼가 바이퍼스에 들어가 필요한 정보를 빼내서 나올 때까지 충분한 시간을 벌기 위해 고안해낸 정교한 속임수인 걸까?

델가도는 답을 알 수 없었다. 지금 그녀 앞에는 조사실에 몰래 데리고 들어온 호퍼의 아내가 있을 뿐이었다. 정상적인 경우라면 델가도의 책상 앞이나 회의실에서 다이앤과 이야기를 나눴을 것이다. 조사실은 음습하고 냄새가 났으며, 벽 안쪽에 습기가 차서 천장 귀퉁이의 타일까지 떨어진 상태였다.

용의자에게 겁을 주기에 완벽한 장소였다.

그리고 단 둘이 얘기를 나누기에도 완벽한 장소였다.

델가도는 숨을 들이마시며 관찰실을 나왔다. 델가도가 조사실로 들어가자 다이앤은 눈을 들고 고개를 절레절레 흔들었다.

"로사리오, 이게 대체 어떻게 된 일이에요? 제발 설명 좀 해줘요."

델가도는 맞은편 자리에 가 앉았다. 벽에 붙은 시계를 흘끗 올려다보았다. 다이앤의 진술을 받기 위해 조사실을 이용하지 못할 이유는 딱히 없었지만, 조만간 누군가 그들을 찾으러 올 것이다. 어쩌면 지나치게 조심하는 것일 수도 있지만 방심하다 당하는 것보다는 나았다.

"시간이 별로 없어요—"

델가도가 말을 하려는데 다이앤은 고개를 흔들면서 무릎에 있던 두 손을 테이블로 올렸다. 그리고 고개를 갸웃하며 물었다.

"무슨 뜻이에요? 저기요, 로사리오, 짐이 그런…… 참혹한 일에 연루됐을 리 없어요. 팀장님이 하신 얘기는 도무지 말이 안 돼요."

얼굴이 벌겋게 달아오른 다이앤은 뒤로 기대어 앉으며 손으로 이마를 문질렀다. 델가도는 호퍼 앞에서 잘할 수 있다고 큰소리를 쳤지만 막상 이런 모습의 다이앤을 마주 대하자 손이 떨려왔다.

"잘 들어요, 다이앤. 이제부터 정말 중요한 얘기를 할 거예요. 신중하게 들어줬으면 좋겠어요. 알겠죠? 원래 이러면 안 되는데, 제가 호퍼 선배한테 약속을 해서—"

다이앤이 앞으로 몸을 기울였다.

"약속이요? 그이랑 얘기를 했어요?"

그때 델가도의 귀에 소리가 들렸다. 뒤쪽 어딘가에서 들려온 희미한 소리였다. 델가도는 뒤를 돌아보지 않았다. 그대로 다이앤의 시선을 붙잡은 채 고개를 살짝 흔들었다. 다이앤은 혼란스러워하며 이마에 주름을 잡았지만 적어도 무슨 뜻인지 감은 잡은 것 같았다.

관찰실에 누군가 있었다. 델가도는 문 닫히는 소리를 감지했다. 용의자라면 알아채지 못했을 소리였고 그런 건 중요하지도 않았지만, 한 가지는 확실했다.

누군가 그들의 대화를 듣고 있었다.

델가도는 이를 갈면서 재킷 안으로 손을 넣어 명함 한 장과 펜을 꺼냈다. 명함을 뒤집어 재빨리 주소 하나를 적은 뒤, 손목 아래에 최대한 숨겨 다이앤 쪽으로 내밀었다. 다이앤도 눈치껏 델가도의 동작을 따라 하면서 손으로 카드를 숨겨 받아 테이블 밑으로 감췄다.

그때였다.

조사실 문이 열리고 라보냐 팀장이 들어왔다.

"델가도 형사, 내 사무실에서 좀 보지."

델가도는 의자에 앉은 채 몸을 돌렸다.

"예, 팀장님. 다이앤의 진술서를 받고 나서—"

"지금 당장 와."

라보냐는 한 손으로 문손잡이를 잡고 서서, 다른 손으로 델가도에게 어서 나오라고 손짓했다.

델가도는 다이앤과 시선을 맞춘 뒤 일어서서 조사실을 나갔다. 뒤에서 라보냐의 목소리가 들렸다.

"유감스럽게 됐습니다, 호퍼 부인. 차로 집까지 모셔다 드리죠. 양해해주셔서 감사합니다."

델가도는 두 손으로 엉덩이를 짚은 채 라보냐 팀장의 책상 앞에 섰다. 습관처럼 취하는 자세여서 델가도는 자신이 그러고 서 있는 줄도 모르는 때가 많았다.

지금은 알면서도 일부러 그렇게 서 있는 것이었다.

팀장 사무실의 문은 닫혔고 블라인드도 내린 상태였다. 라보냐는 책상 위에 놓인 몇 가지 물건들을 정리한 후 눈을 들어 부하 직원을 바라보았다.

"긴장 풀어, 형사."

"괜찮습니다, 팀장님. 왜 저를 보자고 하신 거죠? 일이 많아서 바쁜데요."

라보냐는 고개를 끄덕였다.

"도움을 주고 싶은 마음인 건 이해해."

델가도는 인상을 썼다.

"도움을 주고 싶은 마음이요? 팀장님, 저는 제 일을 하고 있는 겁니다. 다들 각자 사건을 맡아 진행하고 있듯이요. 저도 나가서 그만 일을 하고 싶습니다."

"그럴 필요 없어."

"팀장님, 저는—"

"형사로서 파트너와의 관계는 대단히 특별하다고 할 수 있어, 델가도. 파트너와의 관계는 밀접하게 마련이지. 개인적으로나 직업적으로 많은 일을 함께하게 되니까."

"그런 말씀을 하실 필요는 없는데요, 팀장님."

"사실 말이야, 그럴 필요가 있어, 형사. 자네가 내 말뜻을 못 알아듣는 것 같거든." 라보냐는 뒤로 기대앉아 책상 위에 펜을 툭 던졌다. "자네는 이번 사건에 너무 매달리고 있어. 게다가 자네는 아직 하급 형사인데, 감당하기 힘들어."

델가도가 눈을 가늘게 떴지만 라보냐는 한숨을 쉬며 말했다.

"집으로 가, 형사. 일주일 동안 유급 휴가를 줄 테니까. 내가 공식적으로 기록하지 않는 휴가야."

델가도는 고개를 저었다.

"제가 여기 있는 게 도움이 될 겁니다, 팀장님."

"내 생각은 달라, 형사. 나는 내 형사들이 다른 데 정신 팔리지 않고 본인이 맡은 사건을 잘 수사하길 바라. 그래야 자네의 개입이 부적절하다고 여기는 다른 경찰들이 이의를 제기하지 않을 테고."

"이의를 제기한다고요? 팀장님, 저는—"

"집으로 가. 명령이야. 이레 후에 보자고. 그때쯤이면 이 문제가 다 해결돼 있겠지. 무슨 일이 생기면 전화해줄게. 알았지?"

델가도는 깊게 숨을 들이마시며 고개를 끄덕였다.

"알겠습니다."

라보냐가 쳐다봤지만 델가도는 그 자리에서 꼼짝하지 않았다.

"나가서 문 닫아, 형사."

델가도는 입술을 오므리며 조용히 팀장 사무실을 나왔다. 등 뒤로 문을 닫으면서 불펜 맞은편 벽에 걸린 시계를 확인했다.

책상 위에 놓아둔 가방을 움켜잡은 델가도는 어리둥절해하는 다른 형사들의 표정에 반응하지 않고 조용히 서를 나왔다.

델가도는 다이앤이 아까 자신이 보낸 무언의 메시지를 알아들었기를 바랐다.

26장
두 번째 날

1977년 7월 9일
뉴욕시 사우스 브롱크스

창고에서 보낸 밤은 편안함과는 거리가 멀었고 생각보다 고되었다. 단원들이 모여 있는 곳으로 돌아간 마사와 호퍼는 용수철이 다 망가진 낡은 소파에 앉아 맥주 몇 병을 더 마셨다. 그러다 다른 단원들은 더 못 마시겠다며 슬그머니 빠져나갔고 호퍼는 그 소파에서 그대로 쓰러져 잠이 들었다. 눈을 떠보니 주위에 아무도 없어서, 호퍼는 창고 안에 잠자는 곳이 따로 있는 모양이라고 추측했다. 잠자리가 편치 않아서인지 등 아래쪽 근육이 뭉친 듯했다.

"배고파?"

호퍼는 일어나 앉아 눈을 들었다. 마사가 피자 상자를 들고 다가왔다. 마사는 그것을 테이블에 툭 내려놓고 호퍼 옆 소파에 앉았다. 그녀는 상자 뚜껑을 열고 남아 있는 차가운 피자 두 조각 중 한 조각을 집어 들더니, 뚜껑을 닫고 피자를 우걱우걱 씹었다.

아침으로 식은 피자라니. 호퍼는 한숨이 나왔지만 남은 피자 한 조각을 집어 들었다. 지금 그에게 정말로 필요한 것은 커피였다. 그것도 한 가득.

식어 빠진 피자를 씹으며 주변을 둘러보니 이 창고 바닥엔 그들뿐이었다.

"다들 어디 있어?"

"일하지. 그러려고 우리가 여기 있는 거니까. 아저씨는 잠을 너무 오래 잤어. 첫날이니까 그러려니 하지만, 둘째 날부터는 그러면 안 돼. 바이퍼스에 들어오고 싶으면 규칙을 따라야지."

"아침부터 식은 피자를 먹는 것도 규칙 중 하나인가?"

마사가 웃었다.

"이게 내가 할 수 있는 최선이거든. 식당에서 아침 식사를 하는 게 그리운가 봐."

호퍼는 피자를 씹으며 그 말을 곱씹었다. 그러다 옆에 앉은 마사를 돌아보며 물었다.

"여기 식당이 있어?"

마사는 어깨를 으쓱했다.

"있지. 세인트는 체계 있게 운영하는 걸 좋아해. 그는 그곳을 식당이라고 불러. 뭐, 테이블과 의자가 있는 게 전부지만. 우린 거기 모여 앉아서 통조림 음식을 먹어. 전투 식량이라나. 그 거지 같은 음식에 비하면 식은 피자는 진수성찬이야."

호퍼는 고개를 끄덕였다.

"잠은 보통 어디서 자?"

"그렇게 물으니까 생각났네. 자리를 정해줄게. 아저씨는 리로이,

링컨과 한 팀이니까 그들과 같은 곳에서 자면 돼." 마사는 피자의 딱딱한 가장자리로 근처 상자들이 쌓여 있는 곳을 가리켰다. "저기 가서 침낭 가져와."

"침낭?"

"어."

호퍼는 몸을 일으켜 마사가 말한 상자들 쪽으로 걸어갔다. 걸어가면서 소파에서 자느라 찌뿌듯했던 팔과 다리를 풀어주었다. 상자들 일부를 덮어놓은 방수포를 들추자 맨 위에 뚜껑이 없는 상자가 보였고, 그 안에 삼베 끈으로 묶어놓은 이불 뭉치 같은 것들이 있었다. 호퍼는 손을 넣어 그중 하나를 꺼냈다.

호퍼가 베트남에서 수많은 밤을 보내며 사용했던 것과 똑같은 군용 침낭이었다. 뒤집어보니 정품이었다. 퀴퀴한 냄새가 나기는 했지만 상태는 멀쩡했다. 바이퍼스들은 불용 군수품 가게라도 턴 모양이었다.

"자." 마사는 소파에서 일어나 창고 안 사무동이 있는 쪽으로 먼저 걸어가며 말했다. "이제 자리를 정해줄게. 일을 해야지."

호퍼는 걸어가는 마사의 뒷모습을 바라보았다.

바이퍼스들은 식당도 있고 그곳에서 전투 식량을 먹었다. 잠은 침낭에서 잤다.

갱단이라기보다는 사설 군대에 가깝다는 느낌이 들었다.

호퍼는 침낭을 들고 마사를 따라 창고 안쪽 깊숙한 곳으로 향했다.

27장
설명

1977년 7월 9일
뉴욕시 브루클린

   톰스 식당 커피 맛은 어찌나 지독한지, 어제 끓여놓은 묵은 커피를 따라주는 게 아닌가 싶을 정도였다. 그런데도 델가도는 다이앤이 오기 전까지 세 잔째, 아니 네 잔째 리필을 받아 마시고 있었다. 다이앤은 새라를 안고 식당으로 들어왔다. 어린 새라가 부루퉁한 종업원이 옆 테이블로 가져온 팬케이크와 시럽에서 시선을 못 떼는 모습에 델가도는 절로 미소가 지어졌다. 다이앤은 델가도가 앉아 있는 부스로 걸어오면서—우연히도 어제 델가도가 호퍼와 함께 앉았던 바로 그 자리였다—새라에게 엄마가 친구와 얘기하는 동안 말 잘 듣고 착하게 군다고 약속하면 팬케이크를 사주겠다는 솔깃한 제안을 하고 있었다. 새라는 알겠다며 얼른 고개를 끄덕였고 잠시 후 종업원이 팬케이크 하나와 작은 금속 그릇에 담긴 시럽을 다이앤의 커피와 함께 그들 자리로 가져왔다.

'좋은 생각이네.'

델가도는 생각했다. 다이앤이 남편에 관한 진실을 들을 동안 새라는 팬케이크를 먹느라 여념이 없을 것이다. 먼저 입을 연 사람은 다이앤이었다.

"저기요, 로사리오, 이렇게 하는 게 좋을 것 같아요. 대체 어떻게 된 일인지, 짐이 무슨 일에 얽힌 건지 알아야겠어요. 이게 이중 살인 사건이 아니라는 건 알겠어요. 경찰서에서 당신이 이 일에 대해 안다고 했을 때 눈치챘어요. 그러니까—"

다이앤은 멈칫하며 새라를 흘끗 쳐다보았다. 새라는 포크를 세워 팬케이크를 네모난 조각으로 자르는 데 집중하고 있었다. 다이앤은 델가도 쪽으로 몸을 기울이며 속삭이듯 말했다.

"그러니까 에둘러 말하지 말고, 짐이 무사한지부터 알려줘요."

델가도는 마른침을 삼켰다. 델가도는 다이앤과 잘 아는 사이가 아니었다. 호퍼와 파트너가 되고 6주 동안 두 번 만난 게 고작이었다. 그래도 다이앤이 남편과 마찬가지로 겉과 속이 같고 강한 사람이라는 것만은 알고 있었다. 솔직히 그런 사람일 거라고 다이앤을 만나기 전부터 생각했었다.

이렇게 단도직입적으로 물어오니 어쩌면 더 쉽게 설명할 수 있을지도 몰랐다.

다만…….

델가도는 테이블 위를 바라보며 생각에 잠겼다. 앞에 앉은 다이앤은 델가도의 표정이 바뀐 것을 알아채고 조금 더 가까이 몸을 기울였다.

"왜 그래요?"

델가도가 시선을 들었다.

"그 질문에는 답을 해드릴 수가 없어요. 저도 모르거든요."

다이앤은 한숨을 쉬며 뒤로 기대앉았다.

"제 남편이 무사한지 모른다고요? 어떻게 된 일인지 아신다고 생각했어요."

"잠깐, 잠깐만요." 델가도는 한 손을 들어 보였다. "맞아요. 어떻게 된 일인지는 알고 있어요. 전부는 아니지만 알 만큼은 알아요. 그리고 전에도 얘기했듯이 저는 당신과 새라를 지켜주겠다고 선배에게 약속했어요. 그 약속에는 당신 마음을 편안하게 해주는 것도 포함되겠죠. 편안하게 해주려 노력하는 정도겠지만요."

다이앤은 고개를 절레절레 흔들었다. 새라가 턱에 시럽을 묻힌 채제 엄마를 올려다보며 미소 지었다. 다이앤은 딸의 머리카락을 이마 위로 쓸어 넘기며 마주 미소 지었는데, 딸과는 달리 수심이 깃든 미소였다.

"무슨 일인지 안다면서, 짐이 무사한지는 어째서 말을 못 해주시는 거죠?"

"저도 모르거든요. 그게 사실이에요. 지금 선배가 어디 있는지도 저는 몰라요."

다이앤은 한숨을 푹 쉬었다. 부스의 비닐 소재로 된 의자에 힘없이 등을 기대고 앉는 다이앤의 모습을 보며, 델가도는 다이앤의 몸에서 에너지와 투지가 일부 빠져나가는 듯한 인상을 받았다.

다이앤은 애쓰고 있었다. 이 상황에 지지 않으려 **안간힘을 쓰고** 있었다. 하지만 힘에 부칠 것이다……. 그것도 지독히 절제된 표현임을 델가도는 알고 있었다.

"저, 다이앤, 제가 그 질문에는 답을 못 드리지만 한 가지는 얘기해드릴게요. 하지만 누가 이걸 알면 우리 모두 아주 곤란한 지경에 처하게 될 거예요. 호퍼 선배는 도주 중이 아니에요. 선배가 어디 있는지는 모르지만 실종된 것도 아니고요. 이중 살인 사건은 위장이에요. 선배는 지금 주요 범죄 단체를 무너뜨리려 작업 중인 연방 기관의 전담팀을 위해 일하고 있어요. 제너 카드 연쇄 살인과 관계된 범죄 단체예요."

델가도를 가만히 바라보며 귀를 기울이던 다이앤은 미소를 지으며 눈물을 흘렸다.

팬케이크를 잘게 자르던 새라가 눈을 들었다.

"왜 그래요, 엄마?"

다이앤은 다시 딸의 머리를 쓰다듬었다.

"걱정하지 않아도 돼, 아가."

다이앤은 이렇게 말하며 델가도 쪽으로 다시 고개를 돌리고 눈물을 닦아냈다.

"아는 걸 전부 말해주세요."

델가도는 고개를 끄덕이고 커피를 한 모금 마신 후 얘기를 시작했다.

28장
도시 수사

1977년 7월 10일
뉴욕시 맨해튼

일요일 늦은 오후, 델가도는 제이콥 휠러의 주소 목록 중 맨 마지막에 기재된 주소지에 도착했다. 그곳은 로어 맨해튼에 위치한 지역 문화 회관으로 오래된 공동주택들 사이에 끼어 있는 땅딸막하고 현대적인 건물이었다. 지금은 용도에 맞춰 작은 산업용 시설로 나뉘어 쓰이고 있었다.

그날 델가도가 세 번째로 찾은 장소이기도 했다. 앞서 그녀는 그곳에서 알코올중독자 갱생회 모임 두 개와 참전 군인 지원 모임 두 개에 참석했다. 기존 참가자들이 낯선 자신을 참고 받아줄지 자신이 없었는데, 막상 가보니 모임마다 따뜻하게 환영해주었고 그녀에게 날을 세우는 사람은 아무도 없었다. 원래 그런 성격의 모임이기도 했고, 순전히 자발적으로 참석하는 모임이라서 델가도는 별다른 의심을 사지 않고 조용히 자리에 앉아 사람들을 지켜볼 수 있었다.

조사를 이런 식으로 해도 될지는 확신이 없었다. 참석한 네 개의 모임 중, 카드 살인 사건과 관련이 있어 보이는 모임은 하나뿐이었다. 바로 베트남전 참전 군인들을 위한 지원 모임이었다.

하지만 직접적으로 관련된 것은 아니었다. 휴식 시간에 다른 참가자들과 얘기를 나누면서 델가도는 그 모임이 비교적 최근에 만들어졌음을 알게 됐다. 어느 날 갑자기 모임을 이끌던 조력자가 실종되면서 해체됐다가, 남은 참가자들이 새로 만들어 운영 중이라고 했다.

사라진 조력자는 바로 조너선 슈네처였다.

카드 살인 사건의 첫 번째 희생자.

델가도는 팀장 책상에서 슬쩍 빌려온 서류철에 끼워져 있던 제이콥 휠러의 사진을 보여주었다. 사진의 품질이 조악했지만 그 모임 참가자들 중 두 명이 휠러를 알아보았다. 휠러는 예전 조너선 슈네처가 있던 시절에 두 번 모임에 온 적이 있다고 했다.

드디어 조사가 약간이나마 진전되는 느낌이었다. 제대로 길을 찾아 가고 있는 것 같기는 한데 가야 할 길이 아직도 요원했다. 지금까지 참석한 네 개의 모임 중 한 개에서 겨우 단서 하나를 찾았을 뿐인데 시간은 이미 오후 네시가 다 되어가고 있었다. 여러 개의 모임을 한 번에 조사해야 뭐든 더 찾을 수 있을 텐데 그건 불가능한 일이었다.

건드려서는 안 되는 사건을 혼자 조사하고 있는 것도 수사가 어려운 이유 중 하나였다.

문화 회관의 앞쪽 창문 너머로 건물 안을 살펴보고 있는데, 유리에 테이프로 붙인 공지문 하나가 눈에 띄었다. 길에서 볼 수 있도록 붙여놓은 비슷비슷한 공지문들 중 하나라 바로 보지 못하고 지금에야 본 것이었다.

장소는 맞는데, 시간이 너무 늦은 걸까?

공지문의 내용은 이러했다. **참전 군인 모임 4시 워크숍 취소합니다.**

참전 군인 모임? 델가도가 찾는 모임일 수도 있었다.

숨을 혹 들이마시며 델가도는 문화 회관으로 들어가 안내 데스크를 찾았다. 안내 데스크에 앉은 곱슬머리 여자는 안경을 머리 위로 밀어 올리고 델가도를 올려다보았다.

"뭘 찾으세요?"

이제 방법을 달리해야 할 때였다. 델가도는 가방에서 형사 배지를 꺼내 들고 여자에게 보여주었다. 여자는 안경을 코끝으로 내리고 배지를 가만히 바라보더니 안경테 위쪽으로 델가도를 쳐다보며 물었다.

"뭐가 잘못됐나요?"

"저는 델가도 형사입니다."

"아, 네."

델가도는 배지를 치우고 공지들이 잔뜩 붙어 있는 앞쪽 창문을 가리켰다.

"참전 군인 모임이 원래 네시에 열릴 예정이었습니까?"

"아, 그거요."

여자는 의자에서 일어나 창문으로 다가갔다. 허리를 굽혀 해당 공지문을 확인한 여자는 그것을 창문에서 떼어냈다.

"벌써 내렸어야 했는데. 이 모임은 더 이상 여기서 열리지 않아요."

"마지막 모임이 언제였죠?"

여자는 자리로 돌아와 앉았다.

"글쎄요, 어디 보자."

여자의 팔꿈치 옆에 큼직한 장부가 있었다. 이미 펼쳐놓은 그 장부를 여자는 앞으로 당기고는 손가락으로 각 페이지의 윗부분을 훑으며 다음 페이지로 넘어갔다.

"음, 찾았네. 거의 한 달이 됐네요. 원래 일주일에 두 번으로 예약이 돼 있었어요. 수요일 밤이랑 일요일 오후요." 여자는 미간을 찌푸리며 다음 페이지를 살펴보았다. "여기 있네요. 그 달 치 이용료는 완납했는데 마지막 여덟 번의 모임은 열리지 않았군요. 죄송합니다. 공지문을 한참 전에 내렸어야 했는데." 그러고는 델가도를 쳐다보며 덧붙였다. "아, 맞다."

"기억나는 거라도 있으세요?"

여자는 장부를 손가락으로 한 줄 한 줄 훑으며 살펴보더니 다시 안경을 머리 위로 얹고 델가도를 올려다보았다.

"모임이 펑크 난 첫 번째 수요일에 모임 참가자들은 왔는데 주최자가 나타나지 않았어요. 참가자들은 주최자가 어디 있느냐고 물었죠. 린다가 주최자에게 전화를 걸었는데 받지 않았어요. 린다는 여기 없지만 같이 일하는 동료랍니다. 일요일에도 마찬가지였어요. 그날은 참가자가 두 명만 나왔지만 주최자가 또 오지 않아서 우리는 다시 전화를 걸었죠. 역시 받지 않더라고요."

델가도는 다음 질문에 대한 답을 듣지 않아도 알 것 같은 기분이었다.

"주최자의 이름을 알려주실 수 있으세요?"

"음, 린다가 없어서. 전화번호를 찾아봐드릴 수는 있지만, 영장 같은 걸 가져오셔야 되는 거 아닌가요?"

델가도는 고개를 저었다.

"이름만 알면 됩니다."

여자는 쿵 소리를 내며 다시 장부를 펼쳤다. 손가락으로 한 줄 한 줄 훑다가 페이지를 손으로 톡 두드렸다.

"샘 배럿 씨네요……."

여자는 장부를 들고 방향을 돌려 델가도에게 보여주었다.

델가도의 추측대로, 그 참전 군인 모임의 주최자는 샘 배럿이었다.

두 번째 희생자.

이제 한 가지 질문이 남아 있었다. 델가도는 제이콥 휠러의 사진을 꺼내 여자에게 건넸다.

"이 남자 여기 온 적 있나요?"

여자는 안경을 내려 쓰고 사진을 가까이, 그리고 멀리 놓고 살피더니 미간을 찡그리며 말했다.

"글쎄요. 모르겠네요. 사진 품질이 나빠서 알아보기가 힘들어요."

델가도는 고개를 끄덕였다.

"그래도 잘 보시고 생각을 해봐주세요."

여자는 델가도가 자신의 평온한 하루를 침범하기라도 한 듯 한숨을 쉬어댔다. 여자는 사진을 한 번 더 들여다보고 델가도에게 돌려주며 말했다.

"수요일이요. 주최자가 안 나타나서 참가자들이 주최자가 어디 있냐고 묻던 그 수요일에 이 남자도 여기 왔었어요. 그런데 무슨 일 때문이죠? 저희는 문제가 생기는 걸 원치 않아요."

델가도는 사진을 도로 가방에 집어넣었다.

"문제 생길 일 없습니다. 도움이 많이 됐어요. 감사합니다."

델가도가 돌아서서 걸어가 문을 나서려는데 뒤에서 안내 데스크의 여자가 땅이 꺼져라 한숨을 내쉬는 소리가 들렸다.

인도로 나온 델가도는 잠시 멈춰 서서 조너선 슈네처, 샘 배럿, 제이콥 휠러에 관해 모은 정보들을 생각해보았다.

그리고 돌아서서 도시 외곽 쪽으로 향했다.

모임 하나를 더 찾아가보기로 했다. 가서 얘기를 나눠볼 사람이 있었다.

리사 사지슨 박사.

손목시계를 확인해보았다. 서두르면 리사의 모임에 시간 맞춰 도착할 수 있을 듯했다.

29장
늦게 온 참가자

1977년 7월 10일
뉴욕시 브루클린

뎈가도는 모임 시작 시간을 몇 분 남겨두고 리사의 워크숍 장소에 도착했다. 자리에 앉기 시작한 시끌벅적한 참가자들 옆을 지나서 안으로 들어간 뎈가도는 앞쪽으로 걸어갔다. 모임 책임자인 리사가 뎈가도를 보더니 바로 말을 건넸다.

"안녕하세요, 형사님! 여기서 보게 될 줄 몰랐네요." 리사는 미간을 찌푸리며 물었다. "무슨 일 있나요?"

"몇 가지 좀 물어보려고 찾아왔어요."

리사는 코를 살짝 찡그렸다.

"중요한 얘긴가요? 워크숍을 시작할 시간이라서요."

"오래 걸리지 않길 저도 바라고 있어요." 뎈가도는 가방을 열고 제이콥 휠러의 사진을 꺼냈다. "아는 사람인가요?"

리사는 이미 고개를 가로젓고 있었다.

"아뇨, 죄송해요. 누구죠?"

시도해볼 만한 가치가 있을 듯했다.

"제이콥 휠러라는 사람입니다. 최근 수 주일 동안 이 사람이 뉴욕 곳곳에서 열리는 지원 모임에 참석했으리라 판단할 만한 이유가 있어서 여쭤보는 거예요."

리사는 입술을 오므렸다.

"음, 이 워크숍은 지원 모임이 아니고, 선정된 분들만 참석할 수 있어요. 이 남자분은 본 적도 없고 이름을 들어본 적도 없어요."

"그렇군요. 조너선 슈네처나 샘 배럿은 아십니까?"

리사는 고개를 저었다.

"아뇨. 처음 들어보는 이름이에요."

델가도는 숨을 가다듬었다.

"음, 감사합니다."

델가도는 기운이 빠지면서 어깨가 처졌지만 어리둥절해하는 리사의 표정을 보니 지친 와중에도 웃음이 났다.

"괜찮아요. 정말이에요. 몇 가지 단서를 쫓느라 여쭤본 것뿐입니다."

"그래요. 제 도움이 필요하면 언제든 연락하세요." 리사가 눈을 크게 뜨며 물었다. "혹시 그 카드와 관련된 일은 아니죠?"

"그건 말씀드리기 곤란해요."

그 말은 사실이었다. 나중에 델가도 자신의 입장이 곤란해지지 않기 위해서이기도 했다. 팀장이 기껏 휴가를 줬는데 그 기간 동안 건드리면 안 되는 사건을 파헤치고 다닌 게 들통나면 골치 아파질 터였다.

"시간 내주셔서 감사해요." 델가도는 돌아서서 문 쪽으로 향했다.

강당 안에 마련된 의자들이 모두 채워졌고 참가자들은 워크숍이 시작되길 기다리며 서로 두런두런 얘기를 나누고 있었다. "나중에 말씀드릴게요. 진행된 사항이 있으면 그것도 알려드리고요."

델가도는 의자들 사이를 지나 강당 끝에 있는 쌍여닫이문을 밀어 열고 복도로 나갔다. 그때 키 큰 남자가 문 안으로 들어왔다. 군인처럼 짧은 머리에 은색 조종사용 선글라스를 끼고 날카로운 턱 선이 강조되는 턱수염을 기른 남자였다. 늦게 온 참가자인 모양이었다.

델가도는 그 남자를 눈여겨보지 않고 그대로 나갔다.

30장
뱀의 입장

1977년 7월 10일
뉴욕시 브루클린

"훌륭한 상담이었습니다. 대단한 기술을 갖고 계시는군요."

리사는 배낭에 짐을 챙기고 있었다. 교화 모임이 이제 막 끝나서, 상담사인 리사가 뒷정리를 하는 동안 참가자 몇몇이 문 근처에 남아 한담을 나누고 있었다.

오래된 감리 교회 강당 앞쪽을 향하도록 배치된 낡고 지저분한 의자들 사이로 그 남자가 다가왔다. 리사가 고개를 들자 남자는 의자들을 손으로 가리켰다. 거울 같은 조종사용 선글라스를 끼고 있어 남자의 눈이 보이지 않았지만 그 손짓이 무슨 뜻인지 리사는 알아들었다.

"아, 감사해요." 리사는 손에 든 종이를 흔들며 말했다. "그리고 저야 도와주시면 고맙죠. 전에는 상담이 끝나면 참가자분들께 뒷정리를 도와달라고 했는데, 생각해보니까 그러는 게 너무 학교 같더라고요."

남자는 소리 내어 웃으며 의자들을 차곡차곡 쌓아서 강당 한쪽에 있는 낡은 직립 피아노 옆에 가져다 놓았다.

"죄송하지만 만난 적이 없는 분 같은데, 저희 모임에 참석한 적 없으시죠?"

리사의 말에 남자는 잠시 멈칫했다가 의자 정리를 계속했다. 남자는 키가 컸고 피부는 자연스럽게 그을렸으며 머리를 짧게 잘랐고 턱 끝 모양 턱수염을 길렀다. 그리고 조종사들처럼 보라색 셔츠에 검은색 가죽 재킷을 걸쳤고, 목에는 직사각형의 펜던트 두 개가 달린 목걸이를 걸었다.

리사는 갑자기 나타난 낯선 남자를 경계하며 긴장했다. 교화 모임은 초대된 사람들만 올 수 있었다. 프로그램을 운영하는 자선 단체 임원들이 선발하고 초청한 참가자들만 올 수 있는 모임이었다. 하지만 감리 교회 강당은 공공장소라 문이 늘 열려 있었다. 자선 단체 측이 상담이 진행되는 날짜에 맞춰 교회에 강당 사용을 늘 예약해놓기는 하지만, 리사가 매번 상담을 시작할 때마다 문을 잠그고 할 수는 없으니 누구나 마음만 먹으면 들어올 수 있었다.

이 남자도 그랬다. 솔직히 말하면 이 남자는 리사가 진행하는 모임의 참가자들과 비슷해 보였다. 룩우드 연구소와는 달리 자선 단체는 죄수들과 직접 접촉할 수 없으므로, 이미 석방돼 사회에 나와 새로이 정상적인 삶을 살고자 하는 이들을 돕는 식으로 프로그램을 운영했다. 교화를 빨리 진행할수록 성공적인 결과를 얻을 수 있으므로 자선 단체는 이제 막 출소해 위태로운 지경에 있는 사람들을 찾아내 상담을 받게 했다. 참가자들 중 일부는 비록 자발적으로 모임에 온 것이고, 삶의 태도를 바꾸지 않으면 결국 또 감옥에 갈 수 있다는 사실을 인식하고 있기는 했지만, 상담을 진행하기가 쉽지 않았다.

리사의 상담 모임에 참석한 사람들—현재는 전부 남자들—은 자 칫 잘못하면 또다시 어둠의 길로 빠져들 위험이 있었다. 그들은 평 범한 시민으로 살아가기 힘든 데다 그런 삶을 살 수 있으리라는 확신 도 적은 탓에 갱 단원 모집책의 주요 목표물이 되었고, 뉴욕시는 다 른 곳보다 갱단이 훨씬 많은 곳이었다.

이 낯선 남자가 속해 있는 조직도 그런 갱단일 터였다. 남자가 일 을 돕는 척하면서 의자들을 모아 세 번째로 쌓고 있는 동안 리사는 남자의 가죽 재킷 등짝에 붙어 있는 상징을 보았다. 끝이 갈라진 혀 를 날름거리며 똬리를 튼 붉은 뱀 형상이었다. 그 상징 밑에는 '바이 퍼스'라고 적혀 있었다.

리사는 숨을 고르며 남자에게 다가갔다. 이런 부류는 전에도 상대 해봤다. 등짝에 갱단의 표식을 붙이고 있다고 해서 말도 못 붙일 일 은 아니었다.

"미안합니다만." 리사가 가까이 다가가자 남자가 돌아섰다. "그만 가주셔야겠어요. 안 그러면 경찰을 부르겠습니다."

남자는 두 손을 들어 올리며 고개를 끄덕였다. 리사는 남자의 손이 닿지 않도록 본능적으로 뒷걸음질을 쳤다. 근처에는 아직 상담 참가 자 몇 명이 남아 있을 테니 소리를 질러도 될 것이다. 참가자들은 상 담이 끝난 후에도 늘 남아서 그들끼리 얘기를 나눴는데, 그것 또한 교화 과정의 일부였다. 리사는 참가자들이 서로 돈독하게 우정을 나 누면서 스스로 지원 모임을 형성하도록 가르치고 있었다.

리사의 가방은 강당 앞쪽에 있었다. 그 안에 최루액 스프레이와 호 신용 삼단봉이 들어 있었다. 뉴욕시에 사는 여자라면 그 정도 대비

책은 마련해두고 살아야 했다.

리사는 스스로를 돌볼 수 있었다.

그리고 **이 남자**도 처리할 수 있었다.

"죄송합니다. 침범하려는 의도는 아니었어요. 해를 끼치거나 괜한 걱정을 하도록 만들 생각은 절대 없습니다."

리사는 한 걸음 더 뒤로 물러섰다. 남자의 태도가 이상했다. 말투도 전형적인 거리의 불량배 같지 않았다. 교양 있고 지적인 말투였다. 확실히 달랐다. 남자는 리사가 볼 수 있도록 두 손을 앞에 둔 채 계속해서 말했다.

"정말입니다. 저는 당신이 여기서 훌륭한 일을 한다고 생각하고 있어요. 정말 대단한 일이잖아요. 이 도시와 이 도시에 사는 사람들을 돕는 일이니까요. 인사를 나누고 싶었습니다. 여기 찾아온 것도 그래서고요."

리사는 고개를 갸웃했다.

"**인사를 나누러** 왔다고요?"

남자가 웃었다.

"예. 일자리를 제안하기 위해서이기도 합니다."

리사는 눈을 깜박였다.

"죄송하지만, 제가 제대로 들은 게 맞나요?"

남자는 고개를 끄덕였다.

"제가 대표로 있는 단체는―"

"갱단이겠죠." 리사는 남자에게 손짓을 하며 말을 이었다. "바이퍼스. 재킷 등에 광고를 하고 다니시는 걸 잊으셨나 봐요?"

남자가 또다시 웃었다.

"맞습니다. 바이퍼스. 하지만 방금 전에도 말했듯이 우리는 갱단이 아니에요. 단체이기는 해요. 다른 갱단에서 몇몇 요소들을 빌려 오기도 했지만 범죄자 집단은 아닙니다. 물론 여기 같은 자선 단체는 아니지만, 추구하는 목표는 비슷할 겁니다. 도움이 필요한 이들에게 도움을 주는 것을 목표로 하니까요. 이 상담 모임처럼요. 그래서 저는 당신이 우리와 함께해줬으면 합니다."

리사는 고개를 저었다. 그래도 남자가 당장 달려들 것 같지는 않아 마음을 다소 놓으며 강당 앞쪽으로 자리를 옮겼다. 가방 끈을 재빨리 머리 위로 올려 어깨에 가로질러 멘 다음, 나머지 자료를 집어서 거칠게 가방 안에 쑤셔 넣었다.

"죄송하지만, 그쪽이 파는 물건이 뭐든 간에 저는 살 생각이 없어요. 다른 모임에 가서 알아보세요. 고맙지만 저는 여기 일에 아주 만족하고 있으니까요."

"이 정도 벌이에 만족하십니까?"

리사가 멈칫하다 물었다.

"무슨 뜻이죠?"

남자는 두 팔을 벌리고 방 안을 둘러보았다.

"그들은 당신을 이런 데다 던져놓고 상담료도 제대로 지급하지 않습니다. 당신은 한 번에 열두 명 정도의 영혼을 구제하려고 죽어라 힘들게 일하고 있죠. 나와 함께 일하면 수백 명을 구할 수 있어요. 월세도 제때 낼 수 있을 테고요."

리사는 다시 고개를 저었다.

"이제 정말 가주셔야겠어요."

남자는 강당을 가로질러 리사 쪽으로 걸어오며 말했다.

"다르게 해보고 싶지 않아요? 제대로 해볼 생각은 없는 겁니까? 중요한 일을 해보는 겁니다. 사람들을 돕는 일이요. 당신이 원하는 게 바로 그런 일이잖아요. 그런 사람으로 태어나기도 했고요. 그러니 나를 위해 일해주면 좋겠습니다. 우리가 함께 이 도시를 돕는 겁니다."

참다못한 리사는 한숨을 쉬었다. 이만하면 이 남자를 충분히 상대해줬다 싶었지만 뭔가 마음에 걸리는 점이 있었다.

"제가 누구고 무슨 일을 하는지는 어떻게 아셨죠? 상담에 참여한 적도 없으신데요. 여기 참가자들 중에 아는 사람이 있나요? 여기 일에 대해 누구한테 들으셨어요?"

"아, 사지슨 박사님. 나는 박사님에 대해 잘 압니다. 박사님의 연구에 대해서도 알고 있어요. 사회학적 재통합 방법론에 관한 박사님의 논문은 예술에 가깝더군요. 이런 말씀 드려도 괜찮을지 모르겠지만 사실 박사님의 논문을 자세히 읽어봤습니다. 대단히 흥미로웠어요."

젠장. 스토커인 모양이었다. 창문 너머로 스토킹 대상을 들여다보는 대신에 스토킹 대상에 관한 공공 도서관 자료를 뒤지는 유형의 스토커.

리사가 다시 거절을 하려고 숨을 들이마시는데 남자가 한 손을 들어올리며 물었다.

"펜 있으세요?"

리사는 말을 하려다 멈칫했고, 잠시 후 소리 내어 물었다.

"펜…… 펜이요?"

남자는 고개를 끄덕이며 재킷 안쪽 주머니에서 빨간색 성냥첩을 꺼냈다. 필요 없는 물건인지 확인하려는 듯 성냥첩을 손에 쥐고 뒤집어보기도 했다. 그러더니 리사 쪽으로 빈 손을 내밀었다. 리사는 인상을 찌푸렸지만 그의 요청대로 가방에서 펜을 꺼내 건네주었다.

피아노 옆으로 걸어간 남자는 피아노 위에 성냥첩 덮개를 펼치고 무어라 적기 시작했다.

"여기가 우리가 있는 곳입니다. 잘 생각해보세요. 박사님이 우릴 찾아올 거라는 느낌이 드는군요. 준비가 되면 나를 만나러 오세요. 기다리고 있겠습니다."

그는 성냥첩 덮개를 찢어서 리사에게 내주었다. 하얀 면에 남자가 적어놓은 것은 브롱크스 자치구의 어느 주소였다.

리사가 그를 쳐다보았다.

"이게 무슨—"

"펜 여기 있습니다."

남자가 펜을 돌려주었고 리사는 펜을 받았다.

돌아서서 문 쪽으로 걸어가던 남자는 반쯤 가다 말고 멈춰서 어깨 너머로 말했다.

"만나서 반가웠습니다, 사지슨 박사님. 부디 옳은 결정을 하시길."

그가 떠나자 리사는 강당 안에 홀로 남았다.

바르르 떨면서, 두 손에 쥔 종잇조각을 내려다보았다.

한숨을 푹 쉬고는 종잇조각을 가방에 집어넣었다. 강당 안을 둘러보니 의자들의 절반이 아직 정돈되지 않은 상태였다.

리사는 가방을 바닥에 내려놓고 나머지 의자들을 모아 포개기 시작했다. 그러는 동안에도 방금까지 마주했던 낯선 남자의 모습이 머릿속에 계속 맴돌았다.

1984년 12월 26일

인디애나주 호킨스 마을
호퍼의 오두막

엘의 혼란스러운 표정을 보고 호퍼는 얘기를 멈췄다. 시계를 보니 저녁이 깊어가고 있었다. 엘에 비해 자신이 훨씬 빨리 지치고 있다는 느낌이 들기는 했다.

엘은 입 모양으로 'O' 자를 만들었다.

호퍼가 한쪽 눈썹을 치켜올렸다.

"궁금한 게 있다고?"

엘은 팔짱을 끼며 물었다.

"어떻게…… 알았어요?"

"뭘 어떻게 알아?"

"델가도. 리사. 아저씨는 그 자리에 없었잖아요."

"좋은 지적이야. 우리는 그러니까, 델가도와 나는 나중에 정보를 하나로 취합했어. 관련된 사람들을 모두 면담해서 그 내용을 공식 보고서에 전부 집어넣었지. 사실, 사건 조사에 들인 시간보다 그렇게 보고서를 쓰는 데 걸린 시간이 더 많아. 보고서를 다 쓴 다음에는 워싱턴의 어느 연방 기관 건물로 가서 이름도 모르는 정장 차림의 무리들 앞에서 설명까지 해야 했어. 나는 그들이 누구인지도 모르는데, 그들은 우리를 이리저리 닦달하더라." 그는 싱긋 웃으며 덧붙였다. "그러니 내가 그 자리에 없었어도 전체적으로 다 알 수 있는 거야."

엘은 천천히 고개를 끄덕였지만 표정을 보니 완전히 납득한 것 같지는 않았다.

"물론 어떤 정보는 자세하지 않을 수 있어. 인정할게. 우린 정보취합을 위해 최선을 다했지만, 당시 무슨 일이 있었고 사람들이 무슨 생각을 했는지까지는 완전히 알아내기 힘들어." 호퍼는 테이블너머로 몸을 기울이며 덧붙였다. "그게 형사 일의 또 다른 측면이야." 그는 마치 보이지 않는 카드들을 늘어놓듯이 두 손을 펼치고 손바닥을 아래로 해 테이블에 내려놓았다. "온갖 다양한 정보, 면담을 통해 작성한 진술서, 본인이 갖고 있는 정보를 모으면 앞뒤가 얼마나 잘 맞는지 대략 알아낼 수 있어. 때로는 상당량의 정보가 의미상 통하지 않기도 하고, 어떤 사람들은 자기가 진실을 말하고 있다고 생각하지만 실제로 일어난 일과는 다르기도 해서 그게 쉬운 작업은 아니야. 내가 이렇게 종합적으로 얘기를 들려줄 수 있는 건 수년 동안 그 일을 마음에 담아두고 있었기 때문이야. 사람은 살면서 그런 시간이 필요하지. 그래야 과거에 정말로 무슨 일이 있었는지를 제대로 돌아볼 수 있으니까."

그는 뒤로 기대어 앉으며 무릎에 두 손을 얹고 어깨를 으쓱했다.

"물론 가끔은 얘기에 구멍이 나서, 맞는지 확신을 못 하면서도 최대한 메꿔보기도 해. 하지만 아까도 말했듯이, 그게 형사가 하는 일의 또 다른 측면이야. 형사는 사람들이 아는 정보를 모아 사건을 구성하거든. 수사를 철저히 하면 앞뒤가 잘 맞아떨어지게 되는 거지."

엘은 테이블을 바라보았다. 호퍼는 엘의 표정을 읽을 수 없었지만 굳이 읽어낼 필요는 없을 듯했다. 이야기는 방대하고 복잡했으며, 그가 의도했던 것보다 훨씬 길었다.

하지만 날이 이미 어두워졌다. 이 얘기를 언제 시작했는지 모르겠지만, 엘을 위해 최대한 자체 검열을 하다 보니 삭제한 부분이 지나치게 많지는 않은지 의문이었다. 그는 당시 일어난 일에 대해 엘을 위해서뿐만 아니라 자신을 위해서도 진실을 말해야 할 필요가 있었다. 그는 오랫동안 곱씹지 않은 기억이지만, 엘은 그의 과거를 알아야 할 필요가 있었고 알고 싶어 하기도 했다.

하지만…… 사탄을 섬기는 종교 집단과 연쇄 살인범에 대한 이야기는 어린 피후견인에게 들려줘도 무방한 멋진 모험 이야기가 아닐 수도 있었다. 그는 자신이 엘의 나이였을 때 어떠했는지, 이런 종류의 이야기를 들었을 때 어떻게 반응했는지 떠올려보았다.

물론 그게 정답이 될 수는 없었다.

그는 앞으로 몸을 기울이며 말했다.

"이봐, 꼬마야. 시간이 많이 늦었어. 얘기는 내일 다시 하기로 하고—"

엘은 고개를 치켜들었다.

"싫어요!"

"음, 그래." 호퍼는 고개를 갸웃하며 물었다. "그런데 너한테는 너무 무서운 얘기 아니니?"

엘은 그 질문을 무척 신중하게 생각해보는 듯했다.

"괜찮아요." 엘은 미소를 지었다. "중간 정도로만…… 무서워요." 그리고 미소를 거두며 덧붙였다. "단지……."

"단지 뭐?"

"아저씨는 그때 정말 괜찮았어요?" 엘은 논리를 파악하려는 듯 눈을 가늘게 떴다. "아저씨는 지금 여기 있으니까…… 그때도 괜찮았던 거겠죠."

호퍼는 미소를 짓다가 이내 소리 내어 웃었다. 엘은 표정이 밝아지면서 한결 긴장을 푼 눈치였다.

"그래, 엘. 나는 무사히 빠져나왔어. 멀쩡히 살아서."

엘은 만족스러운 얼굴로 고개를 끄덕였다.

"그다음 얘기 해주실 거죠?"

엘이 미소를 지었다.

"그래, 좋아. 어디까지 했더라?"

호퍼는 아까 하다 만 부분부터 다시 얘기를 시작하면서 엘의 질문과 걱정에 대해 생각했다.

그랬다. 그는 무사히 빠져나왔다.

그럭저럭.

31장
델가도의 전화

1977년 7월 12일
뉴욕시 브루클린

델가도는 수화기를 들었다가 내려놓았다. 그 후 세 번이나 더 그러다가 자신에게 염증을 내고는 좁은 아파트 한가운데서 좁게 맴을 돌며 서성였다.

염두에 둔 그 일을 하기 전에, 그게 과연 옳은 일인지 확신이 필요했다. 사실 그녀는 어제부터 그 문제로 고민을 해왔다. 그 일을 해야 된다는 주장과 하면 안 된다는 주장이 머릿속에서 줄기차게 싸워댔다.

일단 전화를 걸면, 돌이킬 수 없었다. 모든 것을 던진 후에 결과를 감당해야만 했다.

그러니 옳은 일인지 확신이 서야 했다. 그리고 그 결정을 **오늘** 내리지 않으면 너무 늦고 말 터였다.

델가도는 바닥에 흩어놓은 수십 장의 서류들을 밟고 미끄러지지 않도록 조심하면서 거실로 건너갔다. 소파에 놓인 수첩은, 어젯밤 그 자리에 앉아 일관성 있는 결론을 얻으려 생각과 이론을 정리하느라 수 시간을 보낸 흔적이었다.

수첩을 집어 들고 마지막 페이지에 끼적여놓은 메모를 다시 읽어보았다. 페이지 상단에는 이름 두 개가 적혀 있고 동그라미가 쳐져 있었다. 그리고 두 개의 동그라미를 선으로 연결해놓았다.

조너선 슈네처. 샘 배럿. 이 두 사람은 베트남 전쟁 참전 군인들을 위한 지원 모임을 이끌었다. 꽤 성공적인 모임이었는데 지도자가 갑자기 사라지면서 해체되고 말았다.

세 번째 희생자인 제이콥 휠러는 약간 다른 양상을 보였으나, 그가 살해된 것도 델가도의 이론에 맞아떨어졌다. 어쩌면 너무 깔끔해서 성급하게 결론을 내린 것처럼 보일 수도 있지만…… 분명히 맞아떨어졌다. 그 부분에서 델가도는 확신이 섰다.

갤럽의 연방 전담팀을 위해 위장 근무 중이었던 제이콥 휠러 특수요원은 목록에 있던 주소지를 전부 방문했는데 그중에는 슈네처와 배럿이 운영하는 모임이 개최되는 곳도 포함됐다.

그렇게 휠러가 방문하고 난 후, 모임 지도자가 살해당하고 모임은 해체됐다. 오래지 않아 휠러 본인도 똑같은 방식으로 카드 살인범에게 죽음을 당했다. 그들은 모두 카드 살인범을 **목격했기** 때문에 죽었을 것이다. 살인범은 그 모임들을, 그 모임들을 이끄는 자들을 목표로 삼았고—왜 그들을 목표로 삼았는지는 아직 파악하지 못했지만—휠러는 그 연장선상에 있었다.

그러니 휠러도 제거되어야 했다. 세 번째 희생자가 되어야 했다.

델가도는 생각을 멈추고 고개를 저었다. 이 가설이 맞는 걸까? 아니면 맞아떨어지길 바라는 마음인 걸까? 그 둘은 완전히 다른 것이었다.

리사는 어떻게 연결되었을까? 연결 고리가 애초에 **있기는** 한가? 리사는 제너 카드에 대해 알고 있고, 휠러의 주소 목록에 적힌 장소들 중 한 곳에서 모임을 이끌고 있었다. 하지만 델가도가 직접 가서 보니 감리 교회 강당을 모임 장소로 쓰는 단체는 수십 개에 달했다.

휠러는 대체 무엇을 하고 있었을까? 바이퍼스를 조사하던 그가 어쩌다 연쇄 살인범을 추적하게 됐을까? 아니면 갱 수사와 카드 살인 사건이 우연히 얽힌 걸까? 휠러는 어쩌다 실수로 죽음을 당했을까? 휠러는 완전히 다른 대상을 수사 중이었는데 살인범은 그가 자기 뒤를 밟는다고 생각했나?

델가도는 필기한 부분이 흐릿해질 때까지 가만히 바라보았다. 수첩을 소파에 던져놓고 또다시 아파트 안을 서성이다 결단을 내렸다.

어쩌면 중요한 단서를 발견했을 수도 있었다. 유용한 정보. 지금 어디에 있는지 모르지만, 파트너에게 도움이 될 만한 정보.

델가도는 전화기 앞으로 돌아와 수화기를 집어 들고 FBI 지역 사무소로 전화를 걸었다. 신호가 몇 번 간 후에 상대방이 전화를 받았다.

"65구역의 로사리오 델가도 형사라고 합니다. 갤럽 특수요원과 지금 당장 통화 연결 부탁드립니다."

32장
결단

"저기요, 제리. 제가 이해가 안 돼서요. 지금 뭐라고 하시는 거예요?"

리사는 전화선을 길게 늘어뜨리며 아파트 거실에서 맴을 돌았다. 그녀는 '상관'—직책상 상관은 아니지만, 그녀의 교화 프로그램에 돈을 대는 자선 단체의 회장이니 그렇게 부르는 것이었다—이 하는 말을 이해하려고 안간힘을 쓰며 바닥을 내려다보았다.

이 상황은 도무지 말이 되지 않았다. 전혀.

"미안합니다, 사지슨 박사님." 제리가 그녀의 귓속에 대고 다시 한 번 사과를 했다. 리사는 그가 로어 맨해튼 어딘가의 비좁고 후덥지근한 사무실에 앉아 있는 모습이 머릿속에 그려졌다. "달리 무슨 말을 해야 할지 모르겠네요. 저희는 박사님의 프로그램에 대한 지원을 이 시간부로 중단하기로 했습니다. 박사님의 급료는 이달 말일 치까지 계산해서 드리기로 이사회가 결정했고, 그게 저희가 지원해드릴 수 있는 한계인 것 같습니다."

리사는 현관 복도 중간에 우뚝 서서 손으로 이마를 짚었다.

"이해가 안 돼요."

수화기 너머로 제리의 한숨 소리가 들려왔다.

"미안합니다. 진심이에요. 저희 재정이 한계에 달해서 박사님의 시험 프로그램을 더 이상 지원할 수가 없습니다."

수화기를 쥔 리사의 손에 힘이 들어갔다. 지금 이 사람이 뭐라고 한 거야⋯⋯.

"시험 프로그램이요? 농담하시는 거죠, 제리? 이건 시험 프로그램이 아니에요. 저희 모임에 1년 동안 자금을 지원해주기로 약속하셨잖아요. 지난 6개월간의 모임 진행 결과를 보고 훌륭하다고 직접 말씀하시기도 했고요. 기대했던 것보다 훨씬 잘했다고 하셨잖아요. 뉴욕시 경찰청에서 표창장도 받았어요. 제가 그 표창장을 들고 와서 직접 읽어드릴까요, 제리?"

"사지슨 박사님, 리사, 어떤 심정인지 이해합니다."

"저는 이해가 안 되는데요."

제리는 다시 한숨을 쉬었다.

"음, 솔직하게 말하죠. 돈 때문입니다. 우린 더 이상 돈이 없어요."

"더 이상이라니 무슨 뜻이죠?"

"창밖을 봐요, 리사." 그의 목소리에 분노가 묻어났다. "뉴욕은 전 같지가 않아요. 이 도시를 개선의 여지가 없다고 여기고 포기하는 분들이 계세요. 우리 단체를 후원해주던 일부 후원자들도 거기에 포함되죠. 그래서 미안하지만 더 이상 지원해드릴 수가 없는 겁니다."

리사는 거실로 돌아와 퇴창 앞에 놓인 소파에 주저앉았다. 그녀는 고개를 절레절레 흔들었다.

"우리 모임 참가자들을 버릴 수는 없어요, 제리. 그 사람들이 지금 얼마나 잘하고 있는데요. 우린 이 프로그램을 계속해야 돼요. 이대로 모임을 취소할 수는 없다고요. 그렇게 되면 그 사람들한테 무슨 일이 일어날지 아시잖아요."

"박사님도 그만하면 충분히 했다고 생각합니다. 우리도 그렇고요."

"뭐라고요?"

"이사회는 현재 그 프로그램 참가자들을 다른 모임으로 나눠 보내 계속 지원하기로 했어요. 박사님의 프로그램은 뉴욕에서 최고라고 할 수 있지만, 박사님 말고도 이들을 도우려는 사람들은 있습니다. 박사님은 일을 잘해주셨고 그 사람들에게 도움이 됐습니다. 이렇게 중단하는 건 아쉽지만 저희로서는 피해를 최소화하려는 겁니다. 참가자들은 잘 견뎌낼 거고, 박사님의 노고에 감사할 겁니다."

대화는 계속되었다. 거의 제리 혼자 떠드는 식이었다. 제리의 목소리가 귓속에서 윙윙대는 동안 리사는 멍하니 듣기만 했다.

믿기지가 않았다. 그동안 해온 활동과 시간, 노력. 모든 게 물거품이 됐다. 그랬다.

이런 식으로 뒤통수를 맞은 게 처음은 아니었지만 적어도 룩우드 연구소에서는 배가 가라앉는 게 뻔히 보여 가라앉기 전에 탈출했었다. 그와 달리 이 단체에서 리사는 일을 잘해왔고 단체에 금전적인 부담도 크게 지우지 않았다.

도저히 이대로 떠나보낼 수는 없었다. 그럴 수도 없고…… 그래서도 안 되었다.

하지만 당장은 선택의 여지가 없었다. 제리는 몇 번 더 사과를 하면서 이해를 구했고, 지금까지 정말 완벽하게 잘해줬으며 모범 사례로 꼽힐 만하다고 말했다. 리사는 전화를 끊었다.

모범적으로 잘해온 건 리사가 아니라 모임 참가자들이었다.

리사는 수화기를 거치대에 내려놓고 소파에 등을 기대고 앉았다. 고개를 젖히고 천장에 대고 소리를 질렀다. 눈을 감고 그대로 몇 분 동안 가만히 앉아 있었다.

그녀는 허리를 꼿꼿이 세웠다. 이대로 멈출 수 없었다. 그녀는 일을 잘해왔다. 사람들에게 도움이 됐다.

어쩌면 아직 가능할 수도 있었다.

소파에서 일어선 리사는 다른 의자 옆 바닥에 놓인 가방을 집어 들었다. 가방 안을 뒤져 어제 바이퍼스 남자가 준 종잇조각을 찾았다. 종잇조각을 꺼내 들고 뒤집어보았다. 앞면에는 성냥첩을 나눠준 가게 이름이 찍혀 있었다. 브롱크스 자치구 어딘가에 있는 루이스 레스토랑이었다. 그리고 뒷면에, 빨간 바탕에 검은 글씨라 약간 알아보기 어려웠지만 남자가 써준 주소가 적혀 있었다.

이게 옳은 일일까? 어쩌면 미친 짓일 수도 있지 않을까? 리사는 그 남자가 누구인지도 알지 못했다. 겉으로는 멀끔하고 말도 번지르르하게 잘했지만 폭력배 같은 차림이었다. 그는 '단체'일 뿐이라고 했지만 재킷 등짝에 갱단의 표식도 붙어 있었다.

'그래, 맞아.'

하지만…… 만약 그 남자가 한 말이 진실이면? 애초에 남자가 찾아와 그런 얘기를 한 것 자체가 이상하기는 했다. 만약 그가 갱 단원이라면 왜 리사의 상담 서비스를 필요로 할까? 갱단은 자선을 베풀고, 이웃을 돌보고, 곤궁한 처지에 있는 사람들을 돕는 일과는 거리가 멀었다. 오히려 그 반대였다.

혹시 그 남자가 진실을 말한 거라면.

물론 아닐 수도 있었다.

그래도 알아볼 만한 가치가 있지 않을까? 당장 긴급하게 처리해야 할 용무가 있는 것도 아닌데.

마술사 아르바이트 말고는 딱히 일도 없는 상태였다. 만약 남자가 한 말이 사실이고 그녀가 룩우드 연구소와 자선 단체에서 운영해온 것과 같은 상담 프로그램에 적절한 자금을 지원해준다면, 그녀는 전력을 다해 좋은 결과를 낼 수 있을 것이다…….

마침내 리사는 결단을 내렸다. 한번 가서 보기로 했다. 최악의 경우라고 해도 도시 외곽까지 먼 길을 갔다가 헛걸음하고 돌아오는 게 고작일 것이다.

반대로 최선의 경우라면?

리사는 연락처가 적힌 종이를 가방에 넣고 최루액 스프레이와 삼단봉이 가방 안에 잘 있는지 확인한 뒤 브롱크스로 출발했다.

33장
방문

1977년 7월 13일
뉴욕시 브루클린

델가도가 적갈색 사암 건물의 공동 현관 초인종 옆에 붙은 거주자들의 이름을 보고 있는데 갑자기 공동 현관의 문이 열렸다. 문 안쪽에 그녀가 만나러 온 사람이 서 있었다.

"형사님!" 다이앤은 딸의 손을 꼭 잡고 있었다. "무슨 소식이라도 있어요?"

"아, 아뇨. 죄송해요." 델가도는 허리를 펴며 말했다. "아…… 집에 계시는데 놀라게 할 생각은 없었어요."

다이앤은 고개를 저었다.

"아뇨, 괜찮아요. 종일 위층 창가에 앉아 있었어요. 사태가 해결될 때까지 새라도 학교를 며칠 쉬게 하려고요. 창밖을 보고 있는데 형사님이 길을 따라 오시길래 혹시…… 무슨 일이 있나 해서. 저 역시 놀라게 하려던 건 아니에요."

"음, 몇 가지 일이 있기는 했어요. 호퍼 선배한테 연락이 온 건 아니고요. 그래도 직접 얼굴을 보고 얘기를 나누려고 찾아왔어요. 혼자 계시면 불안하기도 할 테고, 선배한테 부인과 딸을 잘 돌봐주겠다고 약속하기도 했고요. 그래서 온 거예요. 차와 쿠키 정도는 내주실 수 있죠?"

다이앤은 미소를 지으며 공동 현관 문을 더 활짝 열었다.

"그럼요, 언제든 환영이에요. 안 그래도 창밖만 보고 있으려니까 답답하던 참이었어요. 어서 들어와요."

델가도는 적갈색 사암 건물 안으로 들어갔다. 다이앤이 먼저 계단을 올라가며 말했다.

"이쪽이에요."

델가도는 그 뒤를 따랐다.

34장
사우스 브롱크스의 세인트존

1977년 7월 13일
뉴욕시 사우스 브롱크스

'그래, 됐다. 실수한 거야.'

리사는 본인의 실수를 인정할 줄 아는 어른이었다. 그리고 솔직히 말하면 아파트를 나서자마자 의심을 품기도 했다. 하지만 제리와의 통화로 인해 화가 났고 좌절했으며, 무엇보다 생각할 시간이 필요하기도 해서 한번 와본 것이었다. 성냥첩에서 찢은 종이 뒷면에 적힌 주소지를 찾아가보는 동안 머리를 식힐 수 있을 것 같기도 했다.

산업 지대의 울퉁불퉁한 도로를 따라 걸어가면서 주변을 둘러보았다. 잡초가 잔뜩 자란 널찍한 공터 주변에 높은 철조망이 쳐져 있고 그 너머에 항공기 격납고 정도 규모의 엄청나게 큰 창고가 있었다. 이런 데서 서성대면 좋을 게 없다는 것쯤은 리사도 알고 있었다. 날이 더웠고 하늘은 맑고 푸르렀지만 여기는 평범한 시민이 산책을 나오고 싶을 만한 동네가 전혀 아니었다. 심지어 리사가 타고 온 택시 기사도 거기까지는 못 간다면서 목적지에서 두 블록 떨어진 곳에 리사를 내려주었다. 리사가 반발하자 택시 기사는 건성으로 그녀의 안전에 우려를 표하면서 그대로 떠나버렸다.

도로 끝에 이르자 길이 좁아졌고 이윽고 높은 창고 두 개 사이로 난 골목이 나왔다. 골목 끝에는 세 번째 창고가 있었는데, 전부 연결된 구조물이 아닐까 싶기도 했다. 세 번째 창고의 쌍여닫이문은 대형 트럭도 지나갈 수 있을 정도로 컸고, 다른 문은 보이지 않았다.

리사는 그 자리에 서서 주변을 둘러보며 자신의 위치를 파악했다. 멍청한 짓이었다. 어쩌면 여긴 맞는 주소가 아닐 수도 있었다. 현재 자신의 위치와 목적지를 제대로 알지 않고서는 산업 부지에서 길을 찾는 건 불가능에 가까웠다. 택시에서 내린 후 거의 1.5킬로미터를 걸어왔다. 생각한 대로라면 주요 도로는 지금 리사가 서 있는 이 도로와 나란히 뻗어 있을 터였다. 이 공터 중 한 곳을 가로질러 간다면, 문명 세계로, 또 다른 택시를 잡아탈 수 있는 곳으로 훨씬 빨리 갈 수 있을 듯했다.

초조한 마음에 두 손을 부여잡고 있던 리사는 손가락을 쫙 펴고 왼손을 들어 무드 링(끼고 있는 사람의 마음의 움직임에 따라 색이 변한다는 반지)을 살펴보았다. 반지 색이 검은색으로 변했다는 건 긴장, 초조감을 나타냈다. 아니면…….

반지가 망가졌든지.

"망할."

리사는 손을 내렸다. 꼬리에 꼬리를 무는 생각의 고리를 끊기로 했다. 오래된 반지라 색이 변하는 기능을 잃어버렸을 것이다. 하지만…… 아까도 반지 색이 이렇게 검었던가?

잘못 생각한 것일 수도 있다고 스스로를 달래며 리사는 공터 쪽으로 발을 옮겼다. 바닥을 밟는 부츠 발소리가 주변의 높고 평평한 창고 벽에 부딪혀 울려 퍼졌다. 여기는 버려진 창고 단지인 듯했다. 지금까지 사람이든 자동차나 트럭이든 아무것도 보지 못했다. 그런데도 불안감을 떨칠 수 없었다. 정말로⋯⋯ '으스스하다'는 표현이 딱 어울리는 곳이었다. 여기 온 것 자체가 실수였다. 분노와 좌절감으로 성급한 판단을 내린 탓이었다. 하지만 괜찮다. 아직까지는 문제없으니까. 그냥 집으로 돌아가면 된다. 아파트에서 멀지 않은 작은 이탈리아식 술집에나 가서 슬픔을 달래야지.

제리와 통화를 마친 후 곧바로 그 술집으로 갔어야 했는지도 몰랐다.

창고 블록 끝에 다다른 리사는 아까 지나온 공터를 가로지르기 위해 왼쪽으로 방향을 틀었다. 그때 창고 건물 모퉁이에서 한 남자가 돌아 나왔다.

리사는 놀라서 숨을 훅 들이마시며 걸음을 멈추고 뒤로 주춤주춤 물러섰다. 남자는 껌을 씹으며 히죽 웃었다. 기름에 전 청바지의 허리띠 안쪽으로 양손의 엄지를 찔러 넣은 자세였다. 남자는 갈색 가죽 조끼 안에 흰 셔츠를 입었고, 머리에 쓴 초록색 두건 끄트머리를 밧줄처럼 꼬아놓았다.

"이렇게 빨리 떠나시게, 아가씨?" 남자는 리사 쪽으로 천천히 다가왔다. "아, 그럼 안 되지. 우리가 그렇게 둘 수가 없거든. 안 되고 말고. 여기까지 왔다가 인사도 없이 떠나면 예의가 아니잖아."

리사는 뒤로 물러서면서 가방을 앞으로 돌려 잡고 지퍼를 열었다. 가방 안으로 손을 넣으려는데 남자가 껌 씹기를 멈추더니 고개를 가로저었다.

"아, 가방 안에 뭐가 들었을까? 나랑 놀고 싶은 거야, 응?"

가방에서 접이식 삼단봉을 꺼낸 리사는 손목을 튕겨 삼단봉을 끝까지 펼쳤다. 남자는 히죽거리면서 박수를 세 번 쳤다.

"아, 좋아, 아가씨. 아주 멋지네. 어이, 넌 어떻게 생각해, 주키?"

뒤에서 발을 끌며 걸어오는 소리가 들렸다. 뒤를 돌아보니 앞에 선 남자와 똑같은 복장을 한 또 다른 남자가 뒤쪽 창고의 모퉁이에서 돌아 나오고 있었다. 그가 자갈 깔린 바닥을 발로 걷어차자 큼직한 돌멩이 하나가 창고의 금속 벽으로 날아가 부딪쳤다. 주키라고 불린 남자는 불을 붙인 담배를 입에 물고 있었다.

"여기서 재미 좀 볼 수 있겠네."

그는 담배를 바닥에 던지고 빨갛게 타고 있는 담배 끝에 침을 탁 뱉었다.

리사는 계속 뒷걸음질하며 침착을 유지하기 위해 안간힘을 썼다. 이 자리에서 벗어나려면 감정을 제어하고 집중해야 했다. 두 명을 상대하는 건 머릿수로는 딸리지만 무기에서는 밀리지 않았다. 리사는 무기가 있었고 두 남자는 무기를 갖고 있지 않은 것으로 보였다. 그녀가 손에 쥔 삼단봉은 그리 만만한 무기가 아니었다.

리사처럼 삼단봉을 제대로 다룰 줄 아는 사람이라면 더더욱 그랬다.

리사는 한 발 더 물러섰다. 두 남자는 골목에서 거리를 좁혀오면서 마치 인사라도 하듯 손뼉을 쳐댔고 리사에게 다시 시선을 돌렸다. 그들은 다가오고 리사는 그들과 일정한 거리를 유지하며 물러섰다.

위를 올려다보니 양옆으로 창고 건물이 높이 치솟아 있었다. 너무 뒤로 왔더니 막다른 길 끝에 이르고 말았다.

그때 창고 지붕에서 사람들이 나타났다. 이쪽에 네 명, 저쪽에 다섯 명. 창고 높이가 높아서 당장 위협이 될 것 같지는 않았지만 리사는 자신이 얼마나 곤란한 처지에 놓였는지 다시금 상기할 수 있었다. 이곳에는 그녀 혼자만 있지 않았다. 처음부터. 그녀는 이런 자들이 드글거리는 곳으로 곧장 걸어 들어온 것이었다.

주키와 그의 친구는 웃음을 터뜨렸고 창고 지붕에 선 자들 중 일부도 손뼉을 치며 환호성을 올렸다.

리사는 삼단봉을 고쳐 잡았다. 저 위에 있는 자들은 신경 쓰지 않기로 했다. 눈앞의 두 남자만 피하면 여기서 도망칠 수 있을 것이다.

그때 금속성의 물건이 쾅 부딪치는 소리, 거칠게 긁히는 소리가 연달아 들렸다. 지붕에 있던 남자들은 모습을 감췄고 앞에 서 있던 주키와 그의 친구도 걸음을 멈추더니 별안간 겁에 질린 표정으로 뒤로 한 걸음 물러섰다.

리사는 위험을 무릅쓰고 어깨 너머를 돌아보았다. 그곳에 아까 미처 보지 못했던 작은 문이 하나 있었다. 격납고 문 같은 큰 문 안에 설치된 작은 문이었다. 그 문을 열고 거울 선글라스를 낀 남자가 걸어 나왔다. 남자의 선글라스에 햇살이 환하게 비치고 있었다.

남자는 리사의 곁을 지나 주키와 그의 친구를 마주 보고 섰다.

"내 손님을 이런 식으로 맞이하면 안 되지."

남자가 낮고 위협적인 목소리로 말하자 주키와 그 친구는 서로 눈빛을 주고받더니 다시 선글라스를 낀 남자를 돌아보았다.

"너희는 나중에 얘기하자."

남자는 이렇게 말하며 돌아서서 리사에게 미소를 지었다.

"와주셔서 기쁘네요." 남자는 리사의 삼단봉을 손으로 가리키며 말을 이었다. "준비성이 철저하십니다. 인상적이에요. 그걸 사용할 일이 없어 다행입니다. 내 형제들은 가끔 자신들이 누군지 잊어버리곤 합니다."

리사는 고개를 절레절레 흔들며 물었다.

"여긴 뭐 하는 곳이죠? 왜 여기로 오라고 했어요? 당신은 대체 누구세요?"

"전에도 말했습니다만, 사지슨 박사님. 여기로 와달라고 한 건 박사님의 도움이 필요해서입니다. 내 이름은 세인트존이고, 여기는 제 땅입니다. 어서 오세요."

35장
신입

이틀 동안 상자를 옮기고 트럭에서 짐을 내리고 나니 호퍼는 실제 임무를 맡아도 될 만큼 바이퍼스 단원들에게 받아들여진 듯했다. 두 목에게 얘기하러 갔던 리로이와 링컨이 잠시 후 돌아와 호퍼를 스테이션왜건 쪽으로 데려갔다. 그들 셋은 차에 올라타고 초여름의 저녁을 향해 나아갔다.

체육관은 낡았지만 장비는 잘 갖춰져 있었다. 한쪽 벽에는 뜀틀이 켜켜이 쌓였고 천장에 매달아놓은 밧줄과 고리는 벽에 깔끔하게 고정돼 있었다. 전체적으로 갈색이었고 오래된 땀과 신선한 커피 냄새가 뒤섞여 있었다. 뜀틀이 쌓여 있는 곳 앞에 있는 가대식 테이블 위에 하얀 수증기가 피어오르는 커피포트 두 개가 마련돼 있었다. 테이블 다리 밑에는 단단한 목재 마루에 흠집이 나지 않도록 얇은 카펫이 깔렸다. 바닥이 긁히지 않도록 신경 쓰는 걸 보면 이 체육관은 다른 용도로도 쓰이는 듯했다.

세 남자는 체육관 입구 근처에서 서성였다. 리로이와 링컨은 자기네 갱단 특유의 색을 드러내는 대신 몸에 착 붙는 흰 티셔츠를 입었다. 호퍼는 항공 재킷 차림 그대로였지만 짐 크로스 셔츠에 묻은 피를 숨기려 목까지 지퍼를 올렸다. 지퍼를 완전히 올렸더니 더웠지만 저녁 공기가 선선했고 체육관 내부의 공기는 더 서늘했다.

어쩌면 그건 그의 착각일 수도 있었다.

이번 일에 대해 굉장히 나쁜 예감이 밀려들었다.

체육관 한가운데에 의자들이 둥글게 배치되었고 그중 일부에는 사람들이 앉아 있었다. 몇몇 사람들은 호퍼와 리로이, 링컨처럼 어정거리면서 서로 얘기를 주고받았는데, 특정한 목적을 위해 이 자리에 모인 듯 보였다.

이건 지원 모임이었다. 그 정도는 눈치로 알 수 있었다. 하지만 알코올중독자 갱생 모임이나 그 밖의 다른 중독자들을 위한 지원 모임 같지는 않았다. 만성 질병이나 만성 실업, 가정 폭력에 시달리는 사람들을 위한 모임도 아니었다. 이곳에 모인 사람들은 전부 남성이었고 나이대도 일정했다. 3분의 1 정도는 수선 상태가 다양한 낡은 군복 재킷을 입었는데, 그중 한 명은 목에 인식표를 걸었고 동그란 구슬로 된 목걸이 줄을 묵주처럼 손가락으로 헤아리고 있었다. 남자들 대부분이 담배를 피우고 있었다.

호퍼는 체육관으로 들어가면서 문에 붙은 공지문을 읽어보았다. 그리고…… 그때부터 몸에 밀려드는 오한을 느꼈다.

이건 베트남전 참전 군인들을 위한 지원 모임이었다.

이런 모임이 있다는 건 호퍼도 알고 있었다. 이런 모임의 필요성에 대해서도 공감하는 편이었다. 호퍼가 베트남전에 참전했다가 큰 부상 없이 그나마 제정신을 유지한 채 돌아온 것은 그야말로 축복이었다. 물론 그 전쟁으로 인해 호퍼는 전과 다른 사람이 되었고 때로는 견디기가 몹시 힘들었지만, 전쟁으로 더 깊은 상처를 받은 사람들이 있었다……. 호퍼는 이런 모임에 참석해야 할 필요성을 느낀 적은 없었으나, 필요성을 느끼는 사람들을 위한 모임이 있어서 다행이라는 생각을 늘 해왔다.

이런 자리에 왜 리로이, 링컨과 함께 와야 했는지 알 수 없었다. 이유는 알아내면 될 것이다. 다만, 다른 참전 군인들과 함께 이 자리에 앉아 있으려니 속이 울렁거렸다. 이건 일종의 영역 침범이었다. 호퍼를 비롯한 바이퍼스 단원들이 지켜보는 곳에서 지원 모임이라니. 참전 군인들이 안전한 장소라 여기고 모인 곳을 침범하는 것이나 다름없었다.

호퍼는 목구멍에서 올라오는 쓰디쓴 담즙을 삼키며 의자들이 놓인 곳으로 걸어갔다. 여기 있고 싶지도 않고 이 일을 하고 싶지도 않았지만 그는 이유가 있어 여기 온 것이었다. 세인트존의 신뢰를 어느 정도 얻었으니 이 과정을 끝까지 해내면, 세인트존의 계획이 무엇인지, 바이퍼스가 어째서 이런 사람들을 목표로 삼고 있는지 알아낼 수도 있을 터였다.

더 많은 정보를 얻어낼수록 이 일을 더 빨리 끝낼 수 있었다. 전부 다 알아내야 했다.

몇 분 후, 서성이던 사람들도 둥그렇게 놓인 의자로 와 앉았다. 리로이와 링컨은 서로를 마주 보면서 각각 세시와 아홉시 방향에 앉았고 호퍼는 여섯시 방향에 자리를 잡았다. 호퍼 맞은편에 앉은 남자는 다른 사람들과 비슷했지만 눈빛이 좀 달랐다. 다른 참전 군인들이 대부분 고뇌에 찬 어두운 눈빛이라면 이 남자는 그나마 눈에 생기가 담겨 있었다. 그는 날씨에 맞지 않게 두꺼워 보이는 코르덴 재킷을 입었고 손에는 공책과 펜을 들었다.

"어서 오세요, 여러분, 와주셔서 감사합니다." 남자는 의자에 앉아 두 다리를 꼬았다. 바지 밑단이 수기 신호처럼 펄럭였다. 남자는 위로 올린 다리의 무릎에 공책과 펜을 놓았다. "내 이름은 조지입니다. 오늘 저녁에도 이렇게 많은 분들이 정기 모임에 나와주셔서 정말 기쁩니다." 그는 좌중을 둘러보다가 호퍼에게 눈을 맞추며 덧붙였다. "새로운 얼굴들도 보이는군요." 그는 미소를 지으며 무릎에 올려둔 공책의 위치를 조정했다. "오늘은 어떤 분이 먼저 얘기를 시작할까요?"

호퍼의 귓속이 웅웅 울렸다. 시야 가장자리에 하얀 빛이 번쩍이는 것도 같았다. 그는 자기도 모르게 헛기침을 하며 입을 열었다.

"아. 안녕하세요. 제 이름은 짐입니다."

"안녕하세요, 짐."

다들 일제히 그에게 인사를 했다. 호퍼는 고개를 들고 딱딱한 미소를 지었다. 자신이 뭘 하려는 건지 전혀 확신이 없었다. 지금 체육관에 울려 퍼지는 목소리가 자신의 것이 맞는지조차 알 수 없었다.

맞은편 양옆에 앉은 리로이와 링컨이 자기들끼리 눈빛을 주고받았다.

"아, 예. 음, 말씀드린 것처럼 제 이름은 짐이고, 베트남에서 복무했습니다."

그는 팔꿈치를 무릎에 올리고 앞으로 몸을 기울이면서 얘기를 시작했다.

커피 맛은 그럭저럭 괜찮았다. 호퍼는 맛을 느낄 새도 없이 미지근한 액체를 목구멍으로 넘겼다. 오랫동안 얘기를 했더니 목을 가라앉힐 음료가 필요한 것뿐이었다. 커피를 한 잔 더 마신 뒤 손에 컵을 들고 테이블 옆에 서서 눈을 감고 목을 이리저리 돌렸다. 방금 자신에게 무슨 일이 있었던 건지 알 수 없었다. 속에 그렇게 많은 감정이 담겨 있었는지도 지금껏 모르고 살았다…….

"괜찮은가요?"

호퍼가 눈을 떴다. 참가자 중 한 명이 지금 막 테이블에 놓인 새 커피포트에서 커피를 따르고 있었다.

호퍼는 커피를 한 모금 더 마시고 어깨를 으쓱하며 대답했다.

"이것보다 더 맛이 지독한 커피도 먹어봤습니다."

남자는 크림과 설탕을 컵에 넣고 호퍼 옆으로 와 섰다.

"아뇨, 오늘 모임 말입니다."

그는 의자들이 둥글게 놓인 자리를 컵으로 가리켰다.

호퍼는 웃으며 말했다.

"아, 예…… 글쎄요. 괜찮았습니다. 뭐…… 사실 내 기분이 어떤지 잘 모르겠네요."

"무슨 뜻인지 압니다. 내 이름은 밥(로버트의 약칭)이에요." 남자는 손을 내밀었다. "로버트 더글러스 데블린 상병. 군번은 US096231777." 그는 호퍼의 눈을 가만히 바라보며 덧붙였다. "내가 힘이 되어줄게요, 짐."

그게 이 지원 모임에서 마치 주문처럼 서로에게 해주는 말임을 호퍼는 오늘 자신의 얘기를 마칠 때쯤 알게 됐다.

호퍼는 그와 악수를 나눴다.

"아…… 예. 나도 힘이 되어줄게요, 밥. 만나서 반갑습니다."

테이블에 기대선 두 사람은 이리저리 서성이는 사람들을 바라보면서 함께 커피를 마셨다. 그런데 리로이와 링컨의 모습은 보이지 않았다.

호퍼는 입술을 혀로 핥으며 물었다.

"정기 참석자인가요?"

"그렇기도 하고 아니기도 합니다. 정기적으로 모임에 참석하고 있기는 한데 이 모임은 아니에요."

호퍼는 고개를 끄덕였다.

"예. 이런 종류의 모임들이 뉴욕시 곳곳에서 열린다는 얘기는 들었습니다. 그중 아무 모임에 참석해도 되는 거죠?"

밥이 빙그레 웃었다.

"알코올중독자 갱생회 같은 모임을 생각하시나 봅니다. 그렇죠. 여기저기 많죠. 그중 아무 모임에나 들어가도 상관없기도 하고요. 그런데 모임 주최자들은 참가자가 정기적으로 나와주길 바라거든요. 평범한 삶으로 돌아간다는 게 쉬운 일이 아니라서 어느 정도 안정감이 필요하다고 하더군요. 폭풍우 속에서도 흔들리지 않는 닻처럼요."

호퍼는 커피 컵 너머로 미소를 지었다.

"설마, 그것도 조지가 나눠주는 지혜 한 토막은 아니겠죠?"

밥이 소리 내어 웃었다.

"무슨 뜻인지 압니다만 그건 아닙니다. 다른 모임에서 들은 얘기예요. 그 모임도 꽤 괜찮았어요. 2년 이상 꾸준히 나갔었죠. 좋은 모임이었어요. 상담사님도 좋은 사람이었고요. 솔직히 말하면 조지보다 그분을 더 좋아하기도 했습니다. 물론 조지를 깎아내리려고 하는 말은 아닙니다." 밥은 커피를 한 모금 더 마신 후 말을 이었다. "어떤 사람들은, 뭐랄까, 조금 더 갖고 있기도 하거든요. 상담 재능이라고 해야 하나. 일종의 기술이기도 하겠죠? 잘 모르겠어요, 어쩌면 변화의 문제일 수도 있고요. 새로운 모임에서 새로운 사람들을 만나면 적응하는 데 시간이 걸리잖아요. 나한테는 그런 게 좀 크게 다가와요."

"모임을 옮기신 겁니까?"

"예? 아, 아니에요. 그 모임이 없어졌어요. 종종 있는 일이죠."

"그렇군요."

"그런데…… 음. 사실 정말 안타까웠어요. 너무 갑작스럽기도 했고요."

호퍼는 강당 안을 둘러봤지만 리로이나 링컨은 여전히 보이지 않았다. 그는 밥에게 고개를 돌리고 건성으로 그의 얘기를 들으며 물었다.

"갑작스러웠다고요?"

"예." 그는 뒤로 손을 뻗어 테이블에 놓인 크림 봉지를 하나 더 집어 들더니 귀퉁이를 이로 뜯어서 하얀 가루를 커피에 섞었다. "상담사님이 갑자기 모임에 안 나오셨죠. 물론 단순히 그만둔 것일 수도 있는데, 따로 공지를 하거나 대체 모임을 만들지도 않고 그냥 모임 장소에 안 나타나셨어요. 그 후 그분 소식을 들은 사람은 아무도 없어요." 밥은 고개를 흔들며 덧붙였다. "정말 안타까웠어요. 샘은 참 좋은 상담사였거든요. 그 분야에서는 최고였어요."

호퍼는 커피 컵을 입으로 가져가다 말고 멈칫했다.

"샘이요?"

"아, 예. 샘 배럿 상담사님이요. 아세요?"

호퍼는 커피를 한 모금 삼켰다.

샘 배럿. 지원 모임의 상담사.

두 번째 희생자.

호퍼는 아무 말도 하지 않았다.

"어디에 있든 잘 살고 계셔야 될 텐데." 커피를 다 마신 밥은 고개를 좌우로 흔들었다. "그분도 우리와 같은 처지였고 같은 고통을 겪으셨어요. 무슨 뜻인지 알죠? 아, 오늘 저녁엔 커피를 너무 많이 마셨네요. 이만 실례하겠습니다. 이곳 시설을 좀 둘러보려고요."

호퍼는 밥에게 고개를 끄덕였다. 밥은 커피 컵과 받침을 소형 식기대 뒤쪽에 놓아두고 화장실 쪽으로 향했다.

'샘 배럿.'

역시. 호퍼는 바이퍼스와 세인트존, 카드 살인 사건 간에 연결 고리가 있다고 생각해왔지만 막상 그 사건이나 갱단과 무관한 사람의 입에서 샘 배럿의 이름이 나오자 아까보다 더 오한이 일었다.

그때 리로이가 호퍼 옆으로 다가왔다. 호퍼는 커피 컵과 받침을 달그락 소리를 내며 내려놓았다. 그는 눈을 감고 분노를 가라앉히려 애썼지만 속에서 점점 화가 뜨겁게 솟구쳐 올랐다.

'더는 못 참아.'

리로이를 한 옆으로 데리고 간 호퍼는 화를 내며 그를 켜켜이 쌓인 뜀틀 쪽으로 밀어붙였다.

"대체 이게 뭐야, 리로이?" 호퍼는 이를 악물고 낮은 목소리로 따졌다. "세인트존이 무슨 짓을 하고 있는 거지? 이런 데서 새로운 단원을 모집해? 내가 잘못 생각한 거면 그렇다고 말해. 지금 내 생각이 맞는다면 세인트존은 가장 취약한 상태에 있는 사람들을 먹이로 삼고 있는 거야. 그와 같은 사람들, 참전 군인들. 그렇다면 내가 맹세코 가만두지—"

리로이는 움찔하면서 호퍼를 밀쳐냈다.

"어이, 진정해요 좀!"

"아니, 진정 못 하겠어. 바이퍼스는 뭘 어쩔 계획이지, 리로이? 넌 정보를 주겠다면서 신변 보호를 요청했어. 그런데 여기 오고부터는 네가 주겠다는 정보가 허공으로 증발된 것 같거든."

리로이는 구겨진 티셔츠를 바로 하고 체육관 안을 둘러보았다. 참전 군인들은 다시 의자에 모여 앉기 시작했고 그들 쪽을 주시하는 사람은 아무도 없었다.

"호퍼, 진정하라고요. 말도 좀 조심하고요. 우린 이 일을 함께하고 있는 거예요. 알죠? 예?"

호퍼는 눈을 가늘게 뜨며 그를 노려보았다. 리로이는 그를 흘끗 보고는 시선을 돌렸다.

호퍼는 느낌이 왔다. 경찰로 수년을 일하면서 그는 온갖 종류의 표정을 다 봐왔다.

"나한테 말 안 한 게 뭐야, 리로이?"

"무슨 일이야?"

호퍼가 고개를 돌리자 그들 쪽으로 다가오는 링컨이 보였다. 리로이는 호퍼를 밀쳐내며 말했다.

"별일 아니야."

링컨은 그들을 쓱 쳐다보다가 어깨 너머를 엄지로 가리키며 말했다.

"전화 왔어. 세인트님이 우리더러 외곽으로 오라셔."

리로이가 물었다.

"뭐? 왜?"

"세인트님이 언제 나한테 이유를 알려주신 적 있냐, 리로이. 내가 이유를 묻지 않는 놈인 걸 그분도 잘 아셔. 그분이 오라고 하면 우린 가면 되는 거야."

링컨이 돌아서서 먼저 걸어가기 시작했다. 호퍼는 고개를 돌려 리로이를 쳐다보았다. 리로이는 얼른 그의 곁을 지나 동료 단원을 따라 밖으로 나갔다.

호퍼도 체육관을 나가려는데 마침 화장실에서 나오던 상담사 조지가 복도 중간에 서서 말을 걸었다.

"아, 짐. 괜찮아요? 이제 다시 상담을 시작하려는 참인데, 괜찮으면 같이 들어가서—"

"미안합니다, 조지. 제가 급한 일이 있어서요." 호퍼는 체육관 정문 쪽으로 뒷걸음질하며 말했다. "어쨌든 고맙습니다. 정말 큰 도움이 됐어요."

밖으로 나가자 리로이가 운전석에 앉아 액셀을 밟을 준비를 하고 있었다. 조수석에는 이미 링컨이 올라탔다. 호퍼는 뒷좌석으로 들어가 앉아 세차게 문을 닫았다. 리로이가 액셀을 콱 밟자 호퍼의 몸이 등받이 쪽으로 쏠렸다.

1984년 12월 26일

인디애나주 호킨스 마을
호퍼의 오두막

빨간 테이블 앞에서 일어선 호퍼는 테이블과 주방 사이를 오가며 다리를 폈다. 손으로 얼굴을 문지르다가 한 손으로 머리카락을 쓸어넘겼다. 그리고 엘에게 등을 보이며 걸음을 멈췄다.

엘에게 표정을 감추고 싶었다. 그는 다시 한 번 얼굴을 문지르다가 주방 창문을 얼핏 쳐다보았다. 창문 유리에 자신의 모습이 희미하게 비쳤고 그 뒤로 엘이 보였다.

베트남전 참전 군인 지원 모임. 지금까지 그 일을 잊고 지냈다. 아니, 완전히 잊은 것은 아니었다. 잊지는 못했다. 다만 수년 동안 그는 그런 종류의 기억들을 머릿속 뒤편의 특별한 장소에 따로 모아두는 방법을 터득했다. 그곳에서 그 기억들은 완전히 잊히지는 않은 채 잠들어 있었다.

지금까지는 그랬다. 리로이, 링컨과 함께 찾아간 지원 모임에서의 일을 오늘 저녁 엘에게 들려주기 전까지는.

그 기억에 대한 자신의 감정, 그 감정의 **깊이**를 깨닫고 그는 놀라고 말았다. 엘에게 이 이야기를 들려주기 전까지는 관련된 기억을 조금도 떠올리지 않고 있었음을 그는 뒤늦게야 깨달았다.

그는 그 지원 모임에서 한 얘기를 엘에게 상세히 들려주지는 않았다. 그 얘기에 대한 엘의 호기심이 크다는 것을 느꼈지만 그는 그대로 멈췄다. 베트남에서의 일을 엘에게 들려주는 일은 없을 것이다. 두 사람은 그 부분에 대해 이미 합의를 봤다. 이 이야기는 뉴욕 시절에 관한 것이었다.

두 이야기, 두 장소에서 일어난 이야기가 서로 교차되는 지점이 많다는 뜻밖의 사실을 깨달은 호퍼는 바보가 된 기분이었다. 당연히 교차될 수밖에 없었다.

"괜찮아요?"

호퍼는 숨을 들이마시며 뒤로 돌아섰다. 주방 카운터에 등을 기댄 그는 테이블 앞에 앉아 있는 엘을 바라보았다.

"어. 괜찮아. 넌 어때? 얘기가 너무 길지. 미안하다…… 이제 그만해도 될 것 같은데."

엘은 고개를 젓다가 미간을 찌푸리며 말했다.

"지쳐 보여요."

호퍼는 웃으며 다시 얼굴을 문질렀다.

"커피만 더 있으면 피로는 얼마든지 쫓아버릴 수 있어."

호퍼는 주방 카운터를 두 손으로 탁 치고는 돌아서서 새로 커피 물을 올렸다. 뒤에서 엘은 한동안 말이 없다가 다시 입을 열었다.

"내가 힘이 되어줄게요."

호퍼는 그대로 굳어 선 채 고개를 돌리며 물었다.

"뭐라고?"

"그게 무슨 말이에요?"

"아." 호퍼는 긴장을 풀었다. "음, 그건 오래전에 군대에서 쓰던 표현이야. 한 번씩 행군을 할 때면 뒤를 볼 수가 없거든. 그래서 나를 도와주고 안전하게 지켜줄 동료가 필요하지. 바로 그런 뜻이야. '내가 힘이 되어줄게.' 네가 도움이 필요할 때 내가 도와줄 테니 나를 의지하고 믿어라, 라는 뜻으로 사람들은 그 말을 사용해." 호퍼는 잠시 생각하다가 어깨 너머를 다시 돌아보며 물었다. "이해가 되니?"

엘은 고개를 끄덕였다. 엘도 테이블 앞에서 일어나 집 안을 한 바퀴 돌면서 다리를 풀었다. 호퍼는 엘을 잠시 바라보다가 커피를 끓이기 시작했다.

엘이 주방 카운터 옆으로 다가와 말했다.

"제가 힘이 되어줄게요."

호퍼는 엘을 바라보며 아무 말도 할 수 없었다. 그저 엘의 얼굴을 가만히 바라보았다. 턱을 들어 올린 엘은 확고하고 진지한 표정으로 그를 올려다보면서 그가 했던 말을 되풀이했다.

"저한테…… 의지해도 돼요. 제가 힘이 되어줄게요."

그 순간 호퍼의 목구멍에서 웃음이 터져 나왔다. 엘은 움찔하면서 혼란스러운 표정으로 얼굴을 찡그리며 뒤로 한 걸음 물러섰다.

"제가 잘못 말했어요?"

호퍼는 고개를 저으면서 엘에게 다가가 두 팔로 엘을 감싸 안았다. 엘도 그의 허리에 팔을 감았다.

"아니, 꼬마야. 넌 제대로 말했어."

엘이 고개를 끄덕이는 게 느껴졌다.

"제가 힘이 되어줄게요."

호퍼는 엘의 머리카락을 헝클어뜨렸다.

"나도 너에게 힘이 되어줄게, 꼬마야. 나한테 의지해."

엘은 뒤로 물러서며 코를 킁킁거렸다.

"커피 다 끓었어요. 윽."

엘은 코를 찡그리면서, 아무 일도 없었다는 듯 빨간 테이블 앞으로 돌아갔다.

"얘기 계속해주세요."

호퍼는 웃으며 컵에 커피를 따랐다.

"예, 그러죠, 마님."

호퍼는 테이블로 돌아와 편안하게 자리를 잡고 앉았다. 맞은편에 앉은 엘은 깍지 낀 두 손을 테이블에 올리고 그를 올려다보았다.

호퍼는 턱을 긁적였다.

"좋아. 어디까지 얘기했더라……."

36장
방울뱀을 찌르면 물린다

1977년 7월 13일
뉴욕시 사우스 브롱크스

창고에 도착할 때쯤 호퍼는 화가 많이 가라앉았다. 리로이는 트럭 옆 주차 구역에 스테이션왜건을 세웠다. 지원 모임에서의 일로 호퍼는 동요했으나 그런 감정을 오래 끌면서 일을 망칠 수는 없었다. 감정을 추스르고 갤럽이 맡기는 일을 받아 잘 처리해야 했다.

바이퍼스 단원들은 무척 바빠 보였다. 창고 안은 다른 때보다 두세 배 정도 많은 인원들로 북적였다. 그들은 온갖 장비가 담긴 상자들을 이리저리 옮기고 차량에 물건들을 싣고 있었다. 벽에서 약간 옮겨놓은 평상형 트럭에 짐을 싣는 이들도 보였다. 스테이션왜건에서 내린 호퍼는 트럭의 기계 장치에 매달아놓은 커다란 케이블 드럼을 보았다. 콘 에디슨 사(뉴욕시에 가스와 전기를 공급하는 업체)에서 **획득한** 트럭인가 싶기도 했다.

링컨은 창고 안쪽으로 들어가 모습을 감췄다. 운전석 앞에서 서성이턴 리로이가 갱 단원들이 일하는 모습을 바라보고 있는 호퍼 옆으로 다가왔다.

"늘 침착해야 돼요."

리로이의 속삭임에 호퍼는 고개를 끄덕였다. 그의 말이 옳았고 호퍼도 알고 있었다. 이의를 제기할 필요도 없는 일이었다. 호퍼는 트럭을 가리키며 물었다.

"저건 다 뭐 하는 거야? 세인트존은 무슨 일을 하고 있지?"

리로이는 굳은 표정으로 어깨를 으쓱했다.

"말했잖아요. 저는 모른다니까요."

"저들은 알겠네." 호퍼는 작업 중인 단원들을 턱 끝으로 가리켰다. "누군가 저들에게 명령이라든지 지시를 내렸으니 저렇게 일을 하고 있겠지. 세인트존이 명령이나 지시를 내릴 때 넌 근처에 한 번도 없었어?"

"제 얘기 잘 들어요." 리로이는 엿듣는 사람이 없는지 주변을 휘 둘러본 후 낮은 목소리로 속삭였다. "여긴 제가 소속된 팀이 아니에요. 세인트존은 조직화와 규칙을 선호하거든요. 단원들은 각자 위치에서 맡은 일을 할 뿐이에요. 아시겠어요? 그러니까 저는 저들이 뭘 하는지 알 수가 없어요. 우리가 여기 있는 것도 그래서고요. 우리가 뭘 어떻게 하길 바라는 거예요? 세인트한테 가서 대체 무슨 일을 벌이고 있냐고, 악마가 발코니에 칵테일을 마시러 나오는 시간이 언제냐고 물어보기라도 할까요?"

"아니. 하지만 이제 답을 얻어야 할 시간이야."

호퍼는 어깨를 쭉 펴고 뒷좌석에서 내려, 나무 상자들이 쌓여 있는 곳으로 발걸음을 옮겼다. 사람들은 오토바이 앞에 도열한 여러 대의

픽업트럭 뒤쪽 짐칸에 그것들을 싣고 있었다. 상자들은 길쭉하고 높이가 비교적 낮았다.

호퍼는 그 안에 무엇이 들었는지 알 것도 같은 매우 불길한 느낌이 들었다.

갱들이 바쁘게 일하는 동안 호퍼는 기회를 잡았다. 바닥에 쇠 지렛대 하나가 놓여 있어 그는 그것을 집어 들었다. 맨 위에 놓인 상자의 뚜껑을 쇠 지렛대로 열어보려는데 묵직한 손 하나가 그의 어깨를 잡았다.

"뭘 찾고 있나 봐, 형제?"

그 손이 호퍼를 돌려 세웠다. 링컨이었다. 그는 기분이 좋지 않아 보였다. 링컨은 호퍼가 손에 쥔 쇠 지렛대를 쳐다보며 물었다.

"당신 뭐 하는 거야?"

링컨이 뒤로 밀치는 바람에 호퍼는 방금 열려고 했던 상자의 모서리에 등을 부딪쳤다. 날카로운 모서리에 등허리가 찔려 호퍼는 고통스러운 비명을 내지르며 쇠 지렛대를 떨어뜨렸다. 어느새 그는 바닥에 엎드려 있었다. 몸을 일으키려는데 허리띠 뒤쪽을 낚아채는 느낌이 들었다.

"이건 또 뭐야?"

일어서서 보니 링컨이 호퍼가 허리춤에 숨겨두었던 권총을 손에 들고 앞에 서 있었다.

링컨은 그 총을 쳐다보다가 호퍼에게 시선을 옮겼다. 표정이 정말이지 좋지 않았다.

"당신 대체 뭐야? 리로이 얘기로는 도주 중인 경찰이라던데, 권총을 숨기고 있었어? 젠장, 진짜 도주 중인 게 맞나 모르겠네. 아니면 영웅 놀이를 하려고 여기 기어 들어왔나?"

그 소리에 다른 바이퍼스 단원들의 시선이 이쪽으로 쏠렸다. 그들은 하던 일을 멈추고 한 명씩 다가와 호퍼와 링컨을 에워쌌다.

호퍼는 그들을 둘러싼 단원들의 얼굴을 돌아보았다. 링컨을 비롯한 그들 모두가 호퍼를 쳐다보고 있었다. 그중에 리로이는 없었다.

링컨은 시멘트 바닥에 침을 탁 뱉고는 목을 우두둑 소리가 나도록 좌우로 꺾었다. 그리고 무게를 가늠하듯 한 손바닥에 호퍼의 권총을 올려놓았다. 호퍼는 한 걸음 다가갔다가 링컨이 권총을 쥐고 그의 머리를 조준하자 우뚝 멈춰 섰다.

"영웅의 문제점은 세상에 존재하지 않는다는 거야. 영웅은 만화책에나 있지. 이 도시에 살고 있으니 잘 알 거 아냐. 뉴욕에 망토 두른 영웅은 없어. 바이퍼스 안에 경찰도 없어야 하고."

"무슨 일이야?"

그 목소리에 링컨은 뒤를 홱 돌아보았다. 호퍼가 이를 갈며 쳐다보는 동안 갱 단원들은 목소리의 주인공이 앞으로 나올 수 있도록 좌우로 물러섰다.

마사가 그들 사이로 걸어 들어왔다. 그녀는 모델처럼 두 발을 한 줄로 모으고 걸으며 링컨 옆으로 다가왔다.

"마사, 내가 이걸 압수했어."

링컨은 권총을 고쳐 잡고 그녀에게 말했다. 그런데 분위기가 바뀌어 있었다. 힘의 균형, 상황의 무게가 묘하게 바뀌었다. 이제 여기서 주도권을 쥔 사람은 링컨이 아니었다.

마사였다.

마사는 권총을 쳐다보지도 않고 링컨 옆으로 빙 돌아서 호퍼에게 다가왔다. 호퍼는 마사가 허리를 굽히고 바닥에 떨어진 쇠 지렛대를 집어 드는 동안 그 자리에서 꼼짝하지 않았다. 그녀는 끝이 두 갈래로 갈라진 쇠 지렛대로 창고 바닥을 탁탁 치면서 링컨 옆으로 돌아갔다.

"뭐 좀 궁금해서 들여다보려고 한 거 아니겠어?" 마사는 링컨 옆으로 가 그를 쳐다보며 말했다. "두목이 너 좀 보자는데."

링컨은 목을 휘 돌렸다. 그는 권총을 위아래로 슬쩍 움직였지만 여전히 총구로 호퍼를 겨누고 있었다.

"내가 이걸 압수했다니까."

"세인트님이 널 보자고 하셨어. 그분은 기다리는 걸 싫어하시지."

링컨은 고개를 옆으로 돌리고 한숨을 푹 쉬더니 권총을 쥔 손을 아래로 내렸다. 그는 마사를 한 번 쳐다보고는 권총을 넘겨주고 말없이 저쪽으로 걸어갔다.

호퍼는 섣불리 움직이지 않으려 조심하면서 이 모든 상황을 지켜보았다. 잘못했다가는 미묘한 상황의 균형을 깨뜨릴 수도 있었다. 마사는 한 손에 쇠 지렛대를, 다른 손에는 권총을 쥐고 호퍼를 향해 턱을 들었다.

"뭔가 있어, 신입 아저씨. 마음에 안 드는 뭔가가. 냄새가 나. 처음 봤을 때도 냄새가 났는데 그때는 그게 뭔지 몰랐거든. 확실히 마음에 안 드는 냄새였어."

"난 여기 있고 싶어서 온 거야. 세인트존을 위해 일하고 싶어서. 가서 그분에게 물어봐."

"아, 그래. 세인트존이 당신에 대한 얘길 다 해주기는 했어. 그런데 있잖아, 신입 아저씨. 이번만은 그분의 방식이 아니라 내 방식대로 해야겠어."

그 말과 함께 마사는 권총을 자신과 호퍼의 손이 닿지 않는 곳으로 획 던졌다. 그리고 쇠 지렛대를 들고 휘두르면서 그 끝을 바닥에 대고 쭈욱 긁어 불꽃을 일으켰다. 주변에 모여 선 갱 단원들이 둥글게 자리를 잡기 시작했다. 누군가 박수를 치자 누군가는 고함을 질렀다. 잠시 후 호퍼는 자신이 싸움판 한가운데에 있음을 알아챘다. 상대는 마사였다. 마사는 한 손에 쇠 지렛대를 칼처럼 쥐고 숨을 고르기 시작했다.

호퍼는 각오를 다졌다. 그는 무기가 없었다. 마사는 그보다 덩치는 작지만 힘이 좋았다. 그는 전날 밤 마사가 시청각 기기 판매점을 털면서 망치를 휘두르던 모습, 나머지 단원들과 함께 가게 물건들을 약탈하던 모습을 똑똑히 보았다. 이런 삶을 살다 보면 강해지게 되어 있었다. 그렇지 않으면 쓰러져 도태되고 마니까.

역사 깊은 자연 선택의 현장이었다.

적자생존.

승자독식.

마사가 말했다.

"우리 중 하나가 되고 싶으면 증명해봐."

그러고는 쇠 지렛대를 휘두르며 달려들었다.

37장
창고의 비밀

1977년 7월 13일
뉴욕시 사우스 브롱크스

창고 단지는 그야말로 광대했다. 여러 개의 창고 건물이 따로따로 분리되어 있는 줄 알았는데 알고 보니 전부 하나로 연결되어 있었다. 리사는 세인트존이 이 정도 규모의 본부를 갖고 있는 걸 보면 보유 자산이 상당할 거라고 생각했다.

세인트존이 거느리고 있는 인원도 아까 본 그 사람들이 전부가 아니었다. 그를 따라 창고 단지 안을 지나가면서 보니 바이퍼스 단원들은 명령에 따르는 것처럼 열심히 일하고 있었다. 여러 개의 큰 작업실에 모인 사람들은 긴 작업대 앞에서 장비를 조립하고 세척하고 수리하느라 여념이 없었다. 전기 부품에 납땜을 하고, 복잡한 장치의 나사를 조이고, 작은 물품들을 보관함에 포장하는 일을 하는 사람들도 보였다.

리사는 그들이 무슨 일을 하는 건지 알 수 없었다. 세인트존도 시설 안내를 해줄 뿐 그 부분에 대해서는 말이 없었다. 무엇보다 인상적인 것은 침묵이었다. 작업을 하면서 발생하는 소음—창고 안의 커다란 작업실마다 울려대는 산업 소음—이 있을 뿐 작업자들은 일에 몰두하느라 잡담조차 하지 않았다.

"왜 저한테 이 안을 보여주시는 거죠?"

작업자들 옆을 지나가면서 리사가 물었다. 세인트존은 작업대 옆에서 걸음을 멈추고 돌아섰다.

"박사님이 이해해주길 바라서입니다."

리사는 미간을 찌푸렸다.

"무슨 이해요?" 그녀는 가까이에 있는 작업자들을 손으로 가리켰다. "저는 이 사람들이 무슨 일을 하는지도 몰라요."

"우리가 여기서 일을 하고 있다는 걸 알아주시면 좋겠습니다. 일전에도 말했듯이 우리는 갱단이 아닙니다. 뉴욕을 더 나은 곳으로 만들기 위해 온힘을 다하는 단체일 뿐이에요. 우리는 목표를 이루기 위해 이렇게 모여 일을 하고 있는 겁니다. 우리는 진실한 길을 따라 흔들림 없이 가고자 합니다. 그러기 위해서는 순종하는 마음과 의지력이 필요하겠죠."

리사는 고개를 설레설레 흔들었다.

세인트존은 미소를 지으며 손가락 두 개로 딱, 소리를 냈다. 그러자 그들한테서 제일 가까이에 있던 작업자가 하던 일을 즉시 멈췄다. 그는 기다란 스크루드라이버로 어떤 장치의 옆판에 나사를 끼우고 있던 참이었다.

세인트존이 말했다.

"헨리오, 자네는 나를 위해 일하고 있지?"

"예."

작업자는 무표정했고 말투에도 아무런 감정이 없었다.

"나를 위해 뭐든 할 건가?"

"예."

리사는 놀라 얼굴이 창백해졌다. 무슨 일인지 이해가 되지 않았고 기분도 좋지 않았다. 주변의 다른 작업자들은 그들의 존재를 전혀 알아채지 못하는 듯 계속해서 일을 하고 있었다.

"고맙네, 헨리오. 자네는 나를 잘 섬겼어. 이제 뭘 해야 하는지 알겠지."

그러자 그는 스크루드라이버를 위로 들어 올리더니 목에 갖다 대고 그 끝을 피부에 꽉 찔러 넣었다.

리사는 본능적으로 스크루드라이버로 손을 뻗으며 외쳤다.

"그만둬요! 뭐 하는 짓이에요?"

리사는 남자의 팔을 잡고 스크루드라이버를 아래로 잡아 내리려 힘을 주었다. 남자의 목에서 피가 흘러내렸다.

옆에 선 세인트존이 소리 내어 웃으며 손가락을 다시 딱, 하고 튕겼다. 헨리오가 팔에 힘을 빼며 저항을 멈추자, 리사의 두 손은 그 아래 작업대를 내리 찧고 말았다.

리사는 돌아서서 세인트존을 마주 보았다.

"역겨운 짓을 하는군요. 구역질 나네요."

"아뇨, 이건 역겨운 짓이 아닙니다. 힘이죠."

"내가 당장 여길 나가서 경찰을 불러오지 않아야 할 이유가 있다면 어디 하나라도 말해보세요."

"아, 사지슨 박사님, 어디 이유가 한두 가지겠습니까. 세상을 바꾸고 싶지 않아요? 우리 둘이 힘을 합하면 가능합니다."

그는 따라오라며 손짓했다. 리사는 분노와 두려움, 그 밖의 온갖 감정으로 몸을 떨며 두 주먹을 부르쥐었다. 헨리오는 아무 일도 없었다는 듯 작업대 앞에서 다시 작업을 하고 있었다.

리사는 본인이 하고도 믿기지 않는 행동을 했다. 세인트존의 뒤를 따라 조용히 작업실을 나선 것이다.

사무실은 널찍했다. 4층으로 된 사무동의 맨 꼭대기에 위치해 있어서 두 벽면에 걸친 널찍한 창문을 통해 광대한 창고 공간이 한눈에 내려다보였다. 사무실로 들어간 세인트존은 커다란 책상 앞으로 가더니 그곳에 있는 좀 더 작은 문을 열었다. 그는 그리로 들어가라고 손짓하며 말했다.

"들어가실까요? 함께 논의할 게 많아요."

리사는 그 문으로 들어갔다. 그 안은 자그마한 서류 보관실이었다. 벽마다 설치된 금속 선반 위에는 책과 서류함이 차곡차곡 쌓여 있었다. 방 한 가운데에는 작은 원형 테이블이 하나 놓였고, 테이블을 사이에 두고 의자 두 개가 마주 놓여 있었다. 테이블 위에는 은색 칼이 있었는데, 유난히 큰 손잡이 부분이 십자형으로 교차되어 얼핏 보면 칼이 아니라 십자가처럼 보였다. 그리고 그 옆에는 시커먼 액체가 담긴 은색 고블릿이 놓여 있었다.

됐다. 이 정도면 충분히 봤다.

리사가 돌아서서 나가려는데 세인트존이 문간을 막고 서 있었다. 그가 문을 닫고 앞으로 걸어오자 리사는 뒷걸음질을 치다가 의자에 부딪쳤다.

"앉으세요. 여기서 우리가 무슨 일을 하고 있는지, 왜 박사님에게 와달라고 요청했는지 설명해드리죠."

선택의 여지가 없다는 생각에 리사는 의자를 잡아당겨 앉았다. 방안을 둘러본 리사는 여기 있는 책들이 전부 심리학과 정신과학에 관한 것임을 알아챘다. 대부분이 학술서여서 익숙하게 보아온 책들이었다.

그리고 그게 보였다. 서류함들 사이에 세워져 있는 바인더들에 붙은 하얀색 라벨에 적힌 두 단어.

룩우드 연구소

"뭐예요……?"

놀라서 입이 딱 벌어진 리사는 맞은편 의자에 가 앉는 세인트존을 바라보았다.

"저거 어디서 났어요? 당신 대체 누구예요?"

그는 미소를 지었다.

"나를 기억 못 하는군요? 아예 못 알아보는 건가요?"

리사는 혼란스러워하며 고개를 저었다.

"저는 박사님의 논문을 무척 높이 평가해왔습니다. 집단 사고와 연상의 힘에 관한 논문 말입니다. 아주 매력적이죠. 처음 만난 날 우리는 그 논문에 관해 얘기도 나눴어요."

리사는 눈을 가늘게 뜨며 과거의 기억을 뒤져보았다. 그러다 다시 바인더 쪽을 바라보았다.

'룩우드 연구소. 거기였구나.'

눈치를 채고 나니 이제 그가 제대로 보였다. 전에는 머리카락이 길고 턱수염이 얼굴을 상당 부분 덮은 모습이었다. 물론 선글라스도 끼지 않았다.

리사가 그제야 알아보는 듯하자 세인트존은 고개를 끄덕였다.

"나는 그 연구소의 시험 프로그램에 참여했던, 최초 여섯 명의 죄수들 중 한 명입니다."

리사가 속삭이듯 말했다.

"모…… 몰랐어요. 그런데…… 무슨 일을 하시는 거죠? **본인만의** 프로그램을 운영하고 있다면서요? 여기서 하세요?" 리사는 서류들을 가리키며 물었다. "제 논문을 바탕으로 프로그램을 운영하시는 건가요?"

"내 프로그램을 운영하고 있는 건 맞습니다. 박사님과 박사님의 논문이 시초가 됐죠. 박사님을 만나고 나서 내 안의 무언가에 다시 불이 붙은 거죠. 잊으려고 애썼던 과거가 떠올랐거든요. 내가 아주 오래전에 한 일인데, 그걸 종교적 영감이라고 불러도 좋을 겁니다."

"종교적?"

세인트존은 그 말에 대꾸하지 않고 하던 얘기를 계속했다.

"지난 몇 달 동안 꽤 열심히 일을 했습니다. 모든 걸 준비하려니 해야 할 일이 정말 많더군요. 그래도 시간을 현명하게 써왔습니다. 박사님이 내 첫 영입 대상은 아닙니다. 전혀 아니에요. 지난 수개월 동안 형제들을 도시로 보내서 길을 잃고 곤궁에 처한 사람들을 찾아오게 했습니다. 그들을 여기로, 나에게 데려오도록 했죠. 그리고 여기서 그들에게 진실을 보여주고, 계획을 알려주고, 일을 하게 했습니다. 이제 나는 **박사님도** 여기서 일하게 만들려고 합니다."

리사는 고개를 저으며 일어서려 했다.

그런데 몸이 움직여지지 않았다. 아래를 내려다보니 리사는 자기 손으로 의자의 팔걸이를 꽉 잡고 있었다. 그런데…… 그 손이 움직여지지 않았다. 다리도 마찬가지였다. 마치 그 자리에 얼어붙은 듯했다.

세인트존이 고개를 끄덕이며 말했다.

"뱀의 날이 오고 있습니다. 박사님도 봤지요? 박사님의 눈을 보면 알 수 있습니다. 곧 어둠이 지구를 뒤덮고 그분이 왕좌를 차지하러 오실 것입니다."

리사는 그자의 거울 선글라스에 둘로 비치는 자신의 모습을 바라보았다. 문득…… 어지럼증이 일었지만 졸리지는 않았다. 그녀는 깨어 있었고, 살아 있었다. 온몸의 조직에 전기가 찌릿하게 흐르는 느낌이 들었다. 맞은편에 앉은 세인트존이 손이 닿을 수 없는 거리만큼 멀어진 듯 느껴졌다. 이 작은 방을 둘러싼 금속 선반들이 마치 해변으로 밀려드는 파도처럼 너울거렸다.

그때 뒤에서 쾅 소리가 들렸다. 리사는 고개를 치켜들었고 방 안의 일렁임도 멈추었다. 세인트존의 모습이 또렷하게 눈에 들어왔다.

그는 화가 치민 표정이었다.

그는 갑자기 문을 열고 들어온 사람에게 말했다.

"나가."

리사는 손가락을 움직여보았다. 의자에서 몸을 돌릴 수도 있었다. 문간에 서 있는 사람은 세인트존의 부하들 중 한 명이었다.

"아래층에 문제가 생겼습니다."

"그럼 가서 해결해."

"새로 들어온 놈과 마사가 일을 벌였어요. 내려가보셔야겠습니다."

세인트존은 분노로 콧구멍을 벌름거리며 벌떡 일어섰다. 그는 리사를 한 번 쳐다보더니 성큼성큼 걸어 나가, 방 안의 선반들이 덜컥거릴 정도로 세차게 문을 닫았다.

리사는 의자에서 일어났다. 다행히 이제 움직일 수 있었다. 방금 전 겪은 일이 실제로 일어난 일인지는 아직 분간이 되지 않았다.

한 가지는 확실했다. 이 방의 문은 잠겨 있었다.

손잡이를 잡아당기고 흔들어도 봤지만 소용없었다.

하지만 잠근 문만으로는 그녀를 막을 수 없었다. 리사는 나무문에 귀를 대고 눈을 감았다. 바깥에서 들리는 소리에 귀를 기울이다가 바닥에 무릎을 대고 앉았다. 머리카락에 꽂고 있던 금속 머리핀을 뽑아 길게 펼치고 자물쇠 구멍 안으로 집어넣었다. 마술 쇼 프로그램에 탈출 마술을 넣기 위해 공부해두기를 잘했다 싶었다. 그 기술을 자기 목숨을 구하는 데 사용하게 될 줄은 꿈에도 몰랐지만 말이다.

38장
숨바꼭질

1977년 7월 13일
뉴욕시 사우스 브롱크스

"그만!"

서로를 마주 보며 맴을 돌던 호퍼와 마사는 동작을 멈추고 세인트 존의 목소리가 들리는 쪽으로 고개를 돌렸다. 틀림없는 그의 목소리였다. 두 사람을 둘러싸고 있던 이들이 또다시 양옆으로 물러섰다. 그 사이로 걸어 들어온 갱단의 두목은 이제 막 싸움을 시작하려는 두 사람 앞에 섰다. 그는 거울 선글라스 너머로 호퍼와 마사를 쳐다보다가 주변에 모여 선 단원들을 둘러보며 말했다.

"다들 가서 일해."

아무도 움직이지 않았다.

세인트존은 두 팔을 활짝 벌리고 보라색 가운을 펄럭이면서 그 자리에서 한 바퀴 돌았다.

"가서 일하라고!"

그제야 사람들은 말을 들었다. 다들 두목의 분노가 자신에게 미치지 않도록 사방으로 흩어져 뛰었다.

세인트존은 호퍼와 마사가 서로를 노려보고 있는 곳으로 걸어갔다. 호퍼는 주먹을 들어 올린 자세였고 마사는 한 손에 쇠 지렛대를 쥐고 있었다. 세인트존은 마사는 돌아보지 않고 호퍼만을 쳐다보며 두 사람 사이로 성큼성큼 걸어왔다.

호퍼는 세인트존의 등 뒤에 선 마사가 존경하는 두목을 바라보는 표정을 보았다. 이글거리는 강한 증오가 담긴 표정이었다.

흥미로웠다. 단순히 자신이 하려던 스포츠를 방해받아서 화가 난 걸까? 아니면 갱단 두목을 향한 보다 뿌리 깊은 적대감에서 비롯된 분노일까?

세인트존은 호퍼에게 시선을 고정한 채 마사에게 말했다.

"마사, 하필 지금 새 친구에게 싸움을 걸어? 그 순간이 다가오고 있다는 걸 나만큼이나 잘 알면서?"

세인트존은 벌컥 화를 내며 마사를 향해 돌아섰는데 동작이 어찌나 재빠른지 호퍼는 깜짝 놀랐다. 세인트존이 자신을 응시하자 마사는 손에 쥔 쇠 지렛대를 바닥에 끌면서 주춤주춤 물러섰다.

"알잖아?"

마사는 고개를 끄덕였다.

"예, 세인트존, 알아요."

"그럼 이제 그만 일하러 가."

세인트존은 마사의 **뺨**을 한 손으로 잡고 미소를 지었으나, 마사는 그에 화답하지 않았다. 그는 손을 내리고 호퍼를 향해 돌아섰다. 그리고 호퍼는 마사가 두목의 뒤통수를 분노에 찬 표정으로 노려보는 것을 보았다. 마사의 분노가 세인트존을 향한 것임을 확신하는 순간이었다. 마사는 곧 돌아서서 가버렸다.

"내…… **동료**의 행동에 대해 사과하겠네." 세인트존은 고개를 살짝 옆으로 기울였다. "여기서 우리가 무슨 일을 하는지 알고 싶지 않아?"

호퍼는 대답하지 않았다.

"지금이 그때일 수도 있겠군. 자, 자네에게 보여줄 게 있어."

그는 돌아서서 창고 측면의 계단 쪽으로 향했다.

호퍼는 그 뒤를 따라갔다.

"자네는 희생의 가치를 믿나, 호퍼?"

앞장서서 철골 계단을 올라간 세인트존은 사무동 건물의 2층으로 들어갔다. 다시 봐도 이곳은 수년 동안 버려져 있던 곳임이 분명했다. 창고 안에 있는 이 건물은 텅 빈 껍데기나 다름없었고 벽돌이 노출돼 있었으며 대부분의 벽면이 그래피티로 뒤덮여 있었다. 세인트존을 따라가며 살펴보니 공간들은 갈수록 많은 상자들로 채워져 있었다. 바이퍼스가 여기를 추가 저장 공간으로 사용하고 있는 모양이었다.

호퍼는 상자 안에 무엇이 들어 있는지 확인해야 했다. 저 아래 창고 바닥에 있는 상자들과 마찬가지로 여기 있는 것들도 길고 높이가 낮은 직사각형 상자였다.

내용물을 직접 봐야 했다.

"어려운 질문이기는 하지. 이해해."

그 말끝에 세인트존이 복도에 우뚝 서서 돌아보자 상념의 고리가 끊어진 호퍼는 시선을 들었다. 여기는 저장실 중 한 곳 앞이었다. 세인트존은 그를, 그의 표정을 찬찬히 바라보았다.

"어떤 대답을 해야 하는지 말해주지." 세인트존은 호퍼에게 한 걸음 다가왔다. 호퍼의 시선은 그자의 목에 걸린 줄 끝에서 반짝이는 인식표에 가 있었다. "그럴 땐 '예'라고 대답해야 돼. 자네도 **나처럼** 희생의 가치를 믿을 테니까. 내가 그 가치를 이해하듯 자네도 이해할 테니까. 자네 눈을 보면 알 수 있어."

세인트존은 잠시 말을 멈췄다. 그가 바로 앞에 있어서 호퍼는 얼굴에 와 닿는 그의 입김을 느낄 수 있었다.

"눈은 영혼의 창이라는 말이 있지. 내 생각에 그건 사실이야. 사실일 수밖에 없어. 자네 눈을 보면, 자네 영혼을 들여다보면, 그 안에 담긴 진실이 보여. **희생**이 보이고, **믿음**이 보여."

'당신 보고 싶은 걸 보는 거겠지. 자아의 반영일 뿐이야.'

"해야 할 일이 있다는 걸 사람들은 잘 이해를 못 해." 그는 고개를 끄덕거리며 말을 이었다. "자네와 나는 많은 일을 겪어왔고, 많은 걸 봐왔어. 그래서 우리는 지금 여기 이렇게 준비된 상태로 자발적으로 기다리고 있는 거야. 자네는 이해할 수 있겠지. 자네의 손이 그분의 손이라는 것. 그분은 그 손을 통해 우리에게 사명을 주시고 길을 이끌어주셔. 그분은 우리의 손을 자신의 손처럼 사용하시지. 진실하고 유일한 목표를 위해 도구를 사용하듯이 우리를 부리신다고 보면 돼. 그분은 척 보면 아셔. 자네 영혼의 진실도 보실 수 있어. 자네의 영혼은 이제 그분의 영혼이거든. 그분이 자네를 소유하시고, 나를 소유하시니, 이 얼마나 기쁜 일인가 말이야."

호퍼는 코로 천천히 숨을 쉬었다. 세인트존은 베트남에서 복무한 공통점이 있다는 단순한 이유로 호퍼를 꽤 높게 평가하고 있었다.

리로이와 링컨이 호퍼를 베트남전 참전 군인 지원 모임에 데려간 것도 그래서였을까? 세인트존이 군 경험에 큰 비중을 두고 있기는 했다.

당연히 그럴 것이다. 지원 모임(들)은 새 단원을 모집하기에 좋았다. 세인트존은 사람들을 찾고 있었다. 적어도 그의 마음속에서 적당하다고 판단되는 사람들 말이다.

호퍼처럼, 경험과 무언가를 해보겠다는…… 강렬한 소망을 가진 참전 군인들. 호퍼는 경험과 소망을 모두 갖추었다. 특히, 호퍼는 세인트존이 두 손으로 거머쥐고 싶어 하는 '강렬한 소망을 가진 참전 군인'이라는 환상적인 항목에 딱 들어맞은 까닭에, 신입에서 세인트존이 아끼는 사람으로 거듭날 수 있었다.

호퍼는 세인트존의 그런 마음이 인식표에 새겨져 있다고 보았다. 호퍼가 자신의 집 서랍장 안에 넣어둔 것과 똑같은 형식으로 된 그 물건.

조녀선
세인트
RA098174174
A형
천주교

호퍼는 세인트존—조녀선 세인트—의 얼굴을 똑바로 쳐다보았다. 그가 낀 조종사용 선글라스의 볼록한 은색 렌즈에 자신의 모습

두 개가 큼직하게 비쳤다. 사무실 복도에는 불이 환하게 켜져 있었다. 세인트존이 눈을 껌벅이자 호퍼는 렌즈 뒤에서 움직이는 희미한 그림자를 본 것도 같았다.

호퍼가 물었다.

"눈이 영혼의 창이라면서 왜 선글라스를 끼고 계시죠?"

'당신은 추종자들한테서 뭘 숨기려는 건데?'

세인트존은 미소를 지으며 호퍼의 가슴을 손가락으로 툭 쳤다.

"내가 사람을 제대로 봤지. 눈먼 자들의 나라에서도 앞을 볼 수 있는 자가 있거든, 형제. 자네와 나. 우린 선택받았어. 그분이 일을 하시려고 자네를 나한테 보내신 거야. 영광스럽기 그지없는 그 일 말이야."

세인트존은 돌아서서 복도를 걸어갔다. 그러다 호퍼가 따라오고 있지 않다는 걸 알아채고는 걸음을 멈추고 뒤를 돌아보았다.

"'그분'이 누구죠?" 호퍼는 두 팔을 벌리며 물었다. "이 모든 게 누구를 위해서인데요?"

세인트존은 미소를 지으며 대답했다.

"우리는 우리의 주인님을 위해 이 일을 하고 있어."

"우리의 주인님이요?"

"유일한 주인님." 세인트존은 그에게 가까이 다가왔다. "사람들은 그분을 수많은 이름으로 알고 있지만, 그분이 내 귀에 속삭여준 이름은 바로 사탄이야. 곧 우리가 그분을 불의 왕좌로 이끌 것이니, 그분은 우리들 사이에서 걷게 되실 거야."

이렇게 말하고 세인트존은 다시 저만치 걸어갔다.

호퍼는 당장 방향을 돌려 달아나는 대신 몇 초간 힘을 내고 생각을 정리한 후 그의 뒤를 따라갔다.

세인트존은 외부의 철골 계단이 아니라 사무동 내부 계단을 통해 꼭대기 층에 있는 그의 사무실로 돌아갔다. 사무동은 사람들이 보이지 않아 휑했지만 확실히 규모가 컸다. 몇몇 지점에서 사람들이 작업하는 소리가 들리기는 했다. 단지 안 깊숙한 곳에서 울려 퍼지는, 금속성의 물건을 쾅쾅 쿵쿵 두드리는 소리였다. 그 소리를 듣고 있으니 창고 일부가 이 산업 시설이 지어질 당시로 돌아간 느낌이었다. 세인트존을 따라 널찍한 사무실로 들어갈 때까지 어디에서도 다른 갱 단원은 보이지 않았다.

사무실은 호퍼가 지난번에 봤을 때와 달라진 게 없었다. 안으로 들어서자마자 세인트존은 성큼성큼 걸어가 책상을 돌아가더니 그 앞 벽에 붙은 두 개의 문 중 한 곳으로 다가갔다. 그 문은 약간 열려 있었다. 세인트존은 문을 열어젖히며 나지막하게 내뱉었다.

"아, 안 돼!"

호퍼는 그의 옆으로 다가갔다. 문 안쪽은 선반과 서류함들이 가지런히 놓인 작은 서류 보관실이었고, 방 한가운데에는 작은 원형 테이블과 그에 어울리는 의자 두 개가 놓여 있었다. 그 방에서 이어지는 다른 문은 없었다.

세인트존은 휙 돌아서더니 호퍼를 밀치고 서류 보관실에서 사무실로 달려 나갔다. 두 벽에 걸쳐 모서리 쪽이 곡면으로 이어진 널찍한 창 앞으로 가더니, 작은 패널 창을 열고 저 아래 창고에 있는 부하들에게 소리쳤다.

"리로이, 링컨! 올라와! 팀원들 데리고. 어서!"

아래에 있던 남자들이 움직이더니 그중 몇몇이 불이 타오르는 기름통 옆 낡은 소파에서 벌떡 일어나 계단을 달려 올라왔다.

호퍼가 물었다.

"무슨 일입니까?"

돌아서는 세인트존의 목에서 맥박이 크게 뛰면서 관자놀이의 맥박까지 함께 움직거리고 있었다.

"내가 다루지 못할 일은 없어." 그는 호퍼를 손가락으로 가리키며 말했다. "**우리가** 다루지 못할 일은 없어."

그러고는 책상 앞으로 돌아갔다. 그는 서류 보관실을 한 번 더 들여다본 뒤 몸을 돌려 책상 서랍 맨 위 칸을 열어젖혔다. 창문 쪽에 선 호퍼의 눈에는 서랍 안에 무엇이 들었는지 보이지 않았는데 세인트존은 고개를 약간 끄덕이더니 서랍을 닫았다. 그때 사무실 문이 열리고 리로이와 링컨이 뛰어 들어왔다. 그들은 계단을 달려 올라오느라 가슴이 들썩였다. 그들 뒤로 단원 몇 명이 더 따라왔다.

세인트존은 그들을 쳐다보다가 길쭉한 서류 서랍장 앞으로 걸어갔다. 잠겨 있지 않은 두 번째 서랍을 열어 커다란 종이를 꺼내 들고 한 번 휙 털어서 회의용 테이블 위에 펼쳤다. 호퍼를 포함한 단원들이 그 주변에 모여 들었다. 종이를 내려다본 호퍼는 그것이 이 창고와 사무실의 배치도임을 알아보았다. 그가 의심했던 대로 지금까지 본 시설은 이 단지의 작은 일부분에 지나지 않았다. 바이퍼스는 근처의 산업 시설 두 곳도 차지한 듯 보였다. 전체 블록이 몇 개의 다층 구조로 된 다리와 통로로 연결되어 있었다.

세인트존은 배치도 여기저기를 손으로 가리키며 지시했다.

"리로이, 네 팀원들을 데리고 동쪽을 샅샅이 훑어. 두 그룹으로 나뉘서 한 그룹은 계단을 따라 위에서 아래로, 다른 그룹은 아래에서 위로 출발해. 링컨, 너도 똑같이 팀을 나눠서 서쪽 지역을 수색해. 위아래로 계속 훑어. 북쪽과 남쪽의 출입구를 막으라고 몇 명에게 지시를 내려. 그 여자가 아직 건물 안에 있다면 가운데로 몰면 될 거다."

'그 여자?'

단원들은 별로 혼란스러워하는 기색 없이 두목의 지시를 따르며 고개를 끄덕였다. 호퍼는 무슨 일인지 알 수 없었지만 추측은 해볼 수 있었다.

누군가, 어떤 여성이 저 서류 보관실에 갇혀 있다가 탈출한 모양이었다. 그게 누구인지 궁금했다. 설마 델가도는 아니겠지? 그럴 리는 없었다. 델가도는 호퍼가 무슨 일을 하고 있는지 알고 있고, 무엇보다 호퍼를 믿고 있었다. 델가도가 이 일에 엮여 들어올 리도 없었다.

그럼…… 누구지?

세인트존이 다시 지도를 손으로 두드렸다.

"호퍼, 자네는 리로이의 팀원 몇 명을 데리고 여기서부터 아래로 내려가면서 중앙 지역과 사무실들을 수색해. 다시 한 번 말하지만 그 여자가 아직 이 안에 있다면 열린 공간으로 몰아낼 수 있을 거다."

호퍼는 세인트존을 쳐다보며 물었다.

"우리가 찾는 게 누굽니까?"

자신만만하게 선 세인트존은 테이블에 펼쳐놓은 지도에서 시선을 떼지 않고 대답했다.

"아주 중요한 사람이야. 출발해."

그러고는 어서 나가라는 뜻으로 손을 휘저었다.

단원들이 신속하게 두셋씩 짝을 지어 움직이기 시작했다. 리로이는 그의 그룹원 몇 명과 논의한 뒤 호퍼에게 고개를 끄덕이며 말했다.

"시티와 루벤이 형이랑 같이 갈 거야."

이름이 호명된 두 단원이 앞으로 나섰다. 호퍼는 여기 처음 왔을 때 그들을 소개받은 적이 있었다. 길쭉한 얼굴에, 긴 금발 머리를 뒤로 묶고 빨간 두건을 쓴 젊은 남자가 시티고, 좀 더 나이가 많고 칼로 깎은 듯 정확하게 각을 맞춰 상고머리를 한 흑인 남자가 루벤이었다. 리로이와 링컨이 각자의 팀원들을 데리고 먼저 나가자 호퍼는 시티와 루벤에게 고개를 끄덕였다.

그러다 좋은 생각이 떠오른 호퍼는 테이블로 돌아서서 세인트존에게 말했다.

"제가 이런 쪽으로 경험이 있습니다. 수년 동안 경찰이었잖습니까. 격자 방식으로 구역을 나눠 수색하는 방법을 압니다. 설명해도 될까요?"

세인트존은 두 손을 펼치며 뒤로 물러나 호퍼에게 공간을 내주었다. 호퍼는 앞으로 다가가 지도의 방향을 자신 쪽으로 돌렸다. 그리고 손가락으로 짚어가면서…… 지도를 전체적으로 눈에 담았다. 지금 이곳뿐만 아니라 다른 구역까지 전부 보면서 지도를 머리에 새기려고 애썼다.

"좋습니다." 호퍼는 잠시 뜸을 들이다가 설명했다. "흩어져서 찾아야 더 많은 지역을 수색할 수 있습니다." 그는 지도를 손으로 가리켰다. "시티, 너는 이쪽 구역을 맡아. 루벤은 이쪽으로 가. 나는 가운데를 맡을게. 두목이 말한 것처럼 펜치처럼 정확하게 움직여야 돼. 목표물이 가운데에 있으면 바로 잡을 수 있어. 그렇지 않다면 여기나 여기를 쑤셔서 밀어붙이면 다른 팀원들의 눈에 띄게 만들 수 있어. 알았지?"

시티와 루벤은 고개를 끄덕이고는 먼저 출발했다. 시티가 루벤의 등짝을 다정하게 툭 치며 밖으로 나갔다.

호퍼는 지도를 한 번 더 훑어본 뒤 몸을 일으켰다. 세인트존이 팔짱을 낀 채 그를 바라보며 말했다.

"좋은 계획이야, 형제."

호퍼는 아랫입술을 혀로 핥았다. 그는 말없이 고개를 끄덕이며 밖으로 나갔다.

바이퍼스의 운영 규모에 대해 호퍼는 두 가지 상반되는 감정을 느꼈다. 우선, 바이퍼스가 자기네 목적을 위해 한 블록에 달하는 넓은 산업 시설을 차지하고 있다는 점은 놀라웠다. 전체 인원이 얼마나 되는지 몰라도 세인트존은 나름의 목적을 위해 이곳을 필요로 했다.

다른 한편으로, 바이퍼스가 이 창고 단지를 쉽게 차지한 것은 그다지 놀랍지 않았다. 뉴욕은 노골적인 모순이 뒤섞인 도시였다. 맨해튼 저 아래에 위치한 다운타운 지역에는 쌍둥이 빌딩이라는 별명으로도 불리는 월드 트레이드 센터가 하늘을 향해 뻗어 있었다. 이 건물은 역사상 최대의 금융 위기로 접어든 뉴욕의 회복력과 야망을 나타내는 증거이기도 했다. 그 위의 미드타운 지역은 여전히 호황이었고, 뉴욕 사회 고위층에 속하는 이들은 업타운의 어퍼 웨스트사이드에서 호화로운 삶을 살아갔다.

그런 상태를 얼마나 오래 지속할 수 있을까. 호퍼는 짐작도 할 수 없었다. 그가 보아온 바로, 뉴욕시의 다른 지역들은 상황이 훨씬 좋지 않았다. 그는 브롱크스 자치구에서 경찰로 근무해본 적이 없었고 그곳에서 일하고 싶은 마음도 전혀 없었다. 호킨스 마을을 떠나기 전부터 이 지역의 악명을 익히 들어온 바였다. 뉴욕시의 여러 지역들이 지도자들의 온갖 잘못된 운영으로 인해 피해를 보기는 했지만, 브롱크스 자치구는 공터와 무너지기 직전인 공동 주택들, 그 사이에 위치한 황폐한 건물들과 불에 타 껍데기만 남은 잔해들이 대부분이라 거의 다른 행성이나 마찬가지였다. 이런 곳에서 버려진 산업 시설을 찾아내 자기네 필요에 맞게 사용하는 것은 세인트존과 그 추종자들에게 그리 어려운 일도 아니었다. 이곳은 작전 기지로 삼기에 그야말로 완벽한 장소였다. 공간이 넓으니 갱단의 규모를 키우고 제대로 된 본부로 만들어나가기에도 좋았을 것이고 자원과 장비, 재료를 모아두기에도 편리했다. 기존의—사용 중인—주거 지역 및 상업 지역에서 멀리 떨어져 있으므로 경찰들을 비롯해 그들을 귀찮게 할 존재도 없었다. 그러면서도 사방이 탁 트였으니 이쪽으로 접근해오는 이가 있다면 훤히 파악할 수 있었고, 도시로도 쉽게 접근할 수 있었다.

대체로 세인트존은 일을 잘해왔다. 정신병까지는 아니더라도 망상이 있는 것 같기는 했지만, 확실히 노련한 기획가이며 군수 전문가였다. 그는 예전에 베트남에서 특수 임무를 지원하는 일을 했다고 말했다. 그게 정확히 어떤 일이었는지 호퍼는 궁금했다.

세인트존이 무엇을 계획하고 있으며 그 이유가 무엇인지도 알고 싶었다.

지금이야말로 그 답을 알아내기에 더없이 좋은 기회였다. 갱 단원들이 탈출한 포로—그 여자가 누구든 간에 여기 자발적으로 왔을 리

없었다―를 찾으려 사방을 훑고 있고 호퍼도 함께 수색을 하고 있으니, 사방을 둘러보고 여기저기 들춰봐도 의심을 사지 않을 것이다.

완벽했다.

호퍼는 배치도를 머릿속에 새기려 애쓰면서 빈 복도를 지나 조용히 탈출자를 찾아다녔다. 이곳은 숫제 미로였다. 처음에는 도망친 여자가 지금쯤 출구를 찾아내 밖으로 나갔으리라 생각했는데, 삼십 분 정도 방방이 확인하고 이 복도에서 저 복도로 돌아다니다 보니 아닐 수도 있겠다 싶었다. 현재 자신의 위치가 어디쯤인지도 불분명했고, 머릿속에 담아둔 지도도 이미 잊히고 있었다. 수색 중인 다른 단원들의 소리가 근처에서 들려왔다. 그들은 사냥감을 추적하면서 굳이 소리를 죽이지 않은 채 다니고 있었다.

하긴, 이건 저들에게 또 하나의 놀이, 아니 스포츠에 불과할 것이다.

호퍼는 지금까지 저장실 여러 곳을 수색하면서 기대했던 것을 발견하지는 못했다. 건물의 이쪽 부분은 주로 식품을 보관하는 용도로 쓰이는 듯했다. 오래된 사무실과 회의실 들은 크고 작은 상자들로 채워져 있었고, 상자들을 확인해보니 통조림 햄, 분유, 통조림 과일이 들어 있었다. 일개 부대를 충분히 먹일 수 있는 분량이었다.

그 생각을 하자 호퍼는 섬뜩해졌다.

아직까지 탈출자가 눈에 띄거나 소리가 들리지는 않았다. 서쪽 계단통으로 이어지는 복도 끝에 다다른 호퍼는 거기서 한 층 내려가려다가 우뚝 섰다.

소리가 들렸다. 위층에서 수색하는 이들의 소리가 서쪽 계단까지 울리고 있었지만, 방금 들린 소리는 호퍼가 있는 곳과 같은 층, 좀 더 가까운 곳에서 난 소리였다. 방금 호퍼가 지나온 복도 저 끝에서 난 소리 같았다.

그 소리가 또다시 들렸다. 문이 삐거덕 열리는 소리. 그리고 단단한 시멘트 바닥을 딛고 걷는 발소리.

탈출자였다. 분명했다. 사무실 안에 숨어 있다가 호퍼가 나가기를 기다리고 있었던 것이다. 아까 호퍼는 사무실 안쪽을 둘러보느라 여념이 없어서, 거기 숨어 있는 탈출자의 존재를 알아채지 못했다.

그는 계단통의 문을 일부러 소리 내어 닫았다. 왔던 길을 되짚어가며 복도를 걸어가다가 첫 번째 교차지점에서 모퉁이를 돌아 벽에 몸을 바짝 붙였다. 소리가 나는 방향으로 고개를 돌린 후 기다렸다.

다시 발소리가 다가왔다. 누군가 천천히, 하지만 분명히 복도를 걸어오고 있었다. 곧 모퉁이를 돌아올 것이다.

호퍼가 있는 곳으로.

그는 누구를 혹은 무엇을 만나게 될지 몰라 긴장하며 기다렸다.

우선, 그가 탈출자를 잡는다면 그는 바이퍼스 내에서 지금보다 더 좋은 평가를 받을 수 있었다. 두목은 베트남전 참전이라는 공통점 때문인지 다소 빨리 호퍼를 신뢰하며 받아들였지만, 리로이를 제외한 다른 단원들이 호퍼를 얼마만큼 자신들의 일원으로 받아들였는지는 알 수 없었다. 마사가 호퍼와의 결투라는 소소한 스포츠를 하려 들 때에도 갱 단원들은 재미있게 즐길 뿐이었고, 링컨은 대놓고 호퍼를 싫어했다. 세인트존이 지지해주고 있었지만 호퍼는 바이퍼스 내에서 자신의 입지가 얼마나 단단한지를 확신할 수 없었다.

하지만 달리 생각해보면, 호퍼가 탈출자를 먼저 잡을 경우 그 사람을 다른 방식으로 유리하게 쓸 수 있었다. 탈출자가 누구인지는 몰라도, 세인트존의 적이라면 호퍼와는 동맹이 될 수도 있었다. 세인트존은 포로가 중요한 사람이라고 했다. 만약 저 발소리를 내는 이가 바로 그 포로라면, 이 갱단이 무슨 일을 하고 있는지, 두목이 무슨 계획을 세우고 있는지 알 수도 있었다. 어쩌면 갤럽에게 가지고 갈 만한 정보를 그 여자한테서 얻어낼 수 있을지도 몰랐다.

천천히 나지막하게 두 걸음 더 다가오는 소리. 복도의 정체된 공기 속에서 그 발소리는 호퍼의 귀에 종처럼 또렷이 울렸다. 호퍼는 모든 감각을 바짝 세우고 이쪽으로 오고 있는 사람의 이미지를 머릿속에 떠올렸다. 체구를 판단하고, 어떤 무기를 지니고 있을지를 생각했다. 포로가 여자라는 건 알았지만 그건 의미가 없었다. 리로이의 누나 마사는 체격이 호퍼의 절반밖에 되지 않았지만 충분히 그와 맞붙을 만한 싸움 실력을 갖고 있었다. 그러니 상대의 힘을 섣불리 판단해서는 안 되었다.

제너 카드의 상징을 읽듯, 단단한 벽 너머로 상대를 읽어낼 수 있으면 좋을 텐데.

호퍼는 행동에 나설 준비를 하며 몸에 힘을 주었다. 상대는 거의 모퉁이 앞까지 와 있었다.

그때 또 다른 소리가 들렸다. 문이 열리는 소리, 묵직한 발소리와 시끄럽게 떠드는 소리. 근처의 복도로 걸어오는 또 다른 수색팀이 내는 소리였다. 그들은 언제든 이쪽 복도로 곧장 넘어올 수 있었다. 모퉁이 저편에 있는 이는 그 발소리에 이미 겁을 먹고 발을 멈춘 상태였다.

지금 바로, 신속하게 행동에 나서야 했다.

호퍼는 이를 갈며 모퉁이를 휙 돌아 나갔다.

눈앞에 붉은 빛이 스쳤다. 긴 갈색 머리 여자의 얼굴에 놀란 표정이 스치고, 호퍼는 발을 옮기다 말고 그대로 굳어 섰다.

리사 사지슨이 휘둥그렇게 뜬 눈으로 그를 쳐다보고 있었다.

호퍼의 뒤에서 갱 단원들이 걸어오는 소리가 들려왔다. 호퍼는 조용히 하라는 뜻으로 재빨리 손가락을 입술에 대고, 방금 그녀가 지나온 복도를 손으로 가리키며 고갯짓을 했다. 즉시 그 뜻을 알아챈 리사는 빠른 걸음으로 복도를 되짚어 제일 가까운 문 안으로 들어갔다.

이 사무실에는 한쪽 벽에 창문들이 가로로 여럿 나 있었다. 허리 높이에서부터 시작되는 창 너머로는 그들이 조금 전 서 있었던 복도가 내다보였다. 고개를 숙인 리사는 사무실에 있는 유일한 비품인 낡은 책상 밑으로 들어갔다. 호퍼도 따라 들어가려다가 두 사람이 몸을 숨기기에는 공간이 부족해 그만두었다.

리사는 걱정스러운 표정으로 그를 쳐다보았다. 그는 말없이 괜찮다는 손짓을 해보인 후 벽 쪽으로 가 창문 아래 무릎을 굽히고 몸을 숨겼다. 갱 단원들이 들어오더라도 리사보다는 자신이 여기 있는 것이 문제가 덜 꼬일 듯했다.

호퍼가 소리 없이 신중하게 움직이는 것에 비해, 바이퍼스 단원들은 온갖 소음을 다 내면서 복도를 지나갔다. 사무실은 어두웠고 복도에는 불이 켜져 있었다. 단원들은 그들 옆을 지나 복도를 계속 걸어갔고, 그들의 그림자 다섯 개가 사무실 바닥과 낡은 책상 측면을 가로질렀다. 몸을 일으킨 호퍼는 사무실 창턱 위로 조심스레 복도를 내다보았다. 단원들은 복도 두 개가 교차하는 곳을 지나 저 안쪽으로 이동하고 있었다.

"우리 안전한 거죠?"

호퍼는 뒤로 돌아섰다. 리사가 책상 가장자리로 얼굴을 내밀었다.

호퍼는 자기 쪽으로 오라고 손짓하며 고개를 끄덕였다. 리사는 은신처 밖으로 나와서도 허리를 펴지 않고 낮은 자세를 유지했다. 그리고 속삭이듯 물었다.

"여기서 대체 뭘 하고 계신 거예요?"

"잠복 수사 중입니다. 연방 전담팀 일이에요. **그쪽**은 여기 무슨 일입니까? 세인트존이 저 안쪽 서류 보관실에 당신을 가둬뒀잖아요."

호퍼는 다시 복도 쪽을 살핀 후 리사를 돌아보았다.

"얘기가 길어요."

"시작해보시죠."

"세인트존이 일자리를 주겠다고 했어요."

호퍼는 그녀를 바라보았다.

"뭐요? 일자리? 무슨 일인데요?"

리사는 어깨를 들썩였다.

"잘 모르겠어요. 어쨌든 미끼였어요. 여기로 초대해서 시설 구경을 시켜주더니 저 방 안에 나를 가뒀어요." 리사는 두 손으로 머리카락을 쓸어 넘기며 고개를 저었다.

"그자가 저를……."

호퍼는 피가 얼어붙는 듯했다.

"뭐라고요?"

리사는 다시 고개를 저었다.

"그건 중요하지 않아요. 이 사람들은 제가 전에 상담했던 동네 갱단 수준이 아니에요. 뭔가 괴상해요. 사설 군대와 사이비 종교 집단을 섞은 조직이에요. 세인트존은 이 사람들을 지배하다시피 하고 있어요. 그는 뱀의 날이라는 종말론적 예언에 사로잡혀 있는데, 그 예언이 실현될 거라고 믿고 있어요."

호퍼는 미간을 찌푸렸다.

"당신은 그 예언을 안 믿는 게 확실합니까?"

"무슨 뜻이에요?"

"독립기념일에 열린 생일 파티에서 말입니다. 당신이 점을 치다 무아지경에 빠져서는 어둠이 올 거라고, 검은 뱀의 밤이 올 거라고 말했잖아요."

리사는 혼란스러운 표정으로 눈을 가늘게 뜨며 인상을 썼다.

"미안하지만 기억이 안 나요. 제가 **정말** 그런 말을 했다고요? 놀랍네요."

"그렇죠. 참 놀랍죠." 웅크린 호퍼는 다리를 움직여 조금 더 편안히 자세를 잡았다. "당신과 바이퍼스 사이에는 어떤 연관성도 없다는 뜻입니까?"

"아, 아뇨. 있어요. 세인트존은 제가 아는 사람이에요."

호퍼는 가슴속에서 아드레날린이 솟구치는 익숙한 느낌을 받았다.

"아는 사람이요?"

리사는 고개를 끄덕였다.

"예전에 룩우드 연구소라는 곳에서 일할 때 그와 함께한 적이 있어요. 그는 제 연구의 시험 프로그램에 등록한 죄수들 중 한 명이었어요. 얼마 안 가서 프로그램이 중단되기는 했지만, 그는 그 프로그램 참가자였어요."

리사는 세인트존과 함께 있으면서 들은 얘기를 호퍼에게 털어놓았다. 호퍼는 주의 깊게 귀를 기울이며 그 정보를 받아들였다. 리사가 얘기를 끝마치자 호퍼는 고개를 끄덕였다.

"알겠습니다. 일단 여기서 당신을 내보내야겠군요."

"저를요? 형사님은요?"

호퍼는 고개를 저었다.

"방금 당신이 말한 것처럼 뱀의 날은 꽤 큰 규모로 진행되는 일 같으니, 그 실체를 알아내야겠습니다."

"저도 도울게요!"

"예, 그러세요. 여길 빠져나가서요. 브루클린에 있는 65구역 경찰서로 가서 델가도 형사를 찾으세요. 당신이 아는 대로 다 말해주면 델가도가 FBI 전담팀에 얘기를 전할 겁니다."

"알았어요. 그런데 **어떻게 빠져나가죠**?"

호퍼는 손으로 턱을 문질렀다.

"이 안에 연줄이 있습니다. 그의 도움을 받아보도록 하죠. 그러려면 먼저 그를 찾아야 됩니다. 혼자 있어도 괜찮겠어요?"

리사는 고개를 끄덕였다.

"그래요, 좋아요. 불 켜지 말고 눈에 띄지 말고 있어요. 알았죠? 최대한 서두르겠습니다."

"행운을 빌어요."

호퍼는 리사에게 고개를 끄덕인 후 일어서서 사무실을 나갔다. 등 뒤로 딸깍 소리와 함께 문을 닫았다.

39장
위험한 발견

1977년 7월 13일
뉴욕시 사우스 브롱크스

호퍼는 본부의 전체적인 모습을 떠올리며 걸어온 길을 최대한 되짚어 갔다. 금세 사무동 중심부에 도착해 갱들의 추적하는 소리를 따라가던 중 용케 리로이의 팀을 찾아냈다.

"어이, 뭐 좋은 뉴스라도 있어?"

호퍼는 고개를 저었다. 그리고 함께 잠입한 동료 옆 두 사람을 슬쩍 쳐다보았다. 의심을 사지 않도록 재빠르게.

"서쪽 건물에서 뭔가를 봤대." 호퍼는 이렇게 말하고는 그 두 사람을 향해 고갯짓을 했다. "거기 둘, 그쪽으로 가서 링컨과 그 무리들을 데려와. 나랑 리로이는 거리로 나갔다가 뒤쪽으로 들어올 테니까. 그렇게 하면 놈들을 궁지에 몰아넣을 수 있을 거야."

두 사람은 호퍼의 급작스러운 말에 서로를 빤히 쳐다보았다. 리로이가 손뼉을 짝짝 치면서 끼어들었다.

"못 들었어? 시작해, 시작하자고!"

그 정도면 충분한 듯했다. 둘은 리로이의 어깨를 툭 치고는 복도 아래쪽으로 향했다. 호퍼는 그들이 보이지 않을 때까지 기다렸다가 리로이 쪽으로 돌아섰다.

리로이가 씩 웃더니 고개를 끄덕이며 물었다.

"그래서 그 여자는 어디 있는데요?"

호퍼는 그의 어깨에 손을 얹고 좀 더 가까이 끌어당기며 말했다.

"여자 이름은 리사야. 네가 그 여자를 좀 빼내줘야겠어. 요원들에게 줄 만한 중요한 정보를 가지고 있거든. 알겠지? 여자를 무사히 갤럽에게 데려가야 돼." 그는 리로이의 눈을 똑바로 쳐다보았다. "잡히지 않고 잘 데려올 수 있겠어?"

"나한테 맡겨요."

호퍼는 뒤편의 오래된 사무실 쪽을 가리켰고 리로이는 어딘지 알겠다며 고개를 끄덕였다. 호퍼는 리로이에게 잘 가라고 손을 흔든 뒤 주변을 둘러보며 방향을 잡았다. 그는 주요 사무실들이 모여 있는 1층에 있었고 세인트존의 사무실은 4층이었다.

완벽했다.

리사가 안전하게 빠져나갈 수 있으리라는 생각과 함께 안도감이 들자 급박한 상황에서도 새로이 힘이 났다.

이제 사무실들을 좀 더 자세히 살펴봐야 할 때였다.

호퍼는 중앙 복도를 살펴보고 나서 전에 본 적이 있는 첫 번째 빈 사무실로 들어갔다. 방 안에는 나무 상자들이 가득했는데 모두 여섯 개씩 가슴 높이까지 차곡차곡 쌓여 있었다. 상자마다 뭔가를 나타내는 듯한 표시가 찍혀 있었지만 사방에 아무렇게나 뿌려진 검정 스프레이 탓에 확인이 되지 않았다.

제일 가까이에 있는 상자 쪽으로 가보았다. 상자에는 못이 박혀 있어 열려면 아래층 창고에나 있을 지렛대 같은 도구가 필요했다. 주변을 둘러보았지만 쓸 만한 것은 없었다. 호퍼는 나지막하게 욕을 하며 밖으로 나가 복도를 돌면서 다음 또 다음 사무실을 뒤져보았다.

운이 좋았다. 한 사무실 구석에 리사를 남겨두고 온 사무실처럼 오래된 책상이 놓여 있었다. 윗부분은 나무였지만 자세히 보니 양쪽에 금속으로 된 서랍이 있었다. 서랍 하나를 꺼내 살펴보았다. 네 개의 금속판이 나사로 연결되어 있었고 바닥 금속판은 손만 대도 덜렁거렸다.

그 서랍을 들고 다시 첫 번째 사무실로 돌아왔다. 서랍을 바닥에 둔 채 한쪽 발끝으로 뒷부분을 누르고 양손으로 서랍의 손잡이를 잡았다. 세게 두 번 잡아당기자 서랍은 휘어졌고, 그것만으로도 충분히 바닥 금속판을 분리해낼 수 있었다.

엉터리 도구라도 없는 것보다는 나았다. 다시 나무 상자 쪽으로 가서 금속판 끝을 상자 뚜껑 밑에 밀어 넣고 지렛대처럼 이용해 손가락이 들어갈 만한 공간을 만들자 그 뒤로는 쉽게 열렸다. 호퍼는 상자 더미 옆에 금속판과 함께 나무 뚜껑을 세워두고는 상자 안을 들여다보았다.

정확히 그가 예상한 대로였다. 지푸라기로 가득 찬 상자 안에는 총, 더 정확히 말하면 AK-47이라고도 불리는 칼라슈니코프 소총이 들어 있었다. 소련에서 개발하고 동구권 어딘가에서 제작된 종류의 소총이었다. AK-47은 지난 30년간 크게 달라진 것이 없어 놀랍도록 단순했지만, 특별한 기술이나 관리 없이도 유용하게 사용할 수 있어 전 세계의 게릴라 군이나 주변 거대 마약상들의 암시장에서 인기 최고인 무기였다.

하지만 뉴욕의 갱들이 쓰기엔 너무 거창했다. 호퍼는 총을 꺼내 한 번 쓱 살펴보았다. 대단한 무기 지식 없이도 진짜인지 가짜인지 정도는 구분할 수 있었다. 그 흉측한 무기를 한 손에 쥔 채 그는 다시 상자 안을 확인해보았다. 안에 다섯 개가 더 보이는 것으로 보아 한 상자에 여섯 자루씩 담겨 있는 모양이었다. 똑같은 상자가 여섯 개씩 쌓여 있었고 사무실에 그런 더미가 적어도 열두 개는 있었다. 다른 사무실들과 지하의 창고에 쌓인 상자들까지 생각하면 세인트존이 관리하는 조직의 규모는 어마어마했다.

세인트존은 갱을 만드는 게 아니었다. 그가 만들고 있는 건 군대였다. 한 사람의 광기에 의해 움직이는 군대. 그는 베트남전에 참전한 뒤 전쟁을 통해 세상을 바꾸겠다는 생각을 품고 돌아온 것이었다.

그는 하느님이 아닌 정반대편의 목소리를 듣고 있었다. 그리고 추종자들에게는 너희들을 위한 새로운 시대, 새로운 세상이 찾아올 것이라는 믿음을 전파하고 있었다.

추종자들이 모두 그에게 복종한다면.

뱀의 날, 악마가 세상으로 내려와 뉴욕을 자신의 왕국으로 만드는 날이 찾아올 것이다.

물론 말도 안 되는 헛소리였다. 세인트존이 정상은 아니지만 악마를 믿을 리는 없었다. 가짜 신 행세를 하면서 스스로를 높이면 갱단을 관리하기가 더 쉬울 것이다. 몇몇 사람들은 잘만 얘기하면 어떤 이야기든 믿으니까.

하지만 뱀의 날? 그것은 **정말** 있었다. 그날은 세인트존이 군대를 풀어 공격을 개시하는 날이었다.

호퍼는 총을 상자 안에 도로 집어넣었다. 마음속 깊은 곳에서부터 끓어오르는 공포감에 속이 메슥거렸다.

놈은 어떻게 할 계획인 걸까? 어디를 공격하려는 거지? 바이퍼스가 이 창고에서부터 총을 마구 쏘아대며 공격을 시작할까?

아니, 그럴 리 없었다. 세인트존은 전략가였다. 놈은 천천히 조심스럽게 갱단을 조직하고 무기고를 만들어왔다. 때를 기다리면서.

공격 계획을 준비하면서.

호퍼는 정확히 어디에서 그런 계획이 세워졌을지를 떠올렸다.

그는 창고를 나와 계단 쪽으로 뛰어갔다.

그리고 세인트존의 사무실로 달려 올라갔다.

호퍼는 서두르면서도 주변 경계를 소홀히 하지 않았다. 사방이 황량했다. 리사를 빼내기 위해 호퍼가 지어낸 말을 리로이가 여기저기 퍼트린 탓에 수색팀은 모두 본부의 서쪽으로 이동한 듯했다.

세인트존이 나머지 갱들과 함께 있기를 바랄 뿐이었다. 그렇지 않으면 그의 사무실에 들어가려는 계획 자체를 수정해야 할 것이다. 그렇게 되면 그냥 이곳을 빠져나가는 게 나을 수도 있었다. 그에게는 리사가 가진 정보 외에도 바이퍼스와 맞서 싸우는 갤럽의 전담팀을 위한 충분한 정보가 있었다. 뱀의 날의 정체를 아직 정확히 모르고, 바이퍼스와 카드 살인 간의 구체적인 관계도 더 깊게 파헤치지 못했지만, 세인트존과 그의 갱단이 연방 정부에 구금된다면 모두 밝혀질 수 있을 터였다.

행운은 호퍼의 편이었을까. 세인트존의 사무실은 비어 있었다.

안으로 들어갔다. 책상 위에는 여전히 창고의 지도가 펼쳐져 있었고 그 옆에는 제도 용구 세트가 보였다. 그는 지도를 잠시 살펴보고는 얼른 접어서 겉옷 안에 밀어 넣었다. 전담팀이 습격 계획을 세울 때 유용하게 사용할 수 있을 듯했다.

그 후 벽 쪽에 있는 넓은 서류 보관함으로 눈을 돌렸다. 서류 보관함에는 서랍이 여섯 개 있었는데 텅 비어 있는 위에서 두 번째 칸을 빼고는 모두 닫혀 있었다. 하지만 보안용으로 설계된 것은 아니었는지 맨 위쪽 서랍과 전체 틀 사이의 작은 틈으로 엉성한 잠금 구조가 보였다.

그는 책상에서 컴퍼스, 연필, 삼각자 사이에 놓인 철제 자를 집어 서랍 위 틈새로 밀어 넣었다. 지렛대처럼 살짝 힘을 주자 잠금 장치가 툭 부러졌고 서랍을 잡아당겨 열자 그 안에 잔뜩 쌓인 서류들이 보였다.

어두운 색 종이 위에 하얀 선으로 꼼꼼하게 세부사항을 표시한 전형적인 청사진들이었다. 그 표시들이 무슨 의미인지는 알 수 없었지만 종이의 가장자리를 손가락으로 만져보니 올록볼록한 부분이 느껴졌다. 눈을 가늘게 뜨고 깨알 같은 글자들을 읽어보려 애썼다. 터빈에 관한 내용인 듯했다. 발전소에서 사용하는 거대한 산업용 터빈.

미간을 찌푸리며 밑에 있는 청사진들까지 쭉 훑어보았다. 터빈이나 변압기, 동력 장치처럼 비슷한 장치들에 대한 내용이 더 있었다. 거리 지도 같은 하얀 종이도 보였다. 자세히 들여다보니 거대한 규모를 가진 무엇인가의 회로도였다.

호퍼는 종이들을 모두 꺼내서 책상 위에 펼쳤다. 철제 자를 이용해 다른 서랍들도 마저 열었다. 모두 건축 관련 서류들이었다. 하나같이 무슨 의미인지 알 수가 없었고 일일이 자세히 들여다볼 시간도 없었다.

이게 뱀의 날을 위한 계획들일까? 알 수 없었다.

일단 사무실을 계속 살펴보기로 했다.

우선 커다란 책상을 확인해보았다. 오른쪽 맨 위 서랍을 빼고는 모두 비어 있었다. 호퍼는 세인트존이 그 서랍을 사용하는 걸 본 적이 있었다. 그 안에는 은으로 된 십자가상이 들어 있었다.

호퍼는 얼굴을 찌푸렸다. 하지만 곧 천주교라고 표시돼 있던 세인트존의 인식표가 떠올랐다. 천주교인도 십자가를 가지고 있나? 알수 없었다. 그리고 왜 그 십자가가 서랍 안에 있는지도 짐작이 안 되었다. 하지만 그건 중요하지 않았다. 십자가는 그가 찾고 있던 물건도 아니었다.

다음으로 책상 앞쪽 벽의 첫 번째 문을 열었다. 리사를 임시로 가둬두었던 서류 보관실이었다. 작은 원형 탁자를 지나 금속으로 된 책장을 본 순간 그는 그 자리에서 얼어붙고 말았다.

책장에는 커다란 검정색 서류함들이 줄지어 놓여 있었고, 각각의 서류함에는 호퍼가 이전에 본 적이 있는 라벨이 붙어 있었다.

미국 국방부
유출 금지

휠러의 비밀 아파트에 있던 서류들이었다. 그것들이 모두 여기에 있다니.

아, 이제 불가사의 하나가 풀렸다. 중요한 일인지는 모르겠지만 갤럽에게 보고할 만한 사항임은 분명했다. 호퍼는 세인트존의 계획을 알아낼 만한 단서가 될 또 다른 유용한 자료가 있을지 확인하기 위해 계속 책장을 살펴보았다. 하지만 곧 혼란스러워져서 한발 뒤로 물러섰다.

책장은 온갖 책들로 빽빽하게 채워져 있었다. 세인트존이 모아놓은 책들은 잘 이해되지 않았다. 학술서적으로 보이는 두꺼운 양장본의 심리학 및 정신의학 서적들과 군사 역사나 오지 생존법에 대한 책들이 우선 눈에 띄었다. 또 다른 책장에는 두툼하고 오래된 책들이 마구잡이로 섞여 있었다. 크기도 제각각이고 어떤 것은 가장자리가 금박으로 둘러진 가죽 표지였고 또 어떤 것은 민무늬 천 표지였다. 몇몇 책에 적힌 제목은 영어가 아니었다. 호퍼는 라틴어를 읽을 줄 알았고 그리스어도 대충 의미를 추측해볼 수 있었기에 제목으로 내용을 어림짐작해볼 뿐이었다. 『솔로몬의 열쇠』, 『칼바칸 그리모어』, 『눈의 언어』.

뒤로 돌아 나머지 책장들을 살펴보았다. 새 책, 오래된 책. 그 밖의 많은 책들이 꽂혀 있었다. 서류들로 채워진 바인더들은 아래와 같은 인쇄 스티커를 부착하고 알파벳순으로 나열되어 있었다.

룩우드 연구소

호퍼는 그 앞에서 잠시 멈췄다. 리사가 세인트존을 처음 만난 곳이 바로 룩우드 연구소라고 했다. 하지만 지금은 자세히 살펴볼 시간이 없었다. 세인트존의 작은 서재 안에 있는 이 자료들이 중요한 것일 수도 있지만, 지금은 아무것도 가지고 나갈 수가 없었다. 이만하면 충분히 봤다.

떠날 시간이었다.

그때 사무실에서 뭔가 움직이는 소리가 들렸다. 호퍼는 잠시 멈췄다가 조용히 한구석에 있는 철제 책장 쪽으로 뒷걸음질 쳤다. 투명인간이라면 얼마나 좋을까, 적어도 서류 보관실로는 아무도 들어오지 않기를 바라며 그는 귀를 쫑긋 세우고 기다렸다.

또 다른 문이 열리고 닫히는 소리가 들리더니 다시 잠잠해졌다. 호퍼는 머릿속으로 숫자를 센 뒤 조심스럽게 문 뒤로 이동했다. 밖에서는 아무 소리도 들리지 않았다. 그는 용기를 내 문밖을 내다보았다.

사무실은 비어 있었다. 그가 책상 위에 쏟아놓은 서류들도 그대로였다.

사무실로 나간 그는 방금 전에 들은 소리가 무엇인지 생각해보았다. 사무실 문은 여전히 열려 있으니 문소리는 아니었다. 어쩌면 또다른 서류 보관실 문이 열린 소리일 수도 있었다. 호퍼는 책상 앞 벽쪽으로 다가가 두 번째 문을 당겨보았다. 열려 있었다.

문 뒤쪽의 방은 첫 번째 방과 똑같은 크기였다. 여기에는 놀랍게도 커다란 옷장이 있었다.

호퍼는 옷장을 열어보았다. 안에는 옷걸이가 몇 개 걸려 있는데, 그중 하나에는 뻣뻣한 싸구려 천으로 만든 후드 달린 기다란 검정색 예복이 걸려 있었다.

문득 시간이 너무 많이 지났다는 생각에 고개를 빠르게 저었다. 그는 옷장 문을 닫고 다시 사무실로 돌아왔다.

그때 머리 위쪽 어딘가에서 묵직한 물체가 바닥에 쿵 떨어지는 소리가 들렸다. 위를 올려다보았다. 그의 머리 위에는 옥상이 있었고 그는 지금 사무실 한가운데에 서 있었다. 그런데도 분명히 더 많은 소리들이 들려왔다. 그의 머리 위에서 사람들이 돌아다니고 있었다.

아주 많은 사람들이.

무슨 일이 벌어지고 있는 걸까. 확인해봐야 했다.

옥상 쪽으로 올라가 계단통 벽에 몸을 붙였다. 무슨 일이 벌어지는지 훔쳐볼 수 있을 때까지 몸을 숨길 수 있어 다행이었다.

호퍼가 있는 사무동 건물의 옥상은 축구장만 한 크기에 네모반듯한 모양으로 창고동 옥상보다 조금 더 높은 위치에 있었다. 여기에서 보니 여름밤 훈훈한 공기 속에 반짝이는 브롱크스의 불빛들이 한눈에 들어왔다. 앞쪽에 아파트 몇 채가 불을 밝히고 있었지만 그래도 이곳이 주변 몇 블록 내에서는 가장 높은 건물인 듯했다. 주위를 둘러보니 뒤편 하늘에서 맨해튼의 불빛들이 구름 너머를 밝은 오렌지색으로 물들이고 있었다. 미드타운의 주요 빌딩들 사이에서 엠파이어스테이트 빌딩의 반짝이는 탑이 멀리서도 선명하게 보였다. 더 멀리로는 월드 트레이드 센터 꼭대기에서 빨간 불빛이 꺼졌다 켜졌다 하는 것이 보였다.

하지만 풍경이나 감상하고 있을 때가 아니었다. 그는 계단통 뒤에 숨어 몸을 돌리고는 조심스레 사무동 옥상에서 무슨 일이 벌어지고 있는지 살펴보았다.

옥상에는 사람들이 가득했다. 모두 기다란 하얀색 예복을 입고 예복에 달린 후드로 머리를 가리고 있어 확인은 불가능했지만 바이퍼스 단원들인 게 분명했다. 그들은 호퍼가 있는 쪽을 등지고 여러 줄로 도열해 있었다.

종교집회인가? 마녀집회? 뭐라고 불러야 할지 모를 모임이었다. 그들 앞에는 그들이 입은 것과 똑같은 모양의 검은 예복을 입은 남자가 서 있었다.

세인트존이었다. 그는 호퍼 쪽을 보고 있었지만 주변의 불빛들로 인한 계단통 그림자 때문에 호퍼를 보지는 못하는 듯했다.

세인트존은 양팔을 들어 올리고 손가락을 쫙 펼친 채로 갱 단원들에게 연설을 했다.

"형제들이여! 오, 자매들이여! 어둠의 주인님의 검은 그림자 안에 모여 그분에게 감사의 인사를 전합시다! 우리는 그분에게 피와 생명, 영혼을 바쳤으니, 이제 감사의 마음을 전합시다. 잘 들으십시오!"

세인트존이 고개를 들어 올렸다. 후드 그림자에 가려 얼굴은 보이지 않았지만 지금도 여전히 쓰고 있는 은색 조종사용 선글라스에 빛이 반사되어 반짝였다.

"우리는 새로운 날의 시작점에 서 있습니다. 우리의 날. 우리의 **심판**의 날. 우리의 **일깨움**의 날. 그리고 우리가 태어나 어둠을 잃어버린 순간부터 영혼에 각인되었던 바로 그날. 잘 들으십시오! 그날이 왔습니다. 뱀의 날이 왔습니다!"

단원들은 조용했다. 세인트존은 양팔을 내리고 고개를 숙였다. 그 누구도 말을 하거나 움직이지 않았다.

잠시 뒤 세인트존이 다시 고개를 들었다.

"내가 여러분과 함께합니다." 그가 호퍼에게는 겨우 들리는 낮은 목소리로 말했다. "그리고 여러분이 나와 함께합니다."

곧 갱단은 익숙한 구절을 반복하며 함성과 함께 꽉 쥔 주먹을 허공으로 들어 올렸다. 세인트존은 더 큰 함성과 열정을 원한다는 듯 추종자들을 향해 양팔을 다시 들어 올렸다.

바이퍼스 단원들이 그에게 화답했다. 호퍼는 바닥에 엉덩이를 대고 앉으며 고개를 저었다.

"잘 들으십시오!" 세인트존이 갱단의 후렴에 맞춰 소리쳤다. "잘 들으십시오! 우리에게는 하나의 임무가 더 남아 있습니다! 밤의 주인님이 이 땅에 내려와 우리에게 어둠의 축복을 내리시기 전에, 이 세상 모든 것이 우리의 것이 되기 전에 해야 할 일이 있습니다. 우리의 마지막 희생이 끝나고 나면 뱀의 검은 기운이, 밤이, 어둠이 찾아올 것입니다!"

한쪽에서 움직임이 느껴져 호퍼는 그리로 고개를 돌렸다. 옥상 한편에서 흰 예복을 입은 바이퍼스 단원 두 명이 빨간 드레스를 입은 여자를 끌고 오고 있었다. 그 모습을 보며 호퍼는 어두운 그림자 속으로 조금 더 깊숙이 몸을 숨겼다. 벗어나려 몸부림치는 여자의 검은 머리칼이 바람에 마구 흩날렸다.

호퍼는 꼼짝하지 않고 가만히 그 광경을 지켜보았다. 여자의 정체를 확인하는 순간 그는 가슴이 꽉 죄어와 숨을 쉴 수 없었다.

리사였다. 그들이 그녀를 잡은 것이다.

단원 두 명이 리사를 세인트존 쪽으로 데려갔다. 그녀는 최선을 다해 몸부림쳤지만 단단히 잡혀 있었다. 두려움 가득한 표정으로 주변을 둘러보는 리사의 모습에 호퍼는 피가 차갑게 얼어붙는 것 같았다.

'내 잘못이야. 내 잘못. 리사를 빼냈어야 했어.'

세인트존이 옥상 가장자리를 둘러싼 낮은 담벼락 쪽으로 다가가 더니 그 위에 올라섰다. 그는 반짝이는 은빛 물체를 어딘가에서 꺼 내 손에 쥐었다. 사무실 서랍에 있던 십자가상이었다. 그가 한 손으 로 십자가의 한쪽 끝을 잡아당기자 십자가 자루에서 칼날이 드러났 다. 다른 손에는 칼집이 반짝이고 있었다.

호퍼는 조그맣게 욕설을 내뱉었다. 그의 심장은 광속의 절반쯤 되 는 속도로 미친 듯이 뛰고 있었다.

하지만 희망이 없었다. 머릿수만 봐도 1 대 100이었다. 이 상황에 서 그가 할 수 있는 일은 없었다.

십자가 칼을 본 리사는 울음을 터뜨리며 잡혀 있는 양팔을 빼내려 몸부림쳤다. 옆에 선 두 남자가 그녀를 제지하던 중 한 명의 후드가 벗겨졌다.

리로이였다.

호퍼는 목구멍에서부터 분노가 차올랐다.

'내가 무슨 짓을 한 거지?'

리사는 세인트존의 바로 앞까지 끌려갔다. 세인트존은 담 쪽에 그 대로 서서 리사를 내려다보면서 오른손에 십자가 칼을 쥔 채 다시 한 번 양팔을 뻗었다. 세인트존이 뭐라고 말을 했지만 호퍼의 귀에는 들리지 않았다.

그 순간 리사가 몸부림을 멈추고 똑바로 섰다. 세인트존이 신호를 보내자 리로이와 나머지 한 남자가 리사를 놓아주었다. 리사의 팔이 양옆으로 툭 떨어졌다. 세인트존이 손을 내밀자 리사는 그 손을 잡 고 그의 옆으로 올라가 갱단을 마주 보았다.

무리들 중 한 명이 세인트존에게 포도주 잔을 건넸다. 그가 그 잔을 받아 리사에게 내밀며 말했다.

"마셔라."

그 말은 꽤 선명하게 들렸다.

리사는 쳐다보지도 않고 잔을 받아 입술로 가져갔다. 그리고…….

잠시 동작을 멈췄던 리사가 휘청거렸다. 세인트존이 그녀의 등을 받쳐주었다.

"이제 때가 왔다." 세인트존이 말했다. "예견됐던 일이지. 너도 알고 있을 것이다. 네가 무엇을 해야 하는지를. 마셔라."

호퍼는 뭐든 해야 했다. 무슨 일이 벌어지고 있는 건지, 뭘 할 수 있을지도 알 수 없었지만 이대로 가만히 있을 수는 없었다. 어떻게든 끼어들어야 했다. 위험하더라도, 아무 도움이 안 될지라도, 자살 행위나 마찬가지일지라도.

뭐든 시도해야 했다. 무엇이든.

그는 호흡을 고르며 곧 뛰쳐나갈 준비를 했다.

그때 리사가 잔을 떨어뜨렸다. 옥상에 쨍그랑 소리가 울려 퍼졌다.

호퍼가 앞으로 달려 나갔다. 세인트존을 제외하고는 모두가 그를 등지고 있어 그나마 다행이었다.

세인트존과 리사. 호퍼가 계단통 밖으로 나온 순간 리사가 고개를 들어 그를 보았다. 그를 본 게 분명했다.

그 순간 리사는 한 발짝 뒷걸음질하더니 옥상 끝에서 사라져버렸다. 바닥으로 추락하는 그녀의 빨간 드레스가 둥글게 부풀어 올랐다.

"안 돼!" 호퍼가 소리쳤다. 갱단이 깜짝 놀라 뒤를 돌아보았다. 맨 앞에 선 세인트존이 두 팔을 들어올렸다.

"어둠이 왔다! 뱀의 날이 시작되었다!"

그의 뒤로 브롱크스의 빛들이 사라졌다.

숨이 턱 막혔다. 주변을 둘러보니 창고를 둘러싼 삼면이 모두 암흑이었다. 호퍼는 뒤로 돌아 보석처럼 빛나던, 오렌지색으로 반짝이던 맨해튼을 바라보았다.

맨해튼 역시 섬 끝에서부터 시작해 불빛들이 점점 사라지기 시작했다. 색색의 불빛들이 지그재그 형태로 사라지더니 어둠의 물결이 미드타운 쪽으로 번져나갔다.

곧 엠파이어스테이트 빌딩이 사라지는 것이 보였다. 잠시 후 월드트레이드 센터의 반짝이던 불빛도 사라졌다.

뉴욕시 전체가 거대한 정전을 맞이했다.

호퍼는 뒤를 돌아보았다. 옥상에는 오직 달빛만이 비치고 있었다. 옥상 끝에 선 세인트존이 큰 소리로 웃으며, 예복으로 덮인 두 팔로 호퍼를 가리켰다.

"저놈을 끌고 와!"

그때 뒤에서 어떤 손이 그를 잡아당기는 것이 느껴졌다. 호퍼는 뒤를 돌아보았다.

마사가 그의 눈을 바라보며 말했다.

"그만 꾸물거리고 어서 뛰어."

호퍼는 시키는 대로 뛰기 시작했다.

40장
브루클린의 불은 꺼지고

1977년 7월 13일
뉴욕시 브루클린

"어때요?"

델가도는 발판 사다리 아래쪽을 내려다보았다. 다이앤의 얼굴을 바로 비추지 않기 위해 손전등을 기울였다. 델가도는 머리 옆에 있는 적갈색 사암 건물의 두꺼비집을 열었다. 그 안에는 오래된 전선들과 세라믹 퓨즈, 스위치 들이 들어 있었다.

"괜찮아 보여요. 제가 전문가는 아니지만 이상은 없는 것 같아요."

델가도는 대답하며 두꺼비집을 닫고 사다리를 내려갔다. 다이앤의 위층에 사는 에릭 밴 새븐 씨가 사다리를 잡고 있었고, 에릭의 아내인 에스더는 손전등으로 델가도의 발을 비춰주었다. 발쪽의 시야 확보를 위해 꼭 필요한 빛이었다. 1층에 사는 고령의 쉐퍼 부인은 또 다른 손전등으로 닫힌 두꺼비집을 비추며 말했다.

"내가 말했잖아. 1965년 상황이 재현된 거라니까. 그때 아, 거의

414

열두 시간 이상 정전이 됐거든. 겨울이었는데. 정말 추웠어."

바닥으로 내려선 델가도는 쉐퍼 부인의 좋았던 옛 시절에 대한 이야기를 다시 들을 각오를 했다. 델가도는 쉐퍼 부인을 안 지 삼십 분밖에 안 됐지만 10년 전쯤 발생한 대형 정전을 어떻게 극복했는지를 비롯해, 이 건물뿐만 아니라 동네 전체의 역사에 대해서도 이미 알게 된 터였다.

하지만 지금은 쉐퍼 부인도 눈치껏 입을 닫았다. 이 건물에 거주하는 그들은 건물 입구에 모여서 서로를 손전등으로 비추고 있었다. 델가도가 말했다.

"쉐퍼 부인 말대로, 이 건물만 정전된 게 아니에요."

델가도는 공동 현관으로 가서 문을 열었다. 다른 건물에 사는 이들이 무슨 일인지 알아보려고 들고 나온 손전등 불빛 외에 거리는 어둠에 휩싸여 있었다.

"나가서 알아봐야겠어." 에릭은 아내한테서 손전등을 받아 들며 말했다. "지금 달리 할 일도 없잖아?" 그는 아내를 바라보다 델가도에게로 시선을 옮겼다. 그들 중 누군가가 전기를 다시 들어오게 해서 그가 텔레비전으로 보고 있던 뉴욕 메츠 야구팀의 경기를 계속 보게 해줄 수 있을 거라는 듯이. 두 여자가 아무 말이 없자 그는 한숨을 쉬며 말했다. "얼마나 멀리까지 정전이 됐는지 확인해볼게."

"시어 스타디움(미국 프로야구팀 뉴욕 메츠의 홈구장으로 사용했던 경기장. 2009년 2월 철거되었다)까지 걸어가려면 꽤 멀 텐데요."

다이앤이 미소를 지으며 팔짱을 꼈다. 에릭은 다이앤을 흘끗 쳐다보더니 빙긋 웃었다.

"미안합니다."

그는 좀 더 크게 입을 벌리며 웃다가, 마치 허락을 구하듯 델가도를 다시 한 번 쳐다보았다.

그제야 델가도는 자신이 여기서 경찰로서 **어떤** 권한을 행사하고 있음을 깨달았다. 그녀는 고개를 끄덕이며 들고 있던 손전등으로 현관문을 가리켰다.

"그러세요. 하지만 조심해야 합니다. 생각보다 더 어두울 거예요."

에릭이 미소를 지었다.

"걱정 마세요. 노상강도를 당하지는 않을 테니까."

그 말에 에스더는 한숨을 쉬면서 남편의 팔을 잡았다.

델가도가 말했다.

"내가 걱정하는 건 노상강도가 아닙니다. 걸어가다 발을 헛디뎌 넘어지거나 구멍 같은 곳에 빠질 수 있어서예요. 이런 때에 다리라도 부러지면 상당히 곤란할 겁니다, 에릭 씨."

에릭은 손전등으로 경례를 해 보였다.

"알겠습니다." 그는 나머지 거주민들을 향해 돌아섰다. "최대한 둘러보고 서둘러 돌아올게요." 그러고는 아내의 뺨에 입을 맞췄다. "금방 올게."

그는 손전등을 켜고 밖으로 나섰다. 공동 현관까지 따라간 에스더는 남편이 어둠 속으로 사라지는 모습을 지켜보았다. 델가도는 잠시 에스더를 바라보다가 결단을 내렸다.

"자, 그럼 우리 한곳에 모여 있는 게 어떨까요? 같이 기다리다가 에릭 씨가 돌아오면 바깥 상황이 어떤지 듣도록 하죠. 그동안 전화를 몇 통 해야겠네요." 델가도는 다이앤을 돌아보았다. "다 같이 다이앤 집으로 가서 기다려도 될까요?"

다이앤은 고개를 끄덕였다.

"그럼요. 건전지로 작동하는 라디오가 집에 있을 거예요. 뉴스라도 들어봐야겠네요."

"그래요." 델가도는 돌아서는 에스더와 눈을 맞추며 물었다. "괜찮은 생각 같죠?"

에스더는 고개를 끄덕였다.

"쉐퍼 부인은 댁에서 기다리는 게 편하시겠어요?"

"아, 아니에요. 나도 에릭 씨가 돌아오면 얘기를 듣고 싶네요."

"그래요. 좋아요."

"물건 몇 개만 챙겨 올게요." 쉐퍼 부인은 이렇게 말하며 돌아서서 자기 집으로 돌아갔다. "촛불 켜놓고 모노폴리 게임이나 하자고요."

델가도는 노부인이 집으로 들어가는 모습을 지켜보았다. 상황이 어느 정도 정리되자 델가도는 크게 숨을 내쉬며 중얼거렸다.

"잘됐네요."

다이앤이 웃으며 델가도의 어깨를 토닥이며 말했다.

"쉐퍼 부인은 좋은 분이에요. 마음에 드실걸요."

그러자 에스더가 한마디 했다.

"뭐든 하셔도 좋은데, 저분이 〈청춘 낙서(American Graffiti)〉(1973년 개봉한 조지 루카스 감독의 영화로, 1960년대 초반 미국 청년들의 풍속도를 그렸다) 얘기만 시작하게 만들지 마세요."

델가도는 이맛살을 찌푸렸다.

"청춘 낙서요? 영화 말씀인가요?"

다이앤이 고개를 끄덕이며 말했다.

"맞아요. 그 얘기를 시작했다 하면 끝이 없거든요. 자, 들어가서 라디오나 찾아보죠."

41장
정전

1977년 7월 13일
뉴욕시 사우스 브롱크스

먼저 계단통에 도착한 마사가 문을 열고 들어갔다. 호퍼가 옆으로 지나가자 마사는 그의 등을 툭 밀고는 문을 닫고 쇠 지렛대를 빗장 지르듯 끼워 넣어 밖에서 문을 열지 못하게 해놓았다. 아까 호퍼에게 휘둘렀던 바로 그 물건이었다.

"어서 가."

마사는 계단을 달려 내려가며 말했다. 호퍼는 묻고 싶은 게 한두 가지가 아니었지만 일단 잠자코 그녀의 뒤를 따라갔다. 계단 칸의 간격이 일정하지 않은 데다, 좁고 높은 창문을 통해 계단통 위쪽으로 흘러드는 흐릿한 불빛만이 어둠 속에서 길을 밝혀주고 있었으므로 지금은 계단을 잘 밟고 내려가는 것에 집중해야 했다. 그럼에도 불구하고 묻지 않을 수 없었다.

"대체 어떻게 된 거지?"

"나중에 설명할게. 지금은 떠들 시간 없어. 계단 내려가다가 목 부러지지 않게 조심해."

호퍼는 그 조언을 받아들였다. 아래로 내려갈수록 계단통은 숫제 블랙홀이 되어갔다. 호퍼는 앞서 내려가는 마사의 발소리를 들을 수 있었지만, 아무것도 보이지 않으니 어쩔 수 없이 속도를 늦춰야 했다. 한 손으로는 난간을 잡고 다른 손은 어둠 속을 휘저으면서 발을 옮겼는데 간간이 손가락 끝이 벽에 닿곤 했다.

그때 계단통 저 아래에서 빛이 폭발하듯 쏟아져 들어왔다. 마사가 아래쪽 문을 밀어 연 것이다. 마사는 고개를 들고 호퍼가 내려오기를 기다렸다. 그는 한 번에 두 칸씩 서둘러 계단을 내려가 마사가 잡아주고 있는 문 밖으로 나갔다.

그들은 창고에 돌아와 있었다. 하지만 호퍼는 앞을 분간할 수 없었다. 쏟아지는 눈부신 빛을 가리려 손을 들어올렸다. 엔진이 우르릉대는 소리를 듣고서야 호퍼는 자신이 리로이의 낡은 스테이션왜건의 헤드라이트 불빛을 똑바로 쳐다보고 있음을 알았다. 마사는 어느새 운전석에 올라앉아 있었다.

초대를 기다릴 여유가 없었다. 호퍼는 곧장 조수석 쪽으로 달려가 미끄러지듯 올라탔다. 동시에 스테이션왜건은 닳아빠진 서스펜션에 의지해 일렁거리며 움직이기 시작했다. 마사는 운전대를 휙휙 돌리면서 차를 후진시켰고 어느새 헤드라이트는 창고 출구를 향했다. 마사가 운전대 기둥에 붙은 기어 변속기를 앞으로 밀고 액셀을 밟는 순간, 호퍼가 앉아 있는 조수석 쪽 문이 반동으로 닫혔다. 타이어가 바닥을 긁으며 끼익 소리를 내는 동시에 스테이션왜건은 열린 출구 너머 밤의 어둠을 향해 달려 나갔다. 스테이션왜건은 골목 벽에 헤드라이트를 비추며 거친 길을 내달렸고 호퍼는 문짝 위쪽의 손잡이를 단단히 붙잡았다. 몇 초 뒤 벽은 그들 뒤로 사라지고 차는 큰길로 들어섰다. 마사는 산업 지역을 나와 브롱크스 중심지를 향해 날카롭게 방향을 틀며 물었다.

"뭐 보여?"

차가 움푹 팬 곳을 지나느라 덜컹거렸고 호퍼는 벤치 시트에 앉은 채 몸을 돌려 주변을 살폈다. 그들 뒤에 따라오는 사람은 없었고 창고의 윤곽만이 희미하게 보였다. 달빛마저 구름에 가려 사라지고 있었다.

"따라오는 놈들은 안 보여."

"됐네."

마사가 모퉁이에서 지나치게 속력을 내며 운전대를 돌리자 차가 연석에 부딪치면서 엔진이 요란한 소리와 함께 꺼져버렸다. 마사가 브레이크를 꽉 밟으니 차가 휙 돌며 멈췄다. 운전대를 잡은 마사는 가슴을 들썩이며 고개를 흔들었다. 그러고는 운전대를 손으로 치며 욕을 내뱉었다.

"제. 기. 랄."

호퍼가 고개를 돌려 마사를 보며 물었다.

"이게 어떻게 된 건지 말해줘. 건물 옥상에서는 무슨 일이 있었고, 넌 왜 나를 돕고 있는지. 지난번에는 나를 죽이려고 했잖아."

마사는 운전대에서 손을 떼지 않은 채 곁눈질로 그를 쳐다보았다.

"아, 그건 미안하게 됐어. 뭐든 조치를 취해야 해서. 링컨이 아저씨 머리를 총으로 쏴버리려고 했고 나는 아저씨 목숨을 살려둘 가치가 있다고 판단했어. 걱정 마. 아저씨를 죽일 생각은 없었으니까. 몇

대 때릴 수는 있었겠지만, 그게 다야. 그건 그렇고 경찰과의 관계 말인데, 아직 경찰이지?"

호퍼는 눈을 껌벅였다.

"뭐?"

"조직에 침투하기 위한 위장? 됐어. 나 바보 아니거든. 내가 다른 놈들보다 더 강하게 보이긴 했겠지만. 바이퍼스 내에서 눈을 똑바로 뜨고 지켜봤어. 1년쯤 이 짓거리를 했더니 거의 익숙해졌어."

호퍼는 마사를 쳐다보며 물었다.

"눈을 똑바로 뜨고 지켜봤다니, 그게 무슨 뜻이지? 너도 바이퍼스 단원 아니었나?"

"그렇기도 하고 아니기도 해. 지금 그 얘기를 자세히 할 시간은 없어. 이 빌어먹을 곳에서 당장 빠져나가야 돼."

그 말과 함께 마사는 점화 장치에 시동 열쇠를 넣고 돌렸다. 세 번 만에 차가 되살아났다. 마사는 액셀을 두 번 밟은 뒤 흡족해하며 기어를 넣었다.

"뒤를 잘 보고 있어. 놈들이 우리 뒤를 쫓아오기까지 오래 걸리지 않을 거야."

"그러게. 그 말대로네."

마사는 호퍼처럼 고개를 돌려 뒤를 돌아보았다. 저 뒤쪽 옆 골목에서 달려 나오는 차량들의 불빛이 보였다.

바이퍼스들이 그들을 추격하고 있었다.

호퍼는 앞으로 돌아앉으며 외쳤다.

"출발해. 어서!"

마사가 페달을 밟자 차가 총알처럼 달려 나갔다.

42장
뒤집힌 도시

1977년 7월 13일
뉴욕시 사우스 브롱크스

뉴욕을 뒤덮은 어둠에 호퍼는 경악했다. 밤이 당황스러울 정도로 검었다. 그의 머릿속 뒤편에서 '검은 뱀'이라는 단어가 맴돌았다.

그는 이런 종류의 어둠을 경험해봤기에 더 불안했다. 창고 옥상에서 리사 사지슨이 뛰어내려 죽은 것을 본 탓도 있을 것이다.

사실, 이는 황무지에서나 경험할 수 있는 어둠이었다.

문명 세계에서 수백 킬로미터는 떨어진 밀림에서나 볼 수 있는 어둠.

지금은 빠져나가는 게 우선이라 호퍼는 어둠에 대한 생각을 떼어내 머릿속 안쪽으로 밀어 넣었다. 계획은 단순했다. 바이퍼스 단원들을 피해 안전한 곳으로 이동하는 것. 그리고 나서 마사의 진짜 정체가 무엇인지, 왜 그를 돕는 것인지 알아내면 될 터였다. 연방 기관의 갤럽 특수요원에게도 연락해야 했다. 마사가 거기까지 도와줄지는 알 수 없지만 한 가지만은 확실했다. 마사 역시 호퍼만큼이나 바이퍼스로부터 도망치고 싶어 하는 사람이었다.

집에도 가봐야 했다. 브루클린까지 정전이 됐는지는 알 수 없었다. 원하던 바는 아니었지만, 그는 다이앤과 새라를 두고 너무 오래 멀리 떠나 있었다.

그는 문짝 위의 손잡이를 고쳐 잡고 가족에 대한 생각도 머리에서 밀어냈다. 당장 해야 할 일에 집중해야 했다. 물론 어떤 계획을 세우더라도 실행하기는 쉽지 않을 터였다.

산업 지대 주변 거리에는 행인도, 오가는 차량도 없었다. 마사는 이곳 지리를 잘 아는지 별 특색 없는 격자형 도로들 사이로 스테이션왜건을 몰면서 추격자들을 떨쳐내려 했다. 그들 뒤를 쫓아오던 헤드라이트 불빛이 지금은 안 보이니 효과가 있었던 듯했다.

불현듯 저 위쪽 어딘가에서 노란색과 오렌지색 불빛이 어둠을 밀어내기 시작했다. 그리고 같은 색깔의 안개가 밀려왔는데 알고 보니 연기였다.

마사는 산업 지대를 벗어나 주요 간선 도로로 나서다가 길 한가운데에 사람들이 보이자 운전대를 꺾으며 브레이크를 세차게 밟았다. 저 앞 모퉁이에서 건물 하나가 바닥부터 꼭대기까지 활활 타오르고 있었다. 불길은 6미터에서 9미터에 달하는 길이로 날름거렸고 건물은 이미 뼈대만 남았다. 그들이 있는 곳까지 뜨거운 열기가 느껴졌다. 그들 주위로 사람들이 도로를 가로질러 이리저리 오갔는데 다들 불타는 건물과 거리를 두었고 그중 몇 명은 손전등을 들고 있었다.

마사가 가볍게 경적을 누르자 사람들이 천천히 양옆으로 비켜나기 시작했다. 도로를 지나는 차량은 그들이 탄 스테이션왜건뿐이었다. 호퍼는 그 이유을 알 것 같았다.

정전 때문에 다들 집에서 거리로 나온 것이다. 손목시계를 보니 밤 아홉시였다. 비교적 이른 밤 시간이었고 날씨는 후텁지근했다. 전기가 들어오지 않는다는 것은 조명등, 텔레비전, 에어컨—이 동네에서 운 좋은 몇몇 집에는 에어컨이 있을 것이다—그리고 선풍기가 작동하지 않는다는 뜻이었다.

스테이션왜건이 천천히 기어가듯 앞으로 나아가는 동안 호퍼는 이 사람들이 정전으로 인해 특별히 두려움을 느끼거나 초조해하지 않는다는 걸 알아챘다. 오히려 기분이 좋아 보였다. 차가 지나가자 사람들은 그들에게 고개를 돌리고 미소를 지으며 손을 흔들었다. 어떤 이들은 차의 후드와 지붕을 툭툭 쳤고, 불타는 건물의 포효 너머로 와자하게 떠드는 소리도 들렸다. 사람들은 간간이 환호성을 올렸고 크게 웃는 소리도 들려왔다. 화재가 난 곳을 지나자 사람들의 수가 조금씩 줄어들었다. 연석이나 주차된 차에 걸터앉아 캔과 병을 손에 들고 음료를 마시는 사람들이 보였다. 어스름 속에서 담배 끝의 오렌지색 불꽃이 춤을 추었다.

마사는 앞으로 몸을 기울여 전방을 살피면서 과감히 속도를 높였다.

"이런 때에 동네 파티라니 대단들 하네."

마사가 중얼거렸다. 호퍼는 미간을 찌푸리며 다시 뒤를 살폈다. 반 블록쯤 떨어진 곳, 건물 화재로 인해 불빛이 환하게 비추는 곳에 모여 있는 사람들이 한눈에 보였다. 이렇게 보니 정말 동네 파티 같았다.

묵직하게 쿵 하는 소리에 호퍼는 앞으로 고개를 돌렸다. 마사가 욕을 내뱉으며 운전대를 돌려 스테이션왜건을 반대편 차선으로 몰았다. 어떤 남자가 앞을 가로 막으려 하자 마사는 다시 욕을 하면서 중앙선을 넘어가 원래 차선으로 돌아갔다. 스테이션왜건이 옆으로 지나가자 그 남자는 무어라 소리를 쳤고 또다시 쿵 소리가 들렸다. 남자가 운전석 문짝을 향해 절반 크기의 벽돌을 던진 것이다.

마사가 액셀을 밟자 차가 덜컥거리며 앞으로 나아갔다. 유리가 박살나는 소리에 호퍼는 백미러로 뒤를 살폈다. 그들의 차에 벽돌을 던졌던 무리가 지금은 저 뒤쪽에 있는 어느 상점 진열장을 부수고 있었다. 거리를 밝히는 화재의 불꽃을 배경으로 그들이 깨진 진열장으로 달려들어 남은 유리 파편을 뜯어내는 모습이 보였다. 마침내 진열장이 무너지자 몇몇 사람들은 그곳에서 도망쳤고 몇몇은 가게 안으로 들어갔다.

"벌써 약탈이 시작됐군. 점점 더 상황이 악화되겠어."

"그러니 어서 여길 벗어나야지."

호퍼는 고개를 저었다.

"벗어난다고? 도시 전체가 정전이야. 빠른 시간 내에 조명이 들어오지는 못할 텐데. 뉴욕이 완전히 뒤집히고 있어."

"이것도 그의 계획이야. 뱀의 날. 전기를 끊고 도시 전체를 혼란으로 몰아넣는 거. 불이 안 들어오는 상태에서 사람들은 서로 싸워대고, 도시는 스스로를 파괴할 거야. 그게 바로 계획이야. 아저씨. 세인트존은 뉴욕을 파괴하려 해. 그는 사설 군대도 갖고 있어. 전기가 끊긴 이 도시에서 세인트존은 왕이야."

거리는 다시 사람들로 혼잡해졌다. 여기저기서 불길이 치솟았다. 이쪽 사람들은 아까 지나온 거리의 사람들보다 덜 상냥해 보였다.

대부분 품에 한가득 옷가지를 안고 빠르게 거리를 오갔다. 호퍼는 마사 쪽 차창을 내다보았다. 꽤 큰 규모의 옷가게 쌍여닫이문이 박살났고 사람들은 그 가게에 몰려들어 옷을 꺼내 갔다. 가게 앞 인도에는 사람들이 들고 나르다 흘린 옷들이 떨어져 있었다.

호퍼는 마사를 향해 몸을 돌리며 말했다.

"네 사정은 잘 모르겠지만, 그래, 난 아직 경찰 맞아. 경찰로서 일을 하고 있어. 연방 당국에 연락해야 하는데 도와줬으면 해. 애초에 도울 생각이 없었으면 나를 건물 옥상에 내버려뒀겠지. 안 그래?"

마사는 사람들을 피해 운전하는 데 집중하느라 대답 대신 고개만 끄덕였다.

그때 뒤에서 빛이 번쩍였다. 호퍼가 돌아보니 또 다른 차 한 대가 그들 쪽을 향해 오고 있었다. 그 차는 거리의 사람들을 피해 이리저리 방향을 바꾸며 경적을 울려대고 있었다.

호퍼는 다시 앞으로 고개를 돌렸다.

"바이퍼스 놈들이야. 따돌려야 돼."

마사는 창밖을 가리켰다.

"여긴 사람이 너무 많아. 이대로는 통과하기 힘들어."

호퍼도 전방을 살피다가 손으로 방향을 가리켰다.

"저쪽으로."

저 앞에 네 방향으로 뻗은 널찍한 교차로가 있었다. 그중 한 모퉁이로 차들이 길게 늘어서서 기어가듯 움직이고 있는 게 보였다. 옴짝달싹 못하는 차들은 비상등을 깜박이고 경적을 울려댔다. 그 반대 방향으로 뻗은 도로는 비어 있었다.

마사는 빈 도로를 택했다. 간선 도로의 건물 화재 불빛을 벗어나자 차는 또다시 어둠에 휩싸였다. 마사는 속도를 줄이면서 운전대 쪽으로 몸을 기울여 앞유리 너머를 살펴보았다.

"왜 그래?"

"위치를 파악하려고."

그 순간 뒤에서 헤드라이트 불빛이 백미러에 비치면서 마사의 얼굴이 그 빛에 휩싸였고, 호퍼는 잠시 눈앞이 흐려졌다. 그는 얼른 몸을 숙이며 뒤를 돌아보았다. 바이퍼스의 차가 그들을 향해 질주해오고 있었다.

"더 빨리!"

호퍼가 외쳤다.

"이 똥차는 이게 최고 속도야!"

추격해오는 차의 헤드라이트 불빛이 그들을 훑고 지나갔다. 어느새 바이퍼스의 차가 그들 옆으로 따라붙었다. 그 차는 우렁찬 소음과 함께 스테이션왜건을 쉽게 따라잡았다. 차의 뒷좌석에 탄 두 단원이 창밖으로 몸을 내밀며 마사와 호퍼에게 소리를 쳐댔다. 호퍼는 운전대를 잡은 링컨과 잠시 눈을 마주쳤다. 저만치 앞서 나간 바이퍼스의 차는 전방의 교차로에서 충분한 거리를 확보한 후 방향을 틀어 자기네보다 느린 스테이션왜건을 향해 곧장 달려오기 시작했다.

"제기라아아알!"

마사는 다시 브레이크를 밟았다. 타이어는 요란한 소리를 낼 뿐 바로 차를 멈추는 데는 보탬이 되지 못했다. 호퍼는 충돌을 각오했다. 링컨이 이 차를 들이받을 만큼 미치지는 않았겠지만 섣부른 추정은 후회를 부를 터였다.

그때 제삼의 차가 나타나 호퍼 왼쪽의 도로에서 교차로로 곧장 돌진해왔다. 보강철로 이루어진 단단한 몸체를 가진, 땅딸막한 회색 덤프트럭이었다. 곁눈으로 트럭을 먼저 본 호퍼는 곧장 팔을 뻗어 마사가 잡고 있는 운전대를 당겼다. 스테이션왜건은 옆으로 미끄러지면서 사고를 간신히 피할 수 있었다.

링컨도 트럭이 오는 것을 봤는지는 알 수 없었다. 아마 충돌 직전에야 봤을 것이다. 링컨이 모는 차가 교차로에 다시 진입한 순간, 덤프트럭은 그대로 앞으로 밀고 나가 링컨의 차 조수석을 박살냈다. 그 충격으로 트럭의 속도가 다소 줄어들었다. 끼이익 소리를 내며 멈춰 선 스테이션왜건은 낡은 서스펜션 때문에 흔들거리며 도로 한가운데에 비스듬히 섰다. 덤프트럭은 방향을 약간 틀면서 바이퍼스의 차를 교차로 너머로 끌고 갔다. 바이퍼스의 차는 이미 반으로 찢어진 상태였다. 덤프트럭이 바이퍼스의 차를 끌고 쭉 나아가 맞은편 연석을 타넘어 인도에서 멈춰 설 때까지, 노면에서 오렌지색과 하얀색 불꽃이 거대한 호를 그리며 튀었다.

호퍼는 귓속이 왕왕 울리는 채로 일어나 앉았다. 옆에서 마사는 몸을 잔뜩 웅크리고 있었다. 바이퍼스의 차에서는 아무 움직임이 없었다. 저 정도 사고를 당하고 살아남았을 리 없었다. 하지만 좌석의 위치가 높은 덤프트럭은 사정이 달랐다. 긁힌 곳 하나 없는 좌석에서 두 남자가 밖으로 나왔다. 한 명은 조수석 창문 너머로 나와 지붕으로 올라갔고, 다른 한 명은 운전석 문을 열고 앞바퀴 휠에 한 발을 디디고 섰다. 호퍼가 지켜보는 동안 지붕에 올라선 남자는 두 팔을 들어 올리고 머리를 위로 치켜들더니 하늘을 향해 악을 썼고, 운전석에서 내린 남자는 도로로 훌쩍 뛰어내려 차가 얼마나 망가졌는지를 살펴보았다. 트럭의 헤드라이트는 휘어지기는 했지만 여전히 빛을 뽑고 있었다. 운전석의 남자가 그 빛으로 걸어가는 순간, 호퍼는 그의 가죽 재킷 등짝에 붙어 있는 표식을 보았다.

드레드노츠

또 다른 갱단이었다. 저 둘은 덤프트럭을 훔쳐 타고 폭주를 즐긴 모양이었다.

"젠장."

마사의 목소리에 호퍼는 고개를 돌렸다. 운전대 앞에서 허리를 펴고 앉은 마사는 교차로 모퉁이에 펼쳐진 참상을 내다보았다.

"그래, 나도 하고 싶은 말이야. 아까 운전대를 잡아당겨서 미안해. 네가 트럭이 오는 걸 못 본 것 같아서 그랬어."

"안 그랬으면 우린 둘 다 죽었겠지."

마사는 거친 숨을 토해내면서 운전대와 기어 장치를 두 손으로 더듬어 잡았다. 호퍼가 마사를 돌아보며 물었다.

"다쳤어?"

마사는 고개를 저었다.

"좋아, 저들이 우리한테 관심을 갖기 전에 출발하자."

마사는 기어를 넣으면서 움찔하기는 했지만 무사히 차를 후진시켰다. 저 앞에서 덤프트럭 운전자가 이쪽을 쳐다보았다. 트럭의 헤드라이트 불빛 때문에 그자는 윤곽으로만 보였다. 잠시 후 마사는 스테이션왜건의 방향을 돌려 제일 가까운 옆길로 나아갔다. 교차로를 벗어나는 동안 호퍼는 뒤를 주시했으나 그들을 따라오는 이는 없었다.

43장
그들이 사는 법

1977년 7월 13일
뉴욕시 사우스 브롱크스

운전대로 몸을 기울인 마사가 고개를 저었다. 십오 분 정도 달렸는데 뒷골목은 비교적 한산했다. 정전으로 혼란스러운 와중에 대부분의 사람들은 넓은 대로로 나가 돌아다니고 있는 모양이었다. 나무랄일도 아니었다. 높은 건물들 사이로 난 좁은 골목길에서 어둠은 마치 살아 있는 실체인 듯 검은 뱀처럼 도시를 휘감고 점점 더 바짝 죄어들어왔다.

호퍼는 그런 상상을 그만하라고 스스로를 질책했다.

"방향을 잘못 잡았어." 마사는 주거 구역 한가운데서 속도를 줄이다가 천천히 차를 세웠다. "연방 기관이 있는 쪽으로 가려면 남쪽으로, 맨해튼 쪽으로 가야 되는데."

잠시 후 공회전하던 엔진이 완전히 멈췄다.

호퍼는 고개를 돌리며 물었다.

"왜 나를 돕는 거지?"

입안 가득 숨을 들이마신 마사는 두 손으로 운전대를 툭툭 치다가 손을 무릎으로 내리고 그를 돌아보았다.

"음, 아저씨는 경찰이고, 내가 몸담고 있던 조직에서 경찰은 골치 아픈 존재거든."

호퍼는 고개를 저었다.

"무슨 뜻인지 모르겠어."

마사는 한숨을 쉬었다.

"그러니까 내 말은, 아저씨를 믿어도 되느냐는 거야. 아저씨를 믿을 수 있어야 계속 같이 갈 수 있는 거잖아. 나는 아저씨한테 베팅했고, 내가 이기는 쪽에 걸었기를 바라고 있어."

"그래, 나 경찰 맞아. 전에도 경찰이었고 지금도 위장 수사 중이야. 세인트존이 바이퍼스를 데리고 뭘 하는지, 무슨 짓을 할 계획인지, 어떻게 그를 막을지 알아내는 게 내 임무였어. 내가 정보를 수집해 연방 전담팀에 전하면 전담팀이 투입될 예정이었지. 그래, 그러니까 나를 믿어도 돼. 다만 나도 널 믿을 수 있어야겠지. 전담팀에 정보를 전하려면 네 도움이 필요할 테니까."

마사는 고개를 끄덕였다.

"믿어도 돼. 내가 너무 오래 기다리긴 했지만 우린 이 일을 해낼 수 있을 거야."

"뭘 기다렸는데?"

"나는 경찰이 아니지만, 내 동생 리로이를 빼내려고 조직에 들어가 작업 중이었어."

"리로이를 빼내려고 했다고? 리로이야말로 널 빼내려고 했어. 애초에 내가 이 일을 하게 된 게 리로이 때문이야. 리로이가 경찰서로 찾아와 도와달라면서 신변 보호를 요청했어."

마사의 입이 딱 벌어졌다.

"리로이가 경찰서로 찾아갔다고?" 그녀의 놀란 표정은 곧 재미있어하는 표정으로 바뀌었다. 마사는 미소를 지으며 덧붙였다. "젠장. 내 동생답네." 자세를 고쳐 앉은 마사는 천천히 고개를 흔들며 방금 들은 얘기를 곱씹었다. 그리고 호퍼를 돌아보며 말했다. "리로이를 찾아내기까지 수년이 걸렸어. 사실, 우리 집에 문제가 좀 있었거든. 걔가 집을 나간 것도 무리는 아니었어. 갱단 놈들은 리로이에게 새로운 삶을 살게 해주겠다고 약속했고 리로이는 그들의 제안을 받아들였어. 엄마는 그걸 알고 난리를 쳤어. 리로이가 갱단에 들어갔을 때 몇 살이었는지 알아?"

호퍼는 대답하지 않았다.

"열한 살. 그 멍청이는 겨우 **열한 살**에 브롱크스 킹스라는 갱단에 들어가 활동을 시작했어. 나는 리로이를 도와주려고 했지만 몇 번이나 가로막혔고, 그러다 리로이와 연락이 완전히 끊어졌어. 가족 대부분은 리로이가 죽었을 거라고, 어느 길모퉁이에 죽어 있을 거라고 여기며 살았지만 엄마는 생각이 달랐어. 엄마는 리로이를 포기 못 했어. 나도 마찬가지였고. 그래서 리로이를 찾아 집으로 데려오겠다고 엄마한테 말했어. 일을 그만두고 엄마한테 작별인사를 한 뒤 집을 나와 리로이를 찾아다녔지. 그 무렵 리로이는 브롱크스 킹스를 나와서 퓨리스라는 갱단에 합류했어. 나는 크게 애쓰지 않고 그 갱단에 들어갔어. 그러자 리로이는 나에 대해 험담을 하고 다녔어. 내가 자기를 끌고 집으로 데려갈까 봐 겁을 먹었겠지. 그 생각이 맞기

433

도 했어. 나는 리로이의 누나이고, 누나 노릇을 어떻게 해야 하는지 잘 아는 사람이니까. 리로이를 조직에서 빼내려면 시간이 꽤 걸릴 것 같더라고. 리로이는 조직 내에 꽤 깊게 들어가 있어서, 단순히 끌어낸다고 빼낼 수 있는 게 아니었어."

"그래서 주변에 머물면서 리로이를 지켜본 건가?"

"맞아. 엄마한테 약속했으니까. 아저씨도 나처럼 하지 않았겠어? 내 입장이라면?"

호퍼는 고개를 끄덕였다.

"그렇다니까." 마사는 발밑 공간으로 시선을 떨어뜨리며 말을 이었다. "그래도 일이 조금씩 풀려나갔어. 리로이와 다시 얘기를 나눌 정도는 됐으니까. 내가 주변에 있는 것에 대해 리로이는 신경을 덜 곤두세우게 됐고, 나는 좋은 징조라고 여겼어. 그러다 같이 어울려 지내게 된 거야. 그럴 때 바이퍼스가 접근해왔어. 퓨리스는 슬리츠, 픽서스, 크레이지 잭스 같은 다른 갱들처럼 바이퍼스에 합류했어."

"너도 함께 들어간 거야?"

"아, 나는 어떻게든 빠져나오려 방법을 찾고 있었지만 실행에 옮기기가 말처럼 쉽지 않았어. 일단은 동생이랑 안전하게 지내면서 상황을 주시하기로 했지." 마사는 호퍼를 돌아보았다. "아까도 말했듯이, 나는 아저씨와 함께하기로 한 내 선택이 옳았기를 바라고 있어. 내가 조직에서 빠져나와야 하고 리로이도 데리고 나와야 하니까. 우린 집으로 돌아가야 돼."

"나도 마찬가지야. 우리 서로 돕기로 하자. 넌 세인트존과 바이퍼스, 그리고 지금 벌어지고 있는 엿같은 상황에 대해 꽤 잘 알고 있잖아."

마사는 어깨를 으쓱했다.

"조금은 알지. 남들보다는 많이. 나는 퓨리스에서도 두각을 나타냈고, 세인트존은 늘 나를 곁에 뒀어. 그러니 아는 게 좀 있기는 해."

"나보다는 아는 게 많겠지. 우리는 최대한 많은 정보를 연방 전담 팀에 전해야 돼. 도와줄 수 있겠어?"

"어. 리로이를 엄마한테 데려갈 수 있다면 뭐든 할 거야." 마사는 양옆에 도열해 있는 집들을 둘러보았다. "전화를 쓸 수 있는 상황은 아닌 것 같지?"

"음, 전화 시스템은 전력망과 분리돼 있어." 호퍼는 돌아앉으며 말했다. "저기. 저 모퉁이에 공중전화 부스가 있군. 자, 다시 시작해보자."

마사가 시동 열쇠를 돌리자 엔진이 그르릉거리며 살아났다. 마사는 후진 기어를 넣고 뒤로 갔다가 공중전화 부스 주변의 연석 옆에 차를 세웠다. 차에서 내려 빙 돌아가던 호퍼는 문득 시야 가장자리에서 무언가 움직이는 것을 본 듯했다. 도열한 주택들의 지붕을 따라 여러 개의 형체와 그림자들이 춤추듯 움직인 것도 같았다. 하지만 막상 주변을 둘러봤을 땐 아무것도 없었다. 약간 더 밝아진 하늘을 배경으로 선 시커먼 건물들뿐이었다. 브롱크스가 불에 타면서 점점 더 많은 불길이 치솟아 구름까지 밝히고 있었다. 멀리서 소방차의 사이렌 소리가 들려오긴 했지만 이곳과는 상당히 거리가 있었다. 지금까지 근처에서 경찰이라고는 소리도 모습도 찾아볼 수 없었다.

공중전화 부스는 폭도들의 손을 비교적 덜 탄 듯 보여 호퍼는 조심스럽게 희망을 가져보았다. 전화기도 제자리에 있었고 온전한 상태였다.

수화기를 들어 귀를 대보니 먹통이었다. 후크를 몇 번 눌러봐도 마찬가지였다. 이쪽 전화선은 전력망과 연결된 모양이었다.

보도로 내려선 호퍼는 멀리서 울리는 사이렌 소리, 자동차 경적 소리에 귀를 기울였다. 그 외에 무언가 다른 소리가 들린 듯도 했다. 그는 길 한가운데로 내려가 집들을 둘러보았다.

"전화 돼?"

어깨 너머를 흘깃 보자 한쪽 발을 차 안에 둔 채 운전석 문에 기대서 있는 마사가 보였다.

"아니." 그는 한 번 더 주변을 둘러보았다. "이 소리 들려?"

뒤에서 자동차 문이 닫히고 마사가 다가왔다. 호퍼는 T자형 삼거리 쪽으로 걸어가면서 주변 소음에 귀를 기울였다. 바로 앞에 나무들로 둘러싸인 작은 공원이 있었고, 포장된 산책길이 바짝 마른 분수대를 빙 돌아 공원을 가로지르고 있었다. 공원 저편에 이곳과 나란히 뻗은 도로가 있었는데 그곳에 늘어선 집들 중 가운데 집의 맨 위층에 불이 켜져 있었다. 그 빛 안에서 돌아다니는 사람들의 윤곽이 보이고 쩽쩽 울리는 음악 소리가 들려왔다.

"부자들은 전기가 끊겨도 걱정이 없나 보네."

호퍼는 마사를 흘끗 쳐다보고는 다시 주변을 둘러봤다. 마사의 말대로 공원 주변 지역에는 비교적 괜찮은 집들이 모여 있었다. 5층으로 된 연립 주택들이 줄지어 서 있었는데 그중 일부는 맨 꼭대기 층에 커다란 유리문 앞으로 넓은 개방형 베란다가 설치돼 있었다. 그 베란다들 중 한 곳에서 파티가 한창이었다.

마사는 혀로 딱 소리를 내며 말했다.

"저기 가면 전화를 빌려 쓸 수 있을까?"

호퍼는 고개를 저었다.

"아마 연결이 안 될 거야." 그는 어깨 너머로 길모퉁이의 공중전화 부스를 가리켰다. "경찰을 만나서 무전기를 빌려야 돼."

마사가 웃었다.

"이 근방에서 경찰을 본 적 있어? 경찰은 브롱크스가 불타든 말든 관심 없어. 차라리 소방대원한테 빌리는 게 어때? 소방대도 무전기는 있을 거 아냐?"

"요청은 해볼 수 있겠지만 지금 그쪽도 일이 많아서 될까 모르겠어."

그때 택시라도 부르는 듯 날카로운 휘파람 소리가 거리에 울려 퍼졌다. 그리고 베란다에서 누군가 소리쳤다.

"거기 당신이에요, 프랭키?"

호퍼는 미간을 찌푸리며 앞으로 걸어갔다. 나무들을 지나야 위쪽이 더 잘 보일 것 같아서였다. 그는 공원을 가로질렀고 마사도 그와 함께 걸었다. 베란다에 나와 있는 십여 명의 사람들이 시끌벅적하게 떠들면서 담배를 피우거나 술을 마시고 있었다. 베란다 한쪽 구석 테이블에 놓인 건전지 작동식 대형 테이프 덱(전력 증폭기와 스피커가 들어 있지 않은 테이프 리코더)에서 브루스 스프링스틴의 〈달릴 운명으로 태어나(Born to Run)〉가 흘러나왔다.

"미안하지만 프랭키가 아닙니다."

호퍼가 대답했다. 그 말에 몇 명이 더 베란다 난간 쪽으로 다가와 바깥으로 몸을 기울이며 아래를 내다보았다. 유리문 너머에서 비치는 불빛 때문에 호퍼는 그들을 잘 볼 수 없었다.

여자가 소리쳤다.

"찰스니?"

호퍼는 마사와 눈빛을 주고받은 뒤 대답했다.

"미안한데, 찰스도 아닙니다."

"그럼, 마이크를 위해 당신이 샴페인이나 더 가져왔길 바랄게요."

여자의 말을 강조하듯 술병의 코르크 마개 따는 소리가 들렸다. 누군가 웃음을 터뜨렸다.

그 순간 탕! 소리가 울려 퍼졌다. 가까운 곳에서 들려온 총성이었다. 호퍼와 마사는 본능적으로 몸을 숙였다. 파티 중이던 누군가가 겁에 질려 비명을 질렀다. 베란다에서는 브루스 스프링스틴과 E 스트리트 밴드의 노랫소리 외에는 아무 소리도 들리지 않았다.

호퍼는 웅크리고 앉은 채 마사를 돌아보았다. 그때 두 번째, 세 번째 총성이 연달아 들렸다. 호퍼는 마사의 어깨를 툭 치며 신호를 준 뒤, 연석에 주차된 차들 쪽으로 함께 뛰었다. 파티 중인 집 바로 아래였다. 마사는 자동차 트렁크 너머를 살폈고 호퍼는 파티 중인 집을 돌아보았다. 여전히 불을 밝힌 그 집 베란다에서 누군가 난간 너머로 그들을 내려다보고 있었다.

호퍼는 최대한 조심하며 목소리를 높였다.

"다들 안으로 들어가요. 음악이랑 조명 끄고 집 안에 머물도록 하세요."

베란다의 그림자는 말없이 집 안으로 들어갔다. 잠시 후 음악이 그치고 불도 꺼졌다. 이어서 유리문이 딸깍 닫히는 소리가 들렸다.

호퍼는 여전히 주변을 돌아보는 마사에게 말했다.

"불안할 정도로 가까운 데서 들린 소리였어."

"아무것도 안 보여. 저 옆 거리에서 들린 소리 같기도 한데."

"일단 움직이자고. 여기가 어디쯤인지는 알겠어?"

"알아. 움직여?"

호퍼는 주변을 돌아보며 천천히 일어섰다. 더 이상 총성은 들리지 않았고 거리에는 아무도 없었다.

"좋아, 이상 무. 그래도 빨리 이동하자."

마사가 차 뒤에서 달려 나가 공원을 가로질렀다. 호퍼는 주변을 한 번 더 확인한 후 그녀의 뒤를 따랐다. 그들은 거의 동시에 스테이션 왜건 앞에 도착했고 재빨리 차에 올라탔다. 좁은 길이라 마사는 3점 방향 전환(좁은 공간에서 차를 전진, 후진, 다시 전진해 방향을 돌리는 운전 방법)으로 차를 돌렸다. 스테이션왜건의 차체가 길어서 마사는 액셀을 밟아 앞바퀴가 보도 위로 올라서게 해야 했다. 마침내 방향을 맞췄을 때 왼쪽 앞바퀴와 뒷바퀴가 연석 위로 올라가면서 엔진이 또 꺼져 버렸다.

그때 쿵 소리가 나면서 차의 서스펜션 스프링이 내려갔다가 위로 되튀었고, 차가 좌우로 약간 흔들렸다. 또다시 묵직한 쿵 소리와 함께 머리 위의 지붕이 움푹 꺼지자 운전석에 앉은 마사는 천장을 올려다보며 놀라 비명을 질렀다. 차 지붕에 무언가가 내려선 듯 차가 다시 흔들거렸다. 두 번 더 쿵, 쿵 소리가 나더니 지붕이 아래로 더 꺼졌고, 조수석 앞유리 위쪽도 요란한 소리를 내며 갈라졌다.

차는 계속 흔들거렸다. 기어를 잡고 시동을 걸려고 안간힘을 쓰던 마사는 위를 올려다보고 경악해 소리쳤다. 누군가 차 지붕을 타고 내려오는지 앞유리에 다리 두 개가 보였다. 후드에 무릎을 대고 내려온 자는 몸을 휙 돌려 앞유리에 몸을 붙였다. 그자를 비롯한 패거리가 입을 벌리고 함성을 지르며 웃음을 터뜨렸다.

지붕에 내려선 자들이 연달아 차의 앞과 뒤, 측면으로 미끄러져 내려왔다. 호퍼는 얼른 좌우를 살핀 후 측면의 문을 잠그고 곧장 마사 쪽으로 몸을 기울여 운전석 문도 잠갔다.

차를 둘러싼 자들은 바로 옆에 있는 집 베란다에서 뛰어내린 듯했다. 호퍼가 세어보니 일곱 명이었다. 그들은 양옆에 서서 차를 좌우로 흔들어대기 시작했다. 그들 외에 몇 명이 더 저쪽 끝에서 이리로 다가오고 있었다. 그중 몇 명은 야구 방망이 같은 무기를 손에 들었고 한 명은 소방 도끼를 쥐었다. 다들 연청색 데님 소재의 옷을 입고 있었다.

또 다른 갱단인 듯했다. 바이퍼스는 아니지만, 다른 갱단이라고 해서 호퍼와 마사의 생존 확률이 크게 달라질 것 같지는 않았다.

마사가 점화 장치에 시동 열쇠를 넣고 돌리자 차는 부르릉대는 소리를 냈다. 하지만 액셀을 밟으니 털털거리다 엔진이 꺼지고 말았다. 마사가 이 과정을 되풀이하는 동안 호퍼는 그들 주변에 모여든 남자들을 둘러보았다. 차는 마치 바다 한가운데서 길을 잃은 배처럼 마구 흔들거렸다. 저들이 조직적으로 힘을 분배한다면 안에 사람이 들어 있는 채로 차를 뒤집어버릴 수도 있을 듯했다.

새로 패거리에 합류한 자들 중 한 명이 앞에 서서 앞유리에 소방 도끼날을 박아 넣었고, 호퍼는 본능적으로 두 팔을 들어 얼굴을 막았다. 앞유리가 박살나지는 않았지만 거미줄 같은 잔금이 확 퍼져나갔다. 그자는 후드로 뛰어 올라와 도끼를 뽑으려 힘을 주었다. 도끼가 뽑히면서 그자가 균형을 잃고 차에서 굴러 떨어지자 패거리들이 와자하게 웃어댔다. 또 다른 폭력배가 그자 대신 소방 도끼를 집어들고 또다시 앞유리를 내리쳤다.

"따라와!"

호퍼는 소리치면서 마사의 야구 재킷을 잡아 당겼다. 앉아 있던 앞쪽 벤치 시트를 타넘어간 그는 다리를 버둥거리며 뒷좌석으로 무겁게 떨어졌다. 마사는 그의 발목을 잡고 그의 다리를 밧줄 삼아 함께 뒷좌석으로 넘어왔다. 마사가 옆으로 내려온 후에도 호퍼는 멈추지 않고 곧장 뒷좌석을 넘어가 그 뒤의 널찍한 트렁크로 들어갔다. 마사도 재빨리 따라왔다. 그들이 트렁크에 웅크리고 있는 동안 폭력배들은 야구 방망이를 휘두르며 차량 앞쪽을 박살내는 데 집중했다. 소방 도끼를 든 자는 후드를 내리찍고 있었다. 저들이 차 안에 호퍼와 마사가 있다는 걸 아는지 확인할 수 없었지만 지금이 아니면 도망칠 기회는 없을 듯했다. 트렁크 바깥을 내다보니 그쪽에는 폭력배들이 보이지 않았다. 호퍼는 트렁크 문짝 쪽으로 옮겨 가 바닥을 살펴보았다. 바닥의 카펫을 떼어 들어 올리자 원래 예비 타이어가 있어야 할 자리가 비어 있었다. 그래도 그가 찾던 물건은 제자리에 있었다. 타이어를 떼어내는 데 쓰이는 지렛대였다. 호퍼는 한 옆에 놓인 지렛대를 꺼내 들었다. 마사는 그 옆을 지나 내부 손잡이를 이용해 트렁크 문을 열었다. 탈출로를 확인한 마사는 호퍼를 돌아보았다.

호퍼가 고개를 끄덕이며 말했다.

"가! 뒤따라갈게."

먼저 차에서 빠져나간 마사가 길을 따라 내달렸다. 그 순간 폭력배 몇 명이 도망치려는 두 사람을 보았다. 폭력배 두 명이 악을 쓰면서 차를 빙 돌아 호퍼와 마사를 향해 달려왔다.

호퍼는 트렁크 밖으로 나오자마자 지렛대로 두 놈을 후려쳤다. 한 놈은 바로 기절했고 다른 한 놈은 제 얼굴을 붙잡고 바닥에 굴렀다.

놈의 손가락 사이로 피가 흘러내렸다.

앞쪽에 있던 자들이 뒤에서 소동이 난 것을 알아챘다. 하지만 그들이 쓰러진 동료에게 다가왔을 때쯤 호퍼는 이미 길 중간까지 달려간 후였다. 호퍼는 두 팔을 크게 휘젓고 달리면서 폭력배들과의 간격을 최대한 벌렸다. 저 앞으로 주차된 차 옆에 웅크리고 있는 마사가 보였다. 호퍼가 손을 흔들자 마사는 다시 달리기 시작했고 호퍼는 곧 마사를 따라잡았다.

그들은 그렇게 달아났다.

44장
지옥의 기수들

1977년 7월 13일
뉴욕시 사우스 브롱크스

걷는 게 차라리 나았다. 호퍼는 진즉에 리로이의 스테이션왜건을
버리고 걸을 걸 그랬나 싶었다. 스테이션왜건을 공격한 자들은 작은
공원을 따라 호퍼와 마사를 추격하다가 얼마 못 가 포기했다. 잠시
후 호퍼와 마사는 뜀박질을 멈추고 연석에 걸터앉아 가쁜 숨을 몰아
쉬었다. 마사가 빙긋 웃자 호퍼도 자신도 모르게 마주 미소를 지었
다. 그도 마사처럼 득의양양한 기분이었지만 운이 좋아 탈출한 것뿐
이었다. 아까 그 차 강도들이 총을 갖고 있었다면 상황은 완전히 달
라졌을 것이다.

호흡이 안정되자 그들은 주요 간선 도로 쪽으로 다시 이동했다. 경
찰 무전기를 통해 델가도에게, 갤럽 특수요원에게 연락을 취해야 했
다. 호퍼는 조용한 주거 지역보다는 간선 도로 쪽으로 가야 경찰들
을 만날 가능성이 높다고 보았고 마사도 동의했다.

그러나 막상 간선 도로까지 가봤지만 경찰은 코빼기도 보이지 않았다. 시 외곽에서 멀어지면서 길은 넓어지고 사람과 차로 붐비는데, 정전 초기의 즐기던 분위기는 이미 사라진 지 오래였다. 정전이 된 지 수 시간째인데 당국이 나설 기미가 보이지 않자, 사람들은 자기들끼리 파벌을 만들었고 알아서 살아남는 분위기가 됐다. 남쪽으로 갈수록 약탈당하는 가게들, 이미 털린 지 오래인 가게들이 점점 많아졌다. 가게들은 박살난 유리와 쓰레기에 둘러싸인 채 껍데기만 남았다. 호퍼와 마사는 매캐먼 운동용품점 앞에 정원용 의자를 놓고 앉아 있는 노인 앞을 지나갔다. 노인은 산탄총을 어깨에 기대어 놓고 한 손에 권총을 들었다. 바로 옆 식료품점은 한 무리의 사람들에게 모조리 털리고 선반까지 박살이 난 상태였다. 호퍼와 마사가 지나가자 정원용 의자에 앉은 노인은 그들을 스윽 쳐다보더니 권총을 고쳐 쥐었다. 노인이 등지고 있는 운동용품점은 약탈자들의 손길이 닿지 않았지만 그 옆 식료품점에서는 젊은이 둘이 두 바퀴 손수레에 음료 냉장고를 통째로 실어 밖으로 끌고 나오는 중이었다.

"도시가 죽어가네." 마사는 걸어가면서 멍한 눈으로 앞을 응시했다. "전기도 안 들어오고 끝장나는 더위까지. 동물원이랑 다를 게 없어."

호퍼는 말없이 경찰의 흔적을 찾아 파괴된 도시를 훑어보았다.

하지만 어디에도 경찰은 보이지 않았다.

그들은 다음 교차로에서 걸음을 멈추고 위치를 파악했다. 앞이 차 두 대로 막혀 있어서 다른 길로 가야 했다. 한 대는 모로 누웠고 다른 한 대는 불타고 있었다. 그 차량들 앞에서 한 젊은 남자가 세 남자와 언쟁 중이었고 근처에 선 세 여자는 무어라 고함을 지르고 있었다.

잠시 후 젊은 남자는 바닥에 쓰러져 발길질을 당했고 두 여자는 한 여자를 붙잡으며 나서지 못하게 말렸다.

다음 거리는 폭탄이라도 떨어진 것 같은 모습이었다. 하지만 호퍼는 곧 그곳이 예전부터 그런 상태임을 알 수 있었다. 정전 사태가 나기 전부터 뉴욕은 이미 산산이 무너지고 있었다. 창문을 널빤지로 막은 커다란 두 건물 사이에 자리한 공터에는 잡초들이 호퍼의 키만큼이나 높고 무성하게 자라 있었다. 길 건너편에서는 두 남자가 철책 담장에 기대어 담배를 피우고 있었다.

호퍼는 걷는 속도를 빨리했고 마사도 부지런히 따라왔다.

앞 모퉁이에서 도와달라는 외침 소리가 들렸다. 나이 지긋한 여성의 목소리였다. 온 거리에 울려 퍼지는 그 목소리가 정확히 어디서 들려오는지 분간이 되지 않았다. 앞으로 걸어갈수록 목소리는 점점 커졌는데 어느 순간부터 힘이 빠지다가 뚝 그쳤다.

호퍼는 이를 갈면서 옆을 돌아보았다. 마사는 무표정하게 앞을 보고 걸을 뿐이었다.

마사의 판단이 옳았다. 이 도시는 죽어가고 있었다. 자멸하고 있었다.

세인트존이 말한 뱀의 날이었다.

호퍼는 이런 짓을 저지른 바이퍼스에게 대가를 치르게 해주리라 맹세했다.

그들은 맨해튼으로 향하는 간선 도로 쪽으로 계속 걸어갔다. 화재 건수가 지속적으로 늘어나면서 밤은 점점 밝아졌다. 몇 블록에 걸쳐 거리 전체가 불타오르는 듯했다. 사방에서 치솟은 불길이 어둠을 향해 혀를 날름거렸다. 이대로 날이 밝으면 브롱크스가 어떤 모습일지

445

호퍼는 충분히 상상이 됐다.

"맨해튼도 여기 같을까?"

호퍼는 입술을 오므리며 마사를 돌아보았다. 관광객들이 '뉴욕시'하면 상투적으로 떠올리는 고층건물들이 불타는 광경이라니, 생각만으로도 끔찍했다. 하지만 맨해튼은 큰 섬이고, 사람들이 뉴욕시라고 여기는 곳은 사실상 그중 작은 일부에 지나지 않았다.

"글쎄." 호퍼는 사실대로 말했다. "경찰들이 맨해튼에서 질서 유지를 하느라 이쪽 지역에 없는 것일 수도 있겠지. 도시에는 부자들이 많이 살고 있으니까."

"브롱크스에 사는 가난뱅이들은 오늘 밤 이후로는 아무것도 가진 게 없는 신세가 되겠네."

길이 다시 혼잡해지기 시작했다. 도망치려는 사람들이 너도나도 차를 끌고 나오면서 또다시 도로가 꽉꽉 막혔다. 운전자들은 도로 사정을 뻔히 눈으로 보면서도 줄기차게 경적을 울려댔다. 그중 체증이 가장 심한 구간을 지나갈 때 들려온 요란한 경적 소리에 호퍼는 움찔했다. 저 앞에서 오토바이를 탄 한 무리가 교차로를 가로지르고 있었다. 그들은 옴짝달싹 못 하는 차량들 사이를 유유히 빠져나갔다.

'우리도 오토바이가 있었으면 벌써 몇 시간 전에 맨해튼에 도착했을 텐데.'

호퍼와 마사는 계속 걸음을 재촉했다. 오토바이 소음이 다시 점점 커지더니, 무리 중 한 명이 옆 골목에서 나타나 오토바이를 세웠다. 호퍼가 지켜보는 동안 오토바이 운전자는 호퍼와 마사를 흘끗 쳐다보더니 방향을 돌려 왔던 길로 되돌아갔다. 오토바이가 총알처럼 사라지면서 쏟아낸 높은 엔진 소음이 귓전을 때렸다.

호퍼는 걸음을 늦추다가 멈춰 섰다. 그는 몹시 지친 상태였다. 피곤에 전 머리가 농간을 부리는 것인지 문득 마음속 어딘가에서 불길한 예감이 일었다.

마사도 걸음을 멈추고 그를 돌아보며 물었다.

"왜 그래?"

그때 왱 하는 오토바이 소음이 다시 들려왔다. 마사는 주변을 돌아보았다. 호퍼도 마사의 시선을 쫓았다. 좀 전의 그 오토바이 운전자가 일행 여섯 명을 대동하고 다시 그들 앞으로 다가왔다. 그들은 모두 가볍고 안장이 높은 모토크로스용 오토바이를 타고 있었다. 맨 앞에서 선 기수가 오토바이 디딤대를 딛고 서서 함성을 올렸다.

"어이, 거기. 마사와 마사의 단짝인 경찰이네! 야, 마사! 재미 좋냐?"

맨 앞에 선 기수는 시티였다. 그의 뒤에 선 동료들은 느릿하게 맴을 돌면서 오토바이의 왱왱대는 소음 너머로 요란하게 웃어댔다.

마사는 호퍼를 쳐다보았다. 호퍼는 고개를 가로저었다.

바이퍼스 단원들이 그들을 찾아내고 말았다.

45장
에릭의 현장 보고

1977년 7월 13일
뉴욕시 브루클린

"그래서 내가 조지한테 말했지, 관객에게 의미 있는 영화를 만들
고 싶으면 너 자신에게 의미 있는 영화를 만들면 된다고. 그랬더니
조지가 나를 쳐다보고 말하는 거야. 무슨 뜻인가요? 나도 조지를 똑
바로 쳐다보면서 말했어. 잘 들어, 네 인생 최고의 시기가 언제일 것
같니? 바로 학창 시절이야. 학교를 졸업하고 친구들이 뿔뿔이 흩어
지면 그때는 땡, 하고 쇼가 끝나는 거야. 그러니 그 시절에 관한 영화
를 만들어봐."

델가도는 다이앤을 곁눈으로 쳐다보았다. 다이앤은 굳은 표정으
로 하품을 참고 있는 모습이었다. 델가도는 고개를 살짝 흔들었다.

그날 저녁 그들은 이 얘기를 몇 번째 듣고 있는 중이었다. 그들 앞
의 식탁에는 모노폴리 게임 세트가 펼쳐져 있었다. 게임을 하다가
따분해진 델가도는 사전에 경고를 들었음에도 금지된 화제에 관한

질문을 쉐퍼 부인에게 던지고 말았다.

쉐퍼 부인은 몹시 기뻐하면서 질문에 대한 답을 줄줄 늘어놓았다. 두 시간이 넘게, 했던 얘기를 조금씩 다르게 변주해가면서 네 번째로 하고 있었다. 예전에 서던 캘리포니아 대학교에서 조지 루카스라는 학생을 가르친 적이 있는데, 그가 그 가르침에 영감을 받아 결국 '획기적인 영화'를 만들 수 있었다는 얘기였다. 델가도는 그 얘기가 진실인지 아니면 괴상한 노파가 만들어낸 공상인지 알 수 없었다. 다이앤은 그 화제에 대해서는 일체 발언을 하지 않았다.

이럴 줄 알았으면 촛불을 켜놓고 모노폴리 게임이나 한 판 더 하는 게 나을 뻔했다.

에스더는 거리를 향해 난 창문 앞에 서 있었다. 그녀는 남편이 돌아오기를 기다리며 그곳에 서 있은 지 꽤 되었다. 쉐퍼 부인이 수다를 떠는 동안 델가도는 손목시계를 확인하고 다이앤을 돌아보았다. 다이앤은 고개를 저었다. 그들은 이 얘기를 이미 몇 번이나 했는데 다이앤의 생각은 확고했다.

"형사님이 지금 밖에 나간다고 해서 에릭 씨를 찾을 수 있으리라는 보장이 없잖아요. 그가 어디 있는 줄 알고요. 그러다 에릭 씨가 집으로 돌아오면 형사님이 실종 상태가 되는 수도 있어요."

다이앤의 말이 옳았다. 그들은 그저 기다리는 수밖에 없었다. 도시 전체가 정전이 됐다는 건 알고 있었지만, 건전지가 다 되기 전에 라디오에서 들은 정보일 뿐이었다. 새 건전지를 찾으려고 삼십 분가까이 집집마다 다니며 살펴봤지만 없었다.

그러니 이렇게 가만히 앉아 기다리는 것 말고는 달리 방법이 없었다.

다행히 델가도는 전화선마저 끊기기 전에 갤럽과 통화를 할 수 있었다. 왜 그에게 상황 보고를 해야 한다고 생각했는지는 알 수 없었지만 그게 타당하게 느껴졌다. 델가도는 자신이 알아낸 얼마 안 되는 정보를 갤럽에게 넘겼고 그는 약간이지만 흥미를 보였다. 갤럽은 델가도가 호퍼의 위장 수사에 대해 어떻게 알게 됐는지에 대해서는 따져 묻지 않았다.

델가도는 호퍼가 실행 중인 작전에 참여하지 않았고 지금도 마찬가지였다. 그래도 정전이라는 잠재적 위험 요소가 도시 전체를 위기로 몰아넣고 있는 지금, 갤럽과 그의 요원들에게 최소한 자신의 소재를 알리는 게 좋겠다는 생각이었다.

갤럽은 델가도에게 뉴욕시 경찰서의 직속 상관에게 상황 보고를 하는 게 좋겠다고 조언했다. 델가도는 그와 통화를 마치자마자 65구역 경찰서로 전화를 걸었지만 전화선이 끊긴 후였다. 델가도는 근처 구역의 담당 경찰서에 상황 보고를 할까 생각했지만 이내 그러지 않기로 마음먹었다.

호퍼에게 한 약속 때문이었다.

"에릭이 돌아왔어요!"

창가에 서 있던 에스더가 아파트 현관문으로 달려가자 쉐퍼 부인은 그제야 수다를 멈추었다. 에스더는 곧장 문을 열고 달려 나갔고 공동 현관을 향해 계단을 내려가는 그녀의 발소리가 들렸다. 잠시 후 에스더와 에릭은 함께 다이앤의 아파트로 돌아왔다.

다이앤이 테이블에서 일어서며 물었다.

"맙소사, 에릭 씨. 몇 시간 동안 안 돌아와서 다들 걱정했어요! 어디 갔다 오신 거예요?"

에릭은 손전등을 꺼 테이블에 올려놓았다. 그는 의자를 당겨 앉은 뒤 깊게 숨을 들이마셨다. 에스더가 손을 내밀자 그는 그 손을 잡고는 고개를 절레절레 흔들었다.

"아, 여기저기 다녔습니다. 바깥은 아주 난리가 났어요. 사람들이며 차들이며 잔뜩 돌아다니고 있어요. 그런 광경은 처음 봅니다." 그는 아내를 바라보며 말을 이었다. "찰스와 준의 집에 갔었어. 그들은 무사해. 그런데 찰스가 자기도 밖에 나가보고 싶다고 해서 함께 나갔어. 미안. 내가 그렇게 오랫동안 돌아다닌 줄도 몰랐어. 우리는 윌러비 대로까지 갔다 왔어."

에릭은 거기서 말을 멈추고 또다시 고개를 가로저었다.

다른 사람들은 서로를 쳐다보며 눈길을 주고받았다. 델가도는 의자를 당겨 에릭 옆으로 다가앉으며 물었다.

"무슨 일 있었습니까?"

에릭이 델가도를 바라보았다.

"그게 무슨 일인지는 모르겠는데, 이상하기는 했습니다."

델가도는 그를 향해 몸을 기울였다.

"이상했다고요?"

그는 고개를 끄덕였다.

"윌러비 대로에 전기가 들어오는 건물이 하나 있었어요. 따로 발전기를 쓰는 건지 어떤 건지 모르겠지만 건물이 온통 환하더라고요." 그는 두 손을 들어 올려 마치 조각이라도 하듯 손짓하며 말을 이었다. "그런데 사람들이, 수백 명쯤 되는 사람들이 보였어요." 그는 고개를 절레절레 흔들었다. "이유는 모르겠지만 그 사람들이 다 같이 그 건물로 가더라고요. 행진하듯이요. 다들 같은 종류의 재킷을 입고 라이플총을 들었어요."

쉐퍼 부인이 끼어들었다.

"군대가 왔나 보네. 그럴 줄 알았지. 군인들이 도와주러 온 거야."

그러자 에릭이 말했다.

"아뇨, 아닙니다. 군대가 아니었어요. 우린 그들의 정체를 알아채자마자 최대한 서둘러 돌아왔습니다." 그는 몸을 앞으로 기울이며 덧붙였다. "갱단이었어요. 규모가 엄청나더라고요. 그들이 입은 재킷 등짝에 하나같이 뱀이 그려져 있었어요."

델가도는 심장이 철렁했다.

"뱀이요?"

"예."

델가도는 의자에 구부정하게 앉았다. 에스더는 그런 델가도를 바라보면서 남편의 손을 꼭 쥐고 물었다.

"그게 무슨 의미가 있는 건가요? 형사님은 그들의 정체를 아세요?"

델가도는 그 질문에 답하지 않고 허리를 펴며 다시 에릭에게 물었다.

"윌러비 대로라고 하셨죠? 정확한 위치를 기억하세요?"

"아, 그럼요. 기억하죠. 전기가 들어오던 그 건물은 규모가 상당히 컸어요. 룩우드 연구소라는 건물이었어요."

46장
위험으로의 탈출

1977년 7월 13일
뉴욕시 사우스 브롱크스

시티는 한쪽 발을 도로에 내려놓고 오토바이를 크게 기울이며 세웠다. 그는 피식 웃더니 핸들바를 당겨 엔진의 회전 속도를 올리며 말했다.

"젠장, 너를 찾으려고 **사방**을 돌아다녔잖아!" 시티의 말투에서 호퍼는 희미한 남부 사투리를 느꼈다. "너네 엄마는 낯선 남자랑 돌아다니면 안 된다는 말도 안 해줬냐?"

옆에 선 마사가 긴장했다. 마사는 남동생을 지켜주려고 오랜 시간 바이퍼스에 속해 있었다. 자칭 시티라는 저 젊은 녀석을 포함한 갱 단원들과도 상당히 친해진 상태였다.

시티 뒤에 줄지어 늘어선 여섯 명의 단원들도 리더인 시티처럼 위협적으로 엔진 소음을 내고 있었다. 끝에 선 한 명은 열정이 지나친 나머지 핸들바를 너무 세게 당겼고, 그 바람에 오토바이 뒷바퀴가 확

튀어 오르면서 몸체가 옆으로 쓰러지려는 걸 간신히 붙잡아 세웠다.

호퍼는 오토바이에 대해서는 잘 알지 못했지만 그들이 탄 오토바이는 가볍고 안장이 높았으며 서스펜션 로드가 길었다. 거친 땅에서 운행할 수 있도록 특별하게 설계된 오토바이여서 회전력이 좋고 운전자의 손길에 민감할 터였다.

호퍼는 마사를 곁눈질하다가 눈이 마주치자 나지막하게 속삭였다. 그의 목소리는 오토바이 소음에 묻혀 시티한테까지는 들리지 않았다.

"내가 뛰라고 하면, 뛰어. 알았지?"

마사는 미간을 찌푸렸지만 살짝 고개를 끄덕였다.

"그러니까 형제들한테 비밀을 만들면 안 되는 거라 이 말이야, 마사. 우리가 널 세인트님에게 데리고 가줄게. 넌 나랑 같이 타. 무슨 말인지 알지? 진짜로 단단히 꽉 잡아야 될 거야."

시티가 오토바이 핸들바를 한 번, 두 번, 세 번 당기자, 뒤에 선 단원들이 요란하게 웃으며 똑같이 따라했다.

"뛰어!"

호퍼는 외치며 보도로 차양이 늘어진 오른쪽으로 달려갔다. 길을 지나자 어둠 속에서 빛나는 도시 공원의 울타리 기둥이 보였다. 앞서 다른 거리에서 본 공원보다 훨씬 넓어 보였다. 울타리 앞까지 온 호퍼는 뒤를 돌아봤지만 마사가 보이지 않았다.

"제기랄!"

마사는 다른 방향으로 달려간 모양이었다. 오토바이 세 대가 추격을 재개하기 위해 좁은 원을 그리며 맴을 돌다가 출발했다. 나머지 셋과 시티는 이미 오토바이를 타고 길 한가운데로 달려오는 중이었다.

공원 대문의 틈새로 들어간 호퍼는 대문 너머가 바로 경사면이라 하마터면 고꾸라질 뻔했다. 어둠 속에서 넓게 펼쳐진 공원에는 다 자란 나무들 사이로 좁은 산책로들이 길고 구불구불하게 뻗어 있었다. 바닥은 울퉁불퉁했고 경사가 급한 곳이 일부 있었다.

호퍼는 뛰다 미끄러지다 해가며 경사면을 내려갔다. 방향을 잡고 가속도를 제어하기 위해 나무를 붙잡기도 했다. 오토바이들의 왱왱 대는 소음이 확연히 가까워졌다. 뒤를 돌아보니 시티와 세 단원이 공원 대문을 통과해 이쪽으로 달려오고 있었다. 대문을 통과하자마자 경사면이라 기수들의 의도와는 상관없이 오토바이가 위로 붕 떴다 가 평평한 면으로 떨어졌다. 그중 한 명은 착지하면서 옆으로 쓰러졌 지만 나머지 일행은 그를 일으켜 세워주지 않았다. 호퍼를 본 시티는 속도를 높이면서 몸을 일으켰고 고함과 함께 호퍼 쪽으로 돌진했다.

호퍼는 나무 뒤로 몸을 숙였다. 시티는 그를 지나쳐 갔다가 되돌아 왔다. 시티는 급하게 방향전환을 하면서 나무 사이로 달리느라 고전 했고 나머지 일행도 울퉁불퉁한 바닥을 달리느라 힘겨워하는 모습 이었다. 모토크로스용 오토바이는 미숙한 운전자가 다루기에 쉽지 않았다. 포장된 도로를 내달리는 것은 어렵지 않겠지만, 모토크로스 오토바이의 원래 용도대로 이런 오래된 공원의 나무 사이와 경사면 을 자유자재로 다니기에는 바이퍼스 단원들의 실력이 모자랐다.

"아저씨!"

호퍼는 또 다른 나무 옆에서 멈춰 섰다. 바이퍼스들이 오토바이를 세우자 헤드라이트 불빛에 호퍼 주변이 환해졌다. 공원 저쪽에서 마 사가 손을 흔드는 모습이 보였다. 마사는 흰색 진에 흰 재킷 차림이라 어둠 속에서도 눈에 잘 띄었다. 마사는 균형을 잡기 위해 두 팔을 휘저으며 가파른 경사면을 달려 내려왔다. 잠시 후 나머지 단원 세 명이 공원 입구에 나타나면서 더 강한 헤드라이트 불빛이 마사 쪽으로 향했다. 그들은 사냥감의 위치를 파악한 후 속도를 높이며 공원 안으로 진입했다.

마사가 호퍼 옆으로 다가왔을 때 시티는 오토바이 앞바퀴를 들어 올렸다. 머리 높이에서 앞바퀴가 윙윙 돌았다. 호퍼와 마사는 서로 다른 방향으로 몸을 피했다. 호퍼는 바짝 마른 땅바닥에서 먼지를 일으키며 허둥지둥 일어섰다. 시티는 오토바이의 방향을 돌려 호퍼 쪽으로 향했다. 숨 막힐 듯 부연 갈색 공기가 헤드라이트 불빛에 드러났다.

다른 바이퍼스 단원들도 서로에게 고함을 치면서 호퍼와 마사가 있는 곳을 향해 오토바이를 몰았다. 호퍼와 추격자들 사이에는 나무 한 그루뿐이었고 마사도 마찬가지였다. 호퍼와 마사가 나무를 껴안고 있는 동안 오토바이들이 그들 옆으로 빠르게 지나가면서 흙먼지를 더욱 짙게 일으켰다. 바이퍼스 단원들이 급정거했다가 수동으로 방향을 전환해 추적을 재개하자 오토바이 헤드라이트들이 다시 호퍼 쪽으로 향했다. 부연 먼지 구름 속에 몸을 감춘 호퍼는 다른 나무 뒤의 은신처로 피할 수 있는 기회를 얻었다. 그는 몸을 기울여 마사에게 그 자리에 가만히 있으라고 신호했다. 먼지가 진하게 피어오른 탓에 마사가 그의 손 신호를 보았는지는 알 수 없었다.

오토바이들이 왱왱거리는 소음을 쏟아내는 가운데 시티가 고함을 질렀다. 두 도망자들이 아니라 동료 갱 단원들에게 외치는 소리였다. 엔진이 빠른 폭발음을 연달아 터뜨렸지만 아까보다는 속도가 느려졌다. 먼지 자욱한 공기 중에 헤드라이트 불빛이 이리저리 흔들렸다.

호퍼가 바라는 대로 되었다. 바이퍼스 단원들은 호퍼와 마사의 정확한 위치를 놓치고 말았다. 모토크로스 오토바이에 익숙하지 않은 저들은 사냥감을 추적하는 것보다는 쓰러지지 않고 똑바로 앉아 있는 것에 집중하고 있었다. 게다가 오토바이 타이어가 흙먼지를 자욱하게 일으켜 호퍼와 마사는 더 잘 숨을 수 있었다.

바닥에 엎드린 호퍼는 푸석푸석한 바닥을 두 손으로 훑었다. 자갈과 자잘한 돌멩이들이 많았지만 그가 찾는 건 좀 더 덩어리가 큰 것이었다.

마침내 그만 한 돌멩이가 손에 만져졌다. 땅에 박혀 있었지만 어렵지 않게 파낼 수 있었다. 야구공만 한 크기라 딱 알맞았다.

오토바이들이 다가오는 것을 본 호퍼는 돌멩이를 들어 힘껏 던졌다. 돌멩이는 빛나는 먼지구름 너머로 높은 호를 그리며 날아갔고, 어둠에 묻히는가 싶더니 잠시 후 보이지 않는 덤불 속에 툭 떨어졌다.

헤드라이트 불빛들은 곧장 방향을 돌려 소리가 난 쪽으로 향했다. 맨 끝의 기수가 엔진의 회전 속도를 높이고 있을 때 호퍼가 나무 뒤에서 나와 그자의 뒤로 다가갔다. 다른 갱단들이 소리가 난 곳을 향해 조심스럽게 달려가는 동안 호퍼는 뒤처진 기수의 재킷 목깃을 움켜잡았다.

그것만으로 충분했다. 그자는 핸들바를 손에서 놓쳤고 오토바이는 옆으로 튕겨나갔다. 오토바이가 옆으로 쓰러지자 호퍼는 그자의 재킷을 놓고 얼른 비켜나 무릎으로 그의 가슴팍을 내리찍어 폐에서 공기가 쭉 빠져나가게 만들었다. 이어서 상대의 티셔츠 앞쪽을 움켜잡아 일으켜 세운 뒤 주먹으로 얼굴을 가격했다. 주먹에 맞은 그의 코가 흔들거리는 게 느껴졌다. 곧 그의 손가락 관절 사이로 뜨끈한 코피가 뿜어져 나왔다.

바닥에서 일어선 호퍼는 그자를 타넘어 오토바이로 다가갔다. 오토바이는 옆으로 쓰러진 채 여전히 최고 회전 속도로 바퀴를 돌리고 있었다. 호퍼는 오토바이를 바로 세우고 스로틀을 잡은 후 뒤를 돌아보았다. 근처 나무 뒤에 숨어 있던 마사가 달려 나와 뒷자리에 올라탔다.

호퍼는 오토바이를 내려다보며 기어와 브레이크 페달의 위치를 파악했다. 마사는 두 팔로 호퍼의 허리를 감싸 안고 그의 귀에 거의 소리치다시피 말했다.

"몰 줄은 알아?"

"예전에 몰아봤어."

이런 종류의 오토바이는 생소했지만 그래도 한창때 오토바이를 몇 번 타본 적이 있었다. 그리고 이 공원만 벗어나면 아무리 민감한 오토바이라도 쉽게 몰 수 있을 듯했다.

적어도 이론상으로는 그랬다.

마사가 그의 등을 툭 쳤다. 저 앞에서 다른 오토바이들이 방향을 돌려 시티를 필두로 다시 이쪽으로 오고 있었다.

호퍼는 액셀을 당기고 기어 페달을 차올렸다. 오토바이가 들썩이자 핸들바를 단단히 붙잡았다. 속도를 낸다면 쓰러지지 않고 오토바이를 타고 갈 수 있을 듯했다. 그는 스로틀을 당기면서 공원 입구 쪽으로 향했다. 공원 출입문을 지나면서 어깨가 문 가장자리를 스쳤다. 문이 왈그륵달그륵 흔들렸다. 호퍼는 욕을 내뱉으며 스로틀을 더 올렸다. 오토바이 타이어가 공원 밖 포장도로에 닿자마자 마찰력을 제대로 받으면서 속도가 갑자기 빨라졌다. 호퍼와 마사는 깜짝 놀랐고, 마사는 그의 귀에 대고 무어라 소리치기까지 했다.

그래도 이제 흔들리지 않고 똑바로 나아갈 수 있었다.

그 정도만으로도 호퍼는 이긴 것이라 보았다.

호퍼는 오토바이를 서쪽으로 몰았다. 할렘강이 보이자 방향을 돌려 강과 나란히 달렸다. 그는 잡초가 무성하게 자란 강둑과 철길 사이의 좁은 길을 택했다. 예전에 격자무늬로 뻗은 뉴욕의 거리 곳곳을 무작위로 다녀본 경험이 있어 어느 정도 길을 아는 데다, 빠르고 민첩한 오토바이 덕분에 얼마 안 있어 바이퍼스 단원들을 따돌릴 수 있었다. 오토바이는 오가는 이 없는 쭉 뻗은 길을 따라 수월하게 수 킬로미터를 달려 나갔다.

남쪽으로 한참 달리다 보니 주요 도로들이 저 앞 다리에서 만나면서 그들 머리 위로 고속도로와 지선도로가 교차되었고 차들이 막히기 시작했다. 차들은 경적을 울려대고 비상등을 깜박였지만 앞으로 나아가는 차량은 없었다. 하지만 아무리 길이 막혀도 오토바이는 그 사이로 지나갈 수 있었다.

마침내 그들은 유니버시티 하이츠 다리에 도착했다. 도로 몇 개가 합쳐지는 곳이라 차들이 엉망으로 막혀 있었다. 호퍼는 정체된 차량들 옆을 지나 경사진 도로를 오르며 오토바이 속도를 줄였다. 그러다 어쩔 수 없이 오토바이를 세워야 했다.

이건 평범한 교통 정체가 아니었다. 다리가 차단되어 있었다. 묵직한 이동식 담장까지 도로에 가로놓아 드나들지 못하게 해놓았다.

지나갈 수 없으니 차들은 꽉꽉 막힌 가운데 차례로 유턴을 해서 맨해튼을 뒤로한 채 돌아가야만 했다. 바리케이드 너머에는 거대한 조명들이 설치되어 있었고 소형 밴만 한 크기의 발전기 네 대가 도로가에서 웅웅 소리를 내며 조명에 전기를 공급하고 있었다.

그 안쪽, 실질적으로 다리가 시작되는 부분에는 말을 탄 경찰들이 도열해 있었다. 그들은 시위 진압용 헬멧에 철망으로 된 얼굴 가리개를 내려 쓰고 단단한 장갑을 낀 손에 나무로 된 길쭉한 방망이를 든 채 다리를 가로질러 두 개 차선을 완전히 막아섰다. 그들에 비해 보호 장비를 덜 착용한 말들은 더운 밤공기 속에서 고개를 끄덕거리며 한 번씩 발을 굴렀다.

"드디어 경찰이 있네. 잠깐 기다려."

호퍼는 스로틀을 잡으면서 정체된 차들 옆을 지나 바리케이드 앞의 빈 공간에서 오토바이의 방향을 돌렸다. 그리고 말 탄 경찰들에게 다가갔다.

"거기 멈춰!"

경찰의 지시에 호퍼는 속도를 줄이면서 오토바이 방향을 돌리고 멈춰 섰다. 도열해 있는 말 탄 경찰들 중 맨 끝에 있는 경찰이 입에 확성기를 갖다 댔다. 그가 말을 앞으로 가게 하자 말이 저항하며 좌우로 몸을 흔들었다.

"오토바이에서 내리고 물러서!"

마사는 오토바이 뒷좌석에서 훌쩍 내려섰다. 호퍼는 어깨 너머로 마사를 돌아본 뒤 스탠드를 발로 차 내려 오토바이를 세우고 바닥으로 내려섰다. 그는 마사와 눈빛을 주고받은 다음 앞으로 나섰다.

"거기 서서 내가 볼 수 있게 두 손 올려!"

호퍼는 그 자리에서 걸음을 멈추고 두 손을 양옆으로 들어 올렸다. 어쨌든 시도는 해볼 만했다. 엄밀히 따지면 그는 지금 지명 수배자지만 이렇듯 혼란한 때에 다리를 지키는 경찰들이 그의 이름과 신분을 확인할 여유는 없어 보였다.

"짐 호퍼 형사입니다! 브루클린 65구역 경찰서 강력팀 소속!"

확성기를 내리고 동료들에게 다가간 경찰은 바로 옆의 경찰에게 몸을 기울이고 무어라 말했다. 그 말을 들은 경찰은 말을 돌려 다리에서 내려왔다. 나머지 경찰들은 그가 빠진 자리를 메우기 위해 서 있는 간격을 조정하기 시작했다.

호퍼는 한숨을 쉬며 앞으로 걸어갔다.

"아저씨, 잠깐만!"

호퍼는 마사를 돌아보았다. 말발굽 소리가 들려 다시 앞을 보니 말에 탄 경찰 두 명이 그를 향해 오고 있었다.

호퍼는 두 손을 들어 올린 채 걸음을 멈췄다.

"내 말 좀 들어봐요! 나는 경찰입니다. 우리 구역 경찰서에 무전을 쳐야 됩니다! 연방 기관에 전달해야 할 중요한 정보가 있어요."

경찰 두 명이 호퍼 주변에서 천천히 맴을 돌며 그를 다리 중앙으로 데려가 마사와 떼어놓았다.

"머리에 손 올려! 엎드려!"

호퍼는 그 경찰을 올려다봤지만 가리개 때문에 얼굴을 볼 수 없었다. 경찰은 길쭉한 시위 진압용 방망이를 위로 들어 올리며 소리쳤다.

"엎드려!"

호퍼는 한숨을 쉬며 지시에 따랐다. 두 손을 깍지 껴 뒤통수에 올리고 뜨뜻한 아스팔트에 엎드렸다. 아무리 그가 누구인지 모른다고 해도 지나친 처분이었다.

갑자기 말 탄 경찰들이 옆으로 물러섰다. 순찰차 한 대가 경광등을 깜박이며 나타났고 검은색 대형 경찰 밴이 뒤따라왔다. 순찰차와 밴이 멈춰 서자 연청색 반팔 셔츠와 짙은 색 바지로 된 평범한 제복을 입은 경찰 몇 명이 두 차에서 내려 달려왔다. 그들은 권총을 들고 호퍼를 에워쌌다.

"뭐야, 이거 놔!"

호퍼는 그 소리에 뒤를 돌아보았다. 제복 경찰 두 명이 마사에게 수갑을 채우고 대형 밴으로 끌고 가는 중이었다. 앞으로 고개를 돌린 호퍼는 주먹으로 턱을 맞았다.

그가 바닥으로 쓰러지면서 세상도 함께 쓰러졌다. 호퍼는 기절하지는 않았지만 몽롱한 상태였다. 얼굴에 뜨끈한 액체가 느껴지면서 입안에 동전 맛이 돌았다. 그들은 호퍼의 얼굴을 땅바닥에 짓누르고 양 손목을 모아 수갑을 채운 뒤 일으켜 세웠다.

그들에게 이끌려 밴 뒷좌석에 실리는 동안 호퍼의 발은 땅에 닿지도 않았다.

1984년 12월 26일

인디애나주 호킨스 마을
호퍼의 오두막

어느새 눈이 그친 걸 이제야 알았다. 호퍼는 커피 머그를 씻으며 주방 창문 밖을 내다보았다. 커피를 4리터는 마신 것 같았다.

엘은 거실 소파에서 담요를 덮고 누워 있었다. 엘의 고수머리가 소파 팔걸이 위로 언뜻 보였다. 한동안 엘은 누운 채 꼼짝하지 않았다. 이미 늦은 시간이고 그들은 얘기 도중에 또다시 쉬고 있었다. 어쩌면 엘은 잠이 들었을지도 몰랐다. 그게 최선일 것이다. 호퍼는 오후 내내 옛 이야기를 풀어놓았고 이제 저녁이 됐다. 목소리가 괜찮다고 해도 얼마나 더 오래 이야기를 이어갈 수 있을지 자신이 없었다.

내일 아침에 계속해도 될 것이다. 나머지 얘기는 중요한 부분만 들려줘도 되지 않을까. 1977년 뉴욕에서의 며칠간은 혼란스러웠고 엘이 전부 듣기에는 다소 심한 구석이 있었다.

그렇지 않은가? 혹시 엘에게 나쁜 영향이 미치는 건 아닐까? 엘은 똑똑한 아이였다. 물론, 또래 아이들과 다른 면이 있기는 했다. 하지만 엘은 호퍼의 얘기에 완전히 몰입했고 즐겁게 듣고 있었다. 호퍼는 엘에게 완전히 새로운 세상을 보여주었고 또한 완전히 다른 관점에서 자신을 보여주고 있었다.

이게 잘하는 일이길 바랐다. 예전에도 호퍼는 최선을 다했으니, 이제 와서 거짓말을 하고 싶지는 않았다. 자신을 실제와 다른 모습으로 포장하고 싶지도 않았다.

자체적으로 검열해 일부 삭제하긴 했지만 그의 얘기는 전체적으로 어둡고 무시무시했다. 그게 큰 문제가 되진 않았다. 아이들은 안전한 틀 안에서 무서운 경험을 하고 싶어 하니까. 지금보다 더 안전한 상황이 있을까? 호퍼는 결국 무탈하게 뉴욕시에서 빠져나왔다. 그리고 델가도가 제대로 일을 잘해냈다는 것도 알고 있었다.

그의 얘기 속에서 일부 사람들은 죽었고, 앞으로 몇 명이 더 죽게 될 것이다.

호퍼는 한숨이 나왔다. 어쩌면 지나치게 깊게 생각하고 있는지도 몰랐다. 엘의 이해력을 과소평가하는 것일 수도 있었다.

그렇다. 그런 것이다. 당연하게도.

엘이 소파에서 움직거렸다. 호퍼가 거실로 돌아가자 담요를 덮고 누워 있던 엘이 일어나 앉았다.

"그다음엔 어떻게 됐어요?"

"잠든 줄 알았더니!"

엘은 고개를 흔들며 한쪽 다리를 세우고 앉았다.

"세인트존은 저 같았어요?"

호퍼는 잠시 말문이 막혔다.

"너…… 같았냐고?"

엘은 고개를 끄덕였다.

"남들과 다르고…… 특별한 사람이요."

호퍼는 손으로 턱을 문질렀다. 좋은 질문이었다. 엘도 한동안 생각하다가 물어본 듯했다. 브레너 박사 밑에서 MK 울트라 프로젝트를 경험한 엘이니 충분히 그런 결론을 내릴 만도 했다.

어쩌면 사실과 크게 동떨어진 생각은 아닐 수 있었다.

"음, 그는 너처럼 정신력으로 물건을 움직이는 능력은 없었어. 하지만 그도 어떤 프로젝트에 속해 있긴 했지. 브레너 박사의 실험실에서 진행한 것과는 다른 종류였지만. 그 얘기는 너무 앞서가는 것이니 나중에 하기로 하자." 엘 옆에 앉은 호퍼는 담요를 덮은 엘의 다리에 손을 얹었다. "네가 오늘 밤에 잠을 자면서 악몽을 꾸게 하고 싶지 않아."

엘은 진지하게 생각하는 표정이다가 호퍼를 바라보며 고개를 끄덕였다. 그리고 다음 얘기를 기다리면서 소파에 편안하게 자리를 잡았다.

호퍼는 엘의 머리카락을 헝클어뜨린 후 일어서서 다리를 쭉 폈다. 안락의자로 가 앉은 그는 등받이에 편안하게 등을 기대며 깍지 낀 두 손을 뒤통수에 갖다 붙였다.

그리고 모험 이야기를 이어나갔다.

47장
퍼즐 조각들

1977년 7월 13일
뉴욕시

"뭐가 보여?"

마사는 밴 뒤편의 작고 네모난 강화유리 너머로 밖을 내다보고 있었다. 바깥 풍경이 살짝 보이기는 했다. 마사는 한숨을 쉬면서 밴 측면을 따라 양옆에 배치된 금속 벤치로 돌아와 앉아 대답했다.

"아니. 우리 위치를 파악할 만한 단서는 안 보여."

맞은편에 앉은 호퍼는 자세를 좀 더 편하게 취해보려고 했지만 소용없었다. 뺨부터 입술까지 머리가 온통 욱신거렸다. 경찰의 주먹에 맞은 입술은 찢어져 있었다. 호퍼처럼 몸집이 큰 남자에게 수송용 밴은 비좁은 편이었다. 그는 반쯤 웅크리다시피 한 자세로 금속 벤치 끄트머리에 겨우 걸터앉았다. 금속 벤치와 밴 측면의 각도가 90도라서 엉덩이가 편치 않았는데, 등 뒤로 양손에 수갑까지 채워져 있으니 자세가 더욱 불편했다.

지금까지 밴은 가다 서다를 되풀이하고 있었다. 적당한 속도로 다리를 출발해 달려가다가 또 다른 검문소 앞에서 멈춰 섰다. 뒤쪽 창문으로 내다보니 말 탄 경찰들의 윤곽이 어렴풋이 보였다. 잠시 후 밴은 다시 알 수 없는 목적지를 향해 출발했다.

십 분쯤 지나 밴은 돌연 멈추더니 십 분 정도 그 자리에 섰다가 이동을 재개했다.

그리고 십 분 뒤에 다시 멈췄다. 다리에서 출발해 거의 한 시간쯤 온 듯했다. 밴은 엔진이 켜진 상태였고 앞쪽 운전석에서 사람이 내리는 소리는 들리지 않았다. 포로들의 상태를 확인하러 밴 뒤쪽으로 온 이도 없었다.

"누가 우리 얘길 들어주기는 할까? 갱 단원과 지명 수배된 경찰인데."

호퍼는 미간을 찌푸렸다. 일리 있는 말이었다.

"그래도 해봐야지. 전담팀 소속인 사람과 연락이 닿으면 그가 내 신분을 밝혀줄 거야."

마사는 한쪽 눈썹을 치켜올렸다.

"도시가 불타고 있잖아. 저들이 우리를 다른 누군가에게 보내주고 어쩌고 할 여력이 있을까." 마사는 밴 측면에 등을 기대고 힘없이 앉았다. "우릴 감방에 처넣고, 우리처럼 잡혀 들어온 다른 사람들과 함께 방치하겠지. 우리가 한 말이 사실이라는 걸 언젠가는 알게 되겠지만, 크리스마스 즈음은 되어야 가능할걸."

호퍼는 혀로 이를 훑었다. 마사의 말이 옳았다. 자금은 부족하고 할 일은 많은 뉴욕 경찰 입장에서 이런 위기에 이 정도 대응이면 이미 능력치 이상을 발휘하고 있다고 봐야 했다. 문득, 감방이 다 차서 그들을 집어넣을 자리가 없겠다는 생각이 들었다. 어쩌면 저들은 그들을 밴 안에 오랜 기간 처박아놓을 수도 있었다.

벤치에서 일어나 창문 쪽으로 다가간 마사는 유리에 코를 바짝 붙이고 바깥 동정을 살폈다.

호퍼는 편치 않은 자세를 바꾸다가 무언가가 턱을 찌르는 느낌을 받았다. 아래를 보니, 서둘러 접어 재킷 안에 집어넣은 바이퍼스 본부 지도가 재킷 목깃 위로 비쭉하게 튀어 올라와 있었다.

호퍼는 고개를 들고 말했다.

"세인트존의 계획에 대해 아는 대로 말해봐."

마사는 벤치에 도로 와 앉았다.

"많이는 몰라. 세인트존은 나를 포함한 소수에게 계획의 일부분만 알려줬어. 나머지 계획은 자기 혼자만 알고 있을 거야. 그가 바이퍼스를 구축한 지는 2년쯤 됐어. 다른 갱들을 접수하고 그들의 영역과 자원을 차지했지. 인력, 돈 같은 거."

"무기도 차지했겠지."

"아, 맞아. 무기도. 콜롬비아와 멕시코의 거물들이 운영하는 범죄 조직들하고도 거래를 했어. 뉴욕에 이미 일부 지분을 갖고 있는 조직들이야. 세인트존은 그들과 일하는 방법을 알고 있었고, 그들은 세인트존이 필요로 하는 걸 갖고 있었어."

"세인트존은 무엇으로 대가를 지불했지?"

마사는 어깨를 으쓱했다.

"몰라. 돈이겠지. 뉴욕시로 진출할 권리일 수도 있고. 모르겠어. 어쨌든 세인트존은 자신이 하는 일을 정확히 알고 진행했어. 조종자답게. 무슨 뜻인지 알아? 그는 사람들에게 일을 시키는 방법, 알맞은 인재를 찾아내는 방법, 그들에게 원하는 일을 하게 하는 방법을 잘 알고 있어. 그 분야에는 전문가야. 어떤 사람들은 세인트존이 죽으란다고 정말 죽기도 했어."

마사는 말을 멈추고 숨을 훅 들이마셨다. 호퍼도 아는 사실이라 고개를 끄덕였다.

리사 사지슨. 그녀는 옥상에서 뛰어내려 목숨을 끊었는데, 세인트존의 명령을 받은 게 분명했다. 호퍼는 그 광경을 직접 목격했지만 아직도 믿기지가 않았다.

마사도 리사가 죽는 모습을 보았을 것이다. 분명히. 호퍼와 함께 그 옥상에 있었으니까.

호퍼는 시선을 떨구고, 밴의 일체형 금속 바닥을 응시했다. 몇몇 연결점에 대해 그는 아직 답을 찾지 못했고, 퍼즐 조각들 중 몇 개는 아직 맞아떨어지지 않았다. 하지만 거의 접근한 것 같기는 했다.

물론 거의 접근했다는 느낌이 착각에 불과할 수도 있었다.

"심리학이군."

"뭐?"

호퍼는 눈을 들었다.

"심리학. 세인트존은 사무실 뒤에 심리학에 관한 책들을 갖고 있었어. 심리학 교과서와 안내서. 개인 연구를 위한 자료들을 모아놓은 서재 같더라고. 전에 그는 베트남에서 수상한 일에 연루된 적이 있다고 했어. 특수 임무를 지원했다는 말도 했고. 그 특수 임무라는 게 세뇌일 수도 있지 않을까?"

마사는 눈을 가늘게 떴다.

"뭐, 그런 게 진짜라고?"

호퍼는 어깨를 으쓱하면서 자세를 고쳐 앉았다.

"나도 몰라. 본 적은 없고 얘기만 들었어. 하지만 우린 둘 다 세인트존이 무슨 짓까지 할 수 있는지 봐서 알잖아. 그자는 모종의 힘으로 사람들을 제 뜻대로 부리고 있어. 그자의 흑마법 같은 헛소리의 출처가 바로 그 힘일 거야. 조직을 만들려면 대부분의 사람들이 쉽게 접할 수 없는 묘한 방법, 특이한 수단이 필요했을 테니까."

"그건 그래. 세인트존은 온갖 괴상한 짓을 하기는 했어."

호퍼는 고개를 갸웃하며 물었다.

"그자가 너는 세뇌를 못한 거야?"

마사는 어깨를 으쓱했다.

"세뇌를 시도했지만 나한테는 통하지 않았어. 아까도 말했듯이 나는 나만의 계획이 확고했어. 무슨 뜻인지 알잖아. 나는 내 계획에 집중하면서 어떻게든 살아남아 리로이를 안전하게 지키려 했어."

"그럼 세인트존은 결국 리로이를 세뇌한 걸까? 너를 설득하지는 못했지만 네 동생을 설득한 것처럼 보이던데."

마사는 고개를 흔들었다.

"나는 리로이를 지켜냈다고 생각했어. 리로이는 상태가 괜찮아보였거든. 적어도 그렇다고 생각했어. 착각이었나 봐."

"아니, 그렇지 않을 수도 있어. 애초에 내가 이 일을 시작한 계기가 리로이였어. 리로이는 누나를 갱단에서 빼낼 수 있게 도와달라고 했어. 세인트존이 어떤 식으로 세뇌를 했든 리로이는 저항했을 거야. 그러다 세뇌가 거의 먹힌 것일 수도 있지."

"'거의'라는 건 완전한 세뇌가 아닐 수도 있잖아? 어쨌든 나도 세인트존의 능력을 봤어. 무슨 짓까지 벌일 수 있는 놈인지도 알고 있고."

"말했듯이 그는 심리학을 수단으로 쓰고 있어. 인간의 정신이 어떤 식으로 작용하는지 아는 거야. 적당한 사람들을 골라 접촉한 뒤 설득하고 세뇌하는 것이겠지. 잘은 몰라도 어떤 힘을 이용해 무시무시한 예언을 내세워 겁박도 해가면서. 두려움은 효과적이고, 어쩌면 가장 강력한 설득 수단이니까. 물론 본인은 그런 예언을 믿지도 않을걸. 추종자들만 믿으면 되는 거니까. 그는 바이퍼스들에게 간간이 예복을 차려입게 하고, 제의적 살인을 저지르게 하는 방법으로 조직의 힘을 강화해왔을 거야."

"제의적 뭐?"

"바이퍼스가 관련돼 있다는 게 드러나기 전에 나는 파트너와 함께 연쇄 살인 사건을 수사 중이었어. 제의적인 목적으로 이루어진 살인이었지. 살인 자체로는 의미가 없어. 세인트존이 추종자들을 제어하는 방법 중 하나로 살인을 택했을 테니까."

마사는 길고 느리게 숨을 내뱉었다.

"나는 전혀 모르는 얘기야. 전혀. 그가 어떤 식으로 살인을 저질렀는지도 몰라. 정말이야."

호퍼는 고개를 끄덕였다.

"그래, 믿어. 그자의 계획에 대해서는 얼마나 알고 있지? 세인트존이 이번 정전 사태를 일으킨 장본인일 거야. 분명해. 이유가 있으니 뉴욕시의 전력을 차단했겠지."

마사는 고개만 저을 뿐이었다.

그때 밴 뒤쪽의 문이 벌컥 열렸다. 호퍼와 마사는 소리가 들린 방향으로 고개를 돌렸다. 묵직한 시위 진압복을 입은 더 많은 수의 경찰들이 눈이 아플 정도로 환하게 그들을 향해 손전등을 비췄다. 호퍼와 마사는 눈을 가늘게 떴다. 마사와 함께 밴에서 내린 호퍼는 이들이 경찰보다는 군인에 가깝다는 것을 알아챘다. 장비가 좀 더 고급스럽고 방어력이 높아 보였다. 손전등 불빛 너머로 그들의 방탄조끼 가슴팍에 큼직하게 박힌 노란 글씨가 보였다.

연방 요원

호퍼가 주변을 둘러보는 동안 요원들이 밴 주변에 모여들었다. 그곳은 널찍한 공터였다. 측면이 편편하고 높은 빌딩들이 어둠에 휩싸인 채 공터를 둘러싸고 있었다. 그곳에는 환한 조명등과 발전기 몇 대가 설치돼 있었다. 호퍼는 잠시 후 자신이 타임스 광장 한가운데에 서 있음을 알아차렸다.

한 요원이 호퍼를 돌려 세우더니 손목에 채워진 수갑을 풀어주었다. 호퍼는 혈액 순환이 되도록 두 손을 휘휘 털었다. 그때 짙은 색 정장 위에 방탄조끼를 입은 또 다른 요원 한 명이 뛰다시피 그들 쪽으로 다가왔다. 갤럽 특수요원이었다.

"호퍼 형사, 다행히 파티에 무사히 참석했군. 이쪽으로 와."

48장
최종 브리핑

1977년 7월 13일
뉴욕시 맨해튼

대형 흰색 천막에 임시 지휘 본부가 차려졌다. 타임스 광장까지 대각선으로 연결되는 널찍한 브로드웨이 한복판이었다. 갤럽은 사람들로 북적이는 천막으로 호퍼와 마사를 데리고 들어갔다. 그 안에는 제복 입은 경찰들과 연방 요원들, 민간인 복장을 한 사람들, 작업복에 안전모를 쓴 사람들이 뒤섞여 있었다. 작업복을 입은 사람들은 넓은 가대식 탁자에 펼쳐놓은 도면을 들여다보는 중이었다. 한쪽 구석에는 군용 야전 무전기가 설치돼 있었고 근처에 디젤 발전기가 웅웅 소리를 내며 돌아가고 있었다.

천막 안을 걸어가면서 갤럽은 호퍼와 마사에게 그간의 상황을 설명해주었다.

정전이 되고 전체 전력 시스템이 망가지자 콘 에디슨 사는 고장 난 부분을 찾아 복구하기 위해 작동 중이던 얼마 안 되는 전력망마저 중

단시켰다. 퀸스 자치구의 일부 지역과 로커웨이 마을에는 전기가 들어왔는데, 그곳은 콘 에디슨 사가 아니라 롱아일랜드 전기조명 회사를 통해 전기를 공급받고 있었다.

갤럽은 호퍼와 마사를 한쪽으로 데려갔다. 그곳에는 투명 필름을 붙여 마커 펜으로 글씨를 쓸 수 있게 해놓은 큼직한 나무판이 수직으로 세워져 있었다. 나무판에는 이미 글씨들이 빼곡했다.

갤럽이 상황 설명을 계속하는 동안 호퍼의 머릿속에는 오로지 한 가지 생각만 맴돌았고, 다른 모든 것들은 귓가를 스쳐 사라졌다.

잠시 후 호퍼는 누군가의 목소리에 눈을 껌벅이며 정신을 차렸다. 그 사람이 다시 말했다.

"호퍼 형사?"

상념이 깨지고 호퍼는 멍하니 갤럽 특수요원을 바라보았다.

"저기요, 나는 당신이 해달라는 대로 다 했습니다. 그러니 이제 당신이 나를 도와줄 차례입니다. 더는 허튼 소리 마세요. 이만 집으로 가봐야겠습니다. 다이앤, 새라. 가족에게 돌아가야겠습니다. 이번 일로 다이앤은 상심이 컸을 겁니다. 게다가 뉴욕시 대부분이 정전됐다면 브루클린도 전기가 끊겼을 거예요."

갤럽은 호퍼에게 한 걸음 다가와 그의 팔에 손을 얹었다.

"그들은 무사해. 잘 있어."

"뭐…… 뭐라고요? 무사하다니 무슨 뜻입니까?"

"델가도 형사가 그들과 함께 있어."

"뭐라고요? **델가도**가요?"

갤럽은 고개를 끄덕였다.

"어제 델가도 형사가 우리에게 연락해서, 당신이 떠나 있는 동안 본인이 수집한 증거들을 넘겨줬어. 우리와 일을 마친 후 델가도는 당신 집으로 곧장 갈 거라더군. 지켜야 할 약속이 있다면서. 운 좋게 도 델가도는 당신 집에 잘 도착했어. 정전이라 내가 당장 내줄 수 있 는 인원은 없지만, 정전이 되자마자 델가도가 당신 집으로 갔고 아 직 거기 있으니 일단 안심해도 돼."

호퍼는 기뻐서 숨이 막힐 것 같았다. 지금까지 느껴본 중 가장 크 고 눈부신 안도감이 밀려왔다. 혼란스러운 와중에 아내와 아이가 무 사하다는 것을 알게 됐으니 그럴 만도 했다…….

"가족에게 가봐야겠습니다." 호퍼는 갤럽과 마사를 차례로 돌아 보면서 나무판을 가리켰다. "여기서는 내가 더 할 수 있는 일도 없고 요. 현 상황에 대해서는 나보다 마사가 더 잘 압니다." 그는 항공 재 킷 지퍼를 열고 그 안에 접어서 넣어두었던 바이퍼스 본부의 지도를 꺼냈다. "이게 꽤 유용할 겁니다. 지금 전담팀이 바이퍼스 본부를 습 격하면—"

갤럽이 한 손을 들어 올리며 말을 막았다.

"말이야 쉽지. 전담팀은 아직 습격 준비가 안 돼 있어. 지금 도시 곳곳에 흩어져서 지시를 기다리고 있는 중이야."

"기다리고 있다니 무슨 뜻입니까?"

"무전기도 쓸 수가 없어. 전력이 공급되지 않으니 AM 중계기가 작 동을 안 해. 당신이 경찰 무전기 앞에 당도했어도 나한테 연락을 못 했을 거야. 오토바이 경찰이 브롱크스에서 일어난 일에 대해 알려준 덕분에 당신이 다리 쪽으로 오는 걸 알고 내가 그리로 갔던 것뿐이 야."

그러자 마사가 말했다.

"브롱크스는 아예 교전 지역으로 변해가고 있어요."

"그래요. 알고 있습니다." 갤럽은 마사에게 대답한 후 호퍼에게 말했다. "정전이 되고 전화선이 끊기기 전에 모든 경찰들은 본인의 거주지에서 제일 가까운 경찰서로 집합하라는 명령을 받았어."

호퍼는 욕이 절로 나왔다.

"뭐라고요? 엿같은 아이디어네요."

"경찰 입장에서는 어떻게든 치안 유지를 해보려고 한 것이니 너무 비난하지 마, 형사."

"경찰들의 거주지는 근무지 근처가 아닌 경우가 많고, 브롱크스에 사는 경찰은 거의 없을 텐데요!" 호퍼는 마사를 돌아보며 말했다. "우리가 브롱크스에서 경찰을 볼 수 없었던 이유가 그거였어. 한 명도 없더니만."

갤럽이 말했다.

"그렇지는 않아. 경찰들은 교대로 근무를 하잖아."

마사가 나섰다.

"우리가 본 혼란스러운 사태를 해결할 정도로 충분한 인력은 아닌가 보네요."

"어쨌든 우리는 예비 무선망을 돌리고 있어." 갤럽은 한쪽 구석에 놓인 군용 통신 장비를 손으로 가리켰다. "저 장비로 연결이 돼야 전담팀을 호출해 작전 지시를 할 수 있어. 시간이 좀 걸리겠지만 조만간 바이퍼스 단원들이 있는 곳으로 이동할 수 있을 거야."

호퍼는 갤럽을 돌아보며 말했다.

"알겠습니다. 나는 이만 가야겠습니다. 당장이요."

갤럽은 고개를 끄덕였다.

"그래, 이해해. 이곳 상황에 대해서는 마사에게 보고를 듣도록 하지. 경찰 오토바이를 한 대 내줄게."

갤럽은 돌아서서 가까이에 있는 제복 경찰들 중 한 명을 불렀다. 호퍼는 그 경찰을 바라보자 문득 가슴이 아렸다…….

죄책감 때문일까?

다들 뉴욕시가 직면한 위험을 해결하기 위해 동분서주하고, 세인트존은 브롱크스에서 엄청난 짓을 벌이려 하는데, 그의 머릿속에는 오직…….

다이앤.

그리고 **새라**뿐이었다.

호퍼는 경찰로서 뉴욕시를 돕고 보호해야 할 의무가 있었지만, 가족을 돕고 보호해야 할 의무도 지고 있었다.

어쨌든 그는 갱단에 잠입한 목적을 이뤄냈고 의무를 이행했으며 정보를 가지고 돌아왔다. 마사까지 데리고 왔으니 할 만큼 한 것이었다.

잠시 후 갤럽이 군용 야전 전화기를 들고 돌아와 호퍼에게 건네며 물었다.

"사용 방법은 알지?"

호퍼는 전화기를 받아 들었다. 그 묵직한 장거리 쌍방향 전화기는 호퍼가 베트남에서 마지막으로 사용했을 때와 달라진 게 없었다.

"압니다. 고맙습니다."

"오토바이를 대기시켜놨어. 행운을 비네."

49장
잠 못 드는 브루클린

1977년 7월 14일
뉴욕시 브루클린

자정 무렵 호퍼는 집에 도착했다. 갤럽이 내준 대형 경찰 오토바이는 예측 불가능하고 멋대로 획획 움직이는 모토크로스용 오토바이보다 훨씬 타기 편했다. 호퍼는 사이렌에 경광등까지 켜고 맨해튼을 가로질러 꽉 막힌 차들 사이를 지나 브루클린으로 진입했다. 그곳에도 일부 막힌 구간이 있었지만 오토바이라 어렵지 않게 차들 사이를 지나갈 수 있었다. 예상대로 도시의 이쪽 지역은 브롱크스보다 훨씬 안정돼 있었다. 경찰 서장들의 임의 명령 덕분에 맨해튼과 브루클린에는 경찰들이 잔뜩 배치되었다. 이곳 사람들에게는 좋은 소식이겠지만, 브롱크스를 비롯해 못사는 지역에게는 그리 좋은 소식이 아닐 터였다. 경찰서 수는 많은데 이럴 때 배치되는 경찰들의 수는 확연히 적은 곳이니까.

아파트 건물 계단 앞 보도에 오토바이를 세우고 스탠드를 내린 후 엔진을 껐다. 바닥에 내려서자마자 오토바이 측면의 화물 가방에서 야전 무전기를 꺼낸 다음 돌아서서 곧장 계단을 뛰어 올라갔다.

공동 현관 문을 밀어 여는데 누군가 나오면서 호퍼 쪽으로 문을 밀었다. 당황한 호퍼는 문을 발로 차면서 거세게 밀었다. 문지방을 넘어가던 그는 무언가에 발이 걸려 넘어질 뻔했다. 건물 로비에는 초들이 켜져 있었고, 아래를 내려다보니 한 남자가 바닥에 쓰러져 있었다.

"이런 제기랄!" 팔꿈치로 바닥을 짚으며 일어선 남자는 소리를 지르다가 그를 올려다보며 물었다. "짐, 당신입니까?"

에릭 밴 새븐이었다. 호퍼는 그를 흘긋 쳐다보고 계단 쪽으로 향하며 말했다.

"아, 예. 안녕하세요, 에릭. 미안합니다!"

집 현관문 앞에 선 호퍼는 집 안에 있는 사람들을 놀라게 하지 않으려고 열쇠로 문을 여는 대신 주먹으로 문을 두드렸다.

"다이앤? 나야! 문 열어! 나 왔어. 문 열어!"

잠시 후 문 뒤에서 묵직한 무언가를 바닥에 끌며 치우는 소리가 들렸다. 이윽고 문고리의 체인이 벗겨지고 자물쇠가 열렸다.

"짐!"

다이앤은 쓰러지듯 호퍼에게 안겨 두 팔로 그를 안았다. 그의 가슴에 얼굴을 묻고 온몸을 떨며 흐느꼈다. 호퍼는 야전 무전기를 손에 든 채로 최선을 다해 아내를 안으면서 그녀의 정수리에 얼굴을 가져다 댔다. 그는 아내의 체취를 한참 동안 깊게 들이마셨다.

"나 왔어."

다이앤의 흐느낌이 가라앉을 때까지 호퍼는 그 말을 되풀이했다.

마침내 다이앤은 뒤로 물러나 그의 눈을 올려다보았다. 호퍼는 아내의 얼굴로 내려온 머리카락을 조심스레 넘겨주며 미소를 지었다. 그의 눈에서 흘러내린 눈물이 다이앤의 눈물과 섞였다.

"새라는?"

호퍼는 다이앤을 따라 집 안으로 들어갔다. 옆으로 물러선 다이앤은 문을 도로 잠그면서, 호퍼가 들고 있는 큼직한 물건을 가리키며 물었다.

"그건 뭐야?"

호퍼는 주방으로 들어가 카운터에 물건을 내려놓았다.

"야전 무전기. 이걸로 본부에 연락할 수 있어. 새라는?"

호퍼는 이미 침실과 이어지는 홀 쪽으로 발을 옮기고 있었다.

"자고 있어." 다이앤이 그의 뒤를 따라왔다. "무사하니까 걱정 마. 정전됐을 때는 이미 자고 있었어."

호퍼는 새라의 방문을 열고 안으로 들어갔다. 딸은 이불을 차내고 엎드린 채 자고 있었다. 정전이 되면서 에어컨이 작동을 안 해 방 안이 뜨끈했다.

그는 침대 가장자리에 조심스레 걸터앉았다. 새라는 눈꺼풀을 씰룩거리더니 눈을 뜨고 호퍼를 한 번 쳐다보았다. 그러다 다시 잠에 빠져들었다. 호퍼는 그 자리에 앉아 딸을 바라보며 머리카락을 쓰다듬어주었다.

'집에 왔어. 드디어, 돌아왔어.'

그는 무거운 한숨과 함께 얼굴을 손으로 문지르며 일어섰다. 잠든 딸의 모습을 한 번 더 돌아보고 방을 나갔다. 거실로 나가니, 다이앤이 초를 몇 개 더 켜다 노크 소리를 듣고 현관문 쪽으로 향했다. 다이앤이 그들의 이웃 에릭을 집으로 들이자, 호퍼는 겸연쩍어하며 에릭에게 손을 흔들었다.

"에스터는 괜찮아요, 에릭?"

호퍼의 물음에 에릭은 고개를 끄덕였다.

"예, 잠자리에 들었어요. 우리 집 남는 방에 쉐퍼 부인을 머물게 했습니다. 가서 그들을 깨울까요?"

호퍼는 한 손을 들어올리며 만류했다.

"아뇨, 다들 괜찮다면 그냥 두세요."

호퍼는 방 안을 둘러보며 다이앤에게 물었다.

"델가도는 어디 있어?"

다이앤이 에릭과 눈빛을 주고받은 뒤 말했다.

"내가 당신한테 물어보려던 건데."

"뭐?"

에릭이 고개를 저으며 호퍼에게 물었다.

"델가도 형사를 만나고 오신 거 아닙니까?"

"만나요? 어디서요?"

"룩우드 연구소에서요."

야전 무전기를 작동시키기까지 몇 분이 걸렸다. 호퍼가 타임스 광장 지휘 본부의 갤럽과 연락을 취하려 애쓰는 동안 다이앤은 에릭에게 남편이 그동안 해온 일에 대해 간략히 요약해 들려주었다. 호퍼가 대충 들어보니, 다이앤은 델가도에게 들은 얘기와 자신이 생각하는 바를 섞어서 말해주는 듯했다.

독자적으로 움직이고 있는 델가도가 지금쯤 누구와 맞닥뜨렸는지 알 수 없는 상황이었다.

마침내 야전 무전기가 치직 소리를 내며 살아나자 다들 입을 닫았다.

"T-77 지휘 본부다. 잘 들린다. 오버."

상대편의 목소리에 호퍼는 안도의 한숨을 내쉬며 통화 버튼을 눌렀다.

"여기는 짐 호퍼 형사다. 갤럽 특수요원을 연결해주겠나? 오버."

"알았다."

한동안 무전기는 조용했다. 다이앤이 주방 카운터 쪽으로 다가와 호퍼 옆에 섰다.

이윽고 무전기에서 갤럽의 목소리가 들렸다.

"호퍼 형사, 나야. 빨리 말해. 오버."

"델가도가 여기 없습니다. 룩우드 연구소로 갔다는데요. 오버."

갤럽은 말이 없었다. 아마 방금 호퍼에게 들은 정보를 마사에게 전달한 듯했다. 그제야 호퍼는 룩우드 연구소가 어떤 곳인지, 세인트존에게 어떤 의미를 가진 장소인지 갤럽이 모를 수도 있겠다는 생각이 들었다.

마사는 알까?

호퍼는 아내를 흘끗 쳐다보고는 다시 통화 버튼을 눌렀다.

"다시 말해드릴까요, 오버?"

"미안. 마사와 얘기 중이었어. 그곳이 어떤 의미인지 우린 둘 다 몰라. 아는 게 있나? 오버."

호퍼는 손으로 얼굴을 문질렀다. 세인트존과 룩우드 연구소의 인연에 대해 지금은 길게 설명할 시간이 없었다. 통화 상태가 좋지 않은 무전기로는 더더욱 할 얘기가 아니었다.

"있습니다. 그리고 바이퍼스 단원들이 그쪽에 모여 있어요. 룩우드 연구소를 향해 대규모로 이동하는 걸 봤습니다. 그 연구소 건물에는 전기가 들어옵니다. 오버"

"델가도가 그리로 갔으니 충분하지 않을까 싶은데? 오버."

"룩우드는 세인트존에게 중요한 곳입니다. 마사가 리사 사지슨에 대해 얘기하지 않았습니까? 오버."

"들었다. 오버."

호퍼는 고개를 끄덕였다.

"룩우드 연구소는 세인트존이 연방 교도소에서 나와서 처음으로 리사 사지슨을 만난 곳입니다. 자세한 설명은 나중에 해드리죠. 이모든 사단이 시작된 곳이 바로 거깁니다. 바이퍼스가 그리로 모이고 있다는 건 세인트존이 그들을 이끌고 있다는 뜻이겠죠. 델가도는 내가 거기서 그들과 함께 있을 거라고 생각하고 나를 찾으러 갔을 겁니다. 오버."

"알았어. 일단 집에 있어. 내가 요원들을 최대한 모아서 당신 쪽으로 보낼 테니까. 당신 말대로라면 우리가 그 연구소에서 세인트존을 체포할 수 있겠지—"

호퍼는 바이퍼스들이 보유한 화력을 생각하며 고개를 저었다. 어마어마한 갱단의 화력이 지금 그가 사는 지역으로 모여들고 있었다.

"안 됩니다. 그건 안 됩니다!" 호퍼는 마이크에 대고 고함을 지르다시피 했다. "여기로 요원들을 보냈다가는 전쟁이 시작될 겁니다." 그는 잠시 생각하다가 마이크를 다시 들어 올렸다. 그가 말을 하기도 전에 무전기가 또다시 지직거렸다. 이번에는 소음이 더 컸고 스피커에서 몇 번 탁, 탁 튀는 소리가 들렸다. 마치 마이크 버튼을 빠르게 연달아 눌렀다가 떼는 것 같은 소리였다. 호퍼는 자기 손에 쥔 마이크를 내려다봤지만 그 네모난 장치는 이상 없이 작동 중인 듯했다. 상단에 켜진 빨간 불은 그의 마이크가 지금 사용 중이 아님을 나타냈다.

"무슨 일이야?"

다이앤이 묻자 호퍼는 어깨를 움찔했다.

"저쪽에 무슨 문제가 생긴 것 같아."

"*아저씨!*"

호퍼는 마이크를 꼭 쥐고 물었다.

"마사?"

몇 번 더 탁 탁 튀는 소리가 들렸고 상대편 마이크가 열렸다. 발을 끄는 소리, 두 사람이 다투는 소리가 고스란히 들렸다. 잠시 후 목소리들은 더욱 커졌다.

"*이거 놔요!*" 마사의 목소리였다. 마이크가 잠시 꺼졌다가 다시 켜졌다. "*그래, 좋아. 어휴, 열은 올리지 말자고요. 아저씨, 아직 거기 있어?*"

"여기 있어. 무슨 일이야? 오버."

"*잠깐 무전기 좀 빌리느라고.*"

"우리가 한 얘기 들었지? 오버."

"*어. 단원들이 룩우드로 모이고 있다면 리로이도 거기 있을 거야. 아…… 오버.*"

호퍼는 이 상황이 어떻게 흘러갈지 뻔히 보여 고개를 절레절레 흔들었다.

"마사, 거기 가만히 있어. 내가 알아서 처리할 테니까. 갤럽 당신도 다른 요원들과 함께 거기 대기하시고요. 알겠습니까?"

"아니야, 아저씨. 나도 가야겠어. 무슨 일이 일어나기 전에 리로이를 *빼내 와야* 된단 말이야. 아저씨든 특수요원이든 날 막진 못해."

"마사, 기다려! 마사?"

호퍼는 버튼을 눌렀다가 놓았다. 무전기가 치이익, 탁탁거리다가 갤럽의 목소리를 다시 들려주었다.

"당신도 집에 그대로 있어, 호퍼 형사. 우리가 처리해."

"예. 그동안 잘도 처리하셨죠. 오버. 이만 끊겠습니다."

호퍼는 마이크를 주방 카운터에 내려놓고 야전 무전기의 주 스위치를 딸깍 눌렀다. 야전 무전기는 완전히 꺼졌다. 고개를 든 호퍼는 자신을 바라보는 다이앤과 에릭의 눈을 마주 보았다.

"델가도를 데리러 가야겠어."

에릭은 놀라 입을 벌렸지만 아무 말도 하지 않았다. 호퍼는 에릭의 반응은 신경 쓰지 않았다. 그의 관심은 오직 다이앤에게 쏠려 있었다. 다이앤도 말이 없었다. 무언가를, 좀 더 타당한 이유, 그럴 듯한 설명을 기다리는 눈빛이었다.

호퍼가 가진 것은 진실뿐이었다.

카운터를 돌아 호퍼가 다가갔지만, 다이앤은 두 팔로 자신의 몸을 감싼 채 한 걸음 뒤로 물러나 고개를 흔들었다.

"짐……."

"미안해. 델가도가 곤경에 처했을 수도 있어. 내가 가서 델가도를 도와주고 만약의 사태가 일어나지 않도록 막아야 돼. 경찰 기병대가 도착하기 전에 평화롭게 해결을 볼 수 있다면 그렇게 할 거야."

다이앤은 고개를 끄덕이며 물었다.

"마사는 누구야?"

"남동생을 구하려고 애쓰는 사람. 그럴 능력도 있어. 만약에 마사가 룩우드로 가면, 우리가 이 사태를 막을 수 있을 거야."

다이앤은 그를 잠시 바라보다가 고개를 숙이며 말했다.

"몸조심해야 돼, 알았지?"

다이앤은 고개를 들고 힘없이 미소 지었다. 그녀의 눈가에 눈물이 고여 있었다.

호퍼는 앞으로 다가가 다이앤을 품에 안았다. 이번에는 다이앤도 뒷걸음질하지 않았다. 그들은 그렇게 안고 잠시 몸을 좌우로 흔들었다. 다이앤의 정수리 너머로 방 한가운데 서 있는 에릭이 보였다.

"에릭 씨, 나대신 우리 가족을 부탁합니다."

에릭이 고개를 끄덕였다.

마침내 호퍼는 다이앤과 포옹을 풀고 그녀의 이마에 입을 맞췄다.

"최대한 빨리 돌아올게."

그는 아파트를 나섰다. 도저히 뒤를 돌아볼 수가 없었다.

50장
뱀의 둥지로

브루클린 뒷골목은 조용하고 어두웠다. 불타오르는 도시의 혼란과 아수라장이 반쯤 잊힌 꿈처럼 느껴졌다. 호퍼는 공터에 경찰 오토바이를 숨겨두고 룩우드 연구소까지 걷기 시작했다. 그는 머릿속에서 일어나고 있는 일을 잘 알고 있었고, 지금도 그 생각을 하고 있었다. 솟구치는 아드레날린, 탈진, 배고픔, 목마름, 바이퍼스 갱단에서 도망쳐 나온 후로 겪은 자잘한 부상들이 그의 머리에 타격을 가하고 있었다. 베트남에서도 같은 일을 겪었다. 그래서 이 상태로 오래 버텨내기 힘들다는 것도 그는 알았다.

룩우드 연구소를 찾는 건 어렵지 않았다. 고딕풍의 기둥과 아치 장식이 있는 큰 건물은 교회 같기도 하고 시골 대저택 같기도 한 분위기를 자아냈고, 널찍한 대로 끝에 위치해 있어 그 지역의 중심처럼 보였다.

또한 수 킬로미터 내에서 유일하게 조명등이 켜진 건물이기도 했다. 호퍼는 그 건물에서 뿜어 나오는 눈부시게 하얀 빛, 그리고 꾸준한 속도로 연구소를 향해 행진 중인 바이퍼스 단원들을 따라가기만 하면 되었다. 브롱크스의 바이퍼스 본부에서 여기까지는 꽤 먼 거리여서 바이퍼스 단원들은 다양한 수단을 이용해 이동했으나 여기서부터는 전부 내려서 호퍼처럼 걸어가는 중이었다. 호퍼는 이유를 알수도 없고 특별히 신경 쓰고 싶지도 않았지만 단원들을 보면서……불안감을 느꼈다. 그들은 말없이 걷기만 했다. 박자를 맞추는 것도아니었다. 도로에는 그들의 꾸준한 발소리 외에는 아무 소리도 들리지 않았다.

호퍼는 인원수를 헤아리다가 포기했다. 확실히 창고에서 본 것보다는 훨씬 많았다. 다들 등에 '바이퍼스'라고 적힌 가죽 조끼를 입었고, 어깨에는 AK-47 소총을 멨다.

멍한 얼굴로 행진하는 세인트존의 사설 군대…….

'뭘까?'

연구소 안으로 들어가야 했다. 건물 앞에 도열한 바이퍼스 단원들은 건물을 올려다보며 끈기 있게 주인의 지시를 기다리고 있었다. 그 광경을 보니 창고 옥상에서 본 모임이 떠올랐다. 리사를 죽음으로 몰고 간 모임.

호퍼는 그 기억을 밀쳐놓고, 단원들을 일 분 정도 더 지켜보다가결단을 내렸다.

마사를 기다리는 건 무리였다. 마사가 여기까지 오려면 아무래도시간이 걸릴 것이다. 그것도 갤럽을 설득해 차든 오토바이든 빌려탈 수 있어야 가능한 얘기였다. 마사가 지금 어디 있는지, 여기로 오고 있기는 한지 알 수 없으니 더 꾸물거릴 이유도 없었다. 만약 늦게라도 여기 온 마사가 건물 앞에 서 있는 바이퍼스 단원들을 본다면 부디 상식적으로 판단해 멀찌감치 물러나기를 바랄 뿐이었다.

그러나 호퍼 본인은 멀찌감치 물러나 있을 생각이 없었다.

그는 한적한 거리로 서둘러 되돌아갔다. 교차로에서 방향을 돌리고 한 번 더 방향을 바꿨다. 행진 중인 바이퍼스 단원들의 끄트머리가 보였다. 그들은 넓은 간격을 두고 목적지를 향해 가고 있었다.

이쪽 길 옆으로는 다 자란 나무들이 줄지어 서 있었다. 그중 한 나무 뒤로 가 몸을 숨긴 호퍼는 시간을 확인하고 행진하는 자들의 수를 세다가, 기회를 잡아 재빨리 달려 나갔다. 줄 맨 끝에서 걸어가는 한 단원의 턱 밑에 팔꿈치를 걸고 온힘을 다해 목을 죄었다. 그자가 몸부림을 쳤지만 악을 쓰기 전에 다른 손으로 입을 틀어막았다. 연석 쪽으로 그를 질질 끌고 가, 주차된 차 뒤에서 몸을 잡고 빙글 돌렸다. 그가 어깨에 멘 돌격용 자동 소총이 바닥에 떨어져 다른 단원들의 주의를 끌지 못하도록 하기 위해서였다. 그자가 의식을 잃은 것을 확인한 후 잡고 있던 손을 놓고 가죽 조끼를 벗겼다. 입고 있던 항공 재킷을 벗고, 피 묻은 노란색 티셔츠 위에 바이퍼스 조끼를 입었다.

호퍼는 소총을 들어 어깨에 메고 천천히 달려가 다른 단원들 뒤로 따라붙었다. 단원들이 연구소를 향해 걸어가 동료들 뒤에 도열하는 동안에도 맨 뒤의 호퍼는 눈에 띄지 않았다. 다들 룩우드 연구소 건물만 올려다보고 있었다. 그 건물은 마치 살아 있는 듯, 모든 창문을 통해 새하얀 빛을 쏟아내고 있었다. 도열한 단원들은…….

기다리고 있는 중이었다.

줄 끝에 서 있던 호퍼는 주차된 차들을 방패막이 삼아 슬머시 빠져

나왔다. 건물 안으로 들어가야 하는데 정문으로 들어가는 건 불가능해 보였다. 하지만 이 블록에 홀로 서 있는 연구소 건물은 거대하고 구조가 복잡했다. 주차된 차들 뒤로 돌아간 호퍼는 자세를 낮추고 살금살금 거리를 지나 건물 정면 쪽으로 향했다. 이 각도에서는 건물에서 흘러나오는 밝은 빛이 건물 양옆에 원뿔형의 짙은 그림자를 드리우고 있었다. 바이퍼스들이 볼 수도 있는 상황이었지만 호퍼는 위험을 감수하고 거리 모퉁이를 가로질러, 건물 측면의 어둠 속으로 몸을 숨겼다. 그는 벽돌 벽에 등을 붙이고 기다리며 혹시 있을지 모를 반응을 기다렸다.

아무런 반응이 없었다. 눈에 띄지 않고 무사히 건너온 듯했다. 호퍼는 입구를 찾아 건물을 살펴보면서 어둠 속에서 이동했다.

얼마 지나지 않아 기회를 잡았다. 건물 뒤쪽, 편편한 벽이 안쪽으로 굽어지는 부분이 있어 가보니 널찍한 뒷마당이 나왔다. 그곳에는 쓰레기봉지들로 둘러싸인 대형 쓰레기통이 있었고, 야트막한 벽돌 벽에 감춰져 있다시피 한 문도 하나 있었다. 문은 잠겨 있었다. 그는 벽에 등을 대고 발꿈치로 손잡이를 걷어찼다. 네 번 정도 세게 걷어차자 문짝이 찌그러졌다. 호퍼는 어깨로 문을 밀어 강제로 열었다.

문 안쪽은 칠흑같이 어두웠다. 그는 잠시 숨을 돌린 뒤 문턱을 넘어 안으로 들어갔다.

눈은 곧 어둠에 적응했다. 그 방은 어두웠지만 또 다른 닫힌 문 아래로 빛이 새어 나오고 있었다. 호퍼는 소리를 내지 않고 재빨리 그리로 이동해 조심스럽게 손잡이를 돌렸다. 문은 잠겨 있지 않았다. 양옆을 확인하고 문 너머로 발을 디뎠다.

복도 측면에는 나무판이 대어져 있었고, 천장에 달아놓은 크고 화려한 주철 조명등이 빛을 뿜어냈다. 바닥에는 광택 있는 리놀륨 타일이 깔려 있었다. 정전된 도시에서 수 시간을 보내다가 전기가 들어오는 건물 안으로 들어왔더니 불안감이 밀려들었다. 게다가 그곳은 수 킬로미터 내에서 전기가 들어오는 유일한 건물이었다. 고개를 기울이며 집중한 호퍼는 마침내 소리를 포착했다. 희미하지만 분명히 존재하는 소리. 아마도 이 웅웅거리는 소음은 지하층에서 가동 중인 발전기 소리인 듯했다.

호퍼는 조심스럽게 한 발 또 한 발 나아갔다. AK-47 소총을 편하게, 어쩌면 너무 편하게 손에 쥐고서.

잠시 후 그는 룩우드 연구소가 마치 버려진 것 같다는 생각을 하며 걸음을 재촉했다. 브롱크스의 바이퍼스 본부와는 달리 이 건물은 완벽할 정도로 관리가 잘 돼 있었다. 바닥은 반들반들했고 쓰지 않는 사무실의 집기들은 한쪽 벽에 깔끔하게 쌓여 있었다. 그걸 보니 호퍼는 불현듯 25년 전쯤 호킨스 마을에서 보낸 학창 시절의 끝자락이 떠올랐다. 여름 방학 동안 청소하기 편하도록, 학생들은 선생님들을 도와 교실의 책걸상을 한 옆에 깔끔하게 쌓아두었다.

호퍼는 어디로 가야 할지 몰라 주변을 두리번거렸다. 이대로 포기할 생각은 없었다.

델가도가 여기 어딘가에 있었다. 세인트존도 있을 것이다. 분명했다.

그들을 찾아내야 했다.

3층으로 올라간 호퍼는 지도 하나를 발견했다. 중심 계단 옆 벽에 걸린, 세심하고 아름다운 쪽매붙임 세공 액자에 들어 있는 그것은 건물 도면이었다. 연방 정부가 사들이기 전 이 건물이 어떤 용도로 쓰였는지는 알 수 없었지만, 19세기 건축가의 솜씨에 한숨이 절로 나왔다. 수색에 도움이 될까 해서 도면을 살피며 패턴을 익히려고 해봤지만 너무 복잡했다. 그는 포기하고 가던 길을 계속 가기로 결정했다. 이 방법이 옳은지를 돌이켜 생각하기엔 이미 너무 늦었다.

저 앞에 스테인드글라스가 들어간 쌍여닫이문이 보였다. 스테인드글라스 뒤에서 빛이 일렁였다. 불빛이 깜박여서가 아니라 무언가…… 움직이고 있었다. 궁금해진 호퍼는 그리로 다가가 안쪽을 들여다보았다. 그리고 곧 놀라 욕을 뱉으며 문을 열어젖히고 안으로 뛰어 들어갔다.

가구는 없지만 회의실이나 강당처럼 보이는 크고 기다란 방이었다. 낡은 철제 램프 대신 바닥에 놓인 수백 개의 검은 초들이 방 안을 밝히고 있었다.

방 한가운데에 델가도가 있었다. 나무 바닥에 칼로 새긴 커다란 오각형의 별 위에 팔다리를 벌린 채 똑바로 누운 모습이었다. 별 주변에는 새빨간 색 페인트로 진하게 그려진 상징들이 있었다. 델가도는 눈을 감고 있었지만 가슴이 안정적으로 오르내리며 호흡하고 있었다.

문간에서 방 안을 살피던 호퍼는 델가도의 머리 뒤에 서 있는 남자를 보고 몸이 얼어붙었다.

세인트존이었다.

그는 검은 예복 차림이었고 후드는 쓰지 않았다. 그가 쓴 선글라스의 은색 렌즈에 촛불이 아른아른 비쳤다.

"어서 오게, 형제."

속에서 차오른 고함이 이내 호퍼의 입 밖으로 튀어나왔다. 호퍼는 손에 무기를 쥐고 있다는 것도 잊은 채 달려들었다. 세인트존은 양 손을 마주 잡고 미소를 지으며 서 있었다.

문득 호퍼는 무기가 아닌 맨손으로 그자를 상대하고 싶었다.

그때 누군가 뒤에서 재빠르게 호퍼를 붙잡아 저지했다. 두 명이 그의 팔죽지를 한 쪽씩 붙잡고 아래로 내리 눌러 강제로 무릎 꿇렸다. 바닥에 무릎을 댄 호퍼는 곧 AK-47 소총도 빼앗겼다.

리로이가 소총을 옆으로 던지고 다시 호퍼의 어깨를 짓눌렀다. 호 퍼의 팔을 붙잡은 또 다른 남자는 루벤이었다. 리로이와 루벤의 눈 빛은 흐릿했고 표정도 멍했다.

건물 밖의 다른 단원들처럼.

세인트존이 이들도 세뇌해 제어하고 있는 듯했다.

호퍼는 바닥에 누운 델가도 주변에서 걸음을 옮기는 갱 두목 세인 트존을 올려다보며 소리쳤다.

"이게 뭐 하는 짓이야? 왜 이런 짓을 해?"

세인트존은 호퍼 앞에서 걸음을 멈추더니 쭈그리고 앉아 그와 눈 높이를 맞췄다. 호퍼는 선글라스에 비친 자신의 모습을 또다시 응시 하게 됐다.

세인트존은 아무 말도 하지 않았다.

호퍼는 고개를 저으며 물었다.

"신비주의 콘셉트 같은 이 짓거리는 대체 뭔데? 당신도 한때 지도 자였어, 안 그래? 베트남 시절에. 부하들을 이끌었지. 명령을 내리 고 명령을 따르고. 그런 일에 마법 같은 요소는 없어. 그때는 없었

493

지. 지금도 마찬가지고." 호퍼는 세인트존이 방 안에 펼쳐놓은 괴상한 연출을 가리키며 고개를 끄덕였다. "악마가 뉴욕에 내려오고 세상이 끝나고 뱀의 날이 온다느니 어쩌니 하는 최후의 심판일 같은 개소리는 다 연출일 뿐이잖아. 당신은 그런 걸 믿지 않아. 믿을 필요도 없지. 믿음의 씨앗을 추종자들의 머릿속에 심고, 두려움에 떨게 만들고, 당신을 섬길 이유를 주면 그만이니까. 그들에게 당신은 유일한 구원의 길이겠지. 그들과 악마 사이에 서 있는 자는 당신뿐이니 말이야. 안 그래?"

세인트존은 고개를 살짝 기울일 뿐 대꾸하지 않았다.

"당신도 즐겼지?" 호퍼는 그자의 선글라스를 빤히 쳐다보았다. 렌즈 너머 놈의 눈빛을 보고 싶었다. "이렇게 하면 당신한테 힘이 생기잖아. 약하고 힘없는 사람들을 끌어모아 종교 집단에 집어넣으니 꽤나 강한 존재가 된 기분이겠네. 누가 그러더군. 당신은 속임수를 써서 남들을 조종하는 자라고. 그 말이 맞아. 총괄 계획가. **지도자**. 그래, 이제 알겠어. 당신은 오래전부터 이 일을 계획해왔어. 어떻게 한건지 모르겠지만 이번 정전도 당신이 한 짓이겠지. 대단한 계획이야. 뱀의 날의 시작을 위한 완벽한 인화점이잖아."

호퍼는 세인트존 주변을 흘끗 살펴보았다. 델가도는 꼼짝도 하지 않았다. 공기의 흐름은 전혀 느껴지지 않는데 마치 약한 바람이 방 안에 부는 것처럼 주변의 촛불들이 일렁거렸다.

세인트존은 앞니 사이로 혀끝을 내밀고 고개를 끄덕였다.

"대단한 추리력이군, 호퍼. 그만하면 우리 둘이 같이 일을 도모해볼 수도 있겠는데."

"목적이 뭐지?" 호퍼는 속삭이듯 나지막하게 물었다. "말해봐. 왜 이런 짓을 하는 건데?"

세인트존은 일어서서 별안간 웃음을 터뜨렸다. 그는 델가도 쪽으로 걸어가 그녀를 내려다보다가 다시 호퍼 앞으로 돌아왔다. 그리고 검은 예복을 펄럭이며 두 팔을 펼쳤다.

"자네 입으로 다 말했잖은가. 오늘은 뱀의 날이야. 악마께서 왕좌를 차지하러 오시기로 한 날."

세인트존은 호퍼 앞에 다시 웅크리고 앉았다.

"그분은 내가 진흙탕을 기어 다니던 때에, 명령을 받아 살인을 하던 때에 내게 오셨어. 내게 오셔서 계획을 알려주시고 미래를 보여주셨지. 그날을 어떻게 준비해야 하는지, 의식을 어떻게 거행해야 하는지도 모두 알려주셨어."

다시 일어선 세인트존은 호퍼에게 등을 돌린 채 델가도 앞에 가섰다.

"지구를 뒤덮을 그림자의 베일을 부르려면 다섯 명의 희생이 필요해."

호퍼의 관자놀이 안쪽에서 맥박이 세차게 뛰었다.

호퍼는 잘못 생각했다. 완전히, 크게 잘못 생각했다.

세인트존은 바이퍼스 단원들을 속여가면서 조종하는 게 아니었다. 그는 본인이 하는 말을 전부 믿고 있었다.

진심으로.

세인트존은 예복 안으로 손을 넣어 큼직한 흰색 카드 한 장을 꺼냈다. 그리고 돌아서서 호퍼에게 그 카드를 보여주었다.

다른 카드들과 마찬가지로 직접 만든 제너 카드였다. 앞면에는 속이 빈 정사각형이 그려져 있었다. 델가도 옆에 무릎을 굽히고 앉은 세인트존은 그녀의 심장이 있는 곳 위에 카드를 내려놓았다.

호퍼는 머릿속으로 그간의 희생자들을 되짚어보았다.

조너선 슈네처, 샘 배럿, 제이콥 휠러.

리사 사지슨.

그리고 로사리오 델가도까지 하면 다섯 명이었다.

호퍼는 자신을 붙잡아 누르는 두 남자를 죽을힘을 다해 밀어내려 했지만 소용없었다. 그의 목 힘줄이 밧줄처럼 팽팽해졌다. 호퍼는 이를 악물고 리로이와 루벤을 들어 올렸다. 앞에서는 세인트존이 예복에서 무언가를 꺼내 들고 호퍼 쪽으로 걸어오고 있었다.

그는 은색으로 번뜩이는 그 물건을 호퍼의 목에 갖다 댔다. 마치 뜨거운 전기가 흐르는 듯 그 부위가 따끔했다.

그리고 눈앞이 캄캄해졌다.

51장
마지막 희생자

어둠 속에서 불빛들이 춤을 추었다. 검은 뱀처럼 어두운 밤에, 멀리서 반짝이는 불꽃 하나가 점점 커지며 활활 타올랐다. 소리를 지르며 잠을 깬 호퍼는 일어나 앉아 주변을 둘러보며 숨을 몰아쉬었다.

아직 넓은 회의실 안이었다. 델가도도 여전히 오각형의 별이 새겨진 바닥 한가운데에 누워 있었다.

혼란스러워진 호퍼는 이마에 깊은 주름을 잡으며 아래를 내려다보았다. 그는 두 손으로 팔걸이를 붙잡고 나무 의자에 앉아 있었다. 몸이 결박돼 있지는 않았다. 앞에는 작은 원형 테이블이 있었고, 테이블 너머에는 똑같은 나무 의자가 하나 더 놓여 있었으며 그 의자에 세인트존이 앉아 있었다.

호퍼는 심호흡을 하며 한쪽 팔을 들어 올리려 했다…….

그런데 팔이 움직여지지 않았다. 숨을 가다듬으며 한 번 더 팔과

497

다리를 움직여봤지만 말을 듣지 않았다. 그는 가슴을 들썩이며 저항했다. 손가락이 나무 의자에 붙은 채 살짝 움직인 것을 제외하면, 팔은 전혀 움직일 생각을 안 했다.

"나한테 무슨 짓을 한 거지?"

호퍼는 세인트존을 올려다보았다. 예복 안에서 세인트존의 어깨가 올라갔다가 내려왔다.

"나? 아무 짓도 안 했어. 다 자네가 스스로에게 하고 있는 거야."

호퍼는 다시 움직이려 안간힘을 썼다. 이번에는 의자를 옆으로 약간 움직이는 데 성공했다. 왜 팔다리를 옴짝달싹 못 하는지 이해가 되지 않아 의자를 내려다보았다. 어깨 너머로 이쪽저쪽을 돌아보니 리로이와 루벤은 그에게 팔이 닿지 않는 문 옆에서 무표정하게 서 있었다.

"자네 말이 맞았어."

호퍼는 고개를 돌려 세인트존을 바라보았다. 세인트존은 고개를 끄덕이며 말했다.

"베트남. 거긴 정말 지옥이었어. 안 그래, 짐?"

호퍼는 대꾸하지 않았다.

"우리가 거기서 한 일들 말이야. **내가** 한 일부터 말할게. 처음부터 내가 자원해서 한 일은 아니었어. 그들은 우리 부대에서 나를 차출했어. 내가 그 일에 적합하다면서. 밀림 깊숙한 곳에 숨겨둔 기지로 가서 보고를 하라더군. 내가 그 기지에 가 있는 것만으로도 조국을 위해 큰 봉사를 하는 거라고 했어. 마치 내가 선택을 할 수 있는 것처럼, 나한테 선택권이 있기라도 한 것처럼 말하더군."

호퍼는 코로 깊게 숨을 들이마시고 고개를 끄덕이며 물었다.

"비밀 작전을 수행했나? 중앙정보국(CIA)이 거기서 그런 일을 한다는 얘기는 들었어. 온갖 약물과 괴상한 것들을 사용해 군인들을 대상으로 실험을 한다더군. 듣고도 믿지 않았는데. 당신은 그 일을 수행한 건가?"

"그들은 나를 실험 재료로 썼어. 나를 '0번 실험대상자'라고 불렀지. 더 나은 군인을 만들려는 실험이라고 했어. 나는 그들을 믿었어. 내가 의무를 다하고 있다고 생각했어. 처음에는 그들이 하는 일을 전혀 이해하지 못했지만. 어쨌든 나는 죽지 않았고, 그것만으로도 그들은 무척 놀란 눈치였어. 그들이 무슨 짓을 하고 어떤 시도를 해도 난 목숨이 붙어 있었거든. 다른 군인들은 다 죽었는데. 나는 안 죽었어."

호퍼는 한숨을 쉬었다.

"유감이네."

세인트존은 또 천천히 어깨를 으쓱했다.

"유감스러울 거 없어. 난 살아남았고, 그들에게 협력했으니까. 결국 나는 조사관이 되어 그들이 나한테 했던 짓을 다른 군인들에게 시행했어. 실험을 돕고, 실험 과정을 개선하는 일도 보조했지." 그는 미소를 지었다. "우리는 일을 잘했고, 나도 꽤 많이 배웠어. 특히, 뇌가 어떤 식으로 작동하는지에 대해서." 그는 손가락으로 관자놀이를 치며 말을 이었다. "화학과 전기로 인간을 전부 설명할 수 있다는 거 아나? 정신과 영혼이라는 건 허상일 뿐이야. 온갖 신경전달물질, 호르몬, 화학 반응, 신경 자극이 뒤섞이면서 일어나는 부작용에 불과해. 지금 우리 두개골 안에서 일어나고 있는 모든 것이 우리를 규정하고, 우리를 꿈꾸게 하고, 우리를 **믿게** 하는 거야." 그는 손을 아래로 내리고 덧붙였다. "자네나 나나 화학물질일 뿐이지. 그게 다야. 화학 물질이 어떻게 작용하는지를 알면 사람을 다루는 방법, 변화시키는 방법, 심지어 제어하는 방법도 알게 돼. 약물이라든지 다른 보조제를 사용할 수도 있어. 일명 프로그래밍을 하는 것이지. 정신을 기계로 만드는 거야. 언제든 지시와 명령만 내리면 원하는 대로 하도록 만들 수 있어."

호퍼는 고개를 저었다.

"그것도 유감이군."

"아까 했던 말을 되풀이한다고 해서 아까보다 더 진심으로 느껴지게 만들 수는 없어."

호퍼는 방 안을 둘러보며 물었다.

"이 장소에 대해 얘기해볼까? 당신은 여기서 교화 프로그램에 참여했잖아? 그때 무슨 일이 있었나?"

세인트존은 한쪽 입꼬리를 올리며 미소를 지었다.

"무슨 일이 있었냐고? 내 얘기를 제대로 듣고 있기는 한 건가? 베트남 전쟁 때 있었던 일이 계기였다니까. 그들은 나를 슈퍼맨으로 만들려고 했어. 그런데 내가 다른 사람들을 슈퍼맨으로 만드는 데 성공하자 그들은 나를 고향으로 돌려보내면서 모든 걸 잊으라더군. 처음부터 일어난 적도 없는 일이라고, 내가 꿈을 꾼 거라고, 상상한 거라고 하면서. 죄다 외상 후 스트레스 장애로 인한 상상이래. 하지만 난 그게 사실인 걸 알았어. 내가 직접 겪었으니까. 사람들이 내 말을 들어주지 않을 때 얼마나 고통스러운지 아나? 아무리 열심히 설명을 해도, 사람들이 알아야 하는 걸 알려고 하지 않을 때?"

"이 안에 얼마나 있었지?"

세인트존은 웃음을 터뜨렸다.

"아, 나는 늘 그분 안에 있었어. 내가 구원을 받은 곳이 바로 이 룩우드 연구소이기는 하지. 여기서 그분의 목소리를 다시 들었으니까. 수년 만이었지만 나는 단번에 그분의 목소리를 알아들었어. 그리고 앞으로 또 그분의 목소리를 듣게 되리라는 것도 알았지. 그들은 내 말을 믿지 않았어. 그래서 나는 입을 다물어버린 거야. 내면으로 침잠하면서 다시 그분의 목소리를 들었어. 그분은 내게 나아갈 길을 알려주시고, 무슨 일을 해야 하는지 일깨워주셨어. 그리고 내 마음의 빗장을 열어주셨지. 그때까지 몰랐지만 나는 세상을 향해 문을 닫고 살았던 거야. 그래서 그분의 목소리도 듣지 못했어. 하지만 그분은 늘 내 안에 계셨어. 리사의 도움으로 그분의 목소리를 다시 들을 수 있었어. 리사도 여기서 그분의 계획이 영광스럽게 열매를 맺는 모습을 봤으면 좋았을 텐데 그리 되지 못한 게 참 안타까워. 리사도 늘 그분의 계획의 일부였는데."

고개를 든 세인트존은 천장을 올려다보며 미소를 지었다. 감정이 북받치는지 목울대가 맺혀 오르는 모습이었다.

"그분께서 내게 이리로, 바로 이 장소로 와서 마지막 행동을 준비하라고 하셨으니 이 또한 이치에 맞는다고 할 수 있지."

"당신은 도움이 필요한 사람이야. 도움을 받을 수 있도록 해줄게. 나도 당신 같았어. 알잖아? 난 잘 극복해냈어. 조국으로 돌아왔을 때 나도 당신처럼 힘들었어. 하지만 역경을 극복해냈고 다시 강해졌지. 당신도 할 수 있어. 나를 믿어봐. 도와줄게. 잘못된 부분을 고칠 수 있도록 도와줄게."

시선을 내린 세인트존은 선글라스 위쪽 너머로 호퍼를 쳐다보았다. 호퍼는 처음으로 그자의 맨눈을 얼핏 볼 수 있었다. 맑은 갈색 눈. 그게…… 전부였다. 그는 호퍼처럼 평범한 남자였다. 어쩐지 묘하게 실망감이 밀려왔다.

세인트존은 그저 사람일 뿐이었다.

그가 나지막하게 말했다.

"잘못된 점을 고친다고? 그들은 우리를 악몽 같은 그곳으로 보냈어. 무엇 때문이었을까? 이런 삶을 위해서? 미국을 위해? 뉴욕을 위해? 뉴욕은 미국의 악몽이야. 폐허고 황무지라고. 하지만 그분은 고쳐주실 수 있어. 고치는 방법을 내게 보여주시기도 하셨어."

세인트존의 광기를 가늠하는 동안 호퍼는 마음이 흔들렸다. 호퍼 역시 베트남에서 겪은 일로 인해 정신적으로 무너진 적이 있었다. 적군이 아니라 내면에서 비롯된 고통 속에서 하루하루를 견뎌야 했다. 그러다 조국으로 돌아와 보니 조국 역시 무너지고 있었다.

이해했다. 인정하고 싶지 않았지만…… 이해할 수밖에 없었다. 호퍼도 베트남에서 돌아온 뒤, 잘못된 부분을 고치고 변화를 주고 사방을 통제하고 싶은 심정이었다.

조너선 세인트도 마찬가지였던 것이다. 두 참전 군인은 인생에서 새로운 길을 찾고 세상에서 새로운 장소를 찾으려 애쓰고 있었다.

그들이 추구하는 길은 과연 얼마나 다를까.

"서류함들 말인데. 창고에 있던 서류들. 제이콥 휠러가 집에 갖고 있던 서류들 얘기를 좀 해볼까. 나는 제이콥 휠러의 집에서 그 서류들을 봤어. 그런데 다시 돌아가 보니 사라졌더라고. 당신 짓이지? 아니면 당신이 보낸 바이퍼스 단원 짓인가?"

"아, 제이콥, 제이콥, 제이콥." 세인트존은 양손의 손가락을 가슴께에 첨탑처럼 세웠다. "그 서류들은 원래 내 것이야, 형사. 밀림에서 내가 수행한 작업에 대한 기록이거든. 그들은 그 일이 일어난 적도 없다고 했는데 기록이 다 있었어."

"제이콥이 당신한테 가져다준 건가? 제이콥은 바이퍼스에 잠입했지만 당신은 제이콥이 누구인지, 누구를 위해 일하는지 알아냈겠지. 일이 그렇게 흘러간 거 아니야? 제이콥이 누구 밑에서 일하는지 알아내고 나서 오히려 그를 이용했겠지."

세인트존은 이 대화가 지겨워졌다는 듯, 혀로 딱 소리를 냈다. 호퍼는 그 기회를 틈타 팔을 움직여보려 했지만 여전히 꼼짝할 수 없었다.

"제이콥 휠러는 결국 나를 위해 일한 셈이지. 나는 별로 힘들이지 않고 제이콥이 내 뜻을 따르게 만들 수 있었어. 그가 연방 요원들을 막아주는 동안 나는 계획을 실행에 옮길 시간을 벌었어. 연방 기관의 자료에 접근할 권한을 갖고 있던 제이콥은 내 서류들을 찾아서 나에게 가져왔어. 그 서류에는 내가 계속 이어가고 싶던 중요한 작업에 대한 기록이 담겨 있었어."

"그래서? 결국 당신의 통제에서 벗어나 정신을 차린 제이콥이 서류를 도로 가져갔나? 그래서 의식을 가장해 그를 죽이고 서류함을 회수한 건가?"

세인트존은 고개를 휙 치켜들었다.

"말 조심해, 형사. 우리 의식은 가장 따위가 아니야."

호퍼는 무시하고 하던 말을 계속했다.

"당신은 제이콥을 죽였어. 샘 배럿과 조너선 슈네처를 죽였을 때와 같은 방식으로."

"제이콥 휠러는……."

"당신이 먹이로 삼은 건 상담 모임 참가자들이야. 정신적으로 취약해져 남의 말에 잘 흔들리는 사람들. 두려움에 차 있는 사람들. 두려움이 핵심이니까, 안 그래? 두려워하는 사람이라야 당신이 제어할 수 있으니까."

"닥쳐!"

호퍼는 숨을 들어마시며 말했다.

"내 말 잘 들어, 조너선. 내가 도와줄 수 있어."

세인트존은 미소를 지었다.

"그래. 자네는 우리 모두를 도울 수가 있지."

호퍼는 미간을 찌푸렸다. 세인트존은 그들 사이에 놓인 테이블 위의 물건들을 가리켰다.

"자네는 이 칼을 들고 파트너를 죽일 거야. 그리고 고블릿에 담긴 음료를 마시고 죽는 거야. 한 명은 그분을 위한 희생양이고, 한 명은 나를 위한 희생양이지."

"뭐라고?"

"자네는 옳은 일을 하게 될 거야. 내 명령대로 해야 돼. 길을 찾아서 그 길을 따르게 될 거야. 그 길이 진리임을 알고 있으니."

호퍼는 얼굴을 찡그렸다. 기분이…… 이상했다. 어지러운 건 아닌데…… 뭔가 연결이 끊어진 느낌이었다.

"그 칼을 쥐고 싶어진다. 이 여자를 죽이고 싶어진다. 저 음료를 마시고 싶어진다."

호퍼는 눈을 껌벅였다. 방이 갑자기 수천 킬로미터쯤 멀어진 듯 느껴졌다. 망원경의 방향을 거꾸로 해서 눈에 대고 있는 것 같았다.

어쩐지 저 칼을 쥐고 싶어졌다. 죽이고 싶었다. 마시고 싶었다. 그게 옳다고 느껴지고, 진리인 것 같았다. 그리하는 게 마땅했다. 마땅하니 해야 했다…….

호퍼는 폐 안 가득 숨을 들이마셨다. 침이 턱으로 흘러내리는 게 느껴졌다. 두 손으로 의자 팔걸이를 꽉 붙잡았다. 손가락이 아플 정도로 세게.

세인트존이 계속 말을 하고 있었지만 호퍼의 귀에는 들리지 않았다. 그저 그에게 명령을 내리는 세인트존의 입술 움직임만 보였다.

'나한테 약을 먹였구나.'

불현듯 정신이 맑아지면서 방 안 풍경이 다시 똑바로 보였다. 세인트존의 목소리도 확 커졌다.

약물이었다. 어떤 약물인지 모르지만 몸에 투여한 게 분명했다. 세인트존이 베트남에서 사용했던, 최면 효과를 일으키는 약물들의 혼합제일 터였다. 그 약물이 호퍼의 뇌 화학작용을 방해하면서 상대의 제안을 거부감 없이 받아들이도록, 세인트존의 명령에 고분고분하게 따르도록 만들고 있었다.

호퍼는 정신을 바짝 차렸다. 머릿속이 맑아지도록 집중해야 했다. 불가능할 수도 있지만 최선을 다해 저자의 명령을 거부해야 했다. 호퍼는 알파벳을 거꾸로 세기 시작했다.

"제트……."

"칼을 집어라. 음료를 마셔라. 그게 너의 진리다."

"와이……."

"여자를 죽여라. 자살해라. 그게 너의 진리다."

"엑스……."

"오고 계시는 그분만을 섬겨라. 그게 너의 진리다."

"더블유……."

"너는 무슨 일을 해야 하는지 알게 된다. 하고 싶은 일이 무엇인지도 알게 된다. 그게 너의 진리다."

호퍼는 세인트존을 바라보면서 입술을 혀로 핥고 미간을 찌푸렸다.

"더블유……?"

호퍼는 고개를 푹 숙인 채 거칠고 큰 한숨을 토해냈다.

"확인해."

세인트존의 명령이 떨어졌다. 그들은 차가운 손가락을 호퍼의 목에 대고 맥박을 확인했다. 뒤이어 호퍼의 얼굴을 붙잡고 고개를 옆으로 돌린 다음 눈꺼풀을 올려 동공을 확인했다.

호퍼는 그들이 하는 대로 내버려두었다.

"너무 맛이 갔어. 정신을 약간 돌아오게 할 약을 주입해. 투여량을 잘 재도록 해."

호퍼의 뒤쪽 어딘가에서 소음이 들렸다. 금속성의 소음이었다…… 그 소리를 내는 사람은…… 리로이인 것 같았다. 새 주사기를 꺼내서 새 혼합제를 실린더 안에 넣는 듯했다. 세인트존이 잘못 계산해 호퍼에게 과도하게 투여한 약의 효과를 약간 중화시켜줄 또 다른 약일 터였다.

호퍼의 뒤로 다가온 리로이가 그의 머리를 옆으로 살짝 돌렸다. 호퍼는 얼굴을 가까이 대고 주사 놓을 자리를 신중하게 살피는 리로이의 숨결을 느낄 수 있었다.

바로 그때 호퍼는 행동에 나섰다. 팔꿈치로 리로이의 목을 올려 쳤다. 리로이는 헉 소리를 내며 주사기를 바닥에 떨어뜨리고 나자빠졌다. 의자에서 벌떡 일어나 몸을 돌린 호퍼는 비틀거리는 리로이의 목깃을 잡아당긴 뒤 머리로 그의 얼굴을 들이받았다. 리로이의 코가 우지끈 깨졌고 호퍼는 이마가 터질 듯 아팠다.

바로 이런 통증이 필요했다. 호퍼는 아드레날린이 치솟으며 정신이 들고 감각이 맑아졌다.

루벤이 주먹을 뻗으며 달려들었지만 호퍼는 몸을 돌려 쉽게 피했다. 몸을 한 옆으로 숙이면서 루벤의 복부에 어퍼컷을 날렸다. 루벤은 허리를 접으며 옆으로 쓰러졌고 그 와중에 원형 테이블을 쓰러뜨렸다. 은색 고블릿이 허공으로 날아올랐다가 루벤의 머리로 떨어졌다. 허둥지둥 일어서려던 루벤은 고블릿에 담겼던 암적색 음료가 얼굴로 떨어지자 놀라서 뒤로 나동그라졌다.

세인트존이 악을 쓰며 호퍼에게 달려들었다. 그는 호퍼의 목을 잡고 체중을 실어 바닥에 쓰러뜨렸다. 호퍼는 그를 밀어내고 두 팔에 힘을 주면서 바닥을 딛고 일어서려 했지만 세인트존의 힘은 만만치 않았다. 그들은 함께 바닥을 구르며 촛불들을 쓰러뜨렸다. 호퍼가 세인트존을 밀쳐내고 세인트존도 그를 밀치면서 호퍼는 그 반동으로 의식 없는 델가도에게 부딪쳤다. 세인트존이 바닥을 짚으려 발을 허우적거리던 중 예복 가장자리가 촛불들 쪽으로 밀려갔다.

화르륵, 소리와 함께 세인트존의 예복에 불이 붙었다. 세인트존이 불붙은 자리를 내려다보느라 정신이 팔린 사이에 호퍼는 발을 들어 세인트존을 걷어찼다. 세인트존은 뒤로 쓰러지면서 몸을 돌려 예복을 붙잡고 끝자락에 붙은 불을 끄려 했다.

다시 돌진하려던 호퍼는 현기증이 밀려와 주춤했다. 약물의 효과가 다시금 그를 흔들어놓고 있었다. 하얗게 빛나는 무언가가 시야에 들어왔다. 고개를 흔들어 정신을 집중한 호퍼는 그것이 그의 손 옆, 바닥에 놓인 은색 단검임을 알아보았다.

호퍼가 단검을 집어 든 순간 세인트존이 달려들었다. 호퍼는 몸을 돌려 단검을 쥔 손으로 상대를 막았다. 단검이 부러질 듯 휘어졌다. 호퍼의 손이 앞으로 미끄러졌고 순간 단검의 방향이 틀어지면서 그 끝이 예복을 걸친 세인트존의 어깨에 닿았다. 호퍼는 손잡이가 손가락 관절에 닿을 때까지 칼끝을 쭉 밀어 넣었다.

세인트존은 고통스러운 비명을 내지르며 휘청거렸다. 몸에 힘이 쭉 빠진 세인트존은 뒤로 주춤주춤 물러서다가 옆으로 쓰러졌다. 그는 한 손으로 어깨를 부여잡고 다른 손으로는 바닥을 짚으며 일어서려 안간힘을 썼다.

호퍼는 다음 공격에 대비해 몸을 돌렸으나 반격은 없었다. 루벤은 문 앞에 쓰러진 채 쌕쌕거리며 숨을 몰아쉬었다. 고블릿에 담겨 있던 독이 입으로 들어갔는지 허연 거품이 루벤의 목구멍을 가득 채우고 입 밖으로 흘러나왔다.

리로이가 깨진 코에서 코피를 줄줄 흘리며 일어섰다. 호퍼는 몸을 웅크리면서 한 손은 주먹을 쥐고 다른 한 손은 공격에 대비해 펼쳤다.

별안간 리로이가 웃음을 터뜨렸다. 호퍼는 발에 힘을 주면서 긴장했다. 리로이가 어떤 행동을 할지 확신할 수 없었고, 섣불리 추측할 수도 없었다.

리로이는 바지 뒤춤에서 권총을 꺼내 들었다. 콜트 M1911 반자동 권총이었다. 창고에서 링컨이 호퍼한테서 빼앗아간 것과 똑같은 모델이었다.

어쩌면 링컨이 마사와 실랑이를 할 때 리로이가 틈을 보아 슬쩍 가져갔을 수도 있었다.

"리로이, 내 말 들어!"

호퍼가 소리쳤다. 세인트존의 세뇌가 리로이의 머리에 얼마나 깊게 박혔을까? 룩우드 연구소로 집합시키기 전, 세인트존이 리로이에게도 약을 투여했을까? 호퍼는 경찰서로 도움을 청하러 왔던 리로이의 상태를 떠올려봤다. 그때 리로이는 약에 심하게 취한 모습은 아니었다. 세인트존이 무슨 약을 투여했는지 모르겠지만 지금은 확실히 예전 같지 않았다.

얼마나 취한 상태일까? 말이 먹히기는 할까? 아니면 나머지 바이퍼스 단원들과 마찬가지로 주인의 마지막 명령에 맹목적으로 복종할까?

주먹을 펴고 일어선 호퍼는 위협할 뜻이 없음을 보이기 위해 손바닥을 펼치며 말했다.

"리로이, 정신 차려. 내가 도와줄게. 내 목소리에 집중해봐. 마사를 기억해. 네 누나 마사가 너를 찾고 있어. 마사는 네가 안전하길 바라. 우리 모두가 원하는 바이기도 해. 너도 안전하고 자유로워지고 싶지? 내가 도와줄게. 같이 해보자. 다른 생각은 하지 말고 내 목소리에만 집중해. 이 상황에서 벗어날 수 있게 해줄게. 마사가 우리를 기다리고 있어. 우리 함께 여기서 빠져나가자."

리로이는 권총을 쥔 손을 덜덜 떨었다. 호퍼는 총신에 시선을 고정한 채 바짝 긴장하면서 한 걸음 다가갔다. 그는 리로이와 눈을 맞추고 말했다.

"총 내려놔. 나야. 나 기억하지? 내가 전에 너를 도와주려고 했잖

아. 지금도 널 도울 거야. 같이 여기서 나가 마사한테 가자. 마사가 저 밖에 있어. 마사를 찾아가야지. 마사가 널 기다려. 일단 그 총부터 내려놔."

리로이는 손을 점점 크게 떨었다. 세뇌에 저항하느라 얼굴이 고통에 일그러지고 턱 아래쪽 근육이 뭉치고 있었다.

권총을 든 팔이 아래로 내려갔다.

호퍼는 숨을 들이마시며 한 발 더 앞으로 내디뎠다.

"그래, 리로이. 내가 도와줄게. 내 목소리에 집중해. 우리 같이 여기서 벗어날 수 있어."

리로이가 몸을 덜덜 떨었다.

그는 권총을 다시 들어 올려 조준했다.

호퍼는 그 자리에 서서 두 손을 들어 올리며 고개를 저었다.

"리로이, 내가 도와줄게."

리로이는 다시 권총을 든 손을 내렸다. 호퍼가 다가가자 리로이는 지독한 정신적 고통에 시달리는 듯 비명을 지르더니 권총을 들어 방아쇠를 당겼다.

피하기에는 너무 늦었다. 총성이 울린 순간 호퍼는 리로이의 팔을 내리쳤다. 총성에 세상의 소음은 모두 사라지고, 높게 위이잉 울리는 소리만 귓속을 울렸다. 호퍼는 왼쪽 팔죽지가 당기는 느낌이었다. 잠시 후 어깨가 불이 붙은 듯 뜨거워졌다.

호퍼는 총에 맞았다. 상태가 얼마나 심각한지는 알 수 없었지만 팔은 아직 제 기능을 하고 있었다. 아직 리로이와 싸워야 하니 그나마 다행이었다.

리로이는 저항할 의지를 빠르게 잃었다. 호퍼가 권총을 쥔 리로이의 손목을 붙잡아 흔들자 바로 권총을 떨어뜨렸다. 호퍼는 다른 쪽 팔꿈치로 리로이의 턱을 쳐올렸다. 그 충격에 리로이는 무릎을 굽혔고 끄응 소리를 내며 이내 바닥으로 쓰러졌다.

호퍼도 무릎을 바닥에 대고 다친 팔죽지를 손으로 움켜잡았다. 소매가 피로 흠뻑 젖어들었다. 어깨를 움직이자 새하얀 불로 지지는 듯한 통증이 확 퍼져나갔다.

살아야 했다.

호퍼는 가까스로 일어나 몸을 옆으로 돌렸다. 챙겨야 할 사람이 더 있었다.

델가도.

호퍼가 세인트존과 치고받고 싸우는 동안 저만치 밀려간 델가도는 모로 누워 있었다. 델가도의 머리카락이 두 개의 검은 초 옆에 위험할 정도로 가까이 다가가 있었다. 호퍼는 그리로 달려가 무릎을 굽히고 초들을 저만치 밀어놓았다. 그는 델가도를 바로 눕힌 뒤 맥박을 확인하고 입에 귀를 가까이 대보았다. 필요하다면 심폐소생술을 할 생각이었다. 그때 델가도가 신음을 내뱉으며 눈을 떴다. 그녀는 고개를 들어 호퍼를 쳐다보더니 다시 한숨을 푹 쉬면서 딱딱한 바닥에 머리를 내려놓았다. 그리고 통증으로 움찔하면서 조그맣게 내뱉었다.

"으윽."

정신을 차리고 있는 델가도의 모습을 보고 안심한 호퍼는 세인트존을 돌아보았다. 세인트존은 바닥에 모로 쓰러진 채 호퍼를 쳐다보고 있었다. 피범벅이 된 예복의 어깨 부위를 한 손으로 붙잡고, 숨을 헐떡이며 입가로 피를 흘리는 모습이었다.

싸우다 떨어졌는지 선글라스는 보이지 않았다. 세인트존은 눈을 껌벅이며 호퍼를 쳐다보았다.

호퍼는 세인트존에게 다가갔다. 그를 바로 눕히고 상처 부위를 눌러 지혈을 할 생각이었다. 칼은 이미 뽑혀 있었다. 그런데 생각보다 상처가 심한 모양이었다. 출혈량으로 봐서는 대동맥이 절단된 듯 보였다.

호퍼가 몸에 손을 대자 세인트존은 그를 밀어냈지만 힘이 거의 없었다.

"이봐, 이봐, 가만히 있어. 지혈을 해줄 테니까."

세인트존은 대꾸 없이 미소를 지었다. 호퍼가 바로 눕히자 그는 웃음을 터뜨렸다.

호퍼는 그의 예복에 난 구멍에 손가락을 넣어 천을 쭉 찢고 상처 부위를 노출시켰다. 새빨간 피가 샘물처럼 흘러나왔다.

"희생자." 세인트존은 힘 빠진 목소리로 속삭였다. 그는 커다란 갈색 눈으로 호퍼를 올려다보며 주절거렸다. "자네는…… 내 말…… 믿……지?"

호퍼는 대답하지 않았다. 출혈을 멈추게 할 방법을 찾으려고 피가 흐르는 부위를 손가락으로 훑었다.

어떻게 이렇게 많은 피를 흘렸을까?

세인트존은 눈을 감았다.

"때로는 좋은 사람이…… 좋은 사람이 나쁜 짓을 하기도 해. 때로는…… 좋은 사람도…… 어쩔 수가 없거든."

그러고는 창백한 얼굴로 축 늘어졌다. 예복을 적시고 호퍼를 적신 세인트존의 피는 나무 바닥에 칼로 새겨놓은 오각형의 별로 흘러들었다.

세인트존 옆에서 무릎을 굽히고 있던 호퍼는 마침내 다리를 펴고 일어섰다.

"아…… 호퍼 선배?"

델가도가 바닥에 누워 몸을 움직이고 있었다. 호퍼는 그리로 걸어가 델가도를 부축해 앉혀주었다. 델가도는 고개를 흔들며 호퍼의 가슴에 머리를 기댔다. 호퍼는 피투성이가 된 손으로 델가도의 머리를 감쌌다.

그들은 연방 요원들이 도착할 때까지 그러고 있었다.

52장
테러 그 후

1977년 7월 14일
뉴욕시 브루클린

임시로 어깨를 치료받은 호퍼는 구급차 뒤쪽에 걸터앉아 어깨에 두른 담요를 당겨 여몄다. 총알이 스친 것뿐인데 관통상인 것처럼 팔이 아파서 얼굴이 절로 찡그려졌다. 밤공기가 아직 식지 않았는데도 어딘지 모르게 오한이 느껴졌다.

어쩌면 상상 속 오한일 수도 있었다.

룩우드 연구소 주변에는 차량들이 가득했다. 구급차, 소방차에 순찰차 십여 대까지. 파란색과 하얀색 빛을 뿜어내며 소용돌이치는 경광등을 보고 있자니 호퍼는 머리가 빙빙 도는 듯했다. 몸에서 약기운이 아직 덜 빠졌는지 또다시 주변과 단절된 괴상한 기분에 휩싸였다. 구급차 끄트머리에 천년은 앉아 있었던 것 같고, 룩우드 연구소 안에서 있었던 일이 오래전 꾼 꿈처럼 느껴졌다.

그는 구급차에서 내려와 바닥을 딛고 섰다. 똑바로 설 수 있는 상

514

태인지 확인한 후 옆 구급차로 향했다. 들것에 앉은 델가도가 구급대원이 속사포처럼 쏟아내는 질문에 대답하고 있었다. 구급대원은 델가도의 팔죽지에 혈압측정기를 감고 펌프질을 하는 중이었다. 델가도는 호퍼를 마주 보며 미소를 짓다가 고개를 살짝 끄덕이더니 도로 누워 베개에 머리를 묻었다.

델가도는 살아 있었다.

리로이도 마찬가지였다. 그 옆 구급차로 건너간 호퍼는 들것에 누운 젊은 남자를 확인했다. 구급대원 한 명이 펜라이트로 리로이의 동공을 확인하는 동안 다른 한 명은 클립보드의 검사 항목 명세표에 무어라 기재하고 있었다. 리로이가 한쪽 팔을 들어 올리자 펜라이트를 든 구급대원이 그 팔을 눌러 내렸다. 리로이는 의식이 있었지만, 빌어먹을 세인트존이 투여한 약의 영향에서 아직 벗어나지 못하고 있었다.

그래도 리로이는 살아 있었다.

호퍼는 거리를 돌아보았다. 바이퍼스 군대 중 일부만이 그 자리에 남았고 그들은 모두 붙잡혔다. 지금 그들은 순찰차 뒷좌석에서 제복 경찰들에게 심문을 받는 중이었다. 나머지 단원들은 연방 요원들—갤럽의 전담팀 중 일부—이 도착하기 전에 도망쳤다.

연석 옆에 서 있던 순찰차 두 대가 떠나고, 겉에 아무런 표식 없이 운전석 쪽에 자석 경광등만 켠 시커먼 차 한 대가 나타나 연석 앞에 비스듬히 멈춰 섰다. 차 앞문이 열리고 마사와 갤럽 특수요원이 내렸다. 호퍼는 담요를 그 자리에 놓아두고 길 한가운데서 그들을 맞았다.

마사는 호퍼를 위아래로 쳐다보며 물었다.

"괜찮아? 무슨 일이 있었는데?"

호퍼는 세인트존의 피로 물든 자신의 모습을 내려다보았다.

"나는 괜찮아. 무사해. 보아하니 여기로 올 방법을 못 찾았나 보네."

"어. 여기 있는 멍청한 분 덕분에." 마사는 갤럽을 쏘아보며 덧붙였다. "차를 내줄 테니 타고 가라고 하고는 그 안에 나를 가둬놨어!" 마사는 그곳에 모인 구급차들을 돌아보며 물었다. "리로이는? 아저씨, 리로이 여기 있어?"

호퍼는 구급차 중 한 대를 가리켰다. 마사는 그리로 달려가면서 휘청해 넘어질 뻔했다. 구급차 안으로 뛰어 올라간 마사는 놀란 구급대원들을 본 척도 않고 곧장 리로이를 품에 안았다. 리로이도 두 팔을 들어 누나를 힘없이 마주 안았다.

"다 끝났어, 형사."

호퍼는 손으로 얼굴을 비비며 갤럽을 돌아보았다. 호퍼는 정신을 가다듬느라 깊게 숨을 들이마셨다. 몸이 아프고 지독하게 피곤했다.

갤럽은 그의 어깨를 토닥이며 말했다.

"다 끝났어. 집으로 가. 가족한테 돌아가."

호퍼가 그의 아파트 건물 앞 계단을 달려 올라갈 때는 새벽이 밝아오고 있었다. 그를 태워다 준 순찰차의 경광등 불빛도 밝아오는 아침 햇살에 점점 흐려지고 있었다. 호퍼가 계단 맨 위 칸에 다다르기도 전에 공동 현관 문이 열리고 새라를 품에 안은 다이앤이 나왔다. 새라는 엄마의 턱 아래 고개를 묻은 채 자고 있었다.

호퍼는 계단을 두 칸 남겨두고 멈춰 섰다. 다이앤은 크게 안도한 표정으로 그를 보며 웃었다. 그녀의 얼굴은 온통 눈물로 젖어 있었다.

호퍼도 눈물을 흘리며 아내에게 다가갔다. 그들은 건물 로비 한가운데 서서 서로를 품에 안았다. 호퍼는 다친 팔이 눌려 아팠지만 그 정도 불편함은 기꺼이 무시할 수 있었다.

두 사람 사이에 편안하고 안전하게 낀 새라는 눈을 깜박이며 고개를 들었다. 새라는 두 사람을 번갈아 쳐다보면서 작은 손등으로 한쪽 눈을 비볐다.

"아빠예요?"

"그래, 나야. 아빠야." 호퍼는 딸의 뺨에 입을 맞췄다. "아빠가 집에 왔어."

53장
일상의 영웅들

1977년 7월 26일
뉴욕시 브루클린

"셰어, 정말 이걸 하고 싶은 거 맞아요?"

"자네는 두 손을 허리춤에 짚고 서 있어야 되는 거 아냐?"

"멍청한 소리 하시네."

"어, 잠깐."

"왜요?"

"나는 소니지. 자네가 셰어고."

"내가 왜 셰어예요?"

"몰라? 셰어는 여자잖아. 그러니까 내가 소니지. 자네는 셰어야."

"셰어가 여자예요?"

"설마 소니와 셰어가 누군지도 모르는 건 아니지?"

"그들이 누구인지 제가 알아야 돼요?"

"농담이 심하구만. 제발 농담이라고 말해줘."

"너무 뭐라고 하지 마세요. 난 쿠바 출신이잖아요."

"무슨 쿠바 출신이야. 퀸스 출신이면서. 소니와 셰어가 누구인지 알 텐데."

"아까 제 질문에 대답 안 하셨어요."

"질문?"

"선배는 정말 이걸 할 준비가 됐어요? 이 문을 넘어가면 뭐가 우릴 기다리는지 알잖아요."

"알지, 하지만……."

"정말 이걸 하고 싶어요?"

"우리한테 선택권이 있을까?"

"아…… 뭐, 그럼 할 말 없고요."

"그들이 아무것도 안 할 수도 있어."

"그래도 놀라울 게 없긴 하죠."

"팀장님 스타일이 아니잖아? 그러는 걸 안 좋아하는 분이야."

"그건 그래요."

"그럼 아무것도 없겠네. 그들은 아무것도 안 할 거야."

"그렇죠."

"우린 그냥 들어가면 돼."

"그래요."

"그게 무슨 뜻인지는 알지, 델가도?"

"무슨 뜻인데요, 선배?"

"우리가 지각이란 뜻이야."

델가도는 짓궂게 웃으며 파트너를 쳐다보았다.

"우리는 지각해도 되잖아요. 그러니까, 이번 한 번은요. 우리가 어지간히 고생을 했어야죠. 저는 입원까지 했어요. 밤새 병원에 잡혀 있었다고요. 밤새요, 호퍼 형사님."

호퍼는 웃음을 터뜨렸다.

"꽃이라도 보내줄걸 그랬네."

"저 꽃 알레르기 있어요. 팔은 좀 어때요?"

호퍼는 아직 팔걸이 붕대에 걸어놓은 왼팔을 들어 올렸다.

"아직 아프네. 꽤 많이."

"하나."

호퍼는 미간을 찌푸렸다.

"뭐가 하나야?"

"숫자를 셀 거예요. 팔 아프다는 얘기를 하루에 딱 네 번까지만 하는 걸로 하죠. 이 정도면 넉넉하게 봐드리는 거예요. 네 번을 넘어가면 참을성 없는 제 모습을 보게 될 겁니다, 선배."

호퍼는 다친 팔로 경례를 해보였다.

"아야. 예, 알겠습니다, 후배님."

그때 강력팀 불펜의 쌍여닫이문 한쪽이 바깥으로 밀리며 열렸다. 문을 열고 문간에 선 라보냐 팀장은 고개를 절레절레 흔들며 말했다.

"두 사람 곱게 안으로 들어올 건가, 아니면 시장님한테 초청장이라도 받아야 들어올 건가?"

델가도가 대답했다.

"벨라 앱저그(미국의 법률인·정치인. 베티 프리단, 글로리아 스타이넘과 함께 미국의 3대 여권운동가로 꼽히며, 베트남 전쟁 반대운동에도 앞장섰다)의 초대장이면 바로 들어가죠."

호퍼도 맞장구를 쳤다.

"이름을 새겨 넣은 초대장이면요."

"꿈도 야무지네. 뉴욕시는 그런 헛짓거리를 할 여유가 없어. 자네는 병원에 심하게 오래 있지도 않았잖아, 델가도. 사태가 진정된 후 뉴욕주 국무장관 쿠오모 씨가 상황을 잘 봉합했어. 두고 보면 알 거야."

델가도는 호퍼에게 눈을 찡그려 보였다.

"더위 때문인가? 우리 팀장님이 이 더위에 고집스럽게 제복을 챙겨 입으시다가 머리가 어떻게 되신 거 아녜요? 아니면 담배 연기가 빠질 날이 없는 작은 사무실에 틀어박혀 계시다 보니 상태가 안 좋아지신 건가."

호퍼는 무슨 말을 하려다가 라보냐가 노려보자 조용히 입을 닫았다.

복도로 나온 라보냐는 호퍼와 델가도가 안으로 들어갈 수 있도록 문을 잡아주었다.

호퍼와 델가도는 눈빛을 주고받았다. 호퍼는 더 참을 수가 없어 피식 웃었고 델가도도 마찬가지였다. 그들은 문 안으로 들어갔다.

불펜에서 박수갈채가 쏟아졌다. 호퍼는 델가도의 뒤를 따라 불펜으로 발을 들였다. 형사들은 복귀한 두 형사를 반원형으로 둘러싸고 환호와 박수를 쏟아부었다. 코넬리 경사의 야간 근무조도 근무 시간이 아닌데 불펜에 남아 호퍼와 델가도를 함께 맞이해주었다.

묵직한 손이 호퍼의 등을 툭 쳤다. 호퍼와 델가도 사이로 들어와 그들의 어깨에 손을 하나씩 얹은 라보냐 팀장이 모두를 향해 입을 열었다.

"자, 여러분. 이만하면 충분해. 누가 들으면 우리가 사건을 해결한 줄 알겠어." 박수 소리가 잦아들자 라보냐는 팔을 내리고 앞으로 한 발 내딛으며 말을 이었다. "물론 우리가 이런 식으로 축하를 할 일이 자주 있지는 않지. 오늘 복귀한 이 두 형사가 일을 꽤 잘해준 것도 사실이야. 이 두 사람이 겪은 일을 생각하면 이 정도 칭찬으로는 부족하다는 생각이 들 수도 있어. 하지만 확실하게 말할게. 나는 여러분 모두가 각자 일을 충실히 해주리라고 늘 믿고 있어. 그게 여러분이 여기 있는 이유야. 여러분이 내 지휘하에서 일하는 이유이기도 해. 내가 여러분에게 일을 잘했다고 말하면, 그게 최고의 칭찬인 거야. 여러분이 일을 잘해내야 이 도시는 안전하게 굴러갈 수 있어. 별다른 방법이 없을 땐, 일을 잘해내는 것만이 우리를 구원하는 길이야."

형사들 사이에서 나지막한 웃음소리가 들려왔다. 의아해하는 표정을 한 형사들도 꽤 됐는데 대부분 야간 근무조였다.

라보냐는 호퍼와 델가도를 돌아보며 말했다.

"일을 참 잘해줬어. 그리고 이제 또 다른 일들을 잘해내야겠지. 자네들은 목요일에 워싱턴에 가서 보고를 해야 하니 준비하도록 해. 갤럽 특수요원이 정장 입은 친구들과 함께 자네들의 보고를 듣겠다고 전화를 걸어왔어. 자네 둘과 리로이, 마사는 그들에게 대단히 길고 생산적인 보고를 하게 될 거야."

델가도가 한쪽 눈썹을 치켜올리면서, 곁눈질로 파트너를 흘끗 쳐다보며 물었다.

"길고 생산적인 보고요?"

"재미있는 하루가 될 것 같네."

라보냐는 그들의 책상을 손으로 가리키며 말했다.

"자, 이제 의자에 앉아 일을 시작해보지 그래?"

그러고는 빙그레 웃으며 양 손바닥을 부딪쳐 딱! 소리를 냈다.

"저녁에는 마호니 술집에서 한잔하도록 하지."

호퍼는 웃으며 말했다.

"감사합니다, 팀장님. 복귀하니까 좋네요."

라보냐는 고개를 끄덕이고는 자기 사무실로 돌아갔다. 호퍼와 델가도가 자리로 돌아가는 동안 다른 형사들이 다가와 그들과 악수를 나누고 등을 두드려주었다. 호퍼는 고맙게 인사를 받았지만 막상 본인 자리로 와 의자 뒤에 서자 얼굴에서 미소가 걷혔다. 델가도도 자기 책상 앞에 앉아 찌푸린 표정으로 책상을 바라보다가 호퍼를 올려다보며 물었다.

"이 기분 뭐죠?"

호퍼는 입술을 오므리며 의자에 앉았다.

"일상으로 돌아온 영웅의 기분이지."

"팀장님의 연설을 너무 염두에 두지 말아요, 선배."

델가도의 말에 호퍼는 힘없이 미소 지었다.

"예전에 나는 참전 군인이자 영웅이었어. 적어도 그들이 나를 그렇게 불러줬지."

"그런 의미로 훈장도 줬다면서요. 그만하면 영웅이라는 증거로 충분하죠."

"하지만……" 호퍼는 책상으로 시선을 떨구었다. "우리가 평소에 하는 일이 전부 영웅적이지는 않잖아. 팀장님 말이 맞아."

"그렇죠. 우린 여기 일을 하러 오는 거니까요. 우리 일이 그런 거죠."

호퍼는 그의 책상을 내려다보았다. 한숨을 쉬며 아래로 손을 뻗은 델가도는 서랍을 열고 스카치위스키 병을 꺼내 두 책상 사이에 올려놓았다. 호퍼가 한쪽 눈썹을 올리며 술병을 바라보았다.

"쿠바 사람들은 이럴 때 스카치위스키를 마시나 봐?"

"아뇨, 퀸스 사람들이 스카치위스키를 마시죠. 바보 같기는."

델가도는 자신의 커피 머그에 스카치위스키를 따른 뒤 호퍼의 머그에도 따라주었다.

그리고 머그를 들어 올리며 말했다.

"일을 잘해낸 걸 기념하며 건배."

호퍼도 머그를 들어올렸다.

"일을 잘해낸 걸 기념하며 건배."

호퍼는 한입에 다 마시고 델가도에게 빈 머그를 내밀었다.

델가도는 웃으며 한 컵 더 따라주었다.

"술을 마시며 일을 하다니, 선배. 팀장님이 알면 뭐라고 하실까요?"

호퍼는 미소를 지으며 팔을 살짝 들어 올렸다.

"다친 데가 아직 아파. 심하게 삐었다고 의사들이 말하던데."

"둘. 팔 아프다는 얘기 두 번째예요."

호퍼는 머그를 들어 올렸다.

"그 기념으로 또 마셔야겠군."

1984년 12월 27일

인디애나주 호킨스 마을
호퍼의 오두막

할아버지에게 물려받은 오두막 안에 침묵이 감돌았다. 호퍼는 안락의자에, 엘은 그 앞의 소파에 앉아 있었다. 몸에 담요를 두른 엘은 그들 사이의 중간 지점을 가만히 바라보았다.

자정을 훌쩍 넘긴 늦은 시간이었다. 하지만 괜찮았다. 다음 날 딱히 할 일도 없으니 실컷 늦잠을 자면 되었다.

하지만 호퍼는 쉬이 잠들 수 있을 것 같지 않았다. 아직은 그랬다. 엘을 바라보면서 문득 너무 상세히 얘기를 들려준 게 아닌가 싶어 걱정이 됐다.

"아, 저기 있잖아."

호퍼는 말을 하려다가 엘이 쳐다보자 입을 닫았다.

"고마워요."

"아…… 그래. 음." 호퍼는 손으로 얼굴을 비볐다. "미안하다고 말하려던 참이었는데."

허리를 쭉 편 엘은 의아한 표정으로 그를 쳐다보았다.

"너한테 이런 얘기를 들려줘서 미안해. 이런 얘길 듣기엔 넌 아직 어린데."

"아뇨. 덕분에…… 아저씨가 사람들을 도왔다는 걸 알게 됐잖아요."

호퍼는 소리 내어 웃었다.

"어이구, 고맙구나!"

"왜 슬픔을 느끼셨어요?"

호퍼는 엘을 바라보았다. 목 안으로 웃음이 잦아들었다.

"슬픔?"

"아저씨는 사람들을 구했잖아요. 그런데……."

"사람들이 죽는 걸 봤으니까."

"아저씨는 영웅이에요." 엘은 고개를 옆으로 기울이며 덧붙였다. "영웅은 좋은 거죠."

호퍼는 나지막하게 웃었다.

"그렇지. 하지만 나는 곤경에서 빠져나오려고, 살아남으려고 몸부림친 게 대부분이었어. 영웅이 된다는 건 멋지고 그럴듯해 보이지만, 그런 이유로 어떤 일을 해서는 안 돼. 영웅이 되고 싶은 마음이 앞서면 안 되는 거야. 그저 옳은 일을 하고 싶은 마음이어야지. 영웅주의는 직무에 필요한 요소가 아니거든. 경찰로서 할 일을 하는 게 중요해. 경찰로서 제대로 사는 것이 내가 해야 하는 일이야. 예전에도 그랬고 지금도 나는 그렇게 살고 있어. 당시 그건 내가 맡은 일이었고, 나는 그 일을 잘해내려고 노력한 것뿐이야."

엘은 고개를 끄덕이고는 하품을 했다. 호퍼도 하품이 나오려 했지만 억지로 참았다. 그의 표정을 보고 엘이 웃음을 터뜨렸다. 호퍼도 같이 웃다가 일어서서 다리를 쭉 폈다.

"자, 꼬마야. 그만 가서 자. 늦잠을 자도 되지만 너무 늦게까지 자면 안 돼. 알았지? 그리고 이렇게 늦은 시간까지 깨어 있는 게 습관이 돼도 안 돼."

엘은 담요를 풀어 내려놓고 제 방으로 가다 빨간 테이블 앞에 서서 증거물 보관용 비닐에 담긴 제너 카드를 집어 들었다. 호퍼는 딸이 그 카드를 들여다보다가 '뉴욕'이라고 적힌 서류철 상자에 집어넣고 뚜껑을 닫는 모습을 지켜보았다.

방으로 들어간 엘은 손도 대지 않고 등 뒤로 문을 닫았다.

호퍼는 미소를 지으며 허리춤에 두 손을 얹었다. 피곤하긴 했지만 기분은 좋았다. 엘은 호퍼의 과거, 그의 예전 삶에 대해 알게 됐다. 여기서 멀리 떨어진 도시에서, 위험하지만 보람찬 일을 하며 살았던 나날이었다.

지나간 옛 시절이었다.

호퍼는 '뉴욕' 서류철 상자를 거실로 들고 갔다. 바닥에 무릎을 대고 깔개를 옆으로 치운 뒤 바닥의 작은 문을 열었다. 그 밑에 물건을 넣어두는 공간이 있었다. 그는 아래로 손을 뻗어 전등 스위치를 찾아 켰다. 작은 전구의 빛이 비좁은 공간을 희미하게 밝혀주었다.

그 빈 공간에 상자를 조용히 내려놓았다.

전구를 끄고 작은 문을 닫은 뒤 침실로 향했다.

1977년 12월 25일

뉴욕시 브루클린

눈이라기보다는 진눈깨비에 가까웠다. 위험할 만큼 세차게 부는 바람을 타고 쏟아지는 진눈깨비 때문에 영상 4도의 기온이 마치 극한의 추위처럼 느껴졌다. 바깥의 거리는 온통 얼어붙어 숫제 악몽이었다…….

하지만 호퍼는 이 얼어붙은 겨울의 매순간이 사랑스러웠다. 그들의 집, 브루클린에 위치한 적갈색 사암 아파트 건물 안은 따뜻했고 빛이 가득했으며 그는 가족과 함께였다.

오늘은 크리스마스였다.

호퍼는 크리스마스를 사랑했다.

그는 안락의자 등받이에 편안히 기대어 눈을 감았다. 잠시 후 다시 눈을 뜨자 바닥에 앉은 다이앤이 그를 바라보고 있다. 다이앤은 포장해서 크리스마스트리 밑에 놓아둔 선물들을 새라의 도움을 받아 꺼내고 있었다. 다이앤은 큼직하고 납작하며 직사각형인 선물을 두 손에 들었다.

'아, 그래, 2권이야. 꽤 멋진 선물이지. 새라가 좋아할 거야.'

그런데 다이앤이 한쪽 눈썹을 치켜올리고 입술을 오므렸다. 그게 무슨 의미인지 호퍼는 잘 알 수 없었다.

다이앤이 장난스레 물었다.

"아무 문제 없는 거죠, 할아버지?"

호퍼는 입을 벌렸다가 다물었다. 새라는 웃으면서 다이앤에게 아빠는 할아버지가 아닌데 할아버지라고 하다니 엄마는 전 세계에서까지는 아니더라도 이 동네에서 제일 바보라고 말했다.

"할아버지라고?" 호퍼는 이렇게 말하며 자신의 몸을 내려다보았다. "사랑스러운 아내가 크리스마스 선물로 준 이 사랑스러운 스웨터를 입은 내 모습이 한층 성숙하고 위엄 있어 보인다는 뜻인가?"

다이앤이 웃자 새라는 새 인형에 옷을 갈아입히며 따라 웃었다. 그 인형은 새라가 제일 먼저 개봉한 크리스마스 선물이었다. 새라 옆 바닥에는 두 번째 선물이 놓였다. 우주의 경이로움에 관한 내용임을 표지로 나타낸 큼직한 그림책이었다. 호퍼는 언제 기회가 있을 때 그 책을 직접 읽어보고 싶었다.

다이앤이 말했다.

"아니, 스웨터 때문이 아니야. 하지만 당신이 마음에 들어 하니 기뻐."

"마음에 드는 정도가 아니라, 엄청 좋아!"

"잘됐네. 근데 그런 마음을 표현하려면 흡족한 한숨을 내쉬면서 눈을 감아야지. 산타 같은 모습에 어울리도록 담배 파이프와 슬리퍼도 같이 준비해둘 걸 그랬나 봐."

호퍼는 싱긋 웃었다.

"내가 한숨을 쉰다면, 물론 지금 한숨이 나온다는 뜻이 아니라, 만약 내가 한숨을 쉰다면 그건 정말 흡족한 한숨일 수밖에 없을 거야."

호퍼는 다시 등받이에 등을 기대고 눈을 감았다. 과장되게 엉덩이를 움찔거리면서 편안하게 자리를 잡고 깍지 낀 두 손을 배에 턱 걸쳤다. 그리고 코를 고는 시늉을 하자 새라가 자지러지게 웃음을 터뜨렸다.

다이앤이 묵직한 선물을 바닥에 툭 내려놓는 소리에 호퍼는 눈을 떴다. 그는 웃으면서 선물을 집어 들고 위에 놓인 카드를 들여다보았다.

"어이구, 이런. 이건 엄마 아빠가 새라를 위해 준비한 특별한 선물이구나! 이리 와 보렴, 꼬마야. 어서!"

바닥에 앉아 있던 새라가 벌떡 일어나 호퍼가 앉은 안락의자로 달려왔다. 새라는 선물을 받으려고 그의 무릎에 올라앉았다. 다이앤도 일어나 남편 곁으로 왔고, 안락의자 팔걸이에 걸터앉아 남편의 목에 팔을 둘렀다. 호퍼는 고개를 들고 아내와 짧게 입맞춤을 나눴다. 그동안 새라는 포장지를 뜯고 커다란 하드커버 책을 꺼내 들었다. 표지에는 파란 원피스를 입은 금발 소녀가 거울을 들여다보는 그림이 그려져 있었다.

새라는 고개를 돌려 부모를 바라보았다. 기쁨으로 환하게 빛나는 얼굴이었다. 새라는 책 표지의 소녀가 누구인지 알아보았다. 새라는 책에 담긴 다른 익숙한 그림들을 보려고 서둘러 페이지를 넘기기 시작했다.

"어이구, 조심해서 넘겨야지, 꼬마야."

호퍼는 새라의 손을 가만히 잡고 딸이 좀 더 진정된 상태로 책을 보도록 이끌었다. 책을 바르게 놓아준 다음, 제목이 적힌 페이지를 펼치고 손가락으로 단어들을 짚으며 읽어주었다.

"『거울 나라의 앨리스』."

흥분한 새라가 목소리를 높였다.

"앨리스! 난 앨리스가 엄청 좋아요. 앨리스는 여왕이랑 고양이랑 함께 차를 마시고 구멍으로 떨어지거든요."

다이앤은 새라의 머리카락을 쓰다듬으며 말했다.

"그래 맞아, 새라! 앨리스는 그것 말고 다른 이야기도 갖고 있어. 오늘 저녁에 아빠가 읽어줄 거야."

새라는 고개를 돌려 아빠를 쳐다보며 물었다.

"아빠가 책을 읽어줄 수 있게 저 지금 자러 가도 돼요?"

"지금 자러 가면 안 돼. 그랬다간 아빠처럼 할아버지가 되어버릴 걸."

새라가 깔깔 웃었다.

다이앤이 호퍼에게 몸을 기울이며 말했다.

"여보, 나도 이 책은 읽어본 적이 없어. 이건 2권이잖아."

"음, 새라가 1권 『이상한 나라의 앨리스』를 엄청 좋아하지 않았어? 당신도 좋아했던 걸로 기억하는데."

다이앤은 호퍼의 어깨를 손으로 꼭 잡으며 말했다.

"나도 이따가 들으러 가야겠다."

책을 훌훌 넘겨 뒤표지를 보던 새라는 팔을 뻗어 책 끄트머리를 두 손으로 꼭 쥐며 말했다.

"아빠가 지금 읽어주면 돼요. 아빠는 아무 때나 책을 읽을 수 있잖아요. 꼭 잠잘 때만 읽는 게 아니라요."

호퍼는 입술을 오므리며 생각하다가 말했다.

"새라 말이 맞네."

다이앤도 맞장구를 쳤다.

"그러게."

"좋아." 호퍼는 허리를 펴고 새라를 끌어당겨 안으며 말했다. "자, 어서 모이세요. 크리스마스 이야기를 할 시간입니다." 그는 멈칫하다가 덧붙였다. "음, 크리스마스 이야기가 아니라 크리스마스에 들려주는 이야기인가……."

"아빠, 어서요!"

"아, 청중이 너무 보채는데."

호퍼는 책을 펼쳤다. 아이를 무릎에 앉히고 아내를 곁에 두고, 그는 책을 읽기 시작했다.

감사의 말

이 책의 출간을 위해 부단히 애써주고 한없는 열정과 최고의 기술로 길을 열어준 탁월한 편집자 톰 휠러에게 감사드립니다. 톰 휠러와 엘리자베스 쉐퍼, 델레이 출판사의 팀원들 모두가 이 책의 출간을 위해 노력을 기울여주셨습니다. 멋진 프로젝트를 함께할 수 있었던 것에 무한히 감사한 마음입니다. '기묘한 이야기'의 공동 연출자 더퍼 형제와 넷플릭스의 상상력과 비전이 없었다면 이 소설은 세상에 나올 수 없었을 것입니다. 그들은 완전히 새로운 우주를 창조했고, 내가 참여할 수 있게 해주었습니다. 뛰어난 통찰력으로 조언을 아끼지 않은 작가 폴 디히터에게도 감사드립니다.

더노, 칼슨 앤 러너 사에 소속된 내 에이전트 스테이샤 데커에게도 늘 그렇듯 진심으로 감사드립니다. 이 책이 출간되기까지 지원을 아끼지 않은 데이비드 M. 바넷, 브리아 라보냐, 캐번 스콧, 젠 윌리엄스, 그리고 지금 내 사무실 벽에 자랑스럽게 걸려 있는 일레븐의 멋진 아트 프린트를 그려준 일러스트레이터 마틴 시몬스에게도 고마움을 전합니다. 1977년도의 야구에 관해 심도 있는 지식을 제공해준 제이슨 프라이와 그렉 프린스, 조사 작업에 도움을 준 '바우어리 보이스: 뉴욕시의 역사(The Bowery Boys: New York City History)' 팟캐스트 운영자 그렉 영과 톰 메이어스에게도 특별히 감사드립니다.

공전의 히트를 기록한 드라마 '기묘한 이야기'에 힘을 보탤 수 있어서 진심으로 영광이었습니다. 짐 호퍼와 일레븐으로 분해 캐릭터를 화면에 생생하게 담아준 데이비드 하버와 밀리 보비 브라운이 없었다면 이 시리즈는 지금처럼 성공할 수 없었을 것입니다. 내가 이 책에서 짐 호퍼와 일레븐 캐릭터를 제대로 구현했길 바랄 뿐입니다.

마지막으로, 내가 간절히 필요로 할 때마다 무한한 인내심과 사랑으로 격려해준 아내 샌드라에게 감사를 전하며, 이 책을 샌드라에게 바칩니다.

기묘한 이야기 어둠의 날

초판 1쇄 인쇄 2022년 9월 13일
초판 1쇄 발행 2022년 9월 20일

지은이 애덤 크리스토퍼
옮긴이 공보경
펴낸이 이수철
주 간 하지순
디자인 권석중
마케팅 안치환
관 리 전수연

펴낸곳 나무옆의자
출판등록 제396-2013-000037호
주소 (10449) 경기도 고양시 일산동구 호수로 358-39 동문타워1차 202호
전화 02) 790-6630 팩스 02) 718-5752
전자우편 namubench9@naver.com
페이스북 www.facebook.com/namubench9

ISBN 979-11-6157-134-8 03840